民共和國文化與文學叢書

三 編

李 怡 主編

第 **19** 冊

文化民族主義視野下的轉型期
中國少數民族文學

姚 新 勇 著

花木蘭文化出版社

國家圖書館出版品預行編目資料

文化民族主義視野下的轉型期中國少數民族文學／姚新勇 著
— 初版 — 新北市：花木蘭文化出版社，2016〔民105〕
序 6+ 目 2+348 面；19×26 公分
（人民共和國文化與文學叢書 三編；第 19 冊）
ISBN 978-986-404-666-9（精裝）
1. 中國文學 2. 民族文學 3. 文學評論
820.8   105012622

特邀編委（以姓氏筆畫為序）：

吳義勤　孟繁華　張　檸
張志忠　張清華　陳思和
陳曉明　程光煒　劉福春
（臺灣）宋如珊
（日本）岩佐昌暲
（新西蘭）王一燕
（澳大利亞）鄭　怡

ISBN-978-986-404-666-9

9 789864 046669

人民共和國文化與文學叢書
三　編　第十九冊　　　　　　ISBN：978-986-404-666-9

文化民族主義視野下的轉型期中國少數民族文學

作　　者　姚新勇
主　　編　李　怡
企　　劃　北京師範大學民國歷史文化與文學研究中心
　　　　　四川大學現代中國文化與文學研究中心
總 編 輯　杜潔祥
副總編輯　楊嘉樂
編　　輯　許郁翎、王　筑　美術編輯　陳逸婷
印　　刷　普羅文化出版廣告事業
出　　版　花木蘭文化出版社
社　　長　高小娟
聯絡地址　235 新北市中和區中安街七二號十三樓
　　　　　電話：02-2923-1455／傳真：02-2923-1452
網　　址　http://www.huamulan.tw 信箱 hml810518@gmail.com
初　　版　2016 年 9 月
全書字數　332626 字
定　　價　三編20冊（精裝）台幣36,000元

文化民族主義視野下的轉型期
中國少數民族文學

姚新勇　著

作者簡介

　　姚新勇，男，教授，博士。1957 出生於新疆烏魯木齊，曾從事過農民、工人、公務員[等]多種職業，現任職於暨南大學文學院中文系。

　　主要從事中國現當代文學、少數民族文學、當代民族問題研究，以及當代文化批評工作[。]在《讀書》、《二十一世紀》（香港）、《民族文學研究》、《文藝爭鳴》、《文學評論》、《文藝[研]究》、《臺灣社會研究季刊》、《思想》（台灣）等境內外雜誌上發表論文近百篇，出版學術專[著]《主體的的塑造與變遷──知青文學新論（1977 ～ 1995）》等四部。

提　　要

　　本書從「文化民族主義」視角出發，對中國大陸近三十年來的少數民族文學進行了較為[全]面的考察，揭示、梳理、分析了其中所蘊含的多種類型的族裔文化民族主義現象。所涉範圍[包]括藏、彝、蒙、維、滿、哈、鄂溫克、漢等多個民族的文學、文化現象，其中有不少是被忽[略]或被刻意迴避的現象。例如對吐爾貢 · 阿勒瑪斯「三本書」的批判、「蒙古帝國敘事」之歷[史]小說現象、某些少數族裔作家的「抵抗性」寫作等等。本書不是孤立地分析相關文學與文化[現]象中的民族主義問題，而是把它們放在中國社會轉型的語境下加以互文性的把握，對其產生[的]歷史及現實境況、話語場域關係、國家管理制度等因素做了多方位的考察，力圖將現象描述[、]語境分析及理論透視相結合。因之，本書還對學界的一些重要的理論問題，做出了較具新義[的]討論。例如對《處於跨國資本主義時代中的第三世界文學》一文誤譯的深度探討，對文化民[族]主義動力學的中國性解讀，「特殊文明中國論」之思潮的辯證等等。這都使得本書具有了跨學[科]的特質。

　　本書作者努力秉持客觀公正的立場，超越國家主義、各種民族主義以及片面否定中國合[法]性的觀念，直面問題，客觀解讀，為中國各民族關係的和諧發展探路求道。

本專著係中國
「國家社科基金項目」立項成果

項目名稱：轉型期「民族文學」與「文化民族主義」
立項日期及編號：2009 年 6 月 4 號：09BZW074

正在成爲「知識」建構的中國現當代文學研究——「人民共和國文化與文學叢書」三輯引言

李　　怡

一

　　回顧自所謂「新時期」以來的中國現當代文學研究的發展，我們會明顯發現一條由熱烈的思想啓蒙到冷靜的知識建構的演變軌跡：1980 年代的鋪天蓋地的思想啓蒙讓無數人爲之動容，1990 年代以來的日益冷靜的學科知識建構在當今已漸成氣候。前者是激情的，後者是理性的，前者是介入現實的，後者是克制的，與現實保持著清晰的距離，前者屬於社會進步、思想啓蒙這些巨大的工程的組成部分，後者常常與「學科建設」、「知識更新」等「分內之事」聯繫在一起。

　　當文學與文學研究都承載了過多的負荷而不堪重負，能夠回返我們學科自身，梳理與思索那些學科學術發展的相關內容，應當說是十分重要的。很明顯，正是在文學研究回返學科本位之後，我們才有了更多的機會與精力來認眞討論我們自己的「遊戲規則」問題——學術規範的意義，學術史的經驗，以及學科建設的細節等等。而且，只有當一個學科的課題能夠從巨大而籠統的社會命題中剝離出來，這個學科本身的發展才進入到一個穩定有序的狀態，只有當旁逸斜出的激情沉澱爲系統的知識加以傳播與承襲，這個學科的思想才穩健地融化爲文明體系的有機組成部分。從這個意義上說，正在成爲「知識」建構的中國現當代文學研究，是我們學科成熟的眞正標誌。

　　當然，任何一種成熟都同時可能是另外一些新的危機的開始，在今天，當我們需要進一步思考學科的發展與學術的深化之時，就不得不正視和面對這樣的危機。

二

當中國現當代文學研究在日益嚴密的「學術規範」當中成為文明體系知識建設的基本形式，這是不是從另外一個方向上意味著它介入文明批判、關注當下人生的力量的某種減弱，或者至少是某些有意無意的遮蔽？

學術性的加強與人生力量的減弱的結果會不會導致學科發展後勁的暗中流失？例如，在 1980 年代，中國現當代文學研究的曾經輝煌在很大程度上得之於廣大青年學子的主動投入與深切關懷，在這種投入與關懷的背後，恰恰就是中國現當代文學研究的人生介入力量：中國現當代文學與廣大青年思考中、探索中的人生問題密切相關。在這個時候，中國現當代文學的存在主要不是作為一種「學科知識」而是自我人生追求的有意義的組成部分。在那個時候，不會有人刻意挑剔出現在魯迅身上的「愛國問題」、「家庭婚姻問題」乃至「藝術才能問題」，因為魯迅關於「立人」的設想，那些「任個人而排眾數，掊物質而張靈明」的論述已經足以成為一個「重返人性」時代的正常的人生的理直氣壯的張揚。同樣，在「五四」作家的「問題小說」，在文學研究會「為人生」，在創造社曾經標榜「為藝術」，在郭沫若的善變，在胡適的溫厚，在蔡元培的包容，在巴金的真誠，在徐志摩的多情，在蕭紅的坎坷當中，中國現當代文學不斷展示著它的「回答人生問題」的能力，而中國現當代文學研究則似乎就是對這些能力的細緻展開和深度說明。今天的人們可能會對這樣的提問方式及尋覓人生的方式感到幼稚和不切實際，然後，平心而論，正是來自廣大青年的這份幼稚在事實上強化了中國現當代文學的魅力，造就和鞏固了一個時代的「專業興趣」。今天的學術界，常常可以讀到關於 1980 年代的批判性反思，例如說它多麼的情緒化，多麼的喪失了學術的理性，多麼的「西化」，也許這些反思都有它自身的理由，然而，我們也不得不指出，正是這些看似情緒化的中國現當代文學研究方式，不斷呈現出某些對現實人生的傾情擁抱與主體投入，來自研究者的溫熱在很大的程度上煽動了青年學子的情感，形成了後來學術規範時代蔚為大觀的學術生力軍。

從 1980 到 1990，從「人生問題」的求解到「專業知識」的完善，這樣的轉換包含了太多的社會文化因素，其中的委曲非這篇短文所能夠道盡。我這裏想提到的一點是，當眾所週知的國家政治的演變挫折了知識分子的政治熱情，是否也一併挫折了這份熱情背後的人生探險的激情？當知識分子經濟地位的提高日益明顯地與專業本位的守衛相互掛靠的時候，廣大的中國現當代

文學工作者的自我定位是否也因此已經就發生了根本性的改變？

而這些自我生存方式的改變是不是也會被我們自覺不自覺地轉化為某種富有「學術」意味的冠冕堂皇的說明？

如果真是這樣，那麼，作為今天的文學研究者，我們不僅要保持一份對於非理性的「激情方式」的警惕，同樣也應該保持一份對於理性的「學術方式」的警惕。

三

在中國現當代文學研究日益成為知識建構工程的今天，有一種流行的學術方式也值得我們加以注意和反思，這就是「知識社會學」的研究視野與方法。

知識社會學（sociology of knowledge）著力於知識與其它社會或文化存在的關係的研究。其思想淵源雖然可以追溯到歐洲啟蒙運動以來的懷疑論傳統和維科的《新科學》，首先使用這一詞彙的是 1924 年的馬克斯‧舍勒，他創用了 Wissenssoziologie 一詞，從此，知識社會學作為一門獨立的學科確立了起來。此後，經過卡爾‧曼海姆、彼得‧伯格和托馬斯‧盧克曼的等人的工作，這一研究日趨成熟。1970 年代以後，知識社會學問題再次成為西方社會科學研究中的焦點。據說，對知識的考察能夠從知識本身的邏輯關係中超越出來，轉而揭示它與各種社會文化的相互關係，乃是基於知識本身的確在一個充滿了文化衝突、價值紛爭的時代大有影響，而它所置身的複雜的社會文化力量從不同的方向上構成了對它的牽引。

同樣，文化的衝突與價值的紛爭不僅是 1990 年代以降中國知識界的普遍感受，它們更好像是中國近現當代社會發展過程的基本特徵。中國現當代文化的種種「知識」無不體現著各種文化傳統（西方的與古代的）、各種社會政治力量（政黨的、知識分子的與民間的、國家的）彼此角逐、爭奪、控制、妥協的繁複景象，中國現當代文化的許多基本概念，如真、善、美，「為人生」、「為藝術」、現實主義、浪漫主義、現當代主義、古典主義、象徵主義、生活等等至今也沒有一個完全統一的解釋，這也一再證明純知識的邏輯探討往往不如更廣闊的社會文化的透視，此種情形聯繫到馬克思「社會存在決定社會意識」這一著名的而特別為中國人耳熟能詳的觀點，當更能夠見出我們對「知識社會學」的強大的需要。事實是，在西方知識社會學的發生演變史上，馬

克思的確就是爲知識社會學給出了一條基本原理，即所有知識都是由社會決定的。正如知識社會學代表人物曼海姆所指出的那樣：「事實上，知識社會學是與馬克思同時出現：馬克思深奧的提示，直指問題的核心。」〔註1〕

今天的中國現當代文學研究，正需要從不同的角度揭示出精神的產品背後的複雜社會聯繫。這樣的揭示，將使我們的文化研究不再流於空疏與空洞，而是通過一系列複雜社會文化的挖掘呈現其內部的肌理與脈絡，而這樣的呈現無疑會更加的理性，也更加的富有實證性，它與過去的一些激情式的價值判斷式的研究拉開了距離。近年來，學術界比較盛行的關於現當代傳媒與現當代文學關係、現代社會體制與現當代文學關係、現代政治文化與現當代文學關係、現代經濟方式與現當代文學關係等等的探索都是如此。

當然，正如每一種研究方式都有它不可避免的局限一樣，知識社會學的視野與方法也有它的限度。具體到中國現當代文學的闡釋當中，在我看來，起碼有兩個方面的局限值得我們加以注意。

其一是「關係結構」與知識創造本身的能動性問題。知識社會學的長處在於分析一種知識現象與整個社會文化的「關係」，梳理它們彼此間的「結構」，這樣的研究，有可能將一切分析的對象都認定爲特定「結構」下「理所當然」的產物，從而有意無意地忽略了作爲知識創造者的各種能動性與主動性，正如韋伯認爲的那樣，把知識及其各種範疇歸併到一個以集體性爲基礎的潛在結構之中容易導致忽視觀念本身的能動作用，抹殺人作爲主體參與形成思想產品的實踐活動。關於中國現當代文學的研究也是如此，一方面，我們應該對各種社會文化「關係網絡」中的精神現象作出理性的分析，但是，在另一方面，卻又不能因此而陷入到「文化決定論」的泥沼之中，不能因此忽略現代中國知識分子面對種種文化關係之時的獨立思考與獨立選擇，更不能忽視廣大知識分子自身的生命體驗。在最近幾年的中國現當代文學與現當代文化研究當中，我以爲已經出現了這樣的危險，值得我們加以警惕。

其二便是知識社會學本身的難題，即它學科內部邏輯所呈現出來的相對主義問題。正如默頓指出的那樣，知識社會學誕生於如下假定，即認爲即使是眞理也要從社會方面加以說明，也要與它產生於其中的社會聯繫起來，因爲不僅謬誤、幻覺或不可靠的信念，而且眞理都受到社會（歷史）的影響，這種觀念始終存在於知識社會學的發展中。西方批評界幾乎都有這樣的共

〔註1〕曼海姆：《知識社會學導論》中譯本 97 頁，臺灣風雲論壇有限公司 1998 年。

識：知識社會學堅持其普遍有效性要求就意味著主張所有的知識都是相對的，所以說全部知識社會學都面臨著一個共同的相對主義問題，知識社會學止步於眞理之前，因爲這門學科本身即產生於用一種對稱的態度看待謬誤和眞理。應該說，中國現代文化的發展本身是一個「尚未完成」的過程，包括今天運用著知識社會學的我們，也依然置身於這樣的歷史進程，作爲一個時代的知識分子，並且必須爲這樣的過程做出自己的貢獻，因而，即便是學術研究，我們也沒有理由刻意以學術的所謂中立性去消解我們對眞理本身的追求和思考，我們不能因爲連續不斷的「關係結構」的分析而認爲所有的文化現象都沒有歷史價值的區別，在這裏，「公共知識分子」的精神應該構成對「專業知識分子」角色的調整甚至批判，當然，這首先是一種自我的反省與批判。

　　總之，知識社會學的視野與方法無疑有著它的意義，但是，同樣也有著它的限度，在通常的時候，其研究應該與更多的方法與形式結合在一起，成爲我們思想的延伸而不是束縛。

　　在中國現當代文學研究日益成爲「知識化」過程一部分的時候，我們能夠對我們所依賴的知識背景作多方面的追問，應當是一件富有意義的事情。

「兩間餘一卒」
序《文化民族主義視野下的
轉型期中國少數民族文學》

程映虹

　　姚新勇教授的新作《文化民族主義視野下的轉型期中國少數民族文學》（以下簡稱《視野》）將問世，他要找一個既是外行但又是做人文學科的來寫幾句話。我和他已經有相當幾年的私下交流，他把這個活派給我。我希望在這篇短短的文字中，能夠既不僭越到姚教授的專業裏，也不辜負他對一個人文學者作為普通讀者的期望，說幾句切實而中肯的話。

　　從一個以歷史為業又關注當代中國問題的讀者的眼光來看，《視野》是一部對一個敏感課題在多重意義上做跨越性工作的著作。在一個不斷有人提出宏大的前沿和核心命題的時代，它將少數民族文學這個不用說在整個人文學科、甚至在文學研究領域內也可能被很多人認為是比較邊緣的分支引入對中國國族認同、民族主義和族群關係這些有關當代中國最重要的問題的討論，這是這部著作的獨特性和重要性。相信很多關心中國族群問題但平時無暇關注少數民族文學的讀者在讀完這本書之後，都會從一個意外的角度得到知識和思想的收穫，糾正很多定見甚至偏見，深化對中國民族問題的感悟和思考。

　　簡單來說，《視野》給我們提供的角度，就是自從上個世紀中葉中國國家制度和發展道路發生重大轉折以來，作為少數民族的代言人，他們的知識分子是如何看待近七十年來，尤其是文革結束以來意識形態和社會的變遷並加入這些討論的。更具體地說，這些知識分子是如何看待「國家」、「民族」、「身份」和「認同」這些自九十年代以來使很多人日益感到憂慮和焦灼的問題的。

所謂文化民族主義，我的理解就是在政治和經濟民族主義之外從世系、歷史、語言、藝術等方面對民族主義的體認，它是後冷戰時期重返全球的民族主義意識形態的一個主要分支，在一個多族群的國家內，其適當存在和發展不但有其合理性和正當性，而且是不可避免的，如果處理得恰當其實也是對前兩種民族主義的中和。

應該說，「少數民族知識分子如何在『中國』的框架下看自己」這個問題一直沒有受到漢族主流知識分子的重視。那麼，誰是這裡所說的少數民族知識分子？在中國的特殊國情下，文學藝術在相當長一段時間裏成為少數民族在國家層面表現自我的唯一方式，今天也仍然可能是一個最重要的方式，這不但使文藝界人士成為最受官方和公眾認可的少數民族文化精英的代表，也決定了他們對社會和政治問題的討論很大程度上是借助文學作品這個形式曲折地展開的。在這樣的歷史和現實下，要瞭解少數民族對自身和對「中國」這個大主題的想法，文學作品就是一個重要的領域。但遺憾的是，在同樣的特殊國情下，這方面的研究基本是空白。所以，《視野》開篇說：「主流學界無視轉型期少數族裔文學（化）的發展與整個中國社會轉型的關係，而少數族裔文學（化）及人類學界的相關研究，一般又將研究的視野局限於本學科領域，很少主動地將相關的研究與更廣泛的中國轉型期文學、文化的問題聯繫起來給予互映性的研究。」

這就是《視野》的問題意識。全書共分六章。第一章「導論」定義並闡述文化民族主義和少數民族文學這兩個指導性的概念。第二章「家園，世界與神聖抒情」，從「民族——空間建構」的角度考察新時期少數民族文學返還本族群文化家園的寫作，涉及藏、彝、維吾爾、哈薩克、滿、白等族，並和同時期漢語主流文學的空間重構進行比較。第三章「民族歷史的重述：記憶與虛構」側重時間性的考察，對照八十年代前文學寫作中的歷史敘事和新時期文學（尤其是西藏、新疆和內蒙古）中的族群民族主義的歷史敘事。第四章「從詩性的『民族寓言』到詩性的放逐」聚焦 1990 年代之後，考察少數族裔寫作從文化尋根的感傷性抒情轉向更具現實批判性和申訴性的寫實。第五章「誰推動了族裔文化民族主義？」，從國家制度、族群文化、文化民族主義代表人物、社會結構變遷、網絡五個方面分析族裔文化民族主義乃至政治民族主義的根源和機制。第六章引進查爾斯・泰勒的「承認的政治」的理論，將少數民族文學尋根的取向和它表達的族裔民族主義意識解讀為弱勢族裔在

中華民族多元一體的國族框架內對於更高水平的承認的訴求，同時警示這種訴求中存在的單向性和絕對性對這個國族框架形成的挑戰。全書最後以對「特殊文明中國論」之多元一體觀建構實踐的考察結束。

對於關心中國族群問題的讀者，《視野》首先可以豐富他們對 1950 年代以來，國家政治和國際文化潮流是如何塑造和影響少數民族文學，少數民族文學是如何尋求自己的獨立性和主體地位，這兩個似乎相互矛盾的力量在實際演變中又是如何錯綜複雜地交纏在一起這個重要歷史過程的認識。它強調「中國少數民族文學並不是一個內涵具體明確、外延固定清晰的存在，而是一個與族群認同、民族認同、國家認同關係非常密切的意識形態話語生產的場域，一個不同的主體性身份認同激烈角逐的話語空間」。

從這個角度出發，《視野》把少數民族文學大致分成三個階段：社會主義的民族文學、民族的民族文學和後殖民弱勢文學。社會主義民族文學時期是從新中國建立到文化大革命，這個時期的少數民族文學基本受國家意識形態控制，由少數民族作家書寫少數民族題材，主題圍繞少數民族和社會主義祖國的關係。民族的民族文學史從 80 年代初改革開放開始，這一時期的少數民族文學中國家意識形態大大減弱，由文化尋根和身份建構爲代表的族群意識萌發，支撐文學形象、敘事和批評的概念轉向血統、祖先、世系和土地而非政治口號，尋求的是與漢族文學平等的地位。後殖民弱勢文學大致從 90 年代初期開始，用這一時期傳入中國的西方後殖民批評理論來解讀，少數民族文學的地位發生了根本性改變，成了相對於強勢的漢族文學或主流漢語文學的弱勢的邊緣性存在；在前兩個時期先後強調的是社會主義文學大家庭的小兄弟和平等一員，現在在這個批判理論的檢視下主流漢語文學和少數民族文學的關係變成了強勢和弱勢文學之間的關係，突出的是差異性、邊緣性和對抗性，甚至「少數民族文學」這個概念也被「問題化」，從一個不容置疑的客觀存在變成了一個被主流文學構建出來的、現在需要批判地反思的對象。到了這個時期，文化民族主義和少數民族文學基本合流，後者往往成了前者的表現手段。

在這樣的時代大潮和文學流變的框架下，《視野》梳理了借文學作品和文學批評表達的文化民族主義的背景、起源和發展。從上述對各章主要內容的概述中，讀者可以看出文化民族主義作爲影響文學作品和評論的社會思潮主要是 80 年代至今社會轉型的產物。但作爲一個歷史學者，我更感興趣的

是，儘管文化民族主義作爲一個具有自我意識的思潮產生於 80 年代，《視野》卻強調它的遠因可以追溯到 1949 年中華人民共和國建立以後對少數民族的文化政策，具體來說就是「少數民族文學」這個概念的建立和定義，以及在體制上對這個特殊的文學類別的區別性對待（例如發現和培養少數民族作家，建立相應的機構、出版社和刊物，鼓勵創作相應的作品等等）。作爲一個多民族國家，中國本來就有各種各樣的族群文學，但並不存在一個和不言自明的漢主流文學相對應的「少數民族文學」的清晰概念和領域。《視野》對這個過程從概念的提出、各方的爭論和最終形成的官方結論做了詳細的討論和分析。

在「改革開放」後對社會自發的多元化習以爲常的今天，我們可能會對上個世紀五十年代的那番努力產生這樣一個疑問：一個新建立的國家爲什麼費這麼大的氣力干預到文學領域裏，把一個本來是自然自發、自在自爲的文化存在和藝術表現定義得如此清楚並要各方取得一致？放在那個時代國家對社會全面改造的背景下來看，這個過程是一個全能型的國家用政權的力量對各色人群和各種社會生活定性分類、在此基礎上界定他們和政權的關係從而方便國家改造和控制社會這樣一個龐大工程的一部分，我稱它爲區分的政治學，它是當時社會主義陣營各國的常態。國家給予各色人群（具體到個人，如家庭出身、社會關係和職業）和社會生活的各個方面（甚至包括哲學史和文學史的分期這些學術問題）一個類別、一個地位，很大程度上將其固化。這種定性和給予一開始是以單向的權力關係爲基礎的，但值得注意的是，一旦確立了這種區分，被定性和接受的一方在這種權力關係中除了有被動、依附和服從的一面，一定程度上也有獲得並爭取自己相應的待遇和權利的另一面，此所謂博弈。

更重要的是，正是這種區分的政治學刺激了本來並不突出的身份意識和群體的認同意識。眾所周知，這個辯證的相互關係在民族識別問題上表現得尤其突出，以至今天很多人認爲當初沒有必要這麼清楚地劃分族群並規定相應的政策和待遇，尤其是和特定地域相聯繫。正是在這個意義上，少數民族文學這個概念的提出和這個文學領域的建立，也是爲後來文化民族主義意識的產生在體制上埋下了伏筆。對這個問題，《視野》對少數民族院校和少數民族文學這兩個方面的制度安排所作的分析非常有啓發性。它指出，正是這種制度從五十年代至今安排培養了一些被賦予特定族裔身份的寫作者，他們的任

務就是為被指定的那個族群代言。歷史的演變使得他們從當初主流文化被動的傳播工具成為今天現代民族意識的自覺傳播者，體制為他們創造的用少數民族文化形式服務於主流意識形態的條件成為他們民族本位性和民族主體性的溫床。

本來，文化民族主義是一個全新的現象，放在五十年代開始規劃和實行的民族政策的整個背景下，用官方的目標來衡量，可以說是傳統的斷裂。但正如《視野》所說：「對於國家的一體性來說，族裔文化民族主義自然不是可欲之物，但悖論的是，考察轉型期中國族裔文化民族主義持續推進的原因，可能首先需要反思國家的少數民族政策及其制度安排。」這樣的歷史主義的眼光，在回答「兩個三十年」究竟在何種意義上是斷裂又在何種意義上是連續這個事關當代中國各種現象之來龍去脈的重大問題上值得我們重視。

作為一個深切關注中國當代社會問題的人文學者，閱讀《視野》最大的感受，是作者在考察當今中國重大問題時表現出的一種姿態。眾所周知，當代中國問題既滲透了政治立場和意識形態取向，也被各種利益集團話語遮蔽，再加上形形色色規避或者曲解現實的學術概念的困擾。在這樣一個複雜的話語環境下，少數民族的民族主義在公共討論中毋庸諱言成了一個特別敏感的問題，即使不談政治上的民族自治權利的落實和經濟上的由資源開發帶來的利益補償和就業問題，而僅僅從文化角度討論族群特徵和歷史淵源等等也會陷入類似的麻煩，一定意義上可能更為敏感。

在這樣的話語環境下，《視野》在看待族群民族主義和「中國」總體的關繫上的立場是非常鮮明的：「筆者所取的價值是中華民族多元一體立場，」直言「不會像一些國外相關研究一樣，簡單地站在中國／（非中國的）少數民族二元分立的角度看問題」，但也不會是一本簡單教條地「宏揚正面價值、強化民族團結的著作」。站在這個立場上，全書對和文化民族主義起源和演變相關的各種勢力都有尖銳的評論和分析，從國家的政治文化體制和經濟社會政策，到少數民族知識分子民族自覺意識的產生和發展，再到西方學術界的影響，既否定了過去以意識形態為主導塑造少數民族的國家政策和各種壓制和扭曲少數民族文化意識的大漢族主義，也反對片面強調和誇大甚至無中生有地構建少數民族特質，照搬西方的後殖民理論，把以漢族為主導的國家與非漢族地區的關係說成是「殖民者中國」與「被殖民的少數民族」的族裔民族主義偏激傾向。

　　族群意識和民族主義不但是非常複雜的理論和實際問題，而且對於身處任何特定族群關係中的當事人來說首先是立場和價值問題，也是心理和情感問題，這本來就是族群和民族問題的題中應有之義，是很難避免的。姚新勇教授是從小在新疆長大的漢人，有很多少數民族知識分子的朋友和文友，應該說是漢族知識分子中不多的「知少數民族派」。在族群問題日益複雜化的今天，他的有關研究和時評常常會引起注意，在民族情感強烈的漢族和少數民族人士中間甚至成為爭議的話題，有時被兩邊都視為「外人」。我想，這多少和別人眼中他的「在少數民族地區長大的漢人」這個身份有關。在這個意義上，我有時和他開玩笑說，他應該用魯迅的「兩間餘一卒」來自嘲。

　　讀完《視野》，它給我的感覺是作者選擇了一個特別的角度切入當代中國的一個敏感問題，謹慎周到、深思慎言，堅持自己的原則性立場的同時又多方面深入開掘，給讀者在思考和評價上留下了足夠的開放性空間。這個效果與其說來自作者知己知彼的「身份」，不如說來自他的一個基本姿態，就是作為一個知識分子，在涉及族群的問題上必須警惕和反對任何本質主義和絕對主義的傾向。他在書中提到了這兩個概念，雖然他沒有過多闡釋，但我覺得他是把對它們的抵抗放在一個先於價值和立場的位置上。確實，族群問題上的狹隘、偏見、歧視和極端的根源其實都和這一對封閉和排他的傾向有關，價值和立場的歧異倒在其次。我衷心期待姚教授在今後的研究中有機會能在理論上進一步把這個姿態問題闡發清楚。

2016 年 3 月 15 日於美國特拉華

目

次

第一章 導 論

　　如果我們要問，「近二十年來，哪種社會思潮或話語漫延的時間最長、影響面最廣」？答案很可能會是「民族主義思潮」。但是如果我們再追問，這一思潮與中國的少數族裔有什麼關係？恐怕大多數人都無從回答。因為即便是經過了「奧運火炬傳遞風波」、西藏「3．14」事件、新疆「7．5」事件，我們也較少看到漢語主流文化界〔註1〕的學者在言說中國民族主義問題時，有意識地將發生在少數族裔社會、思想文化界中的民族主義或文化民族主義的現象納入其中來考察。如果再進一步追問，中國的民族主義話語與1980年代起就開始並一直延續至今的少數族裔文學（化）族裔文化本位性追求的情況有什麼關係，那麼人們可能更無從回答。眾多學者、批評家，談到西方學者對於中國文學的漠視時會耿耿於懷，甚至會猛烈抨擊西方人的「東方主義」的狹隘，但是這絲毫也不妨礙他們心安理得地忽視少數族裔文學的創作。即便是學術生涯開始於文學研究的博學者汪暉，在其《東西之間的「西藏問題」（外二篇）》中，既未有意識地將西藏問題或中國的民族問題與當下族裔民族主義話語發生聯繫，而且也沒有關注到近三十年來少數族裔文學的發展與這些問題之間的關係〔註2〕。主流學界無視轉型期少數族裔文學（化）的發展與整個中國社會轉型的關係，而少數族裔文學（化）及人類學界的相關研究，一般

〔註1〕 請注意不要將「漢語社會」誤解爲「漢族社會」。「漢語社會」主要意味著「漢語」或「中文」作爲國家通用語的工具功能，當然也包括少數族裔的漢語寫作。而現在不少人在談到中國思想文化界的族裔性的主流與邊緣區分時，常常不由自主地將主流文化界等同於「漢族文化界」，這顯然不合適。

〔註2〕 參見姚新勇：《直面與迴避：評汪暉〈東西之間的「西藏問題」〉》，《二十一世紀》（香港），2012年8月號。

又將研究的視野局限於本學科領域，很少主動地將相關的研究與更廣泛的中國轉型期文學、文化的問題聯繫起來給予互映性的研究。相較而言，境外學者倒是相當注意近三十年來少數族裔社會、思想文化界中所發生的相關情況，而且有意識地將它們納入到當代中國社會轉型這一大的時代背景下考察。但是很可能出於自覺或不自覺的意識形態偏見，他們一般更願意將少數族裔那裡所發生的情況與中國國家或漢族社會對立起來進行解讀，而不是作爲整體性、關係性的中國問題給予評說〔註3〕。

其實無論是從狹義的中國當代文學研究、民族主義或文化民族主義思潮研究來看，還是從更爲廣泛的轉型期中國的信仰危機、認同危機、社會危機研究來看，如果忽略了近三十年來少數族裔思想文化意識的脈動的話，都是極端片面的，都是不可能眞正全方位、立體性地把握轉型期中國問題的。鑒於此，本論著試圖以中國社會轉型爲基本語境，從文化民族主義的視角對近三十年來的少數族裔文學做一考察，以便更爲全面地認識、把握轉型期中國社會思想意識的狀況，更爲深入地理解轉型中國的問題。

第一節 「文化民族主義」

論及中國當代文化民族主義的復興，專家們可能會追溯到上世紀七十年代末〔註4〕，但是作爲社會思潮性的主流文化民族主義復興，實則應該是濫觴

〔註3〕境外學者對於中國的民族主義、少數族裔社會的變遷都非常重視。早在八十年代初，就有西方學者（其中不少是博士候選人）借助中國開放的契機，深入到中國邊疆或少數族裔的基層社會，進行文化人類學的考察，撰寫出了不少研究專著（如後文提到的《北京與參加之間》、《歌與沉默》）。這些著作大都是對於中國社會某一具體族群的研究，而杜磊的《脫位中國》（Dru C. Gladney, *Dislocating China: Reflections on Muslims, Minorities, and Other Subaltern Subjects*, The University of Chicago Press,2004.）則是對於轉型期中國文化問題的全面考察。此著中，不僅有他的主攻方向，中國的伊斯蘭社會考察，而且還全面地涉及了中國思想文學藝術界諸多「先鋒性」、「異質性」的文化現象。不過他又是在解構中國整體性的前提下來解讀這些現象的，因此對於被其劃爲中共國家或中國對立面的「解構性現象」之間的複雜關係缺乏關注。至於說對中國當代民族主義思潮的關注，其實也是從境外最先開始的。比如 Jonathan Unger 主編的《中國民族主義》（Jonathan Unger（ed.）（ed.）,*Chinese Nationalism,* Armonk,NY:M.E.Sharpe,1996.）

〔註4〕如梁承武的《中國儒學復興運動的發展與前景》〔《杭州師範大學學報》（社會科學版），2010年3月第2期第10～18頁〕，就將大陸當代儒學復興運動的源起追溯到1978年。

於上世紀九十年代初儒學復興〔註5〕，正式運動於新千年康曉光的文化民族主義宣言，現如今它已經變爲影響廣泛、覆蓋多個學科並具有某種元理論性的思想範式和文化形態。但是一方面由於許多人一般是不加區分地將相關的文化民族主義現象，都視爲民族主義而加以討論，另一方面由於問題的複雜性和所借鑒的西方理論與中國現象的差異，人們對當代中國的文化民族主義現象的複雜特質的分析與定位還不是很到位，尤其是其構成的多樣性、多維度性更被忽視。因此，在進入到本論著研究的主體部分前，首先需要對「文化民族主義」這一概念做出必要的界定。但是由於相關現象的複雜，若想爲本論著所涉及各種文化民族主義現象給出一個共洽的定義，幾乎是不可能的。因此，這裡筆者只能根據中國的具體情況並結合西方學界的相關理論，爲本論著所言的複數的文化民族主義的內涵與外延給出個大致的描述。

一

　　首先讓我們來看以儒學復興爲基礎的主流社會的文化民族主義。康曉光在其《文化民族主義論綱》中開篇就指出：

　　　　現代意義上的文化、民族與國家是不可分離的。民族、文化、國家的「三位一體」是現代化的產物。文化是民族和國家認同的基礎。沒有統一的文化就沒有統一的民族和國家。反之，沒有獨立的國家也很難有完整的文化。

　　　　所以，此時此刻，我們必須高度重視文化建設問題，通過文化重建強化民族凝聚力，同時通過文化重建在全球範圍內整合資源，建設以華人爲基礎的、超越國界的「文化中國」，並藉此提高中國的國家競爭力，爲中華民族的偉大復興奠定基礎。也就是說，21世紀的中國需要一種超越民族國家的文化民族主義！〔註6〕

〔註5〕這裡是就其儒學復興之主脈而言，全面地看，與此相關的指標還應該包括另兩個方面：一是體制在「六・四」事件之後，主動向傳統文化靠近，如官方在1990年所主辦的「徽班進京200週年」紀念活動；二是八十年代的一批「先鋒」文藝批評家借助於傑姆遜《處於跨國資本主義時代下的第三世界文學》中譯本的轉向（可參閱姚新勇：《「第三世界文學」：「寓言」還是「諷喻」——一個系統的錯譯及其發酵性播散》，作者博客：http://blog.sina.com.cn/s/indexlist_ 1626496727_3.html?sudaref=www.sogou.com）。

〔註6〕康曉光：《文化民族主義論綱》，原載《戰略與管理》，2003年2期。引文錄自「中國戰略與管理研究會」網站，http://www.cssm.gov.cn/view.php?id=31090

而孟凡東、何愛國主張的「20世紀中國文化民族主義的三大核心訴求」則是：

> ① 要實現中國的現代化和中華民族的偉大復興，必先有中華民族文化的復興，以及建立在民族文化復興基礎上的民族意識復興；② 而民族文化復興必先得尊重、理解並重新解釋民族文化傳統；③ 主張在灌注時代精神和融會世界文化的基礎上，推動民族文化民族國家現代化和民族文化現代化。〔註7〕

很明顯這兩篇文章都非常強調民族文化的重要性，但重要性的根本似乎並不在其自身，而在於建設強大的現代化國家、實現中華民族的偉大復興，因此民族文化說到底還是工具性的，而非民族靈魂的本位性要素。所以，儘管在表面上，20世紀末期興起的「中國文化民族主義」，與世紀初反傳統的五四新文化運動截然不同，但其深層的邏輯則可能不無一致〔註8〕。

當然，當下的「中國文化民族主義」並非全新事物，徐紀霖就分析過民國初年所出現過的所謂「文化民族主義」和政治民族主義思潮。他指出：

> 近代中國最重要的文化事件之一，是傳統的中華文明帝國瓦解，中國面臨著共同體認同的危機。建立一個像西方國家那樣的現代民族國家（nation-state），這是大部分中國知識分子的共識，沒有什麼分歧。真正的問題在於：這一民族國家究竟是一個政治共同體，還是歷史文化共同體？與此相關的是：公民們對之認同的基礎是什麼？是政治法律制度，抑或公共的政治文化，還是歷史傳統遺留下來的文化、語言或道德宗教？作為現代中國人，如何構成一個「我們」？——是政治的「我們」，還是文化的「我們」？〔註9〕

而時人張君勱恰是選擇後者的。在張氏那裡，「文化民族主義是以心物二元論作為基礎，以制度和精神、政治與道德的分離為前提；制度是普遍的，文化是特殊的；制度是西方的，文化是東方的；制度為理性所支配，而道德是意志選擇的產物。自由主義是為解決社會政治秩序，而文化認同的心靈秩序，

〔註7〕孟凡東，何愛國：《20世紀中國文化民族主義的三大核心訴求》，《北方論叢》，2007年3期，第79頁，引文中的數目標號為引者所加。另外最後一句疑應為：「推動民族國家現代化和民族文化現代化。」

〔註8〕五四新文化運動認為，傳統文化阻礙中國現代化，所以要反傳統，而當下的文化民族主義者則是因為傳統文化對於實現中國的現代化必不可少，所以必須復興傳統文化。

〔註9〕徐紀霖：《共和愛國主義與文化民族主義——現代中國兩種民族國家認同觀》，《華東師範大學學報》，2006年4期，第1頁。

只有通過文化民族主義才能予以落實」〔註10〕。

上述諸文，無論是文化民族主義的訴求還是對相關訴求的分析，儘管不乏理論混雜性，但總體來看，其民族主義觀基本可歸爲安東尼・史密斯所言的「現代主義性質的民族主義」〔註11〕。在以蓋爾納、霍布斯鮑姆等爲代表的現代主義的民族主義理論那裡，民族主義有兩個基本特徵：

　　　　——民族與國家的一致性（或全等性）

　　　　——民族、民族主義是現代社會的產物

對照比較不難看出，前述中國文化民族主義本質上與這兩個原則相當一致。雖然他們在「民族」、「國家」中直接插入了「文化」這一項，但它在這個關係結構中實際並不具有與「民族」和「國家」等量級的重要性，並不眞正含有超越「民族」和「國家」的根植於族群文化情感共同體的「自在性」價值。因此，無論這些文化民族主義的鼓吹者們多麼強調傳統文化、傳統文化復興的重要性，傳統文化都是服務於民族復興和建設獨立自主、繁榮富強的現代國家的目的。這種文化在本質上就與蓋爾納所謂的「文化」或「高文化（high culture）」發生勾連了。

在蓋爾納那裡，文化之於民族或民族主義也相當重要，而且被作爲討論民族主義的一個重要指標：「當且只當兩個人共享同一種文化……則他們同屬一個民族」〔註12〕。但是，在現代主義範式的民族主義理論中，文化不過是一種標準化的公共文化而已，具有連接各階層的功能並由國家推廣普及。所以史密斯認爲，蓋爾納的「high culture」，並不表示是精英文化，「而只是一種識文斷字和標準化的公共『公園』文化。」〔註13〕結合中國當下的現實來說就是，那些自詡爲「文化民族主義」者或「新儒教主義」者們，之所以極力主張恢復儒學之於中國思想文化價值的核心性，與其說是出於族群文化本位性的衝動和思考，不如說是要以儒家文化作爲一種新的公共文化，來替代遭受了重大挫折的「啓蒙主義」和「共產主義理念」。即如康曉光所言：

〔註10〕同上，第9頁。

〔註11〕史密斯將現有的民族主義理論分爲四種類型：現代主義，永存主義，原生主義，族群——象徵主義。參見安東尼・史密斯：《民族主義　理論、意識形態、歷史》（第二版），葉江譯，上海：上海人民出版社，2011年8月版。

〔註12〕厄內斯特・蓋爾納：《民族與民族主義》，韓紅譯，北京：中央編譯出版社，2002年版第9頁。

〔註13〕安東尼・史密斯：《民族主義　理論、意識形態、歷史》，第70頁。

今日重提「文化民族主義」，不是要建立一種束之高閣的關於傳統文化的理論，而是要建立一種強有力的意識形態，要發起一場廣泛而持久的社會運動。通過繼承傳統，博采眾長，古為今用，洋為中用，繼往開來，確立新時代中華民族的理想、價值、道德。〔註14〕

與此傾向一致，無論是文化民族主義訴求本身，還是對這一訴求的歷史起源的分析，都不約而同地將「民族」和「國家」的「現代境遇」放在了基礎性、發生學的位置，在倡導民族文化復興的同時，並不排斥向西方學習，甚至不排斥現代維度的民族文化的改造與發展〔註15〕。因此，這種文化民族主義所包含的強烈的「現代性維度」，似乎也很自然就與民族主義的第二條原則相勾連了。

二

不過上面的分析，在不無正確的闡釋中可能包含著用西方理論硬套中國實際的問題，而且即便是西方理論本身，也對民族主義的現代性持有不同看法。安東尼・史密斯就認為前述兩條現代主義模式的民族主義標準是成問題的。首先「民族」並不一定與「國家」全等。當今世界，既有典型的以歐洲國家為代表的民族與國家基本一致的情況；也有正在爭取建立獨立民族國家的民族，如巴勒斯坦；還有分屬於不同國家的跨境民族，比如哈薩克族；還有大量的離散民族，比如美籍華人、美籍西班牙人；如果我們再聯想到中國的回族，情況就更為複雜了。其次，民族並非像現代主義模式所理解的那樣是現代社會的產物。在典型的現代民族主義產生之前，歐洲中世紀的英國，就可能已經出現了民族與擁有較為固定領土邊界的國家大致一致的情況，而且歐洲之外，更多歷史久遠的類似情況，比如古代埃及、中國、日本、朝鮮等。因此不僅是民族、就是領土基本明確、具有主權獨立性的國家政治單位，也未必只存在於 18 世紀之後〔註16〕。而「民族」之所以具有這種超現代民族

〔註14〕 康曉光：《文化民族主義論綱》，原載《戰略與管理》，2003 年 2 期。引文錄自「中國戰略與管理研究會」網站，http://www.cssm.gov.cn/view.php?id=31090

〔註15〕 前幾則的相關引文，已經說明了這點。再舉一例：「文化民族主義反對全盤西化，不是文化保守主義，而是以文化現代化為基本訴求的現代化思潮」。孟凡東，何愛國：《20 世紀中國文化民族主義的三大核心訴求》，《北方論叢》，2007 年 3 期，第 79 頁。

〔註16〕 可集中參見安東尼・史密斯：《民族主義 理論、意識形態、歷史》，第五章；安東尼・史密斯：《族群象徵主義和民族主義》（Anthony D. Smith, *Ethno-symbolism*

主義模式的特徵，關鍵在於「民族」與族群文化共同體之間的內在關係。

在史密斯的族群—象徵主義的模式中，民族（nation）與族群（ethic）的關係，決非如一些學者所設想的那樣，一是高一級國家層面上的民族共同體，另一個則是臣屬於民族國家的「非政治性」的次級文化族群單位〔註 17〕。相反，如果可以把民族定義爲「被命名的和自我定義的共同體，其成員通過培養共享共同的符號、神話、記憶、價值和傳統，棲居並附屬於一個歷史的領土或祖地，創造並傳遞一套獨特的公共文化，並遵守共享的風俗和標準的法律」，那麼這就意味著「民族就是不斷地構成和再構成的，至少在部分程度上，是建立於族群進化象徵化過程（如命名、邊界確定、起源的神話和象徵化培養）之基礎上的」〔註 18〕。

當然，這並不意味著要像永存主義那樣，將民族視爲超歷史條件的永恒的本質性存在，而且現代性的民族、民族主義的產生，除了作爲共享文化象徵符號共同體的族群性因素外，還必須借助於其它的社會、政治條件。但是「各種族群紐帶網絡（和包括在其下的各種擴展性活動）在民族和民族主義興起與持續方面，是獨一的最重要因素……不同類型的族群紐帶，構成了許多民族的基礎和起始點，而且族群親緣感經常就在一個族群異質性的政體中表現爲『族群的核心』形式」〔註 19〕；而且那些基本的傳統性族群因素，也爲現代民族、民族主義的形成，提供了一個可供不同內容的意識形態或民族主義觀念相互競爭的基本場域或形式結構〔註 20〕。以史密斯的民族主義理論尤其是「雙重合法性」假設爲基礎，哈欽森對 18 世紀初到 20 世紀早期的愛爾蘭文化民族主義的演變進行了考察，爲區別於政治民族主義的文化民族主

---

and Nationalism: A cultural approach, New York：Routledge Publications, 2009），第三、第五章等處。當然由於無論是按照嚴格的現代主義的民族主義模式看世界的民族、民族主義的情況，還是按非現代主義的模式看，例外情況都是很多的，所以史密斯似乎一般不直截了當地闡釋非現代主義性的觀點，而往往是通過介紹其它相關的不同觀點來比較委婉、有保留地表達自己的看法。這在《民族主義 理論、意識形態、歷史》一書中特別明顯。

〔註 17〕 例如馬戎：《理解民族關係的新思路——少數族群問題的「去政治化」》，《北京大學學報》，2004 年第 6 期。

〔註 18〕 Anthony D. Smith, *Ethno-symbolism and Nationalism A cultural approach*，New York：Routledge Publications, 2009，頁 49。

〔註 19〕 同上，頁 27。

〔註 20〕 請參閱 Anthony D. Smith, *Ethno-symbolism and Nationalism A cultural approach*，第 3 章。

義給出了一個詳實而生動的個案〔註21〕。

　　史密斯針對傳統社會與現代社會的特點，提出了兩種不同類型的「合法性」，一是建立於「宗教觀念」基礎之上的傳統社會的合法性，另一是建立於科學性的「法律—理性」基礎上的現代社會的合法性。而隨著國家的擴展、世俗教育的普及化，越來越多的人感到在理智和社會兩個層面上都需要在這兩種合法性間進行選擇或整合，於是就產生了現代社會特有的「雙重合法性危機」。一般情況下，當國家系統處於功能協調期時，「法律—理性」合法性觀念能夠正常地發揮給人們提供基本認同基礎的功能，雙重合法性的矛盾就不明顯，或被抑制、被調和；可是當社會、國家發生危機時，「法律—理性」的信念系統，就會出現功能紊亂，遭受傳統信念的挑戰，一些知識分子就會通過復興族群文化的方式來重建民族共同體，以求得危機的解決。於是兩種不同性質的合法性認同就會發生激烈的衝突，雙重合法性危機也就得以爆發〔註22〕。

　　當然，社會危機並不只反映爲文化民族主義，同樣也會表現爲爲民族命運、國家前途而奮鬥的政治民族主義運動，但是文化民族主義卻在運動的目標、對民族特性的認識、運動的主要倡導者、基本運動軌跡等方面，都具有不同於政治民族主義運動的性質：

　　表面上看上去，政治民族主義也可能像文化民族主義那樣，通過族群認同的歷史來動員群眾，而且在此過程中，政治民族主義本身也可能被族群化或再傳統化。但是，政治民族主義運動的目標本質上是現代化的，即爲了自己的民族共同體而去確立一個代議制的國家，以便它可以作爲平等的一員，參與到實現普世理性文明的事業中。而文化民族主義的目標則是致力於民族共同體的道德復興，而這要遠勝於實現一個自治國家的目的。

　　文化民族主義視國家爲偶然性的存在，在他們看來，民族的本質是由其獨特的文化、歷史和地理特徵構成的。政治民族主義者本質上是理性主義者，而文化民族主義者則擁有自己的特殊的宇宙論：認爲人類像是自然一般被灌注了創造性的力量，每一個人都由這種力量賦予了所有的東西；民族是這種

〔註21〕參見約翰・哈欽森：《文化民族主義的動力》（JOHN HUTCHINSON, *The Dynamics of Cultural Nationalism: The Gaelic Revival and the Creation of the Irish Nation State*. London: ALLEN & UNWIN, 1987.）

〔註22〕參見 JOHN HUTCHINSON, *The Dynamics of Cultural Nationalism:The Gaelic Revival and the Creation of the Irish Nation State* 第 6 章、第 2 節。

精神最初的表現者，就像家族一樣，它們是自然形成的休戚相關的團體。因此民族不僅是政治單位，也是「有機的」存在體，活的人格。它的每一個成員必須得到群體其它成員在各方面的關愛。文化民族主義不是像政治民族主義那樣，將民族建立於「純粹」的同意或法律的基礎上，而是建立在根植於自然和歷史的民族激情之上。

儘管在文化民族主義者那裡，民族傳統具有非常重要的作用，重回傳統被視爲民族復興的重要前提，但是這並不意味著文化民族主義是消極被動的傳統決定論者。與政治民族主義一樣，文化民族主義也拒絕消極傳統的來世觀，並贊成人作爲自主的理性存在的積極的人生觀。赫爾德就認爲，民族是隨著時間不斷流動的共同體，其歷史特徵、地位必須通過每一代人去創新，因爲沒有哪個時代可以爲另一個時代提供模式。因此，無論是在文化民族主義的民族概念中，還是老一代和年輕人之間都存在著衝突的可能性。實際上，在文化民族主義者看來，民族的危機本質上是內在性的，只有民族的內部發生了退化，邪惡、腐敗才會降臨民族頭上；而民族退化、墮落之因，或者是因爲過分迷信理性主義，導致對於國家消極的信賴，或者是因爲傳統的僵化。不管原因如何，都意味著要想爭取民族的新生，就必須起而鬥爭，不僅同外部諸惡因素相抗爭，而且也要與傳統中僵化、腐朽的東西作鬥爭。

但是如果對文化民族主義來說，與傳統的衝突是必須的話，其目的則是爲了民族傳統的整合，而政治民族主義則可能會爲了建設一個現代法律—理性的社會將傳統連根拔除。所以文化民族主義是一種重返民族傳統的運動，它追求的是通過返還富於創造性的民族生活的原則而重新將民族在各個方面凝聚在一起。既然民族認同只能通過一個鮮活的整體（作爲一個相互單位間被區分開的綜合體）而被把握，它就只能以連續進化的方式掌握，而不能夠被法典性地固定化，因此它的倡導者就不是政治家或立法者，而是超越性的歷史學者、藝術家。正是他們構成了文化和學院社會，並被賦予神聖的使命，要求他們在民族生活的各個方面去逼眞地重新發現民族特有的創造性的力量，並將其投射到民族的所有成員那裡。〔註23〕

〔註23〕上述有關文化民族主義與政治民族主義的辨析，主要編譯自哈欽森《文化民族主義的動力》（*The Dynamics of Cultural Nationalism:The Gaelic Revival and the Creation of the Irish Nation State*）一書的 12～15 頁。

　　將上述西方理論運用於闡釋以儒學爲本位文化基石的「中國文化民族主義」是需要非常小心的。因爲第一，中國國家的確具有早發性，而且它還具有突出的跨區域、跨（超）種族、跨文化性，即傳統帝國性。第二，儒學是普世性的古老的思想文化形態，但是它不同於佛教、伊斯蘭教、基督教等宗教思想，其所強調的天道雖具有一定的超越性，但並非宗教性的絕對的超驗性存在，而是作爲家—國—天爲一體的差序性結構的內在根據。它並沒有基督、釋迦牟尼、安拉這樣彼岸性的象徵，又不具有絕對性存在的純粹理論形態的特徵，作爲天道的合法性與具體性都需要此岸性的天子、王道之國來顯示，或更根本地需要體現於君君臣臣、父父子子的孝悌結構中，而儒學只是這一系統的理論闡釋，儒者是帝王師而非抽象的天（上帝、安拉）的使者，所以對於中國古代的皇帝來說，像拿破崙那樣以給自己加冕的方式來顯示權力的至高無上性，根本就是不可理解的；而相反，眞正的儒者或君子的實現，則需要通過「在家孝父母、在外事君王」之類的實踐行爲才能得以完成，這就決定了儒學對國家權力系統的天然的依附性。而古代中國國家的跨區域、跨文化、跨種族性，又恰恰賦予了儒學支撐帝國性國家所需要的文化——制度普世性和承載天不變道亦不變之理念的雙重使命。可是第四，在另一方面，不僅類民族主義的觀念至少晚至宋代就產生了〔註24〕，而且古代中國向現代中國的轉型，又的確帶有極強的現代性，因此運用西來的民族主義理論來解釋現代中國的轉型或建構，又是合理的。但是上述幾點又決定了不能簡單的套用西方理論來解釋中國現象，否則所得出的結果，很可能會是似是而非的。

　　古代中國國家的持續存續，可以有力地證明史密斯有關民族基因的古老性、長時段性假設，但是它的跨區域、跨（超）種族性，又使得其並不同於所謂的古代英格蘭這樣的「類民族性地域國家」，而是有點類似於古羅馬這樣的帝國，而在這樣的帝國幅員中談什麼「帝國民族」的民族性的文化基因，對於生活於西方文化語境中的史密斯來說，當然是無法想像的。所以哈欽森以其理論爲基礎而建構的（愛爾蘭）文化民族主義，實際所處理的是帝國中的或多民族國家中的「少數族裔」的文化民族主義問題，這與當下中國主流社會的「中國文化民族主義」運動當然差別甚大。長久的帝王師的歷史、曾經的天下（東亞）普世性文化標準、漢民族占人口絕大多數的現實，都使得

〔註24〕葛兆光：《宅茲中國——重建有關「中國」的歷史論述》，北京：中華書局，2011 年版。

主流文化民族主義運動，不僅自然而然地以中國的名義發言，甚至以世界、普天下的文化使命者自居，並且那怕是像蔣慶這樣的「最爲純正」的當代儒者，也可以毫無障礙地宣稱「政治儒學」〔註25〕。所以如果以哈欽森所說的文化民族主義的標準來衡量儒學民族主義，顯然是不恰當的。

　　但是中國不僅具有類民族主義的早生性，而且現代中國早已不再是古代的帝國，而是在民族—國家的世界體系的衝擊下所轉型而建構的現代民族—國家，因此史密斯的現代國家的雙重合法性危機學說，就不僅對於解釋晚清帝國有效，而且對於解釋當代中國亦有效。無論是（文化）民族主義思潮興起的刺激反應說，還是徐友漁的兩種民族主義的分野，實際都或間接或直接地與此相對應。也正因爲此，在進行相關分析時，如果不加以細心地辨析，就很容易造成分析的含混、混雜。這點在海外華裔學者郭英傑的相關著作中就表現得特別突出。

　　主要通過借助史密斯和哈欽森的理論，郭英傑較早地將當代「中國文化民族主義」從一般性的民族主義話語中分離了出來。但是郭氏所區分的並非哈欽森所區分的可能結成「統一戰線」的文化民族主義與政治民族主義，而是作爲「黨—國（Party-state）」或國家民族主義意識形態「對立（應）面」的文化民族主義。因此，他要考察的焦點就是，文化民族主義同國家民族主義之間所展開的「爭奪中國靈魂的戰爭」〔註26〕；也因此他所考察的中國文化民族主義也就具有了更爲突出的話語性以及它作爲不同意識形態角逐的場域性功能。正如郭氏所言：

　　　　本專著將文化民族主義的民族結構視爲意識的目標、民族自我的公眾化身和表現、精英的身份鑒別、以及爲中國黨—國和中國未來方向提供合法性認同重構的意義，而不是擁有想像的共同體成員的身份識別，或介於精英和大眾之間的東西。或換言之本專著更重視觀念和話語的扣連與脫結……民族主義作爲「論爭的慣例」、人們彼此間持續爭論他們是誰或是什麼的方式，而不大關注行爲。〔註27〕

〔註25〕 蔣慶：《政治儒學》，北京：生活.讀書.新知三聯書店，2003 年版。
〔註26〕 郭英傑：《當代中國的文化民族主義》（Yingjie Guo, *Cultural nationalism in contemporary China : the search for national identity under reform*，New York：Routledge Publications, 2004），頁 1。
〔註27〕 Yingjie Guo, *Cultural nationalism in contemporary China : the search for national identity under reform*，頁 5。

但是正因爲文化民族主義在郭著中具有如此大的彈性，被其視爲文化民族主義的現象相當龐雜：有典型的「儒家文化民族主義」、還有不那麼典型的「中式後現代民族主義」、「新左派」、甚至「自由主義」；有高等學府的學者、教授、研究人員、歷史學家、人類學者，還有文學藝術家；有國際孔子基金會、中國孔子基金會、中國黃帝協會、《漢字文化》、《東方》這類聽上去就像是「中國文化民族主義」附屬的機構或雜誌；還有《天涯》這種一般人萬難歸入文化民族主義範疇的刊物，甚至連《天涯》雜誌的主編韓少功都被定義爲了「突出的文化民族主義者（prominent cultural nationalist）」〔註28〕。郭氏較早地從文化民族主義角度來研究中國的民族主義思潮，是有助於細化對中國民族主義的認識，但他的論述，表面上汲取了史密斯與哈欽森的理論，但在實際上又幾乎完全取消了他們考察民族主義的重要基礎——民族或族群本身的文化共同體的基礎。這樣，作爲具有特殊性的文化民族主義與作爲一般意義上的思想文化意識形態之間的差異也就難以區別了，因此，如果按照他的思路推演，比如說八十年代「八五文化熱」中的許多現象，恐怕都可以劃入文化民族主義的範疇了。郭著的文化民族主義所指之所以如此混雜，很可能與他缺乏深切的中國問題的在場感有關，或許就是西方有關中國當代民族主義言說的改造版而已。

例如在澳大利亞學者白傑明（Geremie R.Barme）那裡，《讀書》、《國學》、《中國文化》、《學人》、《東方》、《戰略與管理》等大陸著名雜誌幾乎都成了民族主義或準民族主義期刊；還有國家民族主義的代表王小東、《諾日朗》的作者楊煉、第五代導演張藝謀陳凱歌等、電影演員姜文、小說家王朔、先鋒詩人周倫祐、尋根小說家韓少功、理想主義兼伊斯蘭清潔精神的倡導者張承志、激進反共海外流亡者袁紅兵、西化主義者的產品《河殤》、「中式美國夢」通俗類作品《北京人在紐約》等存在巨大差異的作家及其作品，在白傑明的眼中不過都是「已被今天已經死去的黨的宣傳重新塑造過，並且反映著深深的挫折感及不可抗拒的民族野心」的不可救藥的自卑、自虐、「自我厭煩」的瘋狂的民族主義〔註29〕。如此看來，從當代中國走過來的中國人，都預先被列入了變態的恥辱名冊，其唯一可能被西方教主赦免的途徑，可能只有一條，那就是徹底與中國、與中國人劃清界線。

〔註28〕同上，頁143。
〔註29〕參見石中：《西方人眼中的「中國民族主義」》，《戰略與管理》，1996年1期。

三

　　現如今，無論中外學者都是在中國國家或中華民族層面的意義上來談論中國的文化民族主義或中國民族主義的。對於中國學者來說，他們基本都未注意到或無視現有的不同族裔層面的民族主義或文化民族主義現象，這也正是為什麼筆者在前面提到「中國文化民族主義」時，一律加上引號的緣故。而西方學者雖然對中國當下的「民族問題」相當關注，但是由於「中國只是漢族中國、中原中國」的觀念在他們腦海中已根深蒂固，所以他們往往是本能地從「非中國人」的角度、從民族獨立的角度去看待相關現象。因此，他們即便是論及八十年代以來的少數族裔文化復興中的「文化的力量」，那也只是某一少數民族的「文化民族主義」，而非複數的中國文化民族主義的多維表現。

　　當代中國各種族裔民族主義的共同表徵就是，明確地以本族群文化身份認同為本位，這使得它們具有非常突出的「文化性」，這似乎與主流社會的「中國文化民族主義」是相同的，但實際兩者具有本質的區分。後者所念念不忘的儒家思想、儒家文明雖然程度不同地帶有「漢族」或「漢民族」的屬性，但這些新時代的儒學、儒家文明倡導者，是在超族群的整體中國性的意義上發言的，所以他們也大都很自然地繼承了儒家學說的普世性。另外再如王小東為代表的國家民族主義，雖然也將區分中國與西方的最基本的標准定位於種族性因素，但是他們所指的種族是較為含混的「黃種人」，而非漢族〔註30〕。但像「漢網」、「皇漢網」、「漢服運動」等這類現象，則將「漢族性」放在了一切認同之上，他們眼中的中國，也就成了漢族的中國。雖然就中國的情況來看，這種排斥性極強的「漢民族主義」在中國的語境下似乎顯得有點怪異，他們常常表現出的被抑制的憤憤不平，似乎也與漢民族的中華民族的實際主體性反差甚大，但也正是這種看似不太正常的表現，表明了中國的族裔民族主義恰與史密斯、哈欽森所論的民族主義相當一致，屬於典型的族裔民族主義或族裔文化民族主義。所以本專著的研究，將會較多地借鑒族群—象徵主義或文化民族主義的理論方法。

　　中國當下的族裔民族主義或類族裔民族主義的現象很多、涉及到中國「56個民族」中的絕大多數的族群，所涵蓋領域也很廣。不過從「種族」、「中國」、「政治」、「文化」這幾個要素綜合來看，大致可做以下區分：

〔註30〕王小東，《當代中國民族主義論》，《戰略與管理》，2000 年第 5 期。

　　一、文化性的族裔民族主義和政治性的族裔民族主義。據筆者觀察，所有中國的族裔民族主義言說，都對自己族群的文化充滿了自豪感，幾乎都將本族群文化認同放在第一位。不過，其中許多主要是以介紹本族群文化爲特徵，即便相關的言說，帶有相當的民族感傷性，但也基本局限於文化鄉愁，沒有太強的政治衝擊性。它們基本可以歸類爲廣義的文化民族主義。而另類數量較少的言說，政治衝擊力則較爲強烈，可歸類爲民族主義或政治民族主義的範疇〔註31〕。

　　二、一般的非排他性族裔民族主義和排他性種族民族主義。絕大多數中國的族裔民族主義或類族裔民族主義言說，雖然也強調民族認同的本位性，但並不（至少不明確、公開）排斥中華民族認同，不帶有強烈的厭惡其它族群的情緒。但也存在極少數的種族意味較強的、排他性的族裔民族主義言說，它們或表現爲極端的皇漢民族主義，或表現爲極端滿民族主義。前一種多可歸類爲文化民族主義，而後一種則近於種族主義，而落實於少數族裔那裡，這類種族主義色彩濃厚的民族主義，一般都帶有較爲鮮明的民族獨立、民族分裂意識〔註32〕。

〔註31〕詹姆森‧湯森在《中國民族主義》(Chinese Nationalism)一文〔*Chinese Nationalism* Jonathan Unger （ed.）, Jonathan M.E. Sharpe，1996.（頁7～8）〕中討論了民族主義的三種形態：作爲「學說或觀念系統的」(a doctrine or set of ideas)、作爲「政治行動或運動的」(ploitical action or movement)、作爲「情感的」(sentiment)。從總體來看，由「新時期」以來少數族裔文學寫作中所表現出來的「民族主義」，基本都是「作爲情感、意識或心態性的東西，主要側重於表現個人對於其所屬的民族和傳統的感知與忠誠」。雖然說作爲各不同族群和個體的文學性寫作，並不容易形成明確的理論性的學說和系統觀念，但如果進行概要性的分析，也不難從許多少數族裔文學寫作中，概括出一些基本的一致性。比如對於本族群傳統的追懷與失根的困惑和焦灼，對於族群文化空間的民族歸屬性的重新建構等等。甚至連一些基本意象的設置，不同族群的寫作都會表現出相當的一致性。（例如彝族、藏族和巴音博羅的一些詩歌）至於說作爲明確民族獨立訴求的、建構自主政治共同體的政治運動的民族主義現象則相當少，除了極個別的現象外，總體上看大致也只是在近十年才比較明顯化。比如說2003年以後藏族詩人唯色所進行的紀實性「抵抗書寫」，2006年之後的藏族青年詩群中的某些人的國家認同的變異（如嘎代才讓）。相關情況詳見後文。

〔註32〕「Ethnic」既可以翻譯成「種族」，也可以譯爲「族群」，前者更多地傳達出此詞的「種族」屬性，而後者則可能更好地表現其「文化」屬性。史密斯的*Ethno-symbolism*就有「種族—象徵主義」和「族群—象徵主義」兩種譯法。後一種譯法更準確，因爲史密斯顯然強調的是Ethnic或Ethno的文化特性。至於網絡空間的族裔民族主義或族裔文化民族主義的情況，請參見姚新勇：《當代中國「種族民族主義思潮」觀察》，《原道》，第17輯，北京：首都師範大學出版社，2010年版。

　　廣義的族裔民族主義現象，在網絡空間曾經一度非常普遍〔註33〕，但互聯網在中國普及之前，並不明顯；而且就是廣義的民族主義言說，在上世紀九十年代之前，也似乎幾無蹤跡。但是作爲以本族裔文化認同爲本位的類似的文化族裔民族主義現象，早在八十年代初就出現在了少數族裔文學界，並在八十年代中期，成爲了少數民族文學共同的創作取向，而此時「改革開放」、「擁抱世界」的觀念還正是中國社會的主導性取向。

五

　　根據前面相關討論，再結合本論著將要展開的工作，或許可以對本論著的文化民族主義視域做如下歸納。

　　第一，雙重層面的文化民族主義。筆者將在兩個層面上使用文化民族主義這一概念，它既包括中國國家層面的文化民族主義，也包括族裔層面的文化民族主義。具體到本論著的研究對象，大多數情況下，所指的都是族裔性的文化民族主義。但是這並不意味著一方面將雙重層面的文化民族主義一起納入本論著的研究，另一方面又實際將它們分割開來，甚至只局限於族裔性文化民族主義現象的考察；當然也不意味著取消兩者的差異〔註34〕。且不說我們不能再將少數族裔文學與整體中國文學割裂開來研究，即便僅就少數民族的認同本身來說，他們也可能會遭遇一般漢族人士所想像不到的「族群認同」與「中華民族認同」之間的矛盾。如果只重視國家層面的認同，那麼很可能會遮蔽許多少數族裔的族裔層面的認同；反之又可能過份解讀族裔層面的認同，從而誇大少數族裔與國家之間的距離，或以「非我族類，其心必異」腹誹之，或以「民族獨立之聲」而同情之〔註35〕。所以，無論是研究狹義的「中國文化民族主義」還是研究「中國的族裔性的文化民族主義」，或者將這兩者結合起來進行研究，保持文化民族主義兩個層面的既區分又一致的張力都是十分必要的。

　　第二，作爲個體/集體基本世界觀的民族認同與文化民族主義。民族主義意識形態，尤其是文化民族主義意識形態的核心問題是「民族認同」的問題。它

〔註33〕　現在也還算比較常見，但顯然不如 2010 年前了。最熱鬧的時期，大約在 2005～2010 年之間。

〔註34〕　「新永存主義者」就認爲，「歷史地看，所有的民族以及它們的民族主義在根子上都是『族群的』」。安東尼·史密斯：《民族主義 理論、意識形態、歷史》，第 111 頁。

〔註35〕　請參見黃云：《族群、宗教與認同的重建——廣州一個維吾爾移民社群的研究》，香港中文大學博士論文，2008 年 10 月，第四章「國家認同」。

不只是簡單的關於個體與集體身份的想像，而是個體與民族集體的基本的世界觀或宇宙論。「民族認同依賴分享共同的象徵系統，它被賦予了涂爾幹所謂的邏輯遵奉主義的象徵力，即『時間、空間、成員及原因諸概念的一致性。在此基礎上，使得不同智力的人達成一致』，或對於世界直接意義的一致性。因此，民族認同也為民族決定如何進行集體生活構成了一般性基礎」〔註36〕。而作為認同基礎的持續性象徵系統的主要來源則是，慣例、記憶、價值、神話、符號等文化性要素，正是它們「構成了群體文化單位的累計性傳統」〔註37〕。因此民族文化認同的世界觀性質、所繼承或所發現的特定族群的傳統性，則就直接影響了本專著所考察的文化民族主義者們或相關現象的基本特徵與特殊品質。

第三，作為話語和方法的文化民族主義。從文化民族主義視角去觀察中國的各類文化民族主義現象，重要的並不是列出一些所謂的文化民族主義的標籤，去衡量、查尋哪些人、機構或媒介屬於文化民族主義，而是要將文化民族主義作為話語性的存在、視為不同意識形態角逐的場域加以觀察。因此，不應該機械地將本論著中所考察的諸多現象，都定性為文化民族主義性質的存在。具體到本專著的主要研究對象——中國少數族裔文學，文化民族主義視野的考察，就不是對其的封閉性的定位，而是對其複雜的話語結構形態的分析性敞開。

第四，作為轉型期中國的文化民族主義。本論著對近三十年少數民族文學的文化民族主義視野的考察，將在中國社會轉型這一總體語境中展開。轉型中國所面臨的「雙重合法性危機」，不僅激發了國家層面的文化民族主義，而且也同樣是族裔層面的文化民族主義起始、展開的基本語境。當然由於國情不同、社會發展路徑各異，我們不能生搬硬套史密斯的「宗教觀念」與「法律—理性」兩種合法性衝突，但是從「雙重合法性衝突」理論假設的邏輯結構來看，它對於幫助我們解讀中國現象，仍然具有有效的方法論意義。結合三、四兩點，本專著絕非單純的少數民族文學研究，而是以文化民族主義為視角、以少數民族文學為對象、以轉型期中國社會及諸意識形態關係為語境的研究，是對重構中國、重建民族共同體的價值、信念及認同多樣性實踐的考察。

第五，作為多樣性、複雜性與整體性的文化民族主義。中國少數民族文學界所表現出的與文化民族主義相近的現象，與國家層面的相關現象有諸多

〔註36〕 Yingjie Guo, *Cultural nationalism in contemporary China : the search for national identity under reform*，頁 1。

〔註37〕 Anthony D. Smith, *Ethno-symbolism and Nationalism A cultural approach*，頁 15。

差異，而且不同族裔文學之間以及同一族裔文化內部的諸多相關表現，也是複雜而多樣的。揭示這些複雜多樣性，正是本論著的目的之一。但是無論具體現象的構成多麼複雜，它們所處的基本語境、所涉及的基本問題，實際都是相同或相近的，同屬於「尋找新的『國家認同』、『民族認同』的共同主題」，同屬於轉型期中華民族及其各組成部分共同的遭遇與宿命。所以，儘管族裔文化民族主義話語之於中國的解構性更爲突出，但是它們仍然也不能不是中國的。因此，轉型期中國少數族裔文學的文化民族主義視野的考察，就既不是對中國國家層面的文化民族主義考察的簡單補充，也不是西式的「非中國人」的少數民族研究的本土擴展。

　　第六，作爲含混的文化民族主義。本專著中，我們所言說的文化民族主義的外延與內涵是比較彈性的。它在某些情況下可能是作爲「政治民族主義」的對應面的存在，即哈欽森所特指的將本民族或本族群文化的保有、發展放在第一位，而並不是非常在意於是否建立一個獨立的民族國家的政治民族主義，或者甚至就根本看不出有這種想法。比如說藏人文化網的主辦者旺秀才丹和才旺瑙乳，還有彝族詩人吉狄馬加、阿庫烏霧等。但是在另一些情況下，所謂文化民族主義與政治民族主義的兩分可能並不存在，或至少並不那麼明確。在一個時段或一種情況下，可能會表現爲文化民族主義爲主，而在另一個時段或情況下，可能政治民族主義的色彩要更爲強烈，或者乾脆兩者就是混而難分的。這種含混性在藏族文學那裡就表現得相當突出。另外，本論著中，文化民族主義與國家民族主義是既相互衝突又相互重疊的現象。除了前面徐友漁所說的那種層面的問題外，這裡主要包含兩個層面的意思：一是指眾多族裔民族主義（不管是文化的還是政治的）本身就與中國國家民族主義有著衝突，而且也與儒學民族主義性質的文化民族主義有著衝突；二是指一些少數族裔文學中的文化民族主義的指向，並不排斥中國國家認同，甚至本身還有相當強烈的國家情感，張承志當然是最典型的代表，另外像巴音博羅、栗原小荻等也是。最後，文化民族主義在本論著中，還包含作爲政治民族主義前期發展階段的「感傷性」的民族主義的含義〔註38〕。總之，這些種類的文化民族主義的定位，在轉型中國的語境中，似乎都可以找到相關的對應性

〔註38〕　好像除了哈欽森與史密斯之外，人們一般都將主要再現爲文學、歷史、建築、音樂、美術等方面的文化民族主義視爲民族主義運動的階段性的存在，認爲它們在喚起了所屬共同體成員的民族主義感情後，就被政治民族主義所替代。例如 James Townsend 所區分的感傷民族主義與政治民族主義。

表現。因此本專著所論的諸文化民族主義的具體表現與性質，要視具體的上下文而定。〔註39〕

第二節　「少數民族文學」（「民族文學」）之辨析

　　既然本專著的研究主題是從文化民族主義視野透視轉型期少數民族文學，那麼有必要先釐清「少數民族文學」這一概念。在中國，「少數民族文學」又常常被簡稱爲「民族文學」，一般情況下，人們好像也把它們很自然地看成是同一概念的全稱和簡稱之別。其實這兩者存在微妙的差異。一般來說，漢族或國家喜歡用「少數民族文學」，而少數民族自己則喜歡用「民族文學」。前者直接將「少數民族文學」的少數性、附屬性、邊緣性突顯了出來，而後者則隱含或自覺地突出著「民族文學」的主體性。不過在實踐中，「少數民族文學」、「民族文學」之「同一性」和「差異性」的使用是混雜的，所以本節對「少數民族文學」或「民族文學」概念的辨析，也保持其含混性，至於對其微妙差異的注意，也涵蘊於其間。

　　少數民族文學自新中國開始明確建構起，已經走過了半個世紀左右的歷史了，並且成爲了中國文學重要的組成部分之一。但是「什麼是少數民族文學」這一基本問題，至今好像還鮮有人做過深入、系統的理論分析。此問題一般只是被不言自明地表現爲少數民族文學已大致確定了的情況下，怎樣處理一些具體的跨界文學現象的歸屬問題。比如老舍應該算是滿族作家還是漢族作家，再如張承志的《黑駿馬》究竟算是蒙古族文學還是回族文學抑或一般性的中國文學，還有應該怎樣處理跨界民族文學的國籍歸屬問題等等。爲了解決這些問題，上世紀五六十年代就提出了一些具體的界定標準和解決思路。但是對於「中國少數民族文學本身在不同的歷史語境中被給予了怎樣的不同的身份（Identity）定位」這一重要問題，則被長期放逐；且不說有關少

〔註39〕此處需要稍加解釋的是，郭英傑和約翰・盎格爾都指出了九十年代之後中國出現的民族主義的混雜性，但是被盎格爾比喻爲「約瑟的彩色外套」的中國民族主義是單數的「它」（Unger, 'Introduction' to Chinese Nationalism, *Chinese Nationalism* Jonathan Unger （ed.）, Jonathan M.E. Sharpe，1996. 頁 17），而郭英傑實際上不過是將這種單數的中國民族主義分成了雙數的文化民族主義和國家民族主義。而實際轉型期中國所出現的各類民族主義按大類就可以分爲「國家民族主義」、「（中華民族）文化民族主義」、「族裔民族主義」；而若以小類分，僅僅是複數的族裔民族主義，就可以按所涉及的族群分出幾十種來。

數民族文學特性的思考和對於少數民族文學或特定族裔文學獨特身份意識的強調等沒有意識到這一點，就是從話語建構的角度反思少數民族文學學科建構的思考，也沒有真正明確地意識到這一問題〔註40〕。而深度理論思考的缺失，則又相當程度地影響到了對於少數民族文學、或少數民族意識的本質化、片面性、偏激性的認識，這既不利於少數民族文學本身的健康發展，也不利於中華民族多元一體和諧關係的建設。

　　下面我們將以中國少數民族文學的「界定史」〔註41〕作爲基本線索，通過引進相關的西方理論，圍繞著身份／認同（Identity）〔註42〕的建構這一焦點，給予中國少數民族文學這一概念以切實的話語建構性的考察。因此，本節所討論的與其說是少數民族文學「是什麼」，不如說是考察在少數民族文學這一場域中，少數民族文學是被怎樣定位的，民族文學的主體性是被怎樣生產的，呈現出了怎樣複雜的話語權力的歷史糾葛。

一

（一）

　　縱覽少數民族文學的理論史，對少數民族文學身份的界定大致可以分成三類或三個階段：社會主義的民族文學、民族的民族文學、後殖民弱勢文學。

　　文學的社會主義特性及其相關標準確定於 1942 年的《在延安文藝座談會上的講話》，它作爲當代文學的基本指導方針一直持續到上世紀七十年代末〔註43〕，少數民族文學界的情況也是如此，只不過由於民族文學的特殊性，有著一些較一般中國文學不大相同的具體表現。

〔註40〕從話語建構的角度反思少數民族文學學科的建構，呂微和姚新勇有一定的代表性。可參見呂微：《中國少數民族文學史研究：國家學術與現代民族國家方案》，《民族文學研究》，2000 第 4 期；姚新勇：《追求的軌跡與困惑──「少數民族文學」建構的反思》，《民族文學研究》，2004 年第 1 期。另外，劉大先的《現代中國與少數民族文學》（北京：中國社會科學出版社，2013 年版）也值得重視。

〔註41〕對於少數民族文學的定位，既表現於理論性或近似理論性的言說，也包括具體創作時作家的心理或下意識的定位，而這兩者的演變時序並不太一致，這裡的討論基本是從少數民族文學批評理論的相關言說進行的。

〔註42〕Identity 一詞的含意相當多，包含身份、認同、特性、一致性等等。本文主要是在身份和認同兩個含義上使用該詞。

〔註43〕如果就後續的相關反思性來說，《講話》對中國文壇的影響實際都延續到了八十年代初中期。當然近一兩年來，似乎更大有重回主導之氣象。

文學的社會主義性質對民族文學的具體規約，在五十年代末六十年代初少數民族文學史的編撰工作中有過一次集中的體現，而所涉及的焦點問題，實質就是如何對少數民族文學進行定位。據中國社科院民族文學研究所編纂的《中國少數民族文學史編寫參考資料》（以下簡稱《參考資料》），可以區分出兩類與少數民族文學定位相關的問題。第一類屬於更爲準確地確定具體作家或作品的族別歸屬的問題，大概提出了六條指導性的參考意見：

一、認爲「可以不分作家的民族成分，而從作品反映的內容是那個民族的生活，就應該寫在那個民族的文學史裏」，「這種看法是不妥當的」。

二、「從作品的語言、風格、接受本民族文化遺產等多方面聯繫起來」判定，「是有合理的一面，但不能強調」，這樣會把以他民族語言進行創作的作家，從少數民族文學或他所屬的民族文學中排除出去。

三、「應根據作者的民族成分，結合作品的內容、語言、風格、接受本民族文化遺產等各方面進行鑒別。」

四、但是認爲將蒲松齡、老舍這樣的作家歸入蒙古族、滿族，「更會加強民族自信心，對該民族很大鼓舞」，這種觀點不必要。因爲「中國文學史本身包括少數民族文學史；強列在少數民族文學史裏，由於作品反映內容、民族風格、心理特色、語言都不太吻合，可能產生不協調現象……我們在思想上必須明確，少數民族作家能列入中國文學史或者東方文學史裏講，是一件光榮的好事，應該歡迎。」

五、對「少數民族作家與漢族作家合作的作品」，「應該大書特書，因爲它是各民族合作的結晶，是民族友好的表現」。

六、「其它民族，特別是漢族作品在少數民族地區流傳，經過民間藝人整理加工或再創作而形成」的「少數民族的文學」作品，應該將它們看成是漢族與少數民族的合作產品，「也應該寫入少數民族文學史中」。〔註44〕

〔註44〕可集中參閱，中國社會科學院民族文學研究所編：《中國少數民族文學史編寫參考資料》，《少數民族文學史討論會簡報」（七）》，1984年版。

這六條意見實際已經提出了界定具體文學現象族別歸屬的「民族成分」、「語言」、「題材」這三個要素。這些界定標準的提出，對以後的民族文學研究產生了持續的影響，尤其是它在 1982 年被瑪拉沁夫先生明確地概括爲「民族文學識別」的三要素之後，對民族文學批評及研究的影響就更爲明確，其影響甚至到今天也未完全消失。但是儘管如此，具體文學現象的族別歸屬問題，基本只能歸類爲技術層面的問題，並非方向性、原則性的問題。

而第二類原則性、方向性的問題，我們以周揚的報告爲例集中來談。針對少數民族文學史的撰寫問題，周揚重點談了四方面的問題：古今比例問題，文學史的分期問題，民間文學中有無兩種文化鬥爭的問題，作家作品評價問題。「古今比例」問題的核心是要不要執行「厚今薄古」的原則。受當時政治情勢的影響〔註45〕，少數民族文學史編纂工作，也要求落實「厚今薄古」的原則，甚至提出了 1：1 的古今分配比例。此觀念本身就很荒唐，而具體到當時的少數民族文學史的編寫問題就更爲嚴重了。因爲與國家主流漢語文學相較，新中國成立之初的社會主義性質的少數族裔文學的創作成果相當少，無論是少數族裔的民間文學還是作家文學基本都是「古代形態」的，強行落實厚今薄古原則更加重了「把古代的東西現代化，或者勉強的聯繫現在」的問題。所以才有如此之問：「兩千多年和四十多年甚至十多年的比例是一比一，不大行吧」？〔註46〕。

「文學史分期問題」的核心可分成互爲表裏的兩個層面：表層是如何將馬克思主義唯物史觀與少數民族（文學）歷史發展的具體情況相結合，做出既符合唯物史觀同時又符合具體少數民族歷史發展情況的文學史分期；裏層問題則涉及到漢族文學與少數民族文學的關係，而這又涉及到兩個方面：一是應不應該以漢族地區的歷史發展階段硬套少數民族的歷史；二是怎樣處理不同族群間的文學相互影響的問題，這點主要指的還是漢族文學與少數民族文學相互影響的問題。而具體到少數民族文學史的編寫，一個直接的問題就是，編撰少數民族文學史是只寫少數民族自己的東西，還是也應該書寫不同民族之間的相互影響〔註47〕。

〔註45〕「厚今薄古」原則，由陳伯達於 1958 年提出，在當時掀起了相當熱烈的所謂的「討論」。可集中參閱科學出版社編輯部：《厚今薄古》，北京：科學出版社，1958 年版。

〔註46〕《周揚在少數民族文學史討論會上的講話》，《中國少數民族文學史編寫參考資料》，第 45～46 頁。

〔註47〕同上，第 47 頁。

「兩種文化鬥爭的問題」主要關係到民族文學與「階級性」、「人民性」兩個方面，而評判的基本標準則是列寧的觀點。一方面列寧反對「統一的民族文化」觀，認爲在階級社會裏，每一個民族中都存在著兩種不同的對立的文化〔註48〕。另一方面，在無產階級的文學觀中，人民群眾又是社會歷史前進的動力，尤其是在「大躍進」時期，勞動人民群眾的能動性、創造性更被大力宣揚，勞動人民作爲物質與精神財富創作者的天然合法性就更爲突出。因此，主要以口頭民間文學爲表現形式的少數民族文學，當然應該被視爲勞動人民所創造的精神財富而加以肯定。但是人爲的理論想像，並不可能與具體情況自然對應，尤其是民間文化形態的口頭文學比作家文學的含混性更高，更難以用「人民性」、「階級性」乃至現代的文學藝術標準硬套。硬套的結果當時就引起了不少問題，鬧出了許多笑話。所以具體研究中就有人提出「少數民族文學與漢族文學不同，主要是民間口頭文學，反動統治階級尚沒有形成自己的一套反動文學，因而兩種文學鬥爭不明顯」〔註49〕。而且周揚、何其芳這樣的高級別的領導，也對各類時興的政治標準的硬性貫徹提出了批評。

「作家作品評價問題」較爲龐雜，但統攝性的問題是如何正確地貫徹、落實「政治標準第一、藝術標準第二」的問題。這當然是《講話》所確定的文學評判標準向規範少數民族文學方向的推進。但具體到當時的少數民族文學史的編寫，主要的爭論還是涉及到古今關係、人民性、階級性、宗教與文學、民族關係等原則性問題上，前述的生搬硬套政治性標準所帶來的問題，也正是在此方面有了更爲具體的表現。這在《參考資料》所收集的不少人的講話或文章中都有所體現。

比如說爲了落實階級性或兩種文化的鬥爭，將《阿詩瑪》由「反舅權」改變成「反領主」的問題〔註50〕。再譬如《成吉思汗的兩匹駿馬》的版本選擇、翻譯是否準確的討論，核心還是這部作品究竟表現的是勞動人民對於統治者的反抗，還是「提倡妥協，宣揚階級調和，歌頌成吉思汗」？或者壓根

〔註48〕 可參見錢念孫：《列寧的「兩種文化」理論再探討》，《文藝理論研究》，1984年第3期；或黃力之：《列寧論民族文化問題的悖論辨析》，《馬克思主義研究》，2009年第9期。

〔註49〕 《雲南文藝界展開關於兄弟民族文學史編寫問題的討論》，原載《雲南日報》1961年3月29日，《中國少數民族文學史編寫參考資料》，第33頁。

〔註50〕 如《中國少數民族文學史編寫參考資料》，第31、202頁。

反映的就「是統治階級內部的矛盾」〔註51〕？再如如何評價《牟伽陀開闢鶴慶》這類「帶有宗教色彩的作品」，是將其看成反映了「當時人民要征服大自然的願望」，還是宣傳宗教迷信呢？另外《杜文秀起義的故事》也讓當時的研究者頗費腦筋。有人認爲：故事將起義的原因歸爲「民族糾紛，沒有階級觀點；而且把杜文秀參加起義的動機描寫爲給他村子裏的人報仇，沒有更高的理想；還有，他沒有象洪秀全那樣提出明確的土地政策，也沒有象義和團那樣提出反帝的口號」〔註52〕。至於說該故事中所涉及的民族矛盾問題，也自然很令人棘手〔註53〕。

由上述介紹與分析不難看出，這些關係到少數民族文學的基本性質、基本方向的原則性問題，才眞正決定了怎樣定位少數民族文學，怎樣發現、整理、處理、評價、取捨少數民族文學的材料〔註54〕。說到底，一句話，少數民族文學應該以何種方式或以何種身份特徵被呈現出來。如果說當年的民族識別工作給予了少數族裔的國家認可的「族別身份」，那麼文學藝術的表現形態，則爲他們提供了國家族群關係譜系中的「政治—文化特徵」。

（二）由「社會主義性」轉向「民族性」的民族文學

「文革」結束後，中國少數民族文學發展進入到了一個新的階段，《中國新文藝大系〔1976～1982〕（少數民族文學集）》就是「撥亂反正」〔註55〕時期民族文學代表性成果〔註56〕的集中展現，而《中國新文藝大系〔1976～1982〕（少數民族文學集）導言》（以下簡稱《導言》）則是對它們的總體評述。同那個時代許多既得到國家權力支持又受到社會普遍歡迎的文學成果一樣，《導言》也表現出對社會主義文學傳統的繼承與告別之雙重性，且告別的含意更明顯。將《導言》與五、六十年代的情況相對照我們會發現，在有關民族文學定位的諸標準中，原先那些更被強調的原則性、方向性標準在《導言》中

〔註51〕同上，第81～84頁。

〔註52〕同上，第84～87頁。

〔註53〕同上，第105～10頁。

〔註54〕當年，無論是高級領導還是具體研究者，所提到的都是「作家作品評價問題」。實際上所涉及的決非好壞評價的觀點不同，而是不同作品的版本選擇、語言翻譯、內容記錄、結構安排等一系列問題的「處理」。

〔註55〕「撥亂反正」主要指1978～1982年間發生的糾正「文革」問題、平反「冤假錯案」的工作。

〔註56〕這裡僅是按照該大系編輯者的角度來說的，至於說大系是否收集的眞是那個時期具有代表性的作品，可能並不一定。

基本消失了，代之以對「社會主義」性質的抽象強調；而具體作家、作品的族別身份確定的技術性問題，則得到了強化，被明確概括為「民族成份」、「語言」、「題材」三項標準，給予了較為細緻的分析﹝註57﹞。《導言》言說內容重心的轉移，表明了中國少數民族政治─文化身份建構形態的變異，即由階級性、社會主義性、國家性為本位身份的少數民族文學，開始轉向以族群文化身份為本位的「民族的民族文學」建構。這恰與當時少數民族文學、文化發展的方向相一致。當然，當時《導言》還未有如此明確的意識，而到了 1986年的《民族特質 時代觀念 藝術追求──對少數民族文學創作理論的幾點理解》（以下簡稱《民族特質》），民族特質、民族特質的主體性就成了少數民族文學最重要、最基本的屬性：

> 在中國文學的大範疇內，少數民族文學是與漢族文學相區別的概念。這一區別，反映出少數民族文學的突出之點──民族屬性。可以說，少數民族文學是以其含納和表現著不同的民族特質為區別於漢族文學的顯著標誌的，而各少數民族文學之間這一民族文學區別於他一民族文學的根本標誌，亦於其含納和表現的這種民族特質。沒有民族特質，便沒有少數民族文學。民族特質，既是少數民族文學賴以存在的條件，又是少數民族文學賴以辨識的胎記。民族特質，賦予少數民族文學以質的規定性。唯因如此，少數民族作家，才把在作品中含納和表現民族特質，認作是自己的天職。

﹝註57﹞ 當時的形勢以及《導言》作為國家文學工程的性質，決定了它不可能只是單方面地強調民族文學的民族特性，也不可能直接說什麼民族文化的本位性。但是細讀導言，一方面民族性或民族特色的內容實際上放在了首要的位置，另一方面，社會主義性則多表現為較為抽象的「政治正確」的要求，原來的「社會主義民族文學」的剛性要求，被代之為更具彈性、更為含混的「民族性與時代性相結合」的希望。當然這並不是說八十年代初國家已經放棄了對少數民族文學建設的指導與管理，但同對整個中國文學的管理一樣，大致在八十年代起，國家對少數民族文學的管理已經從原來高強度的管控，變為原則性、宏觀性的指導，而且具體的創作只要不公開違背民族團結、國家統一、熱愛黨、熱愛國家等原則，就不會有什麼問題。也就是說，國家對少數民族文學的管理已帶有了相當的「無為而治」的特點，而且各級少數民族文學機構，也越來越向專業化、日常化方向過渡。因此不僅《導言》中的「社會主義性」也同轉型期中國「社會主義性」的普遍情況一樣被「空洞化」了，而且「民族性與時代性相結合」的要求，大多數情況下也只表現為建議性的希望，而絕非頭三十年那樣的黨的具體文藝指導方針的實實在在的強力運作。

　　文學作品要具備民族特質，是少數民族作家的任務。他們一直
　　在多方面地努力。然而，這一切的關鍵，卻是創作主體民族意識的
　　強化。神聖的民族使命感，時刻在烘烤著鞭策著少數民族作家，去
　　嚴肅地觀察、揭示本民族的歷史命運，以文學去辨析和揚棄自己民
　　族性格的優質與劣質，從而自爲地完成主體追求。〔註58〕

正是由於確定了這種相當接近「民族本位性」的少數民族文學第一屬性的立
場，《民族特質》的主要內容，就變成了對於五、六十年代少數民族文學屬性
規範的修正或改造。「民族題材」的標準，不再只是「簡單的」少數民族作家
書寫「本民族生活題材」的問題、「寫什麼」的問題，而「同樣重要的是怎樣
寫」的問題，是「運用本民族的審美眼光」、「本民族的文化判斷」去表現廣
闊的生活天地的問題〔註59〕。「民族語言」的標準，也更爲直接、明確地與民
族的生活、人物形象、作家主體思想聯繫在一起；並且由於民族特質的強調、
民族審美眼光的具備，即便是用漢語創作，不同民族作家的寫作也「會因其
思維定勢的不同及表情達意方式的不同，而各呈異彩，體現出不同的民族特
質」。此外有關「時代性」與「藝術性」原則的討論，也取代了階級性、人民
性、厚今薄古等原有的強制性政治標準。所以，原來爲人所熟悉的「民族特
色」的說法，也被特地改爲了「民族特質」〔註60〕。

　　將「社會主義民族文學」改造爲「民族的民族文學」的進程，到1995年的

〔註58〕《民族特質　時代觀念　藝術追求——對少數民族文學創作理論的幾點理
　　　　解》，《民族文學研究》，1986年4期，第42、44頁。黑體爲筆者所加。

〔註59〕當然，當年社會主義性質的中國文學之所以非常重視創作題材，並不是一個
　　　　簡單的問題。這只要返回去讀讀《講話》就非常清楚了。而具體到當代少數
　　　　民族文學，大家之所以對題材問題本身沒有太多的爭議，只是因爲放在總體
　　　　中國文學的框架中，「寫什麼」的規範已經是相當明確的了，而且有關「兩種
　　　　文化的鬥爭」、「厚今薄古」的原則、「文學與宗教的關係」等方面的規範，
　　　　實際也都在強制性地規範少數民族文學的創作與研究。另外本段的引文見《民
　　　　族特質　時代觀念　藝術追求——對少數民族文學創作理論的幾點理解》，《民
　　　　族文學研究》，1986年4期，第43、44頁。

〔註60〕關紀新先生告訴筆者，當年在撰寫《民族特質　時代觀念　藝術追求——對少
　　　　數民族文學創作理論的幾點理解》一文時，他特意將當時更爲人們習慣的「民
　　　　族特色」和「時代精神」的提法，改爲「民族特質」和「時代觀念」。這一是
　　　　要強調民族文學特殊的民族「品質性」，因爲「民族特色」給人的印象，更多
　　　　的是一般的「民族色彩」、「民族風格」；二是「時代精神」當時更多地是與國
　　　　家對文學的控制、「左」的保守思想相關聯，所以換用「時代觀念」相區分，
　　　　以表達更爲客觀性的時代變遷與文學創作的相互關係。（此爲筆者2012年2
　　　　月與關老師電話內容的回憶。）

《多重選擇的世界——當代少數民族作家文學的理論描述》（以下簡稱《多重選擇的世界》）問世後，終於達到了系統性、理論化、接近爲美學形態的高度。

《多重選擇的世界》共七章。第一章「當代少數民族文學的歷史定位」，確定了少數民族文學在整體中國文學中毫不亞於漢族文學的地位。第二章「民族作家與民族文學」，討論了界定少數民族文學的基本指標——族別身份的標準。雖然中國的民族身份識別工作遇到過許多問題，識別的結果也存在不少爭議〔註61〕，但是民族識別的結果被移用爲界定少數民族文學族別歸屬的基本標準後，其本身並沒有遭遇什麼質疑，所存在的只是具體作家的族別歸屬與相關作品的民族特色缺乏之間的矛盾。而《多重選擇的世界》則對這個似乎天經地義、理所當然、與生俱來的標準進行了顛覆，撤銷了它作爲界定少數民族文學基本標尺的地位，代之以「以血統意識和先祖意識爲核心」的集「民族成員」與「文化集團」雙重性的民族自我意識這一新的基石〔註62〕。

既然奠定了民族自我意識這一新的民族身份的基石，「民族文化傳統」也就順理成章地成爲了「構成民族文學的全部特點」的「文化集團特點」的一整套的精神傳統和民族心理原型；因此很自然，少數民族的文化傳統，就不再是被貶低、被改造的對象，供「古爲今用」或「厚今薄古」的材料；也因此，與歐洲中心主義相類似的漢族中心主義的「『中華傳統文化』的概念」，也就需要「調整到比較準確的含義上來」；而少數民族作家的根本性分類，也就自然地被建立於民族文化傳統這一根基之上。由此，那些已經遠離了本民族文化傳統之根的作家，儘管在具體現實中難免被排除於少數民族文學之外的困窘，但將他們定位於「游離本源——文化他附」類型的民族作家，已經預先將他們與傳統不可分割地聯繫在了一起。至此，長期困擾少數民族文學作家作品族別身份歸屬的問題也就被取消了，或代之以所有的少數民族作家與其民族文化傳統、民族集團文化心理、民族自我意識距離遠近測量的問題〔註63〕。同理，原先同樣作爲界定具體作家作品族

〔註61〕不少回憶或研究當時民族識別工作的文字，多有關於此方面的內容。如費孝通：《關於我國民族的識別問題》，《民族理論和民族政策論文選1951～1983》，北京：中央民族學院出版社，1986年版。

〔註62〕關紀新，朝戈金：《多重選擇的世界》，北京：中央民族大學出版社，1995年版，第34頁。

〔註63〕《多重選擇的世界》第三章（「少數民族作家與民族文化傳統」）區分了三種類型的少數民族作家：「本源派生—文化自律型」，「借腹懷胎—認祖歸宗型」，「游離本源—文化他附型」。另本段的引文見此書第42、59頁。

別歸屬的「語言標準」問題，也被「少數民族文學創作的雙語問題」〔註64〕
所替代。儘管此處「雙語寫作」的分析視角，還不具備後殖民文學範疇中
「母語寫作」那樣直接的衝擊性，但它已無限地靠近了這一新的話語範式。

　　至此，《多重選擇的世界》為建構民族文學理論體系而搭建核心基礎的
工作已基本完成，只需再補充上「民族審美意識」這最後一塊基石就可以
了〔註65〕。當民族文學理論大廈的基礎搭建完工後，所剩餘的也就不過是
些補充性的工作〔註66〕，我們的少數民族文學的理論工作者們，也就可以
與廣大的少數民族作家、讀者一起去展望平等而多樣的「各民族文學互動
狀態下多元發展」，並經由建設「總體文學」的努力而憧憬「世界文學」的
美好遠景〔註67〕。但是也就在對世界文學遠大格局的展望下，一個事關整
體中國文學、少數民族文學「生死存亡」的重要問題，也更逼進明顯的敞
開了：既然每個少數民族文學與漢族文學一樣都平等地被納入到世界文學
的廣闊天地中，那麼「中國文學」何在？「中國的少數民族文學」又對誰
而言？

　　從理論形態來看，《多重選擇的世界》已經較為接近經典美學樣式，是
對於中國少數民族文學理論的體系性建構，這在中國少數民族文學界似乎是
第一次且幾乎是唯一的一次嘗試，所以有「後續的建設似乎並未跟上」之感
慨〔註68〕。不過此方向的後續理論接力之所以闕如，恐怕主要不是個人性的
原因，而是範式轉換要求的內在的理論—時代原因吧。

　　《多重選擇的世界》的確表現出相當可貴的理論創新性，但以理論範式
的標準看，它所著力建構的「民族的民族文學」可能還算不上是新範式的開
拓，而是傳統社會主義少數民族文學理論範式內部的突破與創新。它雖然用

〔註64〕　此為《多重選擇的世界》第四章的標題。

〔註65〕　與《多重選擇的世界》一書的多處理論闡述的「補充辯證性一樣」，它對民族
　　　　審美意識本體性意義的強調也非絕對的，但儘管如此，民族審美意識仍然是
　　　　種族性的「民族心理定式」，每個民族的心理無意識，每個民族文學藝術的基
　　　　本表現形態和美學風範。參見該書第五章，「民族文學的審美意識」。

〔註66〕　參見《多重選擇的世界》第六章，「少數民族文學的歷史文化批判意識」。

〔註67〕　參見《多重選擇的世界》第七章，「各民族文學互動狀態下的多元發展」。

〔註68〕　艾光輝：《當代少數民族文學理論的系統性思考——重評關紀新、朝戈金〈多
　　　　重選擇的世界〉》，新疆師範大學學報（哲學社會科學版），2001年4期，第
　　　　102頁。關紀新先生曾向筆者表達過相近的感慨：很遺憾因為他自己缺少足夠
　　　　的精力與時間，致使許多可供進一步擴充、完善的思考，無法再與前期成果
　　　　整合為系統性的理論更新。

「自覺的民族意識」取代了舊有的「社會主義性」這一民族文學的基石，並由此建立起了一套初具規模的民族文學的美學樣態的表述，但其理論創新的張力和基本問題，還拘泥於傳統模式中，傳統模式所規定的理論空間與基本問題，仍然在深層制約著它。或換言之，《多重選擇的世界》對傳統社會主義民族文學範式的質疑與創新，已經達到了這個範式理論擴展性所許可的極限，它已經走到了非突破傳統範式不可的臨界點了，而其後後殖民批評視野向少數民族文學理論界的擴展，恰恰正契合了少數族裔文學對新理論範式需要的時代性契機。

（三）

廣義的後殖民評論理論進入中國大陸大致在九十年代初期，而被引進少數族裔文學研究界則到九十年代中後期了。雖然相關理論的具體借用的情況較爲蕪雜，且總體上難以令人滿意，但它的確給中國少數民族文學基本性質的定位以及相關問題的思考等，帶來了結構性或曰範式性的改變〔註69〕。

首先，在後殖民批評範式中，少數族裔文學在中國、中國文學中地位的理論預設就發生了重大的變化：它既不再是中國社會主義文學中附屬性的被幫助、被扶持的存在，也不簡單是與漢族文學平等共在的各少數族裔文學的統一稱謂，而是作爲漢族文學或主流漢語文學相對而在的邊緣性存在、被抑制的對象。於是差異性、關係性、邊緣性、對抗性、批判性，就成了理解中國少數民族文學的基本視角。在此基礎上，原先的一系列理論問題，也就具有了不同的性質、不同的思考及表達方式。

比如民間文學問題，在五六十年代主要表現在兩個方面，一是民間文學的調查、搜集與整理的問題。雖然此一方面實際的展開，經常會遇到調查什麼、如何調查、怎樣搜集、怎樣研究、怎樣整理等問題，但在總體上，民間文學的調查只不過是一項工作而已，無論這項工作的意義重大與否，民間文學本身只是作爲一個有待被發現、研究、整理、集中、保存、出版、閱讀的「客觀存在」。民間文學另一問題是與作家文學的關係，五六十年代這一問題主要表現爲少數民族文學究竟是民間文學還是作家文學之爭。進入到八十年

〔註69〕有關中國少數民族文學界中的後殖民批評的情況，可集中參閱姚新勇：《中國少數民族文學的後殖民批評》，《二十一世紀》（香港），2008 年 4 月號。另外我們這裡僅討論的是中國大陸內部的情況，如果視野拓展到外部，其實用後殖民主義理論研究中國少數民族文學的情況，可能早在八十年代就已經開始了。這主要表現在那些到中國進行少數民族人類學研究的成果中。

代之後，民間文學第一方面的情況依然如舊，沒有太大變化，而第二方面的問題，則被《導言》所接續，並表現出將少數民族文學由民間文學為主向作家文學為主的方向轉移。而在《多重選擇的世界》中，民間文學與作家文學之間「爭奪地位」的情況已基本消失，民間文學與作家文學關係的問題，已經被納入到民族傳統與作家創作之間的關係中加以思考。

到了後殖民批評時期，情況就發生了根本性的變化，民間文學不再是客觀的存在，而是一個有待批判性反思的對象。對中國民間文學建構歷史的整體反思和個案性解構批判，也就自然成為了民間文學研究的一個重要趨向〔註70〕。相應地，很自然那些已經被人們廣泛接受了的具體的民間文學文本，也就變得可疑重重，需要返回再查看它們是怎樣在特定的權力話語關係下被生產出來的。這時，以前民間文學研究中所存在的一些好像是枝節性的問題，也就轉化成了顛覆性症候，而民間文學生產的過程，也被實質性地定性為原生性的民族文化傳統被強勢話語強行「格式化」的過程〔註71〕。

民族文學的語言與作家的問題，現在所涉及的也不再是相對簡單的雙語寫作的問題，其合法性也明顯從相對「客觀性」的各民族相互影響的角度〔註72〕，轉向「母語寫作」這一基點上。而母語作為少數族裔文學的新標準，所測量的不再是哪個作家、哪部作品是否可以入選少數民族文學的資格問題，而是事關民族文化的根基與血脈：「母語，一種與人的本真存在息息相關的、在有意識與無意識之間自由流動著的生命的真音；是血緣文化天命內涵的礫響。母語，由此成為一個族群走進文明的起點與歸宿；母語，更是人之所以為人的前提與宗旨。母語沉澱歷史，母語潛濾智慧，母語彰顯生命，母語淨化靈魂」。〔註73〕在這樣的視野下，那些因為不懂母語只好借助漢語寫作的作家，不管他們如何心繫母語、心向母語，都有可能被懷疑，甚至被開除於本族裔

〔註70〕 呂微、巴嫫曲布嫫、户曉輝、劉曉春等中青年學者近十幾年來的研究，就頗有代表性。

〔註71〕 參見巴嫫曲布嫫：《「民間敘事傳統格式化」之批評（上、中、下）——以彝族史詩《勒俄特依》的「文本迻錄」為例》，《民族藝術》，2003 年 4 期，2004 年 1、2 期。

〔註72〕 參見關紀新、朝戈金：《多重選擇的世界》，第四章，「少數民族文學創作的雙語問題」。

〔註73〕 羅慶春：《永遠的家園——關於中國當代少數民族母語文學的思考》，《中國民族》，2002 年第 6 期，第 12 頁。

的文學隊伍之外〔註 74〕。而在《多重選擇的世界》中已經失去了重要性的題材問題，在新的理論框架下某種程度上似乎又重返「十七年文學」的重要性，寫什麼、不寫什麼，又具有了劃分正反兩種文學的功能，只不過具體劃分由「無產階級還是資產階級文學」，變成了「風花雪月的無病呻吟」還是「民族心聲的眞正表達」罷了〔註75〕。

當然，借用後殖民批評解讀少數民族文學的具體言說相當複雜，目的所指也不盡相同。有的闡釋是既想引入全球化語境中的後殖民理論主流/邊緣的批評視角，爲被邊緣化、抑制性的少數族裔文學發出更強的聲音，但同時並無意放棄中國、中國文學的整體性，而是試圖在矛盾、困惑中，爲中國文學的整體性、少數族裔文學的中國性、各族群文學的有機和諧關係，給出更具闡釋性的解釋，尋找到一條更具生命力的發展道路〔註76〕。而與之相反的闡釋則是，不僅直接將少數族裔文學，尤其是將某一特定的族裔文學，與中國文學或漢族文學鮮明地對峙爲殖民與被殖民的關係，少數族裔文學或某一族裔的文學，也就成了漢族中國的東方主義的他者。在這樣理解中，不僅包含多族群文學在內的整個中國文學被質疑、被解構，而且「中國的」少數民族文學也被實質性地解構了，代之而來的則是脫中國性的、特屬於某個「自在、自爲的」XX族的文學〔註77〕。其它更多的言說，則搖擺於這兩個對立性闡釋之間。

可能會有人說：這裡的分類實際上並沒有什麼意義，對「少數民族文學」「界定史」的不無繁瑣的勾勒恰恰證明，儘管官方強力地想按照自己的意志塑造少數民族，但是從一開始起就遭受到了少數民族雖未必自覺但卻實際的

〔註74〕 例如 2004 年 5 月至 2005 年 12 月間，藏人文化網發生過一次「母語與民族文化」關係的討論，焦點問題是，不用藏語能不能夠眞正傳播、宏揚藏族文化（原址：tibetcul.com/bbs/dispbbs.asp?boardid=16&id=558；現址：http://bbs.tibetcul.com/simple/?t558.html）。另外阿來能不能代表甚至能不能算藏族作家的網上爭論也很有代表性（http://bbs.tibetcul.com）。

〔註75〕 唯色的情況就很典型。請參見姚新勇：《被綁架的「民族英雄」——關於唯色事件的思考》（http://www.frchina.net/data/personArticle.php?id=8153）；《致唯色女士——關於唯色女士回覆的回覆（附唯色的回覆），http://www.frchina.net/data/personArticle.php?id=8154

〔註76〕 例如劉莉莉、徐新建、羅慶春、馬紹璽、歐陽可惺、李曉峰、劉大先等許多少數族裔文學研究者。

〔註77〕 這同樣在西藏文學裏表現的特別突出。可參見唯色博客上唯色、朱瑞、懸鉤子等人的相關文章。

抵制；而到了八十年代之後，少數民族更是自覺、努力地試圖衝破官方話語的控制，努力地發出民族的自我之聲，恢復、重建民族身份的自我認同。

這種「簡單明瞭」的歷史概括意味著，在當代中國少數民族文學演化的歷史中，始終存在著一個叫作「少數民族」（或 XX 民族）的主體，不斷地爲了自我主體的確立、顯現，而持續地同另一個壓抑他的霸權（權力、國家、漢族或中國等等），進行著本能或自覺的抗爭；因而，或許可以將其概括爲「不同主體爭奪話語權的歷史」。然而，眞的是如此嗎？

二

在上世紀九十年代中期，斯圖亞特・霍爾曾經指出，西方世界圍繞著「認同」這一概念，出現了各種不同論述的大爆炸，但與此同時，認同卻遭受到了持續不斷的質疑〔註 78〕。在中國少數民族（文學）話語中，類似的大爆炸正在發生，但眞正具有解構力度的質疑卻並未出現；而這種不平衡正好對應了另一種相關的不平衡：對作爲批評的後殖民話語的簡單甚至粗暴的借用，與對作爲理論的後殖民話語的迴避或本能地拒絕〔註 79〕。

在霍爾看來，身份/認同當然不是「隱藏在許多他者中間」的「集體或眞實的自我」〔註 80〕，但也不是永遠處於「被擦拭」狀態下的分延，甚至都不是福柯所說的權力話語的生產。某種身份的建構或某一認同的指認，與特定主體的建構密切相關，更恰當地說，或許應該用

> 「身份/認同」來指涉縫補（suture）的集合點，它一方面是話語和詢喚實踐，試圖對我們說話，或招呼我們進入作爲特殊話語的社會主體位置，另一方面，它又是一個生產主體性的過程，通過這個過程使得我們能夠作爲主體「被言說」。它們是進入到話語（那被 Stephen Heath 稱之爲「一個接合部」）的洪流中不斷地扣連和改變主體的結果。一個意識形態的理論一定不是開始於主體，而是由縫補

〔註78〕 斯圖亞特・霍爾：《導言：誰需要認同？》（STUART HALL , *Introduction: Who Needs 'Identity'?* , STUART HALL and PAUL DU GAY（ed.）, Questions of Cultural Identity, London: SAGE Publications Ltd）頁 1。

〔註79〕 這裡借用了吉爾伯特所討論過的「後殖民理論」與「後殖民批評」之間的矛盾。參見吉爾伯特：《後殖民理論──語境 實踐 政治》（陳仲譯），南京：南京大學出版社，2001 年版。

〔註80〕 STUART HALL , *Introduction: Who Needs 'Identity'?* , STUART HALL and PAUL DU GAY（ed.）, Questions of Cultural Identity，第 3 頁。

的效果將主體結合進意義結構的效果。認同可以說是特定的位置，此位置主體不得不佔據但同時又總是「知道」（這裡意識的語言背叛了我們）自己總是穿過「匱乏」、分割、從他者的位置上被建構的，於是對於投資於其間的主體過程來說，同一永遠無法得到滿足。對於一個主體——位置來說，這一主體的縫補效應概念不僅要求這個主體是『被招呼的』，而且要求這個主體投資於這個位置，這意味著縫補必須被視為扣連，而不是單向性的過程，並且依次堅定地將身份（identification），如果不是同一性（identities）的話，放置於這一理論的議程上。〔註81〕

將霍爾的這段話引用到中國少數民族文學的身份界定的歷史相當恰當。也就是說，半個多世紀以來少數民族文學的身份界定的不斷變化，恰好說明了它就是一個生產主體性的話語實踐過程。在此持續不斷變化的過程中，不存在什麼始終努力證明自身的少數民族主體，也不存在始終掌握此一話語生產主導權的權力（霸權），少數民族文學的建構也不是什麼政黨—政府規劃、學者、民族自我意識的集體幻象博弈的結果〔註82〕。當然並不是說所有的這一切都不存在，只是一些空洞的能指符號在那裡自行起舞。同所有話語的實踐、主體性的生產一樣，中國的少數民族文學的建構，也是由具體實在的人或群體在具體的歷史語境中所進行的活動，但是這些人或群體，既不是作為先在的主體捲入其中，也不是被其所詢喚的被賦予穩定身份的主體。所有的參與者圍繞著認同/身份這一話語的集合點，被納入到少數民族文學話語生產的過程中，按照話語生產結構所規定好的位置思考、發言、說話，被詢喚為主體或賦予主體性。至於說在少數民族文學生產的實踐中，始終存在著差異或矛盾性的對立衝突，好像也始終存在著霸權話語對弱勢話語的操控與後者對前者的抵抗，不是因為所謂「霸權話語」或「弱勢話語」作為天然的身份進入到少數民族文學生產的特定語境中去相互較量，而恰恰是因為，「認同的根基在於排斥」，在於通過確立一個對立性的他者來確定自我。「所有認同的生產都是通過排斥、通過建構性的外部話語結構以及生產卑微化、邊緣化的主體來進行的」〔註83〕：

〔註81〕 同上，第5～6頁。
〔註82〕 參見呂微：《中國少數民族文學史研究：國家學術與現代民族國家方案》。
〔註83〕 STUART HALL, *Introduction: Who Needs 'Identity'?* , STUART HALL and PAUL DU GAY（ed.）, Questions of Cultural Identity，頁15。

與那種連續性地喚起差異的形式相反，認同是通過而非外於差異被建構的。這需要根本地干擾識別，也就是說只有通過特定的他者、其所不是、恰恰是其所匱乏、那種被稱之爲它的要素性外部，任何「正面」含意的術語——也就說它的「認同」——才能被建構起來。通過它們的事業，認同可以作爲身份和附屬的點發揮功能，但這只是因爲它們具有排除、離開、提出「外部」等的微不足道的能力。每一個認同都有在它的「邊緣」、額外、多一點。一致（內部的同質性）這個被認爲是基礎性的概念不是本質，而是一個封閉形式的建構，每個認同都作爲其需要而被命名，即便是讓他者沉默無言，也就是它所「缺乏的那個他者」。〔註84〕

或許需要特別再重複提醒一下那些爲少數民族文學或族裔文學大聲疾呼的人，所有持續不斷地對他者的排斥，絕不僅僅只發生於所謂「對立性雙方」之間，認同政治的悖論正在於特定認同的確立，其根基正在於對所謂「自我」群體中的不符合特定群體身份標準者的排斥。

以上述觀點審視，或許我們就可以更好地理解少數民族文學建構歷史進程中所發生的諸多現象。在前面我們提到 1961 年少數民族文學史座談會上的相關情況，其中既有領導兼專家對左傾觀念糾正的「有心無力」，也有少數民族身份的專家更具「族性情緒」的不滿〔註85〕，呂微將其作爲具體史例，以證明少數民族文學建構中三種不同身份擁有者之間的博弈。其實類似的現象，並不僅僅發生於少數民族文學史的編寫上，在新中國諸多政

〔註84〕 STUART HALL , *Introduction: Who Needs 'Identity'*? , STUART HALL and PAUL DU GAY（ed.）, Questions of Cultural Identity，頁 4～5。

〔註85〕 五十年代搜集民間文學時，發生了大量的以所謂今天的標準（又常常自然地表現爲漢族的標準）刪改民間文學的情況，自然也造成了不少問題，有關領導的講話中也批評了這種現象，如前述有關對於《阿詩瑪》的硬性剪裁、改編的批評。不僅如此，從某些少數民裔研究者的語氣中，甚至可以感受到明顯的「民族性」不滿，比如翦伯贊的言辭：「寫文學史的材料一定要眞實。尤其是參加這一工作的漢族同志，可不要以現代的眼光去隨便修改兄弟民族過去的作品。你認爲那落後麼？那不好麼？那不好的也許是最好的，它比經過你的主觀修改過的要好。假如不注意資料的眞實，以後一系列的工作都會出偏差。」（《中國少數民族文學史編寫參考資料》，第 49 頁）。但是這些問題，並沒有造成對少數民族文學研究重大的懷疑，當然更談不上學科的危機，而且儘管有專家和領導的看法，按照階級鬥爭觀點改編的《阿詩瑪》不僅沒有被修訂，而且還被拍成電影，作爲少數民族人民反抗壓迫階級的統治、嚮往美好生活的鮮活標本，在更大的範圍傳播。

治─文化運動的進程中，都出現過許多類似的情況，這甚至可以說是中國革命實踐中的一種常態。僅就文學藝術工作來看，至少從四十年代的「延安時期」到七十年代末期，情況基本一直如此。傅謹對中國「戲改」歷史的研究就提供了一個相類的實例。

新中國剛一成立，政府就開始推動傳統戲劇改革的運動。爲積極、穩妥、有序地開展戲改運動，文化部 1950～52 年間相繼明令禁演了 26 齣傳統劇目，在以後五十年的當代傳統戲劇改革的歷史中，這是「唯一具有連續性的、貫穿始終的禁令」。可是中央的這一數目有限的禁演令被具體執行的結果則是災難性的，僅僅是在戲改工作發起的頭兩三年間，各地的傳統戲劇藝術就遭到了重創，出現了視「一切戲曲都是封建戲」「濫行禁演」的現象。以至於 1951 年政務院（「國務院」的前身）不得不做出「糾偏」的「五‧五指示」，「各地隨意禁戲的情況」雖有所改善，但實際並不理想。1952 年黨報發出了措辭相當嚴肅的聲音：

> 在已往的三年中，中央、各大行政區、各省文化工作的主管部門，對中央的戲曲改革政策沒有作認眞的深入的傳達，對各地戲曲工作幹部沒有進行認眞的經常的教育，直到現在，中央的戲曲改革政策在各地的執行情況，是非常不能令人滿意的。目前各地戲曲改革工作中的嚴重缺點，主要表現爲對待戲曲遺產的兩種錯誤態度：一種是以粗暴的態度對待遺產，一種是在藝術改革上採取了保守的態度。這兩種錯誤態度是戲曲改革工作向前發展的主要障礙，必須堅決地加以反對。各地戲曲工作幹部中有不少優秀的工作者，他們依靠當地藝人的通力合作，以正確的態度對待遺產，因而取得了成績；但也有不少戲曲工作幹部長時期不提高自己的政策水平、思想水平與文藝修養，經常以不可容忍的粗暴態度對待戲曲遺產。他們對民族戲曲的優良傳統，對民族戲曲中強烈的人民性和現實主義精神毫不理解；相反地，往往藉口其中含有封建性而一概加以否定，甚至公然違反中央人民政府政務院「關於戲曲改革工作的指示」，不經任何請示而隨便採用禁演和各種變相禁演的辦法，使藝人生活發生困難，引起群眾的不滿。他們在修改或改編劇本的時候，不是和藝人密切合作審愼從事，而是聽憑主觀的一知半解，對群眾中流傳已久的歷史故事、民間傳說，採取輕舉妄動的態度，隨

　　便竄改，因而經常發生反歷史主義和反藝術的錯誤，破壞了歷史的

　　眞實和藝術的完整。〔註86〕

對照戲改運動和少數民族文學材料的搜集、編纂、整理及文學史的編寫，可以發現兩者所出現的情況驚人的相似〔註87〕，爲什麼會如此呢？我們當然很容易將這歸結爲以政治運動方式展開的國家文化建設活動的「左傾」激進性，而且還可以與五四新文化運動所確立的「破舊立新」的啓蒙主義邏輯相聯繫〔註88〕。這當然很有說服力，但是我們還想追問：爲什麼當時作爲各項政治、文化運動發起者、領導者的中央，卻又一再不得不扮演「救火隊」、「消防員」的角色？爲什麼激進、或「左」的傾向，總是成爲運動中普遍的選項？難道那些積極參與「禁戲」或批判、刪改民間文學或少數民族文學的人，都是「革命的偏激份子」嗎？或者他們總是被各項運動中的「左傾」壓力所迫而不得不如此激進行事嗎？而那些對「左傾」或「極左」做法抱有看法或有所牴觸者，都是傳統文化或少數民族文化的熱愛者、客觀嚴謹的學者、或少數民族的代表嗎？

　　這樣的追問連同前引霍爾有關身份、主體生產理論的闡釋可能恰好說明，捲入相關政治文化運動的各方，是如何圍繞著特定意識形態身份建構的需要，被召喚進特定話語的「主體位置」，被納入「生產主體性的過程」，並通過此一過程而按照被規定的角色，去行動、去發言。上述國家或中央領導人所扮演的角色，看似矛盾，但實則一致。因爲一方面任何特定的社會運動，都不可能簡單地按照所設計好的腳本順暢運行，它總會偏離設計者和主導者預想的軌跡，因此具體運動的主導者，就必須要根據情況進行適時的調整；另一方面，由特定社會力量所設計、推動的意識形態運動，並不等同於作爲話語運作的此一意識形態的運動。黨、國家機構可以發動意識形態運動，但卻無法發動意識形態話語，相反，作爲意識形態話語的運行卻涵括了所有運動各方及所有語境。正是以排斥而又互爲前提的二元對立爲核心的話語結構本身，決定了黨和國家要同時扮演運動推動者與糾偏者的雙重角色

〔註86〕　《人民日報》社論：《正確地對待祖國的戲曲遺產》，《人民日報》1952 年 11
　　　　　月 16 日。轉引自傅謹：《近五十年「禁戲」略論》，http://www.china-review.com/
　　　　　sao.asp?id=2047。本部分有關禁戲史的介紹，均轉述自此文。

〔註87〕　當然，戲改本身就與民間文學、少數民族文化的調查與整理，有重疊的部分。

〔註88〕　參見呂微：《中國少數民族文學史研究：國家學術與現代民族國家方案》。

〔註89〕，也正是通過這樣角色的活動，其作為文化領導權擁有者的身份也才得以落實。從這個意義上來說，如果沒有所謂的「左」「右」偏差、沒有那些更具「傳統性」、「民族性」學者的言或未言的不滿，黨、國家的權威也就無從真正體現。同理，其它各方的具體成員，也是按照意識形態話語生產結構的要求，按照話語結構給定的位置與舞臺腳本，去扮演「自己的」角色。如果一旦特定的話語結構發生了變化，規定具體行為者的位置發生了變化，原先的行為者或者被拋出新話語的進程中，或者被納入新的位置，扮演新的「主體」角色；同時這也不排斥他或她在其它（或交錯性）的話語結構中，扮演其它的角色。

當然可能會有人說我們犯了一個基本錯誤，將西方的「意識形態」國家機器的主體性生產與中國的帶有很明顯的暴力性國家機器的政治運動混為一談了。不錯，我們是不能否認新中國頭三十年意識形態運作的確帶有相當直接的暴力性，但是並不能由此否定它們的意識形態的生產性。因為不管當時中國的各種意識形態性的運動帶有多大的強制性，但無論是從話語運作的二元對立邏輯結構來看，還是從主體性的生產來說，這些運動都沒有超出屬於意識形態國家機器的生產與再生產的範疇。另外，阿爾都塞之後主體生產理論的延伸，並未僅止於西方國家內部，而是擴展到世界範圍，這恰好說明其理論基本解釋框架的普遍有效性，儘管具體解釋需要結合不同的文化語境的具體情況。即便我們不將問題扯得那麼遠，僅就少數民族文學界的情況來看，八十年代之後的少數民族文學話語，在身份認同或主體性建構的基本性質上，與頭三十年並無本質差異。

例如我們返回去看民族的民族文學模式的建構，二元對立性的關係——民族性/非民族性——依然是其基本的話語邏輯結構，作為主導、標準一極的「民族性」對「非民族性」（這在相當程度上又等同於「漢族性」）的既排斥、抑制又依賴的關係，與社會主義民族文學建構中的「社會主義性/非社會主義性」的對應關係並無實質性的差異，八十年代意識形態生產的直接暴力性的減弱，並沒有取消話語二元對立結構的內在排斥性與暴力性。另外從話語生

〔註89〕 任何認同或主體生產話語所依賴的二元對立項的每一項，就其本身來說都是任意的，或說是「空洞的能指」，其基本義涵既要通過一方對另一方的差異—排斥來顯示，也還必須將此差異-排斥結構具體地運行於多樣化的現實中才得以落實，因此，身份認同的界定、甄別，主體的生產就難以不是暴力且「錯漏百出」的。

產的主體性結構位置關係來看，民族的民族文學的建構，也是按照身份、主體生產的流程工作的，相關各方也是按照話語運作的結構位置被召喚進特定的位置中而以主體的身份「被言說的」。

三

（一）

　　少數民族文學在類後殖民解讀下，具有了相對於主流文學的「少數的」、「小的」、「弱勢」文學的性質，而這些在德勒茲和迦塔利關於卡夫卡的解讀中得到了一種同時性的闡釋。他們認為，「弱勢文學不是用某種次要語言寫成的文學，而是一個少數族裔在一種主要語言內部締造的文學」；而弱勢文學的三大特點是：「語言帶有一個顯著的脫離領土運動的系數」，「一切均與政治有關」，「一切都帶上了群體價值」〔註90〕。望文生義，這很容易讓人們聯想到傑姆遜的「第三世界文學」的「民族諷喻」說〔註91〕，這兩者可能的確存在關聯，但從具體內容或思維方式看，兩者有很大的不同〔註92〕。傑姆遜是通過像「跨國資本主義」、「第三世界」、西方、「古巴」、「中國」、「拉美」、毛澤東、葛蘭西等等大詞的引領，進行大範圍的空間移動，以揭示第三世界文學的民族諷喻的特質。而勒德茲、迦塔利雖然也批評「西方文明所特有的公與私之間的分裂」〔註93〕，但卻始終將自己觀察弱勢文學的視野聚焦於卡夫卡身上，以一系列極富個人創造性的二元意象關係項的設置，並借助傑姆遜所批評的「俄狄浦斯式的反抗來解讀」〔註94〕卡夫卡這個不可重複的弱勢文學的典範。傑姆遜的思維方式，較為接近馬克思—後殖民主義式的政治集體性話語，而德、迦二氏則是精神分析—語言學—解構主義式的天才個人性的解讀，儘管他倆對西方文學的天才傳統都抱有強烈的質疑。

〔註90〕　吉爾・德勒茲、非力克斯・迦塔利：《卡夫卡》，《什麼是哲學》（張祖建譯），長沙：湖南文藝出版社，2007年版，第33、34、35頁。

〔註91〕　傑姆遜此文中的 national allegory 被誤譯為了「民族寓言」，詳見第四章第一節。

〔註92〕　傑姆遜的《處於跨國資本主義時代下的第三世界文學》，在中國可謂名聲顯赫，而德勒茲的《卡夫卡》則少人問津。不過對照閱讀，《卡夫卡》很可能給予了傑姆遜相當的啓發。但此問題較為複雜，需要專文分析。

〔註93〕　傑姆遜：《處於跨國資本主義時代下的第三世界文學》，張京媛主編：《新歷史主義與文學批評》，北京：北京大學出版社，1993年版，第244頁。而相關對應請參見吉爾・德勒茲、非力克斯・迦塔利：《什麼是哲學》，第34～38頁。

〔註94〕　傑姆遜：《處於跨國資本主義時代下的第三世界文學》，張京媛主編：《新歷史主義與文學批評》，第237頁。

因此，儘管德、迦二氏認爲弱勢文學不能不是政治性、集體性的，但他們所想像的政治、反抗，並不是所謂的文學表達集體意識並進而喚起或加入（民族）解放運動，而是以「一鍋粥」式的、「精神分裂式的」混合雜亂的弱勢性的語言，去寫作、去發聲——不，是去喧嘩，從而徹底擾亂一切壓抑的象徵性秩序。這當然不是一般意義上的政治革命，而是作爲語言革命的「最爲徹底的」政治革命，是後結構主義、解構主義所想像的能指的嬉戲、喧嘩。因此他們不僅不會主張什麼第三世界性的民族諷喻式寫作，而且「對所有的隱喻、象徵、含義」都含有「敵意地斬盡殺絕」〔註95〕。其實這一切從一開始就決定性地內含於對弱勢文學那個最基本的定位上——「弱勢文學……是一個少數族裔在一種主要語言內部締造的文學」。或許借助於對此表述的英譯的直譯，能夠幫助我們更好地理解這一弱勢文學定位的深意：

> the deterritorializations of a major language through a minor literature
> written in the major language from a marginalized or minoritarian position
> 〔註96〕（從邊緣化的或少數者的位置出發，通過用（在）主流語言（中）
> 的弱勢文學寫作脫離主流語言領地）。

這一定位中的兩個關鍵點——「從邊緣化的或少數者的位置出發」，「脫離主流語言領地」——無一不與我們所討論的少數民族文學寫作相關，但又絕對不局限於少數民族文學。弱勢的、少數者的位置，與其說是由特定的族裔文化身份境遇所決定的，不如說是與此境遇相關但卻是由作家自我選擇的寫作位置。因此，對這種寫作來說，它所要脫離的不僅是當下語境中的主流語言領地，也包括弱勢語言領地自身（「在自己的語言內部充當外國人〔註97〕」，而且相對於弱勢語言來說，主流語言本身也是一種脫離領土行動的結果：

> 任何語言，無論貧乏還是豐富，都意味著口、舌、齒的一種脫
> 離領土的運動。口、舌、齒的原始領土在食物裏。用於發音咬字的
> 時候，它們便脫離了原來的領土。因此，吃與說之間有一次脫節——
> ——更有甚者，不論表面看起來如何，吃與寫之間也存在著脫節：我

〔註95〕 吉爾·德勒茲、非力克斯·迦塔利：《卡夫卡》，《什麼是哲學》，第47頁。在《卡夫卡》一文中，兩位是不斷地談及卡夫卡獨特的捷克——德國猶太后裔的身份，但卻對猶太復國主義，持否定態度。認爲這不過是脫離一種壓抑秩序而進入到另一種壓抑秩序罷了。

〔註96〕 Jana Evans Braziel , Notes on *"What is a Minor Literature"* from Kafka: Towards a *Minor Literature*, http://www.umass.edu/complit/aclanet/janadele.htm

〔註97〕 吉爾·德勒茲、非力克斯·迦塔利：《卡夫卡》，《什麼是哲學》，第58頁。

們無疑能夠邊吃邊寫，這比邊吃邊說要來得容易，可是，寫作可以
進一步把詞語變成能夠跟食物一決高下的東西。這是內容與表達之
間的脫節……〔註98〕

在傑姆遜眼中，「俄狄浦斯式的反抗」解讀是西方問題的症候之一，而對於德、
迦二氏的卡夫卡的解讀來說，俄狄浦斯情結的象徵三角結構卻具有重要的意
義。卡夫卡由那種「傳統的神經症式的俄狄浦斯情結……轉入另一種反常得
多的俄狄浦斯情結」，將它放大、誇張、「增加神經質分量，賦予它一種反常
的或妄想狂的用途」，使其似乎具有了從家庭到社會、乃至整個世界的基本關
係結構的性質。「隨著俄狄浦斯情結的可笑膨脹在顯微鏡底下暴露出其它壓抑
性的三角關係，同時出現了一條或許能使人擺脫這些關係的出口，一條沒影
線〔註99〕」。爲更易明瞭地將此引借到中國少數民族文學的省思中，或許有必
要對俄狄浦斯象徵關係做些解釋。

　　精神分析理論認爲，在兒童成長的過程中，要經過鏡象和象徵兩個階段。
鏡象階段中的兒童猶如一個面對鏡子的存在，他通過鏡中自己影像的反射、
認知而認識自我，擁有意識，建立起與對象化他者的完整統一的想像。鏡象
化階段是母—子二元關係，其互動類似於我們與鏡中影像的關係。這種關係
似乎是完滿而統一的，兒童既通過母親獲得自我意識，同時又與這個對象化
的他者達成完滿而自足的統一。但是這種關係在根本上又是想像性的、亂倫
的、有缺陷的。不僅從其身體的獲得來說，兒童是父與母生理結合產物，而
且從社會—家庭法律—倫理關係來說，母親——被鏡象階段的兒童視爲屬於
自己的他者——實際是屬於父親的。父的存在與介入，打破了鏡象階段的完
滿而統一的虛幻想像，從而進入到了父—母—子三人的象徵關係階段。在這
一新的階段中，兒童意識到了原先那個想像化的他者——母親——並不爲其
所有，並非完滿的自我鏡象，而是標示著不完滿、缺失、匱乏、犯罪（戀母
亂倫）的他性的存在。也就是從這時起，俄狄浦斯症候就得以產生：兒童深
深地陷入對母親的亂倫式依戀和對父親的仇恨之雙重意識中。無疑，象徵階
段的兒童是不幸福的、焦慮的、病態的，但是這是他擺脫不成熟的兒童階段
成長爲一個正常的人必經的過程，是將法律規範、道德倫理、價值信仰、文

〔註98〕　同上，第41頁。筆者感到雖然德、迦二氏對於弱勢文學寫作位置的論述，帶
　　　　　有相當的個體、天才性的視角，這集中體現於卡夫卡上身，但就話語邏輯的
　　　　　實質看，則與廣義的後現代話語是一致的。
〔註99〕　同上，第18、20、24頁。

化知識、社會習俗內化爲自我意識的必由之路。通過克服象徵階段的俄狄浦斯困惑，兒童與父達成了一致、認同，形成了新的符合家庭、社會倫理、法律規約的合法性關係，從而建立起「眞正」「成熟」的自我意識，成爲「眞正的」「自由」、「自主」、「自在」的主體。

當然，這一新的與父認同的自我，並沒有因此而成爲自足的主體，也並未擺脫想像性的關係，這一新的想像性關係的生產，無非是與父共名的一系列「外部」（相對於母與子的想像關係言）權威系統強行介入的結果，父與其說是一個具體威嚴的肉身，不如說是權力、法律、規範、語言的化身，是能指、位置，是有待去填補的永遠無法完滿填補的空缺。對於那些表面上看去順利地渡過象徵階段成長爲健康的人來說，那曾經困擾他的俄狄浦斯症候並沒有消失，只不過是被抑制了，作爲 complex──情結，壓抑在無意識深處，伺機而動，使我們每個人都成爲永遠（潛在）的精神病患者。

然而，比這更令人沮喪、瘋狂的是，想像關係與象徵關係的共時性結構悖論。就子與父的認同或父權的實現來說，子首先也不能不是母親的，不能不是鏡象性的主體，正是母與子的鏡象性關係，先期預設了父與子的象徵關係，爲父法的實施、昭示、實現提供了對象性的他者。但反之，子又一定不能是母的，不能是鏡象性的主體，或換言之，他必須按照父法的規範，從鏡象性的關係擺脫出來，才可能進入到象徵階段，並經由父的引領而走出俄狄浦斯困境，成爲被社會、法律、規範、文化傳統等認可的主體（確切地說，不是主體而是主體性的存在）。如果結合西方基督教文化的傳統來看，或許這種精神分析學理論，與其說是對兒童心理觀察的理論結晶，不如說是基督教文化原型在弗洛伊德、拉康等意識中的折射：正如基督教教義所規定的那樣，基督以其獻身而使所有的人得救，而同時也正是他的獻身，決定了所有人的存在都是原罪性的存在，上帝在拯救、圓滿人的同時，卻讓人陷入了永恒的缺失與原罪中，讓人在永恒的企盼中，等待上帝的降臨、拯救。

對於不習慣辯證敘述的人來說，這些闡述可能過於抽象。其實如果允許闡釋得更實證些的話，我們或許可以說，在實際的家庭關係中，母與子關係的建立，本身就是父與母或丈夫與妻子的法律關係的結果，即便一個男人與一個女人因非法律許可的關係而生產出了一個孩子，這個孩子仍然也擺脫不了與父或父法的關係，所謂「私生子」、「非婚生子」等特殊的稱謂，就恰恰

說明了這點。同樣，一個生理性的人，在被「自然」的孕育安放於母親的懷抱時，就已經被開始納入到了社會化的脫離母親的進程中，開始了被社會化的命運。〔註100〕

　　將此分析方法引入少數民族文學話語，可以很容易發現一些類似的想像或象徵關係，「民族傳統—民族文學」就是一例。這一想像關係細分可能會有兩個層面：整體性的「少數民族傳統—少數民族文學」，個體族裔性的「XX民族的傳統—XX民族的文學」。先暫且不管這種差異，在這一想像性關係中，民族文學從其母體民族傳統那裡驗明了正身，獲得了自我身份意識，構成為自足的存在。但這只是排除了民族文學的歷史條件、屏蔽了其具體生存語境的想像。不管民族文學以什麼樣的身份、以何種方式存在，從其誕生的那一刻起，就被納入到了類似於父—母—子的象徵關係中，或者通過父法（權力）的檢驗與核准、或者通過與父法的較量或弒父，而獲得被認可的身份。

　　具體到不同的歷史語境，民族文學所屬的象徵性關係，也是不同的，而從不同的角度出發，在某一語境中又可以分析出一系列同質而異形的象徵性三角關係。新中國頭三十年民族文學象徵性關係的一種表述可能就是：「社會主義少數民族文學—少數民族文化傳統—少數民族文學」。在這個象徵關係中，最初少數民族文學的定位就是少數民族創作的文學，其身份依據似乎就來自於具體的民族族別身份，因而少數民族文化傳統似乎也就具備了「天然性」、「自在性」，也就具有了少數民族文學文化母體的性質。但這只是片面抽象的想像。新中國要發現、要建設的少數民族文學不是原初自然的文學，而是社會主義的少數民族文學。因此，不僅社會主義時期所創作的少數民族文學要符合社會主義文學的標準，就是從少數族裔傳統中所發掘出來的傳統文學遺產，也要符合社會主義的要求，少數族裔文學只有經由社會主義的改造，才能夠從族裔文化的母體中擺脫出來，獲得社會主義少數民族文學的身份，才能作為合法的主體去為祖國、為社會主義、為其它族群和自己的族群歌唱。我們在前面所回顧的少數民族文學史編撰工作中所發生的諸多現象，正是這種象徵性關係的具體體現。

〔註100〕這部分關於精神分析理論的簡述，主要來自於日常閱讀的積累。而此次寫作時，又集中參考了特雷·伊格爾頓：《二十世紀西方文學理論》（伍曉明譯），西安：陝西師範大學出版社，1987年版，第5章。黃漢平：《拉康與後現代文化批評》，北京：中國社會科學出版社，2006年版，第一章第二節，第二章第一、二節。

　　當然，社會主義少數民族文學—少數民族文化傳統—少數民族文學之象徵關係，只不過是當時更爲廣泛、多樣的社會政治文化象徵關係中的一種，而且處於較低層次。從中國性角度看，與少數民族文學相關的象徵三角關係可以是，「中國文學—漢族文學—少數民族文學」；從世界性角度看可以是，「（各民族平等的社會主義的）世界文學—中國文學—少數民族文學」。但是不管是在哪種象徵三角關係中，少數族裔文學都是被生產的、有待確認的「屈主體」，而那被它或它者視爲其母體的少數族裔文化傳統，不僅不能確定其身份合法的資格，而且文化傳統與民族文學之想像性關係，也只是因爲那個似乎是外於其身的父權性權力的介入，象徵關係的共在，才能夠得以形成。傳統並不是先於現代的存在，而是與現代共在的互爲它者的位置〔註101〕。我們即便是從理論思辨下降到經驗觀察，情況依然如此。請想想少數民族族別身份是怎樣被確定、被指認並最終作爲自我的民族身份而被接受的。

　　因此，無論是在民族的民族文學還是在類後殖民文學的少數族裔文學範疇中，少數民族文學（或 XX 族裔的文學）重返民族（或本民族）文化傳統、重建獨立、自在、自主主體性的運動，與其說是重歸傳統、重建那曾被阻斷了的母與子的想像性關係，不如說是對把自己納入其間的舊有的象徵性關係的反射性抵抗。重歸傳統的想像，重歸母體的訴求，並沒有把少數民族文學（XX 族裔文學）放置於一個穩定、自足的想像性結構中，而是將自己想像性地移位於新的排斥性的象徵關係中。在民族的民族文學闡釋中，隱含的是「眞正的民族文學—漢文學—民族文學」這樣性質的象徵關係——民族文學只有從漢文學（或漢化傳統）中擺脫出來，才能夠成爲眞正的民族文學，才能夠作爲獨立、自主、平等的一員，屹立於世界文學之列〔註102〕。而在一些激進的「XX 族裔文學」的想像關係中，這種相對隱含的結構，更以鮮明而強烈的方式表現了出來。比如在藏族作家唯色那裡：「圖伯特文學—中國文學（或漢文學）—西藏文學」；而更富戲劇化的身份標誌則是：「（新父）達賴喇嘛（西藏文化、藏語）—（舊父）混血之父（漢文化、漢語）—（舊身）程文薩」。只有聽從新父的召喚，才有可能洗清那由舊的混血之父所帶來的身份的不潔——骯髒的漢族血統，成爲眞正純潔的圖伯特的女兒。而且聽從新父召喚的自覺性越強、反抗舊父的抗爭

〔註101〕Marilyn Strathern , Enabling Identity? Biology, Choice and the New Reproductive Technologies 霍爾：《文化認同問題》，第 40～45。

〔註102〕也正因爲此，才有「寧肯歐化，也不漢化」之說。參見關紀新：《各民族文學互動狀態下的多元發展》，http://www.literature.org.cn/Article.aspx?id=25124

越激烈，就越能更早、純度更高地純潔自我。於是毫不奇怪：以解構、後殖民抵抗名義寫作的唯色之身，卻折射出鮮明的「黨的女兒」的形象；尋求自由、解放、平等的「圖伯特文化（學）運動」，卻一再重演著類似於文化大革命運動中的「清理階級隊伍」、「靈魂深處鬧革命」鬥爭劇目〔註103〕。

——正是在這裡，我們又想到了德、迦二氏的教誨：「問題在於如何找到出口（出口而已，並非『自由』）〔註104〕。

（二）

八十年代之後的少數民族文學中，之所以會出現走向片面的族裔文化民族主義或民族主義的現象，原因當然是複雜的，但從話語生產的角度來看，除了前述五十年代少數民族文學象徵關係的結構性前定這一重要因素外，還與對此象徵關係的簡單化、抽象化解讀有直接關係。這包含共時與歷時兩個層面認識的簡化。

就共時層面看，社會主義的少數民族文學話語並不是獨自而在的唯一的意識形態話語，而是眾多意識形態話語之一，而且還是下位的從屬性話語結構。「社會主義少數民族文學—民族文化傳統—民族文學」之結構，不過是「（黨的化身的）無產階級（文學）—剝削階級—（資產階級、小資產階級）知識分子（作家）」這一延安時期所明確確定了的象徵結構的「衍生產品」而已。這一結構包含著兩個既相悖又互存的關係：作為想像性的「剝削階級—知識分子」關係，既被黨判定為類似於「母體與兒子」的關係，又因剝削階級的反動的階級性，資產階級、小資產階級知識分子們，又是具有原罪的子女，他們必須擺脫反動的母體，聽從黨的召喚，經由與工農大眾相結合的道路，才能脫胎換骨、獲得新生，成為無產階級和黨的兒女。所以，作為剝削階級出身的資產階級、小資產階級作家、藝術家，也只有經由此象徵結構的煉獄之火的鍛造，才能成為無產階級人民大眾的文學藝術家，創作出為人民大眾所喜聞樂見的無產階級的文學，黨的文學。當然，此一性質的以黨的權威為類先驗核心父權的象徵結構〔註105〕，並不僅僅局限於文學藝術方面，其規約性所及，在新中國

〔註103〕 參見姚新勇：《被綁架的「民族英雄」——關於唯色事件的思考》;《朝聖之旅：詩歌，民族與文化衝突——轉型期藏族漢語詩歌論》，http://iel.cass.cn/news_show.asp?newsid=4202&pagecount=0

〔註104〕 吉爾·德勒茲、非力克斯·迦塔利：《卡夫卡》，《什麼是哲學》，第 27 頁。

〔註105〕 參見姚新勇：《對「反思」文本的反思——重讀《苦果》，《河南師範大學學報》（哲學社會科學版），1999 年第 4 期。

頭三十年幾乎涉及整個社會的方方面面。我們不僅從舊傳統的改造（無產階級文化—舊傳統—文化）、土地改革（耕者有其田—地主—土地），從「嚴重的問題是教育農民」（社會主義新農民—小農意識—農民）、人民公社運動（人民公社大家庭—土地私有—農民）等方面，看到了此一父法象徵結構的暴力規約性，而且還在文革期間深刻地感受到了它〔（黨）領袖—父母—子女〕對社會最基本的家庭倫理的全面顛覆。

總之，新中國頭三十年中共與國家藉此模式推動各項社會政治文化運動，既改造了一個舊中國、建立了一個新中國，也給包括少數族裔在內的全體中國人民甚至中共與國家本身造成了巨大的傷害。因此，近三十年來發生於少數族裔文學和文化領域的重返自我民族文化之根的潮流，就應該看作是整體性中國社會轉型的組成部分之一，而不應該被片面解讀為全然排斥性的少數民族同漢族或 XX 民族同漢族、同中國的文化鬥爭，更不應該被想像為，被壓迫、被殖民的民族謀求獨立的文化解放運動。

從歷時性角度看，社會主義少數民族話語也屬於衍生性話語，而且連其所歸屬的以黨為最終核心的象徵結構，也並非原初性父權象徵三元結構，而是近代中國命運演化的結果。在西方他者強力介入古代中國之前，核心中國有關世界的主導文化心理想像，並非是父權象徵三元結構的，而是「家、國、天下一體」的同心圓式的差序格局。雖然我們不宜美化此一結構，但必須承認構成它的各部分之間的非排斥性、既差異又兼容性：放眼天下，家為最小，但卻是社會秩序、倫理規範的核心所在，為人的心靈之家；而由家至國再至天下的推進，則通向神聖的天道之所在。所以在古代儒家文明觀中，中國的差序格局，不僅具有原子裂變的核心外擴的性質，而且又具有存在合法性約束力反向歸圓的特質。也正是這一特質，又形成了古代中國的「天朝—周邊」的文化心理空間想像。這是家國天下一體的主導性想像結構的次級想像，是更具實用性的、彌補王朝統治之於無邊天道之有限性的補充，表現為華夷之辨或華夷互補的文化心理調適功能。

然而，西方勢力進入中華文化圈之後，一切都開始不同了。剛開始時，中央王朝還想以傳統的禮儀模式處理西來的衝擊〔註106〕，但是當西方列強的政治、經濟、軍事、文化的衝擊全面化之後，中國人關於世界的文化心

〔註106〕馬嘎爾尼使團風波就是典型一例。參見何偉亞：《懷柔遠人：馬嘎爾尼使華的中英禮儀衝突》（鄧常春譯），北京：社會科學文獻出版社，2002 年版。

理空間結構想像就開始發生質變了，西方的、現代性象徵三角關係就隱約而成了──「西方列強─危亡之天下─中國（中國人）」。也正是在這種想像中，作爲非我性的現代之反面的「傳統」就產生了，同時「中國」這一不無含混性的古代國家稱謂，也就逐漸演變成爲自覺、明確、有限、非天下的主權國家的稱謂；而與此同時，天朝─周邊想像，也逐漸式微，代之以中央與地方關係的想像。當歷史走進五四新文化運動前後，晚清人有關世界的文化心理空間想像，就變爲了「（西式的）新文化─舊傳統─中國（中國人）」。到了這時，現代西式的二元對立或三元象徵的文化心理結構，也就徹底成型了；那些原先具有高度「自治性」的周邊之地，也就以邊疆省份的名義，眞正成了整個中國──現代中國──的密不可分的一部分，這些地區的文化，也就在新文化的「照耀下」，成爲了「民間文化」或「少數民族文化」……

第三節 綜合，立場，材料及基本框架

一

上兩節分別考察了「文化民族主義」和「少數民族文學」這兩個關鍵概念，考察的主導傾向強調的是意識形態話語的生產性，帶有較濃厚的反本質主義的解構性色彩，多少有些忽略相關學者對民族主義的肯定性闡述。在文化民族主義的「理論教父」史密斯看來，雖然「不必將民族歸結爲『本質』或穩定、固定、內在同質化的存在」，但是民族也絕對不是僅像一般人認爲的「感情、意願和想像等民族的標誌」，相反民族是「眞實的社會學性意義上的共同體」。「民族效果的眞實並持續的衝擊力，使得許多學者將民族視爲存在於它們自己權力中的『眞實共同體』，而非純粹的話語形態」〔註107〕。儘管民族主義話語時常顯得相當雜亂且充滿疑問，並表現出對於歷史傳統素材選擇的任意性，但是觀察不同的民族主義都會發現，它們的言說、它們對傳統的選擇可能並非是任意的，更不是胡亂編造，在不同的民族主義運動中，總是包含著「象徵性族群文化傳統」的內核，無論是將此內核理解爲一個使得特定民族主義意識形態的雪球越滾越大的族群核心，還是理解爲不同（民族主義）意識形態話語圍繞其相

〔註107〕 Anthony D. Smith, *Ethno-symbolism and Nationalism A cultural approach*，頁 42、14。

互競爭、角逐的基本場域、空間、身體、形式結構。〔註108〕

而霍爾之所以將身份／認同視為意識形態話語生產的「縫補集合點」，是要克服本質主義的觀點，但並不是要「放棄或廢止『主體』，而是再概念化，也即在主體的新形式中思考主題——在此新範式中替代或解中心」〔註109〕。因此，文化身份是位置性、非本質性的，但還「是有源頭、有歷史的」，文化身份是「屈從於歷史、文化和權力的不斷『嬉戲』」，但它們的確對於我們形成自我的意識——既作為「真正的過去的我們」也作為「真正的現在的我們」——至關重要。「過去的敘事以不同方式規定了我們的位置，我們也以不同方式在過去的敘事中給自己規定了位置」。對於身份的這種既是又不是特點的認識，正是抵抗、解放、去中心化的「身份政治學」的核心所在〔註110〕。

因此，無論我們願意怎樣定位重返民族之根書寫的少數族裔文學及與其相關的文化民族主義現象，都不能無視它們的能量，都無法因其話語的建構性而取消它們真實的解構性、衝擊力。而且即便就是從前述理論思辨的角度看，我們強調少數族裔文學身份話語生產的差異性、變動性、位置性、對象化他者性時，也不可能取消它們與其文化母體的「『破裂之後的』關係」〔註111〕。

筆者前面在返溯少數民族文學象徵結構的歷史源流時，引述了以「家—國—天下一體」為主導、以「中原—周邊」為輔助的古代中國有關世界的文化心理結構圖象，它們無疑是具有相當解釋力的，但也無疑是以儒家文化、中原文化、漢文化為中心的。眾多類似的言說，往往忽略了核心—周邊模式的複雜、多樣性，忽略了在不同時期，作為周邊存在的「夷狄之國」自己的世界文化心理結構的存在〔註112〕。其實，在天朝—周邊的格局中，既有中

〔註108〕參見史密斯，Anthony D. Smith, *Ethno-symbolism and Nationalism A cultural approach*.另外，筆者感覺史密斯好像有點誤解了後學理論的「話語」（discourse），多多少少有些強調 discourse 作為言說的結果這一傳統含義。

〔註109〕STUART HALL , *Introduction: Who Needs 'Identity'*? 頁2。

〔註110〕參見斯圖亞特‧霍爾：《文化身份與族裔散居》，羅鋼、劉象愚主編：《文化研究讀本》，北京：中國社會科學出版社，2000年版，第211～214頁。

〔註111〕同上，第212頁。

〔註112〕也因此，感覺不少學者在引述拉鐵摩爾的「內亞洲邊疆」觀時，往往只重視草原文明相對於農耕文明的互補性，而本能地忽略草原文明本身的特質。近來汪暉與葛兆光的兩本著作，表現出了對中原中心觀的某種反思，但仍然是淺嘗輒止。可參見姚新勇：《擲地有聲還是高舉輕放？——評葛兆光〈宅茲中國〉》，《思想》，第19期，臺北：聯經，2011年9月；姚新勇：《直面與迴避：評汪暉〈東西之間的「西藏問題」〉》，《二十一世紀》（香港），2012年8月號。

央王朝與高麗、安南這類文化與政治關係都較爲緊密的模式；也有唐王朝與
日本這樣的文化關係密切但政治關係兩分的情況；更有伊斯蘭化後的西域與
中原模式。在最後一種模式中，周邊之國與中原王朝之間，無論是政治還是
文化關係都相當地薄弱，站在周邊本位的角度看，它們不僅有自己的關於世
界的文化心理結構，而且其所呈現的空間關係，也是非華性的。例如藏傳佛
教普及化之後的吐蕃，有關世界的文化心理結構恐怕就是「吐蕃—佛國（古
印度）」，而《突厥語大辭典》所表現的則是以眞主安拉爲中心的輻射性空間
〔註113〕。也就是說，他們有自己的「文化朝聖之旅」〔註114〕。而這一切都
不會因爲中原儒家核心觀的想像而變爲虛無。

　　當然就意識的歷史性、主觀性而言，沒有什麼歷史存在會是永恒的，這不
僅指物質性的存在，同時也包括意識性的存在。即以《突厥語大辭典》言，如
果現在已經沒有人讀了，已經被人遺忘，那麼即便物質性的存在——書——仍
然保留在某個圖書館的角落，但它對於意識到的存在而言仍然是不存在的；
或說它被塵封於歷史中，靜靜等待著被人們重新發現、重新閱讀、重新認識、
重新納入歷史的存在中。然而，這種對於《突厥語大辭典》之類的少數族裔
文化傳統的假設，純粹是一種假設，或說，只是對一般性中原意識來說才是
「眞實」的。在由古代中國向近代中國轉型的過程中，周邊地區從來都沒有
自然而然地被轉變爲現代中國的「邊疆」，而是在特定的世界局勢下，由國家
力量、主流文化或溫和或強制地整合到緊密的內地—邊疆格局裏，編碼入現
代象徵三角關係中。

　　當然我們不應該由此而又返回到本質主義的身份認識上去，而且所謂
邊疆的被整合、少數族裔文化的「少數化」、「邊緣化 」實際也不過是現代
性進程中「地方文化」的民間化、「地方化」、衰退化、消失化大趨勢中的
個案而已。黨、國家並不因爲權力的擁有，而就必然正確；反之少數族裔
也不因位於少數、邊緣、弱勢而就必然正義。但是不管怎樣，少數族裔、
少數族裔文化從其作爲少數者的身份存在起，被定位、被弱勢、被邊緣、
被改造、被整合、被重構、被回想、被追思、被重返……就都是它們所經
歷的歷史命運。

〔註113〕 「眞主在讓幸福的太陽在突厥人的地域升起，蒼穹在其疆土之上運轉」。麻罕
　　　　 默德・卡什噶里：《突厥語大辭典》，北京：民族出版社，2002 年版，第 2 頁。
〔註114〕 參閱安德森：《想像的共同體》，第四章。

　　再來看父—母—子象徵三角結構。對於精神分析理論來說，象徵階段與鏡象階段是對嬰兒不同發展階段的理論概括，但是它們無論在精神分析那裡還是在其它延伸的領域中，從來都不是嚴格的先後相繼的兩個階段，而是含混、曖昧、時序混雜的，父權的介入帶來想像結構的象徵化，並不意味著想像性關係的消失、廢除，而是位移、變異。其實我們只需觀察「父—母—子」結構構成本身就可以看出，它對「母—子」之想像結構的依賴、涵納（或內化），去掉想像結構中的二元，父也就不成為父了，父位也就消失、坍塌了。所以，雖然如果只是按照象徵話語結構的規定去反抗，永遠都無法擺脫理論與現實的壓抑，雖然甚至可能都沒有永遠擺脫的可能〔註115〕，雖然那位於父權位置的主體，也曾有過類似屈從的經歷，但因此而就簡單地認為「父子同樣『無辜』，同處『困境』」，似乎父「僅僅由於自己在一種看來毫無出路的局面下不得不屈從，才要求兒子也屈從那種占統治地位的秩序」〔註116〕，恐怕也是成問題的，更何況，我們這裡所分析的並不是卡夫卡作品中的父與子的關係。而卡夫卡之所以要「放大或誇大俄狄浦斯情結，增加它的分量，賦予它一種反常的或妄想狂的用途」，就「已經意味著擺脫屈從和重新抬起頭，超越父親的肩頭看到裡面始終存在的問題：一門有關欲望，絕境和出路，有關屈從和撥亂反正的微觀政治學。打破絕境，使絕境崩潰。讓俄狄浦斯情結脫離領土，進入世界，不要在它的上面和家庭裏另建領土」〔註117〕。

二

　　前面有關概念的分析，看似在梳理他人的觀點，但實際已涉及到本論著的立場問題。立場對於任何研究來說都是非常重要的，更不必說敏感的少數族裔問題了。將價值判斷與事實判斷盡可能地分離，是本論著的基本原則。筆者所取的價值是中華民族多元一體立場。按一般的表述，多元一體就是中國五十六個族群是相互平等的五十六元，在此基礎上又形成了更高一層的中華民族一體性，不過更進一步的具體內涵則並不十分清晰、明確，而且多元一體觀無論是其所指涉的現象還是理論本身，也都不是沒有問題的〔註118〕。

〔註115〕由《卡夫卡》看，德勒茲、迦塔利實際就持這種看法。

〔註116〕吉爾・德勒茲、非力克斯・迦塔利：《卡夫卡》，第19～20頁。

〔註117〕吉爾・德勒茲、非力克斯・迦塔利：《卡夫卡》，第20頁。

〔註118〕參閱姚新勇：《現實抑或理想綱領——關於「中華民族多元一體格局」說的思考》，《民族藝術》2010年 第1期。

所以，一般性地肯定平等多元的價值與國家統一、民族心理的一體性價值並不難，但若想在理論邏輯與交往現實兩個層面上，確實架起溝通這雙重價值的橋梁並非易事。因此，選擇多元一體價值，並不意味著選擇了一種比較成熟的價值系統以指導、規範自己的研究。實際上，我們所面臨的工作與其說是按照已經搭好的橋梁穿梭、往返，不如說是在正在「嘗試性施工」的現場小心謹慎地行走，或著說是小心謹慎地參與到一個只有大致方向但具體規劃、施工方案都不確定的工程中去。因此，筆者自己並不十分清晰多元與一體的尺度，更無法確定自己的工作在他人的眼中，哪些是符合多元一體的，哪些是有悖於多元一體的。我所清楚的是，對於中國的現實與未來而言，無論是「多元」還是「一體」，現在還都談不上什麼確切的標準，相關的只是一些有助於國家和諧多元一體關係建設的最基本的要求。所以對本專著來說，「多元一體」最基本的意涵就是族群之間的平等，相互尊重、相互包容或相互寬容，至少是「己所不欲，勿施於人」。與此相關，本專著自然不會像一些國外相關研究一樣，簡單地站在中國／（非中國的）少數民族二元分立的角度看問題，但也不會是一本所謂宏揚正面價值、強化民族團結的著作。筆者將高度關注所涉問題的複雜性，將呈現出轉型中國少數民族文學之文化民族主義表現的多義性與複雜性。

至於說事實判斷，雖說關係到是什麼的問題，但具體處理起來，可能並不比價值判斷容易，這倒不是因為價值判斷與事實判斷本身難以兩分，而主要是指在「文化民族主義視野下的中國少數民族文學」選題的外延確立的困難。我們已經較為充分地闡明，中國少數民族文學並不是一個內涵具體明確、外延固定清晰的存在，而是一個與族群認同、民族認同、國家認同關係非常密切的意識形態話語生產的場域，一個不同的主體性身份認同激烈角逐的話語空間，或「縫補的集合點」，所以一切相關的文學、文化現象無論其性質如何，都可以也應該納入其間。但是儘管如此，具體對象的「準入問題」還是存在。比如說應該怎樣處理那些境外或準境外的材料呢？例如唯色近幾年在國外發表的作品還可以算是少數民族文學作品嗎？無論算與不算，問題是能夠把這類作品排除考察範圍之外嗎？如果去除了相關境外或準境外的寫作，那麼不是意味著將發生於境內外複雜語境下的民族主義問題，人為地割裂開來了嗎？如果這樣，又怎麼可能做到較為準確地把握研究對象呢？

另外，「文學」一詞在本專著中的範圍又該怎樣確定呢？那些審美形式及情感表達較爲明顯的作品當然屬於文學，但問題是一些雖然不像我們習慣的文學寫作，但卻與族裔性的文化民族主義或民族主義話語的流變有關，又該怎麼處理呢？而且這類材料又大量存在於網絡上。網絡技術的普及、中國網絡管理的特點，又造成了不少身體在境內但作品卻在外網的情況；或者反之，身體在外，作品卻發表或流傳於境內。這一切就使得問題更複雜了。而拋開了那些文學性較欠、但文化民族主義或民族主義傾向較濃的網絡空間材料，要想比較全面地研究新千年之後的少數族裔文學的文化民族主義情況幾乎就不可能。

筆者不能肯定自己的實際研究對這些問題的處理都一定很合適，但從話語的生產來說，從事實判斷的要求來看，都必須將自己所能掌握到的這些相關現象納入視野，進行考察，而且首先要盡量給予客觀的事實把握。其實，無論我們對某些作品是否喜歡，都不能改變它們已經發生了的事實性的影響，不能改變它們的確進入到了中國少數民族文學話語生產進程的事實。本論著的主要任務是釐清文化民族主義視野下的中國少數民族文學生產的情況是什麼，而不是去約定它應該是什麼、應該不是什麼。筆者無法保證自己的立場完全不會影響到事實的判斷，但有義務要求自己盡量不人爲地去製造或加大這種影響。

此處已經涉及到了材料的問題。在材料的選擇上，除了涉及到「文化民族主義」、「少數民族文學」這兩個關鍵概念的內涵與外延上，還涉及到另外一個重要方面，那就是本專著的定位問題。即本專著究竟是一本帶有族裔文化民族主義考察視角的當代文學研究著作，還是當代中國文化之族裔民族主義的考察？雖說這兩者有著交叉部分，但畢竟不同。如果是前者，本專著的研究，將會更爲具體地涉及轉型期少數民族文學創作的情況，它們將會更爲集中、整體性的呈現；如果是後者，那麼族裔民族主義內在線索的梳理，可能就會成爲焦點，而相關文學現象，則就成了這一線索的從屬性材料。再說得直白一些就是，我所進行的是文學研究，還是民族學或民族主義問題的研究？說實話，筆者很難做出非此即彼的選擇。或許本專著比較偏重文學研究的向度，但又會汲取許多非文學學科的研究方法。而這不僅會影響到本專著取材的複雜性，而且還將最終影響到本專著的形式樣貌上，最終讓其呈現出相當的跨學科性。筆者不清楚，這是否會影響到本書傳播的尷尬：文學圈子的讀者會不會認爲它太社會科學化了，而社會學或民族學學科的讀者，又會

認為它太不專業、太文學化了？或許這是本專著的一個弱點，但這又是筆者有意的追求。這既是為了給不太瞭解相關情況的讀者提供一些更為具體的文學文本信息，而且這樣處理，也可能有助於避免簡單地站在「殖民者中國」/「被殖民者少數民族」的角度看問題的弊端。

最後關於本專著的基本內容。本專著共分六章。第一章「導論」，重點是對「文化民族主義」、「少數民族文學」這兩個關鍵概念進行梳理。第二章「家園，世界與神聖抒情」，主要是從「民族—空間建構」的角度對新時期少數族裔文學返還本族群文化家園的寫作進行考察，所涉及到的對象有藏、彝、維吾爾、哈薩克、滿、白等族裔作家的寫作，揭示它們的相同性和差異，同時又將這種族性意識較強的空間建構與新時期漢語主流文學的空間重構的情況進行比較。第三章「民族歷史的重述：記憶與虛構」。如果說上一章所進行的是空間性的研究，那麼此章則側重時間性的考察。其中分別涉及到這樣幾個方面：一、新中國頭三十年文學寫作之歷史敘事的基本結構；二、空間性景觀與歷史化書寫之關係在具體族裔寫作中的表現；三、西藏題材敘事中的複雜的民族主義問題的纏繞；四、對阿勒瑪斯「三本書」的討論；五、蒙古帝國敘事的解讀。第四章「從詩性的『民族寓言』到詩性的放逐」。如果說前兩章所考察的現象主要是新時期少數族裔文學寫作中的文化民族主義問題的話，那麼本章的討論，則側重於 1990 年代中期之後的情況。重點考察少數族裔寫作從文化尋根的感傷性抒情向更具現實批判性、控訴性寫實方向的轉化。具體內容主要有以下幾方面。一、對傑姆遜《處於跨國資本主義時代中的第三世界文學》的重讀，重點糾正中國對此文本的錯譯、錯讀；二、對一種插曲性的「民族諷喻式寫作」的考察；三、新千年之後部分少數民族寫作的寫實化及抵抗性書寫及後殖民文化人類學詩性寫作現象的考究。第五章「誰推動了族裔文化民族主義」，主要從國家制度、族群文化、不同文化民族主義推進者、社會結構變遷、網絡等五個方面分析族裔文化民族主義乃至政治民族主義推動力的問題。最後一章第六章，引進查爾斯‧泰勒的「承認的政治」視角進行總結。一方面點出少數族裔文學和文化中所表現出的返還本族群文化之根的取向和族裔民族主義傾向的核心，實際是作為弱勢的少數族裔對於更高水平承認的訴求；另一方面又以泰勒承認政治的對話性檢視了這種承認訴求中所存在的單向性、絕對性問題；最後以「特殊文明中國論」之多元一體觀建構實踐的考察結束本專著。

第二章　家園，世界與神聖抒情

他微微俯著身軀
好像正要邁開大步的
神話裏的巨人
在緊張地估計著前面的方向
握得緊緊的右手的拳頭
抓住了無數的中國河流
他勸告它們跟著他前進
他命令它們跟著他前進
……

詩人但丁
當年在地獄門上寫下了一句金言：
「到這裡來的，
一切希望都要放棄！」
今天
中國人民底詩人毛澤東
在中國新生的時間大門上面
寫下了
但丁沒有幸運寫下的
使人感到幸福
而不是感到痛苦的句子：

「一切願意新生的

到這裡來罷

最美好最純潔的希望

在等待著你！」

—— 胡風：《時間開始了》

胡風的確是離「神」最近的天才詩人，他以表面類似《女神》的詩句，揭示了時間磨盤所開啟的山河重定的秩序結構及其運作的秘密。在此結構中，作為中國社會主義革命神性元象徵的領袖毛澤東，高踞於世界中央的神性祭壇上，群山繞其排列，河水向其奔流，億兆為其歡呼。一切的一，一的一切都歸於這個神聖的中心。這不是自然的律定，也不是神性的天然，而是神的召喚，神的命令，神的允諾與地域深淵的恐嚇：

來罷，到這裡來吧！最美好最純潔的希望，在等待著你！

來罷，到這裡來吧！到這裡來的，一切希望都要放棄！

可以說，新中國未來三十年的歷史歸宿，就在那一剎那間定格—開啟，整個中國，所有的一切，包括我們的身體，都被定格於這種祭壇與歡呼的二元結構中，作為祭神的犧牲而被奉獻。

也是在這裡，胡風揭示了神性寫作的權力秩序：那高踞於神臺中央的領袖、詩神，將天地萬物神化為空無一物的白紙，去揮灑最新最美的文字，去潑墨最新最美的圖畫。其它的一切寫作，都成了這元寫作的寫作。而胡風正是離這元神最近的大祭司。由於他半神性的靈感，使其離這神性的存在過近，不僅窺見了神性光輝背後地獄的幽暗，看到了掌控一切巨手的緊攥，而且本能地想用其它的眾神威力，來平衡這已昇華為唯一之神的昔日的學生。或許正因為此，胡風這個神的大祭司，卻成了最初的犧牲，強制性的犧牲。

在這樣的寫作秩序中，神的寫作是唯一的，它不需要、不允許類似於《時間開始了》這種半神性的寫作，它需要犧牲，需要派生性的寫作，需要在神的光芒照耀下的關於神的與神保持距離而又奔向神的寫作。元神的光輝可以也終將熔化一切，但它絕不允許顫慄於祭壇的邊緣，窺視元神的無意識的深淵。在這樣的結構、在這種隱秘的密碼的編排下，秩序的結構若想得以正常的展示，就需要其它派生性的寫作，柔化這一剛性的內核/外環結構，讓領袖、黨、祖國，呈現為慈母與嚴父的化身，讓山河、讓我們自己，都自覺地內化為它——元神、元權力、元結構——柔軟的身體，為其獻身，並通過這種獻

身，而成就自我。「十七年文學」相對的成功與「文革文學」的自我毀滅之秘密就在於此。

就「十七年文學」的成功言，有三類作品較具代表性：一是農業題材作品，如趙樹理的小說，《山鄉巨變》、《創業史》等；二是帶有傳奇性、演義性的革命鬥爭題材作品，如《紅旗譜》、《敵後武工隊》、《林海雪原》等；三是少數民族題材作品。相對來說，當時最少爭議、最具風情性、同時又最能展示山河重寫秩序結構的作品，是少數民族題材作品。當然，如果要例舉當年受到普遍歡迎的少數民族題材的「文學」作品，似乎有些困難。雖然我們可以舉出《歡笑的金沙江》、《草原烽火》、《在茫茫的草原上》，但是好像真正最受人們喜愛並耳熟能詳的少數民族題材作品，往往是歌舞性或綜合性的「文藝作品」。

對於這種現象，一般人常常可能會本能地認為這與少數民族的能歌善舞有相當的關係，但實際上卻是與少數民族話語建構、新型民族關係建構的關係更為緊密。從新中國剛剛建立起，黨和國家就組織邊疆文藝代表團到北京匯演。這樣的活動，恰是《時間開始了》所揭示的「山河重定」結構的具體的表現。當然，黨和國家並不只是順手拾取現成的材料來進行這種民族關係話語的生產，為了使得這種生產更符合要求，進行諸多「民族特色」的改造就是必要的。比如我們所熟悉的雲南傣族的孔雀舞，在傣族傳統中，並非是現在的這種女性化的柔美豔麗的舞蹈，其本身是宗教祭祀活動中的「舞蹈」，具有直接的宗教功能，是由男性跳的動作剛勁的祭祀舞〔註 1〕。再如，在一般人的印象中，蒙古族同胞也是能歌善舞的，但實際上並非如此，當年內蒙古文藝界有關「民族特色」的討論，就有蒙古族文藝工作者，對片面培養、強調歌舞表演表示了不滿〔註 2〕。雖然我們不能全然排除少數民族能歌善舞的客觀性，但無論是作為新型民族關係話語的建構還是作為相關的具體表現來說，這種「客觀」印象都是被生產出來的，被建構的。當然，這樣的分析並不意味著相關的生產、建構是國家權力單方面的運作，如果真是如此的話，它也就不是話語的建構、主體的生產了。當年，在這類型的生產中，許許多多由黨和國家「培養」起來的少數民族文學藝術工作者，真情地投入其

〔註 1〕參見 Sara L. M. Davls 的《歌與沉默》（Sara L. M. Davls ‚*Song and Silence: Ethnic Revival on CHINA'S SOUTHWEST BORDERS*, Columbia University Press, 2005）；另外還可參見呂晴、黎愛蓉：《一代孔雀舞王：毛相》，昆明：雲南人民出版社，2008 年版。

〔註 2〕參見後文第五章第一節第二部分。

中，以不同的語言、不同的文藝形式，放聲歌唱領袖，齊聲感謝黨，眞情讚美祖國，與黨、與祖國、與祖國各族人民一起，按照「祭壇與歡呼」之元二元結構的形式，鋪建起通向祖國首都北京的金光大道；形成了 北京—邊疆……世界 的基本空間模式〔註3〕。

在這一模式中，北京—邊疆 爲基本架構，北京是祖國的心臟、中心，是偉大領袖毛主席所在的地方，是發達的社會主義內地的代表〔註4〕，「北京金太陽」的萬丈光輝照亮了邊疆；而邊疆則是（或正在努力被建設成爲）社會主義的新邊疆，頌歌向著北京唱、條條大路通北京〔註5〕，邊疆處處是江南。正是這基本的中心—邊緣（附屬）架構，構成了一個想像性的完整的社會主義祖國的文化—地理空間，而世界則在絕大多數情況下成爲這一空間的隱形的外圍性存在，即便當世界直接出場並發散出強大的吸引力時，邊疆、少數民族仍然與北京緊緊相連。哈薩克族詩人庫爾班·阿里的《從小氈房走向世界》（1950年）、維吾爾族詩人尼米希依提的《無盡的想念》（1956年），就形象、完整地呈現了這一 北京—邊疆…世界 的空間形態。

1976年，自然時間的運行，終於蝕損了人造「神聖時間的磨盤」，那「握得緊緊的右手的拳頭」，也終於放鬆了被它抓住的「無數的中國河流」，「祭壇與歡呼的二元結構」，也隨著「元神」的逝去坍塌。在最初的幾年中，中國作家還想以歸來歌者的吟唱、敘事，返還祭壇與歡呼二元結構的前革命結構，重建人民與黨、文學與革命的想像性母—子關係〔註6〕。但是不久文學就從舊有的軌道的中擺脫出來，神性的集體性寫作，也逐漸讓位於零散的個體寫作，往昔神性空間的想像，也似乎飄零四散，只留下幾塊變形的碎片。然而，這只是就主流文學而言，在少數族裔文學創作領域來看，神性的寫作並未消失，舊有的空間模式也並未全然坍塌：唯一的由元寫作主導的「單神性寫作」，在相

〔註3〕 參見姚新勇：《虛妄的漢詩》，《揚子江評論》，2007年第6期。
〔註4〕 雖然當時的中國內地並不發達，但少數民族文學作品中的以北京爲共名的內地與邊疆的對照，幾乎無不以「落後」的少數民族之口，充滿羨慕地讚歎社會主義內地的先進、發達。譬如李喬的《歡笑的金沙江》。
〔註5〕 袁向東對1949至1966年間《人民文學》的研究，就揭示了少數民族文學作品共有的條條大路通北京的模式。袁向東：《民族文學的建構——以人民文學（1949～966）爲例》，廣州：暨南大學出版社，2011年版。
〔註6〕 這集中表現在所謂「右派」寫作中。同時少數民族寫作，也有類似的表現。比如伊丹才讓還發表了《捧送陽光的人——青藏公路上的藏族駕駛員》。其中有有這樣的詩句：「心頭紀住了父輩祖先的苦難仇恨/眼前閃耀著社會主義的幸福光芒。」《西藏詩選》，拉薩：西藏人民出版社，1984年版，第5頁。

當程度上變成了諸神齊競的拆舊建新的神聖寫作；北京—邊疆……世界的空間，也代之以模式不同的新的民族文化—地理空間的想像。也正是在這種想像中，少數民族的身份也得以不同樣式的重構。

第一節　聖域空間的朝聖之旅與忍隱的族群情懷

一

　　說到文藝作品與西藏，人們可能會很自然地聯想到以「香格里拉」爲名號的雪域高原。雖然作爲一種時尚，香格里拉風情在中國早已經相當普遍了，但作爲一種意識形態話語的香格里拉迷思，卻直到 2008 年 3・14 事件爆發之後，才由汪暉進行了較爲深入的分析。通過對作爲西方「東方主義」產物的香格里拉西藏知識譜系的生產史的知識考古，並結合現實的西藏問題，汪暉得出了這樣的結論：

　　3・14 所放大了的危機，是「『去政治化』狀態下的危機」，也即文革後意識形態的片面去政治化狀態下的危機。而與此「去政治化」狀態相一致的是，社會主義民族文學優良傳統的未能繼承，和後社會主義民族文學的東方化問題〔註7〕。

　　汪暉的分析無疑是深刻的，但也是片面的。他過分強調了香格里拉迷思的外在因素，忽略了藏族、藏文化自身的因素〔註8〕。如果我們回到西藏文學本身來看，恐怕今日中國香格里拉迷思最初開始萌生，既非西方香格里拉話語的影響，也與旅遊經濟的促動無關，甚至與「意識形態去政治化」恐怕都不好簡單地說有多少關係。其形成的第一步，可能恰恰起始於藏族文學家與藏族人民對「文革」的文化破壞、對社會主義民族文學模式的反叛〔註9〕，是他們借助本族群傳統文化的元素，對傳統社會主義民族文學模式逆寫的結果。伊丹才讓、丹眞貢布等老一輩詩人創作的轉型，正是相關現象在文學上最早的表現。爲了直觀地感受這種轉型，首先讓我們來回顧寫於 1963 年的《黨啊，我的阿媽》

〔註7〕 汪暉：《東西之間的「西藏問題」》，生活・讀書・新知三聯書店，2011 年版，第 118～119 頁。

〔註8〕 參見姚新勇：《直面與迴避：評汪暉〈東西之間的「西藏問題」〉》，《二十一世紀》（香港），2912 年 8 月號。

〔註9〕 汪暉所言的意識形態去政治化的第一步，當然可以追溯到 1978 年開始的「撥亂反正」、「改革開放」，但是如果只是從意識形態去政治化的負面角度去看問題，恐怕比簡單地、無反思地肯定「改革開放」的問題更大。

黨啊，我的阿媽 〔註10〕

伊丹才讓

一

今天我唱歌，

赤誠的心，推掀滿腹歡欣的歌濤。

我不唱青海湖美麗的碧波，

也不唱滿湖的銀魚歡躍。

我不唱紅岩上善良的麋鹿環繞，

也不唱孔雀豔俊的五彩羽毛。

我不唱銀色的雪山有多妖嬈，

也不唱勇敢的大鷹掠霧回繞。

且莫訕笑我：

不認識大自然呈現的美妙，

也莫怪我：

不懂得比喻對詩歌有多重要。

我的歌要唱我們的黨，我的阿媽，

阿媽的心，勝過大自然揮舞的彩霞。

二

今天我的歌，

要唱頂天立地的英雄。

誰是英雄，誰是好漢，

揭開史詩偉名燦爛。

誰能頂天，誰曾立地，

卻不用將史詩翻揭。

〔註10〕 此詩原載《延河》，1961 年第 10 期，此處錄自伊丹才讓：《雪山集》，蘭州：甘肅人民出版社，1980 年 8 月第一版。對照 1963 年甘肅民族出版社編選的《金色的駿馬 慶祝甘南藏族自治州成立十週年詩集》，所收入的此詩，有兩點值得注意：一是 1963 年版全詩不空行，另外沒有任何注釋。

相傳果梅吾冒生命危險[注一]，
將吃人的九頭妖魔削斬。

為什麼未能將庶民的苦難掀翻？
因為那只是人民希望的夢幻。

翻開雄獅大王格薩爾的史詩傳冊，
滅霍、降魔……，偉跡千古不朽，[注二]

為什麼神箭劈山岩，卻治除不了萬民的苦難？[注三]
因為他的神箭沒有穿透封建魔鬼的肝膽。

揭開松贊幹布王的史略，
統一全藏，搭藏漢友誼金橋，滅世代征戰的災禍。

可為什麼淒慘、飢餓依然纏著人民？
因為他眼睛不明，寶刀未砍絕災禍的幽靈。

哦！萬莫誤會我的言談，
絕不是我張海口將千古的英雄非難。

我擔保假若他們的英魂未盡，
也會與我同聲將養育新世界的慈母歌頌。

黨啊！頂起了欲墮的天，灑下了吉群的甘露。
我的阿媽撐住了欲陷的地，撫育出幸福的苗圃。

新生活就是無可辯駁的明證，
只有黨啊！才是頂天立地的英雄。

……

1961 年 6 月～7 月於蘭州

原注一：傳說從前，九頭妖魔吃絕了世間人畜，只剩下一老婦和一騍馬，後來
　　　　馬生一子，老婦撫養長大，把血海深仇告訴了馬的兒子，並交給他殺
　　　　敵的鐵弓、鐵箭。他練好武藝，終於消滅了九頭妖魔，人間方得太平。
原注二：格薩爾是民間傳說的英雄。他統一各部落建立了國家。霍、魔均
　　　　為入侵的強敵，後被格薩爾消滅。
原注三：格薩爾有一種箭能射穿山岩。

我們再來看 1981 年 5 月寫成的《母親心授的歌》：

母親心授的歌〔註11〕

一

我出生的世界，
是佛法護祐的「淨土」，
可善良人家的大門上，
卻常聽見魔鬼嚎哭。

我揣在母親的懷裏，
勝過天國裏炫耀的幸福，
可母親在走過的路上，
卻呼喚救苦救難的度母①。

我頭枕母親的乳房，
把舒心的氣兒吸呼，
搓揉空氣囊的母親呵，
用眼淚沖洗坎坷人生的痛苦。

我耳聽母親的心跳，
就像是隱約可辨的鈴鼓②，
它化做動聽的歌兒，
從我稚幼的心底裏流出——
我唱著跳著到藍天上去③，
要和天上的小龍把彩雲舞；
我跳著唱著到石山裏去，
要和山裏的小野牛穿雲霧。

二

我雙腳落地的世界，
是高擎起藍天的地方，
而悲歡聲聲的母親，
卻總是伸不展彎曲的脊梁。

〔註11〕此詩根據「第二屆全國少數民族文學創作獲獎作品叢書：《詩歌集》，北京：
人民文學出版社，1989 年版錄入。

我扯住母親的衣袖。
就像扯住了萬縷陽光。
母親拽著我的手呵，
就像拽著她整個兒希望。

我伏在母親瘦如枯柴的背上，
就像雪獅伏在巍峨的山岡④，
母親背著輕如羽毛的我呵
就像背著她人生的全部重量。

母親溫暖的手心，
貼在我冰冷的額上，
就像用她全身的熱能，
昇華我眼前和煦的霞光。

好呵，好啊，今朝好⑤，
今朝的藍天多明亮：
好啊，好呵，今朝好，
今朝的大地降吉祥。

三

母親送我出門的時候，
啟明星正在揚撒晶瑩的晨露，
可那又黑又濃的迷霧，
堵死我通往大川的峽谷。

我離別母親上路的時候，
總以為賽欽花裝點著山路，
可那惡狼撲食般狂暴的風雪，
把我一口吞進了無底的冰窟。

朦朧中我彷彿聽見，母親在講
《阿伊措毛和她的花牛犢》⑥：
「……花牛犢被魔鬼當了午餐，
晚上還要來吞掉她的五臟六腑。

「走投無路的阿伊呵，有幸
遇到了喜鵲、青蛙、牛糞和碌磚；
剪除殘暴的九頭妖魔，確實
全靠了它們的智慧和幫助。」

明白了呵，生命的價值，
哪能是飲泣吞聲地忍受屈辱；
那些三暑裏蠕動的軟體幼蟲，
不會讓你血肉之軀等到寒露。

生命的價值呵，應當像
能破土而出的種子
把人類的希望變成豐碩的秋實
不辜負培育他的沃土

我唱著跳著到東海灘去，
爲迎接光明珍寶撒如意圖[7]；
我跳著唱著再到雪山上來，
爲給母親遮陽我栽旃檀樹[8]。

……

六

我們的道路不算筆直，
有時候還反覆把彎路重走，
就像一心直奔大海的千江萬河，
沒有一條不是幾經縱橫繞深溝。

我們的道路也不算平坦
有時候還痛感腳下道險路陡，
如果前面的道路本來就是海寬天闊，
母親就用不著費心血爲我塑造雙手。

是的，在我們走過的道路上，
蒙受過冤屈、枉擔過憂愁，
可巧匠左手舉起的鐵錘，
還錯砸過自己連心的右手。

對的，往後的道路上，
我們可要倍加愛護手足骨肉，
不能讓咬穿過嘴唇的牙齒，
再去咬自己彈撥心聲的舌頭。

我也不再那麼天眞爛熳，
不會相信前面不再有凍腳的寒流，
不過，天湖上的冰雪已經消融，
成群的斑頭雁總是亮開了歌喉。

只要這條道路上歌聲不息，
兒孫們不再做任人宰割的犛牛，
我甘心爲壯麗的事業呼號終生，
只願「鮮紅的太陽照遍全球」——

好啊，好啊，今朝好，
雪山把光明珍寶捧在手；
好啊，好啊，今朝好，
母親用龍壇重釀獅乳酒⑨……〔註12〕

雪山挺起水晶的身軀呵，
爲我鋪設金光閃耀的征程，
母親唱起祝福的歌兒呵，
爲我雕塑終生附體的靈魂。

我唱著跳著到藍天上去，
並不向慷慨的藍天求饋贈，
假若崇高的藍天它眞有情，
借給我七匹綠色駿馬送光明。⑩

1981 年 5 月 21 日於蘭州

〔註12〕筆者查對了收入三本書中的《母家心授的》：1、第二屆全國少數民族文學創
　　　作獲獎作品叢書：《詩歌集》；2、才旺瑙乳、旺秀才丹主編：《藏族當代詩人
　　　詩選》（漢文卷），西寧：青海人民出版社，1997 年版；3、吳重陽編：《當代
　　　少數民族文學作品選》。其中「人民文學版」和「才旺版」都有第 7 章，而「吳
　　　版」沒有，另外這之後的兩節詩，在另外兩個版本中，都是第 7 章的最後兩
　　　節。

① 度母：即白度母——菩薩。（這裡的注釋①到⑩均爲原注）

② 鈴鼓：指民間歌舞——熱巴舞的伴奏擊樂。

③ 這是一首在安木多藏族地區流傳很廣的民歌，也是母親最早教給我的歌。

④ 雪獅：傳說雪山上有雪獅，白色綠鬃。

⑤ 這是安木多藏族婚禮歌中的贊詞。一般開始多用：

好啊，好啊，今朝好，

今朝的雄雞叫得好，

好啊，好啊，今朝好，

今朝的藍天亮得好……

⑥ 阿伊：即老奶奶。這是一個藏族民歌，是母親講給我的第一個故事。

⑦ 指藏族節日迎賓時，用色土撒的吉祥圖案。

⑧ 即菩提樹。習慣上是象徵崇高、聖潔。

⑨ 獅乳：藏族民歌裏有這樣的句子：龍紋花碗裏面，盛滿雪獅的乳汁……此處是壯行的意思

⑩ 藏族古老的傳說裏講：太陽是七匹綠色的駿馬，每天拉著車輦從東到西……，所以藏語裏太陽有「七馬王」、「綠馬王」之稱。前面提到的「光明珍寶」亦是太陽的別稱。

這兩首詩有不少相同之處：詩歌基本的比喻性關係結構——母親與抒情主人公——是一樣的，新舊時代變遷之歷史結構是相同的，所謂「地方性知識」的引入也是一樣的，甚至具體詩句的語言模式也不乏相同。但是《母親心授的歌》又與《黨啊，我的阿媽》存在質的差異。前者中「母親」不再是黨，而是雪域高原；「母親」與抒情主人公之間的母子關係，也不再是「外來的偉大母親」與「地方性的祖國之子（或黨之子）」的關係，而是同一地理—文化空間中的母與子的「直系文化血緣關係」。也因此，那些與西藏文化相關的材料，在《母親心授的歌》中，不再是外部性的國家或階級視野的附屬性材料，而是內在性的、本土性的主導性視角與詩歌材料的相互合一。也就是說，它們不再是《黨啊，我的阿媽》中的附屬性地方性知識〔註13〕，而是詩歌想像、

〔註13〕雖然與同時代其它西藏題材寫作相比較，甚至與後文將要涉及到的尼米希依提的《無盡的想念》相較，伊丹才讓的《黨啊，我的阿媽》，地方性色彩相當

歷史敘述、民族與個人抒情的本源、基本出發點、焦點時空。所以雖然在《母親心授的歌》中，社會主義文學的「翻身道情」的模式被沿用〔註14〕，還能讀到熟悉的革命語句〔註15〕，看到五星紅旗在飄揚，但是，它們在詩歌中的位置，已經發生了重大的反轉：舊有的「翻身道情」模式，表達的不再是翻身農奴對黨、對祖國的感恩之情，而是經過「文革」傷害的、重新獲得解放的雪域之子的隱痛、覺醒與保衛民族母親的戰鬥豪情；而且，它也不再是過去的由黨所主導、所引領的翻身道情，而是由雪域母親之母體文化所心授、所領唱的「好呵，好啊，今朝好」。過去那些兼有「父與母」的雙重權威的主導性存在，已經變成了附屬性、邊緣性、點綴性、補充性的東西；它們的存在，不僅與總體性的詩歌情感與文化氛圍不和諧，不乏突兀之感，而且就是將它們刪去，也無損於雪域之子歌頌母親主題的表達〔註16〕。而且當年伊丹才讓之所以加進那些「革命的語句」，即便不說是為了克服發表的政治障礙而設計的「政治正確」的補充，那它們在已經重歸藏民族本位的詩人心目中，充其量也只是類似於《鼓樂》中的國家位置——只有「當每一個民族驕傲地唱出他悅心的史詩樂章，/一個文明國度的形象」才能「拓上子子孫孫的心屏！」〔註17〕。所以，在這雪域高原為焦點的空間中，獲得了新生的進取者重上征程

濃，而且詩歌主人公將兒子愛母的情感移向外來的黨，也不是沒有掙扎或懷疑，那些與「莫」字相關的詩句（如「且莫訕笑我」、「也莫怪我」、「萬莫誤會我」等）一再出現，就是很好的說明。所以，甚至可以說《黨啊，我的阿媽》具有相當的本土性特質。但儘管如此，總體來說，該詩中的藏文化元素，處於材料性、地方性、附屬性位置。

〔註14〕主流文學相關的例子很多很多，少數民族文學作品也是如此，即以詩歌論，隨便翻開一本國家編選的少數民族詩集，就可以發現大量「翻身道情」類的詩章。

〔註15〕比如：「向前，向前，向前，我們的隊伍向太陽……」、「鮮紅的太陽照遍全球」等。

〔註16〕此詩在收入才旺瑙乳、汪秀才丹編選的《藏族當代詩人詩選（漢文卷）》（西寧：青海人民出版社，1997年版）中，就將與社會主義革命話語相關比較多的第4章整個刪去了。這種「刪潔」固然表現了九十年代中期之後，藏族文化本位性訴求的普遍性，但具體到《母親心授的歌》創作的年代，具體到詩人「歷史從此轉入了自身的軌道？！」的詰問與感歎，恐怕也表現出了後來者對前輩的簡單化的理解與處理。

〔註17〕《鼓樂——歷史的教誨》的原詩如下：
　　　　想起長白山的虎嘯，胸中的尊嚴像海潮回升，
　　　　看見西雙版納的大象，腳下的群山也列陣走動，
　　　　猛聽得蒙古草原上縱蹄的野馬嘶鳴聲陡起，
　　　　我心中的岡底斯雪獅昂揚起抖落雲露的綠鬃！

的「上馬石」，是象徵著西藏文化的布達拉宮〔註18〕；而覺醒了的詩人、戰士的「責任不是從別處引進陌生來裝束母親，/而是把生母的乳汁化作我譜寫史詩的智慧」〔註19〕。

這一切到了四年之後的《通往大自在境界的津渡》（1985 年），則就更為直接明確了，當代藏族詩歌的基本模式——雪域之境的「朝聖之旅」，也就被堅實地確立。

《通往大自在境界的津渡》共分為迷惘、問路、覺醒、決心四個部分，這很顯然與「新時期」〔註20〕初期文學所普遍表現的覺醒歷程相當接近，但卻又存在根本的差異。它既不像歸來者詩歌那樣，通過過去人生的回顧、反思，重新架起那連通人民、個人、黨、祖國之間的橋梁；也不像覺醒的青年一代那樣，走向個體、走向西方。在伊丹才讓這裡，這是個人的覺醒，更是作為民族代言人與民族本身的雙重覺醒。但是這種「民族的覺醒」不是走向中華民族主體精神的重構，而是走向藏民族主體精神的重構。與「五七作家」〔註21〕或知青作家類似的主體重構作品相較，詩歌主人公得以完成精神涅槃

　　風調雨順的季節，天地滄桑最愛聽鼓樂齊鳴！

　　當每一個民族驕傲地唱出他悅心的史詩樂章，
　　一個文明國度的形象就拓上子子孫孫的心屏！

1982.5.19 於北京牛街

　　錄自《藏族當代詩人詩選》，第 3 頁。

〔註18〕伊丹才讓在《布達拉宮——進取者的上馬石》（1982 年）中寫道：「一千間華宮是十明文化組成的星座/十三層殿宇是十三個世紀差遣的信使！//紅白宮並不裝點雪域的粉脂！//進取的千秋兒孫該明白祖先的用意，/那宮前的高碑是等待你上馬的基石！」「十明文化」是藏族「五大明」和「五小明」文化的統稱。而「布達拉宮約建於公元七世紀上半葉」，離詩人寫這首詩大約就是十三個世紀。原詩及相關注釋均見，才旺瑙乳、旺秀才丹主編：《藏族當代詩人詩選》，3～4 頁。

〔註19〕這是伊丹才讓《答辯》中的詩句，見《藏族當代詩人詩選》，第 2 頁。

〔註20〕當代中國歷史的「新時期」一般有兩種含義，一是指 1976 年 10 月「粉碎四人幫」至今的歷史，二是指「粉碎四人幫」到八十年代末期的歷史時段。不過現在，尤其是在思想文化界，一般都將第一種含義上的「新時期」用「轉型期」指代，而用「新時期」專指第二個意義，本專著亦是如此。不過，由於轉型期少數族裔文學與漢語主流文學的發展存在一定的時差性，所以，以感傷性文化民族主義為主要特徵的「新時期」少數族裔文學的歷史要比主流文學的新時期時間長，至少一直延續到到了九十年代中後期。為行文簡便故，下文「新時期」這一概念，將不再加引號。

〔註21〕指 1957 年打成「右派」之後又在新時期重歸文壇的那批「右派」作家。

的身─心旅程的空間也是相當不同的。在「五七作家」那裡，或者是在革命老區與繁華都市間的時空交替的行旅，或是雖苦難但卻有人民溫情縈繞的勞改農場，或是更爲廣闊的祖國與西方世界的時空交錯〔註 22〕；在知青文學那裡，則往往表現爲與都市相對照的大林莽、沼澤荒原等〔註 23〕。無論這些作品中的時空交替多麼頻繁、距離多麼遙遠、封閉多麼幽深，但其最終的精神與身體的歸宿，都是指向回歸：回歸祖國、人民、黨，或回歸正常的現實生活。而在伊丹才讓那裡，詩歌主人公所行進的闊大空間，則是雪域高原，所跋涉的神聖的山川，就是雪山、拉薩、布達拉宮、錯木那湖、三部四茹六岡、雪獅、呑米桑博札、十明文化等勝蹟、聖物、神聖文化所構成的聖域西藏，詩歌主人公整個身心都朝著神聖的目標、輝煌的境界前行。這種心理空間結構從根本上扭轉了「西藏」在當代文化書寫中的位置：它由過去風光性的被動存在，祖國萬里山河的有機組成部分，變成了自在、獨立的地理─文化─心理空間。可以說，伊丹才讓以其八十年代初期和中期的寫作，爲日後豐富多彩的轉型期藏族詩歌奠定了一種浩蕩的「朝聖之旅」的結構態勢。即詩歌展開的過程，往往也就是詩歌主人公不斷地克服各種有形或無形的阻撓，朝向神聖的目的、神性的高度、輝煌之境前行的過程。

二

　　筆者在《朝聖之旅：詩歌，民族與文化衝突──轉型期西藏詩歌論》一文中，已經對轉型期藏族漢語詩歌的「朝聖之旅」的寫作做過較詳細的分析〔註 24〕。筆者的分析不像一般研究者那樣簡單將所謂的藏族詩歌以藏民族的身份含混地放在一起評說，然後再結合中國批評界慣用的「代際劃分」的手法，對其進行一些階段性演變史的闡釋〔註 25〕，而是對轉型期藏族漢語詩歌寫作進行了相當細緻的辨析，對其中所隱含的複雜的政治意涵、族裔文化關係、歷史語境等方面的情況，做了較深入的分析。儘管如此，筆者對伊丹才

〔註 22〕例如李國文的《月食》，王蒙的《春之聲》、《蝴蝶》，張賢亮的《綠化樹》等。
〔註 23〕參見姚新勇：《主體的塑造與變遷──中國知青文學新論（1977～1995）》，第一章第 2 節。
〔註 24〕姚新勇：《朝聖之旅：詩歌，民族與文化衝突──轉型期西藏詩歌論》，《民族文學研究》2008 年第 2 期（更完整的版本可鏈接：http://www.foyuan.net/article-172731-1.html）。
〔註 25〕這類文章很多，其中質量較高較有代表性的是鄒旭林：《在隱喻世界裏詩意地棲居──論當代藏族漢語詩歌的審美屬性》，蘭州大學學報（社會科學版）。

讓八十年代初中期的寫作與後來者的創作之間的既一致又差異的分析，還是顯得有些跳躍、含混。如果將伊丹才讓的寫作與丹眞貢布等同代人，尤其是與新一代藏族詩人的寫作進行細緻比較我們會發現，雖然藏域的人文地理元素在伊丹才讓的詩歌中具有重要的作用（即將他的詩作和詩歌主人公從傳統的社會主義西藏文學以及新時期主流文學中擺脫與區分出來，置於「獨特的」藏文化時空，標明其「獨特的」族裔身份與空間位置），但是它們並不帶有布爾喬亞式的香格里拉的色彩。對於伊丹才讓來說，雪域自然人文元素的「獨特性」、神聖性，是具有幫助詩人、詩歌主人公重建藏族族裔主體性的重要功能，也具有引領詩歌主人公奮鬥不已的目標性價值，但是對於社會主義政治抒情詩戰鬥傳統的繼承，以及「宗教是人民的精神鴉片」理念的繼續作用〔註26〕，都使得伊丹才讓的詩歌，表現得戰鬥性更濃烈，他對藏族文化重生的民族自豪感，也與民族政治權利的平等訴求的關係更爲密切。儘管還不能說伊丹才讓以及他的詩歌已經具有了明確的西藏獨立的訴求。

而轉型期西藏文學的香格里拉化染色，就詩歌而言與轉型期藏族詩歌第二代詩人們對於現代主義「純詩」的探索有直接的關係〔註27〕。何爲「純詩」並無定論，瓦雷里那個關於「純詩」的演講，用飄忽不定的詞語所給出的解釋，或許能夠說明一些問題。其中的一段話尤其值得注意：「……我所講的這種情感可由事物所激起；它也可以由語言以外的其它手段所激起，例如建築、

〔註26〕 參見姚新勇《朝聖之旅：詩歌，民族與文化衝突——轉型期藏族漢語詩歌論》。
〔註27〕 「新時期」以來的中國當代文學批評喜歡用大致的集體性出生年代來對作家進行代際劃分。這類做法泛泛而言並不是沒有道理，但問題是各種代際區分往往比較隨意，對於其中所隱含的複雜性較少考慮，因此既顯得簡單、粗暴，也缺少眞正的概括性。相對於主流文壇，有關轉型期藏族詩歌的代際劃分併不是很突出，也不是很明確，不過好像大致有三代之分：第一代是伊丹才讓、饒階巴桑、丹眞貢布這一類文革前就開始創作的老詩人；第二代是唯色、旺秀才丹等主要出生於六十年代中期前後的詩人；第三代詩人大致是 1970 年代或 80 年代以後的詩人。藏族詩壇的三代劃分，大致對應於漢語主流詩壇。主流詩壇以北島爲代表的第二代詩人總體社會影響度，大約從 1978 年到 1985 年，1986 年「第三代」詩人蜂擁而起後，其影響力幾乎延續到九十年代末期（當然九十年代中期後，其群體性表現主要是靠炒作來維持的）。而在藏族詩壇，第二代詩人的創作一方面開始得較晚，另一方面，其社會影響度也好像只是晚到九十年代後才開始擴散；而第三代詩人的社會影響度來得就更遲了。第三代優秀詩人嘎代才讓的名聲，好像只是到了新千年過後的幾年，才開始得以建立。當然，這種觀察未必準確，因爲中國主流批評界，對轉型期藏族詩歌的關心相當少，對它我們缺乏像對主流詩壇那樣直接、及時的感受。所以，這裡的劃分，主要只是爲了闡釋的方便，並不一定與藏族詩人的分佈情況非常對應。

音樂等；但是嚴格地稱爲『詩』的東西，其要點是使用語言作爲手段。至於講到獨立的詩情，我們必須注意，它與人類其它感情的區別在於一種獨一無二的特性，一種很可讚美的性質；它傾向於使我們感覺到一個世界的幻象，或一種幻象（這個世界中的事件、形象、生物和事物，雖然很像普通世界中的那些東西，卻與我們的整個感覺有一種說不出的密切關係）。我們原來知道的物體和生物，在某種程度上被『音樂化了』……它們互相共鳴，彷彿與我們自己的感覺是合拍的。這樣解釋以後，詩的世界就與夢境很相似，至少與某些夢所產生的境界很相似。」〔註28〕瓦雷里的這句話似乎是專門針對九十年代中期之前的旺秀才丹、才旺瑙乳、桑丹、唯色、賀中、梅卓等一大批第二代藏族詩人而發。爲行文方便，我們暫且將第二代藏族詩人的寫作，統稱爲「雪域現代純詩寫作」。正是通過將現代派「純詩」探尋的努力與「獨特的」雪域高原人文自然地理文化要素或直接、或間接的揉合，既使得他們的寫作與同時代中國文壇的現代主義的訴求相共鳴，又想像性地化解了可能存在於他們那裡的族裔身份的困惑，從而爲他們的精神身體，提供了一個可供立足的文化空間。就這點而言，唯色具有相當的代表性。唯色曾經這樣談論過她1995年之前的詩歌寫作：

> 我是在康巴藏區和漢地生活了二十年。確切地說，我是在康巴藏區的道孚和康定兩地生活了十三年，在成都讀書七年。只不過，道孚和康定，尤其是康定，是漢化程度較高的藏區，這也使得我不會藏語卻擅長漢語，而這也導致我在身份認同上陷入困難。一度我自認爲解決了這個問題，那是在我寫詩以後。我的一位詩人朋友告訴我，其實我們什麼民族都不是，我們的身份就是詩人。他的這句話令我如釋重負，其實也恰恰使我變成了一隻鴕鳥。我以爲從此萬事大吉了，以至在回到拉薩的多年裏〔註29〕，我自閉在詩歌的「象牙塔」裏，自認爲詩人或者藝術家高於一切，或者說是超越一切，而民族，無論藏族還是漢族都可以忽略不計〔註30〕。

〔註28〕 引自瓦雷里：《純詩——一次演講的札記》，http://www.jintian.net/bb/viewthread. php?tid=20932

〔註29〕 唯色1988年7月從成都西南民族學院漢語文系畢業，當過甘孜州報記者。1990年回到西藏，擔任拉薩《西藏文學》雜誌編輯。

〔註30〕 唯色：《關於族群與「文明衝突」——與姚新勇教授商榷近作〈西藏筆記〉》，《作家》（香港），2006年1月號，第38頁。

唯色的這種說法是較有代表性的，在相當長的時間內，新一代藏族詩歌寫作的兩個基本動力平行軸就是：民族文化的返還（或援引）與現代主義的探索〔註31〕。在這雙軸的推動下，形成了第二代藏族詩歌創作既相同而又差異的詩歌品質。或許我們可以將雪域現代純詩寫作分成兩種類型〔註32〕。

第一種是「隱秘詩情的雪域文化純詩」。

隱秘的詩情不同於朦朧、含蓄。朦朧、含蓄主要指涉的是單純的詩味、意境，所透露出的是詩歌隱含作者與文字間的關係，意義上的朦朧、模糊或含蓄；它所指向的閱讀，是單純的美的欣賞；它所指涉的詩歌與存在、與現實的關係，本質上是和諧的。而隱秘的詩情，則要求詩歌超越這樣狹小、低矮的層次，指向更高的藝術境界。這個境界要求創作超越當下的拘泥，拒絕將詩歌變成功利性的手段，但又不是所謂純粹的藝術高遠的飄渺。隱秘詩情的語言，既是自由、飛揚、擺脫成規束縛的，直奔詩性的自在之境，同時詩性的鋒芒又穿透現實，切割著現實的痛楚、刺穿生存的虛偽〔註33〕。我們在多多「文革」時期的詩歌、周倫祐《在刀鋒上完成的句法轉換》、于堅的《對一隻烏鴉的命名》、《事件·停電》那裡都可以發現隱秘詩情的品質。對於漢族詩人來說，隱秘的詩情是「言與不言間」的語言詩性追求和現實政治環境壓力雙重束縛作用的結果，可以說是「詩性隱喻」和「政治隱喻」的化合、結晶；而在藏族詩人這裡，隱秘詩情品質的生成與塑型，除了相同的語言詩

〔註31〕當然，整體少數族裔寫作基本都是如此。
〔註32〕如果再細緻點的話，或許可以分成三類，即再加入「唯美的雪域現代純詩」。不過這種所謂的純粹審美性的雪域現代純詩，如果不說是完全找不到對應現象的話，也是極其稀少的，或許賀中可以歸於此類。不過就是賀中，傅正明分析藏人詩歌的流亡性時，還例舉了他的《父輩的十萬》（傅正明：《詩從雪域來》，臺灣：允晨文化實業股份有限翁公司，2006年版第45～46頁）。雖然傅正明先生的分析存有「影射文學」的傾向，但將賀中歸為「唯美的雪域現代純詩」可能也是有問題的。比如說他對於西藏環保的認識就與唯色以西藏環境的被破壞來批評中共政府就很不同。他說：「現代化不可避免的。沒人能指導，也不應該指導。（反現代化）其實是內地、國外文化人自私的心態。我們的個人微乎其微，就是一泡尿。藏區這麼多老百姓要解決生計問題，要過富裕的生活，需要物質生活來支撐。那些所謂的環保分子，他們自己在大都市過著最好的生活，消耗的資源遠勝於一個西藏人。他們在那裡評說江山、指手畫腳，我覺得很滑稽」《賀中：拉薩守望者》，http://people.tibetcul.com/snyy/201111/28058.html。這種言辭既拉開了與唯色們的距離，也說明他不可能是一個純粹的雪域唯美主義者。
〔註33〕參見姚新勇：《囚禁式寫作境況的燭照與穿越》，《非非》雜誌2009卷（總12卷）。

性的要求外，還多了一重藏傳佛教文化的因素，它所具有的現實衝擊性，也
因之又多了一重族性文化衝突的性質。這類詩人可以說是青年藏族詩人的中
堅，人數也相對較多。如桑丹、旺秀才丹、才旺瑙乳、列美平措、賀中等。

　　讓我們先來欣賞桑丹女士。桑丹可以說是極少數最優秀、最富藝術精純
性的藏族詩人之一。僅以她的《田園中的音響》和《河水把我照耀》這兩首
詩，就可以確定她作為轉型期中國漢語詩界優秀詩人的地位。桑丹的詩最令
人讚歡的是細膩、精緻與大氣的結合，不合常規出人意表的詞語、意象組合，
讀來又是那樣自然貼切，細膩、精緻、清亮的語言間，不時閃現出極薄極薄
的鋒刃的切割感。我們來看《田園中的音響》〔註34〕。

> 田園金黃
>
> 這是深秋緊束的明豔
>
> 我在最黃的盡頭把堆積的馬車打開

　　開篇三句，沒有什麼特別的詞語，但「緊束的明豔」，將金秋田野的清亮、
明麗飽滿而又嬌豔地掬在眼前。「最黃的盡頭」造成視覺的延伸，漫野的金黃
鋪展並集聚，越來越濃，直堆積到馬車前。車廂打開，嘩——滿車的金黃（麥
粒）瀑泄。這堆滿明豔、飛瀑金黃的僅僅是馬車嗎？難道它不是貯滿千言萬
語、萬端感受的詩人的心房嗎？所以——

> 曾經顆粒飽滿的田園
>
> 在我體內金黃而輕盈地倒伏
>
> 此時，我居住的歲月或力量
>
> 透明無塵／陽光和田園
>
> 是涉水的駿馬
>
> 一群滔滔的鳥陣
>
> 八月之後，我感受了它們
>
> 靜靜地，想起這使人難忘的地方
>
> 像一柄游水的利刃
>
> 切斷所有金黃的音響

這突如其來的游水之利刃，截斷了明媚的心中田園之金黃，在抽刀斷水的痛楚
中，詩人看到父親佇立在「高原的河」（記憶之河）的對岸，「光焰閃耀」、慈

〔註34〕詩歌原文見色波主編：《前定的念珠》（詩歌卷），成都：四川文藝出版社，2002
　　　　年版，第85～86頁。

祥善良,「像清潔的酒深埋在我的心中/被慢慢地痛飲」。然而過去已然殘缺,「飄散的手指」又怎樣能將它合攏?「空曠的魚,滄桑的糧食/如同暴風雨的呼嘯/嘹亮地掠過我的身旁」。心中的空曠、滄桑,何其具體、親切、痛楚,心田裏回響的風暴,又何其猛烈、轟響。這一遍遍呼嘯的吹打,這一次次空曠而滄桑的咀嚼,讓詩人「學會忍耐與堅強」,給她在「無路可走的時候」,送來遙遠而又切在的「依然溫暖」的高原父愛。她將再一次沉浸於心靈的轟響中嗎?

如果說篇幅相對短小的《田園中的音響》主要以精緻見長的話,那麼組詩《河水把我照耀》〔註35〕,則融精緻、細膩、大氣與飛揚的想像於一體。「河水」喻指記憶、懷想、夢懷之流,它貯藏著豐富、美好、燦爛輝煌的內容,所以它照亮著「我」——那懷想的詩人。然而,詩人不僅把這深情的懷想比喻為一條綿綿不絕的河流,而且讓詞語、詩章都化成了一條河,河的意象、河水流淌不息的感覺化在了整個詩章中,是那樣的輝煌、燦爛而又新穎無比柔情似水。這裡沒有足夠的空間供這輝煌的河水穿越,僅採擷一個片斷來照耀我們吧:

> 幻想歲月在相似的日子隱蔽
> 它們全是被色彩侵佔的鳥
> 滔滔的馬群　水銀的舞蹈
> 它在我體內消融草木的村莊
> 沿著一個晶瑩剔透的鋒刃
> 骨質的夢被淋漓的肌膚飄灑
> 你虛懷若谷的目光
> 掩埋瞬間的鮮花
> 臨近掠奪的美

若僅僅根據桑丹的詩,並不容易發現與西藏、藏族的關係,旺秀才丹先生的許多優秀之作也是如此。這是因為這類隱秘詩情的雪域文化純詩的傑出寫作者,能夠進入到文化的真正的深邃處,將文化由外形的追求與表現內在化、詩化。例如仔細地閱讀旺秀才丹的那些表面藏文化色彩很淡或幾無的詩作(如《鮮花與酒徒》、《風吹草低·歌罷》、《風吹草低·無題》、《風吹草低·大樹》、《夢幻五章》等)就會發現,它們的詩歌風骨實際還是藏詩的,藏族詩歌由神聖信仰和民族文化回歸所致的朝聖之旅的詩歌結構,仍然隱存於詩歌深層內部。

〔註35〕詩歌原文見色波主編:《前定的念珠》(詩歌卷),第91～97頁。

　　例如組詩三部曲《鮮花與酒徒》〔註36〕，不僅每部曲自身有著一種或明或暗的行進的結構，而且三部曲本身也是如此：第一首是詩歌主人公從膜拜到皈依，從向大師致意的人成爲大師，但是他的鄰居還睡在床上；第二首是主人公覺醒以後的流浪，但芳鄰已經醒來；第三首個體漫遊的步伐，終于歸爲雪、大地、我們之群體的意象中。再如《風吹草低·歌罷》中的歌手，也經歷了從爲王公貴族聚宴的無聊歌唱，到傾聽大地的洗禮，最後放歌純淨、恢宏的天堂之境的歷程。

　　然而，這種行進的詩感、神聖追求的意義則是含蓄、不定、多義、玄妙的。旺秀才丹高度地發掘了藏傳佛教神秘玄妙的詩性特徵，又與漢語的暗示、隱喻、象徵、照應、節奏等特點水乳般地融合在一起，從而使得他的多首詩近乎完美之作，已經由族裔性的「地理—文化—心靈空間」的跋涉，化爲詩性空間中的詞語、意象朝向自身完美境界的攀登。例如《鮮花》從頭到尾幾乎沒有一句直接表達價值或意義的詩句，它那隱約、飄渺、多端的意義，是通過對某些詞語和意象（雙手合十、白玉、詩、鏡子、大師、刀、「左手和右手」，當然更有從前到後的鮮花）不斷重複、照應的妥帖安排慢慢滲溢、暗示出來的。

　　雪域現代性純詩書寫的第二類，或可名之爲「狂歡化的雪域現代純詩」。這類詩人恐怕就唯色一人。

　　如果說我們在閱讀前兩類雪域現代純詩之作不易理解的話，那麼閱讀唯色1996年前的詩歌，更是一種挑戰。你所面對的似乎是一個拒絕任何詩歌標準框定的詩人，一個跳躍、飛揚、憤怒的精靈。她的詩句有時是那樣的笨拙，長長的散文式的句式拆分開來充當詩行，有時又是那樣的精緻、飛揚，甚至妖豔；有時不加任何修飾地堆砌，連「文革」歌曲都直接入詩，然而時常又深奧艱澀、玄機四伏；有時她以讓人憐惜的才情女子的形象出現，但更多的時候又好像一個懷揣著族人無限痛苦、卻無法言說的秘密的守護者。這些不無矛盾、衝突性的成分糾纏在一起，使得唯色的詩歌，雖然難免雜蕪，但卻具有充溢的感染力，正如耿占春所說：「唯色的詩歌將聖俗兩種經驗、肉身的和屬靈的語言、宗教的和革命的傳承熔爲一爐，具有出其不意的諷刺性的狂歡力量，至深的傷感又將之化爲歌哭。」〔註37〕在轉型期藏族漢語詩歌的朝聖之旅中，還沒有哪一個詩人，如唯色這般將個體的心靈與肉體之痛，如此

〔註36〕詩歌原文才旺瑙乳、汪秀才丹編選的《藏族當代詩人詩選（漢文卷）》，第234～241頁。
〔註37〕耿占春：《藏族詩人如是說》網址：www.tibetcul.com/xysl/pljx/5.htm

緊密地糅合在一起。這或許可以說是另外一種身體寫作，它具有同期漢語主流女性詩歌的自戀、尖銳、切割感，又具備後者所不具有的宗教性、族裔性，精緻而犀利的文字下，蕩漾著忍隱的族群情懷。像《十二月》、《混血兒》、《少數》、等作品都是如此。請欣賞《少數》：

少　數〔註38〕

唯　色

1. 小妖精！在你愛我的另一方歡笑〔註39〕

　　在最好喝的酒中替我平靜

　　替我捉住撲上灰塵的幻術

　　如果，最後一刻讓我看見那才是的光榮〔註40〕

　　如果西藏〔註41〕的從上到下

　　不如放棄這散失於民間的什麼

　　不如由那至尊的俗人，引她入室

　　吃飯，睡覺──這才是一條金光大道

　　問起慢慢多的詩篇爲誰而寫

　　問起白髮與白骨

　　是否托你護送的運氣還〔註42〕在途中

　　是否美得不夠，加上他們的不原諒

　　賴以活下去的天分將被徹底葬送

　　請爲我肅清面臨現實的無措

　　請爲我〔註43〕挑選靈驗的法器

2. 小妖精！怎樣才能把字寫得從中解脫？

　　普天下害病的人！

　　每一處的客！

〔註38〕本詩根據《藏族當代詩人詩選（漢文卷）》和一個網絡版綜合錄入，網址：http://www.smth.edu.cn/bbsanc.php?path=%2Fgroups%2Fliteral.faq%2FPoetry%2F6%2Fdangdai%2Fqita%2F2

〔註39〕「歡笑」《藏族當代詩人詩選》版作「歡樂」。

〔註40〕「那才是的光榮」，網絡版爲「一份光榮」

〔註41〕「西藏」網絡版作「現在」。

〔註42〕《藏族當代詩人詩選》版無「還」字。

〔註43〕《藏族當代詩人詩選》版無「我」字。

一樣的他！一樣的她！

一樣地滑下去！

在撲不滅的火中！

和著血！和著青春！和著……噢！

噢！來吧！來吧！

如此良辰！

如此痛失自身！

如此喜悅不盡的空啊！

就滑吧！滑吧！

大口大口地咽下那個別的聲！

那個別的色！

騰起一路的塵土，去蓋住塵土！

不動心！

扔掉那些賞賜！

驕傲！廉潔！全力以赴！

淪落到最底層！

最底層！

呵！蓮花！蓮花！

搖身一變！我們上去了！

像雲！像雨！再像雲！

但是──

但是得要多少時光！

3. 小妖精！寄給我一束橫穿語言的光〔註44〕

任憑我傾盡眼淚和墨水〔註45〕

直到靠得住的四季涉及白日夢

譬如照到哪裏，哪裏就亮〔註46〕

譬如〔註47〕必須披上那清一色的外衣

〔註44〕此句《藏族當代詩人詩選》版爲：「小妖精！再寄給我一束橫穿廢話的光」。
〔註45〕此句《藏族當代詩人詩選》版爲：「再任我傾盡跟著眼淚的墨水」。
〔註46〕這句《藏族當代詩人詩選》版爲：「好像就在照到哪裏哪裏亮之下」。
〔註47〕「譬如」《藏族當代詩人詩選》中作「好像」。

也許本來的不多，不宜離群索居〔註48〕

也許唯一往高處流淌的清清水〔註49〕邊

我從風塵中換來的好詞，還未洗淨

過於昂貴的骨頭單單為誰而長

過於早早地應允了哪裏的聘娶

就容忍這稀少的美更加挑剔

就幫助這露骨的情種變出花樣

空等下去！讓出色的内心被煎熬〔註50〕

當雜草叢生，誰又一次隱身於何處

當一片嚶嚶哭泣之聲多麼令人震驚

　　上面對優秀的雪域純詩寫作做了兩類分析，但是無論是優秀之作之間的差異，還是優秀之作與相對平庸模仿之作的差異，都不能掩蓋這樣一種情況，即它們一起（當然是在特定時代語境的作用下）構成了雪域純詩潮的集體性文本特徵，一種具有凝聚「族裔文化共同體功能」的文本特徵：它以現代純詩寫作為藝術表徵，以重返藏傳佛教文化為精神旨歸，以朝聖性的精神行走為基本姿態，以雪域高原自然人文文化地理特徵為「領土化」的象徵性空間，精緻而犀利的文字下，蕩漾著忍隱的族群情懷。這種共同的族裔性文本特徵，雖然在現代詩藝的精純度方面，與伊丹才讓的詩作存在明顯的差異，但在深層文化精神結構上，兩者卻是同構的，具有相同的建構新型的藏民族「想像的共同體」的功能。而且到了轉型期藏族漢語詩歌第三階段寫作中，伊丹才讓詩歌的樸素性、直接性、戰鬥性，又在唯色以及更年輕的一代那裏遞進式重現，而這些將留待後文討論。

第二節　彝性感傷家園的建構

一

　　在中國的少數族裔裏，彝族同藏族一樣，是最早的幾個通過詩歌的的方

〔註48〕「離群索居」《藏族當代詩人詩選》版為「深居於內宮」。

〔註49〕「水」網絡版作「河」。

〔註50〕最後三句《藏族當代詩人詩選》版為：「空等下去！讓出色的内心給活剝/當被深沉迷住的妖氣突然散盡/當誰一次隱身於何處」。

式重返族裔文化之根、重建文化精神家園的族群之一，而且同藏族詩歌一樣，彝族詩人們也是通過類似的「擬兒童視角」來開啓這一新的族群文化精神之旅的。例如新時期彝族詩人「第一人」的吉狄馬加最初的詩歌吟唱，就是一個兒童身份的詩歌主人公，以不無稚嫩的聲音，吟唱著與森林、大山、河流同體的父親、母親，他「童年的夢」是在文化家園之父的背上做的，他「初戀的歌」〔註51〕是面對著族裔的精神之母唱的。不必具體閱讀詩歌的內容，僅僅是看看諸多的詩歌題目，就不難體味年輕的吉狄馬加對其族裔文化精神之父之母依戀有多麼的深厚：

　　　　《孩子的祈求》、《一個獵人孩子的自白》、《孩子和獵人的背》、
　　《孩子與森林》、《慈母的愛》、《童年的夢》、《一個山鄉孩子的歌》、
　　《母親的手》、《孩子‧船‧海》、《唱給母親的歌》〔註52〕

新時期伊始，伊丹才讓和吉狄馬加的創作不約而同地採用了兒童的抒情視角，共同表徵了曾經被割斷了與自己文化母體關係的少數族裔重接文化臍帶的覺醒與努力；他們同時想像性地將返還族群文化母體的衝動，與象徵性的民族家園的山河建構緊密地聯繫起來，從而共同地將自己的精神身體——那既是詩性的個體身軀、更是族群之子表徵的身軀——安置在了一種「兒童與子宮」的文化鏡象關係中，從而爲藏、彝兩族主體認同奠定了相似的文化精神胚基或基本向度。但是在類同中，兩者又存在著諸多差異。

　　從族群之子與文化之母的關係看，在彝族詩人那裡，他們與其文化母體的關係更貼近「嬰兒與子宮」的原初意象，而在藏族詩人那裡，則更接近一個成年的兒子與母親的關係。這從更爲具體的文化「母—子」關係定位、家園意象的氣質等方面都可以看出。

　　在伊丹才讓那裡，孩子與母親的關係是一種既有母親引領又有孩子攙扶的雙向支撐關係。《母親心授的歌》中，孩子由母體中一誕生，就唱著跳著奔向藍天、腳踏高山、躍向東海；《通往大自在境界的津渡》，則更是一個成熟的男子漢、戰士，欲勇敢地衝破冰封險陰、穿越彌天大霧，走向勝利、走向大自在境界的宣言。他之後的一些藏族詩作，都表現出了類似的成人性的精神之子與文化之母的關係。如端智嘉的《青春瀑布》，阿來的《三

〔註51〕　「初戀的歌」是吉狄馬加最早的詩集名稱，而「童年的夢」則是此本詩集中
　　　　　第一卷的卷名。
〔註52〕　所例舉的詩作均收入吉狄馬加：《初戀的歌》，成都：四川民族出版社，1985
　　　　　年版。

十周歲時漫遊若爾蓋大草原》，列美平措的《聖地之旅》，才旺瑙乳的《在
這片天空下》。與此一致，八九十年代的藏族詩歌，不僅許多篇幅都比較宏
大、氣勢恢宏〔註 53〕，而且詩歌主人公們所跋涉、所行進、所朝聖的雪域
空間，既是雄渾壯麗的，也是自足挺拔「高擎起藍天的地方」。即便是那些
更為精緻的「雪域現代純詩寫作」，內在的感傷與憂鬱，也因更為深層的「朝
聖之旅」的文化文本結構的存在，一般也不會形成全然籠罩詩歌空間的氛
圍。

我們再回過頭來看由吉狄馬加所開創的彝族現代詩潮，在相當長的時間
內（從 1980 年開始，大致一直延續到上世紀九十年代中後期），絕大多數彝
族詩人，都在吉狄馬加所開創的溫暖而感傷的文化氛圍中吟唱。

翻閱轉型期彝族漢語詩歌，很容易發現眾多詩作中充滿了大量相同或相
近的意象（物象）或意象群：如自然生存空間意象群——山、河流、海子、
森林、岩石、南高原、寨子、土路、瓦板屋、火塘、火葬地、灑拉地坡（向
陽坡）等；色彩意象群——黑、紅、黃及白色；動物圖騰系列——鷹、虎、
牛、羊、蜘蛛等；器物服飾意象群——口弦、鼓、披氈、英雄結、天菩薩、
裙；聖物系列——彝經、竹子、葫蘆、火、雪；神人系列——天神、畢摩、
父親、母親、孩子、兄弟、族人等等。這顯示了同一文化取材與同一流派詩
歌元素的相近性。但是傳統文化及地域元素的引進成功與否，並不決定於它
們本身，而決定於它們被組織在什麼樣的詩歌結構中。彝族現代詩派的核心
意象結構是由「大山－瓦板屋（也被稱作小木屋、石板屋等）」所配對而構成
的宇宙。正是因為有了這一基本的詩歌構架，分散、繁多的物象，才被納入
到整體的意象系統中，結構起一個完整的詩性世界。

彝族詩人們對大山的熱愛一目了然。有不少以山命名的詩作，至於與山
有關的作品，那就更比比皆是了。大山是夢永遠升起的地方，是溫暖的搖籃，
它還是神靈誕生的地方。蒲莫列依在這裡受孕，支呷阿魯兄妹在這裡結合，
彝民族從這裡起步、在這裡繁衍。他們翻過了一座又一座的大山，他們種下
山神樹，在每個男人、每個女人、每個屋頂上插上神簽，保祐這片土地的幸
福。他們在大山中搭起小木屋，建起村寨，他們在這裡生、老、病、死。大
山不僅是雄渾的、神性的，更有其生命的經絡，它是彝人的肩背、彝人的骨
骼。大山是永恒的家園，彝人不論流落在何地，都會朝向它的山門。大山不

〔註53〕這裡所舉的幾首都如此，且大多為組詩。

僅有岩石的硬朗，還有水一般的靜謐，海一樣的寬闊。「如果群山像海，那山寨就是船」（吉狄馬加，《古老的山寨》），「如果與我綿延的山脈／沒有插進海洋／那麼一定倒逆而行／在源頭找尋山與海的連接」（阿黑約夫，《融和》）。正是這種遼闊雄渾的大山與擁有永不熄滅的火塘的小木屋組合在一起，形成了一種極富包容性、極富張力的意象結構，以此為中心，構成了一個帶有憂傷色彩的溫暖的詩意世界。很顯然，這樣的世界不再是傳統社會主義文學中的「彝家山寨」，被動地等待他人的拯救或觀賞；它已超越有限的形體、空間，具有了自足的存在性，賦予了彝族「苦難而甜蜜」的民族品性與溫暖的詩意靈魂；它甚至不再僅僅是彝族的家園，而是整個世界、整個宇宙本身，擁有無限的包容力。

> 不知什麼時候／山岩彎下了腰／在自己的腳下／撐起了一把傘／從此這裡有了篝火／／篝火是整個宇宙的」。從此「有一道永遠敞開的門」，從此「有一扇永遠無法關閉的窗／小鳥呀蝴蝶呀螢火蟲呀／全都跑進屋裏來了／雨絲是有聲的門簾／牽動著夢中濕漉漉的思念／雪片是繡花的窗簾／掛滿了潔白潔白的詩箋。（吉狄馬加，《獵人岩》）

這首八十年代初的詩作雖然不無幼嫩，但卻已經包含了看待世界的獨有的眼光。山岩、篝火並無特殊，但彝性的詩思竟然讓岩石彎下腰來呵護溫暖的火苗，冰冷、堅硬與火光、溫暖就這樣奇異地結合在了一起，讓這闊大的世界變成了一把巨大溫暖的庇護之傘。門既是屋外與屋內、寒冷與溫暖之兩個世界的分界，又是兩個世界的連接：

> 夜色漫過山崗，天冷下來
>
> 寨子裏，那些迷失多年的羊群
>
> 又神秘地在蕎地邊徜徉
>
> 此刻，木門打開
>
> 親人們呵著氣，變得有些懶散
>
> 一個民族的夜晚就這樣開始
>
> 火塘燃起來
>
> 那些錯落的木板房
>
> 在南高原的冥想中輕輕搖晃
>
> （沙馬，《火塘》，1998 年）

　　那個夜晚，一個獵人在森林裏
　　蜷側著身子永遠沉沉地睡去
　　那個夜晚，寨子裏的狗
　　咬聲不停
　　……
　　那個夜晚，始終睡不安穩
　　老覺得獵人在四處穿行
　　……
　　那個夜晚，寒風在寨子裏呼呼亂竄
　　家家戶戶的木門都無言地敞開著
　　這麼冷冷的夜吶，好讓那個
　　沉默的人來火塘邊暖暖身子」

（沙馬，《頌辭·那個夜晚》）

不僅那永遠沉睡的獵人，會來到火塘邊暖暖身子，就連雪山都會將腳趾伸進瓦板屋內，與彝人們一起煨著火塘取暖：

　　雪花已飄盡
　　積雪不易改變
　　俄羅則俄雪山
　　兩根腳趾暴露
　　在積雪之家，八月
　　圍火塘而坐

阿蘇越爾：《俄羅則俄雪山》

詩意的世界、宇宙、家園、家，闊大無邊而又溫暖貼切。闊大的空間與溫暖的內核，就如此富於詩性地結構在了一起。

二、神性的家園

　　彝詩的家園那樣闊大無邊而又環抱周身，土路、山寨、彝海子、河流、高原、太陽、火葬地、森林等一切自然之物，也因之具有了深沉而溫暖的神性：
　　「土路　從寨子出發/走向寨子」，「土路　開始無終無極」（阿庫烏霧，《土路》）

「四世同堂　五穀豐登　牛羊壯美/所有的寨子浸泡於一片祥和之中/所有的膀胱壓滿沈甸的祝福」（馬惹拉哈，《先輩在雪花之上舞蹈》）

「在神與人開始結合的時代/彝海子　一隻綠色的眼睛/那位獨眼的天神/驀然回目向著彝山/重重一瞥的投影/楚楚的長睫上/無不結滿/會鳴叫的玉露//在人與神走向裂變的時代/彝海子　鉛色的黃昏中/男人長笛上的一個孔/女人在集市任意取捨的/一枚胸花」。（阿庫烏霧，《海子——獻給世上最澄明的祭壇》）

「坐在一塊岩石上，什麼都不想/諾依河的聲音/在很遠很遠的地方喧響著/一群群岩羊過去了/眼睛折射出群山的影像/蹄子踩碎石/峽谷一陣騷動不安/看見一隻鷹，受傷的/翅膀，拍動長天的蒼涼/太陽從皮膚上滾過/趕馬人的小調在霧裏飄來飄去/季節靜穆而迷惘/是誰吹一聲長長的口哨/黃昏便潮濕起來/暮靄慢悠悠地遊動/淹沒了炊煙燻黑的木板房……這樣慢慢過去的日子/有時似乎很短/有時又覺得實在漫長」（沙馬，《慢慢過去的日子》）

在這個世界中有著神、先祖、畢摩、族人、父母、孩子等等。這似乎是一個等級性的系列：神是自然和人類的主宰，先祖是彝族誕生的起始、彝族的奠基者，畢摩是神、自然、人之間的中介，是意義的創造者或傳遞者，再接下去就是父親、母親和孩子。但是他們並未構成等級系列，而是呈現為「傳統－現代」的二元對應方式，以父親、母親為代表的傳統一方和作為孩子的現代一方的二元對應。早在吉狄馬加第一部詩集的第一首詩《孩子的祈求》中，就奠定它們之間特有的一種時空關係：既遙遠而又貼切、既苦苦思念而又生生相息。詩人——那個深情歌唱的孩子——遙遠地呼喚著那失落的親情，卻又與自己的遠祖、神相生相息。雖然我們可能會聯想到同期朦朧詩中的孩子般的祈求與呼喊，但是在彝族詩歌這裡，這呼喚很快就由大森林的引導走向一塊深沉的土地、詩意的天空。這詩意的天空中，雖然似乎始終有一個孩子「站在山崗上/雙手拿著被剪斷的臍帶」，憂鬱地歌唱，（吉狄馬加，《一支遷徙的部落》）但與腳下這片土地、與父親母親、與祖先、與族人、與歷史的神性的聯繫，卻阻止了彝族詩人們——這些神裔之子——像他們的那些異族詩歌兄弟們那樣或走向沉默、絕望、瘋狂或獨自吟唱。神聖而質樸的「氏族性」血緣、親緣關係，將詩人們引向溫暖而詩意的家園。

在這質樸而又詩意的家園中，「我傳統的父親/是男人中的男人/人們都叫他支呷阿魯」「我不老的母親/是土地上的歌手……是美人中的美人/人們都叫

她呷瑪阿妞」（吉狄馬加，《自畫像》）。他們既是天神的後代，但他們本身就是彝族神奇歷史的象徵、載體：

「好多年前，祖父越過南高原的腹地/一塊波動黃金顏色的蕎地讓他顫慄/坐在火塘邊，苦難和夢境同時消逝」（沙馬，《頌辭‧懷想蕎地》）。

「母親割蕎的手　無比嫻熟/如月牙兒的光芒/幸福地灑進蕎麥地/一把一把　成爲營養我生肉長骨的溫馨//永遠難忘的是那個陰霾的秋天/母親割蕎的手被刀親吻/我刻骨的心/也感覺流出許多液體」（石萬聰，《母親割蕎的手》）

他們世世代代辛苦一生，然後母親朝右睡去，父親朝左睡去，在火葬地那片「向陽的山坡」上，「月亮下面　神靈低語/傾聽歌吟與哭泣/火焰吐出死亡的詞/與火相融，化爲灰燼」（沙馬，《火葬地》）。

這裡，我們感受到了一種難有的神、先祖、父母、孩子、土地的一致性。不錯，這種一致性有賴於對彝族遠古神話傳統的引借，或說再敘述。但值得注意的是，優秀的彝族詩人們很少去具體地重述遠古神話、先祖傳說，詩人們常常對民族史進行高度地壓縮，即便是那些敘事性較強的詩歌，敘事也是服從於抒情的。這樣的處理，不僅使得敘事服從於抒情、成爲抒情，而且也使得傳統與當下形成了相當直接的共在性關係：溫暖的在家感與面向遙遠呼喚而不得的絕望感；而這兩者的融合，仍然是通向苦難而甜蜜的詩意抒情。

也因這樣的處理，神沒有了全然的控制性，神性與人性得以相互調節；同樣，作爲神、萬物之靈性的人間使節——畢摩，也被大大地詩意化、虛化了。雖然我們仍然可以感受到畢摩的神奇，然而畢摩們不再是（或至少不再被強調爲）知曉神怪之事的通靈者，他們是民族、生命、一切事物的意義集合體、象徵。如果說在那遙遠的過去，畢摩爲先民們解讀萬物的密碼，引領他們穿過煙塵的迷幛，然而，經卷早已被塵封，羊皮紙上的字跡也已模糊不清，「無數密密匝匝的經文被輕輕叩進/學者幽深的額紋……學者揮筆將原始腥紅的傳說/繪聲繪色地塗在參天古木上」（阿黑約夫，《黑色歲月‧羊皮紙》）。學者——詩人，已經接過了畢摩的儀仗，爲彝族、爲今天這已失去神性的世界，重新尋找靈性的意義。這樣，畢摩就是詩人遠古之魂影，而詩人就是畢摩今天之影魂。

大山、森林的世界，自然少不了動物，更何況是神性充溢的自然。作爲一般的詩歌讀者尤其漢族讀者，很容易欣賞彝族詩歌中的斗牛、岩羊、鷹這類動物。因爲彝族詩人們以遒勁的筆力，賦予了這些動物以力的美、生命的

靈性、族性的精魂，而且就文化審美系統而言，牠們與更普遍的漢族的審美習慣是相通的。《老去的斗牛》、《鷹爪杯》（吉狄馬加）、《岩羊》（阿庫烏霧）都是如此。但是更具有彝族文化圖騰特性的動物，可能是阿庫烏霧筆下的虎、蜘蛛等。譬如他的《虎子》：

> 羊群裏　長久沉默的老閹羊
> 　　一聲孤枯的叫喚
> 　　在三月的黃昏
> 　　驚醒暗穴中的虎子
> 　　牧羊人的手裏
> 　　有馴虎的經典
> 　　虎跡是籬牆
> 　　又是紅草莓
> 　　……
> 　　一隻虎子吆喝著一百隻羊子
> 　　順利通過牧場
> 　　牧羊人的獵槍是
> 　　惟一的樹陰
> 　　發情的母老虎
> 　　像一片壘滿山石的沼澤
> 　　虎子　是大澤中的阿札花
> 　　生生滅滅〔註54〕

詩中，羊、虎、人的關係是相互和諧、共為一體的，羊的叫聲雖然孤枯，但卻非喪膽的慘叫，而更像是對虎的召喚；虎跡既提醒著牧羊人紮好籬笆，但它又像鮮豔的紅草莓那樣耀目；所以虎子替代了牧羊人，吆喝著羊群順利通過牧場；所以射虎的獵槍，卻幻化為庇護的樹蔭。萬物自然輪替，生命生生滅滅、周而不息。也只有從這個角度才可以理解，為什麼詩的最後，要用壘滿山石的沼澤與大澤中美麗的阿札花這樣兩個意象，來暗喻發情的母虎和再生的虎子。這樣的處理，表達的是彝族詩人們對家園的熱愛、萬物有靈觀的承繼和生態家園的意識，但仍然從屬於憂傷而溫暖的詩歌品質。

〔註54〕阿庫烏霧：《阿庫烏霧詩歌選》，成都：四川民族出版社，2004 年版，第 39 頁。

　　不言而喻，彝族詩歌中各種系列的意象，首先是類的存在，都具有共同的文化血緣一體性，傳達了強烈的文化認同感。詩人們對遙遠的神、父輩們的懷想，實質上就是對同族兄弟的呼喊與召喚。但是與同期藏族漢語詩歌相較，這個由大山—木屋爲基本框架而形成的溫暖的詩歌世界中，族性籲求的排斥性是很少的，相反，在大風的夜晚，那家家戶戶敞開的門，不僅等待著已經離世的獵人重歸，而且還召喚著一切旅人進屋歇腳、暖身。

　　彝族現代派詩歌的文化家園想像，除了溫暖、感傷的基調與大山—石板屋之核心結構關係之特點外，它還有一個異於藏詩文化家園之處，那就是不少彝族詩人都將自己尋找族源或族群血親的觸角延伸到了遙遠的美洲大陸。在那裡、在那片土地上的印第安民族那裡，彝族詩人們發現了與彝族傳統文化相近的對於火的崇拜，類似的十月太陽曆及其它的文化相似性。當然這並不是偶然或專業性的比較文化人類學的發現，而很可能是經由國際社會主義亞非拉文學傳統啓迪，以及印第安民族苦難命運的聯想〔註55〕。如果說在新千年之前，彝族漢語詩歌中的族性的苦難，還更多地呈現爲溫暖、神性的感傷的憂鬱話，那麼在現代化巨輪的衝擊下，溫暖、神聖的詩性家園，到了新千年之後，就發生了質的變異，呈現爲滿目蕭瑟的破敗情景。〔註56〕

第三節　北京，喀什噶爾，地球

　　1956 年維吾爾族詩人尼米希依提，作爲「中國伊斯蘭教朝覲團」的成員赴麥加朝覲，寫下了下面這首《無盡的想念》

　　　無盡的想念

　　　　　想念啊想念，無盡的想念，
　　　　　我這貯滿你的慈愛的心窩，
　　　　　蕩漾著感情的波瀾，
　　　　　美麗的祖國，我把你想念！

　　　　　就是死，我也要在你的懷抱裏安眠，
　　　　　作你最純潔的兒子是我終生的心願，

〔註55〕這從吉狄馬加的詩歌中就可以比較明顯地感受到。關于吉狄馬加與拉美詩歌尤其是與聶魯達詩歌的聯繫，請參見邱婧：《世界的民族詩歌民族的世界詩歌——聶魯達與吉狄馬加的詩歌比較研究》，《青海社會科學》，2011 年第 5 期。
〔註56〕詳見第四章、第三節第一部分。

渴望著早日回到你的身旁，

我的歸心象射出的箭。

我臍帶的血滴落在你的土地上，

撫育我成人你經受了多少苦難，

咽頭還留有你賜予的五穀的餘香，

沉浸在幸福裏的我，強烈地把你想念

從來也沒有離開過你一步，

我一直依偎在你的身邊。

暫別中我覺得你比什麼都珍貴，

讓我親吻你的土地吧，我的母親。

早有心去參加朝拜聖人，

那時，我只能望著空空的錢袋悲嘆，

共產黨成全了我的心願，

我高飛在雲層，心卻留在你身邊。

一行人五個民族，

六月底來到天安門前，

三十七個人都有一顆赤誠的心，

親愛的祖國啊，個個都把你留戀。

一天，我們來到仰光，

在那兒做了四天的客人，

緬甸兄弟獻出了深厚的友情

生活在異國，我卻感到你仍在眼前。

告別緬甸我們又飛翔在高空，

橫跨過一片片茂密的椰林，

黃昏時來到加爾各答，

我想起了北京的傍晚，你安詳慈愛的笑臉。

五天後我們離開了印度，

又在空中飛行了八個小時，

在巴林島沐浴的時候，

祖國呵，我想起你的溫暖情意綿綿。

過了一個小時飛機又起飛了，
我在空中默誦「蘭白克」，
下午來到了吉達，
看見廣闊的戈壁，我想起你無邊的麥田。

停了一天我們又向天房出發，
在天房作了一夜的功課，
我們奔走在薩法與麥爾臥之間，
當我純潔地出來時，我為你祝禱平安。

在阿拉法臺領朝引我們去拜見國王，
國王為我們擺設了盛宴，
當他向毛主席問候的時候，
我的祖國，你可曾聽見？

我坐在輝煌的宮殿裏，
心裏默默地想，
這光榮屬於誰的？
我明白了，這時更把你想念。

凡人是沒有機會親吻聖面的，
因為我是中華人民共和國的兒子，
才實現了蓄存多年的心願，
親愛的祖國，我怎能不把你想念！

國王在天堂裏主持儀式，
我們的包爾漢也參加了大禮，
異國人本來無權享受這榮譽，
受到這樣的尊重，我又想起你的恩典。

所有人都知道了中華人民共和國，
朋友們高興，萬惡的敵人傷心，
什麼也遮掩不了日月的光輝，
看見你的光輝，我的心飛上了天。

歸途中我們來到西奈半島
在這裡停留了三天，

走進了西奈檢疫所裏時，

自由的祖國呵，我又把你想念。

從這兒我們要到開羅，

激動的詩句跳出心窩，

快把你的孩子叫回去吧，

百花盛開的祖國，我要立即回到你的身邊。

尼米希依提問候你，

這時除了想念再沒有別的，

我就像一隻布麗鳥，

祖國，美麗的花園，我把你想念〔註57〕

〔註57〕尼米希依提：《無盡的想念》，並亞、樸夫譯，中國作家協會新疆維吾爾自治區分會：《新疆三十年文學創作選詩歌》，第42～46頁。筆者見過的此詩版本有「新疆作協版」、「中國作家網版」（http://www.chinataiwan.org/web/webportal/W5267489/Uxwshi/A358083.html）、「中央民院版」。感覺第一個版本最準確。作協版與作家網版比較，兩個譯本絕大部分一致。作家網版譯本第三節沒有「咽頭還留有你賜予的五穀的餘香，/沉浸在幸福裏的我，強烈地把你想念」幾句，根據詩句的節奏來看，應該是遺漏（此詩詩體，應該是維吾爾傳統的柔巴衣體，每節一般為四句）。而「百姓是沒有機會親吻聖面的，」新疆作協版為「凡人是沒有機會親吻聖面的。」查《維漢英電子詞典》，「百姓」和「凡人」的維語不是同一個詞，維吾爾族朋友說，這兩個詞可以通用，考慮到此詩的宗教因素，「凡人」的譯法可以更好地對應宗教的神聖性。

另外新疆作協本的注釋也值得注意：它除標題注明此詩的寫作時間外，其它被注釋的詞語及注釋分別是：「麥加」（「麥加在沙特阿拉伯，是穆罕默德逝世的地方」）、「蘭白克」（「是伊斯蘭教的一種經文」）、「薩法」、「麥爾臥」和「阿拉法臺」（「地名」）。很顯然這些注釋帶有較強的宗教色彩，而宗教正是這首詩中的一個不能忽視的因素。詩篇將麥加朝聖這一伊斯蘭教徒的宗教行為，改寫為對祖國——中華人民共和國——的想念、歌頌，至高無上的宗教的力量、吸引力，竟然比不上祖國的吸引力，這正是這一詩篇在當時眾多頌歌中不可替代性所在。但中國作家網版則沒有這些注釋，表現出對於宗教色彩的小心壓低、模糊，這正好綻裂了國家意識形態與維吾爾族詩人之間的隱形斷層。請注意，全詩18節（72句）詩歌，只有大約四五句直接與宗教祈禱和朝謹活動有關（「我在空中默誦「蘭白克」，「停了一天我們又向天房出發，/在天房作了一夜的功課，/我們奔走在薩法與麥爾臥之間」、「在阿拉法臺領朝引我們去拜見國王」），其它詩句，從開始到結束，一直都在表達對祖國的懷念與忠心。雖然如此，雖然詩人血脈、臍帶是與祖國緊密相聯的，但是詩人對於祖國的熱愛與祖國成全了他到麥加朝謹的宗教夢想是有很大的關係的。因而，中國作家網版對宗教色彩的模糊化處理，自然也是在抹去這一層原因。但是這種消抹，卻預示了以後這一由宗教的尊敬而搭建起來的民族國家想像的橋梁，被國家主體拆解的命

作為一個穆斯林〔註58〕，能夠到聖城麥加去朝謹，該是多麼令人激動呀。然而，詩歌主人公，從還未動身起，就開始深深地想念祖國；出國後，無論是在飛機上、還是在王宮中，甚至在「天房」聖地，詩人的心都沒有一刻離開祖國母親。偉大的祖國、領袖、黨，具有比聖城還要神聖的地位；北京，絕對是世界的中心！

讓我們再來看另一首詩作：

喀什噶爾的地球
阿迪力·吐尼亞孜

流 浪
大蓬車和清晨，
陽光燦爛的城市，
沉落於白斑頭的馬的眼睛。
人和宇宙，
創造著各自的歷史，
直到流逝的遠星，

運。不過有意思的是，新疆作協本，被挑選出來進行注釋的都是與伊斯蘭教有關的概念，而其它地名（甚至是更生僻的，如「吉達」），都未加注釋。還有，新疆作協版的「我就像一隻布麗鳥」，而中國作家網版則是「百靈鳥」，在維吾爾語中，兩者為一個詞。中央民院本，也是「百麗鳥」。

新疆作協版中的「暫別中我覺得你比什麼都珍貴」一句在中央民院本裏為「暫時中我覺得你比什麼都珍貴」，後者應該是錯別字。中央民院本將「我們奔走在薩法與麥爾臥之間」，改譯為「我們奔走在「魔法」與「麥爾臥①」之間」，相應的注釋①是「是伊斯蘭教一種經文」。覺得民院本應該是正確的，只有這樣譯，下文「當我純潔地出來時」一句詩中的「純潔」二字才有著落——念經文，得以純潔。這樣的改譯，顯然稍微突出了宗教性，暗含了一個有意味的隱喻：宗教使人心靈純潔。不過民院本似乎也有小誤。「魔法」和「麥爾臥」應該是兩篇經文或幾篇經文中的一頭一尾。另外民院本與新疆作協本還有的差異是將「天房」譯為「天層」，「包爾汗」為「團長」，「聖面」譯為「聖石」（可能「聖石」更為準確）。

〔註58〕過去很長的一段時間，筆者只知道尼米希依提是詩人，但卻不知道他還是大毛拉（伊斯蘭教中地位很高的宗教人士），「1933年因參加反對反動統治的鬥爭遭槍擊未死，遂改名尼米希依提，意為半個犧牲者」（http://baike.baidu.com/view/323715.htm）。他之宗教身份在一般公共視野中淡化，不僅耐人尋味，同時也可能在無意中將維吾爾族文化中地位崇高的「詩人」，降低為漢語中的寫作者，或當代語境中的一般文藝工作者。

在地球的一角。
古老的城市在閃光，
到處都是陌生的面孔，
即使巴黎的美女在你的身邊，
你也沒有舒心的笑意。
你的笑聲仍不自在，
我思念，連你的手帕都被淚水浸透。
在祖國，
你的痛苦是自己的痛苦。
在祖國，
你的悲傷用自己的語言坦露。
哎，外地人即使你變成百萬富翁，
在乞丐面前仍沒有一間茅屋，
人人都用冷冷的目光注視你。
即使你用金杯喝美酒，
只要冒出一個泡沫，
你念的還是祖國。
在柏林的夜空，
你把所有的星星，都看成維吾爾的眼睛，
聖母瑪麗婭木教堂，
也像你熟悉的小巷中的清眞寺。
假如你朝聖到麥加，
胡達顯得留在了你的故鄉。
假如你的祖國在地獄裏，
你永遠都是天堂的僑民，
祖國啊，祖國，
你的一切都美麗無比，
甚至你的痛苦和憂傷，
都像四季芳香的花朵，
故鄉人好比是依莎，好比是摩西，
在異鄉里連親戚也冷漠無比。

在祖國假如一個不相識的孩子，

忽然在你面前跑過，

即使百年過去你也不會忘記。

假如他用自己的語言罵過你，

也會顯得非常親切。

當今世界上絕對找不到，

比自己的語言更親切的詞語。

有時你偶然翻開報紙，

讀到帕斯或泰戈爾的詩，

你興趣索然，沒有絲毫感動，

思念的仍是家鄉動聽的民歌。

當死神降臨，

你為自己編織花圈，

用對祖國的眷戀，

為自己編織屍布。

當你埋在異國他鄉，

祖國也同時埋在你心上

國外的每一位同胞，

懷念喀什噶爾時，

末尾都寫滿這樣的思念。〔註59〕

〔註59〕阿迪力‧吐尼亞孜：《喀什噶爾‧地球》，鐵來克譯，烏魯木齊市作家協會編：《飛石 當代維吾爾青年詩選》。現在網上流傳的「完整」版本（如新疆作家協會網版，）所注的來源都是《飛石》，但存在三處主要的不同。第一是標題差異。作協網版的標題是「喀什噶爾的地球」，而紙質版則是「喀什噶爾‧地球」。如果從強調詩作對喀什噶爾想念之深之極的話，或許「喀什噶爾的地球」更貼切，在維吾爾語那裡，並不習慣加隔字符（‧）的表達法，像阿迪力‧吐尼亞孜的直意就是，「吐尼亞孜的阿迪力」。不過如果為了表示心繫喀什噶爾但卻身在異鄉流浪這一點，或許「喀什噶爾‧地球」的譯法更好；而且這樣的形式，也或許可以更好地張顯流浪與家鄉之間的張力。第二是作協網版比紙質版最後多了三句。第三是「胡達顯得留在了你的故鄉」這句，在紙質版中是「真主顯然留在了你的故鄉」。感覺網絡版更準確。因為，「胡達」是維吾爾語，對新疆人（包括漢族）並不陌生，用此更有地方性和衝擊力。另外，根據前後文，都用了假設語氣，所以用「胡達顯得留在了你的故鄉」好像可以更好地貫穿假設語氣，而用「顯然」則好像太過肯定。還有，也正因為是「真主」好像留在了故鄉，所以用「胡達」也更貼切。

這是新時期維吾爾新一代詩人阿迪力‧吐尼亞孜的長詩《喀什噶爾‧地球》中的一節。其自由體的詩歌形式不同於《無盡的想念》的「變形柔巴依」的四行體〔註60〕，其憂鬱的痛感也不同於《無盡的想念》的頌歌情調，但詩歌主人公身體不斷地在世界各地行走，心卻時時刻刻懷念著祖國的情感結構，卻與《無盡的想念》完全相同。然而，《無盡的想念》的祖國是明確的，就是中國，詩歌的心臟、世界的中心就是北京，也因此，詩人只是「暫別」，當他完成朝覲、完成傳播中國人民的友誼的使命後，就可以回到自己心愛的祖國母親的懷抱。但是《喀什噶爾‧地球》的祖國卻是曖昧的，詩歌的心臟、地球的中心則是喀什噶爾這一維吾爾文化精神的聖地。詩歌主人公不是暫別祖國，而好像是被放逐於異國他鄉，永無止境地在世界流浪。因而，他只能憂鬱、感傷、痛楚地懷念歌吟那美麗、聖潔的喀什噶爾；因而也只能是「當死神降臨」時，「為自己編織花圈/用對祖國的眷戀，/為自己編織屍布」，當「埋在異國他鄉」之時，「祖國也同時埋在你心上」。

　　當然，這並不是年輕的後輩阿迪力‧吐尼亞孜一人的詩情、一人的詩歌形式。其實在當代維吾爾文學，尤其是詩歌中，「祖國」的所指時常不乏含混性，常常沒有具體的名稱和明確、直接的地理空間的對應，更接近為「純粹的」「心裏的祖國」的形式。也因此會讓敏感的讀者困惑，他們所摯愛的祖國，究竟是中國還是維吾爾家園，抑或兩者兼有？〔註61〕但不管我們應該怎樣解

〔註60〕 「柔巴依」是維吾爾族詩歌的一種傳統形式。「柔巴依」一詞源出阿拉伯文，意為「四的組合」，也可譯為「四行詩」。

〔註61〕 這樣的表現手法已經引起了有關部門的介入。據說新疆近年來已經有專門規定，要求在寫作時明確將「祖國」用「中國」或「中華人民共和國」表達。這種做法是否是國家公權力強行介入文學寫作的問題暫且不論，但至少有簡單粗暴之嫌。不錯，根據筆者對維吾爾族當代文學的有限瞭解，「祖國」所指的含混性的確存在，但這種含混性既有作品本身的原因，更有接受者的解讀之因。那位告訴筆者行政介入的維吾爾族作家就這樣抱怨，他說在維吾爾語寫作中用「祖國」更容易押韻，而用「中國」或「中華人民共和國」，就很不方便。他甚至認為這不僅是神經過敏，而且是迫害妄想症。他認為在維吾爾和漢族、政府中，都存在這種妄想症。他的這種說法應該是有真誠之處的，尤其是放到整體的維吾爾族文學中去看更是如此。如果否認這一點，那麼也就可能會將所有維吾爾族作家都列入嫌疑者之列了。不過「祖國」所指在不少維吾爾族文學創作中，本身的確存在程度不同的曖昧情況。排除肯定存在那些持強烈分離、獨立傾向的作家不論，或許對於大多數作家來說，這種問題的出現可能在於一般維吾爾人文化認同的地域雙重性。也就是說，一方面他們認同自己所屬的國家是中國，但另一方面他們又對自己的家鄉新疆、對

釋這種現象，有一點則是清晰的，那就是「心裏的祖國」與「無邊的流浪」結構，構成了近三十年維吾爾抒情重要形式張力之一。這一點，在《飛石》集中就表現得相當充分，尤其是表現在那些篇幅較長、情感較濃、意象特異、靈魂至痛的詩作中。詩人們或化身爲飛鳥、或光陰，或以「飛石」之重、或以碎葉之輕，或於寧靜中、或於喧囂的鬧市、或於辦公桌傍、或於酒杯中、或於數字之間、或於「孤兒在給布娃娃餵奶」的「現實與夢想的邊緣」，或在天堂的想像、或在地獄的門口，讓祖國、母親、心愛的姑娘伴隨著自己，一起流浪、漂泊，讓「去國」的哀傷在隱痛詩行中淤積；以至於讀者也不免猜測那「野蠻」的深情與急迫的對象與行動的所指〔註 62〕，驚愕於這決絕的一擊：

> 我攥緊拳頭橫眉冷對地狠擊一拳。迴蕩的響聲裏同時有飛鳥飛
> 向天空。我看到，沒有鏡子的鏡框裏，站著滿臉鮮血的我。〔註 63〕

第四節　圖騰的返祖與置換

無論是廣義的新傳統主義〔註 64〕、還是狹義的文化民族主義，其對傳統的返還，往往都祈靈於神聖的土地和與那神聖土地密切相連的其它神聖性的事物——圖騰。在藏族詩歌中，雪域高原、雄渾的藏傳佛教的宮殿、廟宇，常常直接或間接地被神聖化爲藏民族的圖騰；而在彝族詩歌中，由於萬物有靈論傳統的影響，圖騰之物就更多了。除了大山、森林、南高原這些偉岸之物外，更有鷹、雪、口弦、蜘蛛、葫蘆、小木屋、密枝林等眾多物象。儘管後一類不像前者那般宏大、雄偉，但在彝族詩歌中，作爲彝民族想像對應物

自己獨特的文化充滿自豪感，所以他們的與祖國、與國家相關的抒情、敘事，就不會像內地作家，尤其是漢族作家，那樣簡單，內地作家所寫的哪怕是懷疑國家、批判國家的作品，也往往只是有「政治問題」，而不會有「分裂」問題。

〔註 62〕此處指艾斯卡爾·達吾提的《野蠻》，鐵來克譯，其中有這樣的語句：「不管你說我任性調皮，／不管你罵我野蠻放蕩，／我要破窗而入，我的仙女，／不管你說我是蠻橫的殺人狂。／／無需再含混地等待，流下那悲傷的眼淚，無需苦苦地訴說嘆息，我再也沒有等你的忍耐。」見《飛石》，第 86 頁。

〔註 63〕艾則孜：《太陽灘》，迪里木拉提譯，《飛石》第 105 頁。

〔註 64〕轉型期中國詩壇出現了眾多流派，「新傳統主義」可說是之一。不過「新傳統主義」的內涵與外延並不是很明確，本專著中所指，既包括八十年代中期歐陽江河、廖亦武這樣自名爲新傳統主義者的相關詩人，也包括同時期石光華、宋渠、宋煒等整體主義者。

的圖騰功效，則絲毫不亞於前者。不過如果我們就此就推導出轉型期少數族裔文學的返還傳統、重建圖騰都是指向「自己」家園重建的話，那很可能是武斷的。其實在一些少數族裔作品中，類似寫作的精神家園的「空間廣延」性，有著更為寬廣的「跨族裔空間」的指向，包含著由本民族文化傳統的返歸，走向更為闊大的中國乃至世界的指向。或可將其概括為「以少數族裔為『天下中心』的大中華抒情」。下面所要介紹的三位少數族裔詩人的作品，就充分地表現出了這一點。

一、跨越大陸的天狼

烏曼爾・阿孜・艾坦

天　狼

……

正是這匹天馬

躍上了漢武帝的神邦

又帶領千軍萬馬

浩浩蕩蕩

娶回了一位

東方的美人

莫非就是在這座山坡上

細君公主第一次走進了

烏孫王賜給她的婚床

那精緻的圖案

布滿了美麗的氈房

千年正史中不變的是漢武帝征伐西域奪取汗血寶馬，班超 36 勇士平定西域，張騫身陷大漠卻矢志不移，細君西嫁賦「悲愁」〔註65〕，以及由此而往的一代代的時異而質同的或雄壯或悲情的「東方敘述」，而現在終於等來了「西域視角」的挑戰。但是，如果由這幾行詩我們就推斷，這種新的民族史詩的書寫，將指向單向性的族裔意識的重建、族裔神聖家園的重構，那就會大錯特錯：

〔註65〕史傳細君公主在烏孫語言不通，生活難以習慣，思念故鄉，作《悲愁歌》，http://baike.baidu.com/view/409321.htm

> 我在細君的腹中躁動
>
> 常聽她吟唱思鄉的歌謠
>
> 那旋律迴蕩著幾多情殤
>
> 一支支哀婉的思鄉曲
>
> 唱徹了多少個
>
> 草原的黎明
>
> 母親你遠嫁異邦
>
> 就該如此沉溺憂傷麼？
>
> 可知苦澀的淚水在你的
>
> 血管時流淌
>
> 也滴落在了你腹中
>
> 胎兒的臉上

我們——由中原歷史培養起來的讀者——所熟悉的細君淚、昭君怨，再次綿延而至。但是這次，憂怨之聲不再是來自「西方」而由「東方」之筆為我們發出，而是由異族兄弟的筆端、歌喉書寫、吟唱，再經由漢語的傳遞才被我們聽見。因此，這次依然是我們所熟悉的公主哀怨，但卻有了我們所不熟悉的情感——兒子對於慈母的深深的情義。就這樣，那被千年單一視角「隔斷而連」的「漢家—塞外」〔註66〕，被異族同胞改寫為兩個血肉相連的「對等家園」的整體性大陸〔註67〕：

> 飽經滄桑的老人
>
> 說我是狼的後代
>
> 我也就是一隻幼狼
>
> 漢武帝給了我生命
>
> 黃河水為我作了洗禮
>
> 崑崙山是我.
>
> 永恒的福祉

〔註66〕 無論是「秦時明月漢時關，萬里長征人未還」；還是「燕支常寒雪作花，蛾眉憔悴沒胡沙」（李白：《王昭君》），實際都是先將塞外流沙之地，視為人間絕境，然後再以征人血、公主淚等，將中原與塞外聯繫在一起。

〔註67〕 當然這種方向的改寫，從漢語文獻來說，新中國的建立就開始出現了。像我們大家熟悉的曹禺的話劇《王昭君》，還有我們並不太熟悉的如董必武的《謁昭君墓》：「昭君自有千秋在，胡漢和親識見高。詞客各抒胸臆懣，舞文弄墨總徒勞。」http://baike.baidu.com/view/16354.htm#6

然而，烏遜的鐵騎、細君的眼淚，遠非哈薩克族源神話的全部，詩人重構民族起源史詩的神思，把我們的視野由東方移向更遠的西方：

> 在遙遠的古羅馬
> 曾有二對孿生的兄弟
> 從奴隸與上帝之間
> 赤條條走來
> 那時曠野上響起了
> 兩個嬰兒的啼哭
>
> 是馬爾斯聖人從河裏
> 救起了他們
> 把他們交給了
> 寡居的母狼
> 母狼以自己的乳汁
> 滴滴哺育著他們……
>
> 狼媽媽的膝下
> 有八顆黑色的乳頭
> 陽光照耀在那裡
> 折射出溫暖的柔光
> 我張開雙臂
> 緊緊擁著那片
> 聖潔的領地
>
> 無論是我昆彌
> 還是那孿生兄弟
> 抑或是我們的後代
> 都不會忘卻這段
> 人與獸之間的
> 原始情愫
> ……
>
> 自凱撒之後
> 人類又開始了新紀元

歷史就這樣行進著

連接著古羅馬和漢武帝

而我們誰又能從歷史

遺址中

找出人的起源

這讓我們感到陌生、震憾而又溫暖的詩史，源自於一個到處游牧的異族兄弟的筆端，雖然這筆端的游牧、尋找，每次都出發於陽光照耀下的哈薩克氈房下，但它卻不是一個固定的萬物之祖、神聖家園的民族中心，而是「人類在三千米高處／修築的一座／宇宙空間站」〔註68〕。

草原上的氈房就像

一個個地球

多少個世紀已經過去

太陽落山了又升起來

但這小小的地球

依舊是遠古的模樣

……

打開天窗吧兄弟

人類已重新拉開了帷幕

飛碟徐徐降落的時分

請認清

那閃爍藍光的聖靈

備馬吧兄弟

把鞍具搭在

踩著光年步點的

千里馬背上

出發

去更遠的前方

〔註68〕烏曼爾阿孜·艾坦：《天狼》，張孝華、葉爾克西譯，新疆青少年出版社，2001年版。本節的引文，都出自同一首詩。

二、那條名叫「女眞」的河流從我們的血液中汩汩流往華夏的海洋
〔註69〕

　　以史詩性品格和經由返還族裔傳統而達到更高程度的中華民族家園與世界家園的建構這樣的詩歌行旅來看，或許與烏曼爾阿孜・艾坦的《天狼》最爲相近的作品可能是巴音博羅的《悲愴四重奏》和栗原小荻的《血虹》，而在這三者之間，可能要屬《悲愴四重奏》最富於詩歌精純性、史詩宏偉性、存在超越性及藝術整體性了〔註70〕。但是巴音博羅卻無法像烏曼爾阿孜・艾坦那樣，稍加鋪墊後，就騎上汗血寶馬徑直返還烏孫王國，與浩浩蕩蕩的大軍一起躍上漢武帝的神邦，娶回東方的美人。在《悲愴四重奏》中，祖先金戈鐵馬的雄姿雖不時閃過，但必須等待一道巨大的百年歷史閘門被之打開後，才能被閃光的詩歌河水所照耀，才能隨史詩之河汩汩地流淌而錚錚作響、昂首嘶鳴。而這道巨閘就矗立於百年中國近現代史的入口之處，而它的名號或許就是「鴉片戰爭」。

　　　　你能用紀念碑一樣沉重的淚水

　　　　舉起他們嗎！？

　　　　無法承受一個王朝的悲愴

<hr>

〔註69〕語出巴音博羅《龍的紀年──巴音博羅詩歌精選》「自序」：「我是一個旗人（滿族人），但是我用漢語寫作，我也把漢語作爲我的母語。這是一種悲哀還是幸福？當那條名叫「女眞」的河流從我們的血液中汩汩流往華夏的海洋時，我時常被這種浩翰的人文景觀所震撼⋯⋯」（巴音博羅：《龍的紀年──巴音博羅詩歌精選》，長春：時代文藝出版社，2004年版）。

〔註70〕詩集《悲愴四重奏》之中的詩歌，當初是以單首（包括組詩）的形式，分別發表在不同的刊物上，但是在編入詩集時，經過了詩人的通盤考慮，而這種通盤考慮，很明顯也與詩人較爲明確的寫作意圖相一致。有研究者曾經向詩人問過這樣一個問題：「在整理您作品的過程中發現，一些作品，您在發表的時候可能考慮到雜誌的需求，是以組詩的形式出現的，而收入詩集的時候是獨立出來的，這是受發表、出版機制的影響嗎？例如《民族文學》1994年第2期你以《東方》爲題發表了四首詩歌：《諺語時代》、《河流》、《大地上的燈》、《亞細亞家園》，收入文集時就被打散了。」（見王明鋒：《巴音博羅詩歌的互文性》，暨南大學碩士論文，2008年，附錄：「請教巴音博羅先生的二十個問題」。引者對原對話的個別標點做了修改。）而巴音博羅的回答是：「文集的編輯是通盤考慮的，有些當初發表時的組詩中的某一首詩，會因爲不再被重視而放棄收錄。我總是希望文集能經得起時間的考驗，總是忍痛割愛精益求精。」而在回答王明鋒的第七個問題時，巴音博羅說，「我的寫作基本上是由早期的對滿族歷史、文化、風情的抒寫到有意識地向浩闊的漢文化融合的致敬與思索⋯⋯」。據此來看，我們將《悲愴四重奏》作爲一部整體性的史詩，是有較充分的理由的。

　　　　無法用箭簇射傷哀歎

　　　　無法用車擎追逐時光

　　　　歷史坐在英雄和敗類的對峙中空眠〔註71〕

　　「紀念碑」幾乎是所有民族或族群建構族裔認同必須依賴的神聖物象，它既可能是「人民英雄紀念碑」那樣直接的現代紀念碑建築，也可能是巴特農神廟那樣的古代建築，還可能是伊斯蘭文化中的先聖的拱北或麻箚，也有可能是一些更爲零碎、細小但卻具有民族或族群歷史整體性、延續性闡釋可能的物品，比如中國傳統的玉器產品〔註72〕。但是一座紀念碑，「不管它的形狀和質地如何」，只要它能發揮建構民族認同的功能，就「總要承擔保存記憶、構造歷史的功能，總試圖使某位人物、某個事件或某種制度不朽，總要鞏固某種社會關係或某個共同體的紐帶，總要界定某個政治活動或禮制行爲的中心，總要實現生者與死者的交通，或是現在和未來的聯繫。」〔註73〕顯然，在巴音博羅文本的寫作與閱讀語境中，那座「紀念碑」應該是矗立於中國中心首都北京的「人民英雄紀念碑」

　　　　三年以來，在人民解放戰爭和人民革命中犧牲的人民英雄們永

　　垂不朽！

　　　　三十年以來，在人民解放戰爭和人民革命中犧牲的人民英雄們

　　永垂不朽！

　　　　由此上溯到一千八百四十年，從那時起，爲了反對內外敵人，

　　爭取民族獨立和人民自由幸福，在歷次鬥爭中犧牲的人民英雄們永

　　垂不朽！〔註74〕

　　作爲一個中國人，巴音博羅無意否定這一現代中華民族巨大的精神圖騰與高度濃縮的歷史銘文；但作爲一個中國的滿族人，他卻有著其它族群的人所難以體會的沉重。如果說這紀念碑所凝聚的百年中華民族英勇奮鬥、自強不息的輝煌，也是他的榮光；但1840年以來中華民族所遭受的恥辱，則是他——一個女眞的後裔——所無法輕易推諉他人而又絕對不願默然承受的歷史

〔註71〕巴音博羅：《悲愴四重奏》，第34頁。

〔註72〕巫鴻著、鄭岩等譯：《禮儀中的美術：巫鴻中國古代美術史文編》，生活・讀書・新知三聯書店，2005年版。

〔註73〕參見巫鴻、孫慶偉：《九鼎傳說與中國古代美術中的「紀念碑性」》，《禮儀中的美術：巫鴻中國古代美術史文編》，第48頁」。

〔註74〕人民英雄紀念碑的背面碑文。

之罪。「歷史坐在英雄和敗類的對峙中空眠」，而他——巴音博羅，這個「努爾哈赤的純種後裔」，則想以自己詩歌悲愴的轟鳴，震醒那介於英雄和敗類之間的恢弘而蒼涼的滿民族歷史：

罌粟花

　　從歷史看不見的深處／有一朵花莞爾一笑／像蓬鬆的火烈鳥掠過幽暗大地／向史前飛去　有一朵花／迷茫過我　和我手中的龐大帝國／史書裏的年代　表象爲／簡練而藥香的文字　在陰影中／浮起像一條遍佈卵石的古河道／從狹谷中伸出　青筋暴突的手／橫過掛滿塵俗的家園和土地／向風中眺望　吶喊吹遍曠野／彷彿凜冽的敘述　它不是神話／或寓言　是一朵花／被雷暴擊中拳拳蓓蕾／顫瑟著　打開濃鬱香魂／陶醉於暮霞和炊煙中／宛若妙齡少婦淒婉一笑／以最大膽的誘惑抓住心和你一生／無法描述的白日之夢喲……〔註75〕

莽勢空齊

　　所有激蕩人心的舞姿／都在嘩嘩剝落的金色時光中／緩——緩——平——息／／無數虔誠的旗人後裔／只能在毫無生氣的史書上／遙遙地／重溫那九折十八式的恢宏氣勢／而那幾百年湧起的陣陣煙塵／時時嗆得我／劇烈咳嗽／／彷彿又回到了紅牆碧瓦飛簷斗拱的燕京／三宮六院七十二偏妃簇擁著某個皇帝／撣去黃袍馬褂上遺落的時間興致勃勃地／賞《揚烈舞》又賞《喜起舞》／那或是沉緩或是激越的節奏／那或是歡快或是悲苦的旋律／那出征時的蔽日旌旗　那狩獵時的烈烈雄風／那溶於莽又超於莽的豪爽狂放的魂魄／都在一瞬間得到了最完美最充分的／展現……〔註76〕

這是何等的恢弘、凝重而悲愴，詩人只有用這重如紀念碑的淚水托起恥辱的歷史之閘後，才能讓那「如淚如血」的藝術的、歷史的河流，「汨汨地　從黑水源頭湧向長江盡處」。

　　有研究者發現，巴音博羅的詩歌有兩組意象：一組是「寄寓著文明和歷史的物象」，相對較爲固態；而另一組則是流動的意象。前者如：土地、糧食、罌粟、八角鼓、黑水白山、胡笳、長城、黃河、鐘、燈等；後者以血—酒—

〔註75〕巴音博羅：《悲愴四重奏》，第18頁。
〔註76〕同上，3～4。

水爲可「象徵性置換」的結構爲主導，所衍生出來的「一系列『動』的意象」
〔註77〕。前者經歷了歲月的風霜，穿越了光陰的侵蝕，滿載歷史的印跡而靜
靜佇立；後者則是族性、藝術本體性、中華性的精神之流。兩者的相互映照，
不僅完成了艾略特所設想的偉大詩歌所必需的形式（藝術—精神—個體—歷
史所渾然一體的形式）建構〔註78〕，而且也完成了巴音博羅作爲一個滿族的、
中國的、（形而上）藝術的多重存在主體的復合建構。

　　這種分析應該說相當到位，不過我們還想從本章空間側重點的角度對《悲
愴四重奏》再做些補充性的解讀。與前面已經分析過的少數族裔詩歌相比較
我們會發現，實際佇立的物象與主體性精神行走之間的相互映照關係，是少
數族裔詩人共有的詩歌精神的結構形式。不過《悲愴四重奏》中，雖也不時
有以第一人稱爲主體的詩歌主人公的直接出場、行進，但其出現的頻率並不
很高，而且行走更多地表現爲河流、烏鴉、飛鳥、風、馬、聲音等的流動，
這雖然可能與《悲愴四重奏》原先並不是作爲完整的史詩被寫作有關，但可
能也與詩歌藝術品質的差異有一定的關係。相較而言，巴音博羅詩歌的藝術
性更爲豐富，更有一種將具象之物抽象化、將抽象之物具象化的本領。例如：
「把手伸進自己的昏眸，顫抖著摸出隱秘、箴言和懺悔的淚滴」；再如：「酒
啊　我要讓我枕臥的大碗/順河遠去　馬背上的牧場又空又靜」；還如「秋風吹
走了陰影　秋風將/積蓄在田野上的陽光搓得嘩嘩脆響/像正在碎裂的玻璃」。

　　與物象與行走映照關係的第二點是，作爲「靜物」的東西，大都有神聖
性兼地標性，這與我們前面分析過的詩作是一致的。但是相對來說，藏詩的
神聖地標所指涉的空間幅度與文化包容度較爲具體，就局限於雪域高原；彝
詩文化空間向度雖然跨越到了遙遠的拉丁美洲，但其意象基本定格於那片「用
彝文寫下的歷史」的土地上；而《天狼》則呈現出由西向東、由東向西、由
小氈房到宇宙的反覆的時空交錯；但是它們都不具備《悲愴四重奏》那種一

〔註77〕　王明鋒：《巴音博羅詩歌的互文性》，第39～45。
〔註78〕　艾略特說：「詩歌藝術形式表現情感的唯一方法就是尋找一個『客觀對應物』：
　　　　換句話說，使用一系列的實物、場景、一連串的事件來表現某種特定的情感；
　　　　要做到最終形式必然是感覺經驗的外部事實，一旦出現，便能喚起那種情感。」
　　　　轉引自王明鋒：《巴音博羅詩歌的互文性》，第46頁。不過仔細比較艾略特理
　　　　論與實踐或許可以說，艾略更爲強調「特定的情感」的重要性，而系列實物、
　　　　場景、事件，則只更接近爲精神的「客觀對應物」；而在中國的少數族裔這裡，
　　　　作爲「客觀對應物」的那些意象，帶有更多的「歷史意義前定性」，也就是說，
　　　　帶有更多的一般人（至少是所對應的相關族群的人）所熟悉的歷史意義。

寸寸撫摸中華山河（有時巴音博羅好像更喜歡稱之爲「亞細亞」）的貼切、細緻與浩蕩。那既是徹照歷史的光河，又是漫漫歷史的長河之流，源起於凝結著輝煌與恥辱的紀念碑和「燕京三宮六院」，然後返還那漂蕩著薩滿之靈的「我們的故土，祖先世居的家園」，「黑水白山」。雁陣，「像一首古歌橫過萬里蒼穹」嗚嗚咽咽的胡笳十八拍，「千年後/管子裏 滴滴貯滿的還是那濃濃淡淡/血和淚」我涉過大漠、走過絲路，激蕩於黃河的咆哮、沉浸於雪山之巔繚繞的佛音……「以手加額我肅穆成一座山/放聲長吟我洶湧成一條河/用禮贊剪碎烏雲 剪碎千百個懷疑者/蠻橫的踐踏！//長城啊/我將用我紀念碑般沉重的淚水//清洗淨這東方古老的哀愁和沉默/把所有山谷般厚實的肩膀聯接起來/把所有空闊的嘴唇對接成悠長嘹亮的號音/從北向南縱情歌唱」〔註79〕。

三、栗原小荻的創世神話——馬神之種：從亞細亞高原馳向世界

「栗原小荻」——何許人也，竟然與這樣一個誇張的、不合邏輯的標題聯繫在一起？如果以身份證來看，他不過是中華人民共和國四川成都某地的一個叫做栗原小荻的公民；如果以其藝術身份看，他或許是一個天才的藝術家。據說他 11 歲就開始寫詩，寫出了毫不遜於顧城朦朧詩作的「前朦朧詩作」；而 18 歲時寫就的《鷹殤》，就已經潛伏了日後《東亞聖馬》之史詩性氣度；當 1996 年在其 32 歲之際，完成了氣勢磅礴的「影視劇詩」《血虹》之後不久，他又華麗轉身，自創一種名爲「後意象書法畫」的藝術形式，並取得了不小的影響〔註80〕。當然，栗原小荻的藝術才能還不止這些，翻閱《爭鳴》和《品格的較量》兩書，你還會發現自己面對著一個比八十年代末期的劉小波還要張狂的批評狂人〔註81〕。至於他的族裔身份，則就更複雜了。他自視爲鮮卑王室與南詔王氏的後裔，坊間有關他的身世傳說就更爲撲朔迷離了。據說他五歲前

〔註79〕巴音博羅：《悲愴四重奏》，第 47、51、90 頁。

〔註80〕所謂「後意象書法畫」是我根據栗原小荻的自稱「後意象書法」所改而得。這是一種將書法與繪畫直接糅合在一起的一種藝術形式。有關這方面的情況，可集中參閱栗原小荻博客中的相關文章：http://blog.sina.com.cn/u/1961607592

〔註81〕例如他認爲最偉大的詩人是成吉思汗、武則天這樣的人物，他自己就說「喜歡（崇拜）的人：成吉思汗、拿破侖、武則天、努爾哈赤」（http://www.tibetcul.com/renwu/zrzy/xs/200505/1498.html）。至於他的酷評和圍繞他的是是非非，可參見參見栗原小荻：《品格的較量》，香港：天馬圖書有限公司，1999 年版；羅慶春主編：《栗原小荻現象爭鳴》，香港：天馬圖書有限公司，2001 年版。

父母因鮮卑和大理「雙重王室」後裔身份遭到迫害並被迫離異，而他自己也在五歲前換過三個奶姆，少年時到處漂泊流浪，就是栗原小荻這個名字都被人用來借題發揮成他可能是日人的後裔〔註82〕。這裡之所以不厭其煩甚至可能有違學術嚴謹性地敘述這些未必準確的閒聞逸事，是要突出其身份的複雜性與其性格的狂傲之於他個人、更之於新時期少數族裔詩歌創作的特殊意義。

如果栗原小荻所給出的作品編年是可靠的話，那麼他的寫作不僅開始得早而且似乎是稚嫩與真正較具水準的藝術創作幾乎同時而來〔註83〕。如果說《紙上的阿媽》（1975.2.9）、《小白鴿》（1975.11.9）還比較稚嫩的話，那麼《童眼留影之一》（1975.7.12）和《童眼留影之二》（1975.10.26）〔註84〕所表現出

〔註82〕有關栗原小荻少年、青年時代的情況，可參見吳野：《詩情初萌　靈性特異——〈栗原小荻詩選·少年時代卷〉跋文》；丁爾綱：《特殊時代的冷諦　孤獨靈魂的燃燒——〈栗原小荻詩選·少年時代卷〉序論》，均收入栗原小荻《栗原小荻詩選·少年時代卷》，打印稿，2004年。據說「栗原小荻」一名的由來是這樣的：「『栗原』兩字源於其父母姓名中各一字的音韻為他自己的獨立姓氏，姓氏後面的『小荻』兩字則為他自己的生存屬名。譯成漢語的意思是：荒原上一棵會唱歌的勁草。」另外他曾有過一個漢名鄭珺。參見阿依卓：《栗原小荻少年時代詩歌檔案〈栗原小荻詩選·少年時代卷〉前言》。

〔註83〕當年楊健的《文革時期的地下文學》（北京：朝華出版社，1993年）較為集中地搜集了一批文革時期的地下文學的創作及其它文學相關現象，後來「地下文學」概念又被進一步被演化為「潛在寫作」，而且各種各樣的據說是文革時期的寫作，也被越來越地被他人或作家自己「挖掘」出來。但由於缺少足夠的歷史證據，不少所謂的文革時期地下寫作的真實性是很值得懷疑的。這方面的情況可參閱李楊：《當代文學史寫作：原則、方法與可能性——從陳思和主編的〈中國當代文學史教程〉談起》，《文學評論》，2000年第3期。具體到栗原小荻的青少年創作，筆者沒有找到可供佐證的材料，而且以筆者個人的閱讀感受，感覺其青少年時期的寫作相當超前。另外每篇作品寫作的年、月、日都非常完備，這也不太符合一個兒童尤其是那個時代兒童的身份。因此，這些作品寫作時間的真實性至少是需要存疑的。

〔註84〕童眼留影之二

　　煙　囱
一
支
吐不出墨水的
空芯鋼筆
　　課　本
一
尾
無法擺動的

的捕捉印象的敏銳，絲毫不亞於聲名鵲起時的顧城；而《大城牆》（1975.10.8）甚至已經頗具「新傳統主義」之風了〔註85〕。不過如就族裔視角而言，少年栗原小荻之作，雖然有多首詩都是第一人稱的兒童向「阿媽」訴說，但這裡的「阿媽」與其說是接近爲當年的伊丹才讓、吉狄馬加詩中的作爲族裔文化母親的代名詞，不如說更像是一個早年失去母愛而又早熟的兒童擬想的對象；其中所隱含的幾縷憤恨，也更接近失去父母之愛、家庭之愛的早到的憤世嫉俗，而非族裔性的憤慨〔註86〕。只是到了1978年，栗原小荻的寫作才眞正開始具有返還族裔母體的情感特徵，這集中表現於《栗原小荻詩選》（少年時代卷）的第5輯「冬日北行」〔註87〕，雖然栗原小荻曾自稱是鮮卑王室拓跋家支與南詔王室楊氏家支的嫡親後裔，而且「冬日北行」的題記也是以鮮卑後裔自謂〔註88〕開始的，但此輯中最被集中追懷、遙想、夢斷的是草原雄鷹、「鐵木眞的剽騎」、「一生敬愛的額吉」以及那放在「馬頭琴的弦尖」上的淒婉、痛苦與甜蜜。

　　正是在此時的栗原小荻這裡，我們發現了一個曾經表現於張承志早期小說創作中的文化現象，即一個具有少數族裔身份的作家，以蒙古草原文化爲核心象徵的「泛少數民族意識」的表現。所謂「泛少數民族意識」是指作家不強調或不拘泥於本族群的身份，而自覺或半自覺地站在普遍的少數民族立場上發聲的現象〔註89〕。這是一個被以往的研究者忽略了的有意味的現象，

猩紅蚪蚪

　　街　道

一

座

充滿尖叫的

神經醫院

〔註85〕　《大城牆》原文如下：「我　看見一堵很高很紅的牆/年代久遠/泥土剝落的/大紅旗/牆的外邊/是織滿絲帛的飛毯/牆的裏邊/是秦皇漢武的馬廄//貼在城牆上端的水彩壁畫/是金秋野嶺裏吹簫的牧章？！/還是龍袍袖子裏藏著咒符/喬裝打扮成仙翁的———巫師」。

〔註86〕　例如《童眼留影之一》：父親———一/條/難以捉摸的/杯弓蛇影；母親———一/種/稀奇古怪的/別樣稱呼；兄弟———一/幫/互不相識的/睜眼盲人

〔註87〕　此輯標注的寫作時間爲（1978～1982）。

〔註88〕　「怎麼？一個男人/一個鮮卑的後裔/還怕這雪/還怕這風」。見《栗原小荻詩選·少年時代卷》，自印本，2004，第74頁。

〔註89〕　在某種意義上說，「泛少數民族意識」爲中國各個少數族群所共有，正如「泛漢族意識」爲漢族所共有一樣，這是由「少數民族」和「漢族」二元結構前

這一現象突出地表現出了這類寫作意圖將以漢語文化為基色的中國大陸（或更為寬廣的亞細亞大陸乃至世界），染色為泛少數族裔的異質色彩的中華大地或整個世界。具體到栗原小荻的詩歌創作，這一異質染色的「背水歷程」〔註90〕，在少年時代起步後，經歷了兩次重大「圖騰置換」的騰躍，而最終想像性地完成。其中頭一次就是《東亞聖馬》的飛騰。

《東亞聖馬》可說是一個「原初意義」〔註91〕上的中華民族的現代史詩，大致可分為六個部分：（1）民族種神的橫空出世，（2）茁壯成長，（3）馳騁世界、名揚全宇，（4）中道衰落，（5）反還祖先尋找再生之精氣，（6）重獲新生再次騰飛。但這是一個結構類似但卻「種性」起源圖騰迥異的中華民族史詩：它的源起既非盤古開天地，也非女媧造人補天，而是海遁地裂、天門頓開，「神人兼備」之聖馬騰空出世。因此，神聖的圖騰就不再是軒轅黃帝，而是「東亞聖馬」；於是，「龍的傳人」就成了「馬的種族」。那亞細亞的大陸，就既不是美麗的海棠葉形，也不是東方的雄雞，而是昂揚的神馬之姿〔註92〕；也因之，「軒轅之旅」的豪邁，讓全球各式膚色的人種所領教了的是「馬的種族之徹悟，而不是『龍的傳人』之虛聲」〔註93〕。雖然栗原小荻通過倒轉時序重塑圖騰，來為羸弱的民族重鑄雄性的脊梁；但既是聖馬之後，怎麼又生出「一群非驢非馬」的後代？為什麼還有「一群馬／重又操起了龍頭拐杖／拄向老屋」〔註94〕？傳統漢文明的圖騰象徵，不僅失去了元初性，而且成了種族衰敗的重要原因。想像的翅膀固然可以任意馳騁，但作為民族史詩的現實指向，

提決定了的。不過這裡說的是更為嚴格意義上的「泛少數民族意識」。有研究者將栗原小荻的這種立場，歸因於其早年漂泊的人生經驗（參見楊文：《栗原小荻論》，暨南大學研究生論文，2006年，第二章第四節），不過可能還與張承志寫作的啟發不無關係，或許還與回族文化和白族文化本身比其它少數族裔與漢文化有更大的雜糅性有潛在的關係吧？

〔註90〕 「背水歷程」是其一本詩集之名，可能取自「背水一戰」，取決絕之意。張承志就曾經表達過毅然遠離中原漢語文化而走向中亞腹地少數族裔文化或回民文化的立場。不過不清楚張承志是否用過「背水一戰」相關的詞語來表達這種文化立場的選擇。

〔註91〕 指狹義的文學理論意義。

〔註92〕 「是呵　我們總是隱隱地感到／喜瑪拉雅之所以上升不斷／那不是聖馬昂揚的頭顱麼？！／是呵　我們總是清晰地瞥見／長江黃河之所以源流不竭／那不是聖馬堅實的脊梁麼？！」栗原小荻：《背水歷程》，南寧：廣西民族出版社，1990年版，第83～84頁。

〔註93〕 栗原小荻：《背水歷程》，第83頁。

〔註94〕 同上，第86頁。

則使得天馬行空的想像無法否認現實中華民族人種與歷史文化的雜糅性。於是詩人以以退爲進的方式，來爲即將重新整裝待發的民族進行文化的大整合：

> 其實　塵世間的好些東西／都無須弄得太懂／要不然　馬種就不馬種了／何來成吉思汗／何來經書萬卷／何來絲綢之路／何來開國大典／何來衛星升空／何來亞運火炬／更何來那將來的／許許多多的何來〔註95〕

如果說《東亞聖馬》是「天才的歷史學家／栗原小荻先生考證」〔註96〕的結果，那麼《血虹》則是宇宙創造者栗原小荻的創世之作。而且單獨看《東亞聖馬》頗有幾分史詩的壯觀，但與《血虹》相較則就是小巫見大巫了。《血虹》創作於1993至1996年間，約1740行，可謂長篇巨著。詩人開創了一種新型的「影視劇詩」的形式，充分利用了影視媒介的特殊語言效果：聲光電的巨大的視聽衝擊力，蒙太奇鏡頭的不斷凸顯，浩大、雄闊、飛旋的景觀顯現，沉吟、獨語、吟頌、腹語、對話、旁白、提示、隱語、插入等多種語言表達方式的混雜、切換。而這一切都又被統攝於詩人浩大的情懷下，去共同完成一個新世紀的創世史詩。不管這部影視劇詩有多少瑕疵，它之氣勢、它之浩大、它之磅礴、它之繁複、它之神思奇想、它之離經叛道、它之統合宇宙之抱負，可謂是空前絕後。可說是集《山海經》之神奇、《離騷》之華譫、《女神》之磅礴、影視大片震撼效果於一體〔註97〕。

當然，《血虹》磅礴而華譫的藝術形式，只不過是這部史詩的外在體式而已，眞正具有震撼力的是詩歌文本所內涵的異質性文化地理宇宙史觀，這集中地象徵性地體現於詩劇男女主人公由本能的愛慕到相互猜疑、再到盡釋前嫌、最後終成一體的整個過程中。

女主人公名叫苕阿媛，她是大海的女兒；男主人公叫達爾轆，是山的兒子，也可說是大陸之子。就兩者的對應性現實象徵指涉言，他倆的關係可能分別象徵著四種關係：夷／漢關係，臺灣／大陸關係，中國／西方關係，大陸文明／海洋文明關係。這四種關係無疑是充滿著歷史恩怨與現實矛盾的中華文明的基本的結構性關係。正是通過以象徵性男女主人公愛情經歷的一波三折最終達到全美的過程，詩人既表達了對民族、國家的現實與歷史糾葛的思

〔註95〕栗原小荻：《背水歷程》，第89～90頁。

〔註96〕同上，第89頁。

〔註97〕當然這裡只是就其一般性的藝術特質而言，其中當然存在一些問題，尤其是種族主義的血腥暴力問題。

考，又表達了形而上的超越性之思。正如有學者所言，「從象徵學的角度來
透視《血虹》，我得出的結論是：《血虹》是有所指，而又無所指。有所指，
是指《血虹》的具象符號能讓人明顯地感到現實中存在的地域或方位、種族
或國度，象徵外形的內涵化昭然若揭；無所指，是指《血虹》的意象功能讓
人難以把握隱喻存在的對象或實體、虛構或本真，文學思想的外化易感而不
易捉摸，這樣看去，《血虹》就好像一條通向藝術極地的幽徑。以此說明，
中國當代少數民族作家在文學上的探索程度顯然已經躍入了一種相當高的
境界」〔註98〕。

不過從不同文明之間的文化角度看，《血虹》最值得細緻思考、體味、
解讀之處，既非象徵意涵的虛實，也非苔阿嬡和達爾轆完美的愛情結局所
象徵的世界和平大同未來的構想，而在於其中所透露出的「文化玄機」。關
紀新先生以其優秀的少數民族文學批評者的文化身份，第一個敏銳地發現
了《血虹》中所隱含的既明顯而又微妙的「夷文化核心觀」〔註99〕。它包
含三個層面的詩歌文本結構與文化關係定位指涉的結構性功能：① 傳統華
夷關係的顛倒，② 西方傳統創世觀的顛倒，③ 以夷性之華夏統世界文明
之未來向度。

眾所周知，中國傳統的文化心理空間想像的基本關係性結構，就是所謂
的夷/夏或華/胡之關係。在傳統的定位中，華夏爲正、爲主、爲文明、爲核
心，它具有啓蒙、教化夷狄、胡邦之責；而夷狄則爲邪、爲偏、爲野蠻、爲
被啓蒙被教化的對象；即便是夷狄入主中原，也是治統之變而非王道之變，
仍然是儒家爲代表的華夏文明，最終教化、華化夷狄之結果。儘管近代西方
文化的強力進入，打碎了這種千年不變的漢文明爲中心的道統觀，但是傳統
並沒有完全消失，它還以不同的形式得以部分的保存，而現實中以漢族爲正、
少數民族爲偏的二元關係，就多多少少與此傳統相關聯；盡管這種二元關係
根本上是現代性的。但是在《血虹》中，這種傳統的偏正觀念則被完全顛覆。

詩劇開場，苔阿嬡與達爾轆彼此相互吸引、相互靠近，而後情感迅速升
溫，產生「兩心相印」、「合二爲一」的意念。然而就在此時，苔阿嬡的先祖
海神爺出來攔阻。他告訴苔阿嬡切莫被達爾轆的外表所迷惑，因爲他的先祖

〔註98〕貝恩（德國漢堡大學教授、漢學家）語，轉引自栗原小荻：《血虹》，成都：
成都出版社，1995年版，第130頁。

〔註99〕參見關紀新：《時代與民族精神的契合——影視劇詩〈血虹〉漢彝雙語首版序
言》，收於《血虹》1995年版，附錄一。

是「山神爺」，「一個從草寇起家」、「靠謊言得道的殘暴的僞君」；所以他是一個會吞噬掉你的「人面獅身」。苔阿媛被猛然警醒，可又覺得無論如何對面的達爾轆不像是兇惡之獸、僞善之人；而且她認爲過去的仇恨終應泯滅，她決心用大愛來感化達爾轆。於是她拷問達爾轆的先祖，歷數內陸中原歷史上發生過的無數兵荒馬亂和以「農民起義」爲旗號的綠林山寨王式的治亂循環，更痛訴山神爺的部族對於雪域大漠夷人的燒殺劫掠。而苔阿媛的質疑、教誨卻換來一個驚天大秘密的提示：達爾轆——這大山兒子的祖先，不是「奸詐、專制/虛情自私/不講人性」的山神，而是「威震歐亞海陸/無敵普天之下」的「舉世無雙的駿馬之神」——成吉思汗。正是這一發現，讓苔阿媛與達爾轆恍然大悟，他們同爲夷人的後代：

> 我們的血統/如不是鮮卑/便也是匈奴/要麼是契丹/或者是突厥/又像是回鶻/可能是吐蕃/還有白衣、女眞、等等等/對啦，說不定就是大汗的/子子孫孫　孫孫子子呢！

> 〔《成吉思汗》的演唱聲/再度響起——/………有一個古代皇帝/眞了不得……眞了不得/他在匪患亂幫建立了大國/國　國　國家興旺……人　人　人民安康……沒有誰不服他呀！沒有誰不說輝煌！他的名字就叫成　成　成/成吉思汗……〕〔註100〕

因此兩人之間的猜疑與誤解也就渙然冰釋。由此我們理解了《血虹》的第一層的文化玄機。

《血虹》的第二層的文化玄機，是西方中心主義創世觀、歷史觀的顚倒。開始時，苔阿媛作爲海洋文明的象徵從大海中升起，走向達爾轆、走向大陸，並決心用大愛來消解兩種文明間的世代冤仇；而到後來我們才得知，不僅苔阿媛與達爾轆共有一個夷人的先祖，而且整個地球的誕生與演變，也首先是「一場又一場的造山運動」，而後才是「一次又一次的滄海巨變」〔註101〕。這種創世神話的全新闡釋，也與海洋文明化身的女性特徵與大陸文明象徵的雄性定位相匹配，都表現出詩人顚倒西方中心主義文化歷史地理性向的用意；儘管自始至終，苔阿媛與達爾轆的靠近與合一，都有著相互的主動性。

〔註100〕《血虹》第90～91頁。
〔註101〕栗原小荻：《血虹》第98頁。雖然栗原小荻沒有明確這樣說，但根據《血虹》歷史演變和山海變動的敍述順序，完全可以推導出這樣的創世演化的時序。

　　而《血虹》的第三層面的文化玄機——以夷性之華夏統世界文明之未來，經過前面各章一波三折、迴環往復之起伏跌宕的鋪墊，最終以「駿馬成人」的神奇天象的呈現而盡顯無遺：

　　　　　　在令人亢奮的
　　　　　　《讓世界充滿愛》的
　　　　　　悠揚的樂曲中
　　　　　　特寫快速遞進：
　　　　　　一匹光芒四射的
　　　　　　巨大的雪色駿馬
　　　　　　越過內陸
　　　　　　越過海灣
　　　　　　奔騰在蒼穹之上
　　　　　　灑下金色的雨點
　　　　　　〔緊接著
　　　　　　一道人字形的長虹
　　　　　　頓時衝破夜空
　　　　　　橫貫天地
　　　　　　（定格）〕〔註102〕

第五節　身體、空間與民族

一、

　　由胡風的《時間開始了》所宣告的重定山河的歷史，屬於整個新中國的歷史，因此被那祭壇與歡呼的二元結構所定格的身體，所塑型的歸屬於「人民主體」的個體，也是指向那個時代每一個人的，無論你是哪個族群、哪個地域、哪個階級的人，都無一例外地被納入那祭壇與歡呼的二元空間結構中，作為祭神的犧牲而被奉獻。因此，這一「神聖」空間的坍塌、身體從這一空間中的擺脫、新型主體與新型空間的重構，也是全方位的。所以我們就有必要將本章所考察的內容，納入到更為廣闊的中國新時期文學的時空中加以對照性的解讀，將它們與同期中國主流漢語文學相關的情況進行比較。不過此

────────────

〔註102〕栗原小荻：《血虹》第 102～103 頁。

節所要進行的現象比較，並不是針對整個三十年來的少數族裔文學和主流文學，而是基本局限於新時期，也即八十年代的漢語主流文學與八十年代到九十年代中後期的少數族裔文學的比較。

根據本章的考察，大致可以將新時期少數族裔文化民族主義的空間建構分成三類四種類型。（一）族裔獨屬性、排斥性較強的族性空間，其中最具代表性的爲藏族詩人之雪域高原的建構。其獨屬性與排斥性之激烈，到了九十年代中後期之後，表現得就更爲突出。〔註103〕（二）族裔歸屬單一性較明顯，但排斥性並不太強的族性空間，主要代表爲新時期的彝族詩歌。（三）具有中國整體性的異質性族裔空間的建構。這類又可以分成兩種。一是以某一族群爲核心的族裔家園與中國家園的建構，《天狼》和《悲愴四重奏》都比較接近此類；二是以跨族群或超族群身份來想像富於族裔異質性的整體中國，栗原小荻和大家都比較熟悉的張承志的創作，都屬於這一類〔註104〕。

上述不同種類的文化空間建構表現出以下幾點共性：① 都具有明確的重構族裔民族文化認同的動機；② 文化認同的重構，都具有返還傳統性；③ 大都採用了詩歌主人公行走的身體語式來建構想像性的認同空間；④ 所重構的文化認同無論其族裔性是單一還是兼跨、是排斥還是包容，都具有明確的非主流文化的異質性；⑤ 隱含或明確指認的「他者性」，之於新的文化認同空間的建構都是不可或缺的；⑥ 除了藏詩之外，世界性指向的共有性。

如果說少數族裔文學的新型空間建構的總體特點是「族裔性」的話，那麼主流文學空間建構的主導性則表現出比較普遍的現代主義的「存在意識」（或一般意義上的「人性意義」的探索），因此可用「存在性空間建構」來加以概括。根據八十年代的相關創作，大致可以分出八種類型的存在性空間建構。

第一類象徵空間建構與官方的社會主義意識形態文化空間結構的聯繫較爲密切，像下面這些曾經流行一時的概念所指涉的文學創作，大都具有這種

〔註103〕另外同期與此比較接近的還有維吾爾家園的建構，不過本章只大致考察了幾位維吾爾詩人的作品，還沒有涉及更具代表性的「案例」，比如後文將要討論的「三本書」。

〔註104〕這裡所進行的分類，當然只是大致劃分，不應機械地理解，尤其是不能直接將這裡的分類與作家的族裔身份直接劃等號。比如說開啓了轉型期彝族詩歌現代族群抒情歷史的吉狄馬加，就明確說過自己的歌是長江黃河中的一朵小小的浪花。而且某個作家，在不同時期的族裔情感強度、排斥性也是不同的。比如伊丹才讓、唯色。

性質。如「五七文學」﹝註105﹞、「知青文學」﹝註106﹞、「傷痕文學」、「反思文學」、「改革文學」等。其中以「五七文學」與舊有意識形態的聯繫最爲密切。例如李國文的《月食》、王蒙的《蝴蝶》、《海的夢》等。這些作品中的主人翁大都具有領導者、被迫害的知識分子雙重角色。作品中，他們的思緒或身體不斷地在戰爭年代的革命老區、文革或「反右」運動中的被迫害之地以及重新平反後生活的城市之間不斷地穿梭往返，想像性地將光榮的革命傳統、黨過去所犯的極左錯誤以及改革開放的今天聯繫在一起；從而不僅賦予了作爲一個被中斷了革命連續性自我的整體性，同時更想像性地爲黨將中斷了的「光榮革命傳統」重新連接在一起。儘管與《月食》相比，王蒙的作品，往往還有一塊象徵著現代化的海外空間，而且語言也更多反諷性意味，但是它們的意識形態的功能性，與《月食》並沒有質的差異。也即，它們共同發揮著想像性重建革命歷史的完整性的功能，重新爲解放了的身體與其所象徵的黨的機體建構一個既有光榮傳統（歷史合法性）又有新穎景觀（現實合法性）的連續性與完整性。

與「五七文學」相較，「知青文學」中的身體與體制機體的聯繫，表面上不是那麼直接，有些「知青小說」甚至帶有比較強烈的制度反叛性，但是被劃入「知青文學」範疇的作品，尤其是那些代表性的「知青作品」，其意識形態的性質與「五七文學」沒有多大差別。例如梁曉聲的《這是一片神奇的土地》、孔捷生的《南方的岸》、《大林莽》，都通過將既作爲個體又作爲群體的知青身體，「英雄化地」置身於荒蠻的空間，來表達他們的理想主義情懷；或更準確地說，連接起「困窘」的當下與「輝煌」的過去，從而自覺或不自覺地逃避真正嚴肅的歷史反思﹝註107﹞。而張承志的一系列知青題材作品，雖然

﹝註105﹞「五七文學」一般指由1957年打成右派的那批作家，在「文革」重新復出之後的創作，而且習慣上好像也更多地指涉小說創作，擁有同樣身份者的詩歌寫作，常常被命名爲「歸來者之歌」。

﹝註106﹞「知青文學」一般是指由當年那批上山下鄉的「知青作家」所進行的創作。但其更爲複雜的含義，請參見姚新勇：《主體的塑造與變遷——知青文學新論（1977～1995）》，廣州：暨南大學出版社，2000年版。

﹝註107﹞當然這是就相同性而言，更細緻地辨析我們可以發現，梁曉聲與孔捷生還是有所差異的，梁曉聲作品中主人翁的英雄主義性質的「放逐荒野」或險境，所謂知青自我的選擇性更強，如《這是一片神奇的土地》中的那批進入「滿蓋荒原」中的知青，《今夜有暴風雪》中被凍死在崗哨上的裴曉雲和爲保衛農場財產而犧牲的劉邁克。而孔捷生作品中人物放逐荒野的被動性則稍微強點，比如《大林莽》中那幾位知青，之所以陷身原始森林，是因爲去執行探測任務；另外《在

因其所具有的少數族裔異質文化特點，被我們分到另一類，但其主人翁通過
「人民」中介，治癒「病體」而重建生命意義的過程，與其它知青作家小說、
「五七作家」的作品，在本質上都是相通的。就這點來說，張承志的《騎手
爲什麼歌唱母親》、《黑駿馬》、《金牧場》與張賢亮的「綠化樹」系列就比較
接近。〔註108〕這是就知青文學作品的直接文本空間關係而言的，至於其更深
層的話語空間結構的意識形態意涵，就更爲隱蔽了〔註109〕。

　　第二類存在性象徵空間的建構具有「浪漫的現代主義」性質，以「今天
詩派」爲代表，尤其是那些長期被視爲「今天詩派」代表者的寫作。這批詩
人的寫作所開創的象徵性存在空間，帶有更多的個體性時空特質，不過又因
爲其中所存在的浪漫主義元素，而使得它與較爲純粹的孤獨的現代主義象徵
性存在空間有所不同。比如說原名爲《我不相信》的《回答》，就通過將存在
的空間想像爲一個顛倒的世界，從而讓一個挑戰一切的英雄矗立其間。再如
顧城的那句「黑夜給了我一雙黑色的眼睛，我卻用它來尋找光明」，之所以在
當年那樣流行，成爲一個時代的流行語，可能也正是因爲它所隱含的象徵性
空間意象的特質，契合了那個時代，尤其是那個時代反叛一代年青人的普遍
心理需求。這兩句詩的空間意象的特質就是，它一方面將現實空間抽象化爲
詩歌文本的負面性的黑色空間，而後在此空間的上方，安置了一雙飽含浪漫
理想主義情愫的眼睛，去凝視那被抽象化了的黑色空間，因而使其具有了穿
透性、透明性。「今天詩派」時期的顧城、北島如此，就是更富「純然」現代
主義冷峻特質的多多，都具有相同的浪漫主義、現代主義、個人主義、英雄
主義兼具的象徵性空間存在感〔註110〕。

小河那邊》中的兩位主人翁之所以最後留在農場而演繹了一場「亂倫」之戀，
也有更多無奈之處。雖然這樣的差異，並不足以將當年梁曉聲和孔捷生的作品
在意識形態功能上劃分開來，但對於今後二人人生道路的「分道揚鑣」（梁留
在國內不時地充當理想主義的代表，而孔則流亡海外）恐怕不無關係。

〔註108〕至於說張承志作品的少數族裔文化的異質性下文將會談到；而「綠化樹」系
列的多義反諷性，可參見姚新勇：《尋找：共同的宿命與碰撞——轉型期中國
文學與邊緣區域及少數民族文化關係研究》，北京：中國社會科學出版社，2010
年版，第十二章。

〔註109〕關於典型性的知青文學小說主人翁所處的空間方位所折射的那些作家的現實
身體的意識形態方位之辨析，請參見姚新勇：《主體的塑造與變遷》，第一章
第二節。另外，此段有關知青文學的介紹，請集中參見此著。

〔註110〕例如多多寫於「文革」時期的《致太陽》、《蜜周》、《瑪格麗和我的旅行》等
詩作。

　　第三類存在性空間的建構或可名之爲「非傳統的傳統文化折射性現代主
義空間」,「新傳統主義」、狹義的「尋根文學」〔註111〕可視爲代表。雖說「新
傳統主義」和「尋根文學」一爲詩歌流派另一爲小說思潮,一個具有更爲自
覺的質疑傳統甚至反傳統的創作指向,另一個則以尋根、返還傳統爲旗號,
但兩者卻有著一個往往被人們忽略的共性,即以批判性、質疑性的現代主義
目光透視古老的傳統,從而爲存在懸置出一個既折射著傳統文化腐朽氣味又
富現代主義怪異性的孤絕空間。例如詩歌《懸棺》、《大佛》、《死城》,以及《藍
蓋子》、《爸爸爸》、《小鮑莊》等。

　　第四類存在性空間建構意向所指爲「民間性生存空間」。「民間」在中國
當代文學界中的含義是複雜的,這裡所指,既非「民間文學」意義上的民間,
也與陳思和「潛在寫作」意義上的民間不同,它是指新時期乃至於整個轉型
時期中國當代文學的某種生存文化空間的想像。它最早的開啓者可能是寫出
《受戒》、《大淖紀事》的汪曾祺,後來陸文夫又以《美食家》、鄧友梅以《那
五》等作品跟進。這些作品現在看來民間世俗文化生存價值的取向是相當明
顯的,但是在當時,人們更多注意的是它們濃鬱的文化特色,甚至將其與民
族文化的重鑄聯繫起來〔註112〕。其實它們的共同特點可能在於建構一種身體
與世俗「日常生活空間」的關係,想像性地將久陷於政治鬥爭空間中的自我
(或「人」)解脫出來,放置於一種世俗、平和而又不失優雅的狀態中。這樣
的文化空間,對於已遠離了中國傳統的「新時期」讀者來說很新奇,但這不
過是傳統士大夫文化或市民文化記憶重新被喚起而已。或許我們從此可以看
到日後九十年代重歸「儒家傳統中國」的前兆。就此而言,它們或許也與八
十年代少數族裔文學返還本族群文化記憶的動向有一比。

　　不過就「返還傳統儒家中國」取向來說,我還是更願意強調它們之於「民
間性生存空間」建構的意義,這一方面其後繼者大有人在。如程乃珊的《藍
屋》、《窮街》、《女兒經》等「老上海系列」作品,王安憶的《流逝》、葉兆言
的「秦淮河系列」,即便是像《大雁塔》(韓東)、《中文系》(李亞偉)、「頑主
系列」(王朔)這類充滿反諷意味的作品,也帶有「還俗苟活」的日常(庸常)
生活哲學意味。

〔註111〕這裡指主流文學所意味的狹義的尋根文學。
〔註112〕季紅眞:《憂鬱的靈魂》,長春:時代文藝出版社,1992年9月版,第87
　　　　頁。

　　第五類可以概括爲「反文化的前文化存在空間」建構，「非非詩派」的藍馬所倡導的「前文化詩學」、周倫祐的「反價值/對既有文化觀念的價值解構」之狂言，或許是這類存在性空間想像的最有代表性的表達。藍馬早在 1984 年的《前文化導言》中就大聲宣告：只有「在排除了自由創造與語言、文化的任何聯繫之後」，才有可能進入到「前文化」宇宙狀態中，進行無拘無束的創造。而周倫祐的《變構：當代藝術啓示錄》、《反價值/對既有文化觀念的價值解構》兩篇文章，則更是以神性的語氣和系統的邏輯清理誇張地呈現出創造者主體的天馬行空之姿〔註 113〕。另外也可以劃入這類寫作的或許還有與所謂的「詩到語言止」的理念相關的「第三代」寫作。這一口號之所以在新時期被韓東提出，而韓東又是寫出了《大雁塔》的詩人、著名的「第三代詩歌匪徒」〔註 114〕的代表、「他們詩派」的領袖。這一切並非偶然，因爲正是在它們之間，我們看到了一個不斷地通過「逃避式反叛」的方式來爲試圖去除所有文化屬性和集合屬性的「獨物─人」，尋找一方「最後的」寄身之所〔註 115〕。

　　第六類是『『異化』的存在空間」建構。「異化」與其相關的「人道主義」概念曾經是新時期前期〔註 116〕思想文化界具有廣泛影響的詞彙，其所涉及的範圍包括政治、思想、文學、文化、哲學等多個領域〔註 117〕，當時許多文學作品的討論都涉及到「異化」或「人道主義」之辨。不過我這裡借用「異化」一詞，基本上取消了人道主義、馬克思主義的元素，而主要是指大致出現於八十年代中後期的一批極富先鋒實驗性的寫作，比如余華、馬原、殘雪等「先鋒文學」創作。這類寫作表現於存在性空間意向的主要特點在於，一是以往

〔註 113〕參見姚新勇：《囚禁式寫作境況的燭照與穿越──》，載周倫祐主編：《非非》雜誌，2009 年卷，香港：新時代出版社，2009 年版。

〔註 114〕尹昌龍：《延伸與轉摺》，山東教育出版社，1998 年版，第 144 頁。

〔註 115〕雖然韓東這一代的解構性反叛的意味要更強，但其作品深層所潛藏的犬儒主義與其反諷風格一起，構成了某種「逃避式反叛」的特點。但同時如果它們的反諷性、先鋒實驗性一旦削弱，就可能與第四類寫作靠近，遠離「文化匪徒」反叛的狂蹈，而靠近犬儒苟且之「流氓無賴」。

〔註 116〕可以以 1985 年爲界，將「新時期」劃分成前後兩段，85 年之前爲前期，而後則爲後期。

〔註 117〕「新時期」思想文化界的動態，存在著一種泛文學狀態，即許多社會領域的變革，都與文學有著或緊或鬆的聯繫（參見姚新勇：《悖論的文化──二十世紀末葉中國文化熱點現象掃描》，江蘇教育出版社，2002 年版，第 33～46 頁），所以不僅思想政治文化方面有關「人道主義」、「異化」問題的討論常常集中於文學領域，就是哲學、美學領域中有關馬克思異化理論的討論，從影響來看，也主要集中於文學領域。

的主體性抒情或敘事視角的消失，即無論是直接出場的作者還是作爲其對應性存在的作品主人翁之主體性的消失；二是隨之而來的「人性」的文本世界的消失，而代之以幾乎是徹底的與「感性」或「理性」的人都無關的「純粹」的「事件性」現實〔註118〕或「語言性」空間〔註119〕，以及莫名怪異的世界〔註120〕或「元敘事」遊戲的樂園〔註121〕。當然，所謂與「人性」無關的寫作之說，只是就相關寫作的創作觀念和文本特點而言，而實際上，這種寫作與任何種類的寫作一樣，都屬於我們這個世界上的人的寫作，而它所表現出的所謂的文本純粹的「非我性」、「客觀性」，恰恰顯示出了這種寫作者對於自己和世界之間位置關係的完全異化或物化性視野的定位，因而還是「屬人的世界觀」。

第七類是海子所代表的「綜合性世界建構」的創作。追求詩歌創作乃至於其它形式的藝術創作的綜合性與整體性並非海子專屬，大約與海子同時，當代「第三代詩歌」界就有人打出「整體主義」的旗號，但是如果我們將海子的詩作與「整體主義」倡導者們的作品做一比較或許不難發現，後者所謂的「整體性」的深層指向，主要還是對於傳統的整體性的荒謬化展示，其創作的本能無意識，還是魯迅與現代主義的揉合；而海子的詩歌則「實現了」新時期」詩歌各種意義指向的大綜合——神、人、宇宙、個體、中國、古典傳統、現代情懷、族群文化等多向度的大綜合〔註122〕。

除了前述少數族裔文學和主流文學的空間建構類型外，或許還可以劃分出另一更爲特殊的類別，那就是「跨族裔」或「跨身份」文化空間的建構。前面放在少數族裔文學中加以討論的烏曼爾阿孜・艾坦、巴音博羅、栗原小狄等的相關寫作都可以歸屬在這一類中，不過這裡更側重指昌耀、張承志的創作，另外還包括楊煉的「西藏題材」寫作。他們這幾位作家無疑是「新時期」文學中赫赫有名者，但他們或他們寫作中的部分內容，又因爲所涉及到的族群文化的邊緣性、異質性而被不同程度地忽略，而且嚴格地說，這裡所選用的的跨族群文化身份的分析視角，直到今天也缺乏眞正高水平的展開。例如將昌耀放在主

〔註118〕如余華的《現實一種》、《河邊的錯誤》、《世事如煙》等。

〔註119〕如孫甘露的《訪問夢境》、《我是少年酒罈子》和《信使之函》等。

〔註120〕如殘雪的《山上的小屋》、《阿梅在一個太陽天裏的愁思》等。

〔註121〕如馬原的《岡底斯的誘惑》、《西海無帆船》、《虛構》等。

〔註122〕這固然直接體現於《彌賽亞》這樣的「大詩」中，但也同樣現在海子詩歌的多樣性「跨文化題材」的選擇與穿透上。

流文壇來分析實際並不是那麼自然。因為如果說張承志還因為與主流意識形態關係更為曖昧而比較及時地被納入新時期文壇的前沿〔註123〕，那麼昌耀則在九十年代初，還在為他的第一本詩集《命運之書》的出版經費大傷腦筋。我們固然可以說，真正偉大的詩人，總是被他的時代所遺忘，但具體而言，昌耀之未被及時「發現」，可能恰恰是因為他從1957年起就開始了「文化換血」的歷程。當時他就寫下了《邊城》、《高車》這樣具有相當邊塞在地風情〔註124〕的詩歌。而在1962年階級鬥爭思維更進一步高漲之時，昌耀竟然用「紅衣僧人」作喻體，來謳歌虔誠與堅定；在那個「革命的血緣想像」正大規模替代各種傳統的身份認同時，昌耀這個來自南方的義子，卻為其北方的森林之父、鷹之父，奉獻了《家族》這樣純正的異質性的族裔文化之詩〔註125〕，將自己這個「異教徒」的身體，奉獻於「北部」古老的土地：

　　　　我們在這裡。我們
　　　　是這塊土地的家族，
　　　　被自己的土地所造化。〔註126〕

所以我們今天回看1980年的《慈航》，會感到它在當時中國主流文化語境中似乎非常非常另類，但更嚴重的是，在那個主流文化對於少數族裔文化世界壓根就漠不關心的時代，《慈航》就連以「另類特質」引起主流文壇注意的可能都沒有；儘管《慈航》的表面結構帶有「歸來者」的模式。但在另一方面，如果將《慈航》放到少數族裔詩壇，也感到相當地超前，且不說它高貴的藝術品質，遠遠超出了當時少數族裔詩歌的水準，就是「土伯特」這一概念的使用，也比具有較強族裔民族主義色彩的藏人早了很多年〔註127〕。

〔註123〕參見姚新勇：《主體的塑造與變遷——中國知青文學新論（1977～1995）》，廣州：暨南大學出版社，2000年版，第一章。

〔註124〕當然大體來看，《邊城》和《高車》還是應該歸入「邊塞」詩的範疇，但是像《邊城》中那樣大膽地用當地回民方言入詩，則已經超過了一般邊塞詩歌的語言形式界限。

〔註125〕試將《家族》與吉狄馬加的詩作相較，不難看出兩者的相似性。大膽點猜測，或許吉狄馬加當年在寫作時，讀到過昌耀的這類作品。

〔註126〕請注意這首詩中的用詞。除了森林、鷹、刀弓這些具有直接北方異族文化色彩的詞外，另外像「北部」（不是我們習慣的「北方」）、「自己的土地」這類表達，也值得反覆體味。

〔註127〕比如說唯色，也只是大概到了新千年之後才開始頻繁地用「土伯特」來指稱西藏、藏人。

　　但如果將《慈航》納入昌耀自己的生命年輪、創作軌跡，它在 1980 年出現其實一點也不驚奇。《慈航》就是他二十多年「換血人生」經歷的一次輝煌的高峰體驗，是他近四分之一世紀文化雜糅性詩歌「引流工程」的高原海子大彙聚。也就是說，就連那些少數族裔詩歌中的先行者，還在努力地以革命的認同、新中國的認同，置換自己文化身軀的存在之域時，昌耀就開始嘗試進入少數族裔文化基底的空間；而當那些先行者開始嘗試回歸本族群文化空間時，昌耀則已經完成了「文化基因的雜糅性置換」，從而創作出了富於史詩性的另類「土伯特」之歌——《慈航》。

　　張承志雖然好像比昌耀幸運，很早就因《騎手為什麼歌唱母親》而名揚萬里，而且後來在不同的時期，他也差不多一直都處於一個接一個的文學熱潮的焦點之下，但實際主流批評界並沒有真正全面理解他的跨族群、跨文化寫作的複雜內涵，而到新千年之後，他更好像是從主流文壇中消失了。再說楊煉，雖然被視為「朦朧詩派」或「今天詩派」的代表而得到了相當廣泛的研究，但是他的「涉藏題材」寫作和那首《易》，不說有份量的研究成果難見，就是真正正面的研究也不多。這固然與這類作品高度的玄思性有相當的關係，但也可能與其所具有的文化陌生性不無關係。

二

　　前面大致介紹了少數族裔文學、主流文學寫作、「跨身份寫作」三類象徵空間性建構的一般情況，下面我們將對它們展開一些比較。

　　首先，這三大類雜多樣式的文學空間建構的一般情況，都符合史密斯轉型社會合法性危機理論的一般性概括。也就是說，它們都是舊有的國家、民族、個體身份認同等範式陷入危機後的社會反應，表徵了價值重建、認同重建的各種努力。在中文語境中，「認同」往往與集體性的意向相關，如果還原到英文單詞——identity，那麼我們就更容易看到它們共有的重建價值、認同、身份、主體等特徵的共同性。

　　其次，上述不同類型的寫作，都表現出了「身體—空間感知性結構關係」建構的共同性，而且不同的「身體—空間感知性結構關係」又都具有重要的新型「社會關係」建構的功能。換句話說就是，許多作家或詩人，都不約而同地通過身體這一「存在的中介」來重建新型的認同/身份/同一性（Identity）世界。他們有的通過「佇立性靜觀」來安置表徵性的身體、界定認同的空間

方位，比如吉狄馬加的《自畫像》；但更多的是通過身體的行走來完成這一任務的。就「行走的身體與空間」的關係言，少數族裔和「跨身份」寫作中的大多數作品，都表現出了極強的主體性兼濃鬱的族裔文化性特徵，具有相當強的「地方（place）」特質。而這一點，既與新時期主流文學的某些創作類型相類似，又存在不少區別。

就主體性言，三類寫作中的「主體性人物」不少都表現出了① 相當或較強的積極、主動性、進取性；② 都與不同的認同或價值取向相關；③ 都涉及到了不同的權力關係，涉及到了不同權力關係的重構。但是少數族裔和跨身份寫作中的主體所行走、所活動的空間，往往具有鮮明的族裔文化色彩，具有較強的（常常是「地方化」）的「景觀性」；而主流文學寫作中的空間，一般都沒有特定的族裔性文化色彩，有些甚至也沒有多麼明顯的可供「審美」觀賞或凝視的景觀。即便是像「知青文學」、「五七文學」這類作品中的景觀，雖然常常帶有較強的審美性或某些地域乃至族裔色彩，但它們都不具備異質的族裔文化空間性，不具備與「族群」、「民族」、「領土」等指標相關的「地方（plaec）」特指性。而正是「主體性身體」與不同性質空間的聯繫，既呈現出少數族裔與跨身份寫作與主流寫作文本特徵上的差異，更隱含了文本結構的族群關係、意識形態關係建構功能的差異。

在少數族裔和跨身份寫作類型中，作品主人公的文化身份大都比較明確，一般都具有鮮明的異質性族裔文化身份的特點，那些特定族裔身份指向較爲明確的作品就不用說了，就是一些更具跨文化、跨身份的作品也大都如此。比如栗原小荻本人（或他作品中主人公）的族裔歸屬或許不是那麼明確，但其少數族裔身份的取向則是非常明確的，而且還被相當明確地與蒙古族這一特定的族裔「史（血）緣」聯繫在一起。再如在張承志的非回民題材寫作中，雖然不斷行走的主人翁一般「並無」特定的族裔身份色彩，但是他所生活所行走的草原、所攀登征服的大阪、所漫步的廣大的中亞腹地，都給他、給這些作品打上了深深的少數族裔的文化身份標誌（至於張承志的回民題材寫作，就更不用提了）〔註128〕。而這又顯示了這兩類寫作的「地方性」或特

〔註128〕相信瞭解新時期文學的人，會很自然地聯想到張承志《騎手爲什麼歌唱母親》、《黑駿馬》、《北方的河》、《大阪》這些作品，其實就我們這裡所討論的角度來看，他 1982 年的一部作品《白泉》或許更有代表性。小説的主題是關於音樂家艾力肯對於民族鄉村音樂態度的轉變。艾力肯來自於省會烏魯木齊，他要走遍天山南北，去體驗生活、尋找民間音樂。經過一段時間的民間

定地點的指涉性特徵。直接看上去，族裔文化身份的鮮明性，來自作品所呈現空間的族裔與地方化文化的景觀特徵，如果僅從這樣的角度看，那麼這些作品的族裔文化色彩，似乎不過就是客觀文化特質的表現，甚至是客觀地理景觀特點的呈現或反應。其實問題遠不是如此簡單。

文學文本中的身體與空間景觀的「文化身份關係」是互爲條件的，這不僅涉及到文本中的身體與空間的相互依存性，也涉及到具體文本之外的各方面複雜的關係。先從具體的文本來看，一方面，具有特定身份/認同取向的身體的行走，使得特定的文化空間得以展示；另一方面，特定文化空間的「文化色彩」又給行走的身體打下了特定的文化身份屬性。前者的價值取向「決定了」作品將呈現什麼，將會有何種性質的空間；而後者則既落實了特定的取向，使具有特定身份、氣質的主人翁得以具體呈現，而同時它又以其「前於」寫作者的「客觀存在性」，深深地「影響」甚至「決定」了寫作者能夠怎樣呈現。對於讀者（觀者）來說也就是，他們能看到怎樣的主人翁、怎樣的景觀，既是由寫作者的認同價值取向所決定的（是這種取向「決定了」寫作者的能夠看到什麼，願意讓我們看到什麼），又是由我們所能看到的「先於」具體寫作（也包括具體的閱讀或觀看）的「景觀特質」所影響、所制約的，而「身體」就在擁有特定寫作意向的寫作者與所呈現的景觀中發揮著「中介性」的作用。但是作爲中介的身體，所連接起來的不僅是寫作者與文本景觀，更是遠爲複雜的作者、作品、讀者、社會結構及意識形態權力關係等多方面的存在。身體的這種結構功能性無論之於哪類寫作都是如此。關於此筆者對「知青主體」類型演變史的分析就有過具體的闡釋。

「知青文學」往往被人們視爲是由知青一代人所創作，反映了這代人特殊的生活經歷與思想情感，而這一代人又以其突出的理想主義情愫被指認。但實際上所謂特殊的時代經歷，固然之於「知青文學」和以所謂「老三屆」爲代表的「知青主體」的生成具有直接的關係，但在根本上，它們的出現「既

采風，他發覺在那以西洋樂爲基礎的「雄渾的合奏中，那管樂聲像飛越高山峻嶺和遼闊草原的一群夜鶯，那麼輕柔、明快、甜美、誘人」，「它們是那麼優越、高傲、和不可否認的美。而我們的冬不拉呢？只能在曲子中成爲公社的山河、牧場、牛羊，成爲樸直渾厚的和聲。怎能否認呢？冬不拉……你的金黃色時代已經逝去了！」可是，最後民間音樂家烏馬爾別克用冬不拉演奏的《Ak bulak》，讓艾力肯感受到了大地和自然的共鳴，使他不禁俯首膜拜。關於《白泉》文化意義的闡釋，請參見刁棟林的碩士論文：《論 20 世紀 80年代初期小說敘事中的「空間」》，暨南大學 2006 年，第 44～45 頁。

是多種意識形態交互作用的產物，同時又是統治階級意識形態借文學這一意識形態國家機器歸化主體的結果；它既以其社會存在性爲社會生產和生產關係的再生產招募具體的主體，同時又通過具體主體對它的指認而得以維持。」〔註129〕而在此複雜的過程中，有關知青主人翁的身體與特定空間的結構關係的無意識建構具有重要的作用。正如筆者通過大量閱讀和仔細分析所「還原性」地揭示的那樣，以理想主義、英雄主義爲標誌的知青主體的眞正形成，正是借助了某種具有封閉性的大自然審美空間的建構，而將先前被拘泥於「現實」歷史想像語境中的知青身體，「從黏著的歷史事件中擺脫了出來，賦予了知青一代超歷史的象徵性存在」，造成了知青和歷史關係的一種審美性畸變。在審美對象化了的歷史中，「知青」就不再被表現爲可憐的祈怨者，也不是被「第三人稱」所講述的對象，而成了「在自己創造的歷史舞臺上，上演屬於他們自己的正劇，扮演悲劇英雄的主角」〔註130〕。而這一主體性的文學塑造之所以主要是由張抗抗、梁曉聲等「知青小說派」作家來進行，恰恰是因爲他們當時身處於由「傳統體制集團」、「老革命家」集團、「知青群團」三種社會力量所形成的結構性三角的特殊的中間地帶，從而使他們得以借助「知青的名義」和「知青群團」的力量，以對傳統「文革」體制的疏離來爲新體制的形成編制意識形態話語，被意識形態國家機器招募爲名爲「理想主義」和「知青」的意識形態的「屈主體」（sub-ject）〔註131〕。也正是在此個案中，我們看到了文學文本與現實社會關係結構中的身體方位的關聯性，看到了所謂「主觀性」或「反映性」的文學文本，與所謂「客觀性」、「前在性」的社會關係結構的意識形態話語的「文本性共構」。

　　將少數族裔和跨身份寫作的空間建構與「知青理想主義」文本空間建構加以比較，不僅可以發現作品形態的接近，而且還可能發現，它們的形成都具有深層的意識形態話語空間的制約性關係，都具有兩種文本（文學文本與社會意識形態關係文本）空間景觀的功能一致性。

　　再從作品形態上看，前面所提到過的少數族裔作品和跨身份寫作大都具有主體的浪漫主義、理想主義情懷，也多具有雄渾闊大的景觀特質，這尤其

〔註129〕姚新勇：《主體的歷史還原與拆解》，《讀書》，2002年第6期，第57頁。
〔註130〕參見姚新勇《主體的塑造與變遷——中國知青文學新論（1977～1995）》，第一章第一、三節。
〔註131〕參見姚新勇《主體的塑造與變遷——中國知青文學新論（1977～1995）》，第一章第三節。

明顯地表現在伊丹才讓、烏曼爾阿孜・艾坦、栗原小荻、昌耀、張承志、巴音博羅的作品中。而且甚至知青作品中所往往流露的「憤懣」情緒，在這兩類作品中也具有類似的表現。比如伊丹才讓的《母親心授的歌》、《通往大自在境界的津渡》中的壓抑性的不滿、質問與傾訴；再如彝族漢語詩歌中溫暖情懷中的感傷基調；還有藏、彝、維、滿詩人作品共有的「病體」的喟歎等〔註 132〕。這幾者的結合，又使得這兩類作品中的不少空間表徵，顯示出了程度不同的排斥與封閉性（如藏族和彝族詩歌寫作所建構的空間）。至於說它們與知青文學相類似的「『血親性』共同體（community）」的「群體性」則就更不用提了〔註 133〕。這一切近似性的出現，雖然可能與知青上山下鄉的經歷有關（群體性的生活、不少上山下鄉的地點，尤其是草原、林區，往往恰是少數族裔生活的地區），但深層的原因則在於這兩類作品的寫作者所處的現實社會關係的位置，與那些典型的知青作家當時所處的位置有類似性，還與邊疆景觀在現實文化關係的特定定位的邊緣性、族裔性相關。

　　眾所周知，自小說《傷痕》發表以後，中國文學拉開了全面轉型的序幕，傷痕、反思、改革、開放、現代主義等一系列概念所集合的文學、文化現象，都表明了社會變革轟轟烈烈的展開，少數族裔作家和文化工作者也投身到了這一進程中。但是在漢語主流作家積極地投入到「反封建專制思想」、面向世界、追求個性解放向度的人的解放洪流中時，少數族裔作家則朝向返還本族群文化的相異性方向前進。大多數少數族裔作家之所以走上了這一富於族裔文化特徵的寫作道路，恰好在於「少數民族」這一身份定位之於少數族裔作家、文化、自然景觀的特殊的意識形態的位置屬性。

　　中國所實施的少數民族政策的直接前提是特定族裔身份的界定，而族裔身份的確定以及其在諸多方面的不斷實施性展示，都在客觀上培養並不斷地增強著被劃定為某一「民族」個體的族群意識。而具體到少數族裔文學創作來說，由於專為少數民族文學發展所設定的制度安排，也不斷地提醒著特定

〔註 132〕轉型期少數族裔詩歌中，多有有關疾病的意象。
〔註 133〕少數族裔文學中的「血親性」或「血緣性」共同體的表徵自然相當明顯，而知青文學中所表現的群體，雖然不具有直接的血緣關係，但他們來自共同地方（城市）的「移民性」和摻雜著「革命團體」的集體性和「江湖意氣」，都使得作品中所表現的知青群體具有了類似血親紐帶的特徵，而這也正是不少知青作家自覺或不自覺地喜歡強化的。比如《這是一片神奇的土地》、《今夜有暴風雪》、《南方的岸》等作品。

族裔的作家作爲其族群代言人的身份意識。因此，當外界條件具備時，他或她就可能積極主動地去爲本族群寫作，爲本族群發聲〔註 134〕。

　　另外，就少數族裔文化來說，雖然自新中國成立以來，它們與漢族傳統文化一樣受到了全面的衝擊，但是民族解放話語和各族人民一律平等的理念，又使得少數族裔文化得到了（至少是抽象層面的）高度肯定，也就是說從政策及民族平等合法性層面看，少數族裔文化都具有著與漢族文化同樣的地位。此外，在新中國頭三十年間，由於極左路線使得國家各種文化都受到重創，而幾乎只有少數族裔文化在某種程度上成了少有的可以「適度偏出」極左框架制約的文化樣式，因此在文藝審美性被普遍扼殺時，我們還可以從屏幕中、舞臺上、文學作品裏，借助少數民族元素來獲得某些稍稍偏離政治束縛的審美娛樂。而這一切又都在實際上強化了少數族裔文化的地位。

　　但悖論的是，同少數族裔作家一樣，少數族裔文化實際又處於不被重視的邊緣位置，那些被呈現在各種文藝作品中的少數民族地區的風土人情，基本是被置於非本位性的被觀看、被欣賞的位置，是風光旖旎的風景與落後邊遠的邊疆（山鄉）雙重身份的存在。因此被置於這種既高度抽象肯定又實際被忽視以及被動被看的位置者，就很容易被激起不平感。而這一切又都爲少數族裔作家將爲本族群寫作作爲首要或重要目標準備了條件；如果再考慮到文革時期少數族裔文化所遭受到的重創，那就更是如此了。

　　問題是同少數族裔文化一樣，傳統漢語文化也遭受到了重創，其重創程度一點也不輕，但爲什麼漢語主流文化在整個八十年代的主要發展趨向都是批判傳統、向西方學習，直到九十年代之後，以儒家文化爲代表的主流傳統文化才逐漸被恢復名譽、被重建呢？這又與少數族裔文化與儒家文化既同而又不同的「現代命運」有直接的關係。

　　儒家文化早在近代就開始受到衝擊，「中體西用」理念的出現，恰恰說明了其受衝擊之甚。五四新文化運動，又全面地宣判了儒家文化的「死刑」。再經由中國革命話語的洗禮，傳統儒家文化乃至於「整個中國傳統文化」都被打上了深深的負面的烙印——封建、專制、自欺、落後、愚昧。也就是說，否定傳統文化已經成了一種深入人心尤其是深入知識分子內心的「小傳統」。因此在上世紀七十年代末，無論是體制還是渴求解放與變革的知識分

〔註 134〕關於國家的制度安排與少數族裔文學、族裔文化民族主義的關係，詳見後面第五章第一節。

子或一般民眾，都很自然地、程度不同地將過去的「極左路線」、國家災難罪責於「封建傳統」。因此，五四新文化運動的反封建、科學、民主的旗幟，就很容易被重新摯起。儘管不同的力量（比如體制與尋求變革的激進知識分子）在言說五四傳統時，並非不存在矛盾，但經由反傳統、學西方（當時的提法是「面向世界」）、個體解放而建設一個新的現代化的國家，則成了一個似乎不可阻擋的歷史潮流。而此時中國的外部環境，又正好沒有太大的來自西方的壓力。

與之對照，雖然在某些少數族裔那裡，也早自十九世紀末二十世紀初就遭遇了西方外來力量的衝擊，有的也發生過尋求內部變革的嘗試〔註135〕，但是少數族裔文化在總體上被「現代性」大規模衝擊的時間要來得比較晚，基本是上世紀五十年代之後的事情；而且所受到的衝擊主要來自中國內部的異質性「外來力量」。因此，歷史並沒有給少數族裔提供機會，讓他們像中原地區那樣經歷「五四性」的全方位的文化「自我」蛻變。也就是說，在不少少數族裔那裡，自己的文化並沒有被「『自我』負面傳統化」，「自身文化作為負面傳統的印象」，主要還是來自外部的灌輸與說教，並沒有成為普遍、內化的族群文化認知（常識）。另外無論是「十七年時期」還是「文革」期間，少數民族文化、少數民族人士所遭受的創傷，一般又與「民族分裂」、「地方民族主義」等罪名聯繫在一起，帶有相當強的「民族色彩」。而相較之下，漢語主流文化或漢族人士由於族裔身份並未得到刻意強調，它（他）們所受到的衝擊，除了「大漢族主義」這一問題外，都沒有多少特定的「民族色彩」。

綜上之因，隨「思想解放」、「改革開放」而來的少數族裔文學、文化的解放訴求、轉型實踐，就大都走向了返還本族群文化傳統的非「個人化的」「集體性」認同方向〔註136〕。也因此，「跨身份」的多元文化寫作，是由具有少數族裔身份的作家來開拓的；而張承志之所以成為兼具「知青文學代表作家」、「回族作家」、「跨身份寫作」三重身份的作家，也就不奇怪了。

〔註135〕比如 20 世紀初期，西藏所發生的那場失敗了的變革。參見孫林：《現代性與民族意識：關於西藏近代史上一次政治改革性質的社會學分析》，《西藏民族學院學報》，2002 年第 3 期。

〔註136〕儘管不少少數族裔作家，也非常崇尚「個人」創造力，但他們的創作結果，卻大都指向集體性的「民族走向」。這在栗原小荻那裡表現得就很突出。

三

　　上面通過對少數族裔作家及少數族裔文化的社會歷史位置屬性的辨析，闡釋了爲什麼少數族裔文學會選擇通過建構獨特的族裔空間的方式來建構新型少數族裔文學的問題，以及爲什麼主要是具有少數族裔身份的作家，開啓了既根基於族裔身份但又超越族裔身份的「跨身份寫作」；並且還通過與漢語主流文學的比較，揭示了主體性的身體移動與空間關係在「新時期」文本中的重要性。當然，移動的身體與空間的結構性關係之於文學的重要性，並不只局限於「新時期」文學，甚至也不局限於更爲廣闊的中外現代性歷史的文學中。「主體」是一個現代詞彙，對於「空間性」的重視，在文學、文化、意識形態話語研究中的歷史也不長，這甚至可以說是一個後現代性事件。但是實際上，人類意識之於移動的身體與空間關係的依賴性的歷史則源遠流長，至少在許多偉大的中外文學著作中都是如此。例如在中國，具有某種類似於「主體」的個體身份的感知、存在意義的追尋，早自屈原的《離騷》就是借助於在神奇的空間中不斷移動的身體來完成的：那個一開場通過譜系考察將自己放置在一個神聖譜系位置的「帝高楊之苗裔」，那個在山間林莽中用落英繽紛裝飾自己身體的三閭大夫，那個駕著八龍到處漫遊、扣問的問天者，那個夾挾於充滿昏君小人宮廷中的郁郁不得志者，那個流連於山川最終餵養無數江河之魚的屈子──沒有這樣不斷移動的身體與紛繁複雜的空間，這一偉大的千古詩章的誕生是難以想像的。浪漫雄渾似《離騷》者如此，就是那些被後人廣爲垢病的才子佳人的故事，之所以也一再發生於後花園或上香山路也非偶然。至於說《荷馬史詩》、偉大的出埃及記、穆罕默德伯利恒之旅更是大家所耳能詳熟的。爲什麼人類的存在感、人類的意識、生命的意義的感知與移動的身體和空間有如此密切長久的關係呢？或許秘密就在於「意識總是事物的意識這麼一個關鍵的概念」，正如梅洛・龐蒂所認爲的那樣：「『存在於世界』是一件身體事物，某種前一客觀看法。主體和客體之間的基本關係存在於先於認知的身體層面」。身體實踐是意向最基本的形式：「意識首先不是一件『我認爲』而是『我能夠』的事情」〔註137〕。

> 　　意識通過身體中介指向事物。當身體理解了移動就可以學會移動，也就是說，當移動與『世界』建立起關聯，移動身體也就是指

〔註137〕凱・安德森等主編：《文化地理學手冊》，北京：商務印書館，2009 年版，第400～401 頁。

向通過身體的事物：允許人們對事物的召喚作出回應，這是獨立於任何表徵而發生的。〔註138〕

梅洛‧龐蒂試圖讓我們確信的是這種身體的移動不是意識的從屬，「而是更爲重要的意識形式」。「時間和空間並不是我們移動的背景，而是由移動所『棲居』——時空與身體之間存在的連續譜」〔註139〕：

顯然，在行動中，我們身體的空間性被帶入存在，對某人自身移動的分析應該能使我們更好地理解它。通過思考身體移動，我們就能更好地明白身體如何棲居在空間（以及時間），因爲移動並非限於對空間和時間的被動順從，它還積極地採用它們，它在它們最基本的意義上佔據它們，這一意義在現有的平凡情境下是模糊的。〔註140〕

當然，我們對於新時期少數族裔文學寫作中的身體、空間、主體性、意識、存在等「同一性」關係的考察，並不是爲了給西方理論以中國材料的證明，「而是試圖從結構和能動性兩個方面去理解主體」〔註141〕，是想揭示表現於少數族裔文學中的主體性是怎樣如同各種主體性那樣，「不僅簡單地存在於空間，而且通過空間加以表現、抵抗、規訓和壓迫」的〔註142〕。那些作品所呈現出的特定的主體性的身體，並不是由詩人或作家們所「繪製在一個如同背景一樣的固定空間，相反，『主體被繪成地圖，進入存在於所有地點的無限權力之維』。主體被『捲入』到多重權力關係中，這些權力關係既是眞實的，也是想像的以及符號象徵的，可以通過種族、性取向、性別等各種關係被不同地組織起來，但是在所有情形之下，它們都被書寫在被討論的主體性空間中，並通過其書寫」〔註143〕。

而這些特點，在新時期少數族裔文學作品中，又集中地表現於它們所特有的「地方」（place）這一屬性上。當然這樣說，並不意味著新時期文學其它種類的文學都沒有地方性色彩，更不意味著那些種類的主體性建構可以不依賴特定的「地方」而被具體化或可抽象性地存在。須知，「主體性不僅總是被

〔註138〕梅洛-龐蒂語，轉引自凱‧安德森等主編：《文化地理學手冊》，第401頁。
〔註139〕凱‧安德森等主編：《文化地理學手冊》，第401頁。
〔註140〕梅洛-龐蒂語，轉引自凱‧安德森等主編：《文化地理學手冊》，第401頁。
〔註141〕凱‧安德森等主編：《文化地理學手冊》，第413頁。
〔註142〕同上，第415頁。
〔註143〕同上，第415頁。

安置在地方之中，而且總是被具體化了」的〔註144〕。雖然文化地理學所討論的主體性的安置與具體化首先可能針對的是「物質性」的「實在」身體和空間的關係，但就主體、身體、空間相互結構而隱含的複雜的權力關係角逐而言，所謂「物質性」、「實在」之空間與「文本性」空間的區分併沒有截然的界線。例如韓東的《大雁塔》這一相當缺乏「主體意識」的作品，就是通過安排了一個「無歷史」、「無崇高感」的人物上上下下大雁塔，來解構某種「想像的共同體」的關係——某種被「神聖歷史化」的大雁塔先期「具體化安置」了的無數無名主體（身體）的民族性、集體性的想像性關係；同時又以另一種富於個體意向、犬儒存在狀態的身體（主體）替代之〔註145〕。再如「前非非詩派」的藍馬所倡導的「前文化寫作」，雖然試圖想像性地斬斷寫作者與所有人類已存關係的聯繫，但他也不得不依靠將寫作者主體想像為一種「前宇宙」性的存在而使得「前文化」的定位具體化；更有意思的是在藍馬那裡，雖然有關身體的「前文化」存在狀態的想像如此地天馬行空，但身體與地球、與文化、與現實的聯繫仍然在暗中羈絆著神遊的天馬之思，那似乎已經馬上就要超脫地心引力的主體——天才詩人，也不得不將超脫的可能落實於具體的男性肉身，落實於它的呻吟、抽搐。這是就文本身體的直接表徵而言，如果我們再回想一下這些「非英雄」、「非歷史」、「非文化」意向的寫作，在當時所激起的驚世駭俗式的反應，就可以更好地理解為什麼說：各種主體性不僅是「簡單地存在於空間」中，而且還「通過空間加以表現、抵抗、規訓和壓迫」；並且它們被書寫於其間的「主體性空間」，都是「被討論」的空間，並通過這個空間而被書寫。

　　儘管「意識」、「身體」、「空間」的「現象學關係」之於人類來說是普遍性的，但是相較之下我們發現，「新時期」文學中，似乎在少數族裔寫作中，不僅空間的審美景觀的族裔性更為突出，而且那些族裔性的空間景觀往往也帶有更為明顯、強烈乃至持久的族裔專屬性特徵，具有更為明確的「種族化空間」建構的意蘊。也就是說，這種性質的景觀塑造，使得特定的種族得以具體化，並「通過將其固定在空間」中而使得其（民族）「真實性」得以顯示〔註146〕。也因此，少數族裔的作品，往往也就具有更為強烈的族群認同、排斥——集合的

〔註144〕同上，第416頁。
〔註145〕薩特《存在與虛無》中許多有關作為人的存在意識的獲得之精彩的現象學描述，也可以很好地說明這一點。
〔註146〕凱・安德森等主編：《文化地理學手冊》，第446頁。

文化動力性。而一些非「族裔性」、「種族性」的作品，雖然也可能具有或強或弱的「地方性」色彩（如汪曾祺的世界，先鋒小說中的江南氣息，李杭育、鄭萬隆等的地域文化系列小說），但好像並不具備強烈持續的文化能動性。

例如賈平凹的寫作，不可謂地域性不強，其對陝西或說是商洛這一地區文化風土表現的自覺性與持久性也不可謂不高、不韌，從他早期的「商州系列」小說到晚近的《秦腔》、《古爐》等，都帶有特定的地方屬性。但是那個象徵性的空間，到了似乎基本也只是一個個體的想像性的避難之所，並不具備族群認同的集結性。而反之，將伊丹才讓、端智嘉、汪秀才丹、才讓瑙乳、唯色、白瑪納珍、嘎代才讓、維子蘇努東主等藏族作家的寫作聯繫起來看，就不難深深地體味轉型期藏族文學寫作中所呈現的「西藏（雪域）」這一地方的族裔性、專屬性、排斥性與集結性。同樣再去看從吉狄馬加開啓的彝族詩歌寫作，其實不僅是一開始那幾首獵人與孩子的歌，並不具備藏族詩歌那樣明確、具體的方位性，就是以後相當長一段時間內的彝族詩人的寫作，對於許多不瞭解彝族社會及物質性生存空間的讀者來說，可能也不敢說他們寫的森林、石板屋、大山等就一定是大小涼山或其它什麼彝族地區，但是對於這些詩人及其空間景觀的「彝性」特徵，卻沒有誰提出過質疑；而且特定的「彝族類型」的寫作一旦形成，就影響、感召著一代代的彝族青年，加入到「民族詩情」的歌吟中，成爲彝民族的歌手。但再反過來看楊煉西藏題材的詩歌，甚至昌耀的《慈航》，其景觀的「藏性」不可謂不突出，但卻沒有人將他們視爲「藏民族」的歌手，而日後那些討厭「西藏」一詞而執意使用「土伯特」或「圖伯特」概念的「民主—民族鬥士」們，也好像並沒有誰去將轉型期藏族文學認同建構的隊伍從昌耀排起。

之所以會出現這樣的差異，可能主要是由於四個方面的原因。① 少數族裔寫作者對於文本身體—時空景觀族群文化染色的結果。當然僅憑此並不足以造成這類寫作空間表徵的「地方族裔專屬性」特質，例如「十七年時期」少數族裔題材的作品，就有不少鮮豔的「民族特色」。轉型期少數族裔寫作的「族裔文化染色」，之所以沒有流於一般性的「民族特色」、「民族風情」，還是因爲② 這一時期眾多寫作者所取的族裔文化本位性意向，正是在這種寫作意向的指導下，特定作品的「族裔文化染色」就不再是風情性的展示，而是「民族文化特質」〔註147〕的本位呈現；也正是在這種特定族裔文化認同指向

〔註147〕參見第一章有關《民族特質 時代觀念 藝術追求——對少數民族文學創作理論的幾點理解》的討論。

相當明確的創作意圖的指導下，文本中的各相關元素，也才被自覺地組合為特定的關係性結構，從而將族裔認同的動力潛植於其間，即便是對於那些「跨身份寫作」也是如此〔註148〕。族裔文化染色、族裔文化本位性的寫作定位二者，也不是完全的條件，還必須有賴於③文本的族裔文化空間表徵關係與「物質性」的社會族裔空間關係的同構性。這種同構性實際是一套複雜的話語性權力關係。一方面它包含著歷史─現實、自然─社會相關的不同族群的區分─聯繫，另一方面更包含圍繞著「少數民族」族別身份的制度安排、特定文化身份的意識、利益的競爭與分配、意識形態的規訓與抵抗等等方面而發生的權力角逐。也正是因為這種共構性關係的存在，才不僅出現了具有特定族裔文化地方專屬指向的文本，使得那些表面上更為間接雜亂的「物質性」結構關係得以呈現，得以作為話語而存在，而且也使得相關文本的族裔屬性之表徵，能夠不斷地呈現、被指認，並與其「物質性」的同構表徵「共進退」。而像賈平凹的「商州地方」寫作、楊煉西藏題材的寫作、昌耀的詩歌等，之所以未能表現出共同體集結─排斥的文化動力，未能由「地域景觀」演化為「民族地方」再到「民族領土」，恰恰在於它們的背後缺乏相應的「物質性」的對應結構。而族裔文化民族主義寫作文化動力學之功能發揮的另一個條件是④寫作者的族裔身份和讀者的反應。讀者或觀者能從文本或其對象中看到什麼，與讀者或觀看者的「前理解」直接相關，而這「前理解」中所包含的一個簡單卻重要的心理定式──少數民族文學就是由少數民族作家所創造的──又往往直接影響到了對於具體文本文化族裔有無、強弱的定位。像剛才提到過的吉狄馬加最初的作品被解讀為彝族文化精神家園之作，而《慈航》、《諾日朗》等則不被如此族裔性的定位，都與此直接相關。再比如沈葦等不少「新疆籍」漢族作家，創作了不少與新疆山水文化歷史相關的作品，而且沈葦直接就模仿「柔巴依」的詩歌形式來書寫新疆大地與西域文化，但是也沒有什麼人將他們的作品與集結性的族裔文化表徵功能直接聯繫在一起。

〔註148〕當然寫作者的主觀意向並不可能完全決定文本結構的複雜性，甚至其主觀意向與閱讀結果可能完全相反。

第三章　記憶與虛構：民族歷史的重述

　　通過獨具特色的族裔性空間的建構來建構特定的民族身份，確定獨特的認同方位，是民族主義的一個基本的手段，而象徵性民族空間的建構，並不能夠獨自進行，必須借助於特定族裔歷史的敘述與之配合，這一點在前一章中實際已經有所討論。本章將重點從民族歷史的重述這一角度出發，對新時期以來族裔文化民族主義的相關情況加以介紹。不過在此之前，我們有必要對社會主義民族文學中的少數族裔「民族歷史」的表現情況做一大致回顧。

第一節　「民族歷史」之「史前史」

　　雖然無論是官方意識形態還是一般的民眾觀念都認為，中國是一個歷史悠久的國家。但就歷史的意識形態的表徵性來說，亦即歷史作為一個國家、民族、族群、政黨的認同表徵性功能來看，或許可以說在相當長的時間，至少是在頭三十年，「新」中國是一個「沒有歷史的」國家，新中國歷史的「全新性」本身就從國家意識形態話語邏輯中基本排除了傳統中國歷史在新時代框架中的合法性：一方面過去的歷史在中國式馬克思唯物史觀的解釋下，被抽象成了一條原始社會、奴隸社會、封建社會、半封建半殖民地社會、社會主義社會、共產主義社會的單一歷史發展鏈條；而且由於新中國的社會主義全新性，又使得所謂「新民主主義革命史」之前的歷史幾乎都失去了敘述的意義，最多只是所謂 1840 年以來的半封建半殖民地的歷史，作為現代中華民族之屈辱的「史前史」而加以負面性的表現，以此來反證新民主主義革命的偉大，證明沒有共產黨就沒有新中國的「歷史命定」。正是在這種歷史敘述的

前提的約束下，新中國頭三十年的歷史敘事（無論是狹義的歷史研究還是廣義的各種歷史敘事）往往是一件危險的事情，歷史敘事的空間也日益縮小。而所謂歷史研究的「五朵金花」〔註1〕之所以在五六十年代走紅，後來又逐漸萎縮成「農民起義」一朵金花，最終到文革時期，連僅剩的這朵殘花都凋零了，正是這種僵硬的歷史觀念作用的結果。而相關情況具體到文藝作品的創作上則更是慘不忍睹了。

中華人民共和國成立之後，文藝創作也同歷史研究界確定「五朵金花」等具體限制一樣，也按照題材劃分確定了作家、藝術家創作之思的大致範圍。歷史題材雖然也是「十七年文學」的一個題材門類，但是真正具有合法性的基本只是所謂的「革命題材」，也即新民主主義革命時期的現代題材。而有關現代史之前的歷史題材寫作，則是非常危險的，稍微不慎就會被視為為封建地主階級唱讚歌、宣傳資產階級唯心主義等。新中國成立以後第一次大規模的文藝運動和文藝思想鬥爭，就是從對電影《武訓傳》的批判開始的；而文化大革命開始的重要標誌，又是對吳晗創作的新編歷史劇《海瑞罷官》的批判。所以與「知識分子題材」、「愛情題材」一樣，歷史題材最好是不要去碰。不過五十年代末六十年代初，當代文學史上曾經出現過一個短暫的歷史題材創作的「繁榮」局面，出現了一批以歷史劇創作為主要體裁形式的歷史題材作品。根據陳思和《中國當代文學教程》的歸納，此期的歷史題材創作大致可以分成三類：

> 一些作家如郭沫若、曹禺等，本身就是時代『共名』的熱心營造者與具體體現者，其歷史題材創作也常常是在『古為今用』原則下為當時政治路線服務的作品，它們或是別出心裁地歌頌歷史上偉大人物的文治武功（如郭沫若的《武則天》），或是借古喻今為具體的現實政策服務（如郭沫若《蔡文姬》、曹禺的《膽劍篇》）。其次是一部分知識分子借歷史題材曲折地表達自己心曲的「個人話語」，它們雖然常常遭遇被壓抑、歪曲乃至批判、埋沒的命運，但正是這些個人話語體現了一部分知識分子對自身處境的真誠的感慨與反思，

〔註1〕上世紀五六十年代歷史研究界「五朵金花」是指五個基本的歷史理論問題。即「馬克思主義理論話語下的中國古代史分期問題、中國資本主義萌芽問題、中國封建社會農民戰爭問題、中國封建土地所有制形式問題、漢民族形成問題」等。陳峰：《「五朵金花」的學術史解析》，「求是理論網」，http://www.qstheory.cn/wh/hstj/201105/t20110530_83114.htm

以及對底層人民處境的眞正關懷與同情（如陳翔鶴的《陶淵明寫〈輓歌〉》、《廣陵散》，黃秋耘的《杜子美還家》）。第三類作品帶有強烈的民間趣味與民間意識，它們是頑強的民間傳統在新的歷史環境下的延續（如《十五貫》和《況鐘的筆》）。〔註2〕

姑且不論後兩類作品的「民間」異質性與第一類有多大差異，它們都沒有溢出當時國家意識形態的範疇，而且幾乎都沒有從「民族性」、「民族文化」、「傳統文化」的角度出發去敘述歷史的義函，即便是像《王昭君》這樣的作品，表現的也只是「民族團結」的主題，而非表現中華民族文化的多樣性，當然更不可能有表現藏族文化獨特性的用意。〔註3〕

主流文學如此，社會主義少數民族文學的情況也是如此，而且「無歷史」的狀況甚至可以說是表現得更爲嚴重。此期少數族裔文學當代創作中，歷史題材寫作很少，基本都是革命歷史題材寫作，比如說較有全國影響的《在茫茫的草原上》、《草原烽火》。它們都是將發生於上世紀三四十年代內蒙古地區的歷史，納入到「反映在中國共產黨領導下」少數民族人民「爭取翻身解放的偉大革命鬥爭」中這一歷史視野中〔註4〕。而且爲了完成這種歷史意向指導下的寫作，作家們都人爲地強化了原先歷史時期相關事件與新民主主義革命的一體性，而弱化原事件中所包含的民族分離傾向。即便是如此，這些作品仍然可能遭到批判。瑪拉沁夫《在茫茫的草原上》的遭遇就很有代表性。

《在茫茫的草原上》（上）第一版出版於1957年，主要反映了40年代末期內蒙古的社會生活，通過展示當時內蒙古草原上各種力量的角逐，說明了只有跟著中國共產黨走，內蒙古人民才有光明的未來。小說發表後不久就引起了批評與爭論，其中最主要的批評就是作品存在的所謂的「民族主義情緒，甚至是狹隘的民族主義情緒」。後來作者根據相關批評做了修改，並改名爲《茫茫的草原》於1963年再版。修訂本最主要的修改是弱化了作品中的「民族色

〔註2〕陳思和：《中國當代文學史教程》，復旦大學出版社，2005年9月第2版，第109～110頁。括弧中的文字爲筆者所加。

〔註3〕當然，由於歷史兼民族題材中所難以完全排除的「客觀性」，今天來看相關作品中多多少少帶有某些傳統文化或民族文化的東西，也是不難理解的。另外這部分有關於歷史題材寫作的概述，還參考了洪子誠《中國當代文學史》第八章（北京：北京大學出版社，1999年版）和《當代文學關鍵詞》「革命歷史小說」條目（桂林：廣西師範大學出版社，2002年版）

〔註4〕李鴻然：《中國當代少數民族文學史論》（下），昆明：雲南教育出版社，第571頁。

彩」，洪濤這個既具有知識分子書生性、又不懂黨的民族政策的人物被徹底刪除，而書中另一主人公鐵木爾的「民族主義」的色彩，也「明顯收斂甚至被擦除乾淨」，並更進一步強化了中國共產黨對上世紀四十年代「內蒙古地區革命鬥爭」〔註5〕的領導作用。但是即便如此，《在茫茫的草原上》及其作者甚至在「文革」之前就沒有逃脫被批判的命運。1964年小說被批判為「鼓吹民族分裂主義和修正主義的大毒草」，作者也差點被開除黨籍，「文革」其間，作者更遭受到了批判、抄家、囚禁的惡運〔註6〕。

現代「內蒙古自治運動」因為具有國際共產主義的元素，被納入到中國共產黨領導的新民主主義革命運動中來加以表現，相對還算較為自然，而像「嘎達梅林起義」這類反開墾草原、保衛蒙古族牧民利益及傳統文化生活方式的行動，屬於完全性的民間自發反抗就不那麼容易納入其間了。為了將其納入中國革命史的範疇，消隱民族衝突的因素，五六十年代對嘎達梅林起義的各種改編，就竭力突出官（國民黨）逼民反這一特點，並努力抹去其中所包含的蒙漢衝突的色彩，並進而推導出，只有在共產黨、毛主席領導下的新中國，蒙古族人民的利益才可能得到真正的保證〔註7〕。

蒙古族作家創作如此，其它少數族裔創作中的歷史題材作品就更少了，全國知名的歷史題材作品，就好像根本沒有。雖然如此，但是在民間文學界，少數族裔傳統作品的搜集與整理則很為國家重視，正是主要通過這種改編性的創作，一方面前所未有地將絢爛多彩的各少數族裔的文化、歷史、文學藝術呈現在整個中國人民的面前，尤其是呈現於對其知之甚少的一般中原漢族人民面前；但是另一方面，又通過削足適履式的硬性改造，改變了少數族裔傳統文藝、文化傳統的內容與形式。因此，這些旨在保護並發展少數民族文藝與文化的民間文藝的搜集、整理、改編工作，從一開始就與「原初」的少數民族文化傳統發生了錯位，而到後來隨著新中國全面社會改造的推進、「現代化」建設的全方位、縱深發展，無論是少數民族的文學藝術形式，還是更寬泛的文化生活形態，傳統的「民族形態」都逐漸式微、瓦解。因此，即便

〔註5〕其實按照具體的歷史情況看，稱之為「內蒙古地區的自治運動」更為準確。

〔註6〕這段關於《茫茫的草原》情況的介紹，請集中參見李曉峰：《重讀瑪拉沁夫》，《南方文壇》，2011年5期，第43～44頁；李鴻然：《中國當代少數民族文學史論》（下），第570～571頁。本段中的引文，也直接引自這兩個文獻。

〔註7〕參見李瑞文：《歷史·藝術·意識形態——嘎達梅林形象流變分析》，暨南大學碩士研究生畢業論文，2012年。

是在這類少數民族民間文藝形式中，也很難說是眞實地再現了少數民族的歷史與文化。因此我們這裡借用「史前文化」、「史前史」這類概念，不是說那些主要表現於少數民族民間文藝形式中的民族文化與歷史，具有非文字或非現代的傳統形態，而是要強調通過新歷史文化觀而來的對於眾多少數族裔文化樣式與文化生態的「歷史化─非歷史化」的雙重改造。第一重改造是指，主要借由漢語爲媒介的革命化、現代化的改造，那些原本活生生的族裔文化樣式、文化活生態，成了「新/舊」、「現代/傳統」、「先進/落後」、「革命/反（非）革命」、「漢族/少數民族」二元結構中的舊的、落後的、過去的「歷史形態」；而正是通過這樣的「歷史化改造」，少數族裔文化同時就比漢族「傳統」文化更深地被「非歷史化」了，成爲了（革命或新中國）歷史的「史前史」或「史前文化形態」。也正是在這樣的文化關係結構中，少數民族文藝、文化、乃至於少數民族本身，就被新中國國家意識形態機器，塑型、定位爲風情化兼落後性的存在。

　　當然少數民族文藝或文化所經受的這種「歷史化─非歷史化」的雙重改造並非獨有，而是整個新中國文學藝術以及思想文化形態方面所發生的情況，所以不應該簡單、片面將社會主義民族文學時期所發生的事情，歸爲中國（或漢族）對少數族裔所實施的殖民主義的文化霸權行徑。不過從另一個方面我們必須承認，相對於中原地區漢文化傳統所經歷的巨大的全方位衝擊，少數民族對此衝擊的感受可能會更爲強烈。因爲中原地區的文化傳統，在新中國之前已經受到了晚清以來各種內外因素的衝擊，尤其是「新文化」運動的「主動性」改革，所以現代性、革命化的「文化變革」，都已經被普遍接受，至少對於知識階層來說就是如此。因此，內地的漢族民眾，也就相對更容易把 1949 年之後的變革理解爲國家、人民自身的主動的「內部」變革。而對於大多數邊疆地區來說，1949 年之後的社會巨變，帶有更大程度的「突發性」、「外來性」。而這點卻恰恰被國家主流文化和主導族群所忽略。這當然不只是對於過去所發生過的歷史的忽略，其實也是對於當下仍然展開的類似歷史情狀的繼續漠視。

　　就以我們這裡所討論的文學領域的情況來看，「重寫文學史」、「重述歷史」的文學、文化活動，早在上世紀八十年代末就已被指認，甚至都已經成了「昨天的歷史」了。因此對於主流漢語文學來說，新中國頭三十年期間的「史前史」之謂已經具有了另一層面的含義，即後「文革」文學歷史書寫之前的歷

史。可是時至今日，主流文化界還沒有對發生在少數族裔文學、文化方面類似的歷史變革加以足夠關注。其實，如果從更爲根本性、結構性的文化歷史傳統的重新書寫來說，少數族裔文學、文化領域要開始得更早，上一章的內容已多有涉及。不過前面的討論主要側重於空間視角，下面我們將主要針對後社會主義民族文學重返族裔傳統的歷史意向進行集中的介紹。

第二節　歷史化的景觀，景觀化的歷史

一

　　新時期少數族裔文學重返本民族文化之根的歷程，大致起始於藏族和彝族漢語詩歌寫作。就「重返」而言，這首先應該是一個「歷史性」或「時間性」的事件，不過正如我們已經分析過的那樣，藏彝兩族的詩人重返本族群文化之根的行爲，主要表現爲一種族裔文化空間的建構，或說是一種族裔文化景觀的創造，而非直接的歷史重述，歷史記憶的作用在這些作品中更多地表現爲爲特定空間景觀打上特定的族裔文化標誌。當然這並不意味著時間或歷史的向度之於相關寫作的重要性只是第二位的，其實如果排除了寫作者「重返民族歷史」、「重新喚起民族記憶」的自覺，那麼富於特定族裔文化指向的空間景觀的呈現是不可想像的。所以，所謂特定民族記憶或民族歷史的重述，是否直接表現爲被敘述的「歷史事件（史詩、傳說、故事）」就並不十分重要。所以我們在介紹一些具有更爲直接的族裔歷史敘事的相關寫作之前，將重點討論特定族裔歷史記憶意向的被喚起與特定族裔文化空間景觀建構之間的關係。

　　粗略地說，景觀大致可以分成兩種類型，一種是「實在」的地理文化景觀或曰物景，比如黃河、長江、喜馬拉雅、大雁塔、農莊田舍、摩天大樓、行走或坐臥的人、馬匹、牛群等等；另一種是媒介中的景觀，即由小說、詩歌、電影、電視、戲劇、繪畫、雕刻等藝術形式以及其它媒介形式所塑造、呈現或再現的景觀。不過就被人觀看、理解、感知並承載文化意義及意識形態的屬性而言，這兩種景觀並沒有截然的區分，尤其是當我們將它們納入後現代文化地理學或話語性權力關係的視角加以分析時就更是如此。例如我們就很難說福柯有關全景敞視建築的知識考古，究竟是那些承載著特殊權力關係的建築啓發了福柯，還是福柯給予了它們以無所不在的權力窺視性。再如

達比對於英國風景所具有的民族認同、階級區分功能的生成、變化之性質與藝術創作和欣賞之間密切關聯的分析〔註8〕。所以有學者指出：

> 景觀可被看作是某種「辯證形象」，一個矛盾性的綜合，其補償性和操控性特徵最終無法獲得解決，既不能被完全具體化爲世界中的眞實事物，也不徹底融入到意識形態的幻景中〔註9〕。

有關景觀的「物質」與「文本」雙重屬性辯證關係之發生，與我們身體——那個「先於認知的身體」——的中介至關重要，這已經在前面提到過。不過我們的身體之所以可以發揮這樣重要的中介性作用，可能在相當程度上有賴於記憶的功能。因爲就身體對周圍世界的純粹感知來說是一次次無關聯的零散斷裂的觸覺，是記憶將眾多零散的碎片性的感觸連接爲整體性的知覺，使意識得以形成，使得我們獲得「完整」的存在感。同時也使得我們用身體感知、用意識知覺的世界成爲屬人的存在，成爲一個「整體性」的世界。這也就解釋了爲什麼主體、意識、存在、空間同一於身體的存在之上。當然這裡所說的「完整」、「整體性」是就人與其世界關係的純粹的發生學意義而言，並不是說作爲這個屬人的世界中感知性、意識性存在的人與其自身、與世界的關係之體認，總是完整、整體性地被感知的（前者是認識產生的發生學意義上的完整性，而後者則是社會學或社會心理學意義上的完整性）。如果眞如此的話，那麼也就不會存在各種社會及心理問題了，而本專著所討論的社會轉型、文化民族主義等也就無所依存了。

如果說意識——作爲對於自我和外部世界同一關係的意識——的形成，離不開記憶的功能的話，那麼我們有關集體、共同體、民族的存在感，更離不開記憶的幫助，只有通過特定的有關族群的歷史記憶，才可能將分散的個體與地點結合成可能的由親密關係想像的共同體，形成連續、完全的存在。因此，歷史——同時包含著過去的時間記憶與空間記憶的歷史，對於民族或種族的具體化來說，就是不可或缺的。不過就特定民族意識的產生與特定的景觀凝視和歷史記憶之間的關係來看，這裡存在一個問題，那就是究竟是那些「外於」、「先於」具體個體而在的「民族景觀」啓發了觀者（就媒體性的

〔註8〕溫迪・J.達比：《風景與認同：英國民族與階級地理》，張箭飛等譯，南京：譯林出版社，2011年版。

〔註9〕斯蒂芬・丹尼爾斯語，轉引閣凱・安德森等主編：《文化地理學手冊》，第394頁。關於景觀屬性的複雜性，可直接參閱《文化地理學手冊》的第四部分「景觀」。

景觀存在言，那些「創造」了民族景觀藝術形式的文學家與藝術家同時也是觀者）的民族意識、共同體意識，還是共同的民族記憶給那些原本應該是「純粹自然」的景觀打上了族性的色彩、民族的特質？其實這並非是一個可以二者選一回答的問題。因爲，作爲個體的存在，不可能是純粹孤立的，不管你是否喜歡，你都是在一定的空間與時間系統中存在的，在你來到這個世界、進入到具體的時空存在時，這個世界、這個時空「已經」存在了，「已經」作爲負載著特定文化意義的時空存在在那裡了。但是具有特定文化意義的時空本身並不具備文化意蘊，它是由「先於」具體的你之前的他、他們與世界的存在性關係所形成的，並且經由記憶的中介與你聯繫在一起。可以說，我們在觀看特定的族裔性景觀時所被喚起的同一民族歷史、民族文化的歸屬感，實際上是一種被看的景觀和觀者的雙重民族記憶、民族意識的同時喚起。正是這種「看與被看」的同一性關係，決定了我們與周圍世界或景觀的話語性的場域關係或「文本性」關聯。也因此無論是「藝術家」的創造性的觀，還是讀者、觀者的相對的被引導性的觀，都不是孤立的行爲，既非純粹的個人的天才創造也非與他無涉的純粹觀賞、閱讀，而是先後不同地一起進入到特定的意義世界的創造活動中。換用後現代話語來解釋，就是共同進行意義或文本的書寫，當然由於個體和存在世界的差異性、不平等的權力關係性，決定了書寫行爲、文本及意義的多樣性，競爭性。因此，就我們這裡所討論的議題來說，景觀被（民族）歷史化（歷史化的景觀）與歷史被（民族）景觀化（景觀化的歷史）就是共時性的。關於這一點，我們在新時期藏、彝詩歌寫作或以札西達娃所代表的「西藏新小說」那裡都可以看出。

二、

　　瞭解中國當代文學的人可能都讀過郭小川的《望星空》。此詩發表於1959年《人民文學》第11期，其創作的直接起因是歌頌新落成的人民大會堂，但是詩人並沒有以此作爲詩章的主題，而是以一個接到任務準備出發的戰士（革命者）來到天安門廣場上的心潮起伏、思緒變化爲此詩的核心線索。全詩共分四節，第一節詩歌主人公仰望浩瀚無邊的星空，發出宇宙無限、個人渺小的感慨。第二節繼續推進這層意思。第二節與第一節的區分在於，第一節直接寫星空的浩瀚，而第二節則將自己的所思、所行與星空相比，對照手法更突出。或者可以這樣說，第一至第二節的線索是這樣的：接受任務時的心情

激動與不安——遠望星空發現宇宙廣闊、浩蕩、深邃——進而引起自我生命有限與宇宙無窮之比較。三、四兩節爲詩的後半部分：詩意一轉，以生命、以「我們」（人類）的力量來抒發豪情，將自己從宇宙一沙的感覺中解脫出來，重新振作起精神。三、四兩節與一、二節內容相反，但結構上卻一致：第三節對應第一節，由天空轉回人間，發現地上之美，情感再爲之一變，發現天空不過是無思想、無生命的死寂。第四節對應第二節，用「我們」（人類）的大我力量，來挑戰星空，從而擺脫個人的渺小感。但是這樣的反轉並沒有眞正解決問題，任憑詩人豪氣萬丈，星空仍然漠然不動，那盟邦的火箭，不過是浩淼星空中的一粒灰塵。所以，陳思和的《中國當代文學史教程》認爲這是一個矛盾的、自我顚覆的文本。

　　其實，《望星空》所表現出的既豪情萬丈又（些須）惶恐不安的情感矛盾，與胡風的《時間開始了》一樣，都共同表徵並肯定了一個以領袖、北京爲起點和中心的絕對權威，對於世界其它部分（元素、存在）的絕對的統攝與集中，同時又程度不同地流露出了被聚集、被統攝的部分（個體）的本能的不安或惶惑。類似的情況也同樣表現在少數族裔寫作中，儘管由於其作爲少數民族和邊疆的定位，他們一般不會直接從北京出發，但領袖、北京、黨的感召性、統攝性則通過「從邊疆走向北京」的歷程而得到全面地表徵。關於此前面有關伊丹才讓、尼米希依提作品的分析就已經做過說明。例如伊丹才讓的《黨啊，我的阿媽》，雖然「今天我唱歌」的詩歌主人公，滿懷對黨的赤誠歡欣鼓舞地歌唱黨、讚美社會主義新時代，但是身邊的銀色的雪山、天上翱翔的雄鷹、腦海中格薩爾王的民族史詩的記憶，卻不斷地干擾、打斷社會主義詩人的赤誠歡歌，詩人必須通過對已經被先期族性文化染色了的景觀與記憶的克服，才能將新時代、新阿媽的形象烙印在腦海中，銘刻在心田上。因此，《黨啊，我的阿媽》中就發生著三種與記憶相關的抒情—敘事類型的角逐或互動。它們是過去的有關藏文化的歷史記憶、外來的「翻身道情」的革命話語類型和新型的社會主義西藏抒情—敘事。一方面，最後一種類型經由第二種類型對於第一種記憶類型的克服而生成，成爲新的「歷史記憶」；另一方面，第二種類型又經由第一種類型的「干擾」和第三種類型的生成而得以使自己的權威性得以實施、呈現、表徵，從而完成它之存在的空間與時間化的擴展、綿延與連續。而如果以本節所討論的主題來說，《黨啊，我的阿媽》一詩中就同時發生了「歷史化的景觀」與「景觀化的歷史」：歷史化的景觀意味

著新型的革命話語去除西藏自然地理文化空間中的印跡，以新的革命的話語取而代之，給它們打下新的烙印，從而將中國革命的歷史進程擴展到西藏，使得邊疆景觀成為中國革命歷史與現實的組成部分；而景觀化的歷史則一方面意味著，西藏傳統的自然文化地理特徵，在被克服、被取代、被改造的同時，也給革命化的歷史與抒情鍍上了某種地方性（藏性）的色彩。而新時期之初伊丹才讓的一系列詩作，又運用相同的文本話語結構，進行內容和文化認同指向相異的實踐。

在《母親心授的歌》中，歷史重新從「佛法護祐的『淨土』」中開始，那唱呀、跳呀到藍天上去的拍手蹦跳也開始於雪域高原；同樣在《布達拉宮》中，通往大自在境界的「進取者的上馬石」，不再是北京而是《布達拉宮》。這是在進行文化地理空間的位移，但同時也是在給雪域高原重新進行藏文化歷史的染色，是給它們重新回覆那曾經被打磨、清洗掉了的族裔文化歷史的印痕。所以也才有了三部四茹六岡之傳統地名的「恢復」、古老字母吞米桑博札的「重新書寫」、大小十明文化元素的「重新激活」。反之，詩人們也正是通過獨具特色的文化地理景觀的重新呈現，又將曾經中斷的「民族歷史」想像性地綴連在一起。

與之類似的情況同樣也在彝族新時期詩歌寫作中發生。例如在沙馬的《火葬地》中詩人這樣寫道：勞累一生的母親朝右睡去、父親朝左睡去——或許年輕的詩人在將這種含蘊著族性特徵的亡別的睡姿（景觀）呈現給我們時，它已經是被放棄了的族群葬俗，或者還是仍然靜靜存活的民間習俗。但它是否還存活在現實生活中並不重要，重要的是它以其獨有的方式被呈現於詩歌文本空間中，因而使得這一文學空間具有了「民族志」的特點。其實從這個意義上來看，新時期彝族詩人的寫作，大都具有非常濃厚的「民族志」書寫的特徵。

「民族志書寫」是現代性的產物，有關彝族的民族志書寫，開始於上世紀三四十年代。同那個時期所有的民族志書寫一樣，那是外來者以他者的眼光，對一個「陌生、奇異」的彝族社會的書寫。在 20 世紀彝族社會人類學書寫中，有一個人和一本專著在中國可謂是聲名顯赫，那就是林耀華和他的《涼山彝家》。他的學術名聲，基本就是同對彝族社會的研究聯繫在一起的。雖說這一學術生涯曾經被迫中斷，但一旦林先生的人生自由稍稍得以恢復，學術生命剛剛重新起步時，他又以對彝族社會的「現代化變革的重新觀察」，向我

們、向世界繼續敘說彝民族的故事〔註10〕。不過我們將重新恢復了學術生命的人類學者對彝族社會的書寫與同期彝族詩歌中形象性的「民族志書寫」相比較會發現，兩者無論是書寫者的文化位置還是時間的指向都是不同的。人類學者站在現代化的立場上，欣喜地介紹彝族社會的進步、發展，其時間的矢量直接指向現代、指向當下；而彝族詩人們則站立在「本體性」的族裔主體位置，去重述、歌吟、想像久已被邊緣化、遺忘化了的「傳說（這當然很可能是對於我們這樣的外族人而言）的家園」，其時間的矢量至少表面上是指向過去，指向歷史。通過這種返還民族家園的書寫，詩人爲自己和他們的族人，想像著彝民族的共同體，嘗試著一條不同於先前的、由外來者所給予的民族的新生之路，走向民族自我的現代之路。所以就此人類學或民族志書寫位置以及歷史敘事表面化矢量的變異來說，吉狄馬加、巴莫曲布莫、阿庫烏霧、沙馬等詩人，可以說是最初的一批來自「彝人世界」的「『後人類學』人類學者」，他們早在巴莫曲布莫、李列、普拉馳嶺等彝族人類學者出現之前，就開始了具有後殖民解構性、批判性的新型彝族人類學的書寫。

第三節　藏地敘事：魔幻、傳奇與民族

　　就歷史化的景觀與景觀化的歷史這一主題來說，或許在西藏小說創作中表現得更爲明顯。相對於其它地區的小說，新時期以來乃至於整個轉型期的西藏小說，具有一種鮮明的地域文化色彩，藏區這個地理空間的獨特景觀，在這些作品中有著非常重要的作用，這點構成了西藏小說與藏族詩歌的接近；另一方面，比起詩歌來說，小說所具有的敘事性，又使得它們帶有了相對更多的歷史因素。不過相較於藏族詩歌所具有的「朝聖之旅」的族裔精神共同性，西藏轉型期小說所透露出的文化認同的指向要更爲曖昧、複雜，而這在所謂的魔幻現實主義的西藏敘事中，表現得就相當突出。

一

　　阿斯圖里亞斯曾經這樣談論拉美魔幻現實主義小說：「在這些敘事文裏，現實被取消了，變成了幻想、傳說，披上了一件華麗的外衣；而幻想又給其中的現實成分添枝加葉，從而再創造出一種現實，我們不妨稱之爲『超現實』。」

〔註10〕林耀華：《三上涼山——探索涼山彝族現代化中的新課題及展望》，《社會科學戰線》，1986 年第 4 期。

〔註 11〕此語的一位轉引者借助於卡彭鐵爾的闡釋，進一步解釋了促使拉美魔幻現實主義生成的三個重要因素：①「文學的戲劇性情節」，即以「充滿悲劇性事件的大陸」爲表徵的戲劇性的生活與時代，② 將世界看成「是善與惡、光明與黑暗、神仙與巫師永遠爭鬥的舞臺」的摩尼教，③ 由這個大陸的暴政、專制所促使的寫作的政治性介入。結合拉美的歷史、現實與文化，或許可以將這三者更具體地解釋爲（1）西方殖民主義對美洲世界的剝奪的歷史與現實，（2）民眾日常宗教神幻性的生活狀態，（3）充滿專制、暴力、苦難的現實生存狀態。由此三點不難看出作爲拉美魔幻現實主義民族文化根基的豐富性。〔註 12〕不過，卡彭鐵爾所強調的魔幻現實主義創作的這三個因素的側重點，恐怕並不在於拉美民族文化的豐富性，而是拉美小說直面現實生活、直面民族苦難的關懷和勇氣〔註 13〕。這是構成拉美魔幻現實主義小說之「現實」的重要內容之一。正是這種極富政治介入性的（批判）現實主義的品格與另一重集中蘊含於摩尼教生活的拉美民族的本土文化性現實品格的相互融合，才造就了拉美小說的「民族寓言」性——苦難大陸的表現、批判、解放訴求的寓言——和卓然超絕藝術性的雙重品質。如果只有後者，拉美文學爆炸期的作品，很可能只會流於「展示性」的神奇風景或象牙塔裏的玄奧的遊戲〔註 14〕；當然如果只是前者，拉美小說或許會變爲只有憤怒的控訴或悲慘世界的展示。無論這兩者中哪一方的獨存，都無法使拉美文學擺脫被看、被同情的被動位置，只有將這兩者有機地融合在一起，才造就了拉美文學的現實性、神奇性、主體性、批判性、創造性，才讓它具有了批判現實主義的人道主義的豐富，歐美（海明威）現實主義的冷峻，現代主義存在意識深淵感的穿透，福克納南方敘事的溽熱、繁複與雜糅，後現代主義的眾聲喧嘩。由

〔註 11〕 阿斯圖里亞斯：《拉丁美洲的小說——時代的見證》，轉引自：鄧楠：《全球化語境下的民族文化身份認同——魔幻現實主義與尋根文學比較研究》，浙江大學博士論文，2004 年，第 29 頁。

〔註 12〕 參見鄧楠：《全球化語境下的民族文化身份認同——魔幻現實主義與尋根文學比較研究》，第 29～30 頁。

〔註 13〕 鄧楠先生恰恰弱化了這一點。請看他對卡彭鐵爾前述三要素的這樣總結：「卡氏的分析完全建立在拉美民族文化的豐富性與多樣的基礎之上，沒有拉美文化的這種特徵，他的倡導與主張也純屬空中樓閣。」《全球化語境下的民族文化身份認同——魔幻現實主義與尋根文學比較研究》，第 30 頁。

〔註 14〕 「偉大的博爾赫斯」之所以偉大，很大程度上可能正是借助了他同時代作家的政治介入性。一個時代所富有的現實批判的力度，爲其玄妙的「圓形敘述」的實驗，提供了深度的文化語境。

這種視角再去理解與其具有親緣關係的西藏「新小說」，或許才能有效地洞穿蘊含於「魔幻現實主義的西藏敘事」中複雜的文學、文化、政治意涵。

　　魔幻現實主義與西藏敘事發生勾連，無疑應該追溯到札西達娃與色波那裡，不過由於色波創作意識中更爲內在的「現代主義」氣質〔註15〕，使得人們不大將色波小說與藏民族性的表述相聯繫〔註16〕，因此，札西達娃就成了西藏敘事的魔幻現實主義的代表。

　　札西達娃小說創作始於上世紀七十年代末，使用的是現實主義創作手法，即接近於「十七年」小說的敘事樣式，並沒有什麼魔幻或神奇性。發表於 1980 的《朝佛》，雖然從新時期西藏文學的總體發展趨向看，可以說表現出某種「開始向『宗教性』、『文化性』的西藏敘事悄悄轉移」〔註17〕，但就其「科學戰勝愚昧」的主題兼情結性結構看，與其說它預示了轉向民族文化傳統的返還，還不如說是對於當時藏區正在轟轟烈烈展開的藏傳佛教文化復興熱〔註18〕的批評。札西達娃的小說真正開始發生變化是在 1984 年，從這年開始，他先後創作出了《西藏，繫在皮繩結上的魂》、《西藏，隱秘歲月》等好幾篇風格迥異的作品。而 1992 年發表的《騷動的香巴拉》，則是這一系列創作的總匯。

　　這些作品最大的特點是用拉美魔幻現實主義的寫作手法，嘗試對「神奇的西藏世界」做「魔幻化」的歷史—現實敘事。具體到相關文本來說，則集中表現爲敘述者努力將神奇的西藏景觀、神秘的藏傳佛教的輪迴轉世、兩種

〔註15〕色波不止一次地與筆者談到，真正的小說家是類似於卡爾維諾這樣純粹的西方現代主義或後現代主義小說家。

〔註16〕這並不是說完全沒有人這樣做，而是說人們在談到以「西藏新小說」爲統一名號的八十年代西藏神奇敘事時，重點談論的不是札西達娃就是馬原，前者著重於作者對於拉美魔幻現實主義的「民族化移入」，後者強調的是較爲純粹的先鋒敘事。不過一位西方學者對於札西達娃和色波小說的藏民族性與魔幻性的討論，都比較深入。參見 PATRICIA SCHIAFFINI：《改變中的認同：中華人民共和國「西藏」文學聲音的創造》（PATRICIA SCHIAFFINI，*CHANGING IDENTITIES: THE CREATION OF 'TIBETAN' LITERARY VOICES IN THE PRC*，Steven J. Venturino（ed.），Contemporary Tibetan Literary Studies, LEIDEN . BOSTON 2007.

〔註17〕姚新勇：《尋找：共同的宿命與碰撞——轉型期中國文學與邊緣區域及少數民族文化關係研究》，北京：社會科學出版社，2010 年版，第 194 頁。

〔註18〕關於藏區的藏傳佛教復興潮，請參見戈爾登主編：《當代西藏的佛教：宗教復興和文化認同》〔Goldstein, Melvyn C. （ed.），*Buddhism in Contemporary Tibet : Religious Revival and Cultural Identity*, University of California Press,1998.〕

「分叉」的歷史敘事與思考（「西藏本土性歷史」和「當代西藏史」〔註19〕）相糅合，從而將被社會主義現實主義西藏敘事所簡單化、對立化了的西藏、西藏歷史、西藏文化，多層次、「複調性」地「重新」敘述。但是平心而論，雖然札西達娃 1984 年以來的一系列創作，極大地改變了以往的西藏敘事，創造了全新的西藏敘事寫作，但是他的寫作卻始終沒有擺脫對立性二元歷史觀的抽象化敘事的困擾〔註20〕。在《西藏，隱秘歲月》中，是世俗性的現代西藏歷史與神聖、隱秘的西藏時光的雙重被抽空。在《西藏，繫在皮繩結上的魂》中，塔貝引領婛走向聖山的朝聖之旅，不僅在陌生不解的背景中顯得那樣孤絕，而且他心中唯一的聖地其實並不是終極性的天國所在，只是與他想拋棄的俗世更其世俗的另一個世界的交匯點。在《世紀之邀》的結尾，雖然敘事者讓多年流放異鄉的貴族少爺加央班丹，最後反向進化回歸於不老的央金姑娘的體內，並讓那幅奇妙的西藏地圖出現在央金身上，從而顯示出非常濃鬱的民族寓言性；但是那被老人和孩子們在爭搶中被撕得粉碎的象徵命運的風箏，則爲不老民族象徵化身體的重新上路，抹上了深深的不祥的陰鬱色彩。至於說作爲總匯性的《騷動的香巴拉》，雖然敘事的開場就起始於才旺娜姆的身上——一個不無華貴與神聖性的舊西藏制度象徵的凱西莊園之後，而且還借藏傳佛教神秘的時間感，將新中國當代西藏史、當下西藏的現實與凱西公主雍容、感傷、恍惚的往昔歲月的回顧交叉在一起，從而無限地接近了使現實與神秘相互作用直抵現實深度與藝術高峰的可能。但是札西達娃這次複調歷史的敘事，仍然沒有逃脫被抽象化且半道中廢的命運〔註21〕。

很顯然，從這樣的寫作中發現第三世界文學的「民族寓言性」不是什麼難事，所以眾多西藏文學的研究者，都很自然地將這類寫作與「民族」、「藏民族」、「民族文化」等概念聯繫在一起。而且國外學者更是將色波、札西達娃成熟期的寫作，定位於在中華人民共和國中創造「藏性」文學之聲的「改變認同」的抵抗性寫作，並借用後殖民話語，做了相當細緻的分析〔註22〕。

〔註19〕注意對此不要做過於機械的理解。
〔註20〕這裡的論述集中於札西達娃，所以沒有提到西藏新小說的另一重要人物色波。
〔註21〕詳見姚新勇，柳士安：《抽象、焦慮、反諷與融合——小說中的西藏敘事》，《暨南學報》（哲學社會科學版），2011 年 2 期。
〔註22〕PATRICIA SCHIAFFINI，*CHANGING IDENTITIES: THE CREATION OF 'TIBETAN' LITERARY VOICES IN THE PRC*, Steven J. Venturino（ed.），Contemporary Tibetan Literary Studies, LEIDEN . BOSTON 2007.

不過國內學者的研究，往往是比原作更爲抽象化的評論，它們與其說是在敞開原作還不如說是以抽象的民族文化、文化尋根等詞語來遮蔽甚至抹殺其中複雜的內含；而西方學者的研究，雖然細緻、認眞，但卻無法超越狹隘的解構中國的視野，在鮮明地敞開西藏新小說所的確內含的弱勢、邊緣族群的文化抵抗因素的同時，卻又將複雜的存在不無簡單性地「絕對鬥爭化」了。

例如，龐思亞對札西達娃和色波分析的一個焦點就是，他們作品中藏/漢人物關係設置所表現出的作家民族意識的變化所折射出的藏/漢或西藏/中國之間的矛盾性關係，這種主題的選擇本身可能就不無片面，而且非常有意思的是，雖然她對中國當代文學尤其是西藏當代文學的情況非常瞭解，不僅如一般研究者那樣看到了札西達娃、色波寫作變遷中的西方、拉美文學的影響因素，而且還發掘了國家文化體制（如《西藏文學》）的作用。但她只爲我們分析了這兩位作家作品中藏族人物與漢族人物無法溝通性的定位，只介紹了其中藏族人物由純樸、幼稚化的角色變爲雖具有主動性但卻更爲迷惘、困惑乃至變態的變化，並只是將這些與中國政府對於西藏發展許諾的未能落實聯繫在一起〔註 23〕，卻隻字不提同期中國當代文學先鋒、實驗性的寫作，甚至也沒有去眞正關注由多族群成員構成的一個滿懷抱負的藝術群體之於札西達娃和色波寫作的影響。而我們知道，對於生活、人與人的關係、存在等的迷惘、困惑、懷疑，恰恰是全中國先鋒作家共同的體驗，而且將西方現代主義文化的懷疑、迷惘意識借鑒過來，作爲證明自己富於反叛精神和先鋒意識，正是那個時代年輕人的時尚〔註 24〕，根本不是藏族小說家的特屬。所以，札西達娃、色波的同期寫作，究竟有多少是當代中國文學創作的相互影響，有多少是出於特定的族裔意識，都是需要仔細辨析的。

當然，指出西方學者的偏見，並無迴避問題、粉飾太平之意，而只是想強調，作爲意識形態話語的文化民族主義話語的複雜性，強調特定的文化民族主義的話語，總是存在於複雜的話語場域中與其它話語類型交錯、碰撞、競爭，而且某種言說是否是民族主義的，是否具有民族主義的性質，往往是解讀的效果，而非客觀性質。正如大多數人都（直接或間接地）認爲札西達

〔註 23〕 PATRICIA SCHIAFFINI，*CHANGING IDENTITIES: THE CREATION OF 'TIBETAN' LITERARY VOICES IN THE PRC*, Steven J. Venturino（ed.），Contemporary Tibetan Literary Studies，頁 121～122，頁 128。

〔註 24〕 具有相關表現的八十年代作品可說是比比皆是。可參見崔海峰：《八十年代中國文學中的荒誕》，《藝術廣角》，1996 年第 1 期。

娃、色波是藏族作家，他們的寫作表達了一種新的具有藏文化主體意識的言說方式，但是仍然有人尤其是一些所謂更為「純粹」的藏人，則認為他們既不能代表西藏的聲音，而且他們的那些帶有魔幻性的作品，仍然是他者性的對於藏族、藏族文化的貶損性敘事〔註 25〕。

二

或許人們並不太瞭解操母語的藏人對於札西達娃、色波的激烈批評，但是瞭解西藏當代文學的人可能大都聽說過對西藏新小說後期發展的不滿。批評者認為，西藏新小說之所以到了八十年代後期就陷入了停頓，一個重要原因就是，這些學西方、學拉美的寫作一開始就走上了將西藏神奇化的歧路，從而與西藏的現實日益脫節〔註 26〕。這樣的批評當然有一定的道理，但是失之簡單，而且更重要的是將西藏尋根小說所存在的問題過於簡單地歸於作者本人了。

在前面介紹拉美小說時我們已經指出，所謂魔幻與現實的糅合實際上是西方殖民主義對美洲世界的剝奪的歷史與現實、民眾日常宗教神幻性的生活狀態、充滿專制暴力苦難的現實生存狀態的三重現實的糅合。相對而言，1980年代的西藏大陸的情況與此類似而又有差異。首先，西藏並沒有經受如拉美那般連續不斷的西方殖民的歷史，它早已被新中國的誕生結束了，但是西方殖民主義對於西藏事務的干涉，並未完全中止，他們對於十四達賴喇嘛及西藏分離勢力的支持，一直沒有中斷。其次，民眾日常宗教神性的生活狀態，雖然經過 20 多年社會變遷的巨大衝擊，但仍然具有相當強的現實根基，而且札西達娃們寫作的時候，它正在西藏大地重新復生；而且就宗教性質而言，藏傳佛教以及還不同程度地存在的本教也具有類似於摩尼教看待世界的方式，即將世界看成「是善與惡、光明與黑暗、神仙與巫師永遠爭鬥的舞臺」。所以說，這一點西藏文化與拉美是相當接近的。但不同的是，當時正在熱烈復興的藏傳佛教，還帶有相當的政治內含，即它與舊西藏政教合一傳統以及與達賴喇嘛所代表的分離勢力複雜而曖昧的關係。與此相聯繫的是，在一些人的觀念中，尤其是境外流亡藏人和西方世界，又將中國或中共、漢人置換為當年的西方殖民主義，因此，藏傳佛教的文化復興，就不僅可能而且也的

〔註 25〕PATRICIA SCHIAFFINI, *CHANGING IDENTITIES: THE CREATION OF 'TIBETAN' LITERARY VOICES IN THE PRC*, Steven J. Venturino（ed.），Contemporary Tibetan Literary Studies，頁 128～127。
〔註 26〕陳桂林，《西藏尋奇小說的得和失》，載《西藏文學》，1991 年 2 期。

的確確被理解爲帶有被殖民世界文化復興的含義。再次，西藏當然不是拉美式的由專制、暴力、獨裁（往往是軍人獨裁）所主導的動亂苦難的大陸，但是我們必須承認的是，由於自然生存條件的惡劣與經濟的相當落後，加之「文革」十年的極左專制路線負面效果，這片古老而神奇的大陸，的確也是不乏苦難的。因此從這三大方面看，西藏的「民族文化」無疑是豐富、多彩的，但也無疑是充滿複雜矛盾的。作者要想眞正表現這樣的生活，不僅面臨著如何提高文學對生活表現的包含度問題，而且也存在著如何處理其中所包含的敏感的政治性的問題。如果一個作家既想複雜地表現這樣的豐富複雜的生活文化狀態，又想觸及其中所含蘊的政治現實，不僅要面臨著巨大的藝術挑戰，更面臨著巨大的政治敏感度的挑戰。政治敏感度當然主要與現行體制言論尺度較強的約束相關，但同時也與對藏傳佛教、西藏文化評說的敏感性不無關係。以往的社會主義西藏敘事，通過階級鬥爭的話語方式將這一切簡單化了〔註27〕，而拉美魔幻現實主義的引入，則爲有所抱負的作家，提供了多樣化、復合性地表現西藏大地提供了契機：在這樣的敘事中，現實沒有被取消但發生了變形，變成了幻想、傳說，披上了一件華麗而合法的外衣；而幻想又給其中的現實成分添枝加葉，糅合進了更豐富複雜的內容，從而創造出了一種綜合、立體、多層次的「文學的神奇化現實」和「眞實的現實性文學」。

雖然這樣的闡釋帶有相當的理想性與理論推衍性，但卻可以從正反兩個方面來分析這裡所存在的問題。從正面的、所取得的文學成就看，札西達娃的魔幻現實主義性的西藏敘事，的確具有豐富、複雜的包容性。尤其是「西藏本土性歷史」敘事視角的引入，不僅展示了西藏文化的宗教與世俗的多層次性，同時也將一直被排除在新中國西藏話語之外的境外藏人的流亡歷史和境內「西藏問題」元素引入小說文本〔註28〕，而後者基本被國內的評論家集體忽略。這種忽略既放大了札西達娃小說和其它西藏新小說的「尋奇性」，遮蔽了它們所具有的「政治介入性（儘管是小心翼翼、淺嘗輒止的）」，同時又在客觀上加強和引導著西藏新小說向尋奇化的方向衰退。而境外的研究，對於此類寫作的文化復歸性和反叛性的強調，又在相當程度上抹煞了它的複雜性。所以我們有必要對此進行一些更爲細緻且直面、客觀的文本分析。

〔註27〕作爲這種簡單化的反面，另一種簡單化的解釋是將西藏看成是被中國佔領、奴役的美麗而苦難的大地。

〔註28〕這當然不是說相關的東西從未在各種中國文本中出現，而是說非完全貶損性、批判性的相關言說，一直被禁言、排斥。

　　例如《冥》中少爺格桑、女人益西、群漢加措的三人關係，或許就幽微地折射了當代西藏的命運。年輕時，益西，一個美麗的姑娘，愛著少爺格桑，但貧窮而野性的漢子加措卻不顧姑娘的反抗將她擄掠走了。雖然當初姑娘說要讓加措的腸子流出來，但「她既沒有逃走，他的腸子也沒流出來」，她跟他一直生活了下來。年輕時益西在加措出門時，一聲不響地等著他。一見面，兩人又互相咒罵，年老後咒罵不動，兩人會偶然從牙縫裏擠出幾句惡毒的話，但到現在，連這也沒有力氣了──「太陽已經離他們遠去，他們需要時常擠在一起互相取暖」。然而，這並沒有讓他倆最後心貼在一起：加措心中一直裝著益西年輕時的美麗的身影，而益西則始終不能忘懷格桑。但小說的結尾卻是，益西終於見到了她日思夜想的格桑，但他卻不理睬她，因為他嫌益西和加措髒。這樣就出現了一個反諷性的結局；益西和加措一生都爭吵不休，但在最後，他們卻好像被格桑鄙視的目光合成了一體〔註29〕。

　　《風馬之耀》中，那個被法律無辜地判定為殺人者而到處流亡的烏金，被賦予了這樣神聖的民族使命：「那一聲槍響注定了烏金長大成為一條漢子後踏上流浪的征途。承擔起一個遠古悲壯的英雄神話在遼闊的西藏高原無限延續下去的神聖使命。憑著一把刀尖上凝結著祖先幽靈的鋼刀向這個開闢了旅遊線路的現代社會進行孤獨無援堅韌的挑戰……」（115頁）。如果將這段話與下面這段情節結合起來或許可以產生更多的聯想：

　　　　那些「犯人」被捆綁著槍斃。「『這不公平！』多布吉憤怒地叫道，『他們手無寸鐵，被綁住手腳，然後被殺死，他們是男人，不是羊子。』」

　　　　「我們都是羊子，一位活佛講經時說過，觀世音菩薩就是西藏的牧羊人，他來到世上就是為了把我們趕進安全的羊圈裏，只要還有最後一隻羊沒有進圈，她是不會離開我們去天國的。」（113頁）

　　與《風馬之耀》中剽悍、被賦予民族使命的烏金相比，《自由人契米》中的契米似乎不僅有些窩囊而且還有點癡呆，但是他的性格有什麼缺陷並不重要，重要的是他與烏金一樣，被法律栽贓、錯判。警察一次次地將契米抓進

〔註29〕　此段兩處引文均出自小說《冥》，見札西達娃小說集，《西藏隱秘歲月》，武漢：長江文藝出版社，1993年版，第66頁。後面段落出自同一部選集的引文，只在引文後直接給出頁碼。另外請注意《冥》快結尾時的這句話：「我（加措）知道你（益西）要說什麼，我都看見了。在大昭寺門口，他（格桑）不跟你說話，我們髒。」（札西達娃小說集，《西藏隱秘歲月》，第67頁）

監獄，他卻一次次地神奇越獄，以至於最後達洛鎮的警局不得不特擬了一條秘密的內部規定：「對於能三番五次越獄成功像契米這樣實屬罕見銬不住的犯人，將不再追究刑事責任」（第55頁）。這樣的情節內容，被一個篇幅相當短小的作品所敘述，而且它又被放置於一個叫做達洛鎮的封閉（自成一體？）地方。「達洛鎮人奉信一個名叫『柏科』的女神。他們常常虔誠認眞地說，『向柏科神起誓』」（第 47 頁）。這樣的安排，就使得《自由人契米》的現實寓言性，比《風馬之耀》等作品來得更爲突出。

　　另一篇作品《懸岩之光》的主題或許更難把握，但是如果將它與《自由人契米》、《風馬之耀》聯繫起來讀，我們會發現作品中的主人翁，總是會招到無妄之罪，從而被法律（警察）拘捕，而這種命運是被陳述爲不公（當然不是純粹的不公之控訴，而是帶有相當的莫明性），但又總是被寬厚、平靜、從容地接受。不過這種寬厚、平靜、從容，並非渾渾噩噩或消極被動地認命，而是內含著一種巨大、柔韌的希望與力量，這希望與力量又好似流浪（綿延）在土地上——或渾闊或沉穩的西藏土地上。這樣，令人難解的主人翁的命運與這巨大、綿延、柔韌的希望與力量結合起來，就有了聖徒爲人類承受苦難的意味：摩西率部出埃及的悲壯；或許還能讓人聯想到，主張「非暴力抵抗」（？）的流浪者達賴。

　　沒有必要再解讀下去了，其實大家再稍微聯想一下，札西達娃那幾篇更有名的作品，就更不難發現「流亡」（或流浪）、「法律」、「莫名的迫害與追逃」在札西達娃作品中的不時閃現。或許只有細緻地理解到了這一層，我們才可以更深刻地感受拉美小說之於札西達娃創作的眞正意義，反過來也許才能更深切理解阿斯圖里亞斯所謂的現實與神奇的「魔幻現實主義」的互化以及卡彭鐵爾所說的拉美小說三要素的重要性。而所有這一切，都不可避免地賦予了札西達娃寫作以第三世界民族諷喻的性質，讓它們具有了文化民族主義甚至政治民族主義解讀的張力。

　　當然，這種解讀是建立在高度抽象化方式上的（即排除了文本中許多其它素材、情節、內容後所做出的抽象演繹），甚至可以說是帶有相當的「索引閱讀」、「機械對號入座」的性質，其實如果不是這樣「敏感」，換些角度來解讀，完全會有不同的結果。比如同樣是將札西達娃寫作納入「民族文化身份建構」角度來解讀的楊紅女士，就從《風馬之耀》中看到了對於「血親復仇」的母題的批判。而且實實在在的說，我們不僅可以從這篇小說中看到拉美小

說的影子，同樣不難發現與余華《鮮血梅花》的幾分相似，更不要說「流浪」幾乎是人類寫作的永恆主題了。所以，如果孤立地去看待這部分有關政治介入性的解讀，我們不僅將抹殺紮西達娃創作的豐富性與複雜性，而且會不恰當地將他的寫作等同於站在流亡藏人一邊進行隱晦而狹隘的反抗書寫。筆者曾就上述解讀尋問過札西達娃的看法：

> 開始關注少數族群研究有兩三年了，對其中的民族複雜性雖早有估計，但進行到這時，我越來越強烈地感受到此方面研究的艱巨。這艱巨固然與生活環境的政治壓力有關，但更主要來自於自身：促進國內不同族群的團結、幫助中國的穩定、希望各個不同族群的人民至少能和平共處，這是我的理想；盡量客觀面對我的研究對象，不迴避問題，又是學術良心的基本要求，是我要努力遵循的。但是這兩者卻在少數族裔作家的民族性追求、表現那裡必然發生衝撞，怎麼辦？我能繞過去嗎？如果能繞過去，我又與現在的李教有什麼區別（參見《致李教先生》）？如果不繞，勇敢地面對，又能怎樣兩者兼顧呢？

而札西達娃是這樣回答的：

> 我尊重你持有的觀點，不敢妄加評論。我沒去深究過「現代法律與西藏傳統文化」的關係，但我認為，現代法律不僅僅是對某個民族產生了尷尬，它與人類本身就是對立的尷尬〔註30〕。

因此，評論者借用霍爾的文化身份建構的理論來評價札西達娃或許是恰當的：「札西達娃的文學實踐清晰地呈現了處於西藏拐角處的他在傳統藏族文化、漢文化、西方文化等交疊的文化場域中建構自我民族文化身份的努力」〔註31〕。

三

上面從拉美魔幻現實主義小說創作的核心特質入手集中分析了札西達娃成熟期的作品，對它們做了不少深度挖掘，但是必須承認，無論與拉美小說相比較還是與中國西藏當下社會複雜的情況相聯繫，札西達娃所代表的西藏題材的魔幻現實主義類型的創作，還不能令人非常滿意，離真正優秀作品的距離還比較遠，雖然之後阿來、范穩的寫作，對此類創作有了相當的推進，

〔註30〕引自姚新勇與 2005 年 2 月與札西達娃先生的通信。
〔註31〕楊紅：《論札西達娃民族文化身份的建構》，《西藏文學》，2008 年第 6 期，第8 頁。

但它們仍然未能擺脫抽象敘事與尋奇敘事的困擾，而這點表現在札西達娃等的八十年代西藏新小說創作上就更明顯了。為什麼會如此呢？

　　還是以札西達娃來看，大致可能涉及到這樣幾方面相互關聯的原因：一是小說家本身創作的功力欠缺。二是現實言說空間的政治敏感性束縛，它來自顯性與隱性兩個方面，顯性來自國家體制的約束，隱性來自私下的藏族社區的文化壓力。而對於隱性一面的壓力常常不為外界所認識，但它對涉藏題材寫作的影響、制約性，或許不一定比顯性的體制約束小。大家可能知道當年馬健小說所惹出來的風波，其實我想，如果札西達娃沒有藏族身份所給予的一定的「豁免權」，恐怕他的一些作品也會惹出一定的風波〔註32〕。三是這種雙重的政治敏感性束縛，既會落實到作家身上，也會落到當代文學研究者、評論者那裡，從而會讓他們自覺地迴避相關寫作中的「敏感內容」，而抽象性地強化所謂西藏自然人文文化的獨特性、神奇性，從而引導創作進一步走向抽象「尋奇」、走向迴避的方向。四是中國藏區社會現實的複雜性給作家所帶來的難以把握性。這一點非常重要。所有研究西藏新小說的人都或多或少地指出西藏人文地理歷史與拉美世界的相似性，但卻好像還沒有人去考慮這兩者的差異，當然就談不上去考慮差異給作家寫作所可能造成的重要影響。

　　對於中國藏族文學或廣義的西藏題材寫作來說，西藏與拉美歷史文化最重要的差異可能在這樣幾個方面：第一，西方同拉美關係與中國內地同藏地關係的似是而非的對位。西方與拉美的關係，是毫無疑問的殖民與被殖民、掠奪與被掠奪的關係；而所謂中國與西藏的關係，說到底是國內關係，不能簡單地等同於殖民與被殖民的關係。但是中央中國與邊疆西藏的關係，無論從歷史看還是從現實看，又帶有相當多的不同地區政權的相互博弈性，更加之西方殖民力量的介入，使得這兩者的關係，染上了更多的「不同民族」、「不同國家」關係的色彩。雖然我們完全不能同意將中央中國與西藏的關係解讀為不同民族與不同國家之間的不平等的殖民與被殖民的關係，但這種觀點的存在、影響力卻是無法否認的。而這又關係到第二個方面，即漢藏關係方面。拉美世界現代民族關係無疑也是非常複雜的，至少存在著本土的印第安民族文化、西方外來民族文化（主要是西班牙、法國等拉丁語系的文化），這好像

〔註32〕這當然不是憑空猜測。比如前面所提到過的許多藏族母語寫作者對於札西達娃的批評，再有阿來後來在網絡上遭到「非藏族」攻擊的遭遇，都可以證明這一點。

與西藏的主要是外來的漢文化與本土藏文化正好對應，有研究者恰恰從這種
看似相同的「殖民文化的雜糅性」來研究札西達娃等的寫作〔註33〕。但是拉
美與西方無論從地緣還是從歷史看，兩者都可說是風馬牛不相及的，完全是
由於西方殖民主義的侵略形成了現代拉美民族與文化的雜糅性（這裡還沒有
提被黑奴貿易所強行移植而成的美洲「加勒比文化」這樣的個案）；並且一方
面由於原有土著被大量消滅，另一方面由於兩個大陸的遙遠的地理關係，又
使得雜糅的拉美民族和文化變成了「非西方的」、「本土的」「拉美」民族、「拉
美」文化。這一性質，甚至在美國那裡都不同程度地存在。請大家想想歷史
上曾經發生過的新生的美利堅共和國與大英帝國之間的「獨立戰爭」。而漢族
群與藏族群雖然也有不小的差異，但「兩個族群」〔註34〕之間的血緣、文化
的雜糅，雖然不能排除歷史與現實的強制性，但又帶有相當程度的「自然混
血性」。且不說經由羌這個族緣符號的中介帶來的「藏漢同緣性」〔註35〕，僅
僅是內地遠嫁吐蕃的可憐悲楚昭君的形象與藏區白度母化身的昭君形象的差
異與聯繫，就已經很能說明問題了。第三是拉美與中國西藏社會制度的專制
與否的對應。主要是由於西方殖民剝奪的歷史，加之拉美民族現代化進展滯
後的自身原因，雖然孤立地從國家獨立或反殖解放鬥爭來看，拉美的歷史可
謂悠遠，但是軍人專制統治、社會動蕩也長期伴隨著拉美世界。而 1949 年之
後的中國，卻既是新生民族國家的獨立與解放，但又的確經歷過類似於「文
革」這樣專制的時代。另外具體到西藏這樣的少數族裔地區，中央政府對它
們的統治，既帶有強制性又有不少優惠性。所以無論從哪個方面看，西藏的
歷史、現實都是非常複雜的，是難以從某個方面簡單定性的。而這一切都不
可避免地影響到了寫作者的思維與認識，更說明作者是在一個充滿不同意識
形態話語激烈競爭的空間中進行寫作的。因此在札西達娃、色波等的寫作中，
表現出矛盾、困惑是再正常不過了。其實從文學寫作的意識形態表達的間接
性和藝術表現生活的複雜性包容性來看，矛盾、困惑並不一定是壞事，反而

〔註33〕 PATRICIA SCHIAFFINI, *CHANGING IDENTITIES: THE CREATION OF 'TIBETAN' LITERARY VOICES IN THE PRC*, Steven J. Venturino（ed.），Contemporary Tibetan Literary Studies，頁 121。

〔註34〕 當然這只是一種高度簡略性的說法，實際不僅藏區內部的族群是多樣的（這在札西達娃、色波、阿來的作品中都有反映），就是來自於內地的「漢」影響，至少就包括著漢、蒙、滿三族的「合力」性。

〔註35〕 參見王明柯：《羌在漢藏之間》，北京：中華書局，2008 年版。

可能是產生偉大作品的必要條件，而且就西藏新小說來看，爲什麼是札西達娃成了其中的代表，恰恰可能是因爲他更好地利用了魔幻現實主義的表現手法，較多地承載了不無矛盾困惑的西藏現實、思想情感。但是也可能正是因爲現實環境的掣肘和作家本身藝術力量的不夠強大，使得包括札西達娃在內的諸多西藏新小說家程度不同地本能地迴避更富現實與藝術挑戰性的矛盾與困惑，而趨向表面性、手法性、策略性的「魔幻表現」。剛好與此同時，市場經濟、以及所謂浪漫審美所推動的香格里拉化西藏熱，又爲涉藏題材寫作準備了一條似乎更少政治麻煩、更多經濟回報的安全可靠的路徑。因此，無論是西藏新小說寫作還是詩歌寫作，在相當長的一段時間內表現出共同的香格里拉化審美性，也就很正常了。

第四節　「穿越」抑或「建構」：吐爾貢・阿勒瑪斯的「三本書」及其批判

　　近些年來中國「新疆問題」日益明顯化、激化，引起了越來越多人的關注。但人們往往比較關注直接性的衝突，而較爲忽略相關問題背後的思想文化、意識形態方面的情況。其實，無論是近三十年來維吾爾民族主義思潮的湧動，還是國家對此的反應與管控，一直都或明或暗地發生著激烈的博弈。吐爾貢・阿勒瑪斯的「三本書」就是這一相互博弈過程中一個相當重要的個案。在一篇題爲《新中國成立以來新疆民族分裂勢力的主要活動》〔註36〕的文章中，所列出的有關意識形態上的分裂與反分裂鬥爭的第一個反面事例就是吐爾貢・阿勒瑪斯的《維吾爾人》等三本書；另一篇題爲《「三個主義」對新疆教育領域的滲透及對策》的長文，同樣將「三本書」列爲「產生了很壞的影響」的重要事例〔註37〕。但在維吾爾知識社會中，有不少人卻將吐爾貢・阿勒瑪斯視爲民族英雄，「三本書」也「成爲人們爭相傳閱的『神聖』的書籍」

〔註36〕 文章來自「漢網」（http://bbs.hanminzu.org/forum.php?mod=viewthread&tid=292232&extra=page%3D1），作者不詳。由於「民族」相關問題的「敏感性」，在大陸內部，這類信息的正式來源往往不易找到。

〔註37〕《「三個主義」對新疆教育領域的滲透及對策》一文來自中華網社區（http://club.china.com/data/thread/26404828/2712/20/30/5_1.html），其初版應該刊於：新疆維吾爾自治區社科規劃辦編：《國家暨自治區社科基金項目成果選介彙編第1輯》，烏魯木齊市：新疆人民出版社，2009.09，103～114頁。

〔註38〕。它們也引起了國外的關注，有的被翻譯成德文、阿拉伯文〔註39〕；據說《維吾爾人》一書還於1993、95年分別獲得國際獎項〔註40〕；有西方學者還對阿勒瑪斯做過重點考察〔註41〕。可見吐爾貢的「三本書」在新疆反分裂意識形態領域和當代維吾爾社會中的重要性。儘管如此，實際上不要說非維吾爾族人群，就是維吾爾知識社會外的維吾爾民眾，真正讀過「三本書」者可能也甚少，而瞭解阿勒瑪斯的人可能就更少之又少了。

吐爾貢‧阿勒瑪斯的維吾爾原名爲تورغون ئالماس，也有譯作吐爾貢‧阿力瑪斯或吐爾貢‧阿里瑪斯的。他1924年出生於喀什噶爾，1939年到新疆首府迪化讀師範學校，爲「三區革命」〔註42〕的較重要的成員之一，曾作爲三名談判代表之一參與了1945年的「三區政府」與國民政府的談判。他曾兩度被新疆國民黨政府逮捕入監，坐監長達四年之久。新疆和平解放後，阿勒瑪斯曾短暫地出任過喀什和烏魯木齊地區公安部門的負責工作，1958年7月後，轉任文藝部門工作。「文革」期間再次入獄，「文革」結束後得到平反。阿勒瑪斯早在1941年就開始以維吾爾語發表詩歌，此後不斷地撰寫了詩歌、小說、劇本、歷史著作等大量文學及學術作品〔註43〕。他所撰寫的《匈奴簡史》、《維吾爾古代文學史》、《維吾爾人》於1986～89年間先後出版〔註44〕，後被政府

〔註38〕 賈合甫‧朱奴斯：《〈維吾爾人〉一書的要害是宣揚民族分裂主義》，《喀什師範學院學報》（哲學社會科學版），1991年第4期，第26頁。

〔註39〕 同上。

〔註40〕 中國作家網：《吐爾貢‧阿力瑪斯》，http://www.chinawriter.com.cn/zxhy/member/4150.shtml，有關此書獲獎的情況，筆者沒有查到更進一步的確切信息。

〔註41〕 Justin Jon Rudelson, *Oasis Identities: Uyghur Nationalism Along China's Silk Road*, Columbia University Press.

〔註42〕 「三區革命」又稱「三區事變」等。1944年9月，在新疆的伊犁、塔城、阿山（今阿勒泰）三個地區，發生了反對國民黨新疆政府統治的武裝暴動，暴動者佔領了伊、塔、阿三區。並以三區爲根據地，並在伊寧市建立了三區革命臨時政府。該場暴動具有反抗苛政統治、伊斯蘭聖教、新疆獨立、共產主義運動等諸多性質。此事變一直延續到1949年新疆和平解放才告結束。有關「三區事變」的詳細情況，可參閱王柯：《東突厥斯坦獨立運動：1930年代至1940年代》，香港：中文大學出版社，2013年。

〔註43〕 參見吳重陽、吳畏編著：《中國少數民族現代作家傳略第3集》，「吐爾貢‧阿力瑪斯傳略」，西寧：青海人民出版社，1992年版，131～134頁。

〔註44〕 這三本書原爲維吾爾文，頭兩本由喀什：喀什維吾爾文出版社於1986和1987年出版；《維吾爾人》由烏魯木齊：新疆青少年出版社，1989年出版。本文所使用的版本均爲92年時官方所組織的漢譯版，爲內部發行，無具體的出版社。

權威部門定性爲，「曲解、篡改以至杜撰史料、僞造歷史，完全違反馬克思主義民族觀和歷史觀，在維護祖國統一還是分裂祖國統一、加強民族團結還是破壞民族團結、堅持社會主義還是宣揚泛突厥主義等大是大非問題上，存在著嚴重的政治錯誤」，「在社會上引起了強烈反映」，並將此視爲「是自治區意識形態領域民族分裂與反民族分裂的一場尖銳、複雜的階級鬥爭。」爲此新疆維吾爾自治區黨委還專門請專家審讀「三本書」，並將其譯成漢語。1991 年 2 月 1 日至 7 日，自治區宣傳部在烏魯木齊召開了《維吾爾人》等「三本書」問題討論會，〔註45〕並在新疆大學、喀什師範學院等高校組織了討論批判；「三本書」的相關出版社也受到了處理，原書被銷毀〔註46〕。雖說根據介紹，新疆宣傳部所組織的討論還是比較謹慎的〔註47〕，但總體上還是類似於「十七年」或「文革」期間所司空見慣的「思想批判運動」。「三本書」究竟有什麼內容，會引起有關部門如此高度的重視？政府組織的討論和批判的情況如何、效果如何？我們能否擺脫單純的「統一」或「分裂」之爭，對「三本書」以及相關現象做一盡量客觀的學術再討論？

一

粗略翻看「三本書」不難發現，作者的總體寫作意圖就是──爲偉大而歷史悠久的維吾爾民族書寫自己的歷史。這一歷史的起源，被追溯至八千多年前廣闊的中亞大地。請看《維吾爾人》的開篇：

應當堅決地斷言：維吾爾人的故鄉是中亞。〔註48〕

而中亞的地域範圍又被界定爲：

〔註45〕 馮大眞：《高度重視意識形態領域分裂與反分裂鬥爭──評析〈維吾爾人〉等三本書的政治錯誤》，馮大眞主編：《〈維吾爾人〉等三本書問題討論會論文集》，烏魯木齊市：新疆人民出版社，1992 年版，第 1～2 頁。馮大眞時任新疆維吾爾自治區黨委常委、宣傳部部長。

〔註46〕 如新疆青少年出版社，就因出版《維吾爾人》於 1990 年被自治區黨委責令停業整頓，該書被全部銷毀。http://baike.baidu.com/view/1713025.htm

〔註47〕 例如僅僅是專家審讀，就組織過兩次，審讀專家達數十人。參見馮大眞：《高度重視意識形態領域分裂與反分裂鬥爭──評析〈維吾爾人〉等三本書的政治錯誤》，馮大眞主編：《〈維吾爾人〉等三本書問題討論會論文集》，第 1～2 頁。另外，阿勒瑪斯也沒有因此而受到人身傷害。這在新中國前三十年間，是不可想像的。

〔註48〕 《維吾爾人》漢譯本，第 1 頁。筆者所參閱的「三本書」均爲漢譯本，應該是 1990 年翻譯，沒有明確的出版信息，下面凡來自這幾本書的引文，將直接在引文後給出相關標注。

「東起大興安嶺，西迄黑海，北起阿爾泰山，南至喜馬拉雅山，其間的地方均屬中亞的範圍。歸入『中亞』範圍的這一片廣袤土地的中心部分包括新疆、謝米列奇耶、烏茲別克斯坦、吉爾吉斯斯坦、塔吉克斯坦等。」「維吾爾人自最古的時候起，就一直在天山和喀喇崑崙山之間的塔里木盆地、天山和阿爾泰山之間的準噶爾原野，伊犁河谷、額爾齊斯河與巴爾喀什湖之間的地帶，南西伯利亞，現蒙古人民共和國境內的色楞格河、鄂爾渾河、土拉河、克魯倫河流域，坎蘇（甘肅），現山西、陝西省北部生活。」（《維吾爾人》第 1 頁）

仔細推敲上述引文，似乎有兩個中亞，一個是遠遠超出了常規意義上的廣闊的「阿勒瑪斯中亞」；而另一個則是較為接近一般意義上的西域中亞或新疆及中亞五國等範圍內的中亞，[註 49] 其所突出的是所謂「最古的時候」的維吾爾人與現在的天山南北或新疆區域之間的對應性。而這兩種意義的中亞在「三本書」中一直被含混使用。當作者想突出維吾爾人歷史悠久的時候，就取阿氏「大中亞」觀，而當要突出新疆自古以來就是維吾爾人的家鄉時，則好像就更願意取常規意義上的「西域中亞」觀，即如《維吾爾人》一書的「出版社的話」所言：

維吾爾是生活在中亞的具有幾千年有文字歷史記載的最古老文明的人民之一。距今 8000 年前在今天稱作南西伯利亞、阿爾泰山麓、蒙古原野和塔里木河谷、七河的地理範圍內，維吾爾人象星斗一樣散佈其中。（第 2 頁）。

而當作者要突出新疆自古以來就是維吾爾人的家鄉時，則好像就更願意取常規意義上的「西域中亞」觀。例如《維吾爾人》第九章「中亞維吾爾喀喇汗國建立前之歷史簡述」「中亞的自然條件」一節，又是這樣劃定中亞界域的：

屬於中亞範圍內的地區與領域有準噶爾盆地、塔里木盆地、西突厥斯坦——即現在的蘇聯哈薩克斯坦、烏茲別克斯坦、塔吉克斯坦、吉爾吉斯斯坦、土庫曼斯坦等五個加盟共和國的疆域以及阿富汗的一部分。（《維吾爾人》，第 188 頁）

〔註 49〕 中亞的具體所指並不太固定，從中國文化的角度看，歷史上的中亞大致與西域重合；而隨著蘇聯的解體、中亞民族國家的出現，「中亞五國」之稱謂越來越流行。當然我們並不能說這樣的中亞範圍就是準確的，但即便根據彈性相當大的「維基百科」的中亞詞條，其最遠的範圍可能也不宜擴展到「通古斯流域」、大興安嶺等東北亞地區。（http://baike.baidu.com/view/934352.htm）。

暫且不論作者不同的中亞定位，我們需要知道的是，如果阿勒瑪斯所述是準確的話，那麼最早生活在現今新疆或西域中亞一帶的維吾爾人，又是怎樣離開了自己最早的故鄉，「像星斗一樣散佈」在遠遠超出了一般意義的西域中亞的廣袤的「中亞」土地上的呢？作者告訴我們：

> 大約距今 8000 年前，中亞的自然環境發生了巨大的變化，出現了乾旱。由於這個原因，我們祖先的一部分被迫遷往亞洲的東部和西部。當時，在中亞東部的塔里木河流域生活的我們的祖先的一部分，經阿爾泰山遷往今天的蒙古和貝加爾湖（古時候稱「巴伊庫爾」）周圍。（《維吾爾人》，第 4 頁）

對此作者並沒有給出多少具體的史料，而是用被普遍接受的維吾爾祖源回鶻說來反證所謂的八千年前的遷徙：「公元 840 年從蒙古利亞遷往新疆的東部回紇就是距今八千年前從塔里木河流域遷往蒙古利亞和貝加爾湖周圍的我們祖先的後裔」（《維吾爾人》，第 8 頁）。緊接著作者又將八千年前的北上遷徙返轉為南下印巴次大陸：

> 距今 8000 年前的遷徙中由塔里木盆地經由拉達克之路遷往印度北部的我們的祖先對印度土著達羅毗荼人的古印度文化產生了他們的影響。20 世紀 20 年代考古學家們在印度河流域的哈拉帕（旁遮普邦）、摩亨約——達羅（巴基斯坦信德省境內）等古城遺址發掘時，發現的銅像中有一尊可歸入中亞突厥（維吾爾）的，用帶子束髮的塑像。這尊塑像當屬 8000 年前遷入印度的我們的祖先在亞里安遷入印度之前幾千年前與印度當地土著共同生活的時代。（《維吾爾人》，第 4～5 頁）

於是史料未詳的八千年前的遷徙，不僅讓維吾爾人成了北方匈奴等游牧民族的祖先，而且也成了早於後來遷入西域一帶的印度雅利安人之前的印度土著之一。不僅如此，作者更借助匈奴這個被漢語典籍較早詳細記載的古代民族或帝國的足跡，將維吾爾人影響世界的範圍擴展到了伊朗、阿拉伯半島乃至於歐洲。於是，經過作者的一系列極富想像力與創造性的前瞻後顧、東西騰挪、北進南遷，給我們勾畫出了一個史書罕見、擁有近萬年不間斷之歷史的文明古族或古國：

> 維吾爾人的祖先在其歷史上，曾建立了統治達 5000 年的大匈奴單于國、歐洲匈奴帝國、大約統治了 200 年的藍突厥汗國、鄂爾

渾回紇汗國等強大的國家，在中世紀使西方為之震驚。維吾爾人和
他們的同胞從 9 世紀後半葉起至 13 世紀初葉這一很長的歷史時期，
又在中亞及與其毗連的地區建立起維吾爾喀喇汗國、伽色尼蘇丹
國，大塞爾柱帝國等國家。在突厥、波斯、印度人民的歷史上起了
極其重要的作用。在這個時期，維吾爾和塔吉克人民的文化得以繁
榮，為世界文化寶庫做出了輝煌的貢獻。維吾爾喀喇汗王朝時期，
在中亞開始了覺醒的時代。(《維吾爾人》，第 187 頁)

而類似畫像到了《維吾爾人》第三編時，就更為具體「確切」地被再次呈現：

維吾爾人的先民和親族，在歷史上於中亞細亞曾建立過大匈奴
單于國（公元前 240 年至公元 216 年）、白匈奴帝國（公元 420～565
年）、歐洲匈奴帝國、回紇汗國（551～546 年）、大藍突厥可汗國（551
～744 年）、鄂爾渾回紇汗國（公元 646～845 年）、回鶻喀喇汗國（公
元 850～1212 年）、回鶻亦都護汗國（公元 850～1335 年）、大塞爾
柱、蘇丹國（公元 1040～1157 年）、迦色尼蘇丹國（公元 963～1187
年）等著稱於世的國家。這些國家於各自時代在古代和中世紀的歷
史舞臺上，曾經扮演過甚為重要的角色，尤其在喀喇汗王朝時代，
其文化繁榮發展，為世界文化寶庫做出了寶貴的貢獻。(《維吾爾
人》，第 393 頁)

本來西域中亞史就紛繁複雜，被作者這一時空的巨幅擴展，就更是千頭萬緒
了。好在作者對於這一時光近萬年、幅員幾乎橫跨甚至覆蓋整個亞洲大陸、
阿拉伯半島、歐洲東部的維吾爾民族發展史的敘述，是高度簡括化的，重點
聚焦於匈奴帝國、維吾爾喀喇汗國之上，兼及鄂爾渾回鶻汗國和亦都護汗國
等維吾爾人汗國。而且總領並貫穿於這一紛繁複雜歷史的綱領性線索是以所
謂的維吾爾人——匈奴帝國為代表的各維吾爾人帝國或汗國同中原漢族中國
的數千年的爭霸、爭鬥、抗爭史。

二

針對「三本書」，當年官方為其列出了六大方面的問題：

① 違反馬克思主義民族觀和歷史觀，是歷史唯心主義的產物。

② 宣揚泛突厥主義，主張民族獨立與分裂，破壞祖國統一。

③ 破壞民族團結、製造民族仇恨。

④ 罔顧事實，曲解、篡改甚至編造歷史。

⑤ 偷換概念，無中生有，東拼西湊，生拉硬套，張冠李戴、移花接木。

⑥ 時序顛倒，結構雜亂，邏輯混亂牽強。

今天重新回顧當年對「三本書」的討論〔註50〕，不難發現其言辭激烈、火藥味十足，而且看不到任何原書作者及同情者的辯護，大有「十七年」甚至文革批判的遺風。但對照閱讀卻不得不承認，批判者們的看法基本都是站得住腳的，有較為充分的說理、論證，並非簡單粗暴地羅列罪名、栽贓陷害。

上述六點問題中的前三條屬於思想方面的問題，除去第一條涉及到時人談論歷史的習慣性方法論定性不論〔註51〕，另兩條雖未見作者直接公開這樣說，但從「三本書」本身來看是非常明顯的。正如批判者所指出的，在阿勒瑪斯的筆下，不同民族之間的關係，似乎主要就是互相爭奪、相互戰爭的歷史，而且這種爭奪、廝殺，又被處理為幾千年不變的漢人中國與維吾爾—突厥—匈奴民族之間的爭鬥史。戰爭「史實」就自不必論了，就是那些在主流歷史觀或民族關係觀中被視為民族交流、民族團結的現象或事例，也往往被阿勒瑪斯加以相反的處理。例如在阿勒瑪斯的筆下，張騫出使西域是偵察、竊取情報、挑撥諸維吾爾汗國之間內鬥；和親不是類似於漢人派遣奸細臥底，就是在維吾爾祖先及其親族、同胞所開創的偉大帝國或汗國的威嚴下，漢人中國皇帝的怯懦或臣服之表現〔註52〕；與中原關係不好且征戰不已的王朝或汗國往往得到肯定，而關係良好者則不是被定性為受了中原王朝的欺騙，就是可恥的背叛或令人痛心的維吾爾突厥兄弟的內部分裂〔註53〕。更有甚者，作者還有意想像性地敘述或杜撰千年前的維吾爾秘密結社、反抗漢人統治的英雄事跡，給人以現實的諸多聯想。

〔註50〕 這裡所列出的六點問題，是根據《〈維吾爾人〉等三本書問題討論會論文集》所作出的概括。另外下面相關內容的介紹，也都請參閱該書，不再一一給出出處。

〔註51〕 阿勒瑪斯及其著作的編者，都認為「三本書」的編寫，運用並堅持了馬克思主義的歷史唯物主義。

〔註52〕 例如作者對於匈奴偉大的巴圖爾單于給呂后之信要求她嫁給自己，以及給漢文帝去信的傲慢等的津津樂道。《匈奴簡史》，第25～29頁），《維吾爾人》，63～64頁）

〔註53〕 例如阿勒瑪斯將與漢朝友好的呼韓邪單于稱之為叛徒。有關回紇汗國與唐朝之間的關係，作者也多舍友好關係不論，強調唐朝對回紇承認的迫不得已性，將吐迷度被其任所殺說成為李世民的作祟，以及唐朝的背信棄義和回紇汗國的「誤入歧途」等。

如果說對於阿勒瑪斯「三本書」思想意識方面的批判性定位是比較準確的話，那麼關於後四點的歷史敘事手法方面的問題定位，也可以從「三本書」中找到大量的證明。

例如《維吾爾人》一書的目錄是以四個偉大的「維吾爾汗國」為核心構成全書的四編內容。四帝國中起始年代最早的「鄂爾渾回紇〈維吾爾〉汗國」〔註54〕，按阿勒瑪斯所定，也只是開始於公元646年（第116頁），但是該書的目的卻是要書寫一個所謂擁有八千多年悠久歷史的維吾爾文明古族〔註55〕，結構有限的歷史本身就難以承載遼遠的意圖指向。但是由於作者堅持這種意圖，而且加之這四個所謂維吾爾帝國本身歷史記載的不足（尤其是從所謂的維吾爾一統性角度來看），因此整本《維吾爾人》不僅就顯得「體大衣小」，而且常常是文不對題。在所謂四大維吾爾汗國的標題下，不僅插入了大量中古之前的史實或虛構性文字，而且就是這四大中古汗國之題目下，作者又把「其它的帝國或王朝插進這四編夾帶而出，與主題貌似相關而實不相干」。這樣的問題在「三本書」中可說是比比皆是。例如以《維吾爾人》第一編「鄂爾渾回紇汗國」為例，全編共八章180頁，其中105頁與回紇汗國沒有直接的關係，而全編中的一些目錄是「XXX與維吾爾」（如「匈奴與維吾爾」、「藍突厥與維吾爾」等），但實際內容都是這些帝國或汗國與中原王朝或其它地方政權的關係，與維吾爾人基本無關。隨便翻看一下《維吾爾人》每編之後所列出的王統世系，也會發現簡直亂得可以。類似的問題同樣表現在《匈奴簡史》中，而在《維吾爾古代文學史》中就更為突出，可謂慘不忍睹。

一個民族的文學史究竟應該怎樣編寫，並無定式，但可能至少有幾點是需要的：一是所敘寫、評述的材料，基本應該是此民族的，二是它們應該形成一個基本的特定民族文學的歷史線索，三是要有相應的「文學性」側重（即內容、主題、風格、形式等方面的文學性分析），四是這三者彼此又應該形成某種較為緊密的關係。而這幾條對於《維吾爾古代文學史》來說，基本都不具備。

〔註54〕之所以加「〈維吾爾〉」詳見後文。

〔註55〕至於這個重要的八千多年前的沙漠化引起「前上古」維吾爾人大遷徙之說，不要說沒有史料可以證明，就連歷史地理學的證明也沒有。因為塔里木盆地的沙漠化歷史，早在地質第三紀末和第四紀初期（約350萬年左右）就開始了。侯燦：《評〈維吾爾人〉一書在史前史上幾個關鍵問題的謬誤》，《三本書》討論集（309～310）。

首先即便僅僅是從目錄上看，《維吾爾古代文學史》就嚴重缺乏一般國別或民族文學史的歷史編年性。其次，書中大量的材料，都是其它民族的，比較確定的維吾爾族文學文獻相當少。再次，雖然不能說此書的編寫完全沒有注意文學性，但卻嚴重不足。書中所涉材料，與其說作者是將它們視爲文學史材料來對待，不如說主要是作爲證明維吾爾歷史的悠久獨立性的材料看待。而且有意思的是，對那些非維吾爾族或疑似維吾爾族的材料的分析，還有某種程度的「文學性」，反倒是對《福樂智慧》這部偉大的維吾爾族長詩，作者對其詩歌性幾乎是不置一詞，而是滔滔不絕地大談特談什麼《福樂智慧》的軍事思想。給人的感覺，這部長詩好像就是一部維吾爾人的《孫子兵法》或克勞塞維茨的《戰爭論》。至於另一部富於文學性的偉大著作《突厥語大詞典》，不要說沒有專設章節加以分析，就是連插花性的分析、論述也極少；而對《突厥語大詞典》作者麻赫默德·喀什噶里的論述，其目的好像只是想更進一步坐實成書時的喀什噶里與喀什噶爾城的密切關係而已。

三

「三本書」的歷史敘事好像的確是支離破碎的，許多地方甚至是完全置事實於不顧，東拉西扯、生拼硬湊。不過這只是表面的現象，就其深層的敘事結構來說，「三本書」的邏輯則是相當嚴謹的。阿勒瑪斯之所以如此煞費苦心地去編製歷史悠久的偉大維吾爾文明史，並非是他喜歡「穿越」寫作，也不純粹只是因爲出於民族虛榮心，其主要原因是國家正史所形成的新疆或西域史的範式，迫使他爲了達到將維吾爾人建構爲「確鑿無疑」的新疆最早的原住民族的目的，而不得不進行如此宏大的歷史建構。也就是說，阿勒瑪斯的這套偉大的維吾爾文明史，與其說是隨心所欲的編造，不如說是同已經存在的歷史「常識」針鋒相對的博弈結果。而他所面對的「常識」主要有以下幾點：

第一，新疆自古以來就屬於中國，至少從漢代起，中國就在古代西域、現在的新疆建立起了有效的管轄。

第二，漢代之前現新疆地區的「原住民」，人種混雜，難以確認，但較爲普遍認可的觀點是，較早的居民可能是距今二、三千年前的古代塞人〔註56〕

〔註56〕這裡綜合了新疆社會科學院歷史研究所編著的《新疆簡史》（1981年版，第12～14頁）以及田普生、田衛疆主編的《新疆史綱》（2003年版，第49～50頁）

或來自於現今印度的雅利安人〔註57〕。而 1979 年在孔雀河畔出土的乾屍，雖然將有據可證的新疆最早的居民的年代提前到了 6412 年前〔註58〕，儘管阿勒瑪斯將其斷言爲既非黃種人也非雅利安人「正是維吾爾人的祖先」〔註59〕，但這實際並沒有定論〔註60〕。

第三，現在較少爭議的維吾爾人起源說大致是漢語中的回紇人或回鶻，「三本書」譯本中的鄂爾渾、喀喇汗、亦都護（高昌回鶻）維吾爾，都應該納入其中。回鶻人有三個基本族性標誌：一，這批回鶻〈維吾爾人〉或維吾爾人的祖先，大多是在公元九世紀四十年代由漠北遷徙而來；也就是說，他們並非新疆的「原住民」。二，其成員早期主要信仰薩滿教，後又改信摩尼教，到高昌回鶻和于闐回鶻後，佛教更是漸漸成爲其主要信仰，只是到了公元十世紀末葉之後，才逐漸改信伊斯蘭教；而且新疆地區的整體伊斯蘭化的歷史，距今不過幾百年。回鶻人的第三個族性標誌好像是，從漠北而至高昌的回鶻〈維吾爾〉向西擴張，建立了喀喇汗回鶻〈維吾爾〉王國，也就是說，高昌回鶻〈維吾爾〉是喀喇汗回鶻〈維吾爾〉的祖先。

第四，無論是在人種、語言、宗教信仰等方面都與現代維吾爾人較爲一致的維吾爾祖先，是大致在公元九世紀中葉〔註61〕立國，並改信了伊斯蘭教的喀喇汗維吾爾。

〔註57〕 有關新疆古代居民爲雅利安人之說以前比較流行，但根據《新疆簡史》，好像至少在上世紀八十年代就開始遭到主流歷史學界的否定（參見《新疆簡史》第一冊，17～19 頁），2003 年出版的《新疆史綱》根本就沒有出現雅利安人這個名稱。這裡爲了寫作的嚴謹性，有關新疆早期塞人或雅利安人的說法，筆者給出了較爲專門的史書，但根據筆者在新疆生活的經驗，似乎記得在上世紀八十年代之前就有了這兩種人是新疆早期居民的印象。

〔註58〕 注意這裡爲了推測阿勒瑪斯的敘事邏輯，襲用了阿勒瑪斯所取的不正規的說法，按正規說法，確切的數據應該是在 3800 年左右。參見侯燦：《評〈維吾爾人〉一書在史前史上幾個關鍵問題的謬誤》，《〈維吾爾人〉等三本書問題討論會論文集》，第 313 頁。

〔註59〕 阿勒瑪斯：《維吾爾人》，第 6～7 頁；《維吾爾古代文學史》，164～165 頁。而在《匈奴簡史》中，作者更具體地將古屍定性爲作爲維吾爾人最古祖先的匈奴人（第 129～130 頁）。

〔註60〕 例如有人就認爲，這些乾屍是與古突厥和維吾爾都無關係的古歐洲人（《〈維吾爾人〉等三本書問題討論會論文集》，第 314 頁）。

〔註61〕 阿勒瑪斯雖然認爲公元 850 年喀喇汗王朝正式建立，但其對於所謂喀喇汗直系祖先洋磨人的「歷史追溯」，則至少可早自公元六世紀初（《維吾爾人》232～233 頁）；新疆簡史認爲是十世紀上半期（第 155 頁）；而《新疆史綱》則似乎也取九世紀中期說（220 頁）。

　　在這樣的歷史解釋排列順序下，要想證明現在信仰伊斯蘭教的維吾爾人是新疆的原住民，可謂是面臨著重重障礙。首先，無論是西遷的高昌回鶻，還是大約同期的喀喇汗王朝，都比張騫出使西域（公元 138 年）或班固馳騁西域（公元 70～90 年）晚了有近千年，因此即使是像有些人所強辯的那樣，漢朝乃至唐朝對於西域的控制並非是全境性、且是時斷時續的，那麼新疆的「原住民」也與維吾爾人沒有關係。其次，塞人或雅利安人倒是在漢代之前就進入了新疆，但現有的史料又無法證明他們與高昌回鶻、喀喇汗維吾爾有什麼確切的關係。再次，喀喇汗王朝是與高昌回鶻〈維吾爾〉有直接的族源聯繫，但是兩者的先後出現順序以及信仰差異，又存在相當差異。因此，為了克服這些已先期存在的歷史解釋障礙，阿勒瑪斯就不得不進行一番宏大的「維吾爾文明史」的創造。

　　為了編製超時空的偉大的維吾爾文明史，「三本書」所採用的總體歷史編纂文本結構法是，以「匈奴」為緯、以「突厥」為經、以「維吾爾」為「超級能指梭」來進行穿梭往來的歷史編織。也即①主要利用匈奴帝國的跨地域、跨洲際及歷史早出性，給予所謂古代維吾爾民族的空間整體性；②利用突厥民族的語言或語系跨時代性，將匈奴帝國、古代突厥帝國、以及所有中亞各民族連接成一個族源相關、自成系譜的泛突厥民族的歷史整體；③與此同時又利用維吾爾這個超級能指織梭，不斷地任意自由地穿行於「經緯」（或歷時—共時）兩軸間，與匈奴、突厥、鄂爾渾、喀喇汗、亦都汗、大塞柱、樣磨、鐵勒、沮渠、悅般、塔吉克、烏孫、吐火羅、貴霜帝國、哈薩爾、阿得布里阿爾、匈牙利、伊朗的《王書》、古匈奴歌謠《失我胭脂山》、《敕勒歌》、《烏古斯汗》史詩、鄂爾渾碑文等各種詞語或交替或並列出現，或直接或間接地攀親附故，然後再在不經意間用「維吾爾」一詞置換它們，從而使得千頭萬緒、龐雜紛亂的相關歷史，最終編織成為完整而系統的世界規模的維吾爾文明史。我們或可以將這種歷史編纂法名之為「維吾爾—匈奴—突厥諸族漂移穿梭整合歸一法」。

　　對於此一文明整體史的編織來說，有四個歷史斷裂點或裂隙的焊接或消弭是至關重要的。一是漢朝管轄或經營西域早於高昌回紇移入新疆；二是早期塞人或雅利安與維吾爾無關說；三是高昌回鶻〈維吾爾〉或喀喇汗回鶻〈維吾爾〉與匈奴人為代表的漠北部族之間的族源裂隙；四是高昌回鶻〈維吾爾〉佛教信仰與喀喇汗回鶻〈維吾爾〉的伊斯蘭信仰之文化斷裂。阿勒瑪斯通過

設置八千年前的維吾爾始祖的北上南移史，一箭多雕地焊接起來多個歷史解釋的裂隙。

因爲有了所謂八千年前的北上，那麼一方面，後來的漠北回紇進入新疆就是重歸故里，與原先沒有離開世居故地的先民同胞的後裔重聚。另一方面，匈奴既爲八千年北遷維吾爾人的後裔，那麼漢朝與匈奴的數百年較量史，也自然就成了漢人中國與西域原住民維吾爾之間的較量史，漢朝進入西域不僅不能夠證明中國對新疆主權的自古擁有，反倒是中國「侵犯」維吾爾家園的歷史鐵證。也因爲有了八千年前維吾爾突厥始祖的南遷，就又消弭了早期塞人甚至雅利安人與維吾爾人在人種與先後進入西域的譜系裂隙〔註 62〕。至於說高昌回鶻與喀喇汗維吾爾汗國之間的歷史文化整體性的裂隙，阿勒瑪斯仍然間接地採取了類似的「維吾爾—匈奴—突厥諸族漂移穿梭整合歸一法」來加以消弭；只不過是根據族群或民族成份的變化，而進行了一些變動性處理而已。

關於喀喇汗王朝的源起史料並不充分，有多種不同的說法，單是喀喇汗人的起源就「大概有十幾種假說」，學界認爲較有影響的說法有樣磨、葛邏碌、回鶻三種，不過現今中國的主流觀點是喀喇汗人的起源，很可能與高昌回鶻的關係最爲接近〔註 63〕。而阿勒瑪斯則棄置了後兩種與高昌回鶻關係較近的起源，選擇了喀喇汗樣磨人起源說，以此來強調喀喇汗王朝族源起始的喀什噶爾以西的本土原生性〔註 64〕。至於說高昌與喀喇汗這兩個維吾爾汗國之間的信仰差異，由於是確鑿無疑的事實，阿勒瑪斯無法漠視，而且也記述了一些喀喇汗王朝對于闐、龜茲、高昌等信奉佛教的汗國的宗教聖戰性的武力征服。但是他卻以帶有相當臆測性的「現代」理由將血腥的宗教征服神聖化及維吾爾利益整體化：

〔註 62〕 爲了消弭這一裂隙，阿勒瑪斯就利用古屍做文章，以所構想的八千多年的歷史，將其與現代維吾爾人、塞人等統統聯繫起來。

〔註 63〕 徐黎麗主編：《突厥人變遷史研究》，北京：民族出版社，2008 年版，第 75～81 頁。新疆社會科學院歷史研究所編著的《新疆簡史》第一冊對喀喇汗人的來源，似乎同時採取了葛邏碌、樣磨、回鶻三種說法，但又因爲將葛邏碌部與回鶻放在一起敘述，實際上好像更爲傾向於葛邏碌與回鶻雙重說（《新疆簡史》，1980 年版，烏魯木齊：新疆人民出版社，第一冊，第 147～155 頁）。

〔註 64〕 阿勒瑪斯：《維吾爾人》，230～233 頁。S. Frederick Starr, *Xinjiang: China's Muslim borderland, Studies of Central Asia and the Caucasus,*M.E. Sharpe Incorporated, pp40～43〔該書中文又名爲《新疆工程》(秘密版)〕，對這三種說法的表述相當含混，表面基本是存而不論，深層處則似乎也更傾向「樣磨說」。

10世紀維吾爾人成爲穆斯林是有著很重要的原因。早先大多數信仰佛教的維吾爾統治者們利用佛教試圖加強對人民的統治以及延長其統治的時間。還有一個方面是維吾爾人自信仰佛教以後，開始逐漸喪失原有的戰鬥力。因爲，佛教所進行的是厭世的宣揚，並不提倡進行鬥爭。所以維吾爾人領悟到伊斯蘭教比起佛教來具有振奮戰鬥力的作用。其結果，維吾爾人開始醒悟到接受伊斯蘭教之必要。還有一點是維吾爾統治者們認識到只有力求將信奉薩滿教、佛教、索羅亞斯德教、摩尼教和基督教等宗教的維吾爾變爲只信一個宗教的民族，才能由此結束他們之間由宗教隔閡而形成的矛盾，並建立起一個統一、強大的國家……由於前面所敘述的種種原因，維吾爾人和與他們成爲兄弟的部族決心放棄薩滿教和佛教，自願地加入伊斯蘭教。（《維吾爾人》，第244～245頁。著重符爲引者所加）

綜上所述，如果我們高度聚焦於阿勒瑪斯三本書的「維吾爾人」這一核心概念，那麼或許可以將其中所含的歷史敘事過程，概括性地抽象爲五種統攝性的「維吾爾人」的功能交替、循環論證的邏輯推演過程。這五種意義上的維吾爾人分別是：現代維吾爾、八千年前的遠古維吾爾、匈奴古代維吾爾、突厥語族維吾爾以及高昌—喀喇汗中古維吾爾。其功能性邏輯推論關係或可做如下顯示：

總前提：

∵ 現代維吾爾人爲新疆的世居原住民　　　　　　　　　　　　①

∴ 漢人中國對新疆的控制是對維吾爾家園的侵略與殖民佔有　　②

∴ 維吾爾人民必須起來勇敢地同漢人中國鬥爭，爭取民族獨立，
　以實現民族的偉大復興　　　　　　　　　　　　　　　　　③

第一層推論

∵ 中國在漢代就已經進入到了西域新疆　　　　　　　　　　　④

∴ 無法直接以已經得到普遍承認的中古維吾爾人來證明　①　　⑤

∴ 必須將現代維吾爾人的族源至少追溯到漢代之前　　　　　　⑥

第二層推論：

∵ 匈奴起源至少早於春秋之前且匈奴與漢代在西域發生過較量　⑦

∴ 如果將匈奴證明爲維吾爾人的祖先，就可以證明至少在漢代之
　前維吾爾人就已經居住在了西域　　　　　　　　　　　　　⑧

又 ∵ 史書所載的匈奴早期好像主要活動於漠北蒙古高原一帶，而且
　　古塞人出現在西域的歷史大約可以追溯到公元前七世紀左右，
　　另外雅利安人據說也早在秦之前就已經居住在了新疆　　　　　⑨

∴ 必須爲現代維吾爾找到更遠古的起源，以此來跨越 ⑨ 所造成
　　的障礙　　　　　　　　　　　　　　　　　　　　　　　⑩

∴ 遠古維吾爾人必須在匈奴人誕生之前、塞人和雅利安人進入新
　　疆之前就已經生活在了新疆並且北上漠北、南下印度　　　　⑪

第三層推論：

∵ 遠古維吾爾人在八千年前就已經北上南下了　　　　　　　　⑫

∴ 匈奴人就是維吾爾人的後裔並且古塞人和雅利安人都有可能是
　　遠古維吾爾人的後代或同胞　　　　　　　　　　　　　　　⑬

又 ∵ 匈奴—維吾爾帝國及其後產生的突厥帝國以及其它突厥語部族
　　（汗國或帝國）又都具有相同突厥語的語言的族源性　　　　⑭

∴ 匈奴帝國、突厥帝國、其它突厥語部族（汗國或帝國）就都是
　　維吾爾的或維吾爾突厥同胞兄弟的　　　　　　　　　　　　⑮

∴ ①就基本得到了證明　　　　　　　　　　　　　　　　　　⑯

第四層推論：

∵ ⑮　　　　　　　　　　　　　　　　　　　　　　　　　　⑰

∴ 中古維吾爾就是遠古維吾爾的後裔，是維吾爾人重遷故鄉新疆　⑱

∴ ① 就再次得以證明　　　　　　　　　　　　　　　　　　　⑲

第五層推論：

∵ 漠北突厥—維吾爾南下爲中古維吾爾之歷史發生在漢代之後
　　的晚唐（約公元九世紀中葉）　　　　　　　　　　　　　　⑳

∴ 八千年前遠古維吾爾北上南下時，就必須有一部分留在天山
　　南北堅守，等待中古維吾爾人在七千年後重歸故里，以保證
　　維吾爾人作爲新疆土著世居民族的歷史不中斷　　　　　　　㉑

而 ∵ 已經證明了⑱　　　　　　　　　　　　　　　　　　　　　㉒

∴ 留守西域的遠古維吾爾人後代就與北上南遷的遠古同胞的後
　　代的確實現了勝利回師　　　　　　　　　　　　　　　　　㉓

∴ 維吾爾民族就是人類歷史上最古老悠久、橫跨亞歐大陸的偉
　　大文明古族　　　　　　　　　　　　　　　　　　　　　　㉔

∴ ① 最終得到了完全的證明。維吾爾人就是新疆的世居原住民　　㉕

∴ ② 也得到了證明，即無論歷史還是現在，中國對新疆的控制
都是對於維吾爾家園的殖民侵略與佔有　　㉖

∴ ③ 是完全正確的。維吾爾人民必須起來勇敢地同漢人中國鬥
爭，爭取民族獨立，以實現民族的偉大復興　　㉗

四

對於一般的讀者來說，即便「三本書」的確具有內在的邏輯嚴謹性，
但仍然無法改變其爲分裂中國而胡編亂造史實的性質，而且「邏輯嚴謹的
胡編亂造」就更與客觀求實精神相背離了。這種看法是有道理的，的確如
此。但問題是，看似如此漏洞百出、生拼硬湊之作，爲什麼會在維吾爾「社
會上引起了強烈反映」，「錯誤觀點流毒全疆，造成了惡劣的後果」呢？而
且爲什麼官方的批判、封殺，好像不僅沒有多少效果，實際可能反倒促進
了「三本書」在維吾爾社會中的地下流傳，反倒將作者抬高到「民族英雄」
的位置呢〔註65〕？

不錯這一切當然可以解釋爲，上世紀初以來泛突厥斯坦思潮以及分離主
義思想在新疆的影響，部分維吾爾人對於國家認同的偏差或悖反，國家意識
形態教育的不足，新疆工作中客觀上存在的某些不足等等。但僅僅是這樣的
解釋顯然是很不夠的，它不僅可能會將廣大維吾爾人民列爲國家、漢族的對
立面，而且還可能是將他們視爲缺乏理性、頭腦簡單的另類民族。其實，如
果我們暫且放置自己的所熟悉的歷史知識和慣常的思維邏輯，換換角度嘗試
著從一個同情阿勒瑪斯的維吾爾人的角度或第三者的位置去理解「三本書」，
或許就會發現問題可能遠不是我們所想像的那樣簡單。

前面的分析已經說明，在「三本書」表面的邏輯混亂下，存在著清晰嚴
謹的敘事結構，而且這一結構直接針對的就是現行通行的中國新疆西域史，
這說明「三本書」有極強的歷史、現實與學理的針對性，並非一味的信口開

〔註65〕關於這點，筆者並沒有確切的數據或調查資料，主要是通過網絡上的觀察所
得到的印象。例如，持類似觀點的維吾爾網民好像就較爲普遍，這在「7・5」
事件之前的「維吾爾在線」論壇中就反應得比較突出。另外網上流傳的《維
吾爾當代文學巨有影響力的十位作家》（http://blog.sina.com.cn/s/blog_
5fe8b9000100k267.html），阿勒瑪斯就位列第六位。而且私下問個別維吾爾
人，他們也都看過此書。另外《「三個主義」對新疆教育領域的滲透及對策》
一文，也記述了一些維吾爾知識精英對批判「三本書」的抵制行爲。

河、胡攪蠻纏。另外漢語讀者對於「三本書」的邏輯混亂性觀感，也與維漢兩種語言所包含的文化「前理解」差異有相當的關係。

對於不瞭解維吾爾語（或瞭解但缺乏從其視角思考）的讀者來說，可能難以理解阿勒瑪斯怎麼就能夠用「維吾爾」這樣一個出現於上世紀30年代的現代詞彙，去尋找近萬年之前的民族對應呢？而且可能也不理解爲何筆者在前面多處的「回鶻」等詞語後加上「〈維吾爾〉」之表述。不是有中外學者早已證明了，作爲一個民族整體，維吾爾只是上世紀初才開始建構的嗎？之前在新疆，長時間以來不都只有什麼和田人、喀什嘎爾人、吐魯番人等地域性的稱謂嗎？

筆者自己就曾經就這一問題與一位維吾爾網友進行過討論。那位網友告訴我，在漢語文獻中歷史上的「維吾爾」有多種稱謂，但在維吾爾人自己那裡，他們始終只用一個統一的稱謂，那就是ئۇيغۇر（Uyghur）〔註66〕，英語好像也是如此〔註67〕。這次重新思考相關問題時，筆者又向兩位年輕的維吾爾學生尋問回紇、回鶻、畏吾兒、維吾爾等稱謂在維語中的寫法，多次得到相同的答案，但我仍然不放心，完全就沒有想起曾經聽說過統一的稱謂這回事。認眞反思這一事例，筆者突然發現：其實並不是自己記性不好，而是在潛意識上，一方面認爲維吾爾人民族意識過於強烈，總是喜歡從本質主義的角度出發，將一些現代的人爲建構理解爲歷史史實；另一方面，自己又將至少漢代以來新疆就屬於中國的同樣是人爲的歷史建構，視爲天經地義的歷史。如果說筆者自己能如此，那麼爲什麼維吾爾人不會如此呢？當我們被多種稱謂所切割的斷片式「維吾爾」印象所支配時，習慣了單一「ئۇيغۇر」稱謂的維吾爾人，不也自然習慣於整體「維吾爾」意識嗎？因此，我們從「三本書」中所發現的東拉西扯、張冠李戴、移花接木，恐怕也未必就那樣嚴重了；至少從九世紀回鶻西遷以後的歷史敘述起，對於一個維吾爾母語讀者來說，統一的維吾爾人的意識，是再正常不過的事了。

所以單純將「三本書」放在思想意識形態的角度去理解，單純地將它們視爲別有用心的違背客觀歷史的胡編亂造，恐怕太過簡單。如果我們要想解開其中所糾纏的諸多心結，恐怕必須把它們放在歷史建構的角度進行嚴肅的再反思。由此而言，阿勒瑪斯所使用的那些看似非常粗暴、任意的歷史敘事

〔註66〕 天山姚新勇：《關於〈民國時期新疆省政府確定維吾爾族漢譯名稱的來龍去脈〉一文的一次小討論》，http://blog.sina.com.cn/s/blog_60f25ed701017pmk.html

〔註67〕 至少在 Xinjiang: China's Muslim borderland 一書中，相關詞語就都是用同一個詞表述的。

手法，其實並非只屬於他或他的分離主義維吾爾史學前輩們。

例如早在八、九千年前維吾爾人就生活在塔里木河流域一帶的說法，固然像是信口開河，但比這更離奇不經的祖源想像所在不少。世界上的民族起源或人類想像，沒有幾個不是與所謂神奇事物或異象相關的。例如什麼狼圖騰、牛圖騰、龍圖騰、龍的傳人、猴的子孫，什麼上帝造世、盤古開天地、女媧搏土造人、亞當取肋成夏娃、成吉思汗手握凝血而生等等等等。如果說這一切不過是古代人類的原始想像，不應該與現代人的歷史寫作相混淆，但問題是，那些經過時間清洗過的原始想像，是否就已經變成純粹的過去或單純的文學審美的對象而失去了現實的作用力呢？顯然不是。我們至今依然以龍的傳人自居；自認爲是猴子傳人的十四達賴喇嘛也信徒眾多；連美國這個科學高度發展的國度，宗教還有著不小的作用；在當代有關蒙古帝國的敘事中，蒙古族聖母阿蘭‧豁阿感光孕子、成吉思汗手握凝血而生的歷史想像也一再出現。它們都仍然在發揮著重新編織現代民族神話、喚起民族情感和凝聚民族認同的「眞實」作用。

爲了相近或其它的目的，不顧「歷史眞實」亂攀親附故之現象，同樣在歷史與現實中屢見不鮮。春秋時代的吳國將自己想像爲正宗的華夏后人；《史記》中匈奴先祖也是夏后氏之苗裔；同樣被視爲蒙古族經典的《黃金史》，將蒙古人的祖先視爲釋伽摩尼的後代。古人如此，現代人也不一定好到哪裡。電影《紅河谷》，爲了表現漢藏人民同根相連、親如一家之想，也不惜時光錯置，讓一個民國前的人，向英國侵略者去宣傳什麼「五族共和」〔註68〕，並借助一個藏族老媽媽的口去傳述藏漢同源的想像的神話〔註69〕。而今天，重返本民族文化之根的藏族學者，卻又更願意返還「大師東方來」的傳說〔註70〕。

另外，「三本書」中嚴重存在由現在投射過去並將歷史發展目的化、整體化的思維方式，在這種思維的指導下，新疆歷史、中國史，甚至人類史本身，都似乎變成了爲了證實「維吾爾萬年王國」這一偉大的目的而展開的過程。

〔註68〕 影片中頭人對羅克曼說：「誰說藏部主力已經打沒了，只要有一個藏民在，你就別想！」
　　　　「藏族是老大，漢族是老二，回民是老三，滿族是老四，還有很多民族是老五，我們是一個不可分割的整體，（握手一個拳頭），我們家裏的事，不勞駕你！」
〔註69〕 雪山女神珠穆朗瑪剛生下來的時候是一個大海中的貝殼，過了很久才長成一個美麗的女神，她有十個雪山姐妹，剩下的孩子中有三個最要好的兄弟，老大叫黃河，老二叫長江，最小的弟弟叫雅魯藏布江……
〔註70〕 旺秀才丹、萬瑪才旦：《大師在西藏》，蘭州：蘭州大學出版社，2005年版。

因此，為了證明這個目的，重新安排歷史材料，調整時間順序與空間關係，甚至編造歷史材料，都不僅是必要的，而且是符合歷史邏輯與存在（民族）價值的「真正的」「真實」之發現與推衍。其實這並非阿勒瑪斯的發明，而是黑格爾以降等諸多歷史目的論、歷史決定論、宇宙絕對理念觀的傳承而已。關於此一傳承的問題，羅素在《西方哲學史》中已經做過深刻的分析。阿勒瑪斯不過像是縮小了的更為直截了當的中型黑格爾罷了。所以毫不奇怪，無論是黑格爾還是阿勒瑪斯，都對戰爭那樣熱衷。

就此而言，不僅阿勒瑪斯與其分離主義的前輩們相同，而且也與受過嚴格正規歷史學等培養的某些美國學者類似。對照閱讀《新疆——中國穆斯林聚居的邊陲》我們發現，雖然表面上看去，該書的作者們比較謹慎，基本是將維吾爾人明確的歷史緣起追溯到公元八世紀中葉的回鶻〈Uyghur〉汗國，而且明確以中國的文獻為根據，否定那些硬要通過新疆乾屍而將新疆最早的人類與歐洲種族相聯繫的看法。（第 34 頁）但是仔細揣摩一些細節部分，則讓人感到作者有意無意地將維吾爾人的起源與漢朝之前就在新疆活動的匈奴人勾連在一起，從而來證明新疆自古很可能並不屬於中國。例如該書第一章第 34 頁提到匈奴時加了一個注釋「〔10〕」說：「匈奴可能操突厥語（或者至少有突厥語成份）。他們中的一部分至少在外部上有歐洲特徵」（第 63 頁）。而根據第36～37頁的敘述，又可以概括出這樣的暗含性族源關係推論：

∵ 柔然屬突厥統治，共講同一種語言，相貌也相近 →突厥人看
上去像蒙古人→突厥人又推翻了與其很相像的柔然人

∴ 可以推論出柔然、突厥、蒙古可能是同一人種

又∵ 高昌維吾爾〈回鶻〉是來自與突厥、柔然相關聯的部族

∴ 將上述諸條結合在一起，就可能推導出匈奴、柔然、突厥等
同為維吾爾人祖先的結論

這種作者想說而未明確說出的結論，自然與阿勒瑪斯等主張新疆獨立、維吾爾人是新疆最早的原住民的觀點相近，而且它甚至比阿勒瑪斯的族源推論更有整合性。因為阿勒瑪斯，並不情願將蒙古族與匈奴、突厥、維吾爾等而視之；儘管按照他的歷史敘述，不難推出相同結論。

但問題是，習慣了「自古以來」邏輯的大中國觀的我們，恐怕也同樣是黑格爾的傳人。阿勒瑪斯和他的批判者，都同樣熱衷於封自己為歷史唯物主

義，並非僅僅是出於標榜正確的政治身份和類似的馬列主義教育之原因。阿勒瑪斯「三本書」深層推理邏輯之所以與主流新疆史或中國史形成對抗性的關係，並非僅僅是出於本能的對應性反抗。如果說阿勒瑪斯八千多年的偉大維吾爾文明史的建構，充滿太多太多的歷史破綻的話，那麼我們關於中國統一西域史、新疆屬於中國史的論證，也並非都無懈可擊，也同樣是歷史的建構，同樣不可能是排除了想像成份的客觀歷史敘述。

　　或許這樣的發問過於抽象，我們不妨舉「桃花石」這一名稱之辯爲例，做一具體辨析。中國史學界的觀點，一般都認爲古代文獻中經常出現的「桃花石」一詞，是「中國」的意思，也就是說是一些不同部落或王朝的少數民族用這個名稱來稱呼中國或以中國自認。針對此，阿勒瑪斯在《維吾爾》第十五章中，用了兩頁的篇幅來加以反駁。其考證推理過程大致是這樣的：

　　　　早在公元前 28 世紀，大約離今四千年前，中國北部的匈奴人就向南移逐漸靠近中國，到了公元前八或七世紀左右的周朝，中國北方山西一帶的領土就被匈奴所佔有，中國就被殖民了中國的匈奴人稱爲桃花石，因此，桃花石最初的基本含義就是「附屬」或「依附」的意思。所以很自然，這個詞並非是專指中國。喀喇汗王朝時的西喀喇汗的伊利可汗們，曾請求在東部的「京都喀什噶爾的大可汗」允許將自己稱爲「桃花石博格拉汗」，「意附屬者，依附的博格拉汗」。「這裡的『桃花石』一詞是指大可汗與伊利克可汗的從屬關係」。出於類似的道理，喀喇汗王朝的一些可汗，在其任副可汗時，稱爲「桃花石博格拉汗」，而一旦成爲大可汗後，便會取消「以前稱號中的『桃花石』一詞」。桃花石博格拉汗奧布勒艾山的情況就是如此。他「任喀喇汗托格魯爾的副可汗十六年（公元 1058 年～1074年）在此期間他自稱爲桃花石博格拉汗。此後，即公元 1074 年他廢除東部喀喇汗王朝……的可汗托格魯爾特勤……而自任大可汗。從此時起直到他去世，（公元 1075～1103 年）他被稱爲博格拉汗阿淪三世，因爲當了大可汗便取消了以前稱號中的桃花石』一詞。所以這些事實都「說明了『桃花石』一詞是出於什麼必要而被採用的」。
（《維吾爾人》，335～336 頁）。

對於阿勒瑪斯否認「桃花石」爲中國之謂的觀點，「三本書」討論集的許多文章都加以了駁斥。其主要根據和推理大致有這樣幾點。一是用古代文獻來證

明「桃花石」的確是中國或某個特定朝代中國的稱謂。例如東羅馬史家席摩
喀塔有關公元 598 年突厥可汗出使東羅馬的記載，鄂爾渾突厥文碑稱唐朝爲
「桃花石」，《長春眞人西遊記》、《突厥語詞典》中等的相關文字（「討論集」，
第 320）。二是指出阿勒瑪斯有意選擇性地漏抄或錯抄史料。比如「席摩喀塔
所說的『桃花石本是塗蘭族的殖民地』一語，是《維吾爾人》一書的作者從
一篇漢文論文中抄來的，漢文論文也是從一本英文著作轉引過來的，而不是
直接出自原著」。但是作者在抄書時，有意漏掉了隨後的桃花石「至今已變成
一個強而庶的民族，世界上罕有其比」等句子，置歷史語境於不顧，「要讀者
按現在的意義來理解『殖民地』一詞」（「討論集」，第 323 頁）。三是直接破
解所謂「桃花石」爲「依附」、「附屬」說。因爲這點最爲重要，不妨將相關
話語抄錄如下：

> 喀喇汗朝的桃花石汗是「附屬汗」、「依附汗」的意思嗎？史實
> 與《維吾爾人》一書作者的這種說法也是背道而馳的。首先，稱桃
> 花石汗的不僅是西喀喇汗朝的汗，東喀喇汗朝的汗也有稱桃花石汗
> 的，如 1074/75～1102/03 年在位的啥桑・本・蘇萊曼就稱桃花石・
> 博格拉汗，那麼他這是表示臣屬於誰呢？其次，並非像《維吾爾人》
> 一書作者所說的，伊卜拉欣於 1068 年死後，西喀喇汗朝已完全分裂
> 出去，其可汗就再也沒有人稱桃花石汗了。事實是：西喀喇汗朝稱
> 桃花石汗的還有 1097 年在位的蘇萊曼・本・穆罕默德，1162/63～
> 1168/69 年在位的納賽爾・本・侯賽音等。再次，在喀喇汗朝可汗
> 頭銜中除桃花石外，還有用其它稱號以表示與中國親近的，如伊卜
> 拉欣也稱東方與中國之王，他的兒子和繼承人納賽亦稱東方及中國
> 蘇丹（「討論集」，第 323 頁）。

至於說《突厥語詞典》中，不僅多次用「桃花石」來指稱中國，而且把
中國分爲上、中、下三部。「上部稱爲桃花石，中部稱爲契丹，下部稱爲巴爾
罕（在喀什噶爾）」（「討論集」，第 57 頁），「喀喇汗王朝的汗王們認爲自己是
中國人（即『桃花石』），稱自己管轄的地方爲下秦，即中國的一部分，他們
在自己的名字前面總要加上『桃花石』的稱號，如桃花石伊不拉音汗、桃花
石玉賽音汗、桃花石穆罕默德汗、桃花石納斯爾汗等。「桃花石汗」表示『中
國可汗』的意思。他們中的一些人爲了表示自己屬於中國還稱自己是『東方
和中國的汗』。所以，11 世紀著名的《突厥語詞典》的作者麻赫默德・喀什噶

里說喀喇汗朝的疆土是中國的一部分。從中我們可以看到，新疆自秦漢以來就是中國不可分割的一部分，維吾爾族是中國古老民族之一」〔註71〕。

應該說，反駁者的說法看上去是要比阿勒瑪斯的有力，但是儘管如此，我們也不好說「桃花石」就一定沒有依附、歸屬之意，一定只是用來稱謂中國。因為無論是根據阿勒瑪斯的陳述還是反駁者的說法，都可以證明「桃花石」從來沒有做過中原中國的自稱，都只是由中國境內的其它王朝使用。阿勒瑪斯所提到的桃花石奧布勒艾山副可汗任正可汗後去掉「桃花石」的例子，看起來是孤證，說服力不高，但是反駁者們卻沒有一人對此例本身進行批駁，也沒有做過系統的統計，在所有東、西喀喇汗王朝中，究竟有多少副可汗用「桃花石」稱謂，有多少正可汗用，有多少由副轉正後沿用或棄用桃花石稱謂，三者的比例如何。更重要的是，無論是阿勒瑪斯還是他的批判者，對「桃花石」一詞含義的考證，似乎都存在按圖索驥，重隻言片語輕整體語境的問題。比如說辯駁雙方都引述了《突厥語詞典》，但是雙方誰都沒有真正將「桃花石」一詞放到《突厥語詞典》的整體語境中去理解，更沒有放到當時喀喇汗王朝的整體語境中去理解。筆者不是新疆史專家，無法判定喀喇汗王朝時的整體文化語境究竟如何，但僅僅根據《突厥語詞典》首頁「奉至仁至慈的真主之名，只有真主才能祐助」這十八個大字，以及隨後不久的那幅以麥加為中心向四周輻射開去的世界地圖就可以斷言，無論是《突厥語詞典》的作者麻赫默德・喀什噶里本人，還是那些喀喇汗汗王們，心中頂禮膜拜的恐怕只能是與伊斯蘭教相關的聖人、聖地或聖物，不大可能是中國，他們不大可能用一個具有明確「中國」指稱的詞語，冠在自己的稱號前，哪怕我們不排除喀喇汗王汗們對於中國存在尊敬。所以，用我們現在所理解的「XXX 是中國的一部分」來套古代喀喇汗王朝，讓人感覺那時的喀喇汗汗王們，好像是今人這般愛國，念念不忘強調自己是中國人或中國的一部分。這難道不也是「要讀者按現在的意義來理解」「桃花石」一詞嗎？

不管怎麼說，阿勒瑪斯與其辯駁者所論，都是不充分的，至少是不具排他性的。而且根據他們對這一詞語的考證，也可能推導出另一種解釋，即在回鶻（維吾爾）西遷西域前，根據鄂爾渾碑文等相關文獻，或許「桃

〔註71〕阿吾提・托乎提：《維吾爾族是中華民族的一個成員——駁吐爾貢・阿勒瑪斯把維吾爾人從中華民族中分離出去的錯誤觀點》，《〈維吾爾人〉等三本書問題討論會論文集》，第 184～185 頁。

花石」是專指中國。但是到了喀喇汗王朝時，它已經演變成一個具有類似於「陛下」、「大人」之類的高貴或較爲高貴含義的尊稱，而與中國所指的關係就不大了。

五

關於「三本書」及批判者的類似性對比當然還可以舉出很多，但是這種不同說到底，可能與眞實與否並無關係，更與什麼唯心主義、唯物主義無關。按照「新歷史主義」的觀點看，將同一歷史書寫成「戰爭戲」或「親和戲」不過是不同的歷史敘事者出於不同的敘事觀點按照不同的方法編織情節的結果而已。不僅如此，不同的讀者之所以可能從相同的文學文本或歷史文本中讀出相同或不同的含義，那主要也是因爲他們彼此間文化心理解構以及知識結構的相同或相異而已〔註72〕。「以某種情節結構來把事件系列編碼本身就是一個文化用來解釋文化中個人和公共的舊時方法之一」〔註73〕。

但問題是我們進行這種類似的對比，究竟是爲了什麼？難道是爲了給新歷史主義或其它什麼後學解構主義提供中國的證明材料嗎？難道要證明宣傳民族分裂、民族獨立、渲染民族仇恨的阿勒瑪斯與主張民族團結、國家統一者們的言說不過都是不同的歷史觀點而已嗎？難道是要說明歷史敘述無所謂眞假正確與錯誤嗎？難道是要將破壞民族團結、分裂主義的言行與維護國家統一與民族團結的努力等而視之嗎？當然不是。

上面所進行的對比性分析，所可能有的啓發性意義是多方面的。比如說，它可能引導我們更深入地去分析、反思以往中國史、新疆史等的編纂實踐，

〔註72〕 「柯林伍德曾說過，向一個不熟悉我們文化中稱爲『悲劇』情境的人來解釋悲劇是行不通的……除非你對傳奇或諷喻的文類概念有所理解，否則甚至你在文學本文中遇到這些現象時你也不會辨認出它們來。但是歷史境遇不像文學本文那樣具有內在的意義。歷史境遇並沒有內在的悲劇性、喜劇性或傳奇性。歷史境遇也許全部具有內在的諷喻性，但是我們沒有必要那樣去解釋它們。一個歷史學家只需要轉變他的觀點或改變他的視角的範圍就可以把一個悲劇境遇轉變爲一個喜劇境遇。無論如何，我們把某種境遇看作悲劇或是喜劇，因爲這些概念、是我們文化和文學遺產的一部分。如何組合一個歷史境遇取決於歷史學家如何把具體的情節結構和他所希望賦予某種意義的歷史事件相結合。這個做法從根本上說是文學操作，也就是說，是小說創造的運作」。（海登・懷特：《作爲文學虛構的歷史本文》，張京媛主編：《新歷史主義與文學批評》，第164～165頁）。

〔註73〕 同上，第165頁。

甚至還可能更進一步上升到「元歷史」〔註 74〕的層面去嘗試「歷史哲學」的思考，與新歷史主義等觀念進行理論對話。不過對於著眼於現實民族問題的關注來說，最重要的啓發可能是提醒我們更爲客觀、理性地去思考中國現實中所存在的不同性質的民族文化歷史的建構。以更爲寬容、平常的心態去對待它們，哪怕是像「三本書」這樣的歷史建構。作爲國家或主流學者們必須清楚，中華民族認同的建構、國家合法性的建設，不是在眞空裏進行的，而是在不同的認同建構實踐的相互角逐中展開的。所以，單純地將那些異質、激烈的民族文化認同的建構或言說，定性爲嚴重錯誤或反動思想並加以組織性的批判，或裝作什麼也沒有發生視而不見，都是徒勞且無效的。發生在「三本書」方面的情況就說明了這一點。

「三本書」的出現當然不是偶然的，與歷史乃至當代的維吾爾知識精英所進行的「維吾爾民族主義意識形態」建構的努力有直接的關係；同時也的確說明，維漢兩族有關新疆乃至國家的歷史文化認同，存在不小的差異。但是，這並不就意味著大多數維吾爾人都心存不軌，隨時都想乘機將漢人趕出新疆，實現獨立建國的夢想。其實對於本族群的熱愛，在多大程度上接近爲文化民族主義，又在多大程度上已經上升爲政治性的對國家的不承認，情況可能是相當複雜的。例如有研究顯示，在廣州的維吾爾移民，雖然大多數缺乏情感性的國族認同，即中華民族認同，但之於政體上的中國認同則沒有什麼問題〔註 75〕；而且即便是族裔性的維吾爾或穆斯林認同，在維吾爾社會中也是複雜多樣的，更不要說已經形成了明確的、壟斷性的、對抗性的維吾爾認同話語〔註 76〕。即便激進如阿勒瑪斯者，其與中國國家的關係也是相當複雜的。既有緊張、敵對，但同樣也有過相互融洽的蜜月期。

在上世紀四十年代，他因進行獨立性的寫作和參加「三區事變」而被國民黨長期監禁，但在五十年代，卻成了具有代表性的新中國維吾爾作家，他的中篇小說《紅旗》還獲得過 1955 年新疆文學創作一等獎。他也曾這樣深情地向黨致意：

〔註74〕同上，第 160 頁。

〔註75〕請參見黃云：《族群、宗教與認同的重建——廣州一個維吾爾移民社群的研究》，香港中文大學博士論文，2008 年 10 月，第四章「國家認同」。

〔註76〕參閱 Justin Jon Rudelson, *Oasis Identities: Uyghur Nationalism Along China's Silk Road*, Columbia University Press.

> 共產黨啊！請你接受我的致意，
> 這敬意來自人民的心裏，
> 任何東西都不能沖淡我的信念，
> 我的情感的火焰早在我心裏點燃，
> 人民從心裏迸發出來的愛情，
> 像一片無邊翻滾的浪濤〔註77〕

這當然不是出於政治高壓的唯心之詞，而是當時的國家意識形態階段性成功的體現。新中國通過社會主義革命、民族團結、民族平等的階級話語系統，將分離性的「三區事變」整合到了中國革命歷史中，整合了具有獨立性的維吾爾民族主義意識形態，不僅使得一般維吾爾人，也使得阿勒瑪斯這個始終的「維吾爾革命鬥士」，切實感覺到了勝利的喜悅、解放的歡欣；他深情地邀請國際友人訪問「我的國家」，告訴他們將會在「到北京的沿途上」，「看到多少童話裏才有的綠洲、園林」〔註78〕。而當這種幸福、喜悅的情感逐漸失落後，他自然又返還激進的維吾爾民族主義性質的寫作，也因此而再度入獄，並受到批判。

所以「三本書」的出現，也就是國家意識形態功能紊亂的表徵。「三本書」最初不過是不同地域性的維吾爾民族主義意識形態建構嘗試的一種〔註79〕，起初在維吾爾知識人中的影響還是比較有限的〔註80〕。但是官方所組織的討論，只是單向性的批判，並非真正意義上的討論，是一種正誤的宣告或閱讀的禁令，且所針對的只是維吾爾知識社會。這樣做的結果就是：對那些同情「三本書」並「有幸」參與批判的人來說，並沒有機會說出自己的觀點，或者只能是違心地重複「正確」的觀點；而對大多數沒有參與但卻同情阿勒瑪斯的人來說（他們中的大部分可能都沒有讀過「三本書」），這種單向性的批判，不僅難以產生批判者所欲求的教育效果，而且很可能適得其反，使阿勒瑪斯被想像為被迫害的民族英雄，使其英雄化、神聖化，

〔註77〕 吐爾貢・阿力瑪斯：《塔里木之風・向黨致敬》，亞麗・莫合麥提譯，《詩刊》，1957 年總第 9 期，第 95 頁。

〔註78〕 吐爾貢・阿力瑪斯：《我等待著》，馬樹鈞譯，《延河》，1957 年第 12 期，32～33 頁。

〔註79〕 參閱 Justin Jon Rudelson, *Oasis Identities: Uyghur Nationalism Along China's Silk Road*, Columbia University Press.

〔註80〕 其實就是今天，在更為寬泛的維吾爾社會的意義上，不同的世俗維吾爾民族主義意識形態的建構之影響，都是有限的。

並刺激起人們的閱讀興趣。這無疑等於是在爲「三本書」做廣告，助推「民族情緒」的激化。

歷史已經反覆證明，對於異質的思想意識的挑戰，單方面的政治批判難有作用。國家歸屬、中華民族認同，說到底都是思想認識、意識情感性的問題，只能通過相應的方式逐步培養，絕對不可能通過強行灌輸而化成自我意識的一部分。特定的族裔認同無論與國家主流意識形態有多大的距離，其指向無論有多麼大的危險，都是認同性的建構，其運行的邏輯本質上與國家認同建構沒有兩樣。一方面以簡單、壓制性的方式來對待和處理相關問題，另一方面卻又想建構起自覺的、充滿情感色彩的中華民族認同，肯定是不可能的。具體到新疆，1989 年之後，官方因爲擔心維吾爾民族主義的發酵而在維吾爾社會中重新實施較嚴格的意識形態的控制，但不僅沒有促進維吾爾人的中華民族認同，反而因爲世俗維吾爾文化建設的被打壓，給那些在「文革」時期「極左」而又熱衷於宗教文化的保守勢力以可乘之機。他們「同時利用維吾爾人的民族感情和中國政府的反西化反分裂」、「恢復傳統文化」的政策，打壓具有現代性、先鋒性的維吾爾世俗精英文學創作和文化建設，從而對新疆穆斯林社會宗教氣氛日益增強、宗教極端思想日益彌漫，起到了推波助瀾的作用〔註81〕。

第五節　蒙古帝國敘事

新時期以來當代文學的一個重要現象是歷史題材長篇小說的興盛，它突破了以前當代文學歷史題材小說主要局限於農民起義或單個歷史人物（一般都是非帝王性人物）的束縛，湧現出了成批成批的有關朝代更迭、歷史興衰、「帝王將相」題材的作品。其中明清題材的作品尤爲突出〔註 82〕並被人們廣爲關注。這類小說的一個共同特點是，它們所涉及到的不是一般意義上的朝代更迭、歷史興衰，而是涉及到「華夷之變」這一重要的歷史命題，參差著

〔註81〕 本段的引文，引自維吾爾詩人、學者帕爾哈提・吐爾遜的電子文稿：《轉型期中國維吾爾現代詩歌創作研究》，2013 年 8 月。關於九十年代之後維吾爾世俗文化式微、宗教保守勢力借機上位的情況，此文中有相當詳細的說明。另外相同的觀點，筆者在私下與一些世俗維吾爾知識精英接觸時，也多有所聞。
〔註82〕 這裡說「明清」題材有兩個含義，一是的確有不少作品不是屬於明朝題材的作品就是滿清題材的作品，但更是指無論是哪類作品，實際上往往都涉及到明清兩個朝代的代際替換，所以籠統稱之爲「明清題材」。這類作品很多，既有卷帙浩繁的長篇小說，也有多部電視劇乃至電影等。

複雜的漢族與少數族裔之間既相互衝突又互相融合的歷史與現實主題。不過除了被人們較多關注的明清題材作品外，還有另一系列的歷史題材作品——蒙古帝國敘事。雖說這一系列的作品也很多，可謂是蔚爲大觀，而且它們也涉及少數族裔入主中原的歷史，但是卻較少得到評論家們的關注，至少就漢語文獻而言是如此。本節將以蒙古帝國敘事作爲轉型期少數族裔歷史重述的重要標本之一加以分析。〔註83〕

一

包麗英女士用「蒙古帝國」來命名其三卷本長篇小說，它主要敘述的是成吉思汗、拔都元帥、忽必烈大帝三代蒙古帝王的歷史，囊括了蒙古草原部落的統一和蒙古帝國的建立、蒙古帝國的西征、以及滅金亡宋建立大元之幾大歷史進程。雖然並非所有相關題材作品，都如包麗英女士的《蒙古帝國》這般完整，但是它們都從不同角度書寫了蒙古草原帝國形成的恢弘歷史，所以用「蒙古帝國敘事」來統稱，可謂恰當妥貼。

這類題材的作品相當可觀，除去《蒙古秘史》、《草原帝國史》、《多桑蒙古史》等蒙元史研究的經典文獻和各種最新的研究成果的不斷再版和引進外，自上世紀九十年代起，以漢語創作的各種有關蒙古帝國歷史的文學、影視作品大量湧現。

小說方面，出自蒙古族作家的作品有：老一輩作家蘇赫巴魯的《成吉思汗傳說》，後經作者反覆修改爲《大漠神雕》；成吉思汗二弟合撒兒後人包永清，雖抱病多年卻筆耕不輟，洋洋百萬言的一部《一代天驕成吉思汗》，從蒙古先祖一直寫到忽必烈一統中華；軍旅作家巴根有《成吉思汗大傳》三部曲和《忽必烈大傳》；孛兒只斤氏後人包麗英，歷時十八年，六易其稿，完成《縱馬天下——我的祖先成吉思汗》；她進而又爲拔都、忽必烈立傳，終成三卷《蒙古帝國》系列。

不過轉型期蒙古帝國文學敘事，並非專屬蒙古族作家。早在1986年張鳳洪的《黃金貴族》就問世了；1991年兼具「信史」與「通俗人物歷史傳記」的《成吉思汗全傳》也出版了。而後來相關題材的非蒙古族寫作，更是不斷湧現。甘雨澤的《弓馬天驕》雖深受蘇赫巴魯《成吉思汗傳說》影響，但卻

〔註83〕本書的寫作，受益於張健的碩士論頗多。張健：《蒙古帝國敘事——轉型期中國大陸地區「成吉思汗」形象的「多元道德化」敘述》，暨南大學碩士論文，2007年5月。

試圖以「易經卦象」來解讀不諳漢文的成吉思汗；武俠小說家江上鷗的《征服者》專以鋪陳成吉思汗「西征」爲目的；韋紅的《蒙古帝國征戰演義》則用流暢、文雅的「演義體」敘述蒙古帝國歷史上的大小戰役，從成吉思汗父親也速該的「搶婚」一直寫到自稱是成吉思汗後裔的「帖木兒大帝」的「東征」；而有著四十年草原生活經歷的作家冉平，則以一部「寫得比蒙古人還像蒙古人寫的」的《蒙古往事》，爲漢語「蒙古帝國敘事」另闢蹊徑，堪稱轉型期漢語「蒙古帝國敘事」中的佳作；俞智先、朱耀廷二位，則進行了一次「歷史學者與電視劇作家或小說家」合作，完成了長篇歷史小說《成吉思汗》……

影視劇方面，更多的是不同族裔藝術家間的合作。詹相持導演的電影《成吉思汗》第一集、第二集，由他與蘇赫巴魯等幾位蒙古作家共同操刀編劇，展現了成吉思汗統一蒙古的全過程。塞夫、麥麗絲夫婦聯合執導、冉平編劇的《一代天驕成吉思汗》則是一部有關成吉思汗的「成長電影」，主要敘述的是一個草原少年成長爲一代天驕的「心路歷程」。曾在央視一套熱播的電視劇《成吉思汗》，無疑是所有漢語「蒙古帝國敘事」中影響最大、受眾最多的作品了，但其被雪藏五年才得以公映的命運，也顯示了其背後的某些難言的「艱難」……

而詩歌類的蒙古帝國敘事，雖很少見，但路力庚長篇敘事詩《成吉思汗》，也是不能忽視的優秀之作。

以上所提及的作品，由於創作時期的不同、創作意圖的差異，以及作者各自不同的文化、族裔背景而各具風貌；雖然也有不少差強人意之處，但大多是用心之作。不若一些「遊戲筆墨」，純是爲了「市場」而製的描寫粗疏、趣味不高的作品。祖堯的《成吉思汗》，集神幻、武俠、言情於一爐，情節漫漶無稽，人物荒誕不經，很多時候甚至讓人不知所云。而田誠的《成吉思汗》和署名司馬路人的《成吉思汗私密生活全記錄》，則是一系列帝王小說中的一本，有著明顯「工作室出產」的特徵。前者基本按照歷史記載敘述，略有誇張，突出感官刺激；後者專寫「私密」，格調低俗。還有署名野慶裕的《成吉思汗》，很多地方原文照抄巴根等人的小說，前後情節都難以貫通，實爲「拼湊」之作。另外託成吉思汗之名所成的「穿越」之作，如署名黃易的《成吉思汗》；蒙古帝國題材甚至還成爲新型媒體的素材，如所謂「經典 DOS 遊戲」《成吉思汗》。

二

（一）

　　雖然在非蒙古族的記憶中，對於成吉思汗或蒙元帝國的看法有不少負面性的印象，而且一般只要帶有序言的作品，都會提到歷史著作對成吉思汗的負面評價，但就我們這裡所考察的具體作品來說，無論是非蒙古族作家的寫作還是蒙古族作家的創作，無論是嚴肅之作還是通俗、拼湊之作，對成吉思汗、忽必烈等蒙古帝王總體上都是持肯定態度，大都以濃彩筆墨來書寫孛爾只斤部從一個弱小的家族，演變為統一中國、橫跨大洲的世界性帝國的輝煌業績。但是在總體一致的肯定下，還存在不同的敘述話語方式，呈現出有關蒙古帝國這一題材中所包含的複雜、微妙的意涵。下面我們將主要以五部嚴肅性的蒙古帝國敘事加以比較分析。

　　五部作品分別是包永清的《一代天驕成吉思汗》（以下簡稱《天驕》）〔註84〕，蘇赫巴魯的《大漠神雕──成吉思汗傳》（以下簡稱《神雕》）〔註 85〕，巴根的《成吉思汗大傳》（以下簡稱《成吉思汗》）〔註86〕和《忽必烈大傳》（以下簡稱《忽必烈》）〔註87〕，包麗英的《蒙古帝國》系列〔註88〕，冉平的《蒙古往事》〔註89〕，除冉著外前四部均出自蒙古族作家之手。

　　這五部作品都是用心之作，都程度不同地具有為蒙古民族書寫歷史的指向〔註90〕，不過作者們所採用的不同的敘述表達方式，又呈現出不同的特徵及其話語義涵。首先讓我們來看《天驕》。它可算是演義類作品，其體裁即為章回體

〔註84〕包永清：《一代天驕成吉思汗》，上、中、下三部，遠方出版社，1993 年版。

〔註85〕蘇赫巴魯：《大漠神雕──成吉思汗傳》，北方婦女兒童出版社，1993 年版。

〔註86〕巴根：《成吉思汗大傳》，共兩部，分別為：「情狩」、「天飆」；中國文聯出版公司，1997 年版。

〔註87〕巴根：《忽必烈大傳》，中國文聯出版社，2000 年版。

〔註88〕包麗英：《蒙古帝國》，共三部，分別為：「成吉思汗」、「拔都征戰歐洲」、「忽必烈統一中國」，第一版由安徽文藝出版社，2007 年出版；後由雲南出版有限公司，2010 年再版。

〔註89〕冉平：《蒙古往事》，人民文學出版社，2005 年版。

〔註90〕關於此，包永清的「後記」、包麗英的序都表達得很直接，而巴根在他的《成吉思汗大傳》的引言中雖未做如是的直接表述，但後文關於此作的分析，將會說明這一點。至於說冉平對自己撰寫《蒙古往事》的目的自述，雖然說得比較含混，而且其追求超民族的用意也很明顯，但根據《蒙古往事》的跋，至少在兩個方面可以說它與蒙古民族歷史的書寫有直接的關係：一是《蒙古秘史》所啟發的作者對漢語傳統書寫習慣的「背叛」，二是「還原」的衝動。

式，起承轉合的結構方式，與《三國演義》、《水滸傳》相當接近，而且敘述語言也頗似中國傳統演義小說。因此它給人的閱讀感受，並不是像某些評論者所說的那樣，「不只騎馬射箭蒙古包，人物的一言一行、一舉一動、心理活動、場景描寫以及語言，無處不露、無處不含民族特點和地區特點」〔註91〕。

　　蒙古族文學學習章回小說的歷史，至少從十七或十八世紀就開始了〔註92〕，而且蒙古族長篇小說的開創，在一定意義可以說就是蒙古文學、文化傳統與漢語章回體小說相結合的產物。這集中地表現在蒙古族近代長篇小說第一人尹湛納希先生的創作中。雖然筆者並無能力閱讀尹湛納希用蒙文創作的作品，但是對照閱讀他的漢譯《成吉思汗演義》（以下簡稱《演義》），給人的感覺就很有特色。由於《演義》是章回體，從中發現許多章回體小說的敘述語式並非難事，作品中的某些注釋也透露出某種非蒙古族或遠蒙古族的言說方式〔註93〕，但是《演義》留給人的總體閱讀印象則是相當蒙族性的。有評論者將此種民族性效果歸因於《演義》對於蒙古族「民間文學」傳統的繼承或有機改造。至少涉及到蒙古族「民間文學」兩個方面營養的汲取：一是有關成吉思汗的豐富的民間傳說，二是富於蒙古族特色的語言形式對於尹湛納希的豐厚滋養。比如說「蒙古族人民喜聞樂見的俗諺、贊詞、誓詞、格言」等在作品中，不是個別的引用，而是「源源不斷地湧流」，形成通篇的蒙古化的語言形式〔註94〕。應該說這種解釋是相當到位的，或許還可以再進一步解釋，尹湛納希在創作中雖然吸收了漢語章回體演義小說的基本框架格式，以及一些語言表達形式，但在更深層的創作文化範式層面，《演義》是蒙族性的而非漢性也非滿性的。或許這裡不是一個飽學之士對豐富的「民間文化」養分的汲取，而是一個根基於蒙古族文化的蒙古人，對外族文化的開渠引流。所以外來語言文化的表達形式，在《演義》中只是某種程度的形似，而真正格式塔層面的神韻，則還是蒙古族的。而反之比較《天驕》，其作者雖然具有蒙古

〔註91〕蘇爾塔拉圖《一代天驕成吉思汗》「序言」。
〔註92〕札拉嘎：《比較文學：文學平行本質的比較研究：清代蒙漢文學關係論稿》，內蒙古教育出版社，2002年版，第一編。
〔註93〕例如第5頁對「黑馬年」的注釋，就像是一個純然的歷史學者，或更像是一個中國古代正統歷史學者。還有一些注釋，則具有民族志的意味，如第31頁對鐵木真迎親時蒙古人穿綾羅綢緞的注釋。
〔註94〕參見邢莉：《雄偉壯麗的史詩——蒙古族歷史長篇小說〈成吉思汗演義〉漢譯本代序》，尹湛納希：《成吉思汗演義》，安柯欽夫、朝格柱譯，中國戲劇出版社1992年版，第13～14頁。

族的身份，有著重述族裔歷史的強烈動機，該作情節的敘述時序上也要比《演
義》更爲遵守某些傳統蒙古族歷史著作（如《蒙古秘史》），作品中也吸收了
不少有關成吉思汗的民間傳說，也適當地吸收了一些蒙族傳統的文學表達形
式〔註95〕，但是所有這一切都沒有結構成眞正富於蒙古族特性的格式塔意義
上的文化心理形式，作者是在漢文化思維的制約下進行寫作的。或許這裡的
比較有些抽象，我們不妨稍稍做些實例性的比較。首先來看《天驕》與《演
義》的開場。

> 成則爲王，敗則爲寇，無論古今中外，概莫能外。天下大事合
> 久必分，分久必合。豈不看我中國自黃帝以來三皇五帝到夏、商、
> 周、秦，秦統一中原七雄，始稱始皇，漢又分西、東。後來魏、蜀、
> 吳三國爭雄，魏勝而合。後又有南北朝、隋、唐、五代十國、宋、
> 遼、金、夏、西藏、大理，時分時合，來來去去，忽盛忽。

> 蒙古的歷史桑滄，不亞於中原。匈奴人分爲南北，南者南去，
> 北者西邊，餘者留原地，融合於蒙古。蒙古自哈布勒汗時統一部眾，
> 到也蘇該巴特爾被害，又陷入四分五裂、各部互相爭強爭霸，如同
> 裝在口袋裏的牛羊特角，互相頂撞，正如《秘史》中所說，是一個
> 『星空翻轉，諸國征戰，無暇在床上安眠，你爭我奪，天下大亂的
> 局面」〔註96〕。

相信大家看到這裡馬上會想起《三國演義》那個著名的開場吧。可是請看《演
義》的起篇：

> 黑馬年。南宋第一代皇帝高宗紹興三十二年。金國第五代皇帝
> 世宗大定二年。鐵木眞誕生。

此段引文是正式敘事開始之前的題記，爲《演義》中的固定格式，每章之前
都有。雖然表面上看去，表達格式是純正的歷史著作紀年性提示，但蒙宋金
不同的紀年並立且前後排列的方式，本身就突破了傳統中原紀年的格式。宋
金紀年屬於傳統中原式的朝代紀年，而黑馬年這樣的紀年則屬於風俗性的文
化紀年（如農曆）。另外作者又將既非民俗也非朝代紀年的鐵木眞的歲數一併
列出，則突出了鐵木眞的非同常人的神聖性。而當蒙古草原統一、成吉思汗

〔註95〕當然在規模上遠遠無法與《演義》相比，《天驕》主要只是對「祝贊詞」形式
　　　　的借鑒。
〔註96〕包永清：《一代天驕成吉思汗》（上），第1頁。

登基後,章前題記就在蒙古民俗紀年之後,加上了相對應的「大蒙古成吉思汗 X 年」,而且正文中關於鐵木眞的稱謂也按照一般蒙古族的習慣改爲了「成吉思汗」。不過在題記紀年中,仍然還保留著「鐵木眞 X 歲」的表達方式。這樣的處理隱含著尹湛納希既接受中原文化傳統影響,但同時又始終注意不要在學習他文化的同時丟棄蒙古族文化特質的用意。

如果說《演義》題記表達形式中所包含的彰顯蒙古族族性文化特質的用意還是比較隱晦的話,理解它還需要相關知識的儲備,那麼緊接著的正文開場,草原文化的氣息就撲面而來,幾乎無需任何書本知識儲備,直接就可看到、聞到:

> 說的是部落首領也速該巴特爾,在他故鄉波他邦的領土,選擇水草豐美的地方,建造了橋梁,過著安居樂業的生活。周圍的部落都用羨慕的眼光注視著他們的發展興旺,同時又懷著畏懼的心理,像蜜蜂一般跟隨著,更加使它耀武揚威〔註97〕

讓我們再來比較比較《天驕》與《演義》關於鐵木眞誕生的描寫。就兩部作品的相關內容來說,《天驕》和《演義》的史料來源基本相同,都有出生前訶額侖感到肚子痛、屈指計算懷孕日期、鐵木眞手握凝血塊出身和白光衝天三日不散等內容,都突顯了鐵木眞非同尋常的誕生。但是相比起來,《演義》的描寫要更爲壯觀、絢麗。有懷孕之夜的夢中異象,有也速該巴特爾統率的遠征大軍;還有四月天的草原綠裝、田野百花盛開、小鳥飛翔啼鳴,和風日麗、春光明媚、花香襲人;更有原本纖絲未有的天空,突然五彩祥雲飄浮而至,「脾形山頂升起耀眼的白光,像一道彩虹伸向天際」,「不僅被其它各部人親眼目睹,就是遠在宋、金、遼、夏諸國的人,也看得清清楚楚」,「無不爲之震驚」。「從這一天起,斡難河水整整三天三夜清澈如鏡,一望見底,就連幾廐長的魚兒怎樣游動,也都清楚楚。這是因爲在奔騰的激流裏洗過太祖鐵木眞的緣故」〔註98〕。這樣的描寫、敘述,色彩鮮豔而又清亮,畫面迭變而又動感十足,視覺、聽覺、嗅覺同時被調動而貫通,可說是極富電影蒙太奇的效果,而它卻是在電影出世之前的文學畫面。其實更重要的不僅僅在於這種輝煌、絢麗、神奇而又清亮畫面的藝術效果,還在於它所具有的豐富的民族志文化樣態的有機完整性。可以說整個畫面的所有元素,無論是神奇也

〔註97〕尹湛納希:《成吉思汗演義》,第 1 頁。
〔註98〕同上,第 5 頁。

罷，還是絢爛、清亮也罷，都沒有脫離草原山水、傳統蒙古族生存方式這一「在場」之所，從而使得有關描寫達到了天降眞命天子之神奇與草原之子誕生之眞實切在的有機融合。而與此相較，《天驕》的相關描寫，雖然也有意識地穿插了某些草原民俗（如僕人花格琴的接生過程），但卻有勉強插入之嫌〔註99〕，而且總體感覺所突出的不過是漢語讀者所熟悉的眞命天子降生這一點而已，離「民族志」意義上的眞切在場性差之甚遠。

上面的比較顯示了《天驕》更爲靠近漢語文化而離蒙語文化相對較遠的情況，但是從另一個方面看，我們必須承認，《天驕》的語言形式雖然很接近傳統漢語章回演義小說，但其行文中所體現出的寫作態度則是相當嚴肅、周正的，作者好像是在認認眞眞地爲自己的民族寫一本「信史」，並無傳統演義小說所往往具有的荒誕、故意誇張之遊戲態度。因此它之接近傳統漢語演義小說，或許是作者還沒有找到合適的敘述話語形式，或許是作者不應該像《演義》那樣選擇師法傳統漢語章回小說，而應該直接去師法《蒙古秘史》。

（二）

《蒙古秘史》成書於 700 多年前，雖然最初的蒙古原文早已散失，只餘「漢字音寫」本，雖然它比起《左傳》、《史記》這些偉大的歷史文學著作要晚出千餘年，但是它作爲「歷史文學先驅的第一流作品的地位」 毫不愧色〔註100〕。「《秘史》在記敘歷史時經常使用文學描寫手法，刻畫出許多個性鮮明的歷史人物形象，在用散文記敘、描寫時，不時插入押韻的歌唱」〔註101〕；其「天眞自然的敘述，不知要高出慨慨無生氣的古文多少倍！我們如果拿《元史·太祖本紀》等同一的事跡的幾段來對讀，便立刻可以看出這渾樸天眞的白話文是如何地漂亮而且能夠眞實地傳達出這游牧的蒙古人的本色來了」〔註102〕。

〔註99〕 另外《天驕》對《演義》中有關紮爾其岱情節的改寫，還好像吸收了《聖經》中有關耶穌誕生的情節。或許我們也不能完全排除原先《演義》吸收《聖經》的可能性，但《演義》的描寫要遠爲自然、天成，但《天驕》吸收的痕跡則相當明顯，這樣就更加深了它有關鐵木眞誕生敘述的拼湊感。

〔註100〕 日本學者村上正二語，轉引自余大鈞：《蒙古民族的瑰寶——〈蒙古秘史〉》，《蒙古秘史》，余大鈞譯注本，石家莊：河北人民出版社，2007 年版，第 1 頁。

〔註101〕 余大鈞：《蒙古民族的瑰寶——〈蒙古秘史〉》，《蒙古秘史》，余大鈞譯注本，第 7 頁。

〔註102〕 鄭振鐸：《插圖本中國文學史》（下冊），上海：上海人民出版社，2005 年版，第 854 頁。

　　應該說這樣的定位是相當準確的，不過用「天眞白話文」來定位《秘史》的語言恐怕帶有不自覺的漢文化本位的偏見。《秘史》那渾樸的古代白話，即便是經過現代漢語的翻譯，仍然可以清晰地見出蒙古民族的深沉、渾厚的性格，具有內在的神聖、嚴肅性。所以，鄭振鐸先生所發現的「天眞」，或許恰恰不是所謂後進文明的天眞純樸，而是草原民族文學所富有的直觀、質樸之意象性特質的表現，它與漢族藝術作品所貫常的「成熟、優美、精緻」的意象表達法有很大的不同〔註103〕。因此，前輩學者從《秘史》中所發現的大量古蒙古語語詞和特有語法的保留，就不僅僅是一般的語言性文獻財富的保留〔註104〕，那讓他們從中看出「古代游牧民無數世代的生涯」的背景〔註105〕，恐怕也不是一般性的寫作背景。可能更爲恰當的概括應該是，上述所有語言、風格、敘述、描寫之特質，彙聚在一起形成了一種獨特的文化語言方式。正是這種特殊的語言方式，不僅爲我們保留了古代游牧民族的特殊的生活方式與民族性格，而且它對於一些追求「還原性表述」的轉型期蒙古帝國的敘事來說，提供了一種獨特的語言思維及書寫方式，成爲了他們自覺或半自覺的寫作藍本，甚至對於我們分析整個蒙古帝國題材的寫作，《秘史》都具有「元文本」的參照性意義〔註106〕。而從這個角度來看，蘇赫巴魯的《大漠神雕》與冉平的《蒙古往事》則可能是最具代表性的兩部作品。

　　《大漠神雕》這一稱謂，很容易讓人聯想到《神雕俠侶》、《大漠蒼狼》、《雪山飛狐》這類通俗小說，但其實完全不是，它所給人的閱讀效果是極富「信史性」的。這相當程度上可能與蘇赫巴魯先生對於《秘史》的潛心研讀

〔註103〕參見姚新勇、孫靜：《魅力獨具的比喻審美詩性——以〈江格爾〉第九章爲例》，《暨南學報》，2012年第4期。
〔註104〕余大鈞：《蒙古民族的瑰寶——〈蒙古秘史〉》，《蒙古秘史》，余大鈞譯注本，第10頁。
〔註105〕同上，第1頁。
〔註106〕當然，這並不是說作家寫作時只參考《蒙古秘史》。下文的分析之所以重點關注《秘史》，一是爲了論述更爲集中，但更重要的原因除了《秘史》本身在蒙古史文獻中的重要地位外，還在於它本身內容的權威性以及獨特的敘述話語方式對於不少蒙古帝國題材寫作的重要影響。其實我們不妨對照一下另一部重要的蒙古史文獻《蒙古黃金史》就不難發現，雖然它也具有不少與《秘史》相近的品質，但是僅僅是它無時不忘突出佛教與蒙古族歷史的重要性中所存在的不少牽強附會，就難以對今天的寫作者產生如《秘史》那樣重要的影響。

並借鑒其方式來進行敘述有直接的關係〔註107〕。這種方式的講述，很少使用形容詞，在許多情況下，敘述者好像只是在講述，在陳述。就像有許多東西在那裡，他一件件地給你介紹、說明，既不誇張也不縮小，只是照著事物本來的樣子給你介紹、向你說明；也像是一個通曉天文地理人間萬事的老人，一樁樁地給你敘述，一個個地對你講述，不緊不慢、不急不燥，既不高聲、也非低吟，只是按照事理展開的樣子，去講述，去描述。如果你是一個沒有足夠耐心的讀者，如果你對他者的文化缺乏足夠的尊重，那麼面對《大漠神雕》的場景，就很可能會像是一個旅遊觀光客聽一個江格爾其的演唱：你看到演唱者直直站立在那裡，或端端正正地坐在氈子或草地上，神情嚴肅，嘴一張一合，面步的肌肉在動與不動間挪動，眼神似乎有些呆板，但好像又時而閃過似與非似的情感之光；在你的感覺中，曲調也很快從新奇變成單調、重複。漸漸支撐你禮貌的氣力消耗盡了，不一會，吸引你觀察的好奇也磨平了，你沉入昏睡的狀態，迷朦中似見非見地聽著江格爾其一如既往地在那裡唱著。這是從讀者或聽者的角度來觀察，如果從書寫者、演唱者的角度看，你或許會驚異，他是那樣的自信，那樣的沉穩，不管他的聽眾有什麼樣的反應，不管他的周圍發生什麼事情，他都沉浸於演唱或書寫的狀態，綿綿不停地講述、書寫，滔滔不絕地演唱、頌贊。他對自己的書寫、演唱的效果毫不懷疑，他相信他所寫、所述、所詠之事物、故事本身，具有強勁而又不誇顯的綿厚之力，會讓他的讀者讀下去，讀到最後一個字後還會掩卷長思；會使他的聽眾聽下去，聽到最後一個音符，還會隨著餘音去久久沉思。

這是一種樸素而又博大的講述，不要說這樣的講述者根本不屑什麼敘事遊戲的後現代講述，就是那些為了增加講述效果的語言修辭技巧，他似乎也不屑一顧。對於這樣的敘述者來說，他好像深知自己只不過是一個偉大史詩的講述者，哪怕他擁有人世間的聲名，那也只是因為他是一個偉大史詩的講述者而已。因此他要通過對於自我炫技衝動的抑制（或許他根本就不知道什麼自我、什麼炫耀），讓史詩本身的魅力來打動讀者，打動聽眾。當然，既然

〔註107〕陳治平的《東蒙雄鷹》中就提到了蘇赫巴魯對《蒙古秘史》等大量蒙古史典籍的潛心研讀，以及對於蒙古族民間傳說的瞭解。另外，作者在《成吉思汗傳說》的後記中說到，自己創作的原則是，「以史料為鑒，以年代為線，以傳說為墨」，「多敘事，少議論」。（見蘇赫巴魯：《成吉思汗傳說》（下卷），長春：北方婦女兒童出版社，1985年版，第288頁）。而且經過較大修改後的《大漠神雕》，也感覺更靠近《秘史》。

是史詩，就不可能是什麼純然的客觀歷史，而且一個史詩的講述者也不可能是一個什麼後現代的「零度講述者」，他對史詩的崇拜、對聖者折服、他對英雄的敬佩、對本族群的熱愛，可能早已經化成了血液，流淌在他的血管中；史詩的雄偉、莊嚴、神奇，或許早已經成為一種精魂之在，滲透於他的意識、情感以及每一個細胞中。因此他的講述越是樸素，越是沉靜肅穆，就越能襯托出他所講述的英雄事跡、神明之祖、偉大神奇的「客觀性」——一種似乎不容質疑的客觀實在性，一種「箴言般的告白」。

所以這種樸素、不事炫耀的講述或演唱，並非是本能、原始、無「技巧」的講述。它之技巧是不事誇張、日積月累而至的庖丁解牛之大技，持之不懈、凝神聚精而成的痀僂乘蜩之湛技。所謂大象無形、大音無聲，只要你有足夠的耐心，又不刻意而去求之，樸素講述背後的大道之技，或許就會突然顯現：

> 虎兒年（1206 年），被金帝國嘉封的北方鎮安招討官成吉思汗，派他的「箭的傳騎」，向金帝國皇帝完彥璟（章宗）呈報說：北方諸部，像七月無風的牧野那樣平靜，格外平靜，像九月無雨的湖面那樣安寧，非常安寧……

> 七十歲的老章宗，聽完一折呈報後，僅存的四顆大牙頓時酸痛起來，比山杏子還厲害。他想：會有什麼平靜和安寧呢？此刻，他立即想起了關於鐵木真的事情〔註108〕。

《神雕》就以這樣節制而又氣韻十足的方式，拉開了虎兒年（1206 年）蒙古草原正式統一、鐵木真登基成為成吉思大汗慶典書寫的大幕。這樣一個神聖而偉大時刻的震撼性之感，首先從遠方、從它的敵對面的反映隱隱傳來、越來越近，漸成隆隆之音：

> 沒有路的瀚漠，從此出現了蹊徑。人們車水馬龍般的奔向天底下數百朵潔白的奇花而來。其中，猶如牡丹花王般的，就是成吉思汗的這座金帳。

> 這座金帳位於營地的中心，面向正南，由刺繡的白綾包裹著，金帳正門的左側，樹起九足白旄纛，這面旗子是孛兒只斤部族的標誌，旗上繡有「鷹」的圖案，旗邊綴有九角狼牙，牙端懸有表示力

〔註108〕蘇赫巴魯：《大漠神雕》，第 199 頁。

量的九條白色犛牛尾，這「九」的數字，除表示吉祥以外，也是成
吉思汗九員大將的象徵。

正門的右側，插有一杆「蘇魯錠」它是戰神的標誌。「蘇魯錠」
的塵端繫有四束黑色馬尾。金按酌方形天窗下，頂有四棵包片的雕
柱。構成金帳的結構，還有一座高大的包金門閣。這座金帳可容納
五百。

金帳的門前，是寬闊的廣場，右側是以訶額侖母親、哈薩爾親
族依次排列的帳幕，左側是以木華黎、孛斡兒出等將領的帳幕。

神聖的孛兒罕山，第一次看到它的腳下，開滿幾百里的潔白花
朵，醇乳般的斡難河，第一次映進了這般壯麗的景色。

這一天，孛兒罕聖山的東麓，斡難河的西岸，聚集著數不清的
人群、畜群、帳群，據說，斡難河只剩下了三尺寬，三歲的孩子在
水裏嬉戲〔註109〕。

所以將《神雕》與《演義》相比較，前者似乎更爲古代，後者則更爲現代；
前者好像更爲蒙族化，而後者則更爲靠近漢化的講述。或許從歷史演進和文
化心路觀又可以說，尹湛納希的《演義》，表徵的是蒙古族文化經由滿族文化
的中介和清政府的強力推動，在向漢文化靠攏，在經歷著第一波的現代性轉
換。這一現代性的轉換，既是蒙族性的，也是中華民族性的。而包永清的《天
驕》與蘇赫巴魯的《神雕》則是新一輪中國現代轉型大潮中的折返之行，《天
驕》向《演義》靠攏，而《神雕》則一躍而近《秘史》、《黃金史》這類蒙古
「正史」。所以，無論是從這個角度上看，還是從具體的講述方式言，《神雕》
又似乎比《演義》更像是自覺而純正的「民族志書寫」，而這種自覺性努力，
卻又恰好表明了作者所生活的環境，離「原初」形態的蒙古族草原文化的距
離，要遠遠遠於《演義》。

再讓我們來看另一部與《秘史》神形相通的作品，漢族作家冉平的《蒙
古往事》。冉平在回答爲什麼他要寫《蒙古往事》（以下簡稱《往事》）時說道：

首先，我對自己的漢語敘事久有不滿，掙扎不出來，而《蒙古
秘史》的言語方式恰好使我看到了某種可能。我想我可以用這個題
材做一點努力，讓我的敘述與漢文化和漢語表達拉開一點距離，由

〔註109〕見蘇赫巴魯：《大漠神雕》，第200～201頁。

此展開自己的文學想像，準確地説，這應該稱作關於歷史題材的一次文學行動……

　　於是便有了這個《蒙古往事》。我個人覺得，有關它的寫作更像是還原某種東西，我寫得特別小心。不用漢語成語，盡量少用形容詞，往回退，就像剛開始學習寫作那樣〔註110〕

　　的確，在學習《秘史》的樸素性敘事這一點上，《往事》與《神雕》很接近，而這一極正是冉平自己所説的歷史客觀性視角。但是正如前面分析過的那樣，以《秘史》爲代表的樸素性的「客觀敘述」並非是純然客觀的，無論是《秘史》本身也好，還是向它學習的《神雕》也好，在其表面性的拙樸而勁道的「客觀視野」中，內含著巨大的族裔情感投射，因此由這種語言方式所講述出來的歷史，就是被主觀情感洗禮過的歷史。所以當冉平以這種樸素而又內在情感濃鬱的語言來「重新學習寫作」時，實際上他已經就是在以一種不同於我們習慣的現代漢語的話語方式在重新打量、過濾歷史。因此冉平所感到的「一種自由和愉悅」，所看到的「自己的某種能力」，不僅「最終它將成爲它自己」，而且它一定並且已經成爲了轉型期蒙古族返還、追溯族裔傳統文化潮流的一部分。所以儘管封面折頁的頭兩段話提示《往事》所講述的是人類的故事，所書寫的是作者的想像力，但是蒙古帝國往事本身的力量、外拙而大巧的話語方式的定位，都使得那包含著特定族裔指向的第三段提示的出現實屬必然：

　　本書的寫作讓八百年前的表情和腔調一一復活：血仇與征馳，古老的習性，神秘的直覺，有如箴言般的告白和獨語……《蒙古往事》，一部關於蒙古歷史與領袖的氣象蔚然的作品〔註111〕。

或許都不必去閲讀原著，只是去讀讀封面、封底以及封面折頁的那些文字，讀者就不僅會感受到情感，而且還可能激發出「義務」〔註112〕。

　　我們「強調」《秘史》作爲「元文本」之於轉型期蒙古帝國書寫的重要性，絕不意味著《神雕》與《往事》是《秘史》的單純模仿或模仿性改寫。如果

說《神雕》是以《秘史》的話語方式和歷史敘事為底本，又廣泛地採集《蒙古黃金史》、《史集》、《成吉思汗演義》等史著和文學著作，再加上一些自己的想像，最後加以不動筋骨的審慎而精心地剪裁，成就了一部既有「蒙古正史」風範、又有傳統「史傳體」歷史敘事細密特質〔註113〕以及「文學體」語言含蓄、雋永的亦史亦傳亦文之作，那麼《往事》則接過了《秘史》質樸、遒勁、箴言式告白的敘述方式，但又大膽地引入了更富現代個體意味的「意緒獨白」式的敘事技巧。

這裡所謂的「意緒獨白」首先接近意識流小說的「內部獨白」或「自由聯想」，具有敘述自由，不受或少受常規時空邏輯約束的特點，強調內心印象而非外部經驗的表現。雖說這類現代小說技巧具有「心理現實主義」之謂，但是「這類虛構意在大膽地實驗，打破傳統小說的講故事方法和小說構架，它很少注意為讀者創造出一種現實主義或自然主義的逼真幻象，而是建立起它自己的創新和不同種類的現實主義，阻止讀者從人物那裡得到自我證實，但與此同時又鼓勵讀者參與到作品中，而不是間接地去感受。」〔註114〕

按說這種先鋒性十足的敘事方式，與冉平所追求的《秘史》敘事的客觀性截然不同，但是冉平卻成功地將這兩者嫁接起來。他既保留了蒙古傳統敘事的質樸特點，改造了內部獨白的破碎的主觀性，又充分發揮了此種敘事的自由聯想、突破時空性特質，從而將兩種似乎風馬牛不相及的「現實主義」的客觀性有機地融合起來：外在質樸的歷史現實主義，制約了意識流心理現實主義之意識的天馬行空或存在的破碎游蕩，從而使其具有了歷史的「客觀」規約性、「真實性」；而內在性的心理現實主義，又賦予了質樸的、集體性的傳統歷史敘述以現代的、個體的內省性。從而使得這種結合產生了作者所欲的「間離效果」，「讓讀者有思考的空間」，以及隨意開卷的閱讀自由〔註115〕，而且讓作品具有了兩種時間（外部的歷史時間與內在心理時間）並在的效果；但另一方面，這樣的兩種不同文化範式的嫁接，可能更多地是在保留了蒙古古典敘事的神聖性

〔註113〕如果將以《史記》為代表的中國史傳體作品與現代小說相比較，無疑前者根本談不上細密，但如果將《史記》與《蒙古秘史》甚至與《蒙古黃金史》比較，它就顯得細密了，而《神雕》在這一點上不僅更靠近《史記》，而且也更為細密。

〔註114〕參見 J.A.Cuddon, A DICTIONARY OF LITERARY TERMS, 詞條 stream of consciousness. 頁 661。

〔註115〕冉平：《蒙古往事·跋》，363 頁。

的基礎上，將一個天生聖主的故事，改造成了一個普通或半普通的孩子，從苦難、野蠻、戰爭的環境中成爲偉大英雄的過程。這樣，《往事》就又成了一部成長小說，一個偉大人物、一個蒙古英雄的成長小說。而這後一點經過電影敘事的濃縮，就更被強化、突出了〔註116〕。或許正因爲所有這一切，所以《往事》才稱得起「寫得比蒙古人還像蒙古人寫的」讚譽〔註117〕。這裡「還比」二字或許透露出了兩個同樣追求歷史還原性和純正敘事性作品的深層差異。不過此處我們先暫且不去深究，留待本節第二部分的分析去展示。

（三）

下面我們要分析第三類蒙古帝國敘事，或可以以巴根的《成吉思汗》、《忽必烈》以及包麗英的《蒙古帝國》爲代表。從總體來看，它們都屬於嚴肅之作，都具有眞實地再現歷史的追求，尤其是自豪於自己是孛爾只斤後裔的包麗英女士，更是希望通過自己的書寫重現祖先風采。但是與前面我們分析過的那三部作品來看，這三部作品，尤其是《蒙古帝國》和《成吉思汗》的通俗文學的意味更強。冉平在談及創作《蒙古往事》的動機時說過這樣一段話：

> 每當有人問我在寫什麼的時候，我經常陷入一種尷尬，不情願承認自己寫的是歷史小說，因爲我覺得，將某段歷史用文學語言敘述一遍，或者演繹一回給今人看，似乎形成了當下有關歷史小說的概念：宮廷裏的爭權奪勢、爾虞我詐，妻妾間的醋海風波；都差不多吧。可這絕不是我的興趣所在〔註118〕。

這絕不是說，《往事》中沒有女人，女人與男人之間的關係在《往事》中具有非常重要的作用，他所厭惡的是那種通俗文學性的宮廷敘事的方式，而這恰恰似乎是巴根與包麗英的自覺追求。巴根說：

> 因爲蒙古文字創制較晚，成吉思汗統一蒙古過程的史實本身沒有當時的記載，一些隻言片語的記載也是由後人追記或外人的遊記而已。這就造成了描寫成吉思汗的一大缺憾——無法深層次描繪他黃金家族內部和後宮生活，以及他妻妾們的眾生相，他妻妾對他和汗國的貢獻及影響。〔註119〕

〔註116〕這裡指塞夫和麥麗絲導演、冉平編劇的影片《一代天驕成吉思汗》。
〔註117〕《四十年生活釀出〈蒙古往事〉》，http://www.chinawriter.com.cn
〔註118〕冉平：《蒙古往事》，第362頁。
〔註119〕巴根：《成吉思汗大傳·情狩》的引言，《成吉思汗大傳·情狩》，第1頁。

同樣，由一本塵封於北京大學圖書館的描寫成吉思汗的小說——一部「通篇將成吉思汗征服世界的動力歸結爲對女人的征服欲」的小說，使得包麗英女士突然發現，「原本應該像陽光、像草地、像藍天一樣純樸、明晰、自然」的成吉思汗的成長歷程、喜怒哀樂、愛恨情仇，竟然可以以如此的方式來加以敘述。因此女人、宮廷密諱、以及人性的欲望與弱點等都在這三部小說中，具有了重要的位置。當然相同中，兩位作者也存在較大的差異。相對而言，巴根要更爲大膽、狂放，而包麗英則較爲含蓄。在某種程度上，《成吉思汗》、《忽必烈》中（尤其是前者），女性與男性之間的關係，更接近征服與被征服的欲望性關係，而《蒙古帝國》則靠近「愛情」一極。女性戲份和作用，在巴根作品中要更多、更大，而且巴根的敘述語言好像也更爲粗俗，或說更爲狂放（突出地表現於《情狩》中），而包麗英的語言，則更爲女性化、更爲清麗。所以，巴根的作品或許更可以代表那類既嚴肅但又更多通俗敘事傾向的作品，因此這裡想對《情狩》多做些分析。讓我們不妨從蒙古帝國敘事的開場方式的比較入手吧。

筆者所看過的有關成吉思汗故事的開場，一般有兩種方式：一種是歷史性方式，即從蒙古祖先的源起展開敘述；另一種是文學性方式，即從某一個重要的事件起始，而在後一種方式中，一般又都會選擇兩次重要的「搶婚事件」之一作爲起始點。這兩次著名的搶婚分別是成吉思汗的父親也速該巴特爾搶掠赤列都妻子訶額侖，另一個則爲蔑爾惕部人報復性地搶掠成吉思汗之妻孛爾帖。當然文學性的開場方式並不局限於這兩次搶婚，還有一些選擇成吉思汗的誕生開篇。

一般來說，態度謹愼、追求「純正」 民族歷史講述的作品，大都選擇較爲純樸的歷史方式，如《神雕》和《天驕》。而通俗、演義性較強的作品，往往選擇搶婚作爲開場，巴根的《成吉思汗》就是從孛爾帖被搶開始的：

成吉思汗打算以五萬騎兵攻打蔑爾乞惕部，奪回愛妻孛爾帖。

這是《成吉思汗》第一卷《情狩》開篇之語。故事開場不用鐵木眞之謂而直稱「成吉思汗」，有違蒙古族講述成吉思汗歷史的一般慣例〔註120〕；「騎兵」、「愛妻」等詞語既漢化也現代；至於這句的語式及開篇方式，也像極了某些被研究者稱道的優秀漢語長篇小說的開篇方式〔註121〕。不僅如此，《情狩》

〔註120〕蒙古族的講述一般慣例是，1206 年蒙古國建立、成吉思汗登基前稱鐵木眞，之後稱成吉思汗。

〔註121〕請對照以下兩個開場句：「蕭長春死了媳婦，三年還沒有續上」（《豔陽天》）；「白嘉軒後來引以豪壯的是一生裏娶過七房女人」（《白鹿原》）。

還不同於一般的以搶婚事件開始的作品，它沒有馬上去進行敘事性的陳述或鋪陳，而是強力突出孛爾帖被搶給成吉思汗所帶來的巨大的心理刺激。

按作者交待，此時孛爾只斤部力量弱小，若攻打蔑爾乞惕部就可能陷入腹背受敵之境，眾大臣苦苦勸阻，成吉思汗卻要執意攻打。「善於揣度成吉思汗心思的斯勤心理明白，與其說大汗是為了統一蒙古的大業去攻打蔑爾乞惕部，還不如說是為了愛妻孛爾帖。英勇無比的成吉思汗連自己的妻子都保護不了，他的內心何等的煎熬啊！還有他的英名受到嘲弄……他能甘心嗎？」被憤怒和虛榮沖昏了頭的成吉思汗，根本聽不進大臣們的勸阻，執意要集結發兵。

就在這危急關頭，一個女性站了出來，說動了成吉思汗，挽救了危在旦夕的孛爾只斤部，也成就了未來的成吉思汗和蒙古帝國。這個女性不是被蒙古族視為聖母的訶額侖，而是有情有義有姿有色的合答安。當初合答曾經救過少年鐵木真，兩人產生了深厚的感情。成吉思汗本想娶合答安為正妻，但卻因母親訶額侖反對而未能如願，兩人只好以情人相處。現在為了自己的心上人成吉思汗，合答安不僅以智慧之語說醒了發昏的成吉思汗，而且主動提出自己去換回被搶走的孛爾帖。小說是這樣描寫被說醒的成吉思汗：

> 成吉思汗才恍然大悟，合答安說的打鹿之事，其實是說他呢。
> 他的臉立刻發熱起來。但是，他強裝鎮定地說：「合答安，你說得有些道理，容我再考慮考慮。」
>
> 「英明的大汗，您是會做出正確的決斷的。」合答安依偎在成吉思汗的胸前。成吉思汗抱起合答安狂吻起來。

以這樣的方式出場的成吉思汗可以說是相當負面的：虛榮、狂燥、欲望十足。而連帶的兩位最崇高的蒙古族女性訶額侖和孛爾帖，即便不說是被明顯貶低，但也顯然退居到了次要地位。接下來巴根繼續演義欲望暴躁成吉思汗的形象展示與各式後宮生活、情色政治之雙重敘述線索的複式交叉〔註122〕。在這樣的書寫下，在《情狩》的相當長的篇幅中，成吉思汗幾乎成了多情賈寶玉、濫情西門慶的結合，所不同的只是這個成吉思汗多了幾分草原大漢的狂野。

〔註122〕借用一位評論者的話說就是：「總的來說，《成吉思汗·情狩》寫戰爭也寫女人，女人和戰爭猶如穿在一根車軸上的兩個輪子。是戰爭，是女人，造就了一代天驕——成吉思汗」。徐文海：《成吉思汗·戰爭·女人——巴根長篇小說〈成吉思汗〉分析》，《民族文學研究》，1996年第2期，第62頁。

作爲一個蒙古族作家來說，這樣的講述不能不說是相當離經叛道的。這是不負責任地濫情誇張、胡編亂造，還是「在歷史中灑脫」的縱橫捭闔〔註123〕？綜合而言，恐怕後者的成份要更多些吧。因爲雖然巴根的講述方式，不僅帶有明顯的漢語敘事的特徵，而且通俗文學的色彩也較爲突出，但是這種不無粗鄙性的講述方式，並非從前到後始終如此，而且它之採用，也有著作者特殊的考量。

首先與冉平相近，巴根不是要寫一個天生聖主、眞命天子，而是要寫出一個在不斷的內心欲望與外在征戰中，逐漸成長、成熟、最後才變得偉大、純粹的成吉思汗。所以在《情狩》第十七章將成吉思汗的性向度欲望推到最高峰後，有關這方面的表現就開始大大減少，不久也就基本不再重現。而也正是在第十七章的結尾，也即蒙古草原的統一戰爭快要結束時，作者更爲直接、集中地強調了成吉思汗對於道義和仁義的重視〔註124〕。這當然不是偶然的聚合，而是作者的刻意安排。這章或許對於成吉思汗的成熟來說有著重要的轉折性意義。這章之前的成吉思汗可以說基本上是被征服和佔有欲折磨、困惑著；而到這章之後，他不僅將要很快統一整個蒙古草原，而且在與欲望的搏鬥中，理性、仁慈的成吉思汗也將佔有主導地位——從這時起，一個眞正能夠把握自己命運與草原命運的強者呼之欲出。當然塑造成長型或變化性人物的用意，不僅表現在成吉思汗身上，而且還程度不同地體現在其它人那裡，尤其是一些女性人物那裡。例如孛爾帖由一個狹隘的嫉妒者，到仁慈包

〔註123〕楊朝東等：《巴根——在歷史中灑脫》，http://epaper.tongliaowang.com/html/2010-10/15/content_18450.htm

〔註124〕請看這幾段文字：「成吉思汗命木華犁、斯勤、孛幹爾等軍團前去追擊塔陽汗殘部，務必徹底殲滅，自己帶著大軍回返。途中他盤算著乃蠻部消滅以後，這草原上還有個客列亦惕，除這個強部以外再也沒有能夠與他抗爭的大部落了。客列亦惕部的脫幹鄰勒與他的父親是至交，而且在他危難之時，曾救援過他。對這個部落成吉思汗感到有些棘手。這不是怕他強盛，而是他更多考慮的是道義。無論如何也不能把他排除在統一蒙古之外，但是，要與天理相符才是，我不能給人以不仁不義的口實，那樣對將來大業不利。只有把這個部落解決了，草原統一了，我就開始縱橫天下的大業了。客列亦惕部該怎麼辦呢？成吉思汗苦苦地思索著，『回去後好好與耶律楚材商討這件事。他現在在汗城辦貴族子弟學府，正讓脫脫統阿教授蒙古文字。今後出征需帶著他。』成吉思汗想。「此時，天空之中飛出一路南行雁，將士們歡呼起來。者別說：『大汗，你箭術高超，何不射下一隻讓將士們飽飽眼福。』成吉思汗望著天空說：『我現在是統萬軍馭萬民的大汗，我的箭只能射向那最可惡的敵人，這個射雁獵雕之事是你們將士的事，你本是神箭手，應該由你來射。』」《成吉思汗·情狩》，第262～263頁。

容之妻、之母的轉換；成吉思汗之妾希蘭斤由水性楊花轉變爲剛烈慈母；索龍嘎由一個以色媚人、詭計多端、心地歹毒的妖後，經由命運與佛教徒的啓迪、開導，轉變爲一個大仁大義的殉道之士；中原女子劉可兒由一個粗通佛理且凡心未眠的佛門弟子，最終修成心純志正的佛門中人……

　　其次，巴根採用較爲自由狂放敘述的目的，不僅僅是爲了塑造變化、成長型的英雄與人物，使得人物形象更爲立體、豐滿，也是想表達對於歷史、民族文化更多、更複雜的思考。這尤其突出地表現在對於女性命運的關注和草原文明與農耕文明之間的交流與碰撞這兩個層面。前一層面較多地表現於《成吉思汗》中，後一個層面在《忽必烈》中表現得更爲集中。這裡先分析第一層面。

　　在《成吉思汗》與《忽必烈》中，大量的女性、女性活動的存在及其呈現方式，是具有較多的通俗歷史演義作品的宮廷秘諱甚至感官刺激〔註125〕的性質，但是作者也時不時地從女性的角度來觀察、講述。例如前面提到過的訶額侖阻止成吉思汗與合答安的結合，就多少折射出「封建禮教」對年輕人婚姻愛情的干涉。再如《情狩》第94～95頁、103倒數第2段至104頁、172倒數第2段、462～469頁的相關描寫，雖然某些語句或描寫相當粗俗〔註126〕，但是卻也具有女性視角發聲的特質。不妨讓我們舉幾例。

　　例如合答安爲了成吉思汗主動去蔑爾乞惕部換取被掠的孛爾帖，但卻被迫懷上了蔑爾乞惕部首領的孩子，更不幸地是還遭到了成吉思汗的厭惡。她與阿茹娜談到此事時有這樣一些對話（103～104頁）：

　　（阿茹娜）姐姐，你可不知道我也是個苦命人呢！

　　（合答安）我怎麼不知道呢？那有什麼，這草原上男人搶女人比搶羊羔還隨便。

　　……姐姐，你可不要這樣說。都是我們女人命不好，命該如此的。好在現在安靜了，再沒有人敢搶我們了，我們可以過個平平安安的日子了。

〔註125〕不過就感官閱讀這一點來說，巴根處理的還是比較節制，一般是點到爲止，不會進行詳細的深度情色書寫。

〔註126〕比如187頁這句話：「劉可兒倒想，我巴不得成吉思汗來調戲我呢」。再如74～75頁，成吉思汗與道家女子蘭佩玉談中原皇室的後宮制度：「那皇帝爲了防止其他男人與後宮女子調情做愛亂了法度，就把男人閹割了以後召入後宮，叫做太監。閹割比騸馬還慘不忍睹，把襠裏那一堆器物連根割掉以後用烙鐵燃平，這男人就成了不男不女的陰陽人。當時，聽著這些成吉思汗覺得十分好笑。把人騙了也能活，奇了」。

再如塔陽汗與哥白做愛時的一段對話（462頁）：

> 「你們這些男人，對付女人都如狼似虎的，對付一個鐵木真卻這般沒有用。」哥白說。

> 「男人之間的事你們女人不懂的，你就不要理會這些。戰爭是我們男人之間的事。」塔陽汗說。

> 「哼，你們男人的事情，與我們女人無關？那麼你們爲什麼一打起仗來就把我們女人搶來搶去的？或者他送你，你送他，這難道與我們女人沒有關係？」哥白說。

> 「哈哈，這是規矩，懂嗎？規矩。猶如太陽必西下、河水必東流一樣的規矩。」塔陽汗說。

> 「我們女人在你們男人看來是與牲畜、奴隸一樣的。」哥白說。

> 「不一樣的，不一樣的。牲畜、奴隸絕代替不了女人。你們是男人們最離不開的。我想，男人一旦沒有了女人，活著就沒有滋味了。」塔陽汗說著又把哥白摟了過去。

不管八九百年前的蒙古婦女，是否會有這樣的思想、會這樣說話，但是至少說明了作者對於女性命運的關注與同情，對於傳統草原文化某些習性的負面性評價。而這點聯繫到《成吉思汗》對諸多女性命運的書寫就更爲突出了。儘管這些女子都有一定的地位和身份，但結局卻都是十分悲慘。「孛兒帖被兩個部落搶掠，孩子生在異部，還要弄成「獨眼」才能保住自己的貞潔；合答安代孛兒帖到異部受辱，帶回了別人的種子，也帶回了不可名狀的恥辱，她想強行將孩子打掉，結果終身下肢癱瘓；希蘭斤爲了自己的孩子，顛沛流離，孩子被劫持走，她成了失魂的遊鬼，找到了女兒，她卻被劈掉了一隻胳膊……這些人不是身殘就是心殘。這表現了一種宿命般的悲哀！〔註127〕」

　　其三巴根採用狂放性敘事的更重要的原因，可能也是由於他對於蒙古族文化特質的特殊理解。許多作家都聲稱想通過自己的寫作還原蒙古草原文化的樣貌與精髓，但是傳統草原文化的特點究竟如何，傳統蒙古人的生活習性、個性氣質究竟如何，恐怕誰也不敢說自己就很清楚。一般來說，人們只能是

〔註127〕徐文海：《成吉思汗·戰爭·女人——巴根長篇小說〈成吉思汗〉分析》，《民族文學研究》，1996年第2期，第61頁。就女性命運在《成吉思汗》一書中的作用，值得參考。但是作者卻好像又有意迴避了相關書寫所可能存在的對於傳統草原文化的父權批判的意涵。

通過現在還殘留的蒙古草原文化、甚至一般現代蒙古人的氣質或一些典籍去加以認識和想像。對於那些熱愛《秘史》、《黃金史》這樣的正統典籍的作家來說，或許他們更容易體味的是蒙古民族個性的靜默、沉穩、深沉、有力、豪放；或容易忽略或有意忽略其中所透露或所隱含的粗暴、野蠻的征服與掠奪性；容易感動於母親與大地之間的隱喻性相關，而容易忽略同為父權制的草原文明豪邁性格與對女性（非母性女性）權力的漠視與踐踏之間的相互關聯。而巴根或許更為正面地注意到了這些問題，而且他或許也認為對於深受漢文化或現代文化薰陶的人來說，那些看上去粗魯或粗俗的描寫，可能恰恰是傳統游牧民族表達情感的常規方式，而且現在的牧民們可能也仍然存有某些此類特點。所以，這些不是粗魯，更不是粗俗，而是豪放、質樸〔註128〕，使用這樣的方式來書寫、來表達，也可能才更為真實、貼切。

所以從這幾方面看，或許正是因為作者採用了這種更為大膽、狂放的寫作方式，才使得他的歷史敘事，有了更為豐富多彩的歷史與現實的對話性。但是必須補充說明的是，雖然如此，巴根的作品，尤其是《情狩》，無論從觀念上還是從藝術性上來看，還存在相當的不足。不僅某些看似辯證的觀念不乏矛盾、浮表，而且變化性、成長性的人物塑造，也缺乏真正沉穩的漸進、自然。這樣，既造成了作品有機完整性的缺乏〔註129〕，而且又加深了被人理解為粗糙、粗俗之作的危險。

三

上面我們從敘事的角度考察了「蒙古帝國敘事」，下面我們將從更為直

〔註128〕其實這一點在張承志的《黑駿馬》中就有所體現。不知大家是否記得當白音寶力格得知索米婭被黃毛希拉侮辱了之後，非常氣憤，但額吉卻告訴他，這樣的事在草原上很平常。

〔註129〕這裡所言的「有機」、「完整」，不是一般意義上的有機、完整性，它還包括現代作品的有意為之的殘損、斷裂。後者雖然在形式上可能是破碎、斷裂的，但在創作觀念、作品形式、存在狀態的表達上，則是內在統一的。這是作家和藝術家有意為之的「現代性自殘」，而非觀念混雜、藝術功力不足的結果。而《成吉思汗·情狩》的藝術缺憾則可能是後者。例如作者一方面表現出對於女性的同情，但是另一方面實際又流露出相當明顯的對於女性征服欲的本能肯定，作者對女性的態度實際是這樣幾種觀念的混雜：母性的女性、對男性依賴的女性、嬌媚的女性、可憐的女性、苦難的女性、可欲的女性、心存抱怨的女性。再有，作者對於人物的性格變化或成長的處理並不是很到位，帶有程度不同的突然轉變性。至於說作品的敘述語言、思想觀念、歷史材料取捨、藝術想像之間的結合也不夠自然、渾然。

接的內容角度加以分析，這一分析不僅可能幫助我們更好地理解在當下語境中書寫的作者們是如何處理歷史史實與現實思考的，而且也能讓我們看到，不同作家對歷史材料的同與不同的處理與他們所選用的敘述方式之間的聯繫。

我們知道，任何歷史題材的寫作，不管作者的寫作目的、敘事方式的具體情況如何，他們的寫作都既不可能是簡單地鋪陳歷史，也不可能任意隨心所欲地編製歷史傳奇。在他們的寫作過程中，或強或弱地都要發生歷史與現實之間的「搏鬥」。具體到蒙古帝國敘事來說，這種搏鬥又集中地體現在兩個方面：一是成吉思汗等相關歷史人物的某些行為以及蒙古帝國建立過程中的大規模的征服行為是否野蠻？二是蒙漢關係問題，它或表現於作者所書寫、所講述的成吉思汗的故事、蒙古帝國的歷史與中華文明的關係，或說草原文明與中原農耕文明的關係。

（一）野蠻還是仁慈

書寫歷史、表現歷史人物，離不開「道德判斷」與「歷史判斷」之糾纏。孰輕孰重古來爭議不斷，有的重「道德」有的重「歷史」。依牟宗三言，二者不可偏廢，「道德判斷足以保住是非以成褒貶，護住理性以為本體，提挈理想以立綱維；而歷史判斷足以真實化歷史，使歷史成為精神之表現與發展史，每一步歷史事實皆因其在精神之表現與發展上有其曲折之價值而得真實化。無道德判斷，而只有歷史判斷，則歷史判斷只成為現象主義、歷史主義，此不足以真實化歷史。無歷史判斷，而只有道德判斷，則道德判斷只是經，而歷史只成為經之正反事例，此亦不足真實化歷史」〔註130〕。

話雖如此，但問題是何為道德判斷、何為歷史判斷並非總是容易區分的，不同的人站在不同的立場，對於同一歷史事件、歷史人物的道德判斷也往往是不一致的。那麼相關問題表現在眾多「蒙古帝國敘事」中的情況又是如何的呢？為了論述集中起見，我們將選擇兩個與成吉思汗相關的較為重要的事件契入來加以分析。它們是「搶婚」和「射殺兄弟」。

搶婚：正常的習俗還是野蠻的行為

在成吉思汗的蒙古帝國歷史上，有兩次重要的搶婚事件，即也速該巴特搶掠了蔑爾乞惕人赤列都的妻子訶額侖作為自己的妻子以及蔑爾乞惕人的報

〔註130〕牟宗三：《政道與治道》，桂林：廣西師範大學出版社，2006年版，第190頁。

復性襲擊鐵木眞部並搶走孛爾帖〔註131〕。就上一小節所重點提到的幾部作品來看，對這兩次搶婚事件的處理中所隱含的道德指向，大致可以分成兩類：一類是正面化的處理，另一類是含混性或超道德性的處理。其中以第一類的作品爲多。蘇赫巴魯的《神雕》、包永清的《天驕》、包麗英的《蒙古帝國》都是如此。

（1）《神雕》中的搶婚

在正面化處理這類作品中，最成功也最值得詳細分析的是蘇赫巴魯的《神雕》。關於也速該巴特爾搶娶訶額侖本事的敘述，集中於《神雕》的第 5、第 6 頁。這件事的出場時間，作者是按照《秘史》的方式來安排的，被安排在了第一章《祖先之光》的第 4 小節。整體敘事表面上看去，好像也與《秘史》相同，基本採用了相當簡潔的史實性的非評價性客觀陳述，但實際上，其中還存在另一種非常生動的文學敘事。而恰恰是這兩種敘事的配合，透露出了作者對於此事的道德評價指向。作爲史實性敘事對於這一歷史事件的表述非常少，它完全沒有去具體、全面地展示所涉及到的相關歷史情節，其作用基本只是向讀者交待此事發生的時間、地點、所涉及到的歷史人物。與之對照，具體情節的展開，則主要是通過形象性的文學視角來進行的。但是文學視角給我們講述的重點並不在也速該巴特爾及其同伴是如何進行搶婚的，其重點描述的是那天翰難河迷人的景色（和煦的春風、濃鬱的花香、明媚的陽光、美麗的人兒）和被搶者的反應。而這種反應主要通過訶額侖的視角透出，強調的是她不顧自己安危急切地讓丈夫赤列都趕緊逃脫的大義之舉。當然作品並不是說完全沒有對於搶親一方的負面性詞語的表述，但是這些表述不僅不突出，而且它與上述所有史實和文學性的敘述一起，都是以非常生動、貼近傳統蒙古式生活化的方式表現出來的。因而關於也速該搶婚的描寫給讀者留下的印象就是：一，這不過是一件純粹的歷史上發生過的事情而已，一件在那個時代草原上司空見慣的事情，如果不是因爲與成吉思汗有關，它根本不會成爲「歷史事件」，自然也不會被記錄。二，搶婚不僅不可怕、不野蠻，反而很美、很生動；整個的描寫不僅富於生動的文學色彩，而且就像是一個有關草原生活的人類學志的記錄。

〔註131〕不同的作品對相關人物的漢譯名稱的使用並不一致，下面的評述，除引文外，做統一處理。

應該說，這樣方式的敘述，就是《秘史》的書寫方式，只不過《神雕》處理得更為細緻、生動點而已。但是蘇赫巴魯的類《秘史》性書寫，絕對不是非道德評價性的純客觀記錄的書寫。且不說在不同的歷史時空中，能否純客觀地還原歷史，即便就是以《神雕》本身來看，作者也不是在進行純粹的歷史復原。不妨讓我們對照閱讀同一本作品是怎樣描寫蔑爾乞惕人報復性地回搶孛爾帖的。

首先在篇幅上，對孛爾帖被搶要寫得詳細得多，作者幾乎用了一章（78～83 頁）的篇幅來加以敘述，這與訶額侖被搶的一頁半篇幅形成鮮明對比。其次，孛爾帖被搶主要是敘事性的書寫，其中所存在的分量不多的心理性描寫也與行動和場景的書寫一起，分別突出的是蔑爾乞惕人的兇殘，成吉思汗的憤怒，孛爾帖僕人哈黑琴的痛苦、難過、自責，以及成吉思汗的冷靜、理智與大仁大愛〔註 132〕。對照閱讀的結果告訴我們，《神雕》有關也速該搶婚的敘述，並不是客觀的還原性書寫，而是帶有雙重標準的書寫。

當然熟悉《秘史》的人會說，《神雕》寫孛爾帖被搶之所以比寫訶額侖被搶詳細，是因為《秘史》就是這樣處理的，因此或許不是蘇赫巴魯先生持雙重標準，而是嚴格地按歷史來書寫。

對此可以分兩個方面看。第一就《秘史》本身來看。《秘史》有關孛爾帖的被搶寫作的確相當詳細，前後用了十節。而且非常有意思的是，它並沒有怎樣直接地去寫鐵木真對於孛爾帖被掠的反應，相反倒是借用札木合的口、通過他反覆的大段大段的唱詞來表達對於蔑爾乞惕人的憤怒與誓死復仇的決心。而有關也速該搶婚，《秘史》則只用了三節的篇幅。雖然這裡的原因可能是與成吉思汗聯繫更直接的史實應該突出，但這種安排本身，或許就可以說明，《秘史》也不是單純的歷史記載，而是有褒有貶的選擇性書寫。但儘管如此，仔細比較，感覺《秘史》對這兩次搶婚的書寫，前後的標準還是比《神雕》更客觀。以下幾個細節的不同處理或許可以說明。

《秘史》基本是以純粹直白的敘事口吻來敘述蔑爾乞惕人擄掠、攻打勃爾只斤部，並無刻意的兇惡化表現。第 102 節用蔑爾乞惕人自己的口吻來交待這次行動的原因，用語也相當平白，沒有什麼特殊的感情色彩。另外，歷史上的鐵木真是否真的像《神雕》所寫的那樣珍惜孛爾帖，從《秘史》中有關這一事件的描寫看也是值得玩味的。蔑爾乞惕人襲來時，《秘史》專門交待，

〔註 132〕女僕哈黑琴欲投火就責，不僅被成吉思汗攔住，而且還被當場拜為義母。

訶額侖、鐵木眞等一干人都騎上了馬，而且抱著帖木侖的訶額侖「還備了一匹馬作爲從馬。孛爾帖夫人沒有馬騎」〔註133〕。他們一干人騎馬奔走，留下了孛爾帖與女僕豁阿黑臣。還有意思的是，《秘史》中相關的前後內容，沒有一字書寫過孛爾帖當時的心理，而描寫也速該巴特爾搶掠訶額侖時，《秘史》的無名作者用了幾乎整整一節的篇幅，讓訶額侖用贊詞的方式來表達對於丈夫赤列都的關愛、不忍以及「放聲大哭」，「哭聲震動了翰難河水，震動了森林草原」〔註134〕。這樣的描寫，既突出了訶額侖對赤列都的深厚情義，同時也折射出了搶婚習俗給人們帶來的實實在在的痛苦與傷害。由此是否可以推測，這裡多多少少地隱含地表達了《秘史》作者對於搶婚習俗的某種負面性的看法？

不僅如此，《秘史》中從蔑兒乞惕人突襲中脫險後的鐵木眞〔註135〕在那段捶胸頓足的唱詞中，反覆吟唱的是自己那「微如蝨子的性命」最終得保的感嘆與慶幸，而對孛爾帖根本隻字未提。雖然《秘史》是將鐵木眞作爲手握凝血塊出身的眞命天子來書寫的，但至少在這裡顯示出《秘史》無名作者的敘述更貼切、眞實。

第二，再比較《神雕》，它是這樣來敘述的：蔑兒乞惕人襲來時，鐵木眞與孛爾帖是最後騎上馬離開氈房的，而且孛爾帖是因爲馬失前蹄才被蔑兒乞惕人抓獲的。另外當鐵木眞向札木合求援攻打蔑兒乞惕部時，《神雕》不僅大大縮減了《秘史》中札木合憤怒的唱詞，而且還用了《秘史》中根本沒有的明顯帶有貶義的詞語和心理描寫，來點出札木合的虛僞。相較之下，恐怕不得不說，在一般的道德與寬容的境界上，《神雕》或許還不如七百多年前的《秘史》。

（2）《天驕》中的搶婚

《天驕》對於兩次搶婚的處理，類似於《神雕》。關於訶額侖被搶的敘事，《天驕》集中在34～35頁。就具體描寫來看，基本也是照搬或說是翻譯《秘史》；而從整體安排來說，作者好像又在有意識地淡化處理，以盡量減輕這一事件對於孛爾只斤家族或成吉思汗形象的負面影響。說它基本照搬《秘史》甚至處理得比《秘史》還要淡化，這主要表現在作者對於訶額侖哭泣的描寫

〔註133〕《蒙古秘史》，余大均譯著，第106頁。
〔註134〕同上，第51頁。
〔註135〕同上，第111～112頁。

上。雖然《天驕》寫訶額侖哭泣所延續的時間好像是比《秘史》長，但卻沒有《秘史》來得感天震地。另外《天驕》還特定交待道，「在蒙古地方，搶婚是司空見慣的事」，而且還插入年老慈祥的也速該父母對訶額侖的安慰，又將也速該對訶額侖的愛與懷孕放在一起，使得在不到兩頁紙的相關描寫中，搶婚本身更被淡化。

與淡化處理也速該搶婚不同，《天驕》有關蔑爾乞惕人報復性的搶婚，不僅寫得要遠爲突出，而且對《秘史》中某些細節做了有意味的改動。首先孛爾帖被搶，在章回的題目上就顯示出來了，而訶額侖被搶則沒有。第二，也是說蔑爾乞惕人襲來後孛爾帖沒有騎馬，但作者卻專門交待是因爲人多馬少，所以鐵木眞「叫花格琴套上牛車帶孛爾帖夫人坐車逃走」。而我們知道，《秘史》中是有一匹從馬的，而且當時在慌亂中根本沒有《天驕》中所展現的鐵木眞的不失條理性的安排。不過從整體上看，《天驕》對此事的描述與《秘史》無論從情節還是敘述順序等方面看，基本是照搬《秘史》。例如它也有像《秘史》那樣後置性的交待原先被搶婚的赤列都的弟弟赤勒格爾‧勃闊認爲自己不配孛爾帖的自慚，但《秘史》明確地說赤勒格爾‧勃闊就將孛爾帖「收娶爲妻，收娶了後，就同住在一起」〔註136〕。交待性的語言很平實，感覺很正常，而且赤勒格爾‧勃闊的自慚性贊詞，雖然有以醜襯美的作用，但是《天驕》則加上了更多的表現赤勒格爾‧勃闊猥瑣、孛爾帖智保自身純潔的情節。

（3）《蒙古帝國》中的搶婚

此作對兩次搶婚的處理與作者要正面突出其先祖的創作用意完全一致。首先，孛爾帖被搶之前，根本沒有提到訶額侖被搶，只是當孛爾帖被搶發生後才通過訶額侖之口道出。其次，著力強化這次搶婚和襲擊帶給鐵木眞及其部眾的悲痛與難過。第三，突出了鐵木眞及親人之間的相互關愛。作者有意地突出了蔑爾乞惕人襲來的突然性，因爲突然，所以急亂中大家就彼此來不及很好地相互照料安排。儘管如此訶額侖還「在紛亂的人群中四處呼喚、尋找孛爾帖」〔註137〕。而且當鐵木眞脫險後得知孛爾帖被擄走時，他一時完全失去了理智，拼死要去救回「自己的愛妻」；而當被勸得恢復理智後，還掛念著「只是孛爾帖，你到底如何了」？〔註138〕至於孛爾帖逃跑時沒有馬騎，也

〔註136〕同上，第126頁。
〔註137〕包麗英：《蒙古帝國‧成吉思汗》，第20頁。這樣的處理與包永清《天驕》所寫的鐵木眞有條不紊地安排，表面雖不同，但爲鐵木眞掩過之意完全相同。
〔註138〕同上，第21、22頁。

被處理爲「馬廄裏的馬已經全部被放走了」這樣模糊的表述〔註139〕。第四，更爲細緻地突出孛爾帖的貞潔與守義和赤勒格爾・勃闊的猥瑣（他是幾兄弟中「最醜陋、最窩囊、最沒出息」的〔註140〕）。

與前種處理法較明確的爲尊者諱不同，巴根的《成吉思汗・情狩》和冉平的《蒙古往事》的相關處理，褒貶指向則較爲含糊，後者甚至有超道德化的性質。

（4）《情狩》中的搶婚

由於《情狩》是直接從孛爾帖被搶開始的，無法比較兩個搶婚。不過作品相關章節對成吉思汗和蔑爾乞惕部汗王的各自描寫，還是顯示出成吉思汗的魅力與魄力。當然根據上面我們對《情狩》的分析，或許也可以說，不是成吉思汗比蔑爾乞惕王更有魄力，而是他有合答安這樣的賢女幫助。因此這種安排在總體上是與該作突出女性的作用以及敘事語言的粗俗狂放相一致的，也因此其對孛爾帖被搶描寫的處理，褒貶指向就存在一定的含混性。

（5）《蒙古往事》中的搶婚

在這五部作品中，對於兩次搶婚處理得最具藝術性的要算是冉平的《蒙古往事》，這需要聯係到作者對整部小說精心的結構安排才能較好地把握。前面在談到《神雕》的敘事話語方式時，我們曾比喻性地用了旅遊觀光客聽《江格爾》藝人演唱的例子，那麼就音樂性來說，《往事》更像是一首由騰格爾吟唱的蒙古長調，或可將其比喻爲「長調式」結構。它有三個主音部，鐵木眞與他的敵人，鐵木眞與他的女人，鐵木眞與他的安答，其中又穿插了鐵木眞與他的兒子、下屬等一些相對較爲零散的伴音。它們組合在一起構成了蒙古乞顏部緣起、危機、中興、統一整個蒙古草原這一恢弘的交響樂章。

而在這交響樂章中，鐵木眞與他的女人們，構成了一個非常重要的貫穿性的線索。具體地說它們由三次「搶婚——懷孕——生產」爲核心情節：第一次對應於起源，主要表現的是搶婚帶來的正面性的生產——鐵木眞出生，但同時也埋下了終身逃不脫的復仇和殺戮這一鐵木眞與他的敵人這一音步的源起；第二次對應於中興，也是正面性的生產，但是悲劇性的色彩加重了（主要以術赤的非婚生性這一陰影來暗指）；第三次對應於統一，這本來應該是輝煌樂章的最高峰，但就女性命運以及生產性來說，悲劇性卻更重了，隱隱含

〔註139〕同上，第23頁。
〔註140〕同上，第26頁。

著非生產性。所以女性這一線索與起源、危機、中興、統一之線索似乎又存在著相反意義的指向。鐵木眞成爲成吉思汗的過程，是蒙古民族誕生的偉大、恢弘的過程，是歷史的「主旋律」；但在主旋律之下，卻又是女性命運悲愴三部曲的展開。這種複綫性的處理，實際上隱含了一種大的道德的顯示，一種類似於大道無形的道德倫理觀的顯示。正是這樣的處理，使《往事》接近了偉大作品的品質：沒有任何道德的說教，但卻隱隱達到最高的道德。

或許這樣的分析過於概括，不妨讓我們再做些更詳細的解析。

由於《往事》吸取了類意識流小說的意緒獨白的手法，便於流動性的自由敘事，作者不僅自由地書寫了兩次搶婚，而且還將它們與另一次類似事件（即克烈人來襲，造成耶遂的流產）聯繫在一起，進行了更大膽的藝術重構。

《往事》對三次搶婚的安排分隔得很開。第一搶婚是第一章的內容。作者將也速該搶婚、也速該愛戀訶額侖、訶額侖與前夫赤列都的相親相愛、蔑爾乞惕人赤列都的報復、訶額侖懷孕生產放在一章中既分開又糅合性地敘述，並且做了大膽地改編。其中最重要的是強化性地演義了赤列都的命定失敗的報復這一內容，並將原先歷史中後來發生蔑爾乞惕人的報復，緊接著第一次搶婚展開，讓赤烈離開部落去刺殺鐵木眞。同時借助於意緒式獨白敘事，作者將第一次搶婚事件處理成了兩個不同性格的人之間的性格之戰。即英雄性格的也速該巴特爾與雖怯懦但卻追求面子的赤列都之間的性格之戰。所以從本質上來說，這裡發生的事情無所謂道德不道德，甚至也無所謂眞實不眞實。如果說其中存在一些悲劇性的話，那也是兩個由天命所決定了的不同性格之間碰撞的命運性悲劇。

孛爾帖被搶的敘事，如果集中來看，大致是從第十章到第十二章，共三章。這三章以孛爾帖爲核心線索，大致分成三個片斷：① 與鐵木眞結婚生活，〔註141〕，② 赤列都之兄脫脫完成一個二十年前的命定的復仇的行爲〔註142〕，孛爾帖被俘以後以大美征服了赤勒格〔註143〕，③ 孛爾帖懷孕、生下孩子，孩

〔註141〕這一內容，處理得相當虛化。

〔註142〕因爲二十年前，也速該將訶額侖搶走了，赤烈都陷入到了痛苦的相思與恥辱感中，脫脫爲讓自己的弟弟解脫出來，他給他找來了一個畏兀兒女子轉移赤烈都對訶額侖的思念，但卻把赤烈都逼上了復仇的不歸路。因此脫脫切去了自己的一節手指，誓言要報仇。

〔註143〕或說赤勒格自看到孛爾帖的第一眼起，就沉浸到無可挽回的對孛爾帖的愛與崇拜中。

子被賜名術赤（客人）。〔註144〕

　　如果說搶婚訶額侖的敘述，展示的是男性的英雄性格與怯懦而追逐英雄性格之間命定之爭，那麼孛兒帖被回搶的相關故事，則主要突出的是草原女性的大美氣質，那種包容、沉靜、一言不發而征服男人的內在魅力。雖說這種魅力在第一章通過也速該性格的沉靜性變化就已經有所揭示，只是到了這一單元才成了主調。被作者創造性地編纂的赤勒格陷於深不可拔的愛的故事，突出的就是草原女性的這一無窮的內在魅力。

　　這一單元中還需要注意的是關於孩子的內容。成吉思汗之子術赤究竟是誰的孩子，在蒙古帝國史中是一樁未決的公案，這成為一些作家刻意利用的素材，比如包麗英《蒙古帝國・成吉思汗》的第一部，對這一素材的利用，幾乎都有將術赤變為第一主人公的意味。冉平對這一歷史素材的使用雖不似包麗英那樣誇張，但卻更具藝術匠心。小說第一章搶掠訶額侖為妻的也速該，對自己的妻子以及兒子鐵木真的身份沒有任何的懷疑；這時日後統一蒙古草原的偉大的成吉思汗還處於被孕育的階段。而當被解救的孛兒帖在「八個月後」「生了個男孩」（150頁），態度生硬的鐵木真則給自己的這個兒子起名為「客人」〔註145〕；此時乞顏部已處於蒸蒸日上的中興階段。而到第三次克烈人襲擊造成耶遂流產，這時已經是鐵木真統一蒙古草原獲取成吉思之大汗稱號的前夜了。對於這類搶婚事件，作者更多地是想展現草原女性不可擺脫的悲劇而又柔韌無比的命運。這是女性命運三部曲的最後一部。作者將慌亂中耶遂及其它家眷匆忙逃命〔註146〕、訶額侖用自己親身經歷過的蒙古女性的命運來安慰流產的耶遂、擊潰乃蠻部的征服者鐵木真眼前的勝利者的狂放畫卷〔註147〕、隱含著嫉妒的鐵木真的憤怒、鐵木真與術赤的既隔膜又神形相通的情節、術赤不得不接受父汗的命令屈辱地親手處死他並不想殺死的蔑爾乞惕人忽勒禿罕〔註148〕等放在同一章中加以表現。這樣，讀者從蒙古草原即將統一的前夕，所看到的不僅僅是一個偉大的草原帝國的崛起，而且還可以讀出

〔註144〕如果再放大點看，那麼應該是從第八到第十二章是一個完整的單元。從這章開始，敘事基本換作了孛兒帖的視角，並開始了鐵木真與孛兒帖的訂親。
〔註145〕術赤即為蒙古語「客人」的音譯。
〔註146〕來襲中家眷們倉皇逃命的詳細描寫，在前兩次搶婚的敘述中都沒有出現。
〔註147〕請參見《蒙古往事》第302頁第2段。
〔註148〕請讀者對照閱讀305頁孛兒帖勸說術赤「去做你父親要求你做的事情」，以及306頁忽勒禿罕與術赤的對話：「術赤問他……哪怕叫我死」。

生命悲歌中太多太多的複雜意涵。正是讀到這裡，我們從冉平的蒙古帝國敘事中，讀出了古希臘悲劇的韻味；也正是理解到到這一層面，我們才更深刻地體會到了什麼是真正的爲閱讀造成「間離效果」、給讀者以「思考空間」。

是手足相殘，還是事出有因

成吉思汗歷史中的另一椿公案，是他與弟弟哈撒爾聯手射殺同父異母的弟弟別克帖兒。也速該死於非命之後，只餘下正妻訶額侖及其四子一女，以及也速該的別妻及其兩子。由於部族的背叛，他們陷入生活的困境，面臨著生存的危機，連食物都難以保證。而在這樣艱難的境況下，力氣較大的別妻長子——別克帖兒，卻幾次搶走了正妻之子們捕獲的獵物。爲了懲罰他，鐵木眞與其二弟哈撒爾兩人「一個從前面，一個從後面，把他射殺了而去」〔註149〕。

對此事，有的歷史學家認爲這是蒙古人早期「野蠻氣質」的反映〔註150〕；有的則認爲這是兩個「長子」之間對家族統治權爭奪的激化〔註151〕。雖然《秘史》是蒙古貴族的內部讀物，卻也沒有對少年鐵木眞在這一行動中所表現出來的「狡詐與殘忍」做過多諱飾。《秘史》明白地記述，他們兩人本是要偷襲別克帖兒，但是在抽箭時被發現。而且《秘史》還記述了訶額侖對他們這種行爲的憤怒訓斥，指出在這樣孤立的情況下，自相殘殺無疑在是給敵人以可乘之機。但是擺在我們眼前的不少作品，則採取了明顯的爲尊者諱的態度。

最簡單的處理是有意忽略此事，或者乾脆就不提鐵木眞有別克帖兒這樣一個異母兄弟。張鳳洪的《黃金貴族》、蘇赫巴魯的《成吉思汗傳說》及其新版《大漠神雕》、詹相持的電影《成吉思汗》，都做如是處理。像包麗英的《蒙古帝國‧成吉思汗》、巴根的《成吉思汗大傳》，由於都略去了鐵木眞早年最爲凄苦的那段生活，自然射殺兄弟一事也就無從提及。雖然《成吉思汗》還是提到了鐵木眞有一個異母弟弟別克帖兒，但卻把他描寫得非常不爭氣。他不但貪慕美色還屢犯軍紀，最後背叛成吉思汗而被處死，實屬咎由自取。

當然大多數作品還是直接提到了此事，如包永清的《一代天驕成吉思汗》、祖堯的《成吉思汗》、田誠的《成吉思汗》、電視劇《成吉思汗》、以及俞智先、朱耀廷創作的電視劇《成吉思汗》的小說版等。不過這類作品對射

〔註149〕《蒙古秘史》，余大均譯著，第 77 頁。

〔註150〕雷納‧格魯塞：《蒙古帝國史》（龔鉞譯），北京：商務印書館，1989 年版，第 50 頁。

〔註151〕傑克‧威澤弗雷：《成吉思汗與今日世界的形成》（溫海清、姚建根譯），重慶：重慶出版社，2006 年版，第 24 頁。

殺兄弟一事的敘事，大都在細節上大做文章。總是詳細地敘述眾叛親離之後，鐵木眞一家生活的極度艱辛，以及別克帖兒做人的蠻橫，爲其後鐵木眞的激烈行爲做好鋪墊。有的還突出鐵木眞作爲正妻長子的權威身份，甚至暗示對其權威身份的質疑就是對家族的分裂，是不義之行。這其中最爲突出的，無疑就是電視連續劇《成吉思汗》了。

電視劇首先借助直觀的鏡頭語言將鐵木眞一家當時艱苦的生活再現出來。雖然仍舊是連天的草原，但卻沒了牧歌般的鏡頭，而他們「偶爾能吃到的一點葷腥竟是土撥鼠！」〔註152〕在殺弟一幕開始之前，首先是訶額侖的「箭訓」，即單箭易折，多箭難折的故事。此段情節以此訓起始，無疑已經預先爲不團結的行爲定了性。不管鐵木眞的「懲罰」行爲多麼激烈，別克帖兒畢竟是有錯在先的。

此外，還有兩段情節是用來突出別克帖兒行爲的「可惡」。訶額侖積勞成疾病倒了，爲了給母親補身子，鐵木眞兄弟費盡力氣爲她捕了一條魚。飢餓不堪的小妹妹帖木侖，雖然本能對這條魚動了心思，但卻被鐵木眞曉之以理、動之以情地勸阻，認識到母親爲大家做的貢獻，以及母親極度虛弱的身體急需要滋補。不僅如此，電視劇還安排札木合違背《秘史》的記載在此時出場。由於札木合是外族血統，別克帖兒見到他後極爲鄙視，認爲鐵木眞與其交往是自甘墮落，極盡奚落挑釁之能事，其行爲頗讓人反感。但倔強的鐵木眞卻以第二次同札木合結爲安答來回應別克帖兒的輕蔑。一個對「低等血統」的人都毫不歧視者，如果不是出於義憤或無奈怎麼可能殺害自己的異母兄弟呢？

而當別克帖兒搶走了鐵木眞他們捕來的魚後，在陰險的札木合和莽撞的二弟哈撒爾的挑撥與哀求下，鐵木眞「一下子找到那種巨大的存在感」；他是領袖，對於領袖的不服從就必須要以死來作爲懲罰。於是，他帶著哈撒爾一前一後將別克帖兒圍住。與《秘史》中兩人合力卻「偷襲不成」的記載不同，余、朱二人的《成吉思汗》則不但安排鐵木眞要一個人與別克帖兒決鬥，而且還讓對方先放箭。只是由於別克帖兒射術不精，才被射死。訶額侖得知這一慘劇的發生後，對鐵木眞做了極爲嚴厲的懲罰。而認識到自己犯了錯的鐵木眞，一聲不吭、咬牙堅持，並安葬了別克帖兒。而且從此後加倍珍惜兄弟之間的情誼，並獲得了別克帖兒的胞弟別勒古臺一生不渝的忠誠。

<hr>

〔註152〕俞智先、朱耀廷：《成吉思汗》，北京：北京出版社，2001年，第57頁。

其它作品的處理也大致相似。例如最具藝術性的《蒙古往事》，就極力渲染那個幾乎一無所有寒冬的嚴酷，少年老成的鐵木眞的長兄風範，對照之下，撒謊、貪嘴的別克帖兒的被射殺，則合情合理。而包玉清的《天驕》，雖沒有那麼細緻的「鋪墊」，但卻讓別克帖兒以「臨終遺言」來替帖木眞「開脫」：「我好糊塗，是我逼他們幹出這等事來的，不怪二位哥哥」〔註153〕。情節漫澳無稽署名「祖堯」的《成吉思汗》，則更是將射殺別克帖兒的責任歸結到哈撒爾的頭上。帖木眞只是因爲勸阻不成而誤傷了別克帖兒，致命一箭還是哈撒爾射的〔註154〕。幾乎所有作品中，只有田誠的《成吉思汗》描寫到，鐵木眞一箭射殺還不夠，還要連射三箭以泄憤。有意思的是，此書的敘事卻最爲追求獵奇與觀感刺激。

（二）

蒙古族曾經對中華文明的歷史發生過重大影響，而它現在仍然是中國56個民族的重要成員之一，同時在中國之外還存在著獨立的蒙古人民共和國，因此這就決定了當下的蒙古帝國敘事不可能不涉及複雜而敏感的蒙漢關係。

關於蒙古帝國在歷史的定位一直存有爭議。國外不論，僅以漢文化爲主流文化系統的中華文明歷史觀看，既有將其視爲異族侵略者的看法，也有以夷夏轉換爲根據將其納入中華正史之說，而後一種觀點的形成，不僅是儒學知識分子在蒙人統治的現實下，對中華文明合法性的轉換性闡釋，而且更與元帝國自覺的華化、將自己視爲中華正統新代表有重要的關係。古代不提，來看現代和當代。在清朝、民國轉換之時，就有過從「驅逐達虜，恢復中華」到「五族共和」的轉換；抗戰時期，中國知識分子也曾經圍繞著所謂黃種人征服白種人的「民族主義」文學表述，發生過激烈的論爭；而新中國成立以後，雖然明確將蒙古族納入中國56個民族之一，但在抗戰爆發之前，中國共產黨實際上一直是支持蒙古人民獨立的；即便是新中國成立之後，有關蒙古族與中國國家的關係，也仍然一直是一個或隱或現的問題〔註155〕。不過蒙古族本身是怎樣看待這一問題的，其實我們一般並不瞭解，而且由於政治敏感

〔註153〕包永清：《一代天驕成吉思汗》（上），第54頁。
〔註154〕據張健考論，此段情節可能是出自香港作家董千里的《成吉思汗》。
〔註155〕例如建國初期在內蒙古文藝界所發生的「民族形式的討論」、1960年代初的反對地方民族主義運動、文革中的「挖內人黨運動」等都與此相關。

性，相關的話題與表述也嚴重缺乏。而轉型期以來的蒙古帝國敘事，則為我們提供了一個從不同角度集中關注相關問題的機會。

我們這裡考察的都是正規出版物，無論作者的歷史觀點如何，他們都不可能直截了當地說蒙古帝國、蒙古民族是一個獨立的國家、獨立的民族，但是一旦將蒙古帝國、成吉思汗作為「歷史主角」加以敘述時，蒙古帝國歷史的相對的「自成一體性」就無法迴避，所以無論作者主觀意圖如何，這種轉變了歷史主角的敘事，就很難不與中原正統歷史觀〔註156〕發生錯位乃至矛盾。這首先就直接表現在一些作品的序言、後記或創造談上。

根據筆者的閱讀，一般來說相關小說的序言或後記對於成吉思汗或蒙古帝國的歸屬的定位大致可分為以下幾種。一種是最全面、最「政治正確」的定位。例如俞智先、朱耀廷《成吉思汗》的序言，同時羅列出了成吉思汗之於中華民族、蒙古族、世界人類歷史發展上的意義，可謂古今中外無所不包。電視劇《成吉思汗》的導演王文傑在創作談中也說：成吉思汗是一位「不止中國人注目的人物」，所以就必須對其作「整體評價」。而這種評價又「不應該是從蒙古民族的角度出發，甚至也不只應該從中華民族的角度出發，而是應該站在歷史唯物主義的立場，從全人類和整個世界歷史的高度來關照他的一生」〔註157〕。還有甘永澤、祖堯等人的序或後記也大抵如此。另外包永清《一代天驕成吉思汗》的序言和後記，也勉強可以歸為此類。

第二種是採取迴避的方式，基本不談成吉思汗、蒙古帝國歸屬這類「敏感的話題」。這類中有些主要在序或後記中談自己的創造經過、目的、方法，如蘇赫巴魯的《成吉思汗傳說》的後記、巴根的《成吉思汗‧情狩》的引言、還有冉平的《蒙古往事》。當然如果非常嚴格地說，他們也不是隻字不提，但基本上是完全迴避，或有意識地將話說的含混。而有些作品乾脆不要任何序或後記之類的文字。如蘇赫巴魯的《大漠神雕》、張鳳洪的《黃金貴族》。

第三種是基本將成吉思汗、蒙古帝國的輝煌歷史，直接與蒙古民族聯繫在一起。包麗英的《蒙古帝國》序言就比較突出。韋紅的《蒙古帝國征戰演義》也是如此。而且兩人都認為應該將東部和西征後形成的蒙古汗國作為一個整體來看待。

〔註156〕即便是唯物史觀指導下的中國歷史，也沒有擺脫中原正統觀的歷史框架。
〔註157〕王文傑：《成吉思汗‧導演闡述》，《中國電視》，2004 年第 11 期，第 63 頁。

　　還有一種是突出成吉思汗、蒙古帝國作為征服者的黃種人代表身份。如江上鷗《征服者》自序。不過只提或重點提這一特性的作品極少。

　　第一類大都是非蒙古族作家〔註158〕的作品，而且越是與歷史學家有關的作家，就越顯得全面正確。而且一些非蒙古族作家，在強調成吉思汗的蒙古族、中華民族、世界、人類的共屬時，往往並不突出其蒙古民族的歸屬性。相對而言，蒙古族出身的作家對於成吉思汗也屬於中華民族的這一點的承認，更多的像是一種「政治正確」的一般性表態，其重點突出的是他的蒙古族屬性。這從序言或後記開始內容的不同安排就可以見出一二。前者往往一開始，就點出成吉思汗的中華民族或人類的屬性，而像《一代天驕成吉思汗》的後記則是這樣開始的：「蒙古族是一個勤勞勇敢的民族，有著光輝的歷史和燦爛的文化。在蒙古族的歷史上出現過不少叱吒風雲的人物……鐵木真」。而到了第二段才說：「成吉思汗是蒙古族的民族英雄，是中國乃至世界歷史上非常傑出的人物」。而在提完這句後，就很快轉移筆鋒去講別的了。

　　相較而言，第二、三類的作者一般是蒙古族。不過這裡又分兩種情況，相對來說，老一代的作家，民族情感處理得比較含蓄。比如蘇赫巴魯的《成吉思汗傳說》，而且該書的內容提要還說成吉思汗「是古代蒙古首領、軍事家和政治家」，而修改後的《大漠神雕》雖然刪去了後記，但仍然保留了這樣表述的內容提要。相比之下，年輕一代或較後創作的作品的表述則要來得更為直截了當。比如包麗英就高調突出自己作為成吉思汗第36代長孫女的高貴血統，而且整篇序言，充滿了對於自己家族和民族的自豪感。

　　當然文學作品關鍵的是靠作品說話，更何況蒙古帝國敘事一般往往是洋洋灑灑數十萬甚至上百萬字的作品，因此要想更好地把握不同作品有關蒙古帝國與中華帝國以及蒙漢關係的看法，需要更具體地分析作品。

　　剛才提到相對於一些漢族作家的作品，一般蒙古族作家的序言或後記更為強調成吉思汗之於蒙古民族的重要性，但是敘事態度相當純正的《大漠神雕》以及其前身的《成吉思汗傳說》的第一章「先祖之光」，則採用了蒙漢同源的先祖傳說。這一傳說開啟的方式，與「盤古開天地」頗有些類似。說是：

　　　相傳，自天地分開後，天上就有了太陽，有了月亮。日為陽，
　　月為陰，日月為婚，先有兩個女兒。又說：當哈吞高勒注入東海的

―――――――――――――――――――――――――
〔註158〕當然非蒙古族作家，基本都是漢族作家。

時候，世界上才有了第一葉輕舟。太陽的兩個女兒，並坐在舟上，一路觀花賞景，來到了神州。

以後，姐姐嫁到了南方，南方山青水秀；妹妹嫁到了北方，北方牧草流油；當姊妹相思之時，有候鳥鴻雁傳書問候……

再後來姐妹先後懷孕，姐姐生下了一男孩，取名「海特斯」，即爲漢族，妹妹產下另一子，取名爲「蒙高樂」，即爲蒙古族。〔註159〕

這種民族起源說無疑突出的是蒙漢「同根同源」，而且是「漢兄蒙弟」。不僅如此，《大漠神雕》顯然有意加了一個「尾聲：聖主陵園」，與開場的先祖起源相對應。尾聲不僅介紹了有關成吉思汗陵的一些神秘傳說、制式祭祀方式，以及明、清兩代的變化，而且還用兩小節，介紹共產黨人對成吉思汗及其聖陵的尊重：毛澤東主席撰寫《沁園春·雪》，1944年延安舉行盛大儀式紀念成吉思汗，中央人民政府重建新陵等盛事。這樣的開篇與收筆，一前一後就將成吉思汗、蒙古帝國的歷史，納入到了中華民族一體的歷史記憶框架中，符合了中華民族多元一體、民族大團結的觀念。

而包永清的《天驕》，雖然無這樣的開頭與結尾，但卻在第四十二回用了整整一回的篇幅，專門釐清紛繁複雜的中華民族關係史。此回的標題爲「蒙古大軍進駐中都/耶律楚材談論今古」，可與《三國演義》第三十七回「司馬徽再薦名士/劉玄德三顧草廬」相較。前者也如後者寫劉備一樣突出了成吉思汗禮賢下士、求賢若渴，同樣行爲舉止也頗似諸葛孔明的耶律楚材，也是侃侃而談，縱論天下大勢，這一切都使得成吉思汗的滅金吞宋之爲，有了《三國演義》式的紛紛亂世只待眞命天子一統天下之狀；即如書中成吉思汗所言「帝無千年帝，國無萬年國」〔註160〕。但是與劉玄德三顧茅廬、諸葛亮縱論天下大勢不同的是，《天驕》第四十二回上演的不僅僅是賢主良相之間的互動，還有者別、術赤、速博臺一干遠征大將侃侃而談遙遠的西部之山川地理、人物風情，視野所及已遠遠超出了傳統中原逐鹿的範圍，呈現出成吉思汗大業之雄偉。而且更有意味的是，作者借耶律楚材之口，進行了一堂中華民族源流演變史之民族知識普及課。

〔註159〕見蘇赫巴魯：《大漠神雕》，第1頁。文中原注，「哈吞高勒：即黃河，有聖母、皇后之意。」
〔註160〕包永清《一代天驕成吉思汗》，第402頁。

　　此課先從所謂華之古代的漢族說起。此爲「勤勞勇敢、文明開化之民族，有燦爛的文化，講孔孟之道、三綱五常的禮義之邦」。只是漢族中的「一些文人墨客，自古至今有個最大的毛病」，就是偏見太深，愛用一些「不太好的字眼」，稱呼「自己以外的部落民族」。其實數千年以來，各個民族之間不斷相互交通、相互衝突，淮夷、北戎、驪戎、樓煩、犬戎、鮮卑、匈奴、突厥、西羌、東夷等等等等，數十上百部族、民族，相互交雜、繁衍。「這些人如今都自稱爲漢人，所以『漢族』這種說法是非常模糊的，實際是匈奴、鮮卑、突厥、南蠻、北狄、西羌、東夷及秦的混合體。秦本不是漢族，漢又替代了秦，其中有幾十個國家、上百個民族。他們從前叫秦人，支那即秦也。其實漢族中華人只不過占少數，是融合了歷代眾多的民族而成的。其實爲秦、爲漢者由地名而起，秦者秦州，漢者漢中也。曰隋曰唐者因其所封之爵邑而來，一時權宜，竟成國號，國號又轉爲族名，此乃漢族名稱之來源也。那麼多民族混合成一個民族他總得有個名稱吧？不然怎麼辦？」最後這堂中華民族源流常識課以成吉思汗的總結結束：「不僅漢族是由多民族融合而成的，其它民族也不都是如此嗎？」〔註161〕。

　　顯然，包永清既有將蒙古帝國史納入中華一統史的自覺意識，但同時也帶有明顯的表達各民族同樣偉大、一律平等之用意。在其它蒙古作家的作品中，也都有同樣的取義。

　　蒙古乞顏部落一開始不過是蒙古草原眾多部落之一，逐漸統一蒙古草原、進而雄霸中原、又征服東歐、震動世界，整個過程無論如何都少不了征戰、流血、殺戮。從大的格局上來看，成吉思汗帝國的建立，主要是征服宋、金、遼、夏等傳統中華帝國領土內的王朝，還有這之外的西域及東歐諸國。幾乎所有涉及這些戰爭的蒙古作家所撰寫的作品（包括不少非蒙古作家的作品），在具體處理上，要麼將戰爭起源之因歸於被征服者的背信棄義或殘酷統治〔註162〕；要麼盡量迴避殘酷的流血殺戮，尤其是對於敵方的屠城滅國；

〔註161〕包永清《一代天驕成吉思汗》，第438頁。

〔註162〕最有名的可能要算是成吉思汗征服花剌子模的原因。說是花剌子模濫殺成吉思汗所派商旅和使者，而且在外交手段無法解決情況下，爲了捍衛尊嚴，成吉思汗才被迫遠征復仇。征服西夏被認爲是西夏的背信棄義，而滅金更是反抗金朝對於蒙古地區長期殘酷的剝削與統治，例如抽丁政策。甚至滅宋也與南宋政權背信棄義、擅自撕毀蒙宋約定有關。如果我們借用三位蒙古族作家的話連綴起來就是：「可汗（成吉思汗）道：『帝無千年帝，國無萬年國，到那時只要各守疆土，相安無事，使萬民安居樂業，我心足矣」。（包永清：《一

要麼以兒女情長來沖淡殘酷的戰爭過程。而且相對來說，一般作品對於屠西夏、克遼、滅金、西征，如果要敘述的話，會較爲直接、著墨也較多，但對蒙宋之間的衝突，一般都不詳述〔註163〕。這樣的安排顯然有特殊的考慮。西征是遠征西方世界，與中國人無多大感情關係，而且有的人還能以黃種人戰勝白種人的想像自豪自豪。而西夏、遼、金王朝不僅現在早已不復存在，而且他們又都是少數民族的政權，是「非正統且造成中國分裂的蠻夷」，尤其是金朝更是傳統中原文化中兇狠的侵略者，所以多寫寫無妨，而且還可以由此突出成吉思汗作爲統一分裂的中華帝國一代明君的形象。但是與宋的戰爭就比較棘手了，很容易刺激現在占中國人口絕大多數漢人的不滿，當然要少寫爲佳。

　　但是作爲蒙古帝國史傳的文學作品，若想完全不涉及蒙宋之間的戰爭太難，除非作者將敘述範圍嚴格地控制在蒙古草原內部統一的歷史範圍中。那麼如果要涉及又要盡量迴避敏感性，又應該怎麼辦呢？一般來看，大部分作品都採取以下四種辦法：一總的來說，盡量淡化具體的戰爭衝突和殘酷性，尤其是涉及對於一般民眾的戰爭殘酷性。二是直接或間接地從不同角度去突出成吉思汗作爲「三統一」帝王的合法性。即統一蒙古草原，統一分裂、戰亂、動蕩不已的中國，打通世界的聯繫。三是強調南宋王朝的腐敗末世象。四是將殘酷的戰爭征服，盡可能地轉化爲不同文明之間的「文化性較量」。前面所提到的《天驕》第四十二回的「民族知識普及課」就屬於第四種處理辦法，而蘇赫巴魯的《大漠神雕》第四十二章也有一場類似的精心安排。

代天驕成吉思汗》）。如今你不征服它它就會征服你（巴根：《大漠神雕》）。「假如你不犯我的話，我是絕不犯你，這是草原的規則。但是假如你犯了我的話，那就是等於你違背了草原的規則，那違背了草原的規則的話，我是一定要採取我自己的行動」。成吉思汗之所以成功，就是說他遵循了這個草原上的這個規則」。（席慕蓉作客鳳凰衛視「世紀大講堂」語（http://www.tudou.com/programs/view/xN1fQV6aPK4/）。當然我們不能將這點絕對化，比如巴根的《大漠神雕》第269～270頁，交待成吉思汗先攻西夏后滅金國之策，主要就處理爲出於當時戰爭的「客觀形勢」，而非簡單的報仇雪恨。

〔註163〕　當然，這裡是根據大體情況來說的，具體來看，不同的作家在大致相同的處理中，也存在差異。比如同爲追求嚴肅正面地表現成吉思汗及其偉大的蒙古帝國的包永清和蘇赫巴魯就有差異。前者強調成吉思汗東征西討的情不得已，而後者則較爲客觀地展示了征服者的征服欲。例如成吉思汗與木華黎分手時所說的那兩句韻文：「征服疆場是勇士的歡樂所在/灑血荒原是騎手光榮的歸宿」（《大漠神雕》第374頁）。

　　對照閱讀這兩章非常有意思。小說講述的歷史時間，都發生在成吉思汗攻下中都時，而且章回都是四十二，更有意思的是，兩個四十二章，都不約而同地採用了「武戲文唱」的手法。所不同的只是《天驕》的四十二回安排的是發生於蒙古帝國汗王與眾官員內部之間的中華民族文化知識的普及課，而《大漠神雕》的四十二回則直接虛擬了一場「文明宋帝國」來使與「野蠻蒙古帝國」大汗成吉思汗之間的文化較量〔註164〕。在這種直接的異與同之下，我們可以看到一種相同的深層民族文化心理結構。即兩個蒙古族作家，都意圖將蒙古族與漢族或草原文明與漢文明放在平等競爭的位置上來看待，但同時也並不想完全否認農耕文明的先進性，更沒有否定中華民族一體性之用意〔註165〕。這可以說是我們所閱讀到的蒙古族作家的蒙古帝國敘事共同的文化心理定位，只是在這種共同性之下，又存在不同的差異。比如說蘇赫巴魯對蒙古草原文明的獨特、自在性更為強調，所以他不僅直接安排了成吉思汗與南宋來使之間的文明角力，以草原帝國接待來使的恢弘氣勢、肅穆威嚴的草原禮儀、四面八方的獻禮、尤其是成吉思汗既威嚴無比又平易揮灑的氣度壓倒南宋來使，使所謂「文明」在「野蠻」之前低頭、折腰。這當然不是偶然之筆，類似的文明較量——揚「野蠻」之蒙貶「文明」金、宋——的安排，只要留意，就會多有發現〔註166〕。與此一致，蘇赫巴魯也就比包永清更為直截了當地將蒙、宋、金同時以「帝國」相提並論。

　　以強化草原文明與農耕文明的文化較量，來淡化嚴酷的戰爭衝突以更恰當地表現蒙漢關係的書寫來說，巴根與包麗英的作品最為突出。一方面這是因為他們的蒙古帝國敘事，都專用一本來寫直接建立了元朝的忽必烈大帝，另一方面則是因為，他們對表現蒙漢關係問題的自覺性似乎也更高。因此，在情節安排上，兩人都有意識地安排一些具有貫穿全書性的與中原有關的人或物，這與其它作品主要是通過耶律楚材來作為蒙漢文化相互溝通的中介性人物就不同。例如巴根的《忽必烈大傳》中的姚樞和包麗英《拔都》中的沈清雅，後者在作品中的地位尤其重要。沈清雅從作品一開始就出場，作品最後也是以她與拔都的愛情結晶小百靈回到拔都身邊結束。發生在沈清雅這個

〔註164〕蘇赫巴魯：《大漠神雕》，第362～363頁。

〔註165〕這點在《大漠神雕》中處理得較為隱蔽，或許我們只能通過作者對宋使表現的有節制的處理來體味。一方面，在總體上要壓倒宋使，另一方面，並沒有醜化他，而且還有意將那個宋使擬定為瞭解蒙古文化的《蒙韃備錄》的作者。

〔註166〕例如《大漠神雕》311、359諸頁。

漢質、漢形且參有女眞身份女子身上的故事，實際上構成了整部《拔都》的
副線。對於忽必烈這個促進了蒙漢兩族相互交流、半融合的重要人物，兩個
作家，更是注意突出他與漢文化的關係。《忽必烈大傳》對於忽必烈形象刻畫
有兩大特點，一是將其定義爲神級的人物，幾乎是從少年起就足智多謀、料
事如神、行事縝密果斷；而另一特點，則是自小開始與中原漢文化之間的持
續不斷的關係，這甚至是決定其未來事業走向的決定性因素。再如《忽必烈》
一開始，就以母親蘇如夫人臨終遺言的方式，強調了良好的處理蒙漢關係的
重要性：

> 蘇如夫人臉色發白，只好重新躺回到床上。過了一會兒，她語
> 音沙啞地說：「四兒，你從小爲人心機深沉，也有統帥軍隊之能，這
> 一點額吉非常放心。我只擔心你此去漢地會濫殺無辜。你要答應額
> 吉，千萬不可虐待俘虜，更不允許殺害放下武器之人」〔註167〕。

與這些人物、情節安排相一致，包麗英與巴根兩位還在作品中特定設置了一
些涉及蒙漢兩種不同文明方式的衝撞性情節。其主要表現一是持草原文明習
慣的蒙古大軍進入中原之後，毀壞農田變爲草地，另一是暴力劫掠，這兩種
做法，都給漢地的百姓生活帶來了極大的破壞。而這又連帶形成了主張以漢
法治漢地的大臣（一般爲降元的漢人）與習慣於草原文明大臣之間的衝突，
而忽必烈則既是漢法治漢的支持者，更是它的主導者。爲此甚至引起了蒙古
帝國第二大汗蒙哥對他的猜疑。

　　總之，在包麗英與巴根的作品中，不僅遠比他人作品更重視草原文明與
農耕文明的關係，而且也表現出了較爲明顯的更爲肯定農耕文明的觀點，而
這一點在包麗英那裡就更爲明顯。雖然包麗英的蒙古族情感直觀上好像比巴
根要更爲強烈，但她無意識間似乎更無保留地接受漢文化。相較之下，看似
對於成吉思汗不那樣頂禮膜拜的巴根，卻在這方面的思考要來得更爲深刻。
他對相關情節的設置與相關問題的思考，並不只是簡單放置於草原文明進入
中原農耕文明圈之後必須轉換或不斷提高自身文明的基礎上，而是放在「隨
其俗柔其人」的統治方針與儒家以仁爲本觀的較量之基礎上。關於此《忽必
烈大傳》中的一處敘事者插言，就相當重要：

> 成吉思汗統一蒙古後接受耶律楚材的建議，設立了黃金家族以
> 及勳戚貴族子弟學府，請了老師教授蒙古、女眞、漢、維、阿拉伯

〔註167〕包麗英：《蒙古帝國・忽必烈》，第4頁。

等文字和學問。並且每個汗孫們都有自己的專職教師，蒙古語叫巴格西。姚樞就是忽必烈的漢文巴格西，他也是當今飽讀史書的大儒。成吉思汗在世時，耶律楚材曾經屢勸他用儒士、興儒學、教授子孫以儒術。起初，成吉思汗並不以爲然，他從中原歷代由盛到衰中得出「儒學多誤國」的結論。後來他幾進中原又西征後提出了自己的主張「隨其俗柔其人」。其實這就是成吉思汗對新佔領土的統治方略。它包含了對各種不同膚色、不同語言的種族及民族的不同習俗的包容、尊重，也涵蓋了不同宗教。成吉思汗在晚年繼續思考怎樣更多拓疆開土之外，他又深深思考著對這些國土的治理。殺戮、強壓得逞於一時，不能維持長久。那麼惟一辦法就是，「隨其俗柔其人」。這就是成吉思汗一生致力於建立的蒙古汗國一統世界秩序的精要之處。由此理想出發，成吉思汗便請儒師教授子孫們儒學。〔註168〕

很顯然，在這種不同文化較量的敘事定位中存在如下問題：① 所涉既不簡單只是草原文明與農耕文明之間的碰撞（或蒙漢衝突），它涉及到的是幅員遼闊的蒙古帝國中各種不同文化或文明之間的相互碰撞；② 以儒家文化爲代表的中原農耕文明只是作爲眾多文明中的一種，被「隨其俗柔其人」的草原帝國納入龐雜的帝國系統中，因而無論是儒家文化還是農耕文明，都是從屬性的。正是有了這樣的定位，巴根在《忽必烈大傳》和《成吉思汗・天驕》中，始終注意通過作品中的某些情節或人物之語來思考，蒙古草原文明如何既很好地吸收漢文明，但同時又不被它在不知不覺中所同化。

對蒙古帝國敘事的討論可以結束了。根據本節所論可以得出以下幾點結論。第一，轉型期大陸蒙古帝國敘事，是一個相當重要的文學、文化現象，值得進行深入挖掘。第二，無論是蒙古族作家還是非蒙古族作家，對成吉思汗、蒙古帝國絕大多數都持正面看法，但蒙古族作家的肯定態度要更爲強烈，也更多民族情感的寄託。第三，這種肯定性情感，相當大地影響到了作家們對史實的選擇、想像的處理，儘管其中不少作家，都強調自己寫作的歷史寫實性。第四，對於蒙古族作家來說，尤其是對於創作態度嚴肅、敘事嚴謹的作者來說，《蒙古秘史》具有「元文本」的意義〔註169〕，而且各種不同的蒙古帝國敘事之間，也存在相互參照性。因此對於研究者來說，進行縱橫兩個方

〔註168〕巴根：《忽必烈大傳》，第 16～17 頁。
〔註169〕當然這並不排除其它歷史文本對於當代創作的影響。

向的互文性閱讀就是比較重要的。第五，我們所讀到的正規出版物中，還沒有明確的蒙古族的分離意識，作者們對成吉思汗、蒙古帝國的追懷，對草原文化的熱愛，主要是出於民族情感（當然也包括對於片面現代化的反感，但這是另一個主題的問題了），所以這些蒙古族作家，既強調蒙古族及其文化的重要性，但也並不否認中華民族的多元一體性，而且似乎越是蒙古作家，就越注意兩者的並重。第六，在蒙古帝國敘事中，可以發現與栗原小荻、巴音博羅詩作相同的以夷為核心的另類中華民族多元一體觀。第七，儘管蒙古帝國題材寫作，在大的取意上存在相近性，但其中所存在的差異，也是值得仔細思考的。

第四章　從詩性的「民族寓言」
　　　　到詩性的放逐

第一節　「第三世界文學」：「寓言」還是「諷喻」

　　說到所謂的作爲「民族寓言」的「第三世界文學」，就不能不提到傑姆遜的《處於跨國資本主義時代中的第三世界文學》（以下簡稱《第三世界文學》），它於 1988 年被翻譯成中文發表，在思想文化界、文學藝術領域、精英知識分子、一般文學文化現象關注者、「主流」文化界與「邊緣」少數族裔文化等多領域、多群體中都發生過相當的影響。它像是一隻體積不大但卻指爪眾多的八爪魚，以所謂「第三世界文學爲民族寓言」的判斷爲主軸，向遠銜接起了馬克思主義、毛澤東思想，中段串連起了後現代、後殖民、全球化、第三世界、新歷史主義、民族建構等各路時髦話語，橫向又在中國文學民族寓言想像與少數族裔文學本位文化回歸之間形成了複雜的對位關係，在某種程度上甚至可以說《第三世界文學》具有了某種「元文本」的意味。

　　然而所有這一切的影響，都始於所謂「民族寓言」這一致命的錯譯，都與對這一致命錯譯的簡單化的接受、批判、放大、擴散有著直接的關係。所以，我們在進入到本章的直接主題之前，有必要對傑姆遜這一文本的中國誤譯及接受的情況做些分析。

一、

　　「寓言」《辭海》的解釋爲：「文學作品的一種體裁。以散文或韻詩的形式，講述帶有勸喻或諷喻意味的故事。結構大多短小，主人公多爲動物，也可

以是人或非生物。主體用意在懲惡揚善，多充滿智慧哲理。素材多起源於民間傳說……」〔註 1〕此定義與我們習慣的寓言所指基本符合。不過《第三世界文學》所討論的顯然不是這一意義上的寓言，所謂第三世界文學「民族寓言」說中的寓言，並不是指體裁，而是指第三世界文學所具有的某種普遍性的內在品質，它很容易讓人聯想到文學作品對某一民族的觀念、品性、精神、命運的表達，對於民族使命的承擔。因此所謂作為「民族寓言」的第三世界文學，不僅具有民族性、集體性、政治性，也更具有觀念性、抽象性、象徵性與神聖的使命性。但問題是傑姆遜真是在這種意義上來認識第三世界文學的嗎？

按照英漢互譯的習慣，漢語「寓言」一詞的英文對應詞一般有三個，分別為 fable、allegory、parable，出現在傑姆遜原文中的只是前兩個。除了當 allegory 與 fable 同時出現於一段落的情況，張京媛將它們都譯成了「寓言」。

allegory 及其變形（allegories、allegorical、allegorically、allegorization）在傑姆遜原文中一共出現了 33 次，所有所謂「民族寓言」（national allegory）相關的表述在原文中用的都是 allegory，而 fable 只在原文出現了 4 次。很顯然，姑且不論這兩個詞的含義在原文中明顯不同，僅僅是根據它們所佔份額的巨大差異，這樣的處理就是相當不恰當的，更何況 fable 在原文中的含義基本就限於體裁的意義。

傑姆遜原文第一次出現 fable 是在第 25 自然段。此段提到了魯迅的《吶喊·自序》，傑姆遜用 the little fable（那則短小的寓言）來指稱《吶喊·自序》中「鐵屋子」的喻說〔註 2〕。fable 第二次出現是在第三十八段，雖然這次它不像頭一次那樣被明顯地用於「體裁」的意義，但根據前後文，也基本可以推斷此處所指仍然接近具體的作品〔註 3〕。而且很可能是怕讀者混淆 fable 和

〔註 1〕《辭海》（普及本），上海：上海辭書出版社，2002 年版，第 4507 頁。
〔註 2〕魯迅在《吶喊·自序》中記述到，「新文化運動」之初，《新青年》的編委錢玄同來向魯迅約稿，而魯迅則虛構了一個一群人在一間沒有窗戶的「鐵屋子」中昏睡的場景婉拒約稿。這則比喻性的虛構不過 110 漢字，稱之為 little fable 是相當恰當的。fable 的基本詞義之一就是「虛構的寓言故事」。
〔註 3〕此段帶有 fable 的原句是這樣的：One is led to conclude that under these circumstances traditional realism is less effective than the satiric fable: whence to my mind the greater power of certain of Ousmane's narratives（besides Xala, we should mention The Money-Order）as over against Ngugi's impressive but problematical Petals of Blood. 根據前後文可以看出，這句話的大意是說，在傑姆遜所討論的那種反諷、悖論性的「諷喻的（allegorical）」語境中，諷刺性的寓言作品對於文化殖民主義的批判效果，要強於傳統的現實主義作品。也可能正因為如此，

allegory，傑姆遜緊接著寫道：With the fable, however, we are clearly back into the whole question of allegory.〔註4〕

很明顯，傑姆遜在提醒讀者，要想更好地瞭解諷刺性的 fable，必須返還到與 allegory 相關的整體性的問題中去。也就是說，fable 歸屬於 allegory 的範疇。但是這句話的張譯卻是這樣的：「談到寓言，我們明顯地又回到了關於諷喻（allegory）的問題上來。」孤立地看，這次將 fable 譯爲「寓言」而將 allegory 譯爲「諷喻」是正確的，但這偶然的正確，卻造成了更大的錯誤。因爲在整篇文章中，張京媛基本始終將 allegory 譯爲「寓言」，而現在突然又譯爲「諷喻」，結果是硬把從屬性的 fable 替換成了被誤譯爲「民族寓言」表意系統的主詞，而將此處的 allegory 從此系統中排斥了出去，造成了喧賓奪主的結果。

更說不過去的一處錯譯是對原文第 42 段中的一句話的翻譯，這句話的後半部分是：「……perfectly suitable to the allegorical fable as a form」〔註5〕，張譯爲「在寓言形式中仍然很合體」。如果按照張京媛的將 allegory 和 fable 都譯「寓言」的理解，那麼這裡就應該譯爲「寓言性的寓言」了。這豈不是很荒謬？而爲了避免因誤譯而帶來的床上架床的問題，張譯只好去掉了一個「寓言」。其實正確的譯法應該是：「……對於諷喻性虛構這種形式來說，是非常合適的」。

辨析了相對簡單的對於 fable 一詞的處理，我們再來直接看將 allegory 及其相關形式〔註6〕譯爲「寓言」之類的問題。

「民族寓言」的表達，很容易讓人聯想到民族的品性、精神、命運、使命等本質化、抽象性、象徵性的意涵，而且國人對此概念的使用，也基本如此。但是通過細緻地辨析和統計發現，傑姆遜原文中，勉強可以從抽象的觀念性的意義上來理解的 allegory 只有兩個，分別是第①和第㉜個；另外根據行文的需要而作爲一般性指代的 allegory 有 6 個，分別是⑤、⑬、⑭、⑮、⑯、㉜；其它 25 個均在以下意義上使用：「跨文化比較」、「矛盾的悖論性文化生存語境」、「悖論性文化生存語境的具體文本呈現」、「悖論的、斷裂性的表現

此處傑姆遜在 fable 前加上了 satiric 這個形容詞，使得 satiric fable 一起有了接近 allegory 的含義，並且將奧斯曼尼的小說與努基的小說進行了比較。

〔註4〕Fredric Jameson ,*Third- World Literature in the Era of Multinational Capitalism*, Social Text, No. 15.（Autumn, 1986），p82.

〔註5〕Fredric Jameson , *Third- World Literature in the Era of Multinational Capitalism*, Social Text, No. 15.（Autumn, 1986），頁 83。

〔註6〕爲簡便，下面統一用 allegory 來指稱傑姆遜原文中 allegory 及其變形形式。

形式和結構」等。這最後幾類的使用，構成了 allegory 一詞在《Third- World Literature in the Era of Multinational Capitalism》（以下簡稱：《Third-World Literature》）一文中基本的表意結構系統。即作為「矛盾、悖論、反諷、結構、形式化、語境性」等的表意結構系統；並且它還將前兩類用法整個納入其間。傑姆遜自己也明確指出，他用 national allegory 來把握第三世界文學，具有特殊的哲學認識論上的用意〔註7〕。因此為了更好地保留這層含義，顯然應該將 allegory 譯為「諷喻」更為恰當，很明顯「諷喻」要比「寓言」更能表現悖論的反諷性張力。下面我們從四個方面做進一步地論述。

首先，傑姆遜不是在普遍、泛指的意義上來談論第三世界文學的，而針對的是第一世界的問題或文化語境。作為認識論術語的 national allegory 的提出，首先針對的就是第一世界的讀者，所涉及的直接問題是他們應該怎樣去閱讀第三世界文本。傑姆遜指出，西方讀者要想正確解讀第三世界文學，既要破除習慣的西方文學標準的神話，同時更要認識到第三世界與第一世界文化語境的巨大差異。此差異不僅意味著要求第一世界的讀者設身處地地從第三世界文化語境出發去理解第三世界文本，更要通過跨語境的閱讀（對話），啟動第三世界文本之於第一世界的批判性與革命性。這種比較閱讀的視野，被傑姆遜貫徹始終。因此傑姆遜才把第三世界文本的「民族諷喻」之特殊性與按照諷喻性的方式去閱讀相提並論：「所有第三世界文本，必然地是諷喻性的，並有其特殊的方式；應該把它們作為民族諷喻來讀」〔註8〕

其次是第一世界和第三世界兩種不同的文化語境或心理機制所形成的跨文化的對照（對話）性諷喻關係。這一點緊接上一點而來，或可以說是上一點的具體化與目標化。理解此點非常重要。它意味著通過對第三世界文本的引進，構成了一種第一世界與第三世界兩類不同的文化語境的諷喻性對話關係，而這種關係作為一種基本的認識論要求貫穿《Third- World Literature》始終，成為這一文本貫穿性的核心鏈。而這兩種不同的文化心理語境既表現為意識或無意識層面的差異，也表現於兩個世界的文學文本的表述方式的差異。

〔註7〕請參閱 *Third- World Literature in the Era of Multinational Capitalism*，注釋26。
〔註8〕張京媛：《處於跨國資本主義時代中的第三世界文學》，《當代電影》1989年第6期第48頁。筆者對譯文做了修訂。也就是說，第三世界文本並不必然是民族諷喻的，它們在相當意義上是按照諷喻性的方式被讀成民族諷喻的。進一步而言就是，一個第三世界作家，並不一定會按民族諷喻性來寫作，但他所處的語境，就決定了他的寫作、他和他所在的語境共同生產出來的文本（是文本，不是作品）必然是諷喻性的。

　　具體而言就是，在第一世界中，「在公與私之間、詩學與政治之間、性欲和潛意識領域與階級、經濟、世俗政治權力的公共世界之間」存在著「嚴重的分裂」〔註9〕；而在第三世界那裡卻恰恰相反，「甚至那些看起來好像是關於個人和利比多趨力的文本，總是以民族諷喻的形式，投射出政治的維度：也即私人性的有關個人命運的故事，也總是公共性的第三世界文化和社會的困擾之狀的諷喻」〔註10〕。不過傑姆遜告訴我們，不應該將這兩種文化心理機制的差異本質化理解。實際上，與其說這類第三世界的「諷喻性結構不存在於第一世界的文化文本中，不如說它們是無意識性的，必須通過一種能夠對我們目前第一世界的情況進行整體性的社會及歷史批判的詮釋性機制來解碼。」〔註11〕而對於第三世界文學的「民族諷喻」性的解讀，恰恰就是要為已經失去了公共批判性的第一世界文化引進或激活這樣的詮釋性機制或批判的緯度〔註12〕。也正因為此，傑姆遜才說，「我本質上是在描述性的意義上來使用『第三世界』這一術語的。筆者不認為反對這種用法的意見同我正在進行的辯論有特別的關聯」〔註13〕〔註14〕。

〔註9〕 張京媛：《處於跨國資本主義時代中的第三世界文學》，《當代電影》1989年第6期，第48頁。
〔註10〕 同上。
〔註11〕 張京媛：《處於跨國資本主義時代中的第三世界文學》，第53頁。筆者對譯文做了修訂。
〔註12〕 在「單向度的」資本主義後工業社會中難以發現批判的社會力量，這早在傑姆遜之前就困擾著了西方馬克思主義者。參見馬爾庫塞：《單向度的人》，劉繼譯，上海譯文出版社，1989年版。
〔註13〕 張京媛：《處於跨國資本主義時代中的第三世界文學》，第47頁。筆者對譯文作了微調。
〔註14〕 張京媛譯本中有一處重要的誤譯與此直接相關。不妨對照如下：
　　　原文：I will argue that, although we may retain for convenience and for analysis such categories as the subjective and the public or political, the relations between them are wholly different in third-world culture. <u>Third-world texts, even those which are seemingly private and invested with a properly libidinal dynamic-necessarily project a political dimension in the form of national allegory:</u> *the story of the private individual destiny is always an allegory of the embattled situation of the public third-world culture and society.* Need I add that it is precisely this very different ratio of the political to the personal which makes such texts alien to us at first approach, and consequently, resistant to our conventional western habits of reading?（p69）
　　　張譯：儘管我們可以為了方便和分析而保留主觀、客觀、政治等等的分類，它們之間的關係在第三世界文化中是完全不同的。<u>第三世界的本文，甚至那些看起來好像是關於個人和利比多趨力的本文，總是以民族寓</u>

其三，第三世界作家本身所處的悖論的諷喻性文化語境以及第三世界文本表述與此語境的同構（或互文性）關係〔註15〕。對此傑姆遜分別列舉了三位作家對比分析，他們分別是中國的魯迅、西班牙的小說家班尼托‧皮拉斯‧卡多斯以及塞內加爾小說家兼電影製片人奧斯曼尼‧塞姆班內。就傑姆遜個人的閱讀範圍來說，或許這三個作家被納入到同一篇文章中具有偶然性，但從文章所討論的主題來看，他們存在著深刻的一致性，即悖論的諷喻性結構關係的一致性。

在魯迅那裡，一方面是外來西方文化對於傳統中國的衝擊，另一方面則是辛亥革命的成功並沒有帶來真正的解放，恐懼性的吃人文化的夢魘仍然普遍地存在，「這種吃人的現象」不僅「發生在等級社會的各個層次」〔註16〕，而且欲推翻這種吃人社會的先覺者本身也成為被吃的對象，甚至吃人者。正是對於這種現實的文化語境有著清醒的認識，所以當錢玄同向魯迅約稿、希望他能夠出來助新文化運動一臂之力時，魯迅才構想出那個著名的諷喻性的鐵屋子的意象：一個沒有窗戶的鐵屋子，堅固難以摧毀，裏面的人都昏睡於

言的形式來投射一種政治：關於個人命運的故事包含著第三世界的大眾文化和社會受到衝擊的寓言。難道需要我補充說正是這種政治與個人十分不同的比率導致我們初讀第三世界本文時感到陌生、感到與我們所熟悉的西方閱讀習慣格格不入嗎？

改譯：儘管我們可以為了方便和分析而保留主觀、客觀、政治等等的分類，它們之間的關係在第三世界文化中是完全不同的。第三世界的文本，甚至那些看起來好像是關於個人和利比多趨力的文本，總是以民族諷喻的形式，投射出政治的維度：也即私人性的有關個人命運的故事，也總是公共性的第三世界文化和社會的困擾之狀的諷喻。難道需要我補充說正是這種政治與個人十分不同的比率導致我們初讀第三世界文本時感到陌生、感到與我們所熟悉的西方閱讀習慣格格不入嗎？

請大家對照劃線部分。張譯一是沒有突出 the embattled situation（困擾之狀的情景），而將其處理成了「受到衝擊」這樣的表述，而這樣的處理，很可能導致將本身是內在的悖論性文化語境關係，簡單地理解為單純的外部性衝擊。二是張譯的「包含著……寓言」的表達語式，把原文作為文本性、語境性、形式性、結構性的 allegory（諷喻），變成了某種被反映的內容，而且很可能是抽象的內容。我們需知，不是關於個人命運的故事包含了什麼「民族寓言」，而是文本性、結構性的「民族諷喻」本身，與第三世界人民的困擾性的生存狀況具有著同構的關係。

〔註15〕本來這是兩個方面的問題，但由於傑姆遜基本是通過對相關作家與作品的討論來交叉闡釋的，故合併論之。

〔註16〕Fredric Jameson , *Third- World Literature in the Era of Multinational Capitalism*, 頁 49。

此而「不久都要悶死」；先覺者的吶喊，並無從毀壞這鐵屋子，反倒使「不幸的少數者來受無可挽救的臨終的苦楚」。而魯迅的作品，就是這種矛盾的諷喻性語境的表述。或換言之，正是通過《狂人日記》、《藥》等一系列的悖論性作品的書寫，作爲一個清醒的先覺者與其無助的生存語境的諷喻性關係，才得以戲劇化地呈現。這些都是中國讀者再熟悉不過的了。

　　傑姆遜引入卡多斯的小說，具有在西方世界文本和第三世界文本間搭起既區別又溝通的橋梁的作用。就溝通的一極來說，雖然卡多斯所生活的十九世紀的西班牙不是嚴格意義上的邊緣性國家，但卻具有介於殖民主義的英國、法國這樣的發達國家和其它被殖民國家之間的半邊緣性，這恰恰與所謂的第三世界國家的中間性的存在狀態〔註17〕具有結構性的類似。因此，當我們在卡多斯的小說「《佛吐娜塔和賈辛塔》中發現男主人公也身處進退兩難的尷尬境遇的話，是不需要大驚小怪的：他一方面周旋於兩個婦女之間（妻子和情人、中上層階級婦女和「人民」婦女間），另一方面又在 1868 年的共和革命和1873 年的波旁復辟之間狐疑不決，從而使其個性上打上了民族—國家的印跡。這裡，我們在阿 Q 那裡所發現過的『漂浮不定』或可轉換性的諷喻式結構又再次出現：佛吐娜塔已經結了婚，而她又離開自己的合法家庭去尋找愛，可是最後她又返回到曾經放棄的家庭中，所以（阿 Q 的）在『革命』和『復辟』間的輪流選擇，也適合於描述佛吐娜塔的處境。」〔註18〕不過傑姆遜指出，與魯迅等第三世界作家的作品不同，在卡多斯的文本中，諷喻性

〔註17〕根據傑姆遜的論述，可以推論出三重第三世界的中間性：一是介於資本主義第一世界和社會主義第二世界的中間性；二是既取得了表面的獨立但卻以變相的新形式仍然處於過去宗主國的剝奪中。這兩重中間性可以說是第三世界國家所處的基本的諷喻性語境。不過對於革命的第三世界知識分子來說，他們還面臨著另一重矛盾的境況：他們既要對外繼續批判新帝國主義或跨國資本主義，因此他們必然與民族主義發生關係；但同時對內，他們又面臨著反抗篡奪了獨立果實的本國反動統治者的任務，他們的革命目標指向，又不能不是超民族主義的，所以第三世界知識分子的文學文本，就不能不是「民族諷喻」性的。

〔註18〕這段引文筆者做了重譯。原文中這段共出現了三次與「諷喻」相關的表述，一次是「民族諷喻（national allegory）」，另兩次是「諷喻性的（allegorical）」，都是在悖論的語境或結構性的意義上使用的。但是張京媛卻不僅依然將它們譯爲了「寓言」，而且又沿續了前面第 25 段對 allegory 和 fable 對譯的誤譯，憑空加了一個「寓言（fable）」，又多了一次與其「民族寓言」的譯法不相干的「諷喻」。所以，在其錯誤多出的譯句中，仍然或多或少地消解著「諷喻」的語境或結構的悖論性特質。

的結構遠遠沒有使政治和個人或心理的特徵得以戲劇化地突出，相反而是「趨向於用絕對的方式從根本上分裂這些層次」〔註 19〕。而這正表明了西方世界的心理無意識機制，如何驅動著作家與讀者本能地分割公共政治與個人的關係。這一點通過卡多斯與奧斯曼尼·塞姆班內的比較就更爲明顯了。

在塞姆班內的作品《夏拉》中，我們看到了類似的諷喻式或反諷性生存境況：男主人公哈吉擁有三個妻子，第三個還年輕漂亮，但他卻是陽痿症患者，不得不到處去尋醫求藥。與此形成對應的是，哈吉以前是一個爭取民族獨立的革命者，因此蹲過監獄，但現在他卻是一個幫助西方人剝削自己國家人民的掮客，這「明顯地表明了獨立運動和社會革命的失敗。」〔註 20〕在《夏拉》中，個人的心理、生理問題，再次與國家、民族等公共政治性的事務諷喻性地聯繫在一起了。而與卡多斯的作品不同，這種個人力比多與公共事物之間的諷喻性的聯繫，在塞姆班內的作品中得到了強烈、突出的戲劇性的表現。到處求醫卻得不到治療的哈吉，最後被指引向一個「生活建立在團體相互依賴的原則之上」的村莊這一烏托邦性的隱喻〔註 21〕，就充分顯示了第三世界文本個人與公共事務之間存在著一種與第一世界「的觀念十分不相同和客觀的聯繫」〔註 22〕。傑姆遜不僅向第一世界的讀者揭示這種聯繫，而且還從中看到了奴隸、被奴役者能夠眞正「勾畫（mapping）或把握社會整體」的能力所在〔註 23〕。

但是我們千萬不能把這種集體性的烏托邦指向簡化爲抽象的「民族寓言」，請注意，《夏拉》中「過去的空間和未來的烏托邦——集體合作的社會」是「被嵌入獨立後的民族或買辦資產階級的腐敗和西方金錢經濟之中」〔註 24〕。正是這種被嵌入的語境，決定了那還未完全消失的第三世界集體文化傳統的現代意義，但也同時決定了其意義的有限性與非本質性。而這就涉及到了我們所討論問題的另一方面——

〔註 19〕 Fredric Jameson ,*Third- World Literature in the Era of Multinational Capitalism*, 頁 53。

〔註 20〕 張京媛：《處於跨國資本主義時代中的第三世界文學》，第 54 頁。

〔註 21〕 張京媛：《處於跨國資本主義時代中的第三世界文學》，第 54 頁。

〔註 22〕 張京媛：《處於跨國資本主義時代中的第三世界文學》，第 53 頁。

〔註 23〕 參見 Fredric Jameson ,*Third- World Literature in the Era of Multinational Capitalism*, 注釋 26。

〔註 24〕 張京媛：《處於跨國資本主義時代中的第三世界文學》，第 54 頁。

其四，諷喻形式的不斷變化性，諷喻性文本的能指與所指的不對應性。

傑姆遜將第三世界文本的諷喻性與西方浪漫主義諷喻（寓言）傳統進行比較時指出：「諷喻精神具有極度的斷續性，充滿了分裂和異質，帶有與夢幻一樣的多種解釋，而不是對符號的單一的表述。它的形式超過了老牌現代主義的象徵主義，甚至超過了現實主義本身」〔註25〕。熟悉後學理論的讀者會很容易看出此處與西方後學理論的聯繫。然而很可惜，在我們這裡，人們無論是否熟悉解構主義，他們在接受或質疑傑姆遜的這一文本或其它後殖民理論文本時，則往往對於這一點視而不見，從而使得本來應該是充滿反諷張力與具體複雜語境性的「民族諷喻」的認識視角，倒回到了十九世紀的浪漫主義的「寓言」時代，甚至倒回爲「十七年」或「文革」時期的政治寓言性的寫作。

二

《第三世界文學》一文在 1989 年被介紹進中國，今天來回顧，或許會讓我們感到歷史的詭異。那一年，面向西方、走向世界的啓蒙主義訴求達到了最高點而戛然中斷，絕大多數國人還沒有從那場巨大事變的震驚中醒過神來，一個被中式改造出的第三世界文學的「民族寓言」就登場了。雖然從 1989 年到現在，已經過去 23 年了，但是當初《第三世界文學》所界定的接受視野，直到今天還依然深深地影響並束縛著我們。

《第三世界文學》最初加有一個由姚曉濛撰寫的「編者按」。它所傳達出來的最重要的信息是，對於傑姆遜這個同情第三世界的白人理論者的「第三世界式」的警惕，即對於那難以擺脫的白人中心主義的警惕。而這又集中表現在對所謂傑姆遜將第三世界非歷史化、同質化解讀的批判；對於第三世界的整體悲情化的處理以及由此而造成的對第三世界自身文化自屬性的取消。因此姚曉濛進一步提出了建構作爲第三世界中國自己文化話語權的必要性。這樣，對傑姆遜理論的批判與接受就被同時聯繫在了一起。另外，姚曉濛不僅同意將「national allegory」理解爲「民族寓言」，而且她更爲強調其政治性意涵，幾乎將所謂的「民族寓言」與「政治寓言」等而視之，從而使得對傑姆遜文本的解讀更向國人熟悉的「十七年」乃至「文革」的高度政治性的思維靠近〔註26〕。從 1993 年代初期起的《第三世界文學》以及後殖民接受史，

〔註25〕張京媛：《處於跨國資本主義時代中的第三世界文學》，第 50 頁。
〔註26〕其實，如果我們能夠將這則編者按放回到它所處的語境中細心解讀的話，它的含義乃至於姚曉濛當時的寫作心理都是非常複雜的。它不僅包含上段所指

總體上就是將姚曉濛共時性並列的兩個層面的指向，分成接受與批判兩個階段來加以抽象性地展開。

第一階段就是打起「民族寓言」的大旗，以第三世界、東方、中國的名義向西方中心論或話語霸權挑戰。這較早可以追溯到當年以時代文藝出版社編纂的「二十世紀中國文學叢書」中的幾本著作，《讀書》雜誌對後殖民東方學的介紹，《鍾山雜誌》推出的以張藝謀電影爲集中批判目標的「新十批判書」，王一川、張法等人的中華性的言說，曹順慶文藝理論中國話語權的爭取等等。這些言說不僅強烈地扭轉了八十年代思想文化界面向世界的啓蒙主義方向，而且也在相當程度上將複雜的第三世界文學理論及後殖民理論，變成了接近於文化民族主義的言說，從而與同期而起的儒學復興及網絡民族主義思潮等發生了微妙的響應。相關情況的研究很多，無須贅述。

而那些反思接受西方理論的文章，也大都如當年《第三世界文學》的編者按一樣，批評傑姆遜將複雜的第三世界文學做了簡單化、整體性、本質主義的抽象，想像性地取消了第三世界文學的複雜性與個性，用第一世界的白人聲音替代了第三世界中國的聲音，並將中國文化（學）及第三世界文化（學）矮化成了西方世界的被動他者。因此它們實際上也基本如其所批評的中國式後殖民言說一樣，幾無例外地站在「第三世界」或中國的立場來發聲。如果說這與當初姚曉濛的說法有什麼不一樣的話，無非是說得更爲詳細複雜點而已，或者加上了個別來自於域外的「同志」的支持，比如說艾賈茲·阿赫默德。〔註27〕

出的那些向度，同時還與八十年代走向西方的啓蒙主義的指向藕斷絲連，例如姚曉濛試圖通過將理論與話語區分來達到既引借西方理論又避免西方理論中的西方中心主義的做法。

〔註27〕 這兩段涉及到的文章或著作很多，茲枚舉如下：參見趙毅衡：《「後學」與中國新保守主義》，《二十一世紀》，1995 年 2 期；徐賁：《走向後現代和後殖民》，中國社會科學出版社，1996 年版；趙稀方：《中國後殖民批評的歧途》，《文藝爭鳴》，2000 年第 5 期；王岳川：《後現代後殖民主義在中國》，北京：首都師範大學出版社，2001 年版；姚新勇：《悖論的文化——二十世紀末葉中國文化現象掃描》，南京：江蘇教育出版社，2002 年版；代迅：《中國後殖民批評中的民族主義潛流》，《黃河科技大學學報》，2002 年，第 4 期；李世濤：《對第三世界文學（文化）理論及其在中國接受的反思》，《學習與探索》，2005 年第 1 期；陶東風：《告別花拳繡腿，立足中國現實——當代中國文論若干傾向的反思》，《文藝爭鳴》，2007 年 1 期；陳永國、尹晶：《詹姆遜與中國後現代理論的緣起》，《中國圖書評論》2007 第 1 期；張檸：《中國當代文學史與第三世界文學》，《全球化時代的世界文學與中國》（2008 年，當代世界文學與中國國際學術研討會論文集），北京：中國社會科學出版社，2010 年版；章輝：《後殖民理論與當代中國文化批評》，《文學評論》，2011 年，第 2 期。

　　而與此相關的一個明顯症狀是，當這些批評者在煞有介事地批評中國學者只是簡單地套用西方理論、讓中國或自己的大腦變成了西方理論的跑馬場時，卻往往在自己的文章中犯著類似的問題，例如張檸的《中國當代文學史與第三世界文學》。從題目看，至少「中國當代文學」和「第三世界文學」的份額要平分秋色，但是這篇長達 22 頁的文章，真正有關中國當代文學的內容，還不到兩頁。其它像趙稀方、李世濤的、陶東風、王寧等人的文章，也大都糾纏於西方理論的辨析、批判和對中國同仁相關文字的批評，幾乎無法真正從中國文學現象，尤其是中國當代文學現象中，發掘出與第三世界文學及後殖民理論之間的關係。而與這一症狀相關的更深層的症狀恰好在於，儘管批評者們嚴厲批評傑姆遜以及中國同仁對第三世界和中國文學的抽象化、整體性的處理，但是他們卻對中國文學或文化本身的族群文化多樣性、對傑姆遜及後殖民理論中國旅行在少數族裔文學批評界的情況隻字不提。因此他們中的不少人對傑姆遜等第一世界知識分子文化偏見批判的激烈，可與艾賈茲·阿赫默德有一比，但是阿赫默德對於邊緣少數族裔文化和文學的諳熟這一點，則是他們完全沒有的。

　　之所以會出現上述情況，除了張京媛對傑姆遜原文系統性的錯譯這一直接原因外，可能還關聯到其它幾個方面。一是 1989 年那場巨大的風波和九十年代迅猛的市場經濟走向所形成的特殊語境的影響。二是「十七年」或「文革」階級鬥爭思維、社會主義反帝理念對中國學者的潛意識影響。三是以美國為首的西方世界對中國崛起的阻擾之客觀情勢。上述這幾點可以解釋我們在接受相關西方學術思想時的簡單化的問題。至於說中國主流學界對中國文學本身的多族群文化關係自始至終的忽視，在起初可能主要是出於文化傲慢的習慣與對少數族裔文學或文化的無知，但到了後來，則可能與文化犬儒心態有重要的關係。中國少數族裔文學界，早自上世紀之初就開始了告別社會主義民族文學返還本民族文化之根的努力；而且 1996 烏熱爾圖就在《讀書》上發表了頗具後殖民批判色彩的《聲音的替代》；而 2008 年也有人較為全面地梳理了後殖民主義理論在少數民族文學批評界的反響〔註 28〕；更重要的是，2008 年和 09 年先後發生了西藏「3·14」和新疆「7·5」事件。可是直到前不久，有人在梳理後殖民主義與中國文化批評的歷史時，對相關情況仍

〔註28〕姚新勇：《中國「少數民族文學」的後殖民批評》，《二十一世紀》（香港），2008
　　　年 4 月號。

然是隻字不提﹝註29﹞。

三

當年對第三世界文學民族諷喻說的錯譯，誤導了我們，那麼今天的正本清源，又可能包含著怎樣的意義？或許至少有以下三方面的意義吧。

第一，諷喻性語境的啟發。

我們已經看到，傑姆遜對於第三世界文學的解讀，始終是在多重複雜語境的視野下進行的，這點對於我們認識包括文學在內的各個層面的中國問題具有重要的啟示性。當然關於此以往並非無人涉及，像大家耳熟能詳的全球化語境、傳統中國向現代中國轉型、跨文化碰撞與本土知識的興起等，都可以說是相關的表述。但是縱觀以往的各種言說，實際並沒有真正落實諷喻性認識論所要求的同時兼顧多重語境的認識視野，往往是將複雜的問題簡約成不同種類、不同層次的二元對立模式割裂性地加以把握；諸如中/西、傳統/現代、主流/邊緣、全球/本土、漢族/少數民族、民間/官方、新左派/自由主義等等。而這樣做的結果，則往往會產生誤導，不僅難以讓我們真正全面認識問題，而且還可能導致更多的新的矛盾。

例如中/西、傳統/現代、主流/邊緣、全球/本土、漢族/少數民族這幾組關係，對於解讀各種中國問題來說，本來是相互交叉的不同層面的認識論模型，出於不同的目的，在進行具體問題的言說時，當然可以也有必要有所側重，但是同時不應該忘記其它相關的側面。就說近代以來所發生的古代中國向現代中國的轉型吧，就不僅表現為儒家文明為代表的古代中國在西方力量的衝擊下的現代轉型，它還包括中華帝國內部的跨地域、跨文化的傳統格局的轉型，這兩個方面一起構成了傳統中國現代轉型的整體景觀。而人們一般只看到在西方的衝擊下，儒家文明逐漸坍塌、中國文化逐漸西化（現代化）的走向，但卻沒有看到邊疆少數民族「漢化」這一層面之於現代中國轉型的重要性。雖說中國幅員內的「漢化」是一個長期的由多民族共同推進的過程，但是在清代統一中國後，尤其是在西方文化的強力衝擊下，新型、非「儒化」的「漢化」，卻具有了根本不同的現代意義。失去了這一層面的認識，注定會忽略中國現代轉型歷史中所發生的內部各地域的文化由各自相對鬆散分立而再到高度一體的過程，而這個過程，恰恰又與全球資本主義擴張所帶來的全球

﹝註29﹞ 章輝：《後殖民理論與當代中國文化批評》，《文學評論》，2011 年，第 2 期。

文化的「同質化」走向形成了有趣的對應。忽略此，恰恰可能忽略中國文化在遭受西方文化衝擊時，國家主流文化對境內少數族裔文化的反衝擊。反過來，如果僅僅只從少數族裔文化被國家（或漢語）主流文化邊緣化、統一化的角度看問題，又會將複雜的中國現代轉型的歷史，解讀為單一性的類似於殖民主義或內部殖民主義的歷史，從而與解構中國的西方視野形成片面的響應〔註30〕。

第二，諷喻性結構觀的啟示。

與多重複雜的文化生存語境相關的諷喻的結構性，是作為民族諷喻的第三世界文學的一個基本的特質。這至少體現在三重層面上：文化語境層面，心理結構層面，文本結構層面。這就決定了第三世界文本的意義表述，不可能是主觀抽象的、寓言性的，而必須是結構性的。對於閱讀來說，我們需要善於發現特定文本與特定社會文化及心理結構之間的共構性關係；對於創作來說，則要努力擺脫抽象的說教與主觀意義的表現，以獨特的文本結構的建構，來客觀地呈現個體及其民族的悖論性的生存境況。諷喻性的結構視野觀中，抽象的、本質化的民族寓言是沒有位置的。

其實，轉型中國的現實語境，已經決定了中國問題以及個體生存境遇的複雜的矛盾結構性，因此，即以後殖民理論的中國接受來說，我們的作家或批評家所面臨的真正的任務，不是去代表第三世界、中國或代表少數族裔去說話、發聲，而是應該通過諷喻性的閱讀與書寫，呈現出中國問題的複雜的結構性關係來。而我們也只有通過這種結構性的呈現，才可能將自身結構為現實和文本多重關係中的一個連接點，從而發揮有機知識分子的作用〔註31〕。回到本文所討論的《第三世界文學》一文，如果譯者和編者作者，不是簡單地以中/西或第三世界/第一世界的視野去解讀《Third- World Literature》，那麼恐怕他們就不僅不會將「民族諷喻」理解為「民族寓言」，而且有可能通過自己的解讀，結構起八四之前的啟蒙主義、少數族裔文化回歸、啟蒙主義的突然中斷、第三世界中國、西方霸權等多重複雜關係。而這種多重語境的結構性閱讀和書寫所可能發揮的引導性，恐怕就不會像現在這般聯通著中國民族主

〔註30〕 可參見姚新勇：《擲地有聲還是高舉輕放？——評葛兆光〈宅茲中國〉》，《思想》，第 19 期，臺北：聯經，2011 年 9 月；姚新勇：《直面與迴避：評汪暉〈東西之間的「西藏問題」〉》，《二十一世紀》（香港），2912 年 8 月號。
〔註31〕 魯迅文本的深度、魯迅之所以到今天還無法替代，都與魯迅自覺的「中間物」的意識有重要的關係，而「中間物」的意識，說穿了就是自覺的聯繫性、諷喻性的結構意識。

義或族裔民族主義的偏激性，而是結構出複雜而洞穿性的文本形式與世界關係來。

第三，諷喻的「斷裂中的整體性」啓示。

傑姆遜建構作爲民族諷喻的第三世界文學的目的，是想通過引進一種公與私、政治與個人力比多具有相關性的文本來批判第一世界公私分裂的文化心理結構，從而爲第一世界尋找到一種批判性的集體政治意識的參照。這樣做的結果，的確存在將複雜的第三世界、第三世界文學簡單化、本質化的危險。但是傑姆遜對於這一危險始終保持著警惕，因此，他不斷強調作爲第三世界民族諷喻性的第三世界文本在語境、結構、形式等方面的多重性、關係性、悖論反諷性，強調文本的能指和所指之間的「極度的斷續性，充滿了分裂和異質，帶有與夢幻一樣的多種解釋」〔註32〕。因此，傑姆遜所意味的集體性、政治性、民族性，就是「斷裂中的整體」。這種矛盾的修辭，或表明了傑姆遜第三世界文學理論深層的矛盾，綻裂了他之烏托邦建構的反諷與悖論。但是對於處於轉型中國語境下的思考與寫作來說，「斷裂中的整體性」，則可能意味著把握現實的努力所需要的清醒與努力。

也就是說，一方面，我們必須摒棄遊戲或犬儒的的心態，直面現實，努力地去把握社會整體，另一方面，必須意識到這種把握一定會充滿著矛盾、斷裂、衝突。我們不應該因爲斷裂衝突與矛盾，而放棄整體性的追求，但反之也不應該因爲要尋找抗爭的集體性力量或烏托邦，而將自己的文本簡化爲民族主義、族裔民族或其它形式的單一所指的對應物。也就是說，在文本創作上，要堅持多義、悖論性與整體性的張力；而在觀念意識與立場態度上，則要像魯迅那樣始終保持「橫站」的清醒與勇氣。

第二節　曇花一現的民族諷喻

一

相對於主流文壇，第三世界文學及後殖民視域來說，中國少數族裔文學帶有相當的內發性，轉型期少數族裔詩歌所表現出的「民族寓言」特質的自發性，就很能說明這一點。

這裡所說的少數族裔詩歌的民族寓言特質有這樣幾方面的含義，一是其

〔註32〕張京媛：《處於跨國資本主義時代中的第三世界文學》，第50頁。

所蘊含的明確的民族文化回歸的指向，二是與此相關的族裔情感與神聖使命感的寄託，三是上述兩點與詩學性自覺追求的結合。也就是說，在這樣的創作中，詩人努力將深摯的民族情感與神聖的民族使命感幻化成為完整的詩歌意象，以達到思想情感與藝術形式的有機融合。這在我們前面曾經分析過的吉狄馬加、阿庫烏霧、旺秀才丹、巴音博羅等人的詩作中都有較為充分的表現。這當然不是說這些作品本身完全不能進行諷喻性的解讀，也不意味著它們自身不存在矛盾或斷裂之處。

首先，這些文本與八十年代漢語主流文學之間就存在某種類似於第一世界文本與第三世界文本的對照性閱讀關係。將八十年代主流文學與同期〔註33〕少數族裔文學進行比較，我們首先可以發現體裁上的差異。主流文學是詩歌與小說並重，而真正具有代表性的少數族裔文學，則基本是詩歌，即便是張承志這位介於主流與邊緣位置作家的小說，也始終具有極強的詩性抒情。而兩者更為重要的差異，則表現於個體力比多與公共政治性的關繫上。相較而言，在主流文學那裡，傑姆遜所說的第三世界文本的個人力比多與公共領域之間的聯繫性，有著較大程度的類似表現。

例如像《女賊》、《飛天》、《綠化樹》、《男人的一半是女人》、「三戀」、《白渦》等與性有直接關係的作品，以及由此而引起的墮落與否的爭論都比較多。或許需要指出的是，此期主流文學，雖然具有傑姆遜所謂的個人力比多與公共政治的相關性，但是它的總體指向卻是開放、面向西方，強調的是個人從傳統政治的束縛下解放出來，所以是啟蒙主義性的，而非民族主義性的，所以八十年代文學也同五四文學一樣被稱之為啟蒙文學。而這裡恰恰可以看出傑姆遜將第三世界的諷喻性書寫與民族主義向度相聯，顯示出了西方語境的閱讀與中國語境寫作意圖的差異、斷裂。

再看同期代表性的少數族裔文學，所謂個體的與性相關的文本幾乎並不存在，其中所存在的與「疾病」相關表述，其具體表現形態大都較為抽象，與個體性的生理的性的渴求與「失序」並沒有多少關係；少數族裔文學中的生理與心理的不適，往往與母語文化的失落直接相關，所以也往往帶有直接的象徵性。無論是吉狄馬加那個手捧著母親的臍帶在高坡上哀痛的少年，還是阿庫烏霧那個僅僅吮飲了第一口「母親」「濃濃的乳汁」就讓「脆弱的生命

〔註33〕從絕對時間來說，少數族裔文學界的「八十年代文學」特徵，至少延遲到九十年代中後期。

中毒」的歌者，他們的「生命之病」，突出的是對於民族文化的傷懷，而幾無個體性的生理之病的緯度。所以這民族文化母液之毒所帶來的「夭亡」，就與「瓦板的縫隙射進／第一束陽光／帶走了你幼嫩的身軀」意象相互並列。它所象徵、所隱喻的恐怕不是什麼「當原有民族文化不再適應時代變遷的時候，她就不會給後代創造價值，還會約束壓抑乃至窒息其發展」〔註 34〕，而更可能是重歸文化母體、文化懷抱、文化子宮的重生。所以詩人才甘願「沉浸於這甘美的『毒液』中，不斷品嘗、反覆咀嚼，不斷吟詠、反覆推敲，醞釀出了一首首意象豐富充滿詩性象徵的詩篇，建構起了一個相對完整且封閉的彝族性的詩性世界」〔註 35〕。因此這裡的「夭亡」所露出的是母語文化被邊緣、被遮蔽的信息，以及作爲乳汁、血液的母語文化給予其文化之子所具有的致命的不可磨滅的影響。不錯，無論是吉狄馬加的《我是彝人》還是阿庫烏霧的《夭亡》，都可能讓我們聯想到穆旦的《我》。「從子宮割裂」了的我，「失去了溫暖」，「殘缺的部分渴望著救援」，一如那個「在黃昏的山崗上悄悄」聽風語的孩子（《我是彝人》）和那「只能在夢中讚美你的夭亡」的詩人（《夭亡》）。但「幻化的形象，是更深的絕望，／永遠是自己，鎖在荒野裏，／仇恨著母親給分出了夢境」。所以無論是子宮具象的形而下肉體的直接，還是鎖閉於孤獨荒野中的永恒的分離、缺失的形象，都讓半個世紀前的現代派詩人，顯得更爲「超越」而抽象；而半個世紀之後的異族同類，則表現得更爲具體而「民族」。

　　如果我們要去進一步比較這種人之存在的同質而異形的現代命運的表現，自然還會挖掘出更多的全球化語境下的文化差異，但僅是這裡的對比，至少應該已經讓我們在所謂第一世界／第三世界／、現代／傳統的二元模式中，看到了更爲複雜多樣的光譜。而這種光譜因文化、族群、歷史、地域的差異，呈現出不同的色彩，也更因同樣的全球性現代的語境，形成參差斑斕中的一體。所以，即便是「民族寓言」式的寫作，說到底仍然是在全球化悖論性生存語境下產生的，仍然可以而且也應該作爲諷喻來讀。而這種內部的「第三世界」文本的諷喻性解讀，之於主流文化世界，同樣具有批判性、反省性激活的意義。只是要被激活的主要不是政治性、集體性，而是之於主流文化或

〔註 34〕 尤雪茜：《回視　突圍　重構——阿庫烏霧文化詩解析》，阿庫烏霧：《阿庫烏霧詩歌選》，成都：四川民族出版社，2004 年版第 256 頁。

〔註 35〕 姚新勇：《文化挑戰、詩意建構與中國現代詩——彝族詩人阿庫烏霧的詩歌》，《海南師範大學學報》（社會科學版），2008 年第 2 期，第 103 頁。

文學對於自己作爲主流文化的傲慢與無知的警醒，是之於文化中心對於邊緣文化難以避免的壓抑性的反省。但是反之，這種比較的閱讀，對於少數族裔文學或文化來說，也同樣具有諷喻性閱讀的啓示，啓發他們意識到，其所體會到的民族文化的失落，並非是自己獨有的，而是全中國、全人類的；無論是他們所痛感的民族傷懷，還是分明意識到的身份意識，都是特定的處於全球化狀態下中國語境的產物，說到底都是非本質、相對性的存在，而絕非永恒的傳統與不變的血統。而這一點，在阿庫烏霧九十年代中期之後的《性變》中，被得以直接的諷喻性的呈現。

二

　　當代彝族現代詩歌的重要搜集、研究、推動者發星先生，在整理彝族當代詩歌創作中，發現了阿庫烏霧詩歌在 1995 年的一個重要變化，他的詩歌不再像先前那樣，將文化失落的痛感，幻化爲遠古神性的精純的現代重構，而是更爲直切地「顯露原族在現代文明中被扭曲與異化之痛」〔註 36〕。不同於《阿庫烏霧詩歌選》第一輯「巫唱」，在後兩輯《春殤》和《性變》中，詩人直接將當下碎片化的、病態的世界呈現在我們面前。我們看到，城市替代了山寨，成爲了物品、人、其它生物、靈性、非靈性之物的基本空間，城市生活中的物品、詞彙開始大量出現，如電腦、鋼鐵、金屬、城市、高樓、街、罰款、110、電話號碼、閹割、廣告、甚至交媾等等。詩人用這些非靈性的石質、鐵質物象、詞語爲第一手材料「堆積」「後現代」化的城市，展示破碎的世界景觀，打量、反思、書寫著各種病症，給出了一份後現代性的「病史」記錄。這「病史」不再只是單一族群性質的民族文化失落的傷感之病，而是交雜著各種成份的後現代社會中的精神之「病」，是詩人之病，也是人類之病。對這種由各種城市現代病毒成份侵襲而成的病，詩人也有焦慮，但卻沒有《巫唱》輯中那樣純粹的回歸的追求而又難以回歸的焦慮，詩人在批判，甚至也可以說是挑戰，但似乎也在坦然接受——

　　　　你可以肆意吸食／由一切植物和動物製作的食物／以及世上所有的氣體和液體／你的身體猶似毒品加工廠／沒有毒品就沒有工廠／同樣　沒有疾病纏身的日子／對於你　生命走向尾聲／／活著　就該活出病來。(《病史》)

<hr>

〔註36〕發星工作室編，《獨立》19 期，《大涼山彝族現代詩 32 家》，民刊。

這些非意象的、不無堆砌性的、甚至常常是直陳性的詩作，不僅將物質、生命的存在肢解、破碎，而且也將引入詩作的彝文化的靈性元素、神性元素切割得七零八落。雖然從《春殤》、《性變》等諸多詩篇中可以看出詩人還想以族裔傳統來整合這個破碎的世界，但當他從萬物性質變異的同一性角度將當下世界與彝人傳統的神性聯繫起來進行思考時，變異性、流動不定性，就不僅指涉這個世界、這個世界中的詩人與他人，而且也包括了祖先、傳統、神。變化不定的「性源」的探討，被一直伸展到先祖、伸展到創世之神那裡。這樣，作者對這個不斷變性替身滿地走的世界的態度就相當曖昧了。與這種全面的性變、曖昧態度相關，詩人也不是簡單地悲嘆彝族性的變異、喪失或不定，相反，他開始將作為特定中國的「少數民族」的彝族性，與世界、全球意義上的人種的差異、「少數民族」身份、文化的差異放置在一起思考，使它們的特性變成了差異性。所以，從這個意義上說，「性變」的後現代世界，固然讓我們無根地漂浮，讓詩性減弱，但卻衝破了本質民族觀的褊狹與束縛，具有了「諷喻精神」所具有的「極度的斷續性，充滿了分裂和異質，帶有與夢幻一樣的多種解釋，　而不是對符號的單一的表述」。

　　當然，作為民族諷喻的第三世界文本的斷裂是指向整體性、民族性的斷裂，阿庫烏霧此期創作所表現出的破碎化的形式特徵，並非是「後現代」性質的非詩化的雜陳共置景觀的呈現，在表面的混亂背後，詩人不僅還在努力想通過對本族文化不棄地追求，來為這個世界保留（發現、創造？）神性，來整合這個變異的破碎的世界，而且他也的確為其後期詩歌，創造了別樣的結構的整體性。例如他的《雨城》。

　　這裡，「雨城」不是偏正結構而是並列關係。雨大致與靈魂、意義、神性、傳統相關，或者更確切地說，是那已經被放逐了的靈魂、意義、神性、傳統的使者，它「似遠又近」地造訪城市；而城則是性質變異了的當下世界的象徵，它的符號是那已經消失了神性的語言。（「語言在城市面龐上／長勢旺盛／無良無莠」。更嚴重的不是語言的良莠不分，而是不同語言與語言之間的「屏蔽」）雨的造訪，不只是要凸顯城市的弊端，因為當語言、城市將一切真跡褪盡脫落之時，這既「是一種死亡的方式」，也是「先民興奮（再生？）的起點」。所以似遠又近的雨，以恩體古茲的名義降臨，跌宕鏗鏘的音節；所以「神績如雨　守護城市」，所以神性的雨水，在詩人的夢裏與動植物的血、織婦無邊的思情、發酵的城市之液體等等等等才會相聯在一起，詩人才能為這混雜的

世界祈禱：「若惹古達鎮東方／舒惹爾達鎮西方／阿俄舒補鎮南方／施若底裏鎮北方」〔註37〕。

如果說阿庫烏霧1995年之後的寫作，呈現出了較為直接的民族諷喻書寫的特點，如果說他的這些寫作高度關注了「性」這一詞語，但是很顯然，這種「性」並沒有多少直接的個人力比多的徵兆，無論詩人筆下的世界與存在多麼怪誕、荒謬、破碎，詩人始終不讓它們直接引向個體肉體的欲望表現。這不是阿庫烏霧個人的選擇，而可能是不少數族裔詩人共有的某種寫作的禁忌。旺秀才丹的一首詩作中，有這樣幾句詩：「我看著生鐵割向自己的皮膚／這海豹的外衣，沒有一絲雜質／它經歷了太陽、湖泊和大海／它是嬰兒哺乳的鈕扣」。筆者尋問過究竟是什麼意思，旺秀才丹這樣回答：「忘了是哪位大師的詩歌作品，還是馬格尼特的一幅畫，說海浪像海豹的舌頭卷過來。總之記住了海豹這個詞。當時的感覺是，海豹的皮子潔淨，光滑，柔韌，質感。可能有對自己純淨心靈和肉體的眷戀？嬰兒哺乳的紐扣，實際上是想寫乳房。小時候的薰陶，總在淡化性器官。豬的乳房，在故事中成了衣服的雙排扣。所以這裡順手牽來」〔註38〕。

當然，我們不能片面理解這種來自文化習性的禁忌自覺，尤其不應該由於對於文化民族主義視角的觀注，而以為轉型期少數族裔文學的創作個體性，總是與傳統相一致的。其實與漢語主流文學一樣，傳統與個體性、先鋒性寫作之間的衝突或張力，同樣在少數族裔文學中存在。例如上世紀八十年代中期前後興起的「朦朧詩」熱潮就曾在維吾爾文壇上掀起過激烈的爭論。「大多數文學前輩，把它看成是對傳統的對抗和否定，是對維吾爾民族詩歌的破壞，是非常危險的詩歌運動」，是「會把民族詩歌引向世界末日的人」〔註39〕。的確，僅僅就直接的詩歌形式來看，八十年代新一代維吾爾族詩人的寫作，就與傳統的柔巴依體很不一樣〔註40〕，而且像帕爾哈提·吐爾遜這樣極富先鋒性的詩人，對於本族裔的傳統的反叛，就更為強烈了。請讀這幾句詩：

　　　大海從我的原罪深處上漲／巨浪拍打著情人的海灘／生命力在
　　那裡蔓延／猶如肉體裏的震顫／從此大海失去了象徵意義／流入黑暗

〔註37〕　「恩體古茲」是彝人傳說中的天帝，而「火把節」就與他相關。另外「默念」中所提到的四者，為彝人的開天闢地的四英雄。
〔註38〕　「旺秀才丹與姚新勇的通信」，2010年4月5日。
〔註39〕　曼拜特·吐爾地：《新疆維吾爾文學中的朦朧詩現象》，《民族文學研究》，2007年第1期，第113頁。
〔註40〕　請比較《無盡的想念》和《喀什噶爾的地球》。

不可名狀的深處/接吻時的感覺從體內流出/滲透於海浪的呼嘯之中/從我的肉體流入情人肉體/就像傳染病病毒/又從情人的肉體流入大海的波濤/逃脫了詩人的神經網絡/一切存在和虛無都已喪心病狂/像赤裸裸的瘋女人的矯揉造作/欣賞光著身子的快暢/大海失去了象徵意義

如果說上面這幾句已經夠離經叛道的話，那麼下面這幾行，恐怕就更為撕裂而赤裸：

城市中央/廣告牌上那女人的褲衩/不知何時被人脫掉了/她那淫蕩的微笑/引來了好多小孩兒和從下午開始下的雪/雪飄落時的聲音掩蓋了孩子們的喧鬧/但他們的肉體在燃燒/最中間——也是人類的最中間之處/他們用手指開了個洞（《大街上的門》）

但是這樣充滿撕裂感的詩句，絕非緣自或只局限於本能的衝動，而是有著更為複雜的隱喻：

突然間，一個姓名浮現在我的腦海裏/但是，猶如古老原型/在歷史的暗流中不斷改變自己的模樣/又如美麗的肉體被踐踏的女人/躲開我的回憶/又如遇到強烈陽光的野火/不像昨夜那般黑暗中搖搖晃晃/為我指出通往生命之門的方向//遺忘能夠帶來神秘感/遺忘能使好多東西/不，我厭倦熱情帶來的瘋狂/也不想感覺到孤獨帶來的冰涼/最可怕的是熱情與孤獨之間的那扇門//這世界僅是一扇門/同時是入口又是出口/並不是把裏面和外面連接/連接的是兩個外面/連接的是兩個永恒/切除子宮的女人在哭泣/感到自己的腹部是被盜的墓穴/在那裡剩下的並不是門，而是乾裂的壑溝/再也不會有任何水分/她再也感覺不到創世之前黑暗及上帝靈行的水的流動/無法確定沒有子宮女人的身份（《大街上的門》）〔註41〕

由這樣的詩句，我們不難聯想到《聖經》中的抹大拉的瑪麗亞〔註42〕，也不難聯想到李金髮的《棄婦》和穆旦的《我》，體味到它們共有的孤獨荒原性存

〔註41〕原文為維文，譯文來自 http://blog.sina.com.cn/s/blog_673bfe540100m40j.html。原頁面的譯文可能存在文字錄入之誤，這裡的引錄做了推測性的修改。相關的詩句有（請注意黑體）：「不，我厭倦兒熱情帶來的瘋狂」，「感到自己的服部是被盜的墓穴」，「在那裡乘下的並不是門」。

〔註42〕其實這首詩的題記，直接就提示了與聖經的關係：「我是門/生命在於我/復活在於我——耶穌」。

在的現代氣質。但是作者的身份，或許又會提醒我們注意，此詩意義推進的形式結構中所包含的與族性的相關。那個城市中央所矗立的高大的廣告牌上的女體，或許不無現代都市欲望與淫亂的象徵之意，但她更是被強迫定位、裸露的表徵。記憶所喚起的古老的原型，提示著某種遺忘的抵抗和返還的衝動。但是這裡並沒有肯定的傳統文化之光的照耀，「通往生命之門的方向」，卻是由遺忘所指引。記憶、返還，並不會爲詩人、身份離散的詩人，敞開溫暖家園之門，哪怕是想像性的敞開。「這世界僅是一扇門」所「連接的」不過是「永恆」空無。所以，那曾經引渡了年輕的吉狄馬加和阿庫烏霧的族裔文化的母腹之水，早已乾涸，連自己的身份也無從確定，更不必說超度失樂園的孤魂。

　　不錯，或許筆者太過敏感，解讀太過牽強，似乎強要將一個一般性的表達現代人孤獨、荒原性存在的現代詩，解讀爲身份離散的「民族寓言」。但或許現實早已並不斷上演著比這更敏感、更眞實的身份定位與驗證〔註43〕。所以，這種解讀，究竟是牽強的對號入座，還是第三世界文學無法擺脫的民族諷喻性的例證，又有誰能說得清呢？

〔註43〕帕爾哈提曾經入過獄，現在在一個群眾藝術館工作。毛澤東時代，群眾藝術負有宣傳毛澤東思想的光榮使命，而且被組織起來的人們，也的確需要這樣的機構來爲自己提供參與「無產階級藝術活動」的機會。因此，那時的群藝館，既是比較重要的，也應該是比較忙的。而早已褪去了革命色彩的市場化的今天，群藝館可能已經淪落爲某種象徵性的擺設，因此，安排帕爾哈提這樣一個「政治正確性缺乏」的維吾爾族先鋒作家到群藝館工作，可能再合適不過了。既不用擔心他身上可能的潛在的危險毒害人民群眾，又落實了少數民族優惠政策，使他有了一份不肥但也可以過活的職業。按說他應該對此工作比較滿意才對，但是當我問起他的工作是否忙、生活得如何時，他卻時常抱怨無事可做的無聊與煩悶。於是我就安慰他，沒有事做不是更好嘛，可以用上班時間讀書寫作。但是他卻告訴我，那無聊空餘，並不屬於他自己，而是屬於組織，或許組織怕他們閒出病了，總是三天兩頭地要組織反分裂、民族團結的學習。或許同樣是怕詩人們犯錯誤、被誤讀，甚至有部門專門發通知，告訴他們在歌頌祖國時，應該怎樣使用「祖國」一詞。2012年他在深圳群藝館掛職鍛煉時，曾有一個去香港參觀旅遊的機會，他的另一位維吾爾同事的簽證很快就批下來了，但他卻無法成行，因爲新疆那邊說不能給他辦。至於具體原因，沒有人告知，他專門找新疆有關部門去尋問，也無果。但在另一方面，他又因爲大膽的先鋒性寫作，在維吾爾文學圈中又遭到了不少強烈的批評。

第三節　從感傷抒情轉向憤怒的紀實

一

　　上節所討論的具有較爲明顯的「民族諷喻」性書寫的情況，在少數族裔文學中既不普遍也不突出；少數族裔文學更爲普遍明顯的轉向，則是感傷抒情的放棄和憤怒寫實的擴散。這無論是在彝族還是藏族漢語詩歌寫作中，都表現得相當明顯。我們先來看彝族詩歌創作的情況。

　　我們前面曾經指出過轉型期彝族漢語詩歌普遍性的濃鬱的感傷抒情特質，但是在新千年前後，更爲年輕一代彝族詩人的寫作則越來越多地告別抒情走向敘述和寫實。或許這一變化可以追溯到彝族詩人吉木狼格那裡。關于吉木狼格，筆者曾從「第三代」「口語詩歌」與彝族詩歌相互比較的角度做過分析。但是換個角度看，他或許開啓了彝族漢語詩歌寫作由感傷的抒情向寫實詩的變化。不過吉木狼格彝族題材的寫作，所體現出來的更多的是放鬆的語感和日常生活中的淡淡的溫暖與平實，即便是外來文化的侵入，在他的筆下，也會「像傍晚的牛羊/紛紛進入山寨」（吉木狼格：《比摩來了》）〔註44〕。但是彝族文化、畢摩法力、大小涼山眞的有那麼大的抵抗力與化解力嗎？當然不是，在吉狄兆林那裡，《賣力氣的拉鐵》，已經站立在了家鄉與外面世界的交界處猶疑、悵然：

> 從工作的地點向東/只需要十分鐘就能坐上公共汽車/花半元人民的幣就能到達火車站/從那裡就可以去成都/去北京/甚至去美國/賣力氣的拉鐵知道/天氣漸漸熱了/又漸漸涼了/這個十字路口匆忙趕路的人還是這麼多/賣力氣的拉鐵就開始不明白/不明白他們究竟失去了什麼/要那麼著急地去找尋/就想用彝語輕輕拉住他們/向他們表示同情/賣力氣的拉鐵至今還只失去過父親/但他已經到了可以失去父親的年齡/賣力氣的拉鐵是我的好兄弟/好兄弟拉鐵說他經常/感到身後有座山。我說/我看得見/我確實也曾經看見/那是一座普通尋常的山。立著。像/極了一位心裏太多感嘆的彝族老頭/挺著胸脯眯著/雙眼。那挺著的胸脯仔細一看/已經皮包骨/那眯著的雙眼他就是/不閉上〔註45〕

〔註44〕 姚新勇：《「家園」的重構與突圍——轉型期彝族現代詩派論》，《暨南學報》2007年第6期。
〔註45〕 發星工作室編：《當代大涼山彝族現代詩選》，中國文聯出版社，2002年版，216頁。

然而很快，現代化的狂潮對鄉村的衝擊與侵蝕，不僅讓畢摩難以自在平靜地做法飲酒，而且也不再允許拉鐵徘徊在大山的門口困惑不解，在更年輕一代詩人的筆下，我們看到的是更為嚴酷的彝人的另一重生存現狀。

> 過彝年時／我目睹了來來往往的打工者／提著大包小包／操著方言尾巴的普通話／擁擠著車站／如果這不是在涼山／如果不是他們彼此偶爾用彝語交流／我絕不會想到這是我的族人／他們一年的奔波勞苦冒險／和離鄉的惆悵／使我沉重／而現在／他們回家的欣喜和候車的焦慮／使我好像也是他們的一員〔註46〕

然而節日的歸家，充其量只是短暫的「長途奔歇」，很快流水線上又會出現：

> 幼稚的臉蛋，／時常掛著淚痕，／淚水未乾又笑眯眯。／麻花辮已剪去，／染著金黃色頭髮，／雙眼水靈靈。／老土的棉襖已不見穿，／換成流行的羽絨服，／唯不變膚色和鄉音。／這月的每天，／她既遲到又早退，／公告欄上又貼有通知。〔註47〕

沒有人願意別妻留子離開自己的家鄉去賤賣力氣，也沒有人願意拋棄生養自己的故土，攜妻帶子一去不回。但是「難道你們真的願意留下／最初的家園和靈魂在／故鄉風吹日曬雨淋嗎」？「故土的荒地已越來越多了／小孩夜夜喊著你們的名字／夜夜被惡夢驚醒」（《我看見一群趕錯列車的彝人》）；「寧靜的山寨被毒品刺殺成／血流成河」，「貓頭鷹躲在大樹上招魂時／無人回答，無人回答」（馬海吃吉：《情繫山寨》）。這樣的破敗，這樣的夢魘，對於彝人、對於那些與眾多中國農民一樣的普通的彝族農人來說，所啟示的不僅是貧窮、痛苦與逃離，甚至是悔作彝人的憤怒：

> 不要做甘洛人的孩子／父母只會尋思如何帶你去偷礦／不要做越西人的孩子／媽媽到處做生意你別再想見到她／不要做喜德人的孩子／沒有搶過火車坐過牢的孩子會讓人瞧不起／不要做冕寧人的孩子／爸爸變成一堆稀土你何處去尋他／不要做普格人的孩子／一生下來父母就會把你賣到外地／不要做昭覺人的孩子／父母在歌城喝酒會讓你過去打一圈……〔註48〕

〔註46〕吉布鷹升：《打工回來的彝人》，發星編，《彝風》創辦 10 年紀念專號（1997～2007），民刊，電子文本。
〔註47〕阿優：發星工作室編，《獨立》19 期，《大涼山彝族現代詩 32 家》，民刊，電子文本。
〔註48〕吉克・布：發星工作室編，《獨立》19 期，《大涼山彝族現代詩 32 家》，民刊。

很顯然，在這類紀實性寫作中，詩歌不再是失落心靈的庇護所，詩人再也無法想像性地返迴文化子宮尋求母語文化的寄慰與療治，因爲隨現代化、沿海發展戰略而來的是更大的一波衝擊，不只是所謂文化的重傷，而且是個體身體與族裔文化身體所賴以存在的家園的破敗，那個曾經被眾多彝族詩人所書寫所謳歌的「大山－瓦板屋」結構的小宇宙、溫暖家園的破敗。因此，與此形成相互照應的是，有關母語家園想像的破碎。

同境內外眾多的邊緣寫作一樣，有關母語的隱喻性書寫，也一直是轉型期彝族詩歌重要的主題之一。吉狄馬加要尋找《被埋葬的詞》，「那母腹的水/黑暗閃耀的魚類」；倮伍拉且行走於世界各處，尋找那《遺失的詞》；沙馬一面吟頌著《南高原的祈禱詞》，一面「面對母語中語義傳達的迷惘和過渡期語境選擇的困惑」〔註 49〕；阿黑約夫也想拂去歲月的塵灰，讓那些「無數密密匝匝的經文被輕輕叩進/學者幽深的額紋……學者揮筆將原始腥紅的傳說/繪聲繪色地塗在參天古木上」（《黑色歲月·羊皮紙》）；巴莫曲布嫫通過人類學知識的幫助，復原彝文字母的紋理（《圖案的原始》）。

然而，新千年之後，在那些八零、九零後彝族詩人的筆下，母語不再是文化家園的卵巢、溫暖的羊水，而成了家園破敗的表徵，美麗、痛楚而又傷感的母語的隱喻性書寫，也被日益激烈憤怒性寫實所替代。

在俄狄小豐的筆下，我們看到，漢字載著來自「異域的水生物和陌生的垃圾」，「魚貫而入/衝破寨子古老的籬笆牆/淹沒寨子」。「漢字紛紛爬上岸/首先佔領我們的舌頭/再順勢進入我們的體內/爭噬五臟/等到飯飽酒足/便塗脂抹粉/從我們的口齒間轉世/成爲山寨的聲音」（《漢字進山》〔註 50〕）。而在馬海子秋那裡，僅僅三十年的時間，時髦洋氣的「乖！寶貝兒」，就替代了「嗨！俺惹妞」傳統母親的呼喚（《憂傷的母語》〔註 51〕）。所以，儘管有人依然執拗地將「那土氣的方言」，聆聽爲「沖散心中煩惱的音樂」，「治療陳年頑症的良藥」；儘管族性的美女在「母語的巢注視著」，告誡自己「不可背叛」（魯娟：《無題（二）》）；儘管有人不甘荒謬的現實，想「試圖躲入最後的彝語堡壘

電子文本，詩人坦言此作是模仿之作。請對照周雲蓬的《不要做中國人的孩子》，http://www.tianya.cn/publicforum/content/free/1/1090129.shtml

〔註 49〕 沙馬：《在天空和彩雲下行走》，根據沙馬發給姚新勇的電子文本。

〔註 50〕 發星編，《《彝風》創辦 10 年紀念專號（1997～2007）》，民刊，電子文本。

〔註 51〕 發星、阿索拉毅 編：《21 世紀中國彝族現代詩 23 家修訂版》，民刊，電子文本。「俺惹妞」爲彝語，「我的小兒子」之意。

不出世」，但他們統統都無法改變嚴酷的現實，不得不「無奈寄生在殘缺的母語與強勢的漢語間/棲息徘徊於失落邊緣與熱鬧都市裏」〔註52〕。或許不用再過另一個三十年，不僅所有彝人的母親會毫無障礙地呼喊自己的兒子：「乖，寶貝兒」，而且不再會有人想起那曾經有過的「嗨！俺惹妞」。但是在「負傷的彝語在流利的漢語前/失色覆滅的危險」之際，這徹底的遺忘來到之前，而「原本絕非存心背叛或蓄意謀反」的我（《一個彝人叛徒的袒露》），也要「在這條抵制的路上」拼得「骨瘦如柴/精血耗盡」（魯娟：《無題（二）》）。

　　無疑，彝族詩人們的痛楚乃至憤怒，有著切切實實的現實支持，但問題是「乖，寶貝」，就是原本豐富多彩的漢語母親的親昵之語嗎？〔註53〕

二

　　與前述彝族漢語詩歌類似的走向，更爲激烈、更具民族主義性地在藏族詩歌那裡展現。或許偶然或並非偶然的詩風轉向的時間節點，也可以追溯到1995年。唯色多次談到1995年之於她個人及其寫作的重要性，那一年關於十一世班禪喇嘛的認定和與王力雄的結識，讓她的思想發生了重大的變化：

> 在我最初結識王力雄時，他對我的一句叮囑，卻足以顛覆我過去的那種寫作。他說：「西藏的現狀令人悲哀，但對一個記錄者而言，卻是生逢其時。你周圍存在著那麼多傳奇、英勇、背叛、墮落、俠骨柔腸、悲歡離合和古老民族的哀傷與希望……詩和小說可以寫，但是別忘了把你的眼光多分一些給非虛構類的作品，那對你的民族可能更有意義。」那麼，「更爲恰當的語言表達形式」是什麼樣的呢？對於我來說，不是虛構，不是裝飾，不是美化，更不是去編造各種動聽的謊言，而是如實地記錄，僅僅如此而已〔註54〕。

於是她不僅寫下了那首極富隱喻張力而又充滿現實所指的《十二月》，更將自己的抒情之筆逐漸大規模地轉向對西藏當下現實的書寫。她不僅寫成了像《西藏筆記》、《絳紅色的地圖》這樣的融紀實與抒情一體的文字，而且還出版了

〔註52〕麥吉作體：《一個彝人叛徒的袒露》，發星工作室編，《獨立》19期，《大涼山彝族現代詩32家》，民刊，電子文本。

〔註53〕本小節有關彝族詩歌新千年之後變化的內容，主要轉述自邱婧博士的博士論文：《轉型期彝族漢語詩歌論》，暨南大學，2013年5月。

〔註54〕唯色：《關於族群與「文明衝突」——與姚新勇教授商榷近作〈西藏筆記〉》，2006年1期）。另外，她也一再強調，1995年十一世班禪認定對她的巨大衝擊。

對當代西藏另類歷史的調查與整理，接連出版了《殺劫》、《西藏記憶》、等著作。雖然，由於她的文字在大陸內部被禁，但她卻借助境外力量的支持，繼續開辦博客《看不見的西藏》，為《亞洲自由電臺》等境外媒體撰寫文章，以紀錄矛盾日益激化的西藏現實，開展超出文化批判的直接的抵抗書寫。儘管唯色在 2006 年致姚新勇的回信中並不認為自己是在進行抵抗的書寫，只是為了維護個人與藏人同胞的尊嚴而寫作；儘管她也認為「執著於『民族文化和民族意識的重構與張揚』，有可能會是一種偏狹的本土主義」﹝註55﹞，但是後來的情況，只是更進一步地證明唯色所進行的紀實的批判與抵抗的日益激烈。

　　如果說唯色還只是轉型期藏族文學民族主義向度進一步激化的個人性表現，而且作為六十年代出生的人，也不太好代表更為年輕一代藏族寫作的批判性書寫，那麼「草原部落」網絡詩歌群落的演變，就更具有了青年藏族群體相關表現的普遍性。「草原部落」是設立於「一刀文學網」下面的一個詩歌論壇，始建於 2004 年 10 月，發起人嘎代才讓，主要由嘎代才讓和格桑拉姆主持，網站頂端所列的加盟者，幾乎囊括了所有八十年代以來的藏族中青年的優秀小說家和詩人。﹝不過其中的一些人（如色波、札西達娃等）好像並沒有在這裡發帖，至少從該論壇上看不到直接以他們名字活動的跡象。﹞論壇所打出的旗號是「藏族歷史上的第一個純文學論壇」，而且從論壇初期的情況來看，「草原部落」的主要的目的應該是想給藏族詩人們提供一個彙聚、相互交流的網絡平臺，同時也與漢族詩歌界（主要是民間性的青年詩歌界）展開互動。先後加入進來的各路藏族詩人們相當多、相當踊躍，他們共有著西藏、藏族文化的認同，但並無明顯的「民族情緒」。另外，經常有不少漢族青年詩人進入論壇帖詩跟帖，版主也經常籲請大家參與有關國內詩歌界的相關活動，並對國內的各種獲獎也相當看重。不僅如此，也有像余年峰以及田猛雄這樣以歌頌中國為主要詩歌主題的詩人活躍其間，網站版主格桑拉姆的相關批帖，對該主題也沒有任何異議，甚至她自己還在在 2006 年的 9 月 18 號這天寫了《給紀念日》一詩。從這些情況來看，可以說草原部落是當今中國難得的民間性的多族群的互動空間。也許正因為此，草原部落遭到了一些來自於藏族的不滿和質疑。例如 2005 年 11 月 17 日的一個帖子，就說在論壇裏所看到的「全是阿諛奉承的詩歌」。但是儘管如此，至少可以說 2005 年底前，

﹝註55﹞ 唯色：《關於族群與「文明衝突」──與姚新勇教授商榷近作〈西藏筆記〉》，《作家》（香港），2006 年 1 月號。

草原部落的總體氣氛還是和諧的，活動也屬於較爲單純的詩歌交流。但到了2006年後，整體性質就發生了變化：「民族情緒性」的、激情憤怒的、族裔反抗性的寫作大量出現，主導了整個網站；兩位版主，尤其是格桑拉姆的國家、民族意識態度，也好像發生了質的變化；不僅來此進行真正詩歌交流的漢族詩人的活動銳減，而且就是來此寫詩跟帖的藏族詩人的數量也減了不少，以至於有人發帖感嘆「革命的隊伍越來越少了」。也就是說，2006年之後，在草原部落網站被關閉前，它就由一個以藏族漢語詩歌交流、會友爲主導、兼容多樣中國詩歌互動的「純文學論壇」，基本演變成爲了一個單一藏族性的、爲西藏吶喊鳴冤的族裔抵抗情緒表達的空間。而其中「西藏三區同題」第二十二期「雪——記囊帕拉事件」的同題寫作，就相當具有代表性。

根據網上有關信息，「囊帕拉事件」是指2006年9月30日，一批藏人在囊帕拉山口外逃，中國邊防軍開槍阻止，至少造成一人當場死亡。雖然草原部落上有帖子認爲，外媒關於此事件的報導照片，有明顯的造假嫌疑，由於此消息並沒有在國內任何媒體上報導，我們完全無法判斷真偽。但是問題不在於此事究竟是真是假，而在乎草原部落的所有藏族詩人都堅信此事爲真，並表現出了極大的憤怒。他們專門以「雪」爲題，進行了一次「西藏三區同題」詩歌創作，以示抗議。根據相關草原部落頁面統計，參加此期同題書寫的共有十位年青詩人。

果羌在詩中寫道：

> 這場雪到來之前
> 我一直以爲
> 我是一個幸福的人
> 我看陽光的眼神
> 都是溫柔的
> （但是雖然今天）
> 雪還是在下
> 不過它的顏色
> 一改以往的純白
> 變成了殷紅

昂拉 MM 這樣憤怒：

> 我無法用隱諱的語言去描述

　　　　描述一場真實的屠殺
　　　　更無法用隱忍的感情去思念
　　　　思念一個枉死的親人
　　　　……
　　　　去年九月
　　　　年輕的女孩魂斷囊帕拉
　　　　用鮮血染紅了朝聖的路途
　　　　染紅了西藏的天空
　　　　卻無法染紅屠夫的心臟
　　　　去年九月
　　　　雪紅雪白的故事傳遍
　　　　世界在譴責這無良的屠殺
　　　　痛惜無辜的少女
　　　　但更多的西藏人卻在歡度國慶
　　　　可憐的格桑南措，我的妹妹
　　　　搖曳的酥油燈中
　　　　我在佛前默默的流淚
　　　　為死去的你
　　　　也為活著的他們
　　　　十一月
　　　　我把身子烘烤在炙熱的陽光下
　　　　卻看見自己的影子在不停的顫抖
而嘎代才讓的詩作，雖然沒有如此直切，但那哀婉的語句，依然讓人痛徹：
　　　　雪是紅色的
　　　　在我們心中飄落
　　　　又一種冷
　　　　慢慢向我靠攏……
　　　　總有一些感情
　　　　或者無法承受的仇恨在
　　　　圍繞著我們
　　　　今天的雪

> 沒有了以往的光澤
> 沉沉地鋪開身體
> 對著遙遠的記憶
> 欲哭無淚〔註56〕

　　另外「西藏三區」也是一個值得一提的稱謂，其文化地理學的基本內含，基本等同於所謂的「大西藏」。這一稱謂在當代藏族漢語詩歌那裡，似乎也經歷過一個演化的過程。1983 年，伊丹才讓在《晶亮的種子——吞米桑博札》中提到過「三部四茹六崗」，並注釋到：「指藏族古代區劃：即上阿里三部，中衛藏四茹，下多康六崗（部、茹、崗均爲區劃單位」。其範圍顯然超出了今天的西藏自治區。雖然不能說當年伊丹才讓使用此詞，是有意識地與境外藏人的「大西藏」概念相對應，但其地域所指，客觀上是有對應性的。不過至少在九十年代之前，類似的稱謂在藏族漢語詩歌中，好像還不普遍。但九十年代之後，尤其是九十年代中後期起，「大西藏」的整體文化地理概念似乎就被普遍接受，當然由於政治敏感性，一般不會直接這樣稱謂，往往用其它的稱謂，如「西藏三區」或「藏地」、「絳紅色的土地」等。草原部落的藏族詩人們，開始寫同題詩時，用的是「草原同題」的稱謂，而到了 2006 年開始改用「西藏三區同題詩歌」。改名時間，剛好與草原部落發生質變在同一年。現在「西藏三區同題」活動，已經開展了百期了，雖然大多數「三區同題」活動並不像第二十二期的「雪——記囊帕拉事件」這般激烈，這樣政治化，但其所蘊含的明顯的西藏情懷、族裔民族主義的取向，則與同題詩人主要來自現今西藏區劃之外的地理方位，形成了有趣的對照。

第四節　雜糅的批判詩學：後殖民文化人類學詩性寫作

　　如果將討論的視野，局限於理論引鑒的直接對應性的話，第三世界文學及後殖民理論在少數族裔文學領域出現得較晚，大約在九十年代中後期之後才開始，而全面引借更是新千年之後的事情了。但是如果就理論的文化精神實質而言，可以說少數族裔文學在八十年代走向本民族文化回歸之路起，就已經與第三世界文學及後殖民理論發生了暗合。作爲少數的、邊緣的文學與

〔註56〕　以上幾位詩人的詩句，原界面地址：http://www.sydao.net/cybl/ShowAnnounce.
　　　　asp?boardID=1&RootID=13552&ID=13552

文化存在，與第三世界文學和後殖民話語有著內在、自發的親緣性。放在整個中國文學的語境下應該說，正是少數族裔的回歸本族群文化之根的文學寫作，構成了相關西方理論進入中國的「前史」。所以如果說，後殖民理論之於主流文壇，基本是「純理論」或「純文化批評」的存在，而對於少數族裔文學則首先是一種創作實踐，一種直接來自被抑制的邊緣狀態的類第三世界或後殖民文學的表徵。與此相對應的是，在少數族裔文學領域，最早直接從後殖民文化批判的視角來發聲者，也是文學寫作者〔註 57〕，批判力度最強者也是詩人；而且後殖民文本的重要特徵之一──文化雜糅性，在少數族裔文學這裡表現得也相當明顯。無論是就單個的代表性寫作來看、還是就綜合整體狀況來觀，都呈現出了相當的跨文體寫作的特點。這樣的情況在主流文壇除了極個別的個案，幾乎可以說是不存在。因而，如果由是觀之，九十年代一些優秀少數族裔作家停止先前習慣的創作〔註 58〕以及上一節所討論過的由抒情向寫實的轉向，就可能既不是文學寫作的停止，也不是文學性被政治批判性的排斥，而是一種新的跨文化、跨文體寫作的主動探索，是對於族群情感、民族使命的另類寫作。這種寫作，從邊緣位置出發，以主流文化話語霸權為

〔註 57〕 早在相關西方理論還未引進國內時，少數族裔作家就已經在用後殖民方式言說了，例如哈薩克族小說家艾克拜爾‧米吉提先生。他的《少數民族文學必須突破漢文學的既定模式》一文，已實質性地從「自我」與「他者」的角度出發，針對少數族裔文學寫作中的漢族他者的目光提出了嚴肅的質疑。他指出，少數民族題材的當代寫作，首先出自於漢族作家，而且他們的寫作，「在一定的歷史時期，對特定民族和地區的文學發展起到了先河作用」，但是這種漢族的寫作，卻是建立在「獵奇的目光」基礎上的，對所表現的對象帶來了兩種扭曲：一種是「對少數民族生活的誤解和歪曲。」另一種是「作家對於少數民族生活外在色彩表現出來的濃厚興趣，積年累月形成了一種抒情散文式的獵奇」。各種獵奇式目光的形成，不僅有文化差異的「客觀」原因，而且還包括一些漢族作家「把原本是在漢民族生活群體中意識到的某些敏感問題，依託於某個特定的少數民族生活反映出來（諸如性壓抑、性意識、性感、性爆發等等）……這些作家在他們作品中只有對於少數民族生活的衝動，而又缺乏應有的克制」。而相對於獵奇目光的相對直接的影響來說，少數族作家則對「漢文學審美尺度」的制約更加缺乏警惕。因為它們不僅存在於漢族作家的民族題材寫作中，更全面地存在於主流中國文學、文化中。因此，「坦率地說，少數民族文學發展到今天，如不突破長期以來自覺或不自覺地受制於此的漢文學的既定模式，就很難取得進一步發展。」（《文學自由談》1988 年第 2 期）

〔註 58〕 這裡所謂「停止」是相對而言的，有的是指有關作家自己宣佈停止寫作，如張承志；有些是研究者發現的現象，比如說張直心發現烏熱爾圖與張承志大約在同時都停止了小說創作。

靶的，以邊緣聲音的自我發聲爲追求，以對本族群及所有邊緣族群生存危機感爲焦慮，以後殖民文化人類學或文化地理學爲明顯標誌，以激情的批判詩性爲融化劑，構成了中國式後殖民文化人類學性質的跨文化寫作。換言之，這些詩人、小說家，並未停止於富於詩性的創作，而是將這種寫作的文化激情，與自己的身體一道，從相對單純的個體想像狀態和個人的「創作室」中解放出來，走向田野、走向族裔的田野，實現了一種腳步與大腦、田野與書本、調查與想像相雜糅的創作、一種「後殖民文化人類學詩性寫作」。

這種後殖民文化人類學詩性寫作的開啓者或許是張承志。創作於八十年代中後期的《西省暗殺考》，其實就已經較明顯地帶有了這種特徵，只不過一方面是這一文本本身的跨文化特點還沒有完全衝破小說的形式，另一方面，八十年代文壇流行的現代主義話語，也很容易讓人們將其解讀爲先鋒實驗性寫作〔註59〕。而1991年出版的《心靈史》，則就完全突破了傳統小說的模式。儘管限於理論和文化視野的局限，當時人們還無法從後殖民詩學的角度來解讀這一文本，但它之內容、形式的陌生、怪異，情感表達的激烈，大大震撼了文壇乃至於更廣闊的接受領域〔註60〕。不過相對於張承志這一早熟的個案而言，具有某種「類集體」動態的後殖民文化人類學詩性寫作，則大約出現在九十年代中期。鄂溫克族作家烏熱爾圖就是一個較早的代表。

眾所周知，烏熱爾圖是新時期文學初期就在主流文壇上獲得聲譽的個別優秀少數族裔作家之一，他的小說《一個獵人的懇求》、《七叉犄角的公鹿》、《琥珀色的篝火》連續獲得1981、82年、83年全國優秀短篇小說獎。這些小說的一個非常重要的特點是，將鄂溫克族民族的自然、人文生存狀態的表現，與當時流行的文學主題做了較好的結合，從而既符合了「時代主導精神」，又給一般中國讀者帶來的異樣的文化色彩。雖然這兩種文化元素的結合，還帶有十七年少數民族文學的民族風情與社會主義性質相結合的色彩，但是作品中對鄂溫克族人生活形態的表現，已經超越了簡單的「民族色彩」的輔助性功能，佔有了相當重要的位置，文本內在的主導敘述者的聲音，已經在相當程度上靠近鄂溫克人一方；不過他們還必須借助於外面世界的主流話語才能夠加以表現，擁有表意的合法性。這幾部作品的書寫語言漢語、發表形式以

〔註59〕當時張承志被視爲重要的意識流小說家。
〔註60〕在漢語文壇，勉強將其定位爲小說；而在穆斯林民眾那裡，尤其是那些哲赫忍耶信眾世界，它又被視爲宗教聖書。筆者手頭的初版《心靈史》就是在烏魯木齊汗騰格裏清眞寺後院的書店裏買的。

及獲獎本身，都說明了這一點。如張直心所言：「80 年代初烏熱爾圖的《一個獵人的懇求》等三部作品相繼獲得全國短篇小說獎，與其說是因著文本的文化異質性，不如說是緣於某種『異質求同』。在評委以及某些批評家的定見性詮釋下，鄂溫克民族文化的獨特性大抵已被中原文化化約。無論是批評家稱道的《琥珀色的篝火》裏尼庫的『舍己爲人』、其妻的『賢淑忠貞』，還是《七岔犄角的公鹿》的『剪惡興善、吟頌義勇』，都可納入儒家道德主義的窠臼。這在另一向度上也透露了初出茅廬的烏熱爾圖對於中原文化期待的認同，遷就於以誤讀與轉義爲前提的漢族批評家先入爲主的少數民族定見」〔註61〕。

或許對於這些，最初的烏熱爾圖未必有清醒的認知，或許當初他還抱有更多的美好的想像。但是對於《叢林幽幽》（1993 年）的作者來說，主流與邊緣、抑制與被抑制、書寫與被書寫、挺進與衰亡之間的角逐，就再清醒不過了。也因之鄂溫克人的民族圖騰，就由那帶有幾分敏感、戒備的溫柔、感傷的鹿之形象，變爲了粗獷、野性、悲劇性的熊〔註62〕。然而，儘管這篇民族衰亡寓言性相當明顯的作品發表在著名的《收穫》上，但在同時而起的後殖民、東方主義的嘈雜中，並聽不到任何有關它的評論。這當然是一種漠視，也是一種變相的「聲音的替代」。而不甘心於被遮蔽、被替代的烏熱爾圖，就停止了小說創作，換之以第三世界性質的人類學者的方式，試圖爲鄂溫克人、爲邊緣族群發出自己的聲音。

從 1996 年起，烏熱爾圖連續發表了一系列人類學題材的隨筆。大致可以將它們分成兩類，一類是西方人類學著作閱讀札記，另一類則是有關鄂溫克、蒙古族等少數族裔文化人類學性的考察書寫，兩者形成了對位性關係。西方人類學著作的閱讀札記的主題，是揭示西方白人的聲音如何抹煞、扭曲、替代了印第安土著的聲音。例如《聲音的替代》和《不可剝奪的自我闡釋權》這兩篇文章就「分別論述了白人文化對北美印地安人的醜化、吉卜林的寫作與英帝國主義的殖民擴張之間深刻的內在聯繫、米德對薩摩亞人文化特性的編造與歪曲。通過這些史實強烈地抨擊了白人強勢文化的非正義性、侵略性，譴責了它對弱勢民族文化資源的盜用與歪曲」。同時他還結合國內文化界的幾件糾紛，討論了主流文化對非主流文化的替代性發言問題。在上述討論的基

〔註61〕 張直心：《最後的守林人——烏熱爾圖新論》，《民族文學研究》，2003 年第 5 期，第 30 頁。另外也可參見劉莉莉：《隱秘的歷史河流》天津：天津人民出版社，2002 年版，第七章第二節。

〔註62〕 參見張直心：《最後的守林人——烏熱爾圖新論》。

礎上，他提出這樣的看法：一個特定的民族擁有自己的民族特性和文化特色，對於它們的闡釋權，只應該由該民族自我擁有，不能允許與它相對的強勢文化的任意或無意的盜用、剝奪、替代性置換」〔註63〕。而在《發現者還是殖民開拓者》中，作者更像是一位技巧高超的偵探，犀利的目光穿過白人主流文本厚密的外表，引領我們發現被遮蔽的歷史眞相：文明、純樸、好客的印第安人，如何被野蠻、狡猾、貪婪的探險家、殖民者所欺騙、掠奪、打擊、捕獲、殺戮。而同樣犀利的目光，亦表現於《成吉思汗的童年》、《鄂溫克民族的起源》、《古老的柱石》等篇什中，儘管後者被閱讀、被考證的對象是中國的文本與歷史。以對位性寫作的視野看這兩類文本，如果說前者是「自我闡釋權」不可剝奪的宣言，那麼後者就是「自我闡釋」之民族之聲的直接發聲。前者給予了後者以域外的歷史、理論、道義的合法性，而後者則揭示著前者域內相類似的現代性、後殖民性的表徵。因此，在這種對位性的視野下，不僅烏熱爾圖的後期隨筆，具有了本土的後殖民批判的吶喊性，而且就是早期的寫作，也被第三世界民族境遇的批判目光所照亮。

　　這裡需要再次強調的是民族志的田野考察實踐之於後殖民文化人類學詩性寫作的重要的基礎性。作爲自覺的邊緣族裔文化批判的實踐，相關的寫作者，無論本身是否從事人類學研究職業，他們都將本民族或其它相關少數族裔的民族志田野調查，作爲自己文化批判性寫作的第一文本，或基礎性文本，或乾脆就是後殖民文化人類學詩性文本本身。因此我們從張承志、烏熱爾圖、巴莫曲布嫫、唯色、乃至於阿庫烏霧那裡，都發現了類似的文本寫作模式：即經由對於主流文化所給定的民族性定位的懷疑，經過個體的叛逆性的民族志考察，最後給出本族群或相關少數族裔的歷史、文化、自然、民族性的再書寫。而且不同寫作者所再書寫的文本，也具有諸多具體的相似性。其中對於本土原初名詞概念的發現或再闡釋就是普遍性的手法之一。而這其中，地名的民族志的重新考證，又最爲突出。例如張承志的新疆題材的作品，就時常用過去或對應的蒙古語、維吾爾語語彙來命名相關地名；唯色也在自己的作品中，執意地要用藏語詞彙，重新命名那些被漢語化了的地名；而烏熱爾圖有關鄂溫克、蒙古、鄂倫春等族裔相關的文化歷史源流的諸多篇什，則更像是一篇篇情感充沛的文化地理學的考察報告。

〔註63〕姚新勇：《未必純粹自我的自我闡釋權》，《讀書》，1996 年 6 第 5 期，第 16頁。

　　不同的作家不約而同地選擇民族志或文化地理學性的書寫，並非出於人類學的職業或業餘愛好，而是通過對少數族裔文化地理的解構性、後殖民性的重新書寫，來達到某種類似於「逆寫帝國」的效果。我們知道西方殖民的歷史與所謂的「地理大發現」有著直接的關係，而人類學更可以說是其直接的結果或副產品。地理大發現的「第一個文化結果」就是對於新被發現的屬於原住民的森林河流、山峰田野、動物植物、風俗人情進行重命名，進行重新系統化的編碼與闡釋。從本土居民的角度說，這可以說是去本土化或「去民族化」，也就是對本土文化的抹煞、遮蔽、扭曲，其最好的結果也不過是「聲音的替代」。因此重新進行本土的人類學考察，重新進行「再民族化」的文化地理學的書寫，是解構外來主流文化霸權編碼的行動，是重寫民族史、重繪本土民族史志，就是對被抹煞、扭曲、遮蔽的本土之聲的釋放，是對被佔有或被剝奪的文化闡釋權的重新奪回〔註64〕。

　　因此，這樣的寫作很可能是帶有較強政治性的文學行動。當然，由於不同寫作者的主觀指向不同，不同族群的歷史文化條件、規模以及話語發聲的途徑等也存在差異，這都影響到了具體文本的「逆寫」尺度以及行動的性質。比如說，最早開始對漢文化甚至國家權力進行直面質疑、挑戰的張承志，一方面，激烈地抨擊主流漢語文化，為被壓抑的族群鳴不平，但另一方面，他又以同樣決絕的姿態，為中國而戰〔註65〕。再如烏熱爾圖，雖然已經借他人之口指出，被抑制民族自我聲音的發出、自我形象的展示，「涉及到主權與民族自決」，但是在有關痛心鄂溫克及其它中國少數族裔衰亡命運的書寫中，仍

〔註64〕雖然從命名衝動的文化心理機制看，對於某一地方、某一他物的命名的歷史，可說是歷史久遠，甚至可能與人類歷史一樣久遠，因為人是語言的存在，語言的本質就是對事物的概念化。所以命名一塊「新發現的自然人文地理」，並不一定就是殖民主義性質的，而且也並不必然就只是西方白人或強勢文化的專利。文化地理學性質的重新命名他物與他人要具有殖民性，是與系統性的征服聯繫在一起的。雖然作為殖民文化或強勢國家文化對於他民族、他地區的征服的手段可能不盡一致，有的是赤裸裸的殖民掠奪、殺戮，有的是較為溫柔的以解放、支持、開發、發展、進步為旗號的改造，但它們對於原初本土文化的系統抹煞、扭曲、改造，對於原住民的自然、人文資源的佔有、支配，對於原本不屬於自己的世界的控制等，則沒有實質的區別。其實說到底，這一切本來就是世界及民族國家現代化的一部分。所以，現代民族國家的建構，避免外部殖民較為容易，而迴避內部殖民主義，則很難很難。

〔註65〕參見姚新勇：《呈現、批判與重建——「後殖民主義」時代中的張承志》，《鄭州大學學報》，1999 年第 1 期。

然堅持著國家的立場，謳歌著少數族裔爲祖國領土的保有所做出的貢獻，因此他筆下的鄂溫克家園更多地呈現爲生態破壞、家園失落的痛感。而在唯色那裡，則是另一種情況，她不僅更爲徹底地走向了對於所謂「中國的」政治、經濟、文化帝國霸權的後殖民批判〔註66〕，不僅書寫外來力量對於西藏山河的破壞所帶來的自然人文生態危機，還直接將自己的寫作與十四達賴喇嘛聯繫在一起〔註67〕，與境外藏人謀求西藏高度「自治」的活動聯繫在一起〔註68〕。因此，她不僅將西藏文革時期的老照片公佈與世，而且還主動地去進行「西藏當代口述史工程」，去挖掘「苦難」西藏的當代民間記憶。因此，這樣的政治性的「文學行動」的結果所帶來的不僅是大西藏地圖的重繪，藏傳佛教之絳紅色的象徵山河的漂染〔註69〕，而且是雪域高原的悲情化、苦難化、憤怒化。隨之，不僅她自己成爲了保衛西藏的戰士，而且西藏、雪域高原本身，也被呈現爲了直接的「民族戰場」。

〔註66〕她這方面的相關活動已經與某些人士、主要是境外華人以及西方學者的中國霸權的批判，形成了「統一戰線」的關係。例如請參考唯色的博客，「看不見的西藏」。

〔註67〕參見唯色：《西藏筆記》，廣州：花城出版社，2003年版。

〔註68〕唯色的博客《看不見的西藏》，就有大量相關的表現。

〔註69〕參見唯色：《西藏筆記》、《絳紅色的地圖》（北京：中國旅遊出版社，2004年版）。

第五章　誰推動了族裔文化民族主義

　　哪些因素促成和推動了與少數族裔文學相關的族裔文化民族主義是本章討論的主題。這大致應該涉及以下幾方面：一、中國當代社會歷史演變的客觀因素；二、制度性因素；三、境外國際形勢尤其是後冷戰以來周邊國家形勢的變化；四、有關西方理論的作用；五、現代化建設的推進以及伴隨而來的生態危機；六、族裔文化本身的歷史文化原因；七、少數族裔內部社會結構尤其是宗教的因素；八、境外分離主義因素；九、相關少數族裔民間力量或新型文化民族主義推進力量的形成；十、網絡技術普及。筆者並不準備對這些方面都進行考察，而只準備選擇一些大家相對不是太瞭解的方面加以分析。在正式考察之前需要說明的是，族裔文化民族主義及文化民族主義寫作的諸推動因素，並非單獨發揮作用，而是在特定的歷史場域中綜合發揮作用的。所以下面的分析儘管是分不同方面展開的，但諸因素的實際作用，卻並不容易區分。另外，這裡的分析，是為了幫助大家更為客觀、理性地認識問題，瞭解情況，因此，對於具體原因視角中所包含的價值判斷，我們暫不作評價。但這並不意味著，我們對所分析的對象、所選擇的角度，都持肯定的立場。

第一節　制度的正反推動力

　　對於國家的一體性來說，族裔文化民族主義自然不是可欲之物，但悖論的是，考察轉型期中國族裔文化民族主義持續推進的原因，可能首先需要反思國家的少數民族政策及其制度安排。

一

近些年來，隨著中國民族問題的不斷強化，對於國家少數民族政策、民族區域自治制度的檢討和反思的聲音也逐漸增強，最具代表性的是馬戎教授的「少數民族問題去政治化」的思路。其核心內涵認為，新中國成立以後，在客觀情況的制約下，國家與前蘇聯結盟並向其學習，表現在民族問題上就是像蘇聯那樣，「也採取了把族群問題政治化和制度化的一整套措施」。也即通過「民族識別」、「民族區域自治制度安排」以及「在政治、經濟、教育、文化等各方面對少數族群實行優惠政策」等三大方面的國家行為，造成了如下結果：

> 民族區域自治制度把族群與地域正式掛起鈎來，使各個少數族群獲得了某種獨立的政治身份、政治權力和「自治地域」，確保了「少數民族在自己的自治地區內當家做主」，確保了在行政體制、幹部任命、財政管理、經濟發展、文化教育事業等各個方面少數族群可以在中央政府的大力支持和優惠政策下得到較快發展。但是在這些制度的建立和推行的過程中，當我們以族群為單位強調政治上的「民族平等」而不是「公民平等」時，當我們以族群為單位從制度上保障少數族群各項政治權利時，也不可避免地把我國的族群問題「政治化」並在一定程度上推動一些族群向加強其「民族意識」的方向發展〔註1〕

如果說馬戎此篇文章的語氣還比較和緩的話，那麼其後的《當前中國民族問題的癥結與出路》的語氣就要更為肯定、強烈了。該文的編者按甚至借批前蘇聯的名義，將新中國的「『民族』理論、民族制度和民族政策」，視為「近年來在中國一些地區出現的民族關係問題和民族分裂思潮的意識形態和思想政治基礎。」〔註2〕所以，必須認真反思國家的民族政策和制度安排，並按照「民族問題文化化」的方向，逐步改革民族理論、政策、意識及制度。

雖然說將中國的族群問題歸於政治化的制度性安排，有以偏概全之嫌，而且其深層價值指向也不無問題，這尤其是表現在胡鞍鋼、胡聯合的《第二

〔註1〕馬戎：《理解民族關係的新思路——少數族群問題的「去政治化」》，謝立中主編：《理解民族關係的新思路：少數族群問題的去政治化》，北京：社會科學文獻出版社，2010年版，第24頁。

〔註2〕馬戎：《當前中國民族問題的癥結與出路》，《理解民族關係的新思路：少數族群問題的去政治化》，第177頁。

代民族政策：促進民族交融一體和繁榮一體》〔註3〕一文中〔註4〕，但是客觀地說，以往的少數民族制度安排，的確對強化少數族裔的民族意識起到了不小的作用；而這同樣表現於少數族裔文學的文化民族主義方面。我們或許可用民族院校及少數民族文學制度安排兩個方面爲例來分析。

首先，民族院校培養了具有更爲明確族裔意識的文學寫作者。像本專著重點討論的彝族和藏族文學，其大部分作家都具有民族院校受教育的經歷。前身爲西南民族學院的西南民族大學，就被譽爲彝族詩歌的「黃埔軍校」，著名的唯色就畢業於該校。當然，作爲一個文學寫作者，需要有一定的文化水平，尤其是對於那些用漢語寫作的少數族裔來說，更需要專門的學校教育。但如果僅是此，民族院校並不會獲得民族文學「黃埔軍校」的美譽。關鍵是民族院校的特殊性質，對於那些本來就被制度賦予了特定民族身份的年輕人來說，發揮了進一步培養他們現代民族意識的重要作用。

民族院校從其開設的第一天起，就具有一個不同於一般普通高等院校的特殊使命，即專門爲國家培養少數民族人才。起初，民族院校的主要任務是爲民族地區培養少數民族幹部，後來隨著民族地區教育的逐漸普及常規化，民族院校培養少數民族幹部的這一主要任務，也逐漸常規化爲培養一般性的少數民族中高等教育人才，但是民族院校的少數民族特色，尤其是地方性民族院校的特定族裔的針對性卻並沒有改變。無論是從生源、教師、專業設置、教材、組織架構等各個方面，少數民族的特殊性貫穿始終，從而使得特殊的民族身份、各民族平等、民族文化意識、民族自決等民族理論意識，有了落實於具體個體意識的系統的制度性培養機構。而且在這種特殊的教育環境中，少數族裔學和老師們，雖然從身體上來說，離開了原先所生活的家鄉，但卻並未脫離「民族文化環境」，相反卻在一個更加具有民族自覺意識的文化環境中成長。而由於民族院校往往設立於「非民族」的城市環境中，這樣，作爲民族院校本身的「少數民族小環境」就與外在的大環境形成了較鮮明的文化差異，從而就更強化了民族院校及其師生的族裔身份特殊性。因此整體而言，少數民族院校的制度安排，不僅對於培養少數族裔人才具有重要的作

〔註3〕《第二代民族政策：促進民族交融一體和繁榮一體》，《新疆師範大學學報》2011 年第 5 期。

〔註4〕筆者對近幾年來頗爲熱鬧的「民族問題去政治化」的討論，做了較詳細的梳理。可參閱姚新勇：《民族問題的「新思路」，何以成族群怨憤之藉口——大陸「民族問題反思潮」梳理》，《二十一世紀》（香港），2014 年 2 月號。

－255－

用，而且也對於培養自覺民族意識的擁有者也作用重大。我們可以從沈從文和唯色兩個不同個案的對比來加以具體說明。

沈從文是生長於湘西的苗族。苗族作為一個族群的指認歷史久遠，有清一代政府西南「番務」的一個基本工作就是，如何將桀驁不訓的「生苗」「教化」為規順的「熟苗」。在傳統社會中，朝廷自然不可能去為苗族開設專門的苗族學院，也不可能在政治、經濟、教育、文化等各方面為苗人們提供特殊的民族優惠。相反，國家所施行的「由生到熟」的「教化」政策，不僅伴隨著各種亦文亦武的手段，而且就是要讓「生苗」從所謂的「野蠻狀態」的風俗習慣中擺脫出來，成為教化之民。如果我們排除「現代文化」這一點不論，民國接替清王朝後，在大的思路上，新政府也基本「繼承了中華傳統和清末保皇黨『中國文化主義』的族群觀」，自然，苗族也不可能被有意識地制度性地強化其民族意識。因此，少年沈從文在家鄉時，沒有什麼特殊的「民校」可上〔註5〕，從小接受的是傳統儒家的私塾教育；而受到了五四新文化運動影響的青年沈從文來到北京求學，自然也不會有什麼中央民族學院供其讀書。因此雖然從他的作品中，我們雖不難發現湘西土著苗人所受到的不公平的待遇，不難由此體味他思想情感中的某些「苗人意識」，但是它們卻沒有在沈從文那裡發展為獨特的民族性的「苗族意識」。相反，作為文學家的沈從文始終是在更為一般性的城/鄉對照的視野下來觀察世界、思考人生、從事寫作的。同樣，無論是他貧窮地為文學夢想奮鬥時，還是在成名之後，一般也沒有誰把他作為苗族作家來特殊看待，所以我們擁有的是「中國作家」沈從文，而非「中國苗族作家」沈從文。

但唯色的情況卻與此完全相反。我們知道唯色的祖父原是陝西漢族，到了藏區後與當地的康藏女子結婚。唯色雖然出生於拉薩，雖然她的父親的民族身份是藏族，但她卻有一個漢化的名字程文薩。這些都說明，她的「血緣及文化身份是」含混的。關於自己的民族身份意識的變遷，唯色有過這樣一段表述：

其實我是在康巴藏區和漢地生活了二十年。確切地説，我是在康巴藏區的道孚和康定兩地生活了十三年，在成都讀書七年。只不過，道孚和康定，尤其是康定，是漢化程度較高的藏區，這也使得我不會藏語卻擅長漢語，而這也導致我在身份認同上陷入困難。一度我

〔註 5〕這與當時湘西地區的教育不發達沒有關係。

自認為解決了這個問題，那是在我寫詩以後。我的一位詩人朋友告訴我，其實我們什麼民族都不是，我們的身份就是詩人。他的這句話令我如釋重負，其實也恰恰使我變成了一隻鴕鳥。我以為從此萬事大吉了，以至在回到拉薩的多年裏，我自閉在詩歌的「象牙塔」裏，自認為詩人或者藝術家高於一切，或者說是超越一切，而民族，無論藏族還是漢族都可以忽略不計。但寫詩並不能解決內心的痛苦。我也不是說我有多痛苦，也許說空虛更準確。直到慢慢地親近佛法，才明顯地感覺到內心一天天地充實，——由衷地感激佛、法、僧三寶！〔註6〕

唯色的這段話含義非常豐富，它說明民族意識被培養的原因或條件是多樣且複雜的，而不只是由民族問題政治化的制度因素所決定。不過我們設想，如果國家從新中國成立之後起，就不強調民族的區分，不施行民族區域自治制度，如果程文薩（唯色）也不是帶有藏族的身份在所謂漢區或準漢區生活、在西南民族學院受教育，如果沒有八十年代之後的藏文化回歸潮以及西藏問題的持續強化，那麼她就是回到了拉薩，恐怕也不一定會有那樣大的身份認同的困窘吧？其實她同一篇文章的另一段話，就剛好提供了佐證：

說到我的漢人血統，說真的，我從小就比較不認同。一來這血統很少，只有四分之一；二來我很多時間生活在藏地，即使在成都讀書七年，也是在民族學院，無論填任何表格上的「民族」，都填的是「藏族」。但我有沒有想做個漢族呢？記得剛到成都念高中時有這樣的想法，因為別人聽說我是藏族，臉上會流露出異樣的神情，好像我是電影《農奴》裏野蠻的藏族。剛進大學時也有過這樣的想法，因為我覺得民族學院似乎比其它大學低人一等。但大多數時間我還是認可我是藏族，這大概與父母的說教有關。再加上我從小就有揮之不去的拉薩情結，自從四歲離開拉薩起，我覺得我以後的日子都是在為重回拉薩做準備〔註7〕。

與民族院校建設相平行的少數民族制度建設，還有「少數民族文學」的建設。就少數民族／漢族兩分的意識、特定的族裔的民族意識的不斷地制度化培育來說，或許國家民族文學事業的建設所發揮的影響要更為直接。第一，

〔註 6〕唯色：《關於族群與「文明衝突」——與姚新勇教授商榷近作〈西藏筆記〉》，《作家》（香港），2006 年 1 月號，第 38 頁。
〔註 7〕同上，第 37 頁。

正如第一章所分析過的那樣，民族文學從其建立之初，什麼樣的文學才算是民族文學之問題就開始困擾人們了。無論是當初的國家文化官員還是一般的少數民族文學工作者，對於民族文學的界定，既是在為其定位，也是在進行區分，即將一般性質的中國文學（在一定的情況下，也是漢族文學）與少數民族文學區分開來，同時又在少數民族文學中區分不同民族的文學。民族文學設立的「分」的引導性，表現在老舍、沈從文這樣的具有少數民族身份的作家中最為突出。第一章相關內容的分析已經比較明確地說明這一點。而類似的問題，不僅在五六十年代存在，而且一直延續到今天。作家鬼子的情況，就頗富代表性與戲劇性。

鬼子本名廖潤柏，是一個相當優秀的作家，他生活和寫作使用的都是漢語，其自身和作品，都沒有什麼明顯的少數民族或仫佬族（？）的特色，也沒有什麼廣西羅城仫佬族自治縣的地方特色。而且他自己也根本無意突出自己的少數族裔身份，甚至還對這一身份所包含的貶抑性相當敏感。但是，他個人對此身份抱有什麼態度，在一定的情況下並不由其所決定，民族身份的確定與民族文學的建設本身，形成了強大的外力，提醒、吸引、甚至強迫鬼子要「對族」入座。2012 年，鬼子的小說《被雨淋濕的河》，獲全國少數民族文學駿馬獎，雖然我沒有找到鬼子對於這一獎項本身的看法，但根據相關信息可以推測，他內心中很可能對駿馬獎的文學水平並不是太認可。2003 年「第八屆全國當代少數民族文學研討會」在廣州舉行，鬼子也應邀出席。當時鬼子就因不大認同「少數民族作家」這一身份，遭到了與會者的「圍攻」。據說，當時許多與會者都認為鬼子的看法是有問題的，大家都熱情地教育、啟發他，希望他認識到自己作為一個優秀的少數民族作家，應該具有更明確的民族意識和民族使命感。大家的熱情之高，態度之懇切，都將鬼子尷尬地逼到了一個角落中了〔註8〕。但是，不管鬼子本人對自己的身份持什麼看法，他既阻止不了人家將他「符號化」〔註9〕，作為少數民族作家宣傳〔註10〕，也難以抵禦隨駿馬獎本身所來的榮譽及物質利益的誘惑。

〔註 8〕 根據關紀新對筆者的講述回憶。據筆者的記憶，那次會議廣州技術學院的分會上，對鬼子的仫佬族身份，就有來自其家鄉在的研究者提出了不同的說法。

〔註 9〕 參見《南方文壇》編輯部：《文學在當下的藝術可能性——第三屆中國青年作家批評家論壇紀要》，《南方文壇》，2005 年第 1 期。

〔註 10〕 參見黃曉娟：《民族身份與作家身份的建構與交融——以作家鬼子為例》，《民族文學研究》，2006 年第 3 期。

　　如果說少數民族文學的制度性建設，對於鬼子這樣的九十年代以後走紅的作家來說，可能只是臨時性的名譽及利益之收穫，但對更大多數的少數族裔文學研究者、出版發行者、作家來說，民族文學對他們則首先意味著是謀生的職業，是必須要去做的工作。儘管不能排除少數少數民族文學工作者是出於使命感而主動選擇民族文學事業，當然更不能排除由於從事這一職業而產生或被激活了民族文學使命感的人存在，但是就制度性的民族文學的運作來說，具體個體的使命感的高低或有無並不重要，重要的是少數民族文學發展的制度推動力、運作平臺，以及（更為重要的）建立在民族差異性、特殊性基礎上的民族文學發展的指向。這種差異性、特殊性之基礎，即便是在意識形態一體性極高的五六十年代，也無法真正被排除掉，因為少數民族/漢族之話語邏輯，就已經預先設定了它的不可排除性。前面所討論的諸多現象都已經說明了這點，這裡我們不妨再以一個個人的具體事例稍加說明。

　　我們在第一章梳理少數民族文學概念時，曾多次提到了關紀新先生，他是新中國的優秀少數民族文學研究者，也絕對是一個熱愛國家的人。其個人行為舉止和愛國熱情，頗有幾分老舍先生筆下的老派市民的特點（不過卻沒有那些人物的迂腐）。他不僅直接以文學批評和理論建構的工作，推動少數民族文學的發展，他還利用其所在的位置——《民族文學研究》主編〔註 11〕，熱心地去介紹優秀的少數民族作家、發掘民族文學研究者。而且他還積極地發起、組織了多民族文學論壇〔註 12〕，團結了一批研究者撰寫相關研究著作〔註 13〕，開展多民族文學史觀的討論〔註 14〕。可以說他為新時期以來的中國少數民族文學的發展竭盡了全力。但是，就是這樣一位國家優秀的少數民族文學工作者，其最具個人性的研究成果，恰恰集中於對於少數民族文學特質和滿族文學的民族性的發掘上。前者第一章已有充分的介紹，而後者最為突出地表現在他對老舍先生的研究上。老舍先生雖然早在五、六十年代，就已經負責國家少數民族文學的工作，但其創作除了《正紅旗下》外，始終是被認為沒有多少滿族特色的，儘管民族文學和滿族文學界，總是努力想將他納

〔註 11〕關先生現已退休，該主編由湯曉青女士接任。

〔註 12〕關於多民族文學論壇的情況請見：http://iel.cass.cn/top.asp?channelid=430

〔註 13〕關紀新主編：《20 世紀中華各民族文學關係研究》，北京：民族出版社，2006 年版。

〔註 14〕相關討論可說是多民族文學論壇相關活動在期刊上的表現。請參閱 2007 年第 2 期以來的《民族文學研究》上的相關文章。

入其間。但是當《老舍與滿族文化》問世以後，如果誰再要否認老舍創作中濃鬱的滿族性就相當困難了。這當然是關紀新對老舍、對滿族的的誠摯情感、嘔心瀝血的結果，但卻的的確確也是中國少數民族文學制度推進下的產物。如果沒有新中國之後的民族平等的政策，不要說關紀新老師，就是老舍本身是旗人之後這一點，恐怕都不爲人所知。而且如果沒有文革之後國家幫助、滿族人士推動的滿族文化的持續復興，恐怕也不會有關紀新對於老舍滿族性的成功挖掘〔註15〕。

當然，關紀新先生並非是孤立個案，像少數民族文學研究界的白宗仁、史學界的白壽彝等都是如是者。至於說，研究成果不那麼突出的一般的民族文學、民族文化研究者，就更是難以枚舉了。而且國家少數民族制度建設所奠定的「民族特性」的基礎，也被非體制的民間性運作所繼承，後文將要談到的以發星爲代表的彝族文學的民間研究工作，就很有代表性。

二

（一）

國家民族政策、民族制度對於民族意識的促進性，並不只是通過國家對於少數族裔的正面扶持與優惠政策發生作用，而是伴隨著民族政策的另一面——「地方民族主義」的克服、社會主義國家意識一體性的強調——展開的。可以說，這兩個方面一起構成了少數民族政策實施的完整性。也就是說，新中國成立以來，民族意識的不斷強化，不僅是國家民族政策正面推動的結果，也是負面抑制的後果。其實這方面的情況，前面有關的論述已經不同程度地涉及到了，這裡我們再以發生於五十年代初期內蒙古文壇上的「民族形式的討論」來加以說明。

新中國歷史上有關「民族形式」的討論，在內蒙古地區共發生過三次〔註16〕，我們這裡討論的是第一次。一般的觀點認爲，此次討論發生於1950年底至1951年上半年間，歷時約半年左右〔註17〕。它最初由評價內蒙古文工團的演出節

〔註15〕 相關方面的情況請參見：《文革後的撥亂反正與滿洲族的初步恢復》，http://www.imanchu.com/a/history/200708/1581.html。有意思的是，此文被「人人網」轉載時，被改名爲了「後清族是如何滲透的」。

〔註16〕 徐英、烏恩托婭：《建國以來內蒙古關於文學的民族性討論綜述》，《民族文學研究》，1984年第3期。

〔註17〕 這個時間認定已得到學界的普遍認可，《內蒙古自治區文學史》（第100頁）、《內蒙古社會科學通覽》（第375頁）等書中都有相關記述。

目引發 ，後來逐步深入到內蒙古文藝發展中的諸多重大問題。討論主要以文章和座談會兩種形式進行，主要陣地是《內蒙古日報》和《內蒙文藝》。從相關報刊雜誌的公開情況來看，這種時間段的定位沒有什麼問題，但從政治運動的角度來看，此次討論實際的醞釀、展開經歷的時間要更長。至少可以追溯到 40 年代末的錫盟文化宣傳隊的活動。

錫盟文化宣傳隊成立於 1948 年，被譽爲「草原文藝尖兵」。由於主要服務對象是錫盟草原牧民，因此，蒙語節目占大多數，而蒙語劇本的創作就成了當時宣傳隊的大問題。最初，宣傳隊把在農業區流行的《血淚仇》、《小姑賢》等著名劇作譯成蒙語，不加任何改編地搬上草地舞臺，儘管演出隊嘔心瀝血地精心準備，但卻得不到良好的效果，甚至全情投入的演員們在舞臺上真的哭起來，牧民們也總是仰首大笑。演出結束徵集意見時觀眾說：「世界上還有這樣的事嗎！？咱這裡沒出過。」這讓宣傳隊明白了生搬硬套其它地區的劇目而不加以改編是行不通的。因此，他們把原來在農業區演出獲得好評的劇目略加改編，譯成蒙文，用蒙語演出後獲得了極好的反響。牧民們不但說：「這是我們的東西」，「甚至唱支歌子，拉一個曲子時，經常使他們感動得落淚」。所謂的改編，就是把原劇中的一些生活場景、風俗習慣、事物名稱等改爲蒙古族牧民們所熟悉的環境和事物。比如，把「兄妹開荒」改爲「兄妹打草」，把「雄雞雄雞高呀高聲叫」改成「牛呀羊呀高聲叫」，把「還在熱炕頭上睡大覺」改成「還在蒙古包裏睡大覺」，內容情節人物關係都不變，只是把漢族改成蒙古族、把漢名改爲蒙古名。〔註18〕

上述記載說明，當時錫盟文化宣傳隊在工作中已經遭遇到了不同民族文化形式轉化的問題，具體的革命宣傳活動已經讓他們認識到，任何一種文藝形式如果要成爲人民群眾所喜聞樂見的「民族形式」，不僅要關注藝術作品的體裁，更要注意作品內容呈現的方式。具體說來，就是作品中人物描寫、環境描寫、風俗習慣描寫、風土人情等等是否貼近該地區、該民族群眾的生活。這都表明這場有關「民族形式」的討論最初的確是與具體文藝宣傳隊的演出直接相連的。所以起初參與討論的成員多來自基層，如奧古斯丁、包德力、阿慕爾特布新等人。他們身處內蒙不同地區，擁有不同身份，有的是地區基層文藝工作者，有的是軍人，有的是演出參與者和組織者，有的是普通觀眾，

〔註18〕 該段介紹及引用均引自包德力：《追憶在錫盟文化宣傳隊的幾件往事》，《金色搖籃：錫察盟文化隊回憶錄》，錫盟政協文史委員會，2007，第 24～25 頁。

有的身處錫盟，有的身處察盟。他們相關的文章，不是針對同一場演出而談，而是針對內蒙古文工團在不同地區不同時間不同場次的演出活動而發。其中包德力是錫盟文化宣傳隊的一名文藝工作者，他參加了 1950 年 7 月錫盟貝子廟的一場演出後，對文工團工作進行了反思並寫作成文；阿慕爾特布新的文章是在文工團赴察盟演出後而作；奧古斯汀是在某軍區英模代表會議開幕晚會後對該演出進行的評價和建議。由此可見，他們的批評不是個別現象，也不是個別觀眾偶然的有感而發，而是大範圍的、有意識的、針對內蒙古文工團具體工作展開的批評運動〔註 19〕。

當然，這次批評運動並非純粹源自具體的文藝宣傳活動，也非突發和孤立的事件，它與中央號召的「批評與自我批評」運動密切相關。1950 年 4 月 19 日，中國共產黨中央委員會發布《關於在報紙刊物上展開批評與自我批評的決定》，中央及各地方文藝界很快響應了這一號召。《文藝報》率先對自身的工作進行了檢討〔註 20〕，接著，《人民文學》、《長江文藝》、《湖北文藝》、《說說唱唱》、《文藝學習者》等都作了自我批評〔註 21〕。在這種形勢下，作為一個新創辦的、自治區最高級的文藝刊物，《內蒙文藝》決定積極配合這次運動，於是，在 1951 年新年號的「批評與討論」專欄上發表了奧古斯汀、包德力、阿慕爾特布新的批評文章，並在該專欄的「編者按」中倡導整個內蒙古文藝界展開「批評與自我批評」運動：「幾年來我們內蒙文藝工作取得了很大成績，但共同的感覺是——我們的文藝工作還遠遠趕不上形勢的需要，為了把工作提高一步，實有展開一個批評與自我批評運動的必要；本期刊載之四篇批評討論文字，不管他們見解如何，而目的都是為把我們的文藝工作搞好。這是一件可喜的事情」。由此可以推知，50 年代的這次內蒙古「民族形式」大討論，是在中央「批評與自我批評」運動的號召下，由評價內蒙古文工團的工作而引發，因此，較早一批的討論文章——如欽達木尼、奧古斯汀、包德力、阿慕爾特布新的文章——雖然涉及了「民族形式」問題，但主要還是圍繞內蒙

〔註 19〕 所涉相關文章為：包德力：《我的看法》；奧古斯汀：《從內蒙文工團歌舞演出談起》；阿慕爾特布新：《對文藝工作者的一點希望》；欽達木尼：《對內蒙文工團的幾點意見》。除欽達木尼之文發表於《內蒙古日報》1950 年 12 月 12 日外，其它三篇均出自《內蒙文藝》1951 年 1 月號。

〔註 20〕 《〈文藝報〉編輯工作初步檢討》，《文藝報》第二卷第 4 期，1950 年 5 月 10 日出版；《檢討的反應》，《文藝報》第二卷第 6 期，1950 年 6 月 10 日出版。

〔註 21〕 吳倩：《文藝刊物自我檢討的綜合報導》，《文藝報》第二卷第 10 期，1950 年 8 月 10 日出版。

古文工團的具體演出工作而談〔註22〕。1951 年《內蒙文藝》的參與，不僅給這場批評運動提供了一個舞臺，同時也推動了這次運動的發展，使其從純粹的對文工團演出工作的批評走向更深入的對內蒙古文藝重大問題的探討，「民族形式」探討作為其中的一個議題被突出了起來，成為了一次有組織、有目的、自上而下的討論。而同期刊載的烏力吉的文章，就是非常明確的表徵。

烏文開篇就提到他是在閱讀了欽、奧、包三人的文章之後，對他們的觀點有不同看法，因此專門作文、展開探討。烏力吉文章的標題為《關於幾個問題的商榷》，好像很謙虛，但其具體內容、發言視角決非一般性的平等商榷。烏文重點談了四個問題：「民族形式」問題、草地文藝工作普及問題、草地文藝發展如何滿足群眾需要的問題、舞蹈藝術問題。很顯然，無論是從說話的方式還是具體的內容，烏文大有《講話》之風範。雖然名為商榷，實則為討論定向。烏文第一次將「民族形式」問題作為一個專門的議題提出來，第一次從理論高度對這個問題做了全面探討，將此次討論從對一般演出活動的評價轉向對「民族形式」等問題的探討。

烏力吉的文章一經發表便引起了激烈回應，《內蒙文藝》1951 年 2 月號刊登的三篇文章，都是針對烏文的，它們是一兵的《看事實說話》，舍‧杜爾基的《兩點認識》，崗兵、安謐的《我們這樣看》。三篇文章的觀點都與烏力吉的相反，而對奧、包、阿等人的意見和建議表示了肯定和支持。於是我們看到，從此時開始逐漸形成上級領導與基層工作者兩派不同看法的爭論。前者的代表為烏力吉、胡昭衡（李欣）、周戈，後者則是奧古斯汀、包德力、一兵、舍‧杜爾基、崗兵、安謐等。大家各抒己見，一時間討論似乎進入到了高潮階段。

但是就在討論漸入佳境之時，《內蒙文藝》卻作出了一個看似「意外」的調整，使討論出現了短暫的、突然性的暫停。1951 年 3 月號的《內蒙文藝》未設「批評與討論」專欄來繼續推進「民族形式」的討論，不過卻在「編後」

〔註22〕　也就是說，雖然包、奧、阿等人的文章正式發表於《內蒙文藝》1951 年 1 月號上，但不過根據相關情況判斷，它們應屬於比較早期寫就的一批文章。因為三篇文章都是圍繞內蒙古文工團的具體工作而談，主要針對文工團的某一場演出，以觀後感的形式談自己對演出節目的感受，其中雖涉及「民族形式」問題中的具體內容，比如語言的運用、文藝體裁、服飾、蒙古族文化元素的表現等，但尚未將「民族形式」問題作為一個主要議題進行專門探討。這與同期刊載的烏力吉的文章明顯不同。

中提到：「內蒙文藝問題的討論，頗爲讀者注意，並願繼續討論，得出明確的結論；但因本刊目前所收到之稿件，大部與前重複因而暫緩登一期，望作者見諒，並希望大家參考本期短論，繼續展開深入地討論，寫成文字源源寄給我們！」不過是否有相關的「文字源源寄」來我們不清楚，但接踵而來的則是對此次討論的定調與結束。其實後來的匆匆結束，在此期《內蒙文藝》的短論《我們需要正確的批評與自我批評》中已經露出端倪。

1951 年 4 月，《內蒙文藝》編輯部專門召開了「民族形式」討論座談會〔註 23〕。根據一些間接材料，座談會上雖然還有眾多與會者各抒己見，但真正的重頭戲卻是時任內蒙古文工團團長、內蒙古文聯籌委會委員周戈和內蒙分局宣傳部副部長胡昭衡的發言。周、胡二人站在自治區文藝領導者的高度對內蒙古「民族形式」討論中諸多問題進行了總結。同時他們在講話中強調，文藝創作要將「新民主主義內容與民族形式相結合」，強調內蒙文藝應該體現「新民主主義文藝」的性質，「民族形式」的探討和創造應該在這兩個基本原則穩固的前提下進行。由此可見，周、胡的觀點與烏力吉〔註 24〕極其相近，並且緊扣短論《我們需要正確的批評與自我批評》的指示。討論會後，便再沒有其它不同的聲音出現，於是，原本紛雜的音符驟然統一成一個堅定的聲音，所謂對「民族形式」問題「混亂」的理解瞬間統一爲清晰明確之認識。

從上述的大致梳理不難看出，此次討論在形式上與 1942 年延安整風以來的許多文藝運動相當近似，帶有明顯的政治權力的操控性。如果再來看具體內容的討論，情況就更爲明顯了。

〔註 23〕關於座談會的召開及周、胡二人文章發表情況趙志宏、札拉嘎胡等的《內蒙古自治區文學藝術大事記》（呼和浩特：內蒙古人民出版社，1993 年版第 6～7 頁）、內蒙古大學中文系的《內蒙古自治區文學史》（第 102 頁）兩書均有提到，但都很簡單，而且《大事記》說召開的時間是 5 月，但 5 月 1 日出版的《內蒙文藝》5 月號上已經刊發了胡、周二人的文章，所以座談會在 4 月舉行的可能性最大。

〔註 24〕烏力吉很可能就是時任內蒙古文工團團長和黨支部書記的布赫。因爲烏力吉的《關於幾個問題的商榷》一文與收入《布赫文藝論文集》中的《關於文藝的幾個問題》很相似，它們在結構、基本觀點、語言詞句上都表現出驚人的一致，甚至兩篇文章在語句和段落上也有大量的重合。不過由於我們暫未找到更肯定的根據，所以暫時還是將他們視作二人。布赫：《布赫文藝論文集》，呼和浩特：內蒙古人民出版社，1987 年版。

（二）

　　表面上看，在此次「民族形式」的討論中，奧古斯汀等來自基層工作者的發言，比較接近具體的文藝工作實踐，而且也與一般群眾的看法比較一致；而烏力吉、李欣（胡昭衡）等領導，則一般是從更為宏觀性、理論性、原則性的高度來談問題。但透過表面理論水平的差異，實際上雙方更深層的分歧在於「民族形式」究竟是誰的這一基本問題。前者更多地是站在蒙古族的角度上來定位「民族」的，而後者則主要是站在整個中華民族的角度來發言的。因此我們發現了一個非常有趣的現象，那就是雙方所使用的話語邏輯都源出於《講話》或《新民主主義論》等毛澤東思想系統的經典文本，但具體言說，卻差異頗大。下面我們從這次討論所涉及的「民族形式」、「語言」與「民間形式」這三個問題加以具體說明。

關於「民族形式」的概念與內涵指認的差異

　　什麼是「民族形式」？這個問題在討論之初並沒有明確地提出，那些來自基層的文藝工作者，多是在談論到文工團的演出節目和具體工作時涉及到了諸如藝術體裁、語言問題等形式問題。例如奧古斯汀對比詩歌、舞蹈兩種文藝體裁，指出音樂，特別是歌詠對於蒙古族的重要性：「它記錄著蒙古人民自己底歷史，歌頌著蒙古人民自己底英雄，抒發著蒙古人民自己底思想，總之是最得力地反映著蒙古人民自己底生活。」而舞蹈在蒙古族文藝史中雖已萌芽，但遠不如民歌那樣具有普遍性，也不像民歌那樣能夠吸引和震撼廣大群眾的心靈」。因此，在奧古斯汀看來，好力寶、蒙古族民間詩歌是更符合人民大眾所喜聞樂見的「民族形式」，而舞蹈則被視為「知識分子、小資產階級」的樂趣〔註25〕。包德力雖未像奧古斯汀說得那樣直率，他是從具體演出實踐來談的，但實際也持類似觀點。他們都既是在強調音樂、好力寶等特定形式的重要性，同時又將「民族形式」等同於了「蒙古族的形式」。

　　而烏力吉則是在更寬泛、更高的意義上來認識「民族形式」的，他說：「所謂民族形式我以為應該是參加新民主主義建設的各民族中間依照語言、風俗等等的不同而採取各種不同的表現形式和方法。」涉及文藝作品的體裁、題材、語言、結構、修辭手法、風俗習慣風土人情描寫等等。這種說法表面上

〔註25〕奧古斯汀：《從內蒙文工團歌舞演出談起》，《內蒙文藝》第一卷第4期，第49～50頁。《內蒙文藝》包括：第1期1950年10月出版，第2期1950年11月出版，第3期1950年12月出版，第4、5、6、7、8、9期分別是1951年1、2、3、4、5、6月出。之後因為「三反五反」停刊。

與前述基層工作者的看法相近，但實質卻差異甚大。烏力吉對「民族形式」中「民族」所指涉的內容的認識與奧古斯汀和包德力不同，他認為，內蒙古地區多民族聚居的特點使其文化上具有複雜性和豐富性等特點，內蒙古文藝的「民族形式」並非僅指蒙古族文藝形式，內蒙古人們的生活現實也並非只有草原和牧場，隨著新中國的解放和建設，內蒙人民的生活中也有了農耕開墾和工業生產，也有了城市和高樓大廈。因此，內蒙的「民族形式」並非只有馬頭琴、好來寶、蒙古包、沙漠幾樣，並不是只有蒙語的才是「民族形式」的，也並非穿上蒙古袍才是「民族形式」脫下了就不是。鑒於此，他認為，僅僅在語言、服裝、體裁上去討論「民族形式」意義不大，「更重要的在其內容上，研究怎樣使革命的內容以民族的形式，人民所歡迎的形式表現出來。」因為，形式是由內容決定的；是隨著內容的變化而變化的，而「今天我們文藝宣傳的內容無疑問的是新民主主義的內容」，對「民族形式」的研討和探索必須與對「新民主主義的內容」的認識和描寫相結合。除此之外，他還把「民族形式」看作是一個需要革新和創造的東西，而不僅僅是對現有形式和元素的利用，他說：「民族形式一方面要把過去歷史上舊的、人民所熟悉的形式，加以攝取與改造，一方面要吸取其它民族的新的有益的東西，並使兩者相結合而不是偏廢哪一面。只有這樣才可以逐步地建立內蒙古人民所喜愛的較為完善的新的民族形式。」〔註26〕

一兵對「民族形式」的認識和理解最為獨特。他把「民族形式」理解為特定內容的外化和具體化，他說：「任何形式，它充滿著現實的內容，那麼這就是人民群眾所喜聞樂見的民族形式。」採用的是詩歌還是舞蹈，穿的是蒙古袍還是中山裝，這些都不是評價和判斷是否是「民族形式」的標準，決定和體現「民族形式」的最重要因素是作品內容。這一點上，他與烏力吉的觀點相似，但烏力吉所強調的內容是新民主主義的內容，而一兵強調的內容則是內蒙古人民的現實生活。他說：「我認為在中國來說各個不同地區，特別是少數民族地區，它的新民主主義的內容根據不同的時間、地點、條件是有所區別的；從我們內蒙情況來說，有農業區，也有半農半牧區，牧業區，林區等等不同，在不同的情況下，黨所執行的政策其目的是一致的；但是所採取的步驟與方法則是多種多樣的，因此它的內容當然也就不同。人民文藝必須從實際出發的政策思想做基礎，根據不同的情況，它的表現形式也有所不同。

〔註26〕烏力吉：《關於幾個問題的商榷》，同上，第53～54頁。

我認爲通過蒙古民族生活所反映的現實，究竟是蒙古民族的民族形式；西藏民族的究竟是西藏民族形式。內蒙人民所喜聞樂見的民族形式，西藏人民就不一定歡迎，東北人民所喜聞樂見的民族形式，華南人民就不一定歡迎。因而不能把新民主主義的內容混爲一談。」〔註27〕他還指出，儘管內蒙古是一個多民族聚居區，但是蒙古族人口佔了相當大的比例，使用蒙語的人群佔有相當重要的位置，而這正是內蒙古文工團不得不考慮的現實，因此，蒙語演出和爲草地牧民服務是內蒙古文工團必須承擔的責任和義務。

從上面的介紹不難看出，圍繞著「民族形式」的不同定位，實際上展開著一種爭奪民族話語權的角力。基層工作者強調的是蒙古族民族性的特殊性與優先性，而上層則強調用特殊性的民族性，服從於國家與中國革命的整體性。

關於語言文字問題

對於語言文字的爭論主要集中在兩個問題上：一是具體創作實踐中語言的運用問題，也就是該不該大力提倡蒙語演出和蒙語創作的問題；二是語言與「民族形式」的關係問題。

關於語言問題的爭論是由烏力吉的文章引起的。烏力吉否定了欽達木尼所說的內蒙文工團只重視服裝而忽略語言的說法，認爲「內蒙文工團過去唱過蒙古歌子，也用蒙古話演過戲」，只是「這樣出演是不多的」。之所以不多，有兩個客觀原因：一是，內蒙文工團活動的地方主要集中在城市，而城市中蒙古人占極少數；二是，蒙古人經過長期的歷史演變其語言已出現分化，眞正精通蒙文的蒙古人很少。因此，烏力吉認爲，一味強調加強蒙語演出是不切合實際的，蒙語創作和演出應該提倡，但在具體的實際運用中卻必須考慮服務對象，因地制宜、因時制宜。

對此，一兵、舍‧杜爾基、崗兵和安謐紛紛予以反駁。一兵指出，「提倡民族形式，就必須首先提倡民族的語言與文字」，因爲語言是表現人類感情的工具，是最能夠有力反映人民現實鬥爭的工具。創造和發展「民族形式」必須重視和加強蒙語蒙文創作。一兵對烏力吉所提出的兩個客觀原因逐一進行了反駁，首先，他指出，內蒙古文工團的服務對象是工農兵牧，而內蒙古是個以蒙古族爲主題民族的少數族群聚居區，爲草地牧民服務是重中之重，並且，內蒙古城市少，牧區農村多，文工團不應該僅服務於城市市民，應該以

〔註27〕一兵：《看事實說話》，《內蒙文藝》第一卷第 5 期，第 28 頁。

廣大的草地牧民為服務對象；其次，他反對烏力吉所說的一種看法，即蒙古人真正精通蒙語的很少，而漢語比蒙語更普及，因此漢語演出比蒙語演出更符合實際情況的說法。一兵認為，保護和發展民族語言文字是新中國民族政策之一，內蒙古文工團有責任也有義務落實這項基本政策，不但不應該迴避蒙語演出和創作，還應該通過大力提倡蒙語演出來調動廣大群眾學習蒙語的熱情和積極性。對此，舍‧杜爾基、崗兵、安謐也提出了相同意見，崗兵和安謐在文中對烏力吉所說的「蒙古人民中真正精通蒙文的恐怕是極少數」提出了質疑，他們認為「蒙古人即使認字的不多，可是都會說會聽自己的民族的語言」〔註 28〕，因此，蒙語演出不但不是脫離實際的，而且還是相當必要的。

　　針對上述討論，李欣和周戈等文藝界領導也在總結發言中作了闡釋。他們的闡釋似乎比烏力吉的觀點更為正確、全面，肯定了語言之於「民族形式」和民族政策的重要意義，他們還特別指出「在少數民族地區，在今天的內蒙古自治區，發展民族語言文字是重要的民族工作之一……重視與運用民族的語言文字，對發展內蒙古民族喜聞樂見的民族形式是有決定意義的」〔註 29〕。但其話語的深層，卻強調著超越具體民族之「民族形式」的意向。所以周戈在強調學習群眾語言時，特別在「群眾的語言」之後用括號指明群眾語言包括「蒙語和漢語」〔註 30〕。

誰的民間文學？

　　前面第一章曾經討論過圍繞「民間文學」而展開的話語角逐，揭示了整合性的社會主義國家話語系統與相對更為重視特殊性的少數族裔、地方性話語之間的矛盾與糾葛，同樣的情況在五十年代內蒙古「民族形式」討論中也曾經出現，其中《馬刀舞》的定性就較為典型。《馬刀舞》原是蘇聯作曲家哈恰圖良創作的芭蕾舞組曲中第一組曲的一首〔註 31〕，後經著名舞蹈藝術家賈作光的改編而成為具有蒙古族特色的民族舞蹈。但是這一「由洋變土」、「由蘇化蒙」的過程，並不只是簡單的外來藝術的改造與吸收，而是一個包含著不同話語之間的複雜的權力角逐的過程。

〔註 28〕崗兵、安謐：《我們這樣看》，《內蒙文藝》第一卷第 5 期，第 30 頁。
〔註 29〕李欣：《論內蒙古新文化的民族形式》，《內蒙文藝》，第一卷第 2 期，第 9 頁。
〔註 30〕周戈：《熟悉內蒙，努力創作》，同上第 11 頁。
〔註 31〕彭亞娜、王俊、楊健：《大學音樂教程》，長沙：中南工業大學出版社，1993，238。

　　1946 年內蒙古文工團成立後，年輕的賈作光被派到內蒙古草原工作，美麗壯闊的內蒙草原，翱翔的雁陣，奔馳的馬群，廟簷上的風鈴，喇嘛廟裏的跳鬼，牧馬人豪放的性格，樸實的勞作，賽馬場上的騎射、摔跤，給賈作光以無盡的美感和不竭的激情。從 40 年代起，他先後創作了《鄂倫春舞》、《鷹舞》、《馬刀舞》、《牧馬舞》、《雁舞》、《鄂爾多斯》、《盅碗舞》、《鴻雁高飛》等近百個反映草原和牧民生活的舞蹈，而《馬刀舞》正是在吸收蒙古族民間文化元素的基礎上創作編演而成的〔註 32〕。1950 年 9 月 15 日～10 月 3 日，由內蒙古文工團團長周戈帶隊，一行七十多人，赴北京參加國慶節匯演，演出節目有《鮮花舞》、《幸福的孩子》、《雁舞》、《馬刀舞》等〔註 33〕。這次來自西部、西南、南方各地少數族群文藝團體的進京匯演是新中國文藝史上的一件大事，少數民族文藝第一次以嶄新的面貌集體出現在全國人民面前，少數民族以其優秀的舞蹈開啓了新中國文化領域中一片異彩紛呈的天地。國慶演出結束後，時任全國舞協副主席的吳曉邦在《人民日報》發文，大力讚揚了內蒙古文工團的《馬刀舞》，號召全國各地舞蹈團體向《馬刀舞》學習〔註 34〕。此後，《馬刀舞》作爲優秀作品多次參加了內蒙古自治區、全國及世界各級比賽和演出〔註 35〕，獲得了廣泛讚譽，從此，《馬刀舞》、《牧馬舞》等舞蹈就成爲蒙古族文藝、內蒙古文藝的典型代表，中國民族藝術的成功典範。

〔註 32〕 李麗華、趙偉松、董巍：《美學基礎與美育》，北京：科學出版社，2000 年版，第 145 頁。

〔註 33〕 參閱趙志宏、札拉嘎胡等：《內蒙古自治區文學藝術大事記》，呼和浩特：內蒙古人民出版社，1993 年版，第 5 頁；美麗其格：《內蒙古文工團的沿革》(續)，《吉林藝術學院學報》，1992 年第 3 期，第 50～54。

〔註 34〕 吳曉邦：《推薦內蒙古文工團的〈馬刀舞〉》，《人民日報》1950 年 10 月 15 日；《內蒙文藝》1950 年 11 月號轉載。

〔註 35〕 1951 年 1 月 1 日，伊盟文工團成立，文工團配合土改、「三反五反」、宣傳婚姻法演出了《劉胡蘭》、《血淚仇》、《槍》、《翻身樂》、《馬刀舞》等劇目。1952 年 8～10 月，內蒙古文工團隨中國藝術團赴蒙古人民共和國參加中蒙友好月活動，演出了《鄂倫春舞》、《馬刀舞》等。1953 年 9～12 月，內蒙古文工團參加中國第三屆赴朝慰問演出，再次出演了《馬刀舞》等經典舞劇。以上關於《馬刀舞》的演出情況參考趙志宏、札拉嘎胡等：《內蒙古自治區文學藝術大事記》，呼和浩特：內蒙古人民出版社，1993 年版，第 6～10 頁；北京語言學院《中國藝術家辭典》編委會：《中國藝術家辭典·現代第一分冊》，長沙：湖南人民出版社，1981 年版，第 394 頁。

　　1950 年 10 月的這次國慶演出極大地推動了少數民族舞蹈藝術的飛速發展，同時它也使得一種觀念根深蒂固地植入到全國人民心中——少數民族都是「能歌善舞」的。1951 年 7 月，由中國舞協創辦的《舞蹈通訊》第一期出版，時任中國舞協主席的戴愛蓮女士發表了《給全國舞蹈工作者的一封信》，號召全國舞蹈工作者向民族傳統藝術學習，向民間舞蹈學習。同期還發表了徐胡沙的《論向民族傳統的舞蹈藝術學習》一文。1951 年 11 月，全國舞蹈工作者相繼投入整風運動，舞蹈界重點批判「盲目崇洋」，再一次強調向民族傳統學習〔註 36〕。可見，《馬刀舞》等少數民族舞蹈作品已經成為 50 年代初中國舞蹈創作的成功典範，其對族群文化元素的運用、對民間藝術形式的借鑒成為舞蹈藝術創作的一個重要路徑。然而，有意思的是，在 50 年代內蒙古文藝「民族形式」討論中，奧古斯汀、烏力吉、包德力等人卻對蒙古族舞蹈的發展歷史及其接受度提出了截然相反的看法。奧古斯汀說，雖然「在內蒙古的部分地區或階層，是有些原始性舞蹈存在」，但「它究竟還不具有普遍性，它還不如民歌那樣能吸引廣大群眾」，因此，「比起開展舞蹈，開展民族的歌、詩是有效得多，快得多」〔註 37〕。而烏力吉則認為「任何藝術都應該發展」，內蒙古人民是需要舞蹈的。他還在自己的文章中特別介紹了幾種蒙古族原始舞蹈，如蒙古族宗教舞蹈「喇嘛跳鬼」，還有蒙漢人民都喜愛的「好力寶」，他認為在「好力寶」演唱過程中演員腿部的扭動和跳躍也可以說是民間舞蹈的雛形〔註 38〕。雖然兩人對於舞蹈的態度和看法不同，但從兩人的對話中可以看出，50 年代初，舞蹈在蒙古族民間文藝史上尚處於萌芽狀態，其在蒙古族人民大眾中接受程度相當有限，更算不上是蒙古族傳統民族文藝形式。事實上，在新中國之前，蒙語中根本沒有表達「舞蹈」這個意義的詞彙，當代中國舞蹈藝術知識體系中關於蒙古族舞蹈基本動作、訓練規範及舞蹈語彙都是在 50 年代後才逐步建立起來的，蒙語中舞蹈的專稱「布吉格」也是在賈作光等當代舞蹈藝術家的創作和研究工作中確立的〔註 39〕。

〔註 36〕以上關於中央號召全國舞蹈工作者們向民間傳統學習的內容請參閱王克芬、隆萌培：《中國近現代當代舞蹈發展史》（1840～1996），北京：人民音樂出版社，1999 年版，第 195～196 頁。

〔註 37〕奧古斯汀：《從內蒙文工團歌舞演出談起》，《內蒙文藝》，1951 年第 1 卷第 4 期，第 50 頁。

〔註 38〕烏力吉：《關於幾個問題的商榷》，同上 55 頁。

〔註 39〕李麗華、趙偉松、董巍：《美學基礎與美育》，北京：科學出版社，2000 年版，第 145 頁。

　　這就產生了一個有趣的悖論：因「能歌善舞」而著稱的蒙古族，恰恰是最不「善舞」、最缺乏舞蹈藝術傳統和鑒賞經驗的民族；《馬刀舞》這個所謂的「蒙古族」舞蹈藝術典範和全國文藝創作者們都要學習的榜樣，其實並不是眞正的蒙古族傳統民間藝術成果，而是融合了蘇聯音樂及蒙古族文化元素後，在新中國意識形態指導下創造出來的現代舞蹈藝術作品，它與原生態的、自然的蒙古族文化傳統及民間藝術相去甚遠。這就使得人們不能不問：戴愛蓮等人所提倡的「民族」和「民間」，究竟是誰的「民族」？誰的「民間」？很顯然，這個所謂的「民族」和「民間」，其實並不是原生態的、自然的「民族」和「民間」，而是一個被建構出來的「民間」。在整個新中國文化體系下，少數族裔的文學和藝術被納入「民間」的空間中，成爲與主流的書面文學和以漢語爲主導的書面文學相對的「民間文學」，而不是與少數族裔作家文學相對應的「少數族裔民間文學」。

　　五十年代初內蒙古文藝民族形式討論的個案說明，「在尋求建立現代民族國家的過程中，普遍民族語言和超越地方性的藝術形式始終是形成文化同一性的主要方式。在新與舊、都市與鄉村、現代與民間、民族與階級等關係模式中，文化的地方性不可能獲得建立自主性的理論根據」〔註40〕。這或許可以說是地方性、地方民族性難以逃脫的現代性命運。但這並不是國家性或所謂國家話語單方面的勝利，在此命運展開的過程中，不僅存在著地方性與國家性的博弈，而且帶有相當強制性的實施的效果，也很可能會在那些還未能被完全克服、同化的族群那裡，留下痛苦的記憶，爲後來條件成熟時「民族性」（「民族情緒」）的再反彈儲備力量，本專著所討論的諸多回歸民族本位性的文化現象，都說明了這點。因此，從這個角度來看，「五十六個民族」並非都是國家建構（民族識別）的產物；轉型期少數民族文化復興熱、中國當下的民族問題，當然也不會只是民族區域自治制度實施的結果。〔註41〕

〔註40〕汪暉：《地方形式、方言土語與抗日戰爭時期「民族形式」的論爭》，載汪暉：《現代中國思想的興起》（下卷第二部），北京：生活・讀書・新知三聯書店，2004年版。

〔註41〕關於內蒙古五十年代文藝民族形式討論的更詳細的分析，參見姚新勇、孫靜：《「民族形式」誰主沉浮？——五十年代初內蒙古文藝「民族形式」討論考察》，《民族文學研究》，2014年第2期。

第二節　文化：內在的動力抑或任意的創造？

一

　　轉型期少數族裔文學的文化民族主義走向的持續推進，的確與國家民族政策與制度的安排有相當的關係，但也與相關族群或民族成員的主動性是相關的，如果肯定主動性的存在，那麼涉及到的一個重要問題是，眾多少數族裔作家在書寫民族時，其對傳統的汲取是任意的，還是有所本的？

　　按照民族理論的「現代主義」模式來看，各種民族主義對於傳統的使用實際都是工具性的，是相當任意的。民族主義往往打著恢復民族傳統的旗號，但實際上往往不僅是斷章取義地截取傳統，而且甚至是扭曲傳統、發明傳統。以此論之，我們所考察的少數族裔文學中的族裔文化民族主義性質的寫作，就不是那麼重要，或說不具有內在的文化動力性。但按照「原生論」的觀點，民族、民族文化的復興，則完全不是任意的發明，而「在根本上是源自種的基因複製的動力」，對於作為「類群體」的族群和民族來說，生活習俗、語言文化等因素，是相當於「遺傳的生物性」的文化基因，是永恆的存在。即便是在不同的情況下，某一民族的文化特徵被他民族所遮蔽、抑制，但一旦條件成熟，本民族傳統的文化基因，就會促使該民族的人民為其復興、重生而奮鬥。原生主義的另一派「文化解釋學派」，雖然不把文化理解成基因性的存在，但是它也強調作為結構性存在的「文化的既定稟賦」（cultural givens）的「優先性和紐帶性」。或者應該將民族的原生性「歸因於某些保護和維繫生命的人類條件的特性，其中最為重要的就是血緣關係和領土」。人們通過對於「祖地（homeland）土地上的收穫和內心中的家庭親情，生命感受到保護與增強。因此，民族就是一種歷史久遠和領地歸屬的關係」，而民族文化也就是與土地、親情緊密相聯繫在一起的民族內在屬性及其象徵性存在〔註42〕。

　　與原生主義較為接近的是「永存主義」理論。它也不認為民族是現代以來的產物，而是具悠久歷史傳統的存在，「具有連續不斷的歷史」。即便是承認啟蒙主義以來的民族—國家的現代歷史之於民族和民族主義有相當作用，但是人們仍然可以從「現代民族」中找到相對並未觸動的、持續永存的

〔註42〕 Anthony D. Smith, *Ethno-symbolism and Nationalism A cultural approach*，頁8
　　　～9。

結構〔註43〕。以此觀之，轉型期少數族裔文學的文化民族取向，就是傳統文化結構在新的歷史條件下的再生，也因此，它對於族裔民族主義的復興浪潮來說，就是至關重要的。

具體到我們所考察的對象，各少數族裔在回歸本族裔文化傳統時，雖然並不瞭解什麼民族理論的「原生主義」、「永存主義」，但就其實踐和表現形態看，這兩種觀點在少數族裔那裡都存在。例如關於少數民族文學的「民族特質」的定位，就接近為原生主義的看法，而阿勒瑪斯的近萬年的維吾爾史觀，就接近永存主義。無疑他們都強調的是民族、民族文化對於民族復興、民族文學寫作的內在的推動性。

如果我們既不願意像現代主義理論那樣單純地將民族視為一種現代的產物，一種現代社會歷史條件下才存在的建構的結果，也不願意簡單地接受原生論和永存主義的觀念，那麼我們是否可以用史密斯的族群象徵主義的模式來解釋轉型期少數族裔文學的文化民族主義現象呢？以族群象徵主義看，它既承認民族、民族主義現象在現代歷史條件下的突出表現，也承認民族的建構性，但是它同時也重視民族建構、民族主義思潮中的文化象徵資源、長時段歷史性、族群性這些因素的作用〔註44〕。雖然這些因素，並不是如原生論或永存主義所想像的那樣，具有超歷史的存在，它們需要在特定的歷史條件下與其它意識形態觀念發生複雜的關係，要通過不同性質的文化象徵符號或系統發生競爭而被發現、被選擇，但是它們並不是任意的編製或創造；當下的歷史的創造，總是與過去的文化歷史傳統、歷史遺產發生著複雜的對話性關係，族群性、傳統文化，是作為當下具體的民族主義話語的象徵性資源而發揮作用的。打一個或許不很恰當的比喻，比如說煉鋼煉鐵，固然要依賴待定的技術手段，而且技術手段的高低與差異，也影響到我們所煉出的是鋼還是鐵，但是如果沒有千萬年所形成的鐵礦，那麼煉鋼就無從談起。因此，那些特定族裔性的文化資源，就被特定的民族成員用於培育共享的共同的符號、神話、記憶、價值和傳統，也因此而形成了民族不斷地構成和再構成的基礎——「族群進化象徵化過程的基礎」。〔註45〕或換言之，「族群象徵主義認為，各種族群紐帶網絡（和包括在其下的各種擴展性活動）在民族和民族

〔註43〕同上，頁 10～11。
〔註44〕同上，頁 14～18。
〔註45〕同上，頁 49。

主義興起與持續方面，是獨一的最重要因素……各類不同的族群紐帶，構成了許多民族的基礎和起始點，而且族群親緣感經常就在一個族群異質性的政體中表現爲『族群的核心形式』」〔註46〕。

由此觀之，表現於轉型期眾多少數族裔文學的文化民族主義思潮，就是在新的歷史條件下，各族群利用傳統文化資源，復興、重構民族共同體的實踐。在此過程中，文化傳統資源既被利用，也同時在一定的歷史條件下或特定的意識形態場域中，影響或某種程度地制約著特定民族共同意識的培育與建構。

<h2 style="text-align:center">二</h2>

根據我們已經考察過的各種相關現象，無疑少數族裔文學寫作中所表現出的民族文化傳統的返還或復歸，顯然不是單純的文學審美活動，也不是簡單的民族情緒或民族意識的表達，它帶有相當強的民族共同體的建構性。在此類活動過程中，我們當然不難發現所謂的「傳統的發明」，最爲突出的或許就是阿勒瑪斯關於維吾爾歷史的建構。但是即便是這一任意性相當強的民族文化象徵歷史的建構，在總體上來看，並非是隨心所欲的。首先，他有其倣仿的歷史前輩，如伊敏等的東突厥斯坦史；其次，他突出什麼、削減什麼、添加什麼、發明什麼，並不是任意的，是受到傳統文化資源的限制。無疑我們看到，不要說編製一個近萬年的維吾爾人史，即便是編製近千年的自喀喇汗王朝以來的完整的維吾爾史，相關的歷史文化資源都是相當缺乏的。因而，我們看到阿勒瑪斯大量挪用其它非維吾爾或難以確定爲維吾爾的文化資源，甚至是發明歷史。這一方面表現了民族建構的任意性，但另一方面，相關歷史文化資源的匱乏，也嚴重地影響到了阿勒瑪斯「三本書」的嚴謹性、歷史似眞性，恰也突出了歷史書寫任意性的限度。再有某種族群的文化資源是複雜、多側面的，使用者的確是爲了特殊的目的而從這些資源中進行選擇。不過他選擇什麼放棄什麼也不是任意的，而是受著特定意識形態話語場域的制約。阿勒瑪斯近萬年維吾爾人歷史的編製，就內在地受到國家正統新疆史的制約。

「三本書」的批判者，將與阿勒瑪斯歷史書寫的鬥爭，視爲意識形態領域的分裂與反分裂的鬥爭，用語雖舊，但卻的確表明了不同民族文化的象徵

〔註46〕同上，頁 26～27。

性歷史建構之競爭的劇烈性。對此，史密斯甚至形容為「文化戰爭」。而且「由民族文化戰爭和內部文化競爭發展而來的族群神話和記憶的（特定）方式以及它們（指那些特定的神話和記憶）所能夠生產的通常是痛苦的歷史遺產。在這方面，族群的爆炸性威力，常常突出地表現為對於外國或外族的仇視」〔註47〕。而正是爆炸性的威力，使得民族歷史的象徵性文化書寫，就具有了深入相關族群民眾「內心世界」的力量，特別是激發起民族成員強烈獻身精神的推動性。唯色這樣的個案就說明了這一點。如果沒有藏文化的中介，顯然一個激進的民族主義者的唯色是很難培養的。而 2009 年以來藏區所發生的一系列自焚事件，更是突出地表明了這一點。

　　當然，前面所考察現象的多樣性表明，不應過份誇大少數族裔文學寫作中的所謂「民族文化戰爭」這一點，這只是某些族群中的某些個人的表現，而非全面普遍的情況。但是不管怎麼說，主觀性意味極強的回歸本族群文化向度的書寫所具有的深入參與者「內心世界」的力量，則是不容忽視的〔註48〕。將此與上一部分所討論過的國家民族政策和制度的作用相比較，是否可以說，象徵性族群文化的書寫是更為內在的動力，而制度設計在本質上不過是給其提供了一套發揮作用的裝置而已？沒有這一裝置，它還會借用其它裝置來達到凝聚族群共同體的作用？

　　返還本族群文化之根是轉型期少數族裔文學普遍的指向，但是並非所有的寫作都達到了文化民族主義的程度，更不必說激化為政治民族主義，至於說這種指向的寫作與中國現實中的民族問題之間的關係，更只是局限於少數幾個族群那裡。所以，相同的民族政策與制度安排、「文革」及轉型期歷史條件的類似等，並不足以造成類似指向的族裔民族主義的書寫都形成相同或相近的結果。而影響某一族群返還民族之根書寫的走向、發展程度的重要因素，顯然與所涉族群自身的情況具有重要的關係。我們看到，較早就開始返還本族群傳統文化家園且向激烈的族裔民族主義方向靠近的寫作，主要涉及藏、維、彝這幾個民族，而影響較大的族裔寫作，還有蒙、滿。至於說像烏熱爾圖、栗原小荻的寫作，雖然也具有相當的影響，但其在構成特定族群的民族主義意識、結構特定民族共同體的向度上的作用則幾乎不存在。當然這種差

〔註47〕同上，頁 20。
〔註48〕「歷史族群象徵主義特別強調主觀因素在民族形成、民族主義的特徵和影響，以及族群的持續存在中的作用」。安東尼・史密斯：《民族主義　理論、意識形態、歷史》，第 61 頁。

異的形成，與族群規模、境外相關因素等的不同有相當的關係，但也與族群
歷史文化傳統的長短有相當的關係。

　　族群象徵主義認爲，考察特定的民族復興、民族主義活動，不能只是根
據當代的語境去解釋其興起與發展，如果沒有已經存在的某種同質性的核心
長時段的族群文化性因素，族群、民族、民族主義的建成型是很難想像的。
所以必須像法國年鑒學派歷史學家們那樣對長久歷史時段的結構和過程進行
分析」〔註49〕，去追蹤特定民族過去的歷史，發現今天被呈現的民族特質在
不同歷史階段中的「前現代」的形式。

　　雖然我們這裡無法做長時段的歷史考察，但僅是根據我們所掌握的一
些歷史知識，也不難發現長時段的族群文化歷史傳統之於我們所考察現象
的重要性。例如，無論是彝、藏、維、滿、蒙等都具有久遠的族群歷史，
尤其是長久的族群傳統文化結構。藏、滿、蒙就不用說了，即以維吾爾族
言，以常規歷史的觀點來看，作爲整體的現代維吾爾民族的歷史只是從上
世紀初才開始的，而且「維吾爾」這一稱謂，也只是上世紀三十年代才確
定的。但是如果我們僅以這樣的眼光來看待維吾爾族顯然是有問題的。其
實至少早至公元九世紀塞北回鶻遷往西域地區起，作爲現代維吾爾民族的
長時段的族群文化基本結構就開始形成。喀喇汗王朝建成、伊斯蘭化基本
完成之後，作爲日後建構民族的基本族群性要素——宗教、語言、領土、
黃金時代、人種等也都基本具備了。而這些要素對於日後新疆地區的以維
吾爾人爲主要族群格局的形成，肯定是發揮了更重要的作用，否則我們就
難以解釋，爲什麼新疆後來經過了大遼、蒙古、明、滿清等朝代的或完整
或部分的統治，維吾爾人卻成了新疆地區的主體人群。雖然由於歷史資料
的缺失，我們現在難以勾勒較爲完整、詳細的維吾爾人的歷史，但是我們
從維吾爾語之「uygur」歷史稱謂的一致性也不難猜想，一定在該民族的文
化內核深處，存在著一個長時段的族群文化核心結構，從而爲現代維吾爾
民族的形成文化發揮著重要作用。對於我們這些不諳維吾爾文化傳統、不
懂維吾爾語的外人來說，我們好像只能是出於同情心地去猜測長時段歷史
要素之於當下的維吾爾文化民族主義或民族主義的作用，其實，在當代維
吾爾文學寫作中，通過援引歷史文化傳統、通過重述民族歷史來建構維吾
爾文化傳統的一體性、推動維吾爾民族的認同，不僅是一種自覺，甚至是

〔註49〕安東尼‧史密斯：《民族主義 理論、意識形態、歷史》，第62頁。

一種本能。我們面前所討論過的「三本書」以及新時期以來一直長盛不衰的維吾爾語歷史小說創作熱，都表現出了這一點。

當然任何歷史悠久民族的長時段的文化傳統的構成都不會是單一、同質的，而其中的差異性元素在被後代作為民族主義建構的元素所汲取時，也會形成「傳統之間的當代性競爭」。正因為此，各種現代民族主義性質文化認同建構往往會給人留下任意發明、編製歷史的感覺，其實這恰是民族文化認同建構與傳統之關係的另一種的表現形式。美國學者 Justin Jon Rudelson 對當代維吾爾民族主義意識形態的建構實踐的考察就很能說明問題〔註50〕。

在整體維吾爾民族感觀下，實際至少包含著三種身份認同：突厥民族認同、伊斯蘭認同、綠洲認同。三者既相互差異，又互相交錯，圍繞著統一的維吾爾民族主義認同的建構，發生著複雜的關係。

三種認同的形成，與維吾爾形成的歷史和新疆的地理條件有直接的關係。維吾爾最初的形成所說不一，較為普遍的觀點是，公元 841 年起大批據說是操古突厥語的漠北回鶻人進入西域。其中一部分遷往今吉木薩爾和吐魯番地區，後建立起高昌回鶻王國；還有一部分遷往中亞草原，分佈在中亞至喀什一帶，與那裡的居民逐漸融合，建立起來了喀喇汗王朝。這是現代維吾爾突厥民族認同的基本根據之一。大約在公元 960 年喀喇汗王朝完成了伊斯蘭化，並在其後的 600 多年間，經過數個王朝「聖戰」努力，基本完成了新疆全境的伊斯蘭化。

綠洲認同直接導因於新疆的綠洲地理條件，其明顯的一個文化標誌就是各綠洲居民的不同稱謂，如喀什噶爾人、吐魯番人、哈密人等。而且這種稱謂差異甚至也反映在跨族群的範圍上。例如人們一般認為，「黑大衣」和「纏頭」，是維漢兩族彼此相互的貶意稱呼，但其實烏茲別克族也稱維吾爾族為「黑大衣」，而維吾爾族也稱烏茲別克為「纏頭」。在相當長的歷史時期中，這些概念可能要比維吾爾這一概念來得持續、穩固。當然國家或王朝一般都是由不同的區域構成的，因此存在區域性的地方文化很正常，中原就有河南人、山東人、湖南人等區分。但是中原從一地到另一地之間一般並不存在非常艱辛的地理空間的困難，而綠洲與綠洲之間巨大的沙漠、戈壁空間，在交通不

〔註50〕Justin Jon Rudelson ：《綠洲認同：沿絲綢之路的維吾爾民族主義》（Justin Jon Rudelson, Oasis Identities: Uyghur Nationalism Along China's Silk Road, Columbia University Press.下文有關維吾爾民族主義意識形態建構中的不同認同傳統要素的當代競爭的闡述，基本都轉述自此書。所以除個別來自該書之外的材料，本部分的內容，不再一一給出注釋。

發達的古代，是不易克服的障礙。據一位外國探險家在上世紀 20 年代的計算，使用駝隊，從伊犁到喀什需一周，焉耆到喀什需要一月，由羅布泊到吐魯番需 20～25 天。因此在歷史上，綠洲的地域分隔所造成的地域認同，是共同的宗教、語言、文化所難以超越的。上世紀初，現代維吾爾民族建構的歷史拉開序幕，五十年代之後，新疆維吾爾自治區的成立，國家一體化整合行為、整體維吾爾族的國家定位、交通的發達，都大大加速了整體維吾爾民族認同感形成的進程。但是儘管如此，直到今天，綠洲地方認同仍然有不小的影響。當代維吾爾著名詩人的阿迪力阿迪力‧吐尼亞孜，深情地將喀什噶爾視為故園、世界的中心，但是伊犁地區卻流傳著這樣的民謠：

> 喀什噶爾人，你個呆瓜
> 春天已經到了
> 扔掉你的爛皮靴吧
> 為你自己做面鼓吧
>
> 喀什噶爾人，你個呆瓜
> 撓撓我的背吧
> 春天已經到了
> 扔掉你的爛皮靴吧〔註51〕

上世紀八十年代以來，借助中國社會環境的逐漸寬鬆和對外開放的條件，維吾爾傳統文化開始恢復，其集中表現於伊斯蘭文化的復興和維吾爾民族主義意識形態的建構。直觀而言，這兩個方面似乎應該是關係密切、互為一體的。但情況並非如此。伊斯蘭文化復興，主要表現於普通維吾爾人那裡，而且主要是在維吾爾農民中，而多數維吾爾精英知識分子，則認為「宗教迷信」有礙於維吾爾民族的覺醒與進步。人們將太多的錢與精力投入到宗教信仰上，去修建清真寺，而不是去建學校。而且泛伊斯蘭信仰，也可能有害於獨特、整體的維吾爾民族意識的形成。所以維吾爾知識精英，就更願意用突厥民族認同為旗幟來建構維吾爾認同。但是突厥民族認同不僅也潛藏著泛突厥認同與特殊的維吾爾認同的緊張，更重要的是，這一認同與伊斯蘭認同和綠洲地域認同之間存在「歷史合法性」的緊張關係。

〔註51〕〔美〕Jay Dautcher：《走過家窄窄的路──中國新疆維吾爾社區的認同和男性氣質》（Jay Dautcher, DOWN A NARROW ROAD：*Identity and Masculinity in a'Uyghur Community in Xin;iang China*, Harvard University Press Cambridge（Massachusetts） and London 2009），頁 41～42。

因爲「突厥族緣」說，來自於公元 841 年從漠北遷入西域的回鶻人，要比喀喇汗王朝開始伊斯蘭化早了上百年，而喀喇汗王朝不僅是維吾爾人歷史上唯一得到公認的輝煌王朝，而且其主要文化標誌又是伊斯蘭教信仰。編製出所謂輝煌的八九千年維吾爾民族歷史的吐爾貢・阿勒瑪斯的《維吾爾人》等三部書，在維吾爾世俗知識人群中，產生了相當大的影響，但卻未能得到信教的維吾爾農民的青睞。另外，爲了確定維吾爾人爲新疆「最早土著」的身份，解決回鶻人進入西域遠晚於漢人在西漢就進入西域的歷史困擾，阿勒瑪斯不僅將突厥維吾爾的起源，推到距今八九千年前，而且將塔里木河流域作爲突厥維吾爾人的文化搖籃。但這樣一來，又與吐魯番人認爲自己是現代維吾爾人的最早直系祖先的歷史觀念發生了矛盾。另外，阿勒瑪斯強調塔里木流域的重要性，也與其是喀什人有關。雖然當代維吾爾民族主義精英大都生活於烏魯木齊，而且也在努力建構跨地域的維吾爾認同，但是綠洲認同的文化積澱、家鄉情感，以及綠洲親緣關係向烏魯木齊的延伸，都使得他們往往會本能地強化自己出生的綠洲文化的重要性。例如伊犁籍的精英喜歡強調「三區事件」的重要性，而吐魯番籍的則喜歡推舉阿不都哈里克・維吾爾。爲了塑造阿不都哈里克這一民族英雄，有人不僅爲他寫傳記，而且還不惜冒犯伊斯蘭教反偶像崇拜的傳統，開棺校驗他的頭顱數據，以畫出逼眞的肖像。維吾爾社會中的不同認同之間的緊張、矛盾關係，就是在某一認同族群內部也可能存在。〔註52〕

〔註52〕這裡的討論只局限於維吾爾民族主義性質的認同建構，如果再將維吾爾人的多重文化認同與中國認同聯繫在一起來觀察，問題就更複雜了。中央民大的楊聖敏教授曾經做過一個調查，結論是維吾爾人的國家認同比新疆漢人高十個百分點，這在民間傳爲了笑話。但是 2008 年之前中外多個嚴肅的調查都表明，維吾爾人承認自己是中國人的比例的確相當高，例如美國華裔學者唐文方的調查，就得出了約 90% 的國家認同度（唐文方：《民族認同和國家認同：自主但忠城》）。不過這可能主要是對於擁有中國國籍身份的承認，而並非民族文化的親緣性的認同。許多維吾爾承認自己是中國人，但卻認爲自己是維吾爾民族，與代表中國人的漢族並非是同一民族；而一個伊斯蘭教的信徒，則可能會認爲自己是一個信仰伊斯蘭教的維吾爾中國人；反之若是一個知識分子，卻會認爲自己是突厥民族的維吾爾中國人。一個信仰伊斯蘭教的吐魯番農民，可能會因爲吐魯番與內地的歷史——地理的親緣關係，而比一個喀什的農民有更高的中國認同；一個認爲維吾爾族起源於高昌回鶻突厥的吐魯番人，又完全可能比一個自認爲是突厥民族的知識分子的中國認同度高…如果再將諸多認同取向與地方的經濟發展水平和某人的職業身份聯繫在一起，情況就更複雜了。比如，同爲吐魯番地區的農民國家認同度一般會高於和田地區的農民，

第三節　他們是誰？做什麼？

一

　　標題中的「他們」主要是指本專著所考察的那些少數族裔文學寫作者，也包括更寬泛意義上的文化民族主義者。本節的目的一是應該怎樣給這些人定位，即弄清楚他們的身份，二是他們究竟在轉型期中國族裔民族主義的現實中扮演著什麼樣的角色。爲更好地討論這兩個問題，我們首先需要回顧一下哈欽森的觀點。他認爲，研究建構現代國家與文化民族主義的關係，需要關注五個方面：① 在民族歷史和文化復興中學者和藝術家所承擔的角色；② 政治自由人文知識分子得以把這些文化設計轉變成經濟、社會和政治程序的環境；③ 特定的語境，在此語境中這些政治目標被構成爲這一運動骨幹的職業知識分子所採納，將其轉變爲反國家的「反叛性文化」；④ 職業知識分子得以通過國家將他們的目標制度化的條件；⑤ 那些可以解釋在一個獨立國家的範圍內文化民族主義反覆出現的諸因素。

　　其實這也可以看作是研究現代國家建構與文化民族主義關係的五個步驟：首先「自由人文知識分子」爲文化民族主義建構了基本的文化話語模式；接著自由人文知識分子中相對更爲政治性的那些人將這些話語模式政治化、工程化、目標化；再接著職業知識分子接受了這些目標，將文化民族主義推進到政治運動的層面，形成爲對抗現存國家的反叛性文化；最後通過國家的建立，將民族的目標制度化；但特定民族的現代民族國家的建立，只是另一輪文化民族主義及民族主義循環的開始。〔註53〕

　　在這一進程中，對於文化民族主義運動來說，有兩類知識分子的作用非常重要，一是自由人文知識分子，二是世俗職業知識分子〔註54〕。前者「一般由歷史學家和藝術家構成，其人數雖然不多，但卻是特定文化民族主義的意識形態的設計師，他們在社會危機到來時，在道德革新、構建新的集體認同的模式

　　這既是因爲吐魯番與內地的歷史淵源更深厚，也是因爲以種植加工葡萄的吐魯番農民的經濟，普遍要比和田種地的農民富裕，且也與政府、內地的關係更爲緊密；但是一個從事內地玉石貿易的和田商人，卻很可能比一個虔誠的伊斯蘭吐魯番農民，有更高的中國認同度……

〔註53〕JOHN HUTCHINSON, *The Dynamics of Cultural Nationalism:The Gaelic Revival and the Creation of the Irish Nation State*，導論部分。

〔註54〕這兩個詞分別爲 secular intellectuals 和 secular intelligentsia，爲了更好地區分它們，筆者根據哈欽森對它們的定位，做了描述性的翻譯。

方面扮演著重要的角色」。而後一類則是世俗職業知識分子，一般是新聞記者、政治家。當危機降臨時，他們被人文知識分子所創造的神話和傳說所鼓舞、所吸引，然後「由他們將其轉變落實爲具體的經濟、社會、政治方案」，正是這些世俗知識分子，構成了反對已存國家、追求建立新的民族共同體的文化民族主義運動的骨幹。」〔註55〕不過就第一類人文知識分子來說，歷史學家和文學藝術家的作用也不完全相同。對於特定民族文化的復興或文化民族主義來說，歷史學家「與其說是學者，不如說是神話的製造者」，鼓舞他們的首先是對於民族共同體的浪漫情感，在這種情感的感召下，他們去爲民族同時也是爲自身去尋找價值和意義的歷史傳統文化的載體，並將這種尋找與科學研究的嚴謹性相結合，從而使得這種尋找具有了歷史與實證的權威性。對於他們來說，「只有通過重新發現民族全部的歷史（包括輝煌和苦難），民族的成員才可以重新發現他們真正的使命」。因此，這些歷史學家就「建構起一套重複的『神話』模型，它包含著遷徙的故事、神話的創造、輝煌的黃金時代、內部衰敗時期和再生的承諾等。由於這些歷史只是很少地被前現代的政治和宗教精英們記錄在案，因此爲了從文化底層中復活『本民族』的文明，就要不斷的探索，這就導致了」包括考古、民間故事、文獻學和地形學等學科在內的文化遺傳學的大爆發〔註56〕。

不同於這些歷史、考古、人類學者，文學藝術家不是文化民族主義的傳統遺產的發現者，而是民族共同體「典範形象」創造者，也就是說文學藝術家即通過汲取傳統遺產，運用文學藝術的形式，爲那些生活於現代社會中的潛在的民族共同體成員，創造出能夠表徵共同體特質的形象範式。因此哈欽森認爲，從這個意義上來說，每一個「民族的真正的成員，都是藝術創造者，而偉大的藝術家就是那些可以根據人民的集體經驗進行創作的人，而這些集體經驗就爲了今天而保存於歷史傳說、戲劇」及其它文學藝術形式中〔註57〕。

按照哈欽森的定位，轉型期的少數族裔作家們，自然應該屬於第一類人文知識分子，而且中國的情況也似乎表現出了對應性。但是問題遠不是那樣簡單，我們不能夠簡單地套用西方的理論模式。哈欽森所研究的是西方社會的現象，而且主要是愛爾蘭民族主義。愛爾蘭民族主義是一個相對單一的現象，而且它較爲完整地經歷了由文化民族主義到民族國家建構的整個過程，

〔註55〕JOHN HUTCHINSON, *The Dynamics of Cultural Nationalism:The Gaelic Revival and the Creation of the Irish Nation State*，導論部分。
〔註56〕同上，頁13。
〔註57〕同上，頁15。

這與我們所討論的情況是很不相同的。我們這裡涉及多個族群，即便以最寬泛的文化民族主義來看，它們彼此的發展階段也很不相同，不僅沒有哪個族群已經完成了較爲完整的民族主義演進的全過程，而且大多數具有返還本族群文化之根的少數族裔寫作，並不指向民族獨立的訴求。所以，要定位轉型期少數族裔文學寫作是相當困難的，它們既表現出與西方情況類似之處，又有許多不同。

比如人文知識分子類別中的歷史學家和文學藝術家的分工，在中國就既存在又不盡是。從整體來看，八十年代少數族裔民族文化復興取向的寫作，的確有著歷史學家先期工作的基礎。這個基礎的培育肇始於五十年代的民族情況大普查，普查中一項重要任務就是瞭解少數族裔的歷史、語言、風俗、習慣、文學藝術等文化狀況，這直接導致了中國少數民族學科的建立，這就爲八十年代後的族裔文化尋根意向的寫作奠定了民族歷史的學術性基礎。但是五十年代的民族情況大普查的主導者，並不是什麼自由人文知識分子，而是政府。政府之所以要進行民族情況普查，是想將國家管理視線之外的「民間存在」納入掌控之中，以便進行現代化的社會主義改造，是對於多樣性與地方性的整合與克服。而包括漢族和少數族裔民間文化、文學情況的搜集整理不僅是這一目的的副產品，而且最終結果也不過是將其博物館化，爲以後變化了的社會留下一些歷史博物館的展品。但是從另一方面看，新中國的民族整合，不僅在當時就已經與「民族問題」發生了交集，更爲 1980 年代之後少數族裔文化民族主義的誕生做了知識分子、學院、機構的準備，當然也包括民族主義思維話語的準備。在這個意義上，五六十年代由國家所主導的少數族裔歷史、語言、文學、文化等的研究，的確爲八十年代少數族裔寫作回歸本族群文化奠定了基礎。

但是這個基礎是相當薄弱的，其基本性質並不與具體的文化民族主義民族復興的目的相一致，而且被社會主義化、階級鬥爭化、國家化了的民族文化歷史，更是在話語邏輯上都與返還民族文化家園的意向相悖的。因此，從一開始轉型期少數族裔的寫作，很明顯就是對這一基礎的改寫與反叛。比如吉狄馬加詩歌中所書寫的彝人去逝時的睡姿，伊丹才讓對於三部四茹六岡、雪獅、吞米桑博札等傳統文化意象的使用。從這個角度看，這些文學寫作者又是民族文化的發掘者、發現者，儘管他們用的是藝術的方式，而非歷史學、語言學、人類學的方式。但是很快他們要背離、反叛的基礎所提供的民族文

化的歷史養料就不夠用了，於是我們發現一些少數族裔文學家，或者在進行文學寫作的同時，或者放下文學創作之筆，去進行「本眞」民族歷史的發現，前面所討論過的後殖民文化人類學詩性寫作的轉向，就相當具有代表性。

　　哈欽森關於文化民族主義成員身份的考察涉及到職業方面，不過就中國的情況來看，與職業向度相關的方面倒不是具體所從事的職業如何，而是相關成員在國家單位系統中的工作部門性質和是否在國家單位中工作。總體來說，從事少數族裔文學寫作、批評、研究、教學的人，大都在正規的國家單位工作，而且是在文化單位工作，其中不少人正是在與民族文學和文化有關的單位或部門工作。比如說張承志先後在北京大學、中國歷史博物館、中國社科院民研所、海軍政治部文化部等單位學習和工作。吉狄馬加從西南民院畢業後，又分別在四川省涼山州文聯、四川省作家協會、中國作家協會、青海省委等單位工作，而其主要創作也都是在 1991 年去四川作協之前完成的。再如伊丹才讓 50 年代畢業於西北藝術學院少數民族藝術系舞蹈音樂專業，後來長期又在文藝部門和作協工作。出身於 1966 年的唯色，在 2003 年被西藏文聯解職之前，大部分時間都是在《西藏文學》編輯部工作。更爲年輕的詩人、作家們的情況也基本如此。比如出生於 1980 的嘎代才讓，畢業於甘肅甘南合作民族師專，現任職於甘南作協。這種情況說明，少數族裔文學寫作、轉型期族裔文化民族主義思潮的走向，客觀上得了制度的「扶持」。另外值得注意的是，他們所工作的文化事業單位的相對鬆散性，與哈欽森所說人文知識分子職業的自由性、流動性，有一定的相關。不知這是否對這些作家成爲本族群文化的書寫者有一定的關係？

　　雖然從整體上來說，少數族裔作家大都在正規的國家文化事業單位工作，不過隨著中國市場經濟、社會組織系統的寬鬆化的推進，以及國家對於文化事業控制的放鬆，那些更年輕的出生於七零、八零後的作家們所從事的職業，開始多樣化起來。一是雖然還屬於國家單位的人，但不一定在文化事業單位工作〔註58〕，二雖在國家單位工作，但卻有了民間性質的兼職〔註59〕，

〔註58〕比如這幾個詩人的情況：阿黑約夫，1970 生人，涼山普格縣螺髻山鎮涼山州農校黨委書記；吉布鷹升，1970 生人，涼山昭覺昭覺縣黨校；阿卓務林 1976 出生，雲南寧蒗（小涼山）縣委辦副主任；王國清（曲木伍合），1970 年出生，四川喜德　四川喜德縣政協秘書長。
〔註59〕當然這種情況並不只屬於更年輕者，其實六十年代出生的人也有類似情況。他們如汪秀才丹、才讓瑙乳、阿蘇越爾、阿索拉毅等。

三是在非國家單位工作〔註60〕。這種變化說明，越到近期帶有族裔文化民族主義性寫作的作家、詩人越多，職業分佈越廣，相關思潮的推進也愈益強化。關於這一點後文再談，這裡我們想來看看，在新的現實條件下，來自於民間或準民間性質的力量對文化民族主義向度的少數族裔書寫所起到的作用。

二

　　轉型期少數族裔返還民族家園性質的書寫，其實可以說從開始就具有來自民間的推動力，例如七十年代末期就開始了的藏區宗教文化復興運動。不過這裡我只准備談那些直接與文學寫作相關的現象。這方面的現象出現得也比較早，例如已故的藏族詩人、小說家兼文化研究者端智嘉就具有某種準民族知識分子的性質。他1953年出生於青海省黃南藏族自治州，1971～1974、1978～1981兩度就讀於中央民族學院，分別獲得本科與研究生學位，而且還曾在北京工作。按照常理以及他個人的才華，完全有條件在北京很好地發展下去，但他卻在1983年離開北京，到位於共和縣的海南州民族師範學校任教。其思想和生活方式多反叛、桀驁不訓，且充滿坎坷。但他不僅堅持文學寫作，而且還繼續進行民間文學與文化方面的研究。後來在雙重壓力下，於1985年11月因煤氣中毒不幸去世〔註61〕。如果說端智嘉的民間性還不是那麼突出的話，像阿蘇越爾、阿索拉毅等彝族青年詩人的活動之民間性就要明確得多。

　　1985～86年間還在西南民院讀書時，阿蘇越爾就與吉克甲布、沙文忠等同學，醞釀創辦《山鷹魂》詩社。最初該文學社只有彝族成員，而且《山鷹魂》的前身就是一張油印小報，取名於當時流行的一首歌曲《那就是我》。後來詩社吸納了啓箚丹增、白瑪仁眞等藏族同學，油印的詩報在各個班到處張貼，好評如潮。1986年底，刊物更名為《山鷹魂》，正式面世。《山鷹魂》是當時的西南民族學院影響最大的詩歌刊物，校內各個民族的文學青年熱衷於參與其中，刊物存續至今。

　　在這個刊物中活躍的詩人以彝族詩人和藏族詩人為主，有阿蘇越爾、曉夫、曉河、啓札單增、烏霧、加拉巫沙、馬惹拉哈、依烏、普忠良、楊莉、西水、唐雋、任永鴻、馬金川、薛培、發星、白馬仁眞、任建紅、尼瑪卓、

〔註60〕 後文將要介紹的發星就很有代表性。
〔註61〕 參見鄧本太：《端智嘉經典小說選譯序》，龍仁青譯：《端智嘉精典小說選譯》，
　　　　西寧：青海人民出版社，2008年版；網文：《端智嘉——一代文學巨匠》，
　　　　http://www.douban.com/group/topic/3575233/

楊俊基、吳曉春、賀傑、付成發、張振亞、姚曉強、錢重水、胡紅梅、拉馬爾卓、巴久烏嘎、尼瑪卓等數十位。該詩社不僅具有比較強烈的推進彝族文學與文化發展的使命感，而且還意在以己爲基礎，形成中國少數族裔現代詩的陣地與群體，刊物的第八期曾倡議籌辦「中國少數民族詩歌報」。

發星曾這樣評價《山鷹魂》：「主編皆係涼山籍人，裏面發表水平的實力，涼山民族詩人是最高的。這是……中國第一份由少數民族詩人自己創辦又以登載少數民族詩人爲主的少數民族現代詩刊」〔註62〕。

這些參與詩歌社團的彝族詩人，立足於地域性寫作，將其族群的地方性知識融入詩歌創作中，同時該詩歌社團又與那一時期高校其它詩歌社團和社會上的詩人群體密切聯繫，爲彝族詩人的創作提供了豐厚的基礎和土壤。1985年，西南民院團委主辦了刊物《西南彩雨》，由流沙河題寫刊名，第一任主編是1983級學生詩人許詠春，亦來自云南彝族。第二、三期《西南彩雨》由阿蘇越爾主編，同時他出任過《山鷹魂》的主編。在他畢業之後，任過主編的還有啓筍丹增、曉夫、加拉巫沙、仁列旭中、俄狄小豐等人〔註63〕。

除此之外，西南民族學院還先後有過鶯囀、民族縱橫、遠方、草原、民族大學生、民院團訊、繁星等文學團體。通過這些平臺，民大的學生與外界交流密切，80年代末，非非主義詩人周倫祐、藍馬、楊黎、尚仲敏，以及其他新老彝族知名詩人吉狄馬加、吳其拉達、木斧、王爾碑等曾被邀請到過西南民院和學生詩人們交流〔註64〕。

阿索拉毅是另一位以極大的熱誠投入彝性詩歌寫作、搜集出版與整理的詩人。他出生於1980樂山市峨邊縣，2003年開始創作詩歌，並用近一年時間完成彝族第一部現代長篇史詩《星圖》，共1584行。另有長、組詩《站在小涼山野胸上挖掘黑礦》、《蠻國：鷹角度闡釋》、《血的傳說》、《信仰的天空》、《彝寨紀事》等，以及詩論《蠻國詩歌俱樂部》。除詩歌寫作外，他致力於研究、整理、出版和挖掘彝族詩歌、彝族文化，並參與拯救衰落的彝族社區的活動。例如2010年與詩人羅子健、老刀、阿魯策劃啓動「壹點愛基金」峨邊助學活動；2011年下半年獨立創辦《此岸》詩刊和中國彝族

〔註62〕 發星：《四川大涼山民間現代詩歌運動簡史（未訂稿）（1980～2004）》http://blog.tianya.cn/blogger/post_read.asp?BlogID=2716751&PostID=26336008
〔註63〕 阿蘇越爾：《成都，那一張漸漸模糊的詩歌地圖——八十年代中後期成都高校詩歌回憶》，http://blog.sina.com.cn/s/blog_4d8f9d6c01000atd.html
〔註64〕 同上。

現代詩歌資料館〔註65〕；2012 年 12 月完成《中國彝族現代詩全集》的編纂工作。

　　另外還值得一提的是阿庫烏霧，他不僅是一位學者、彝族著名詩人，西南民族大學的彝學學院的院長，而且是西南民族大學諸多青年詩人心目中的「精神導師」。阿庫烏霧經常在校園和網絡空間上對學生們表達自己對待彝族文化的看法，而這種表達能夠得到絕大多數彝族學生的回應。從文化民族主義的視角來看，以阿庫烏霧為代表的知識分子承擔了民族精英的角色，從而引導本族群的青年人和知識分子為留存族裔文化和堅守文化傳統做出努力〔註66〕。

　　或許更值得我們關注的更為純正民間意義上的詩人、文化資料搜集保存出版者漢人周發星。為了讓大家更為完整地由這個個案更直觀地瞭解少數族裔詩歌寫作民間生態的情況，不妨節錄一部分孫文濤對發星的採訪實錄：

　　　　被採訪詩人背景（簡歷）：發星：彝族，男，生於 60 年代，大涼山普格縣人，中間代詩人、中國民刊收集者、民間詩歌推動者與編撰者、「中國地域詩歌寫作」提出者與實踐者。曾在《詩歌報》《詩林》《詩刊》《星星》《詩歌月刊》《中外詩歌》《詩家園》《守望》《終點》《存在》《火種》等詩刊及美國的《新大陸》日本的《藍》上發表作品。有詩作與文論入選《中國新詩白皮書》《中國最佳詩歌 2002～2003 年卷》《中間代詩全集》《中國鄉土詩人二十家》《70 後詩選》《中國二十世紀民間詩人二十家》《中國民間詩歌版圖》《中國新邊塞詩選》《中國鄉土詩人 20 家》等。編有《當代大涼山彝族現代詩選》《21 世紀中國先鋒詩歌十大流派》《中國邊緣民族現代詩大展》《21 世紀自由精神史》《20 世紀中國民間現代詩歌運動史》等。著

〔註65〕　訪館的宗旨是：「主要收集整理彝族詩人詩集（實物），包括詩集複印件，詩刊，電子詩集，詩論，彝族古代詩等相關彝族詩歌資料，歡迎大家捐贈。該館還策劃製作推出彝族詩人館藏叢書詩集系列，以保存當代彝族詩人優秀作品，叢書作為中國彝族現代詩歌資料館內部資料。」http://bbs.gxsd.com.cn/archiver/?tid-495857.html，引文中一些欠規範的標點，係原文一文所有。另外其它有關阿索接毅的情況，主要根據是他發給我們的郵件。

〔註66〕　筆者於 2013 年 8 月赴四川攀枝花參加「第二屆金沙江彝族文學筆會暨阿庫烏霧詩歌研討會」。會上眾多青年一代詩人對阿庫烏霧的崇拜之情溢於言表，而且一位來自云南的並不算年輕的詩人，甚至以當年歌頌領袖的詩歌語式，超時朗誦了一首「致阿庫烏霧」。

有《地域寫作詩學論綱》《彝族現代詩學草綱》《四川民間現代詩歌運動史》《地域詩歌》等。所編書籍刊物被荷蘭萊頓大學、法國東方語言文化學院、中國少數民族文學研究中心、中國社科院文學研究所、漢語詩歌研究中心、中國新詩研究所、清華大學歷史系、首都師範大學文學院、北京大學文學院等大學與機構收藏，現主編《彝風》《獨立》兩份民刊。

1、簡述你是怎樣走向寫作與辦刊道路的：

　　我 1984 年秋考入涼山財貿校，剛進校，就是周氏兄弟（周倫佐、周倫祐雙胞胎兄弟）的詩歌與哲學講演在學校門口售票，我當時購了一張。（因為此前在普格中學讀高中時，我就對詩歌有了興趣，只是讀得少，寫得少，但心底一直有一個潛隱的衝動）。講演安排在晚上，每天吃了晚飯，給老師請了假，就一個人去搭公交車，講演地點在西昌市文化宮，我去時人也很多，教室裏坐滿了人，過道里都是人，教室門口和窗子口都是人，這就是偉大八十年代，一個渴求知識與夢想的時代。先是周倫祐講詩，他的手勢揮動著，語言在手下有節奏的揮擊，除了臺上的聲音，就是臺下沙沙的筆記記錄聲，這聲音，多年後依然在我耳邊迴蕩。周倫祐的講演像電擊一般摧毀了我原先的一切，對我的人生觀和生命價值觀可説是一個逆轉，新的定型與確認，新的認知與方向。後來是周倫佐的《愛的哲學》《人格建構學》《美的哲學》講演，對於我這個山裏娃來說一切是全新的，第一次看見人類精神與人文的黃金之火在燦爛的山頂燃燒。

　　周氏兄弟的講演和他們的聲影從此伴隨我，從此影響了我的一生。我現在還是這樣認為，講臺下聽講的人是有福的、有詩命的，至少許多人知道了自己的未來的人生價值與方向。每次從西昌城內聽完講演步行回學校，要兩小時左右的路程，餓了就在路邊小賣部裏買一袋餅乾充饑，並一邊小跑，一邊嘴裏唱著《外婆的澎湖灣》《鄉間的小路》，儼然一幸福回家的天真放牛娃。那時西昌城西一帶全是農民的水田，財貿校在水田西邊之西，我一人沿著車輛稀少的公路，行道樹被邛海吹來的海風刮得刷刷響，夜月升上田原之頂的

夜空，田原一片稻香撲鼻，想著周氏兄弟的講演和自己未來之夢的憧憬，我覺得我是世界上最快樂最幸福的人。回到學校，有一群寫詩的同學還等著我給他們轉講周倫祐的詩歌講演的內容，那時詩歌的興奮到息燈以後很久，我們是黑夜中快樂的青春之火，在財貿校這個和錢財沒大聯繫的詩歌王國中神遊。

聽完周倫祐的講演後，我就認定我這一生要做一個詩人，從那以後，我就一頭紮進學校圖書館與閱覽室，現在還記得讀《當代文藝思潮》《文學評論》等當時激進文學刊物時的興奮與衝動，對我影響最大的幾本詩集是貴州人民出版社出版、由詩人黃邦君編輯的《當代青年抒情詩選》《當代青年哲理詩選》《當代青年愛情詩選》等，這幾本詩集上的詩是選自 1980～1985 全國公開發表的詩刊，可以說是當時新詩潮的一個縮影。據我所知，28 年後的今天，當時聽詩歌講演的這批詩愛者和西昌詩人中，現在還在寫詩的只有周倫祐、曉音和我不多的幾個代表，算是那個青春理想時代的活化石，其餘的被時代的洪流不知沖到什麼地方去了。

1985～1986，我曾到周倫祐住的地方去找他，以便求教或投奔之類，二次去他都不在家，我便認定此生無緣，就決定回到普格一人單幹。1986 年秋，蔣維揚主辦《詩歌報》與徐敬亞供職的《深圳青年報》聯合舉辦「中國現代詩群大展」隆重推出，當時我和美姑縣來普格農機廠姐夫家玩耍的歐陽勇，謀劃辦一份詩歌刊物，以示策應大展與表達我們青春的抒情。說幹就幹，我去西昌國營百貨公司花 15 元購回厚厚的圖畫紙一大圈，從廠財務室拿出鋼版、蠟紙開始刻起來，刊名《溫泉》取自我工作地點對面在州內外很有影響的川南名泉——溫泉。我們要讓我們青春的熱流暢流不止，永遠滾燙，給人溫暖與朝氣向上。因為歐陽的毛筆字比我寫得好，他先用白紙寫好這《溫泉》二字，我再找複寫紙冗印在蠟紙上，下午刻好兩版，晚上吃完飯就在歐陽家姐的一個沒住人的空屋開始印刷，當時的感覺是想起革命電影中那些印地下刊物的理想革命者，刊物印了 50 張，滿滿鋪了一地。我和歐陽看著我們理想的散發油墨香的新生兒，除了激動還是激動。歐陽彈起吉它曲《至愛麗絲》以示祝賀，我把準備的酒杯斟滿紅色的遼寧通化葡萄酒遞給歐陽，我們沉浸在創造

幸福中。第二天，我就騎著自行車，把詩刊拿到普格中學放學的路口散發給同學們，有一些寄給朋友，1988 年的有一期上我寫的《弔襠男子》被普格中學許多學生傳抄並波擊縣內外，一些同學找我談詩交流。

2、個人代表作、藝術特色、寫作成就等：

　　A、在 2000 年夏秋之交，由於和貴州詩人夢亦非近 2 年多（1998.11～2000.8）的交流碰撞後，用了近四年時間（2000.1～2004.1），完成《大西南群山中呼吸的九十九個詞》（一、二、三、四部），近上千行。這四部作品主要以大涼山彝族文化根系為出發點，融入部分納西族文字符號詩性、藏文化詩性等。在語言形式上採用夢亦非的泛文類寫作試驗，將傳統的現代詩排列形式徹底打開，融入文體（如散文、小說、隨筆等），語句採用一行、二行不等排列，根據寫作者的快感與抒寫幸福自由揮灑，所以習慣了傳統現代詩閱讀的人一看肯定不習慣，它就像大西南連綿不盡的群山，藏隱著神、巫、蠻、野等邊緣民族的精神氣質，這也是他們和我生存與呼吸的理由。這些作品算不上成就，它們只是大西南九十年代末期到 21 世紀初，邊緣自覺的現代詩探索者的一些火焰印跡而已。

　　B、2000 年提出「地域詩歌寫作」後，近 10 年完成《地域詩歌寫作小辭典》《地域寫作詩學草綱》《地域詩學隨筆》等原創文論十餘萬字。

　　C、由於對彝族現代詩的關注與推動，寫出《當代大涼山彝族現代詩群論》《彝族現代詩學草綱》《彝族現代詩年輕一代》《黑族詩歌宣言》《彝族現代詩創造的群山》等十餘萬字，在彝族現代詩內外產生積極影響。

　　D、由於對民間現代詩歌刊物的關注、收集、整理，寫出《四川大涼山民間現代詩歌運動簡史》《四川民間現代詩歌運動史》《四川：中國現代詩歌的重鎮》《當下重要民刊掃描》《黃禮孩詩歌現象》《當代大涼山（西昌）現代詩人檔案》等十多萬字。特別是《四川民間現代詩歌運動史》在《獨立》10 週年紀念刊上推出後，引發全國許多詩人寫作民間詩歌史的熱潮。

3、現狀自述：

　　我生活在四川大涼山彝族自治州下面的一個叫普格的小縣中，在一家私人工廠做財務工作已 12 年（此前在國營工廠、股份制工廠做財務工作 15 年）。1993 年成家，有兩個男孩，老婆也是做財務工作，在縣上林業單位上班。和父母住在城邊上農村的一個大院中。父母是農民，現還種有 6 畝地，大院是爺爺留下的，爺爺在 1987 年過世。奶奶 1921 年和黨同生，2011 年 7 月 1 日 90 歲過世。原先的四世同堂成為現在的三世同堂。我寫詩辦刊全是業餘，從 1987 年開始創辦民刊《溫泉》起，這種一邊工作、一邊為家、一邊抽時間為家裏做些農活、一邊寫作辦刊的生活已經 28 年，我早已習慣，也是我青春的 19 歲到 47 的燦爛黃金歲月。我認為我的行為是天定的，天就是要我這樣生活的，我只是順天行為而已〔註67〕。

　　這種寫作的民間並民間化、集群化的情況，當然遠非只局限於彝族詩壇，至少在藏族文壇、回族文壇那裡都有類似情況，如果我們再考慮到網絡方面情況（見後文），那就更普遍了。如果僅僅局限於文學而言，這種變化表現了作家隊伍構成、社團以及發表機制方面不同於當代文學先前的情況；而就文化民族主義的運動性來看，它是否說明轉型期雜多的文化民族主義思潮的流變，已經進入到了哈欽森所說文化民族主義第二階段的後半段（「自由人文知識分子中相對更為政治性的那些人將這些文化語言模式政治化、工程化、目標化」），甚至第三階段了（「職業知識分子接受了這些目標，將文化民族主義推進到政治運動的層面」）？ 說明了當下更為年輕的文學寫作者們，在一定意義上，更接近為哈欽森所劃定的「職業知識分子」的範疇？

　　這些問題將在下一節通過對藏族社會相關情況的考察進行解答，並通過這一考察幫助大家更為直接地從轉型期中國社會結構的變化與文化民族主義的社會動員角度切入，來更具體、直觀地感受轉型期中國所發生的文化民族主義及政治民族主義是怎樣「征服人心」並建構異質性族群共同體情感的。不過，還是要再次強調，藏文化民族主義持續不斷的社會動員過程，自有其獨特性，它只在一定程度上與整體中國多樣性文化民族主義的

〔註67〕　孫文濤：《大地詩人採訪計劃——中國詩歌人類學樣本資料系列》（第二卷），
　　　　　對發星的採訪，http://sjycn.2008red.com/sjycn/article_269_12110_1.shtml，引文
　　　　　訂正了原文一些明顯的錯別字和標點。

走向相重合，而不能將二者等同。另外，「社會動員」是一個中性的學術詞彙，它並不追求對所考察的社會運動（事件）做性質判斷，而是要認識推動特定社會運動、社會事件產生的動力，而且這些推動力，往往並不能簡單地直接歸爲某個黨派、組織、團體，它們是複雜的、并不一定直接顯現的社會綜合作用力。

第四節　社會結構變化與族群政治動員

一

在哈欽森和史密斯看來，那些原本零散存在的文化民族主義之所以會演變成爲廣泛參與的運動並與激烈的政治民族主義發生結盟，與三種知識分子群體持續不斷的推進有很大的關係。他們是宗教改革者、失望的現代化認同主義者、新傳統主義者。首先，隨著現代性的擴展，傳統社會受到日益嚴重的衝擊，社會出現轉型危機，雙重合法性危機也隨之誕生。在一般情況下，傳統宗教團體會最早地感受到危機的到來。爲了應對現代化的挑戰，重整宗教合法性的權威，宗教改革派就會嘗試著在更高的綜合層次上去調合「法理—理性」和「宗教信仰」這雙重價值，以便克服所面臨的危機。爲達此目的，改革者往往會援引本族群的歷史記憶和兄弟情義來吸引、爭取某一特殊的共同體民眾的支持。所以，「即便宗教改革派自己最初沒有倡導文化民族主義，但他們也會變爲第一批文化民族主義者」；而且，雖然宗教改革派是爲宗教本身到歷史中去尋找可以驗明何爲共同體的眞正宗教性的價值，但這也爲民族共同體挖掘出了獨有的共同的傳統價值，這就爲後來文化民族主義運動進一步的發展，提供了最基本的「民族核心價值」。

雖然宗教改革派給世俗知識分子進行民族道德再生運動提供了宗教—歷史的動力，這對於文化民族主義來說至關重要，但是他們的影響卻是有限的，無法使自己的力量擴大到足以抗衡政府的強度，必須由現代化認同主義者來扮演關鍵的角色，將文化民族主義更普遍地推廣到共同體中去。不過開始時，現代化認同派認同的是現代化而不是宗教改革派的主張，「他們反傳統，希望通過『科學國家』來完成普世的現代化。但是由於兩者認識現代化使命的母體是相同的，所以最終現代化認同主義者仍然被驅使走向文化民族主義。因爲他們發現，在廣泛的世界主義的共相外表下，隱藏著的是國家爲增強自己

族群─領土利益（ethnic-territorial）的行動。於是他們對自己先前的救世希望（messianic hopes）失望了，不得不在傳統民族框架中重新調整自己的雄心壯志。正是在這失落的關頭，文化民族主義的歷史意識形態就變得具有吸引力了。這種觀念爲抵抗既存的本土精英和國家統治者、實現國家的現代化，並使其傲然於世界民族之林提供了政治驅動力。」

新傳統主義一般出現在運動的後期，他們「運用族群中心情結去組織、調動農民和城市的窮人，以此來進一步推動文化民族主義運動。新傳統主義者是這樣的一批人，他們否定現代國家的價值，但卻承認它的力量。他們希望借用大眾運動和經濟計劃這類新的政治手段，通過服從宗教教義去『恢復』一個本眞的道德嚴格的共同體組織……雖然新傳統主義的宗教目標一定會與民族主義的政治目標發生衝突，但是他們也在喚起著族群情感」。而且新傳統主義，並不是絕對地要建立一個宗教性的自己的民族共同體，在一些情況下，他們也會適當妥協〔註68〕。

上述理論模式對於解讀藏文化民族主義的演變具有相當的參考價值。在當代藏文化民族主義的演變中，可以看到三種類似的群體：宗教改革派群體，它由境外與境內的藏族宗教人士構成；現代化認同派知識分子，伊丹才讓、端智嘉、札西達娃等可視爲其代表；而新舊千年之交的唯色則在一定意義上可以看作是新傳統主義的代表（另外一些是更爲年輕的藏族詩人都屬於此，例如果羌、維子·蘇努東主等）。不過就藏文化民族主義的普及及動員來說，在這三派中間還應該加上一個身份高度曖昧的「香格里拉烏托邦派」。

西藏的和平解放與 1950 年代末期開始的民主改革，結束了西藏長期的政教合一的歷史，藏傳佛教也不得不發生變化進行改革。儘管當年一批西藏僧侶及上層人物，不願意接受強制性的改造逃亡境外，但生存現實使得他們其實也在進行著不斷的現代性的改革，這就形成了境內與境外兩種不同形式的藏傳佛教的現代改革。但是不管兩者之間的差異有多大，他們畢竟是藏傳佛教文化的核心保存者，這就爲 1980 年代藏文化民族主義的重新興起，準備了基本的宗教文化內容。1970 年代末宗教文化在西藏的復興，是否有境外十四達賴喇嘛的影響我們並不清楚，但按照當時中國大陸開放及政府控制的程度

〔註68〕 相關介紹及引文，均出自 JOHN HUTCHINSON，*The Dynamics of Cultural Nationalism──The Gaelic Revival and the Creation of the Irish Nation State*，頁 206～209。

看，應該說影響在當時應該存在但不會很大。但不管怎麼樣，境內藏傳佛教「文革」後的復興，至少客觀上拉開了境內外兩種藏傳佛教勢力正式靠近的序幕，越往後彼此間的距離就越近、越密切；到2008年3·14事件爆發時，幾乎可以肯定地說，境內外西藏宗教派別之間，已經基本完成了實質性的精神上的整合；儘管表面上，兩者仍分屬不同的體制、環境。這也正是十四達賴在西藏、在中國其它地方影響力越來越大的原因之一。至於說這種漸趨整合的主要原因是什麼，可能主要有三點：宗教一致性、西方文化主導性的全球—中國擴張、一些藏人對漢族或中共政府程度不同的反感。這三點不僅是整合境內外西藏宗教勢力的驅動力，也是近三十年來，分離性的藏族共同體日益形成的基本驅動力。

按照史密斯的理論，儘管宗教改革派為文化民族主義提供了一些核心的認同價值，但就其社會動員力來說則是有限的，只有現代化認同派知識分子參與進來，才可能將文化民族主義運動普及化。不過當代藏文化民族主義發展的情況，好像並非如此。根據一些現象判斷，僧侶集團對於西藏文化民族主義的普及化，可能始終都發揮著重要作用。遠的不說，就說近些年來在西藏民間悄悄開展的拒穿動物皮製品的活動，就與十四達賴的號召有直接的關係。這既是具有政治意味的運動，也是改革性的文化復興的具體表現。下面這一首詩就是相關運動的反映：

　　甘南所見
　　　　嘎代才讓

　　　　煙霧沸騰，群眾歡呼
　　　　動物皮毛正在跟烈火上升到天空
　　　　當地群眾雙手合併，用心祈禱
　　　　喇嘛在靜靜誦經
　　　　陽光依然好
　　　　寺院紅牆上的雪漸漸化了
　　　　我站在人群間
　　　　激動依舊

　　　　因為，他們在贖罪
　　　　從此他們不再需要財物了

> 要的只是信仰與意念
> 他們都笑了

2006.3.19〔註69〕

而 2009 年以來藏區持續發生的部分藏人的自焚事件，更是具有突出的宗教力量的策動性〔註70〕。

現在我們來看現代化認同派之於藏文化民族主義運動的作用。如果細分，或許可以將現代化認同主義者分成三類：一是伊丹才讓這樣的老一輩詩人。他們屬於當年的翻身農奴，曾經滿懷欣喜地歌唱西藏解放、農奴翻身，屬於典型的認同新國家、新文化的現代化認同主義者。但是「文革」讓他們感到失望、懷疑，因此「文革」後，他們就開始向西藏本土文化轉移，去追求藏民族的自在的價值。但是值得注意的是，伊丹才讓等老一輩詩人，雖然開啓了藏族漢語詩歌寫作的藏民族文化本位認同的方向，但至少他本人，並不是簡單、徑直地返還藏傳佛教文化傳統。伊丹 1980 年代的詩歌，所返還的基本是獨特的藏域山川家園，而藏傳佛教好像還是被批判的對象（例如《通向大自在境界的津渡》）。在這點上，札西達娃所代表的西藏新小說家與伊丹才讓是比較接近的。

札西達娃寫於 1978 年的《朝佛》就是通過新舊兩代人不同命運的對照表明，傳統的藏傳佛教文化已經不能適應新時代的需求，它必將被科技現代文明所替代。作品對傳統文化的略帶溫婉的「送別」，恰與正展開的轟轟烈烈的寺院重建潮形成對照。後來學寫魔幻現實主義小說的札西達娃，與藏傳佛教文化的距離有所靠近，但仍然帶有很強的「世界性」的現代視野，藏文化的本根性，則被大大地隱喻化地處理了。與札西達娃同輩的色波，根據筆者同他長期交往的瞭解，他就更是一個典型的西方「新小說」的學習者，幾乎完全沒有什麼民族主義的思想。只不過主要由於其藏族身份的標識和西藏生活經歷以及西藏題材的汲取，而被人們視爲是藏族作家，並被一些人納入西藏文學藏文化民族主義的開啓者。

雖然在前面我們將唯色歸入「新傳統主義」知識分子，但這是指 90 年代中後期以後的唯色，在這此前，她和她的許多同輩詩人和作家一樣（如梅卓、

〔註69〕　來自「天涯網・嘎代才讓詩歌主頁」，網址：http://blog.tianya.cn/blogger/view_blog.asp?idWriter=0&Key=0&BlogName=gadaicairang&CategoryID=0&page=12&b=11&r=2&nextid=5739515

〔註70〕　請參見姚新勇：《燃燒的身體與身體政治學之辯——關於部分藏人持續自焚現象的觀察與思考》，《思想》，臺北：聯經，2012 年 11 月。

格央、白瑪娜珍等），可能更接近於現代化認同主義者。不過她們既不是對社會主義新西藏認同幻滅了的現代化認同派，也不是反思兼現代主義的現代化認同派，而可能與現代小資時尚文化更接近。雖然我們不能否認她們作品中存在對西藏、藏族的歸屬情感，但可能並不只是這些，她們中間很多人的作品，不僅是在 1990 年中後期之前，就是轉變成為「新傳統主義」知識分子後，也更像是香格里拉烏托邦迷思的結果〔註71〕。

關於西藏文化香格里拉化的烏托邦迷思的起源、以及其中所包含的「東方主義」的偏見，前面已有所介紹，至於西藏文化熱在當代中國持續長達二十多年，與中國經濟發展所推動的文化消費西藏有著相當的關係。在促動地方經濟的推進下，西藏地方政府同大陸許多地方政府一樣，都積極開展「文化搭臺經濟唱戲」的舉措。獨特的地理、人文文化，自然就成了發展西藏旅遊經濟最大的資源，而現成的擁有「文明西方」、「浪漫時尚」、「聖潔傳統」三重光環的香格里拉想像，也自然就成為招攬四方來客最有蠱惑性的廣告：有關西藏的書籍大量問世，神奇地域文化的風光片、攝影繪畫展層出不窮，一批批的時尚小資從不同的方向湧向西藏，迷醉自我和他人的感言、散文、小說、詩歌汗牛充棟，遼遠、迷人、舒展的高原旋律四處飄蕩……這一切都彙成了大陸的西藏文化熱。正是在這種本土化了的香格里拉熱的衝擊、薰陶、迷醉下，越來越多的藏族青年們也被香格里拉迷思所捕獲，成為西藏文化的「時尚—民族」追隨者。也正是到了這時，逐漸地被族裔本位化、本質化、宗教化、聖潔化、時尚化、西方文明化的西藏文化就成了神聖不可批評的存在，而它過去的一切，包括所經歷過的政教合一的歷史，也都成了潔白無瑕的神奇存在。有了這個基礎，於是西方民主話語與後殖民主義話語對於「中（漢）/藏」關係的批判性審視，也就自然正確無比了；於是中共、中國，甚至漢族，之於西藏也就統統被定在了殖民主義、帝國主義霸權的恥辱柱上了。一旦族群關繫緊張之際，「聖潔的被奴役者—罪惡的殖民者」的對立參照系，就開始發揮作用，激勵一些藏人去為捍衛神聖的藏文化、圖伯特、西藏而奮鬥。正是這樣的背景下，使得唯色等人轉變成為堅定護衛藏傳佛教文化的新傳統主義者。

當然，「新傳統主義」是筆者借自西方的指稱，並不是唯色等的自認，對於他們來說，可能更為自覺的定位是成為抵抗「殖民」統治、捍衛民族、民

〔註71〕如白瑪娜珍的長篇小說《復活的度母》，北京：作家出版社，2007年版。

族文化、達賴喇嘛的「民族英雄」。當然，做民族英雄是危險的，是要付出代價的，而且是需要戰場的，而互聯網的出現、中國社會的半威權化統治（即既有較嚴格的意識形態控制，但又往往對於一些反叛或較大膽的言說網開一面），恰恰爲「民族英雄」們的誕生準備了戰場（表演的舞臺），同時又大大降低了坐牢、犧牲的可能。不過，讀者們切不可孤立地閱讀這段文字，否則會將唯色等人簡化爲政治投機家，而且會將此處所說的政府管制方式固定化。

按照哈欽森的分析，當新傳統主義者接替現代化認同主義者來推動文化民族主義運動時，文化民族主義也就到了它的晚期，也就是說，文化民族主義已經基本完成了喚起族群意識、動員信眾、集結共同體的作用；這時政治民族主義的行動派，就要佔據民族共同體行動的前沿了。另外，哈欽森認爲不應該將文化民族主義等同爲政治民族主義，這或許沒有錯，但就西藏的情況來說，這兩者大多數情況下又基本是一致的。宗教力量，既是推動藏文化民族主義運動的改革派，又是推動西藏獨立的政治民族主義者；同樣，成爲了民族英雄的唯色們，也既是文化民族主義的新傳統主義者，又是政治民族主義的推手。當然這種雙重身份合一的情況在其它國家或共同體的民族主義運動中也出現過，但可否猜測，這是否與藏傳佛教的政教合一歷史有相當的關係？是否有關暫且不論，反正唯色在 1990 年代中期左右剛剛轉化爲新傳統主義者後不久，就很快又迅速轉變爲種族民族主義或政治民族主義的行動者。好像大概是從 2004 年發起抵制張健橫渡納木錯湖起，唯色就開始從對於藏文化深情的文學書寫，轉向文學兼政治的抵抗，而當她被西藏文聯開除後，就更直截了當地成爲了具有特殊族裔身份的「持不同政見者」。唯色的這些抵抗行動，肯定給她帶來了不少生活與行動上的不便，但也爲她在境內外贏得了民主—民族鬥士的聲譽，她成爲了一些西藏文學青年的榜樣，成爲了他們親愛的唯色阿佳。筆者發現，也正是在唯色被開除、被網絡封殺後，以她爲榜樣的後來者，開始明顯增多。很顯然，她既是一個藏民族主義的被動員者，也是一個有力的動員者。

在西方或一些民族主義情緒強烈者的眼中，越來越多的藏人、藏族青年走向抵抗之路，是體制壓制，專制加劇之結果，但他們卻沒有看到（或說有意忽略了）這恰恰也是內部「清理藏人隊伍」的結果。因爲本質主義、絕對主義的「民族本位」認同，既是歸屬者的自覺追求，又是被給予的目標與身份，還是接納與排斥的血緣與文化的標準。既然如此，就邏輯而言，只有符

合某一特定「民族血緣」和「文化特徵」的人，才有資格歸屬於某一特定的「民族」，如果不符合相關的標準，則就沒有資格加入，即便是先前已被接受，也將被開除出去。這當然不會只是抽象邏輯的推演，而是實實在在的現實。

唯色之所以能夠成爲新時代的藏民族英雄，就經歷了「藏人血統純度的檢測」。在她決定勇敢地踏上「抵抗書寫」的道路之始，就帶有一個致命的、幾乎無法克服的內傷──血緣的不純性。這使她陷入到了深深的不潔的焦慮之中。她在佛龕前許願、祈禱，好讓自己重新換一個人；她借助對族人的虔誠與崇信賦予自己重生的力量；她重新以唯色命名自己，以使自己脫胎換骨。爲了使「唯色」這一名字具有神聖而光輝的性質，她不斷地讓一個個上師爲自己命名，在一個個命名中發現共同的神聖的光芒，並最終把唯色這一父的命名想像爲佛的賜予。她邁開雙腳踏上朝聖之旅，走向自己的故鄉德格，然而，漢族祖父的影子卻不時地相隨而行；她一次次地去親近藏語，想直接通過母語與自己的族人、親愛的上師、藏文典籍進行對話、交流、聆聽、閱讀，然而相當長的時間內都無法真正掌握藏語，無法真正進入藏語文化的河流〔註72〕。

血統不純已成命定，即便是焦慮、懺悔也不可能洗淨不潔的漢族血液。那該怎麼辦？毛澤東關於知識分子改造的理論，已經預先給唯色指明了道路，地主家庭出身的林道靜獻身革命事業而成爲無產階級先鋒戰士的故事，也給唯色指明了獻身和反抗之徑。這裡我們奇妙地發現：通過皈依──反抗洗刷淨了不潔「漢族血緣」的唯色之身，又沉澱出了「紅色身份論」的歷史印跡。這當然不只是唯色一人的困惑，據我所知，1970 年代之前出生的大多數藏族漢語寫作者，都帶有「不潔」的漢族或其它族裔的血統。另外，並非所有的想沿著唯色之路前進的混血藏族青年，都如唯色那樣真誠、焦慮，他們只要堅定地選擇了藏族的身份，只要勇敢地同現實兼想像的敵人抗爭，就會實現靈魂的昇華，成爲西藏人民的好兒女、藏傳佛教的誠信徒。

如果有誰不敢或不情願走這條皈依兼反抗之路，那麼他就最好沉默不語，不要去說什麼藏漢同源，更不要去批評神聖的西藏文化，否則輕則將遭到質問、抨擊，重則將挖出你不潔的血緣老底，將你開除出藏民族的隊伍。阿來由藏族優秀作家的代表演變爲「假藏人」的經歷，就很能說明問題。

〔註72〕在這種巨大的羞愧─反叛─皈依情感的推動下，現在唯色已經克服了藏語的障礙。

二

上一小節，我們主要是從詩人、作家的角度來看相關問題，但要更爲深入地瞭解這方面的情況，還需要更具體地深入社會轉型所引起的藏區社會結構變遷這一方面，考察社會結構變遷所帶來的社會權力結構關係的變化。嚴格說這是社會學專業的問題，需要通過大量的調查與數據統計分析來進行，遠非像筆者這樣主要從事文學的人所能進行。不過僅僅是根據筆者長期的觀察，就已經強烈地感覺到現在的藏區，已經形成了一個頗具規模的半「政教合一」形態的跨階層、跨地域的異質性的社會結構系統。

眾所周知，自上世紀七十年代末起，西藏社會同其它邊疆少數族裔地區一樣，開始了傳統文化的復歸。中國大陸人們一般關注的是它在文化及經濟層面的表現，而且一般都從較爲正面的角度去解讀，很少談及其中所存在的衝擊性問題。另外少數族裔文化、地方性文化的復興與地方經濟尤其是旅遊業發展之間的關係，更爲各地方政府重視，所謂「文化搭臺經貿唱戲」的流行語就直接出自政府領域。但是以我們的觀察，2008 年之前幾乎很少有人從社會自組織結構、民間社會的發展這樣的角度去看待少數族裔文化復興運動。這倒不是說完全沒有這樣的研究，而是說即便有這樣的研究，它們也沒有發揮什麼影響力，充其量不過是局限於專業圈子中的且經過許多迴避、過濾之後的鮮爲人知的「學術成果」或「內參」。這種情況大概只是到了 2008 年汪暉有關西藏問題研究的文章發表後才開始有所改變。

相較之下，國外學者對於這方面的研究倒相當重視且很有心得。比如說有一本題爲《歌與沉默》的博士論文，就專門考察了西雙版納地區傣族文化復興的情況。其中涉及當地佛教寺院的重建、恢復，寺院教育的開展，傳統歌曲的民間復興與傳唱活動，當地政府將傳統文化復興與推動經濟發展相結合的努力，以及其它形式及生活方式方面的文化變遷等等。這些所有相關活動又不同程度地以當地佛教寺院爲中心向四方發散，並與境外的泰國佛教力量發生著雖鬆散但卻不可忽視的聯繫。該研究最後指出，眼下由於中方這邊經濟的發達，尚看不出中、泰、緬三地的泰族有形成「泛泰運動」情況，但一旦中國陷入到危機中，或發生其它什麼大的結構性的社會變動，或許就會形成具有強大政治衝擊性的「泛泰分離運動」也未可知〔註73〕。

〔註73〕 Sara L. M. Davls ,*Song and Silence: Ethnic Revival on CHINA'S SOUTHWEST BORDERS*, Columbia University Press, 2005.

再如著名的藏學家戈斯坦所主編的《當代中國的佛教：宗教復興和文化認同》，也相當詳實地介紹了有關情況。其中談到藏傳佛教宗教聖跡的重新發現，對於重建西藏文化地理觀的重要性；還有關於寺院是如何促進、組織西藏傳統宗教兼世俗節日的恢復；當然還有上師奇跡之行對於樹立喇嘛教權威的神奇作用。其中一個細節相當突出，說是某一個著名的上師，在布道講經時不僅可以將自己的身體懸浮在空中，而且還可以神奇地從信眾面前消失，在很短的時間內完成從藏區到山西五臺山寺院的折返〔註74〕。

當然，民間性的少數族裔宗教文化的復興，並不僅僅局限於佛教，像伊斯蘭教的復興運動也非常普遍、迅猛。美國學者杜磊就寫過不少這方面的文字。例如從他的《脫位中國》一書中就可以看到，中國各門派的伊斯蘭教的復興對穆斯林民間社會思想、信仰、生活方式、地理景觀、鄰里關係、組織結構、教育等多方面的影響〔註75〕。另外 Maris Boyd Gilletter 的《北京和麥加之間》，也考察了伊斯蘭教在西安回民小區的復興運動。

僅以筆者有限的閱讀所見，西方學者的相關著作不僅重點考察了宗教文化復興與當地民間文化及社會結構變化之間關係，同時也程度不同地涉及到了種種宗教文化復興運動以及隨之而來的社會結構的漸變與傳統社區政府管理體制之間的博弈。而且很有意思的是，往往被人們整體性理解的中共政權或國家權力，在具體的地方，卻可能因幹部的族別不同、水平高低、級別的差異等，對轉型期中國地方社區的變遷表現出不同的態度與行為。各種宗教文化復興運動不僅造成與原有國家權力體系的緊張，同時還影響到不同宗教之間或同一宗教內部之間不同教派之間的關繫緊張。《共產主義的多元文化主義》一書中就有這樣一個例子，以雲南沙甸清真寺為核心的伊斯蘭推進力量，到藏區中甸的一個叫做哈巴（Haba）的村莊開展「再皈依（Re-conversion）」活動，力圖讓已經藏化了的「藏回」重新皈依伊斯蘭教。其活動應該說是頗有成效，但也引起了周圍其它非回族（如納西、彝、藏）民眾的不滿。有當地藏族就說：「一個民族必須注意並尊重其它民族的宗教與文化。而這些回族在這裡建造的新清真寺就不好，沒有表現出對其它民族的尊敬」〔註76〕。

〔註74〕 Goldstein, Melvyn C., *Buddhism in Contemporary Tibet : Religious Revival and Cultural Identity*, University of California Press, 1998.

〔註75〕 Dru C. Gladney,*Dislocating China: Reflections on Muslims, Minorities, and Other Subaltern Subjects*, The University of Chicago Press, 2004.

〔註76〕 Susan k. McCarthy ：《共產主義的多元主義》（Susan k. McCarthy ,*Communist Multiculturalism*, University of Washington Press,2009），頁 148～149。

　　雖然西方學者的研究，大都建立在具體詳實的田野工作的基礎上，並且喜歡發現衝突，所以很有啓發性。但是他們往往又都是簡單地站在弱勢者的一方，以後殖民主義理論爲利器，來解構「統一的中國話語」，來展現所謂少數族裔人民對「漢族殖民中國」的文化反抗。這樣就使得他們往往會本能地誇大民族主義或後殖民主義性質的反抗性，而忽略社會學視角的社會衝突觀。

　　之所以向大家列舉這些事例並不是爲了賣弄〔註 77〕，而是想以實事證明，「改革開放」以來的三十年，少數族裔文化不僅的的確確得到了發展，而且在某些族群那裡，已經圍繞著宗教組織形成了規模不等的民間或半民間的社會結構，已經對現存的國家權力體系構成了挑戰。而國家對林林總總的少數族裔文化復興運動，在八十年代開始的幾年是大力鼓勵的，或至少是默許的，至於說地方政府爲發展經濟而大力支持當地少數族裔文化的發展，更是具有持續性的行爲。當然在此過程中，政府也總是以各種各樣的手段，加以管理、控制。因此，我們必須將西藏等族群問題納入到這一語境中來解讀。這一語境意味著轉型社會普遍而特有的困境、矛盾與衝突，在這種失範的轉型語境中上演的是多種力量的角逐，而絕非簡單的純潔白雪公主和她的七個善良的小矮人與惡魔後母或巨大怪物之間的正邪較量。

　　具體到藏文化民族主義、西藏問題，這一語境的影響要遠比在其它地區來得重大，這與四個方面因素的綜合作用有重要關係。一是藏區較爲特殊的半封閉性文化地理空間與歷史傳統，使得藏傳佛教的根基本身就相當雄厚；二是十四達賴喇嘛這個具有巨大能量與動員組織能力的象徵性精神領袖符號的存在；三是包括西方因素在內的「外部因素」的存在；四是香格里拉化（聖潔化、崇高化、悲情化）西藏文化的巨大的意識形態規約性。這種規約性不僅表現於對普通藏區民眾的影響，也不僅表現於對於藏族知識分子，尤其是青年知識分子那裡，還甚至表現於對中國非藏族民眾與體制的影響上。對於藏族青年知識分子的影響，前面已經做過詳細的分析，這裡再補充談談第一與第三方面的影響。讓我們來簡讀一部名爲《酥油》的紀實文學。

　　這是一部典型的香格里拉式的小資作品，作者江覺遲是「一位普通的安徽安慶女子。2005 年隻身去往遙遠、與現代文明隔絕的深山草原藏區，搜救那裡因頻發的災害而出現的孤兒，並開辦學校，教育這些草原孤兒，一呆就

〔註77〕其實這裡所提到的只是我所掌握的非常有限情況中的幾例而已，就是想賣弄也沒有資格，也遠遠不夠。

是整整 5 年。她在昏黃的酥油燈下寫下 60 萬字的日記，又改寫成《酥油》這部小說。這是一部充滿感情的、既美麗而又憂傷的故事」〔註78〕。

小說的美麗，既來自有一個漂亮藏名「梅朵」的女主人公的外表與心靈之美，也來自與其所仰視的藏族愛人月光愛情的唯美，更來自雪域西藏之美；而憂傷，則不僅是最後的多重失敗，還包括這個漢地女子對其所愛所迷醉的西藏文化、西藏生活本身的諸多無奈。

在那裡，國家為了抑制鼠災埋放藥餌，但藏人卻因為不殺生將藥餌挖出來。窮人家中的蒼蠅，也因不殺生，而肥胖得蜂擁撲面，幾乎張口就會飛進嘴裏。昔日的貴族過得滋滋膩膩，而一般藏族農牧民卻生活艱難，不僅身體受困於美麗卻惡劣的環境，而且身心都與藏傳佛教緊密聯繫。在富人家做工的孤兒，沒有主人的准允，也不敢離開去上學。獨身的中年婦人，翁姆女人因生活所迫不斷地與其它男人和合，不斷地懷孕，不斷地生育。梅朵為了幫助她，找來了避孕藥，卻被當作可以止痛的藥片，一次吃了五十多粒，差點失去生命。縣城醫院的漢地醫生，建議翁姆打胎，她卻堅決不同意，認為哪怕生下來的孩子是傻子，也是一條生命，你們怎麼能謀殺！而對此，梅朵只能是責備自己太過魯莽，不該輕易干涉藏人生活。但這一切還都不算什麼，更有讓她感到憤怒但最終也只能無奈地聽之任之的慘劇：孤兒所畫好不容易在梅朵與月光的幫助下，跟一位畫師學畫，進步神速，但就因為聽信了一位大師所謂的魔力，而活生生地被「神刀」砍殘了右臂。而最後所畫卻拒絕了梅朵的幫助，出家成為了致其所殘大師的弟子。他自己心愛的月光，由於天災等因素所造成的誤會，以為她已經逝去，毅然削髮為僧；可是當她重新返回藏區後，已經出家的月光，面對自己昔日的愛人，任憑她怎樣痛苦、怎樣呼喊，都心靜如水，陌路以待。梅朵——江覺遲——整整五年的努力，都落空了，而且可以說是從一開始就注定要落空的。因為書中那位不斷地穿梭於中印之間的大師，雖然無論是在搜尋孤兒、還是在地方溝通、協調以及資金方面都給予了梅朵巨大的幫助，但其目的並不是像她所想的那樣，通過現代教育幫助孤兒們擺脫窮困無助的狀態，而是為他們日後更好地進入寺院作準備。

這一切對於比較瞭解藏區現實的人來說或許並不奇怪，奇怪的是在這個號稱是以無神論的馬克思主義作為指導思想的國家中的作者，面對眼前種種

〔註78〕 汪漪：《江覺遲：赴藏五年，點一盞〈酥油〉燈》，http://www.mzb.com.cn/zgmzb/html/2010-09/26/content_70992.htm

令她難以理解的現實，沒有一句直截了當的批判，只能是感慨自己或許永遠無法理解這個神秘的民族與文化。如果說江覺遲只是一個普通的漢族女子，所以沒有勇氣質疑藏傳佛教文化的純潔性，那麼比她更有官方色彩的不普通的男作家，也不敢妄評神聖的藏傳佛教文化。報告文學《靈息吹拂》中的一個細節就很能說明這個問題。

這部報告文學追蹤了「香格里拉」如何由一個虛構的烏托邦成為一個「真實」之地的全過程。此書當然不是對於香格里拉中國化的解構性知識考古，而是唯美、浪漫、神奇筆觸的書寫。雖然書中不少地方隱約透露出作者實際對藏傳佛教、對所謂香格里拉是有所保留的，但是他也不敢直截了當地加以表露。例如該書中有這樣一段文字：

> 當那道木門吱呀一聲關上時，我才意識到，作為一個凡夫俗子，我已進入了一位藏傳佛教活佛的住地。生平第一次跨過那道檻，我顯得有些小心翼翼——某種一無預告的神秘氣氛感染了我，世界突然變得神聖蒼茫。上樓往右，年輕喇嘛把我們領進一個不大的房間。那是個竈間——看來僧人也是需要吃飯的。一個約摸五十歲的男人坐在茶炊邊，他頭髮蓬亂，身著草綠色漢裝。

> 我們靠窗而坐，靜心等候。時間突然變得漫長，寂靜成為一種巨大的壓力。我們設法與坐在茶炊邊的那個男人攀談。原來他叫孫諾定祖，是專門照顧崩主活佛的。他從小就在松贊林寺，今年已66歲，與崩主活佛同一家族，照顧崩主活佛已十多年。儘管他自己有家，卻以能照顧活佛為榮耀。交談沖淡了初進來時的拘束。他告訴我們，活佛是中甸東旺人，今年已49歲。1956年，崩主·魯茸余丹赤蘭吉參被選為轉世靈童，到中甸進入松贊林寺，對於全民信教的藏族人來說，那是他的幸運，他從此開始了漫長孤寂的佛門生涯。十年後在1966年那場突如其來的風暴中，他被遣散回東旺，作為一個普通的農民，一呆就是20年。我想，事實上，對一個已經獻身佛主的活佛來說，俗世的艱難日子，只是他在寺院之外完成的另一種修持，儘管不能面對菩薩誦經，誰又能說他心中不是自有佛在呢？」

〔註79〕

〔註79〕湯世傑：《靈息吹拂》，北京：中國社會出版社，2007年版，第168頁。

一個明顯包含階級差異的現象，就這樣被「神聖性」地化解了。

　　當然，在中國大陸並非只有對藏傳佛教、西藏文化一味的美化，但如果你不是政府，對不起，你就可能會遭受攻擊，哪怕你是著名的李敖或阿來〔註 80〕。即便你是一個「血統純正」的藏族，也可能因爲只是以學術的方式探討了「藏漢同源」的問題而遭到指責，面臨強大的壓力。

　　總之，在中國西藏已經形成了一個具有半「政教合一」形態的跨階層、跨地域的規模性的異質性社會結構系統。該系統以寺院組織爲核心，以香格里拉化藏傳佛教爲普遍意識形態，以達賴喇嘛爲精神領袖，以海外流亡政府爲半遙感中心，以廣大信眾爲擁護者，以西方親藏勢力爲響應。雖然這個結構中的具體個體之間存在著相當的差異，其中不少人對於西藏文化復興的目的並不指向獨立，對於漢族、對於中共、對於中國的態度也並非都是敵意的，但是作爲一種集體性的普遍而強大的意識形態的功能統一體，卻不會在意具體個人之間的差異，而是往往會借助於具有緊密組織性的藏傳佛教寺院社會，來挑戰中共國家的統治。所以，藏區諸多衝突性事件，一般都有僧人參加，而且 2009 年以來的自焚者，大都是（尤其是在前期）現職或還俗的喇嘛、僧尼。因此從這個角度說，諸如「3‧14」、僧侶自焚這類事件，並不需要有境外藏人勢力的直接參與，說它們是有組織性的事件並不爲過。這與近年來內地頻發的大部分群體性事件的自發性有相當的距離。

第五節　網絡：集結的空間抑或衝突的戰場

　　轉型期中國少數族裔文學寫作以及更爲廣泛的文化民族主義的推動力，除了前面已經分析的各方面因素之外，另外一個重要的因素是互聯網。互聯網技術在中國的普及化，對於文化民族主義、民族主義的發酵、激化或運動化，產生了重大的影響。具體而言大致有以下四方面的作用：① 提供了自由（有時甚至是泛濫）的發表機制；② 快捷的傳播手段；③ 族群集結的虛擬社區空間；④族群對話、衝突的空間。不過這裡並不準備對這四個方面逐一討論，只想一方面大致介紹一下互聯網空間中的多樣性民族主義的情況，另一方面由幾個個案的介紹，來看文化民族主義及民族主義的爭論之網絡空間與現實空間的交互性。

〔註80〕 參見姚新勇：《族群衝突與認同危機——當下中國「民族問題」的思考》中的相關介紹，載《二十一世紀》（香港），2009 年 2 月號。

一

　　眾所周知，被人們普遍關注的當代民族主義現象，是狹義的國家民族主義或中國民族主義，其最初緣起可以追溯到 1988 年前後出現的「新權威主義」討論。其主要的觀點是：強調國家在民主轉型中的權威性、控制力，克服地方的諸侯性無序狀態，反對簡單、激進、跳躍式的民主化進程。雖然由於「六‧四」風波，新權威主義的討論很快偃旗息鼓，但一些基本觀點則被以後的國家民族主義、「新左派」等所吸收。國家民族主義正式興起之時，就帶有相當的網絡青年「草根性」〔註 81〕。開始時，這種草根性主要還是表現於愛國主義情感的訴求，表現於對西方「中國威脅論」和境內外的民族主義批判聲浪的網絡反擊；後來由於境外因素，越來越「境內化」，「網絡空間」的國家民族主義的活動，就越來越頻繁地進入現實空間，而且規模也越來越大。時至今日，國家民族主義已經從一開始的網絡空間個別人的言說，變成了大眾意識形態，儘管它常常混雜於不同形式的愛國主義之中，這只要看看《中國可以說不》、《大國崛起》、《中國不高興》、《貨幣戰爭》等作品有多麼熱就一目了然了。〔註 82〕

　　雖然中國的族裔文化民族主義或族裔民族主義早在互聯網進入中國的十幾年前就已經開始了，但是它之普及化、激進化，卻與互聯網的普及有直接的關係。據觀察，各種形式的族裔民族主義的網絡空間發酵，大致開始於新千年之後的三、五年間，而這又首先集中地表現為漢民族主義與滿民族主義之間的激烈爭論。例如曾經非常活躍、瘋狂的「皇漢網」和「東北滿族在線」的互掐就很有代表性。請看幾例充滿種族主義氣息的網文：

　　　　為什麼不能稱皇漢？「皇漢」一詞從古到今就一直存在，作為漢民族的古稱、代稱、別稱，它的意思就是指「永遠光輝燦爛神聖光明高貴強盛文明昌大」的大漢民族！〔註 83〕

皇漢網被關閉了，但極端漢種族民族主義的思想，仍然隨處可見：

　　　　漢民族主義者，顧名思義，就是以漢族利益為第一位的人，也通常簡稱皇漢。可見興漢者就是在當今社會形勢下以驅除滿清餘

〔註 81〕王小東自己就明確指出，「中國當代的民族主義是隨著互聯網發展起來的」。相關情況可參見王小東：《全球化背景下的中國民族主義》，http://www.douban.com/group/topic/1348937/
〔註 82〕前三部作品，正是由王小東等人創作或策劃的。
〔註 83〕http://www.uighurbiz.cn/bbs/viewthread.php?tid=223364

毒、正本清源、恢復古典華夏傳統思想的政治地位爲己任的漢民族
主義者〔註84〕。

再來感受感受滿民族主義：

> 355年前，滿洲民族及其祖先世世代代居住、生活、繁衍在西
> 伯利亞及黑龍江流域和長白山之間廣闊的土地上，是滿洲地區最古
> 老的民族，同時也是這片土地上唯一的、獨一無二的主人。滿洲民
> 族在這片富饒的黑土地上曾經建立過數個強大的國家，……皆是與
> 中國無涉的具有獨立主權的國家……

> 尼堪人（nikan滿語漢人的意思）一向妄自尊大，卻又無甚本事。
> 尼堪民族喜歡吹噓自己和掩蓋自身的缺點，喜歡貶低別的民族，喜歡
> 把過錯都推到別人身上，無恥，並且無知。看看尼堪國的社會現狀，
> 就知道他們的心態，他們連最起碼的對歷史應有的正確評價的勇氣都
> 沒有。這也難怪，他們並不光彩的發展史確實令他們感到自卑〔註85〕。

完全排斥性的言詞充滿種族主義的氣味，就是在還承認中華一體的言論中也
同樣如此：

> 曾幾何時我們風光一時，我們隨意進出中原如入無人之地，叱
> 吒風雲。我們掠奪，征服，乃至強姦，我們快意恩仇飲馬江湖直至
> 位居人上……驀然回首，我們卻發現再也不能回到從前了，我們在
> 得到一切的同時也失去了自我，沒有自己的語言，文字，文化，乃
> 至於我們幾乎每個族人的血統都已不再純正，幾乎都是滿蒙漢混血
> 而生〔註86〕。

雖然表現出極端種族主義特徵的言說，直接看上去所分佈的族群並不是很
多，但也絕不只是在漢族、滿族中，就連種族體質和文化特徵與漢族差異並
不大的壯族中，都產生了一位「大僚民族主義」者梁大嶺。至於他思維的癲
狂性，大家可以自己去網上查看。

　　或許會有人說筆者過份誇大問題的嚴重性，將某些散見於漫無邊際的網
絡世界的個案普遍化、突出化了。然而這種批評很可能是想當然了。首先過
激的言論並非個別現象，網民對相關帖子的關注，常常很熱烈。在王小東博

〔註84〕　《中華漢立場的總結》http://www.uphan.com/dispbbs.asp?boardid=15&id=73681&
　　　　page=&star=2
〔註85〕　http://www.mmmca.com/blog_ak87/p/104249.html
〔註86〕　http://www.manchus.cn/bb/thread-2940-1-1.htm

客、鐵血論壇、天涯論壇、藏人文化網、維吾爾在線、天涯社區等空間，各種與民族和民族主義有關的討論，非常熱烈。儘管由於政府的網絡控制，有許多帖子已經看不見了，一些論壇的激烈度，表面上也已經降低，甚至有些也被關閉了，但是一遇到某些特殊情況的發生，激烈的網絡熱議、熱炒就會即刻再起。更重要的還不在於充滿種族排斥性的言論多還是少，而在於它們與其所存在環境的本質主義精神向度的一致，這才是最可怕的。這並非是信口開河，大家不妨看看所有打著族裔旗號的網站、網頁或論壇，無論其激烈與否，對於本「民族」的認同有多少是有反省意識的？有幾個注意到了族群認同中的本質主義、簡單化、絕對論的問題？還可以去看看在眾多有關族群問題、民族主義等問題的討論中，有多少人是真正理性的、不以單純族裔立場或國家立場發言的？有多少人在或激烈抨擊、或洋洋灑灑侃侃而談時，考慮過其它族裔的感情？尤其是眾多主帖後的跟帖，又有多少是說理論事的？

　　讀那些帖子，會讓人感到，似乎每個族群的人都認為自己是這個國家的被壓迫、被歧視的「民族」：不是說歷史上中國、漢民族對 XX 民族施行了侵略、壓迫或專制，就是說大漢族主義的陰魂仍然不散；不是憤怒地控訴所謂對少數民族赤裸裸的資源掠奪或專制鎮壓，就是痛斥所謂國家以現代化的名義，行文化同化、種族滅絕之實；反之所謂有關漢族被長久歧視與壓制的憤懣也不難見到。似乎每個族群都是那樣的脆弱、敏感，稍有不順耳的言論，就群起而攻之，聽不得一點批評意見，甚至讚揚。不少少數族裔人士，平常都在謳歌自己「民族」的輝煌，訴說著自己族群的悲哀，但似乎只要一涉及與漢族（國家）與（某一）少數族裔之間的討論、爭論，他們就立即結成統一戰線，群起而攻漢。不僅網上如此，就是在一貫嚴格控制的大陸期刊雜誌上，也在新舊千年交替之際，掀起了中國本土少數族裔文學後殖民批判的浪潮。種種本質化、極端性的言語之刃，不僅在不同族群之間揮舞，而且在某些族群內部也互相砍殺。

　　總之，普遍的本質民族主義的思維和單向性的「霸權—抵抗」的「後殖民主義」言說方式，的的確確造成了一種簡單化、本質主義的文化環境，套用「文革」時期的流行語來形容就是：「凡是 X 族反對的，我們就要堅決擁護；凡是 X 族擁護的，我們就要堅決反對」；「親不親民族分」，「對不對身份定」。只不過這些當下的類「文革」言說還夾雜了一些「時尚」的詞藻而已，比如說什麼「文化帝國主義」、「文化霸權」、「邊緣」、「中心」、「解構」、「抵抗」

等等。正是這樣的氛圍，爲種族民族主義的猖獗提供了廣泛的基礎，也使得眾多的人自覺或不自覺地加入或被捲入到族裔民族主義、種族民族主義的大潮中，一起將中國引向撕裂之境。

二

爲了使大家對相關問題的嚴峻性有更深入的瞭解，我們將再介紹三組相關事例，以幫助大家更具體地感受網絡空間的族群性衝突與現實空間中的族群矛盾的相互激蕩。

這三組事例分別是：第一組，「紫氣東來，還是禍水東來」之爭，關於電視劇《施琅大將軍》的討論，網民掌摑閻松年教授事件；第二組，「唯色女士事件」，「不說母語的人能算藏人嗎」的網絡熱議，對李敖批判的批判，「草原部落詩群」的集結與流散；第三組，韶關「6‧26」到烏魯木齊「7‧5」激變的網絡刺激。這些事件所發生的實際時間順序，並非與此處的排列嚴格對應，但的確也有一定的對應性，尤其是在我們的印象中，它們先後發生的時序不僅基本如這裡排列所示，而且剛好形成了一種遞進性的關係，貼切地表現了族群衝突「從網絡互戰到現實仇殺」的惡變過程。

我們先來看第一組事例中的「紫氣東來」之爭。2004 年清軍入關 360 週年之際，瀋陽市當地政府，決定利用這一契機，做大做強「清文化」品牌，並舉辦十大主題活動，加快建設全國一流文化名城步伐。消息傳來，讓一些敏感的網民感到痛心疾首，有人撰文歷數「揚州十日」「嘉定三屠」之仇、易服削髮之辱、山河淪喪之痛、文字大獄鉗心之錮、炎黃敗類漢奸歹人之無恥……有網友厲聲質問：究竟是「紫氣東來」還是「禍水東來」。此篇文章不僅歷數「清人統治之惡」，還縱橫歷史，將所謂歷朝歷代「姑息養奸之患」一一揭示；掃描當下，將「無恥文人」、「清遺滿獨」之言行逐一駁之〔註87〕。此文與其它相關文章廣爲傳佈，文後跟帖更是罵聲不已，吵聲不斷。這當然不是一場偶然事件引發的軒然大波，而是前些年來網絡「滿漢之爭」的一次集結性爆發。根據筆者的觀察，不同族群間的網絡爭論、爭吵或對罵，主要集中表現在滿漢、藏漢、維漢等之間。其中「滿漢之爭」開始得最早、最激烈，持續得也最久。它發生於普遍的網絡空間，不僅在鐵血論壇、天涯、凱

〔註87〕曲達：《「紫氣東來」還是「禍水東來」？——甲申國難 360 週年看瀋陽「紫氣東來」清文化節》，http://www.tiexueshe.com/bbs/dispbbs.asp?boardid=15&star=1&replyid=31549&id=10302&skin=0&page=1

迪社區等著名的網站或論壇中隨時可見，而且也相當廣泛地散佈於另一些網頁或博客中。

　　泛覽有關訊息，相關爭論可分為四大方面：清朝種族屠殺史的有無；「民族英雄」和「民族敗類」的重新定位；清朝統治與中華民族發展的正負關係的爭論；滿人統治中國是正常的改朝換代，還是日本侵略中國式的外族入侵。這四方面的問題無疑是非常敏感的，但如果是僅僅局限於問題本身，倒也不是非常非常的可怕，因為這些問題的出現（確切地說，或許是重新復現）與中國社會轉型有直接的關係（也說明了當下正在進行的轉型與晚清開始的千年巨變的同一性關係）。比如紀念清軍入關、給洪承疇、尚可喜等降清名將的平反，就有學者的參與，地方政府「文化搭臺，經貿唱戲」的運作，以及相關歷史人物後裔們的積極活動。這種多方參與性表明，國家意識形態的運作及標準的設定，不再像以前那樣高度集中，而且所有這四方面的爭論，又都與社會轉型所帶來的國家合法性文化象徵體系的變異有關。比如為降清明將的平反就與是否仍然應該把岳飛、文天祥等看作是民族英雄的爭論一樣，都包含著面對文化多元認同壓力撕扯的國家，想以更加彈性的方式建構「中華民族多元一體」之文化象徵系統的努力；而相反、激烈的反對意見，也恰是對這種國家民族意識形態重構的激烈反應。但現在的問題是，這些問題展開的環境相當惡劣，簡單、偏狹的本質主義的族裔民族本位認同主導著人們的民族意識，加之網絡空間言說的匿名性與即時跟帖性，造成討論的氣氛非常不好，嚴重缺乏理性。很多人不是本著客觀的態度參加討論、傾聽他人意見，而是在加入討論前就已經以「民族身份」為根據選擇了立場和答案。結果是即便有個別理性、嚴肅的發言，也被淹沒於非理性、偏激、甚至不懷好意的挑撥離間的喧嚷中。因此，激烈、持久的「滿漢之爭」，就不僅僅是一些不負責任或偏激的滿族、漢族網民的口水之爭，相當程度上也成為了引起眾多（尤其是年輕）網民關注、刺激人們神經、培養彼此仇恨的族群衝突。

　　這些爭吵、衝突當然不會止於網絡喧鬧，必然與現實形成相互發酵關係。孤立地看，這裡所列的第一組的三個事件之先後順序，完全是偶然的，但實際決非偶然，而是經過網絡發酵的「滿漢之爭」、「滿漢仇恨」之情緒向現實的突進與漫延〔註88〕。雖然由於滿族同胞中原化（在種族、文化、居住等方

〔註88〕參見：高默波：《從對電視劇〈施琅大將軍〉的爭論看中國文化民族主義復興的困境》，http://www.wyzxsx.com/Article/Class18/200712/29367.html

面）的程度相當高，所以激烈的網絡滿/漢之爭，還沒有表現爲嚴重的現實衝突，但是如果中華民族一體認同解構的趨勢延續下去，那麼網絡空間的言語之爭，遲早會轉化爲現實的暴力衝突。發生於藏/漢、維/漢之間的情況就已經說明了這點。

關於藏/漢之間衝突性關係的文學與現實、網絡與現實之間的互酵，本專著已經有不少論述，此處不再贅述，我們將直接進入對第三組事例的討論。不過需要先補充說明一點，與網絡上的滿漢之爭相比較，應該說藏漢之間的網絡衝突相對要弱，尤其是筆者這裡所列出的三個事例，如果嚴格地看，當時的相關爭論還不好簡單歸於「藏漢衝突」，但是儘管如此，在普遍的本質民族認同氛圍的作用下，這些相關爭論的意義所指，最終卻總體指向了仇恨性的「藏漢衝突」，並呈現出由網絡爭論到現實衝突的激化性態勢。

與持續不斷的「滿漢之爭」和曾經熱鬧過一陣的涉藏問題討論相比，網絡空間涉及新疆問題或維漢關係的網帖或網議，在 2009 年之前並不太普遍、熱鬧，它相對集中於維吾爾在線論壇中。正如黃章晉所說，在發現維吾爾在線之前，他搜尋過不少相關的論壇，發現除了一個被關閉的穆斯林聚集的論壇外，「在別的維吾爾人常出沒的論壇，則幾乎看不到一個對時事關心的維吾爾人……凡是漢語的維吾爾人論壇，幾乎都沒有時事或社會論壇，人們只談風月」〔註 89〕。這當然並不意味著新疆問題相對較輕，相反倒是更嚴重，所以人們，尤其是維吾爾族同胞，對此問題的發言就更謹慎。不過與普遍的網絡謹慎不同，開創於 2006 年的維吾爾在線，則大膽涉及邊疆事務、族群問題的討論，從而引起越來越廣泛的關注，不久後就有網民提醒大家注意「維吾爾在線論壇正在與東突恐怖組織裏應外合」〔註 90〕。

筆者曾在《我所瞭解的「維吾爾在線（中文版）」及其它》〔註 91〕一文中指出，恐怕不能輕易地將維吾爾在線與疆獨恐怖主義聯繫在一起，但是也不能完全排除兩者的聯繫，這種聯繫應該說不是主觀上的有意配合，而主要是兩者都持有的簡單、狹隘的民族本位認同。只要常去瀏覽維吾爾在線論壇就會發現，雖然從族裔身份來看，無論是在線的版主們還是經常出沒於其間的網友身份都相當雜，有維、漢、藏、蒙、滿、回、壯等，但絕大多數人的「階

〔註 89〕黃章晉：《再見，伊力哈木》。
〔註 90〕http://www.hanminzu.com/bbs/dispbbs.asp?boardid=8&id=195333
〔註 91〕http://blog.sina.com.cn/s/blog_60f25ed70100io9x.html

級鬥爭」式的對立思維方式卻是高度一致的，因此維吾爾在線上的人員，也基本上可以分「漢族/少數民族」兩個對立的陣營。也因此，論壇討論的問題雖然很廣，但討論的過程與結果則在討論之前就已經決定了：凡是前者主張的，後者就要反對；凡是後者贊成的，前者必反對之。而加入維吾爾少數族裔陣營的個別漢人，也基本是隨之起舞，甚至更有過之而無不及。因此不難想見，那裡的爭吵一定是非常對立、極端的，而且根據筆者的觀察，在線負責人伊力哈木先生好像並不介意這種狀態，至少沒有真正設法去調和敵對性的爭吵。這樣的結果，自然使得維吾爾在線促進各民族相互交流的目的大打折扣，而且實質上培養著維漢甚至少數族裔和漢族之間的對立情緒。

這種「維漢（或「民漢」）對立」的情緒，當然不只是維吾爾在線獨有，而是網絡中的普遍情況。有了這樣的基礎，加之政府對族群事務管理中存在的問題，當韶關「6‧26」事件爆發後，維吾爾在線會有怎樣的反應，更廣泛的中國互聯網將會有怎樣的互動，「6‧26」會向什麼方向發展，也就不難想見了。

「6‧26」事件發生後的第一時間，維吾爾在線就發布了消息，並且密切關注、隨時通報相關訊息，而大陸官方則全面封鎖消息，關心事件的人們，只能從網上去搜索沒有來得及刪除或沒有被徹底刪除的帖子。很快網上出現《廣東韶關群毆事件真相》一帖，說是因新疆籍員工強姦犯罪得不到懲處所引發。由於當時沒有任何權威的訊息可供參考，此帖究竟真偽，只能由讀者自行判斷。與此同時，被做過手腳的韶關「6‧26」事件的錄像視頻也在網上廣泛流傳。聲討維吾爾族的聲音也響成一片。面對民間如此普遍的關注，政府似乎完全充耳不聞，除了發布兩條簡單的消息，就只是一個勁地屏蔽、刪除相關消息、視頻。當《廣東韶關群毆事件真相》網上普遍傳開後，從網上可以明顯地感到維吾爾網民遭遇到了巨大的壓力。開始時他們堅決不相信，維吾爾在線站長伊力哈木就質疑維吾爾族女工怎麼會變成強姦犯？〔註92〕但是隨著該帖廣泛的流傳、聲討聲迅漲，維吾爾網民的懷疑日減，沮喪兼氣憤情緒明顯增多。就在這時，政府又發布了另外一條消息說：無論是旭日玩具廠還是該廠所在地都未曾發生過強姦案件，相關傳言完全是被旭日廠開除的周某某編造。消息一出，轉眼間維吾爾族又從十惡不赦的民族變成了無辜的

〔註92〕伊力哈木‧土赫提：「《韶關旭日公司群毆事件和維吾爾「女強姦犯」》，http://blog.sina.com.cn/uighurbiz

受害者，沮喪也爲憤怒、質疑所取代。維吾爾在線發帖說：「一向不相信官方聲明的維族人這次對官方發言深信不疑」〔註 93〕；有維族網友強烈質問那些看到追打維吾爾員工血淋淋視頻還興高采烈的漢人：「漢族人跟少數民族向來都是同胞，爲什麼對我們有那樣的敵視呢？！」你們的這種行爲難道不是像當年的日本鬼子嗎？維吾爾族人民，向來都是勤勞善良的，一向都是反對國家分裂的，可你們卻這樣對待自己的同胞？！〔註 94〕伊力哈木更將「6‧26」上升到極端漢族主義者對維吾爾族有計劃「清洗」的高度，認爲「6‧26」發生的事件突出顯示了維吾爾人民面臨的選擇，或者在寬容，民主和民族自治價值的基礎上建立社會，或者生活在混亂和苦難之中」〔註 95〕。當情況惡化到這一程度時，維吾爾在線也就不再僅僅局限於激烈地抨擊，也不僅僅是以自己的言論對「7‧5」暴亂的發生起催化作用，而且還以發布消息的方式，變相地組織、號召人們上街遊行……〔註 96〕

　　本節主要只是就網絡上的各種民族主義主義的情況進行了介紹，並沒有怎樣涉及與少數族裔文學寫作的文化民族主義相關的情況，但是如果讀者將此節內容與前面有關章節的內容相互聯繫，僅僅從兩者在時間上的重疊性就不難看出它們之間所存在的相互關係〔註 97〕。

本章小結

　　本章重點考察了具有文化民族主義傾向的少數族裔文學乃至於更爲普遍的民族主義思潮的推動力問題。雖然相關闡釋主要集中於國家民族政策及制度、族裔文化的內在推動力、主要相關成員的職業身份及功能作用等這幾方面，但也實際涉及到了更爲普遍的中國社會轉型所帶來的一系列複雜的情況。不過若就全面性來看，有些原因還談得不夠，有些原因幾乎沒有談到。比如經濟發展所帶來的發展不平衡、人員信息等流動的加速、生態破壞等情

〔註 93〕 http://www.uighurbiz.net/bbs/viewthread.php?tid=225121
〔註 94〕 《維吾爾人向廣東人寫的公開信》
〔註 95〕 《「6‧26」事件和多民族和諧共處的神話》，http://blog.sina.com.cn/s/blog_5174acba0100d6z8.html
〔註 96〕 2009 年「7‧5」事件爆發後，政府加強了對於這方面網絡言論的控制，不過當一有突發事件爆發後，仍然會出現類似情況。比如 2012 年 12 月的「切糕風波」。
〔註 97〕 我們前面討論過的藏人文化網上發生的那場討論，草原部落的相關情況，唯色因《西藏筆記》而引起的風波等，大都發生在 2005 年前後幾年間。

況就談得較少。建議大家去閱讀汪暉的《東西之間的「西藏問題」》，它對經濟發展、人員信息流動給西藏社會帶來的衝擊，有較詳細的論述。另外也可以去閱讀王靜的《人與自然：中國當代少數民族作家生態文學創作研究》。此書雖然對於少數族裔文學生態主題中所包含的文化民族主義的問題缺少討論，但它還是比較全面地介紹了少數族裔文學寫作之生態視角方面的情況。而我們這裡完全沒有論述到的是冷戰以來國際局勢的變化所帶來的影響，而且境外分離主義的作用是在論述西藏問題時有所涉及，但也遠遠不夠，還有與跨境民族相關的內容，也基本沒有涉及。不過這些因素的影響，與文化民族主義尤其是與文學寫作中的文化民族主義的關聯不太直接，所以存而不論了。

　　總之，無論是考察轉型期中國少數族裔文學寫作中的文化民族主義問題，還是普遍的文化民族主義、民族主義現象，都必須放在中國轉型這個複雜的場域中進行全方位的考察，才有可能較好地認識與把握。

第六章　承認的政治：承認的多樣性、現實性

第一節　承認的訴求及其問題

一

經過二十六七萬字的書寫，終於來到了最後一章了。筆者想從「承認的政治角度」契入來結束本書著，不過在此之前，有必要先對前面的內容做一概括性的總結。

第一，我們的考察說明，轉型期中國存在族裔文化民族主義和族裔民族主義的思潮，是不爭之事實，而且它們也突出地表現在少數族裔文學寫作中。正是多樣性的族裔文化民族主義構成了轉型中國文化民族主義的重要組成部分。因而，無論是主流學界還是少數族裔非主流學界對相關現象的長期忽視，顯然是非常成問題。

第二，表現於不同少數族裔文學寫作中的文化民族主義取向多樣而複雜，這種複雜性既表現於不同族群寫作中，也表現於同一族群不同成員、不同時期的寫作中。

第三，當我們以族裔文化民族主義、民族主義的角度來觀察相關現象時，只是一種特定視角的契入，但具體的考察已經充分地顯示了，在相同的返還族群傳統文化之根、返還民族家園書寫的取向下，有一些逐漸發展為較為明確的文化民族主義或民族主義，而有一些則基本始終停留於一般性的族裔家

園感傷的階段，並未強化爲明確的文化民族主義或民族主義。另外，西方學者的有關理論的確有助於中國問題的分析，但又絕對不能生搬硬套。即以所謂文化民族主義與政治民族主義的兩分觀，雖不能說完全不能在中國找到對應性的情況，但總體來看，很難做出這樣的二分。

第四，促成轉型期少數族裔文學和文化的文化民族主義發生、展開並不斷推進的原因是多方面的，任何將其單一化定位的做法，都可能是片面的。

第五，轉型期少數族裔文學和文化所表現出的文化民族主義的取向，的確對國家和中華民族的一體性提出了挑戰，但是它們的出現有著深刻的歷史及現實原因，與同時期主流社會所發生的諸多異質性的文化現象一樣，都有其合法性，不能簡單地將其定位於什麼「地方民族主義」，更不能輕易地與分離主義相連。當然，這其中的確存在民族主義的獨立訴求，但這只是少數人的取向，並非總體、普遍的取向。或許借用唐文方教授的觀點，將其定位於「自主但卻忠誠」更爲準確〔註1〕。另外，對於那些少數人的獨立取向，當然必須旗幟鮮明地予以反對，但是這並不意味著簡單的批判。簡單的批判並不解決問題，更重要的是，從思想情感的邏輯來說，民族主義的獨立性訴求，在深層上與非獨立性的族裔本位性認同的價值取向有重合之處，說到底都是一種族裔命運自主性的承認訴求。這與轉型期更爲普遍意義上的社會及公民權利民主性的訴求一樣，都是一種要求改變過去高強度政治、經濟、文化國家極權性、一體性的主張，都包含著「自我命運」、「自我事務」自主性的訴求。如果我們不能從深層邏輯上來揭示這種訴求的合法性限度，只是一味地加以批判，是不解決問題的。所以，在最後筆者準備引進加拿大學者查爾斯·泰勒的「承認的政治」的觀念，對相關問題做一更深入的理性定位，從而爲建構更爲和諧有機的多元一體的中華民族關係，提供一些方向性的思考。

二

泰勒《承認的政治》開篇就指出了作爲當今熱門政治話題之一的承認的需要與少數族裔、女性及其它邊緣文化群體之間的關係，指出了承認與認同之間的直接關聯，並且將這種關聯的核心定位於由「自我」和他人的相互作用而形成的特定族群形象之上。就我們所討論的主題來看也就是說，作爲族

〔註 1〕參閱唐文方、何高潮：《民族認同和國家認同：自主但忠誠》，胡贛棟等譯，未刊稿。

群認同的「自我形象」，既來自族群個體與群體對於自身的認識，同時也來自他人對於我們自身的認識與定位，來自於他人的承認：「我們的認同部分地是由他人的承認構成的；同樣地，如果得不到他人的承認，或者只是得到他人扭曲的承認，也會對我們的認同構成顯著的影響。所以，一個人或一個群體會遭受到實實在在的傷害和歪曲，如果圍繞著他們的人群和社會向他們反射出來的是一幅表現他們自身的狹隘、卑下和令人蔑視的圖象。這就是說，得不到他人的承認或只是得到扭曲的承認能夠對人造成傷害，成為一種壓迫形式，它能夠把人囚禁在虛假的、被扭曲和被貶損的存在方式之中……從這個角度來看，扭曲的承認不僅表現為缺乏應有的尊重，它還能造成可怕的創傷，使受害者背負著致命的自我仇恨。正當的承認不是我們賜予別人的恩惠，它是人類的一種至關重要的需要」〔註2〕。

以此而言，轉型期中國少數民族文學返還本族群文化家園之書寫的取向，也就是改寫被主流文化所扭曲了的形象，通過正面、自主的族群自我形象的再創造，而從「虛假的、被扭曲和被貶損的存在方式之中」解放出來，向主流文化發出尊重和承認的訴求。這種極富後殖民批判色彩的觀念，至少在九十年代後期以後就成為了少數族裔話語的基本邏輯，而且它更是西方學者考察新時期以來的少數族裔文學或文化之族群性書寫與活動的基本前提。

但問題是如果說漢族/少數民族之一正一偏的二元定位的確是存在的話，那麼能不能將其簡單地類同於西方殖民主義/被殖民世界之不平等的結構？或者可否更明確、更直接地提問：被風情化、異樣化的少數民族形象，能否等同於那個「莎士比亞筆下的卡里班」的形象，那個「集中體現了受到蔑視的新大陸原住民的令人壓抑的」肖像？〔註3〕新中國少數族裔形象生成史，是否是對於少數族裔缺乏尊重與承認的單一的貶損性的歷史過程？答案當然不是簡單的是或不是，或許我們需要首先去具體看看現實中中國少數民族的社會經濟文化地位。

新中國少數族裔形象生成史，並不是一個孤立的過程，而是屬於新型中華民族多民族關係的建設、少數民族區域自治制度的奠定以及新型社會主義

〔註2〕查爾斯・泰勒：《承認的政治》（上），董之林、陳燕谷譯，《天涯》，1997年第6期，第49～51頁。

〔註3〕查爾斯・泰勒：《承認的政治》（上），董之林、陳燕谷譯，《天涯》，1997年第6期，第50頁。

中國的建構歷史的一部分。而在這一歷史進程中，至少是在上世紀八十年代中期之前，以民族區域自治制度的建構爲核心的新型中華民族關係的建構，是帶有相當平等性理念的。中國共產黨最終選擇民族區域自治路徑，一是總結了中國傳統中央政府與邊疆區域關係的既國家一體又地方自治的歷史經驗，另一方面，又吸收了建立在民族平等理念上的共產主義的民族觀。因此，本身就包含著對少數族裔文化差異性的承認和平等性的尊重。正如汪暉所言：

> 民族區域自治制度汲取了傳統中國「從俗從宜」的治邊經驗，根據不同的習慣、文化、制度和歷史狀態以形成多樣性的中央——地方關係，但這一制度不是歷史的複製，而是全新的創造，其中國家主權的單一性與以人民政治爲中心的社會體系的形成是區別於王權條件下的朝貢體制的關鍵之處，我把它看成是帝國遺產、民族國家與社會主義價值的綜合。這個綜合不是隨意的或隨機的綜合，而是以平等、發展和多樣性爲方向而進行的持續探索、創新和實踐
> 〔註4〕

由此而形成了民族區域自治制度的三項基本原則，〔註5〕這一切都不同程度地體現在了諸多具體的政策制定與制度建設上。例如各民族團結理念的大力推進，民族區域自治單位的建立，各項少數民族優惠政策的制定與實施，像前面所討論過的民族院校、民族文學制度的建設，都是如此。這一切，我們在西方殖民歷史中是根本見不到的，就是到了上世紀六十年代美國的黑人及其它少數族裔還在爲乘車、教育、職業、選舉等方面的平等權利的獲取而抗爭。

另外同期文藝作品中有關少數民族形象的建構，的確存在漢族爲正少數民族爲偏的二元結構，但是這種二元結構並不是單獨的支配性結構，而是服從於共產主義普世性價值的統攝，從屬於階級話語和人民話語，因此，少數民族形象的塑造仍然是建立在民族平等、人民平等的理念之基礎上的，漢族之被定性爲大哥、少數民族被定性爲親密的階級兄弟，不是建立於類似於白人、有色人種之族性差異的基礎上，而是建立於漢族、漢族地區相對的歷史發展進程中的一定程度的「先進性」的判斷上，建立於民族平等、共同發展

〔註4〕汪暉：《東西之間的「西藏問題」》，生活·讀書·新知三聯書店，2011年版，第78頁。

〔註5〕即以下三原則：「強調民族合作，反對民族分裂」，「承認民族多樣性的條件下不以單純的民族作爲自治單位，而是以民族區域作爲自治單位」，「共同發展」。汪暉：《東西之間的「西藏問題」》，第78～86頁。

的平等理念上。而且漢族、漢族地區的文化並沒有獲得像西方白人殖民文化那樣的文化霸權性，因此，即便我們不能排除漢/少數民族形象塑造中的確存在著的偏正二元性，但它在社會主義文學時期，最多也只是作爲潛在或次要的「複綫歷史」意義上的存在。因此，無論是從具體的形象塑造還是從結構性的關係來看，社會主義民族文學中的少數民族形象的塑造，都與卡里班這樣的變形、怪異的純粹的負面形象有著很大的不同。

　　當然，我們必須承認，新中國頭三十年的社會主義建設的歷史、新型民族關係建構的歷史，存在著許多問題，極左、激進的革命理念，對於包括少數族裔人民在內的全體中國人民都帶來了相當的傷害，而且整個多樣性的中國文化也遭受到了重大的破壞。但是，這些傷害、破壞絕非只是針對少數族裔的，而且具體到文學藝術來說，在極端革命話語對於一切傳統情感表達否定的歷史條件下，恰恰是在少數民族題材的文藝作品中，一些更富藝術感染性、審美性的成份被得以保留和表現。所以，那些套用後殖民理論所發現的所謂對少數民族題材的風情化、異域化的表現之含義，遠比西方白人寫作中的對被殖民者的風情化、異域化、欲望化、色情化的表現要複雜豐富得多。其實在「十七年」乃至於「文革」時期，那些富於民族色彩的風情的展開，至少可以說主要並不是什麼強勢的殖民文化主體對於弱勢被殖民客體的「觀淫癖」之表現。那些相對更爲生動的少數民族題材藝術作品所帶來的閱讀效果，主要並不是讓主體族群的傲慢與優越性得到滿足，更不是什麼強勢民族對於弱勢被殖民民族征服感的感官享受，而是對於當時中國人民稀薄的文學藝術審美材料的補充。從這個意義上看，或許可以說恰恰是少數民族文學藝術拯救了「十七年文學」。如果我們從「十七年文學」中去除農村題材和少數民族題材的作品，那麼「十七年文學」將會更乏善可陳。所以，這樣的文學審美效果與其說是單純的貶低與抑制，不如說是在不無新奇發現感中，存在著相當的兄弟民族情義的尊重與承認。

　　另外一些出自後殖民視角的觀察，也將新中國民族形象塑造中的所謂的「殖民文化」傾向，遠溯到中華帝國的歷史上。比如《歌與沉默》就在談論西南文化的當代中國表述時，聯想到了由唐朝所創造的西南女子的形象〔註6〕。這樣的觀察如果不說是似是而非、望文生義的話，至少是片面的。在漫長的中華民族歷史中，雖然以儒家爲代表的中原文化發揮了主導的作

〔註6〕Song and Silence: Ethnic Revival on CHINA'S SOUTHWEST BORDERS，頁42。

用，華夷分野、夷夏之辨的確存在對於邊緣異文化的貶低性，但是，儒家文化的基礎並不是建立在對於邊緣、異族、異文化的排斥上，而是建立於孔子在現實的作用下對「三代理想的懷想」之基礎上；華夷、夷夏之分的天下觀，不過是儒家思想由理想烏托邦的構想向政治性、國家性、「民族性」事務方面的擴展。另外家—國—天下之差序系統是包含著差異的向度，但更包含著轉換、容納、包容的向度，而不是排斥性的二元結構系統。再則，這套以儒家普世性理念爲核心的天下觀和古代中央王朝與邊疆地方政權之間的朝貢制關係，是當時中華區域的普遍性的價值，古代的「普世價值」，因此，在相當程度上是不分民族地被歷代中央王朝所採納。因此，無論是對於幅員廣大的中國領土的形成來說，還是對於所謂漢化、甚至今天漢族的形成來說，少數民族都做過重要的貢獻。所以現代中國的形成，無論有多麼大的問題、多麼大的地區及文化不平衡性，也不能簡單與單向性的充滿血腥屠殺、跳躍性地去霸佔、掠奪遙遠陌生之地的殖民主義等量齊觀。

儘管我們應該區分新中國平等民族關係的建構與西方殖民主義的不平等民族關係的不同，但是我們又必須看到 1949 年之後的新型中華民族關係的建構，至少在四個層面上的確又存在著文化、地域、族群差異的結構性的不平等。

第一，民族區域自治對於傳統經驗的汲取，本身並沒有完全去除傳統經驗中所存在的「中原爲主、周邊爲輔」的結構中的等級因素。如果說這在古代是一種正常的關係的話，但在平等理念普及的今天，就不正義了。

第二，傳統天下觀視野下的朝貢體系，在古代的條件下所形成的「多元一體」關係，是中央皇權一體性與周邊高度自治性共在的關係。從文化角度來說，中央與地方、中原與邊疆的文化關係，自然也是近於蓋爾納所說的更喜歡「使不平等具體化和絕對化」的水平化的文化關係〔註7〕；儘管由於漢字文明圈的存在，中華地域的文化統一性要遠高於其它地方。但是由西方殖民擴張所促動的近代以來的現代中央集權制的民族國家的轉型，尤其是 1949 年之後的新型國家的建設，導致國家性、中央性迅速的擴張和地方性迅速的削弱，因此在更爲整合性的國家建構的過程中，我們一方面實現了對外的民族解放，但在內部，又推進著現代民族國家對地方性的克服，而這種克服並不完全是像當時的民主平等和解放話語所言的那樣都是正面性的，國家機器的

〔註7〕厄內斯特‧蓋爾納：《民族與民族主義》，第 12～24 頁。

暴力性、現代國家公共文化的推進與整合，都對邊疆和少數族裔帶來了客觀上的衝擊。

第三，共產主義、階級鬥爭之主導話語下所存在次級的「先進的漢/落後的少數民族」二元結構，本身存在著與民族團結平等話語的內在矛盾。

第四，新型國家的建構，雖然伴隨著對整個中國多樣性傳統文化的衝擊、改造，但這一歷史進程是以漢語為載體來推進的，客觀上就貶低了少數族裔文化。

正是由於上述四點的存在，使得國家在以解放、平等的名義「發現」、「建構」、「團結」少數民族的同時，實際上又植進了主/從的二元民族結構，這種結構雖然不能說是殖民與被殖民性質的關係，但至少包含著主流與邊緣的性質，是一種平等話語與等級話語共在的疊層式結構。在這種結構中，少數民族既得到了平等的承認，但又承受了次級存在的文化身份定位。這一切在國家權力高度集中、計劃經濟高度主導的條件下，問題不是太突出，但是到了走向市場經濟的條件下，原有的平等關係中的次一級的欠平等關係的問題就開始強化、突出出來。所以，從民族關係的角度來看，近三十年來的漢族、少數族裔關係，從情感與主觀感受上不僅沒有隨著地區、族群之間交往的頻繁而密切，相反卻是距離加大，甚至在某些族群那裡更為惡化；而且從族群的發展性關係來看，在相當程度上不僅離社會主義民族平等結構漸行漸遠，而且是向殖民或後殖民關係漸行漸近。

這種走向的加深與近三十年來改革開放、市場經濟建設與全球資本主義體系的勾連或接軌有著直接的關係。中國經濟近三十年來高速的發展，一個基本原因是通過對外開放我們加入到了全球資本主義系統中，通過廉價出賣廣大中國人民，尤其是廣大農民的辛勤的勞動，廉價出賣生態資源，獲得了發展，建立起來世界工廠的地位。但是很顯然，在全球財富的分配鏈上，中國無疑處於末端，我們是處於被剝削的地位。但是以「我們」所指代的龐大的中國，並非是一個無差別的整體，而是一個由東部、中部、西部三級區域所構成的差異性實體。東部沿海地區相對於世界經濟體系來說，是從屬地區、低端產品的加工出口地；但相對於中西部來說，它又是投資、先進技術、物流、國家改革開放重點發展區域，處於更有利的發展地位。它以其相對而言的「高附加值的產業」，吸納著中部的廉價勞動力和西部優質廉價的礦產資源。於是在這種發展結構的推進下，中部的鄉村最先遭遇瓦解，西部邊疆地

區也逐漸跟進。這種趨向在九十年代中後期之後明顯加速，而這正好對應了少數族裔文學寫作九十年代後期以來的後殖民批判性向度強化的走向。所以，像我們前面分析過的烏熱爾圖、阿庫烏霧、巴嫫曲布嫫、唯色等九十後代中後期寫作的轉型，以及更為廣泛意義上少數族裔後殖民文化人類學詩性寫作的轉向，仍然主要不是被扭曲了的民族形象的校正性重塑，而是以文學、人類學性的方式，對於本族群（文化）生存發展權的訴求，對於平等相處、共同發展資格的訴求。也正是在這裡，我們感受到了新的條件下的平等承認的困境。

　　這種被稱之為民主社會的人人平等的價值理念，雖然從理論上來說並不必然排斥，而且也可能支持「不同的文化和不同的性別要求享有平等的地位」，而這正表現為當下普世性的文化多元主義的理念〔註8〕，但是建立於市場經濟條件下的平等社會的運作，卻又會而且實際是經常以個人、市場平等的名義，反對國家以行政干預的方式，人為地去糾正不同文化群體、不同地區的發展不平衡。因為民主社會的平等政治所強調的「所有公民享有平等的尊嚴，其內容是權利和資格的平等化，決不允許『一等』公民和『二等』公民的存在」〔註9〕，所以，雖然市場活動或發展的結果所呈現出的一部分人富有另一部分人貧窮，固然是明顯的不平等；但是在典型的自由主義者看來，如果國家利用行政干預的手段，給予某些特定人群以特殊的政策扶持，實際上是違背了公民權利和資格的平等原則，是以所謂的實質正義的名義，干涉民主社會、干涉市場的程序正義，損害另一部分公民的權利。如果這樣的行為不加以反對和有力的制止，其結果終將導致國家權力的濫用和極權主義的結果。因此在這樣的理念下，只要參與市場經濟競爭諸個體所共有的法律、規則是平等無差別的，那麼競爭結果的貧富差異雖不是什麼讓人高興的事情，但卻也是自然而公正的結果。所以特定的族群或群體，就不應該以什麼特殊的文化身份去訴求集體的權益，並以這種訴求來要求政府或以施壓的方式謀求社會的特殊照顧。

　　雖然轉型中國的社會與典型的西方民主社會有不小的差異，但是近二三十年來的中國的發展、市場經濟的推進，又在相當程度上落實了所謂的市場

〔註8〕查爾斯・泰勒：《承認的政治》（上），董之林、陳燕谷譯，《天涯》，1997年第
　　　　6期，第50頁。

〔註9〕查爾斯・泰勒：《承認的政治》（上），董之林、陳燕谷譯，《天涯》，1997年第
　　　　6期，第54頁。

的邏輯。就以筆者所生活過的新疆來說，在 1949 年之前，那裡談不上有什麼現代工業。新疆和平解放之後，國家開始在那裡建設現代化的工廠，比如說分別建立起了新疆十月拖拉機廠、新疆七一棉紡廠、新疆農機廠、新疆八一鋼鐵廠等西北重要企業。當然這些企業同當年內地的企業一樣，是缺乏市場活力的低效的企業。但是隨改革開放、市場經濟建設而來的，並不是這些企業的振興，而是短暫的活力和持續的低迷。尤其是針對邊疆少數民族區域市場特殊政策保護的逐漸取消，這些曾經的西北大型企業，除新疆八一鋼鐵廠被寶鋼兼併還存在外，其它工廠全都破產，其工廠所在地變成了廣滙等公司房地產開發的黃金寶地，職工也通過廉價買斷工齡、退休等方式而成爲一般的普通市民。從整體的經濟角度看，這樣的變化好像是正面性的，它實現了資源的市場合理分配（整合），通過淘汰落後的、生產效率低下的企業實現了產業的優化整合，而且人們的生活水平總體上也得到了普遍的提高。但是這種變化所帶來的卻是新疆更大程度地淪爲被動的經濟區域，成了更爲純粹的東部發展的資源輸出地。同時更大的問題在於，隨著市場的開放、人流、物流的頻繁化、迅速化，湧入新疆的內地人員激增，國營、集體企業的消失或轉型，又使得國家爲少數族裔提供就業渠道的制度性手段大大降低，而在市場競爭中，由於文化差異、教育水準不同等原因，新疆的少數民族，尤其是維吾爾族處於不利的地位。不要說缺少教育的維吾爾農民，就是接受過中高等教育的維吾爾大學生的失業率，也普遍高於漢族。新疆日益明顯地呈現出社會地位、財產分佈之階級分層與族群界線相重合的情況。所以雖然這些年來，國家一直沒有中斷而且不斷地提高對新疆等邊疆地區的財政支持，但從東部（金融、科技、貿易、生產加工核心區域）─中部（糧食、勞動力輸出地）─西部（勞動力、礦產資源輸出地）之宏觀經濟結構來看，像新疆這樣的邊疆地區，其地位在某種程度上可以說是中國內部的第三世界。而這一世界中的少數族裔，更在經濟、文化等方面日益貧困化、邊緣化。

　　然而，東西部地區經濟發展水平差異的擴大、漢族與邊疆少數族裔族群經濟地位差距的擴大，並不只是市場經濟單方面的原因，在表面的市場競爭的作用下，還有著國家或內地資本借助國家權力對於西部地區的掠奪性開發的因素。例如前面提到過的新疆廣滙集團，它之所以能夠從一個創建於 1989 年的以餐飲娛樂業爲主的一般性企業，迅速發展成爲集「能源開發、汽車服務、房產置業」三大產業爲一體的跨國大型民營企業集團，中國前五百強企

業，一個很重要的原因就是借助了政府的力量，通過與原新疆機械廳屬下的烏魯木齊市的多家企業進行所謂的注資聯營性的「重組改制」，將那些沿街最好地段的國有企業變爲自己的企業，大規模地開發房地產，從而實現了自己的高速發展〔註10〕。在此過程中，當地有關該企業與當時新疆第一把手王樂泉的特殊關係廣爲流傳。對此筆者不瞭解詳情，不敢妄說，但廣彙如何採用軟硬兼施的手段，對付反抗的工人實施企業改制的情況，筆者不僅從相關企業中的朋友處得知不少，而且親眼目睹過那裡的工人遊行示威。〔註11〕

個案如此，整體情況亦然如此。以新疆的能源開發言，近二十多年來，新疆的能源經濟得到了高速發展，但實際上新疆各族人民從能源開採中所獲得的回報長期以來則是相當有限的。直到2010年前，新疆一直執行的是1994年的《礦產資源補償費征收管理規定》。不說沙特等中東產油大國，就是在德國、法國這樣的低稅率國家，原油資源稅也是新疆2010年前的34倍。2010年新疆維吾爾自治區本級財政只安排了資源稅6.7億元的預算收入，但以原油爲例，若將資源稅稅率定爲10%（這放在世界範圍看並不高），以國內原油價格每噸5000元計算，新疆2009年產原油2518萬噸，資源稅就將高達125.9億。而2007年新疆實際從原油生產上獲得的收入，僅爲原油價的0.34%〔註12〕。而開採石油等其它礦產，對環境的影響卻相當大〔註13〕……也就是說，開採出來的大部分礦產資源運到了內地，收益（資源本身收益和生產附加值收益）又主要歸於了國家、央企和發達地區，環境負擔卻留給了本地。而新疆各族人民的收入卻增長緩慢，不說與沿海發達地區比，就是與西部省區相比，也被逐漸拉在了後面，可是新疆，至少烏魯木齊的物價水平卻相當高，不少生活品的價格甚至與廣州、上海也有的一拼：例如，烏魯木齊市的居民用天然氣的價格，就不比上海便宜。這一切，早就引起了新疆人的不滿，

〔註10〕 關於此由百度關於廣滙集團的介紹（如其中的「廣滙發展三個階段」部分的內容），就可窺見一二。http://baike.baidu.com/view/6558489.htm?fromtitle=%E6%96%B0%E7%96%86%E5%B9%BF%E6%B1%87%E9%9B%86%E5%9B%A2&fromid=7368681&type=syn#1

〔註11〕 一篇題爲《王八蛋走了，紅十月有多少勝算？》的檢舉信，就能說明一些問題。題中的「王八蛋」指原新疆維吾爾自治區黨委書記王樂泉，http://blog.sina.com.cn/s/blog_547898fb0100jthc.html

〔註12〕 唐立久，崔保新：《掀起你的蓋頭來——發現新疆》，烏魯木齊：新疆人民出版社，2009年版。

〔註13〕 參閱劉建新、蒲春玲：《新疆在礦產資源開發中的利益補償問題探討》，《經濟視角·下半月》，2009年第2期。

無論是私下還是網絡空間這些也成爲維吾爾族抱怨國家和漢族的重要話題，甚至被不法分子利用來鼓動維吾爾少年兒童進行偷竊的理由〔註14〕。但是相關問題長期以來一直沒有得到足夠重視，直到 2009 年「七・五事件」爆發後，才引起國家的眞正重視，才採取了調高新疆礦產資源稅、以改善民生爲重點的新一輪大規模的援疆等重大措施。但是新一輪的「運動式」援疆，仍然受困於權力高度集中的制度性弊端。

例如 2009 年之後，國家改派張春賢接替王樂泉主政新疆，傾擧國之力援疆。張春賢上任後，他個人是獲得了較好的口碑，而且大規模的民生建設、解決少數族裔失業率高的擧措，也的確見出了階段性的成果。但是伴隨全國援疆、跨越式發展而來的則是迎來送往的超級規模化，更突出了權力浪費、腐敗的形象。另外，體制的階梯式斷續集權性，使新一輪援疆造成的負面效應更令人擔心。內地援疆帶來了金錢、項目和施工隊，一攬子援助，而當地的百姓並無什麼主動性可言，只能是被動地聽任援助；就是被援助地的漢族幹部，也被愈益排除在外。書記、財政、稅務等重要部門的一把手，越來越多地被援疆幹部所佔有。現在不僅是維吾爾族發牢騷自己人當不了書記沒有實權，就連一些被援助地的漢族領導也頗爲失落。更爲要命的是，那些對新疆瞭解甚少的各路「欽差」、「諸侯」們，爲了在規定的時限內盡快地做出政績，自以爲是地按照內地的模式來援疆，將原本貧窮但卻總體平靜的南疆，搞得熱鬧、土暴、躁動〔註15〕。由此大大加速了南疆農村向解體化的內地鄉村看齊，延續了千百年之久的、具有自我循環生存能力的自然人文生態面臨著危機。

經濟發展上，少數民族地區缺乏主動和自主性，而在文化方面，情況也不容樂觀。客觀而論，在直接的文學藝術上，近二三十年來並沒有出現類似於殖民世界的對於少數族裔形象的系統性的扭曲，不過漢語主流文化界本身的相對豐富性的發展，使得它已經失去了過去對於少數民族藝術形象的結構性需求，少數族裔社會被主流文化界所遺忘〔註16〕。同時在另一方面，「十七

〔註14〕 阿里木江：《流浪兒童何以「流浪」：對新疆流浪兒童成因與對策研究》，北京大學社會學人類學研究所：《民族社會學研究通訊》，第 147 期，2013 年 11 月 15 日。
〔註15〕 當然不能絕對地説援疆單位都要搶實權，他們也有顧慮，因爲被援助地的基層政府相當腐敗，如果由當地主管援助財政，援建資金可能會有很大的風險。
〔註16〕 在這個角度上來説，汪暉感嘆近三十年來少數民族文學的式微，是有道理的。參見姚新勇：《直面與迴避：評汪暉〈東西之間的「西藏問題」〉》。

年」文藝所塑造的傳統的風情化的少數民族形象並沒有被完全拋棄，一方面它們仍然不時地被國家民族團結的意識形態宣傳的舞臺使用，另一方面，它們又更爲純粹地以娛樂性、消費性形象地頻頻出現於舞臺、歌廳、熒幕、電視上。這裡所存在的問題不僅是這些過去的形象，已經與當下的少數民族形象相當不符，而且是這樣的展示，更進一步固化了少數民族形象的刻板性、消費性、奇異性、被動性，從而使得少數民族在漢語主流世界中的印象，就更接近爲後殖民批判所揭示的被貶損化的被殖民或第三世界形象。

如果說這種發生於文化領域中的少數族裔形象的負面化趨向，相當程度上還是比較間接、隱蔽的話，那麼由市場競爭所帶來的少數族裔負面形象的塑造則要直接得多。前些年普遍流傳「新疆小偷」和最近走紅的「切糕黨」就是兩個維吾爾族污名化的最具代表性的形象案例。

眾所周知，轉型中國一個重要的社會現象就是傳統農業社會的衰敗，廣大農民從衰敗或解體了的鄉村湧入城市，越來越多的維吾爾南疆農民也隨著這一時代的步伐進入內地謀生。但一是由於漢語及教育水平的低下，二是由於人種和文化差異的明顯，使得新疆維吾爾人比內地農民更難以在城市立足，他們也多只能從事賣烤肉、切糕等極富「民族特色」的不大被人瞧得起的職業。而人種、語言的差異和內地執法機構出於怕形成民族糾紛片面地執行「兩少一寬」政策，又客觀上影響到了維吾爾人在內地城市犯罪的負面形象的形成與放大。加之九十年代後期尤其是「9‧11」以來新疆分離主義問題的日益加劇和官方宣傳對此的不恰當地強調，都使得維吾爾人在全國人民心中的形象，由過去的親切、可愛、生動、幽默、風趣、樸實、長辮子、小花帽的形象，演變爲落後、愚昧、懶惰、骯髒、凶蠻、恐怖分子的形象。而這當然不只是簡單的形象置換，也不只是與此形象相關的將維吾爾人「囚禁在虛假的、被扭曲和被貶損的存在方式之中」，它還直接影響到了由「6‧26」向「7‧5」的演變（註17）；至於2012年底所發生的「切糕風波」就更是以「維吾爾形象塑造」爲焦點來展開的。

再回到政府的主導性管理方面，近二十年來，國家民族區域自治政策實際上被弱化了，這種弱化既有市場發展、社會流動的客觀原因，也有著政府

〔註17〕 參閱姚新勇：《我所瞭解的「維吾爾在線（中文版）」及其它》一文中有關詔關「6‧26」衝突性事件發生之後，網絡空間圍繞維吾爾人形象所展開的攻防之分析 http://blog.sina.com.cn/s/blog_60f25ed70100ep4n.html

的有意為之。以少數族裔地區民族語言教學為例加以說明。《中華人民共和國民族區域自治法》第三十七條第三款規定：「招收少數民族學生為主的學校（班級）和其它教育機構，有條件的應當採用少數民族文字的課本，並用少數民族語言講課；根據情況從小學低年級或者高年級起開設漢語文課程，推廣全國通用的普通話和規範漢字。」很顯然，根據此項法令，像在新疆、西藏等地區，少數族裔學校或班級的教育的主體教學語言，應該是少數族裔母語。在改革開放之初的頭些年，在新疆、西藏等少數族裔地區，國家的確花大力推行民族語言教學，「文革」中被關閉或合併的「民族學校」得以恢復，新的「民校」被開辦。但是到了九十年代之後，隨著西藏、新疆等地民族分裂活動的逐漸頻繁，為了幫助少數族裔掌握漢語更好地應對市場的競爭，這些地方逐漸改變語言政策，並在新千年以後，轉而大力推行「雙語教學」。但在新疆、西藏等地區所開展的「雙語教育」，實際上是全面地推廣以漢語替代「民族母語」的教育功能，民族母語越來越變成單一的「民族語文課程」。這不僅違背了民族區域自治法，而且也引起了不少少數族裔人士的擔心，並且為境內外敵對勢力攻擊國家的民族政策，提供了口實，實質性地影響到了藏漢或維漢關係〔註18〕。

　　另外在意識形態反分裂教育方面，一些地方政府的行為，也存在程度不同的強制、灌輸的做法。眾所周知，我們國家在意識形態輿論宣傳教育方面的控制一貫較嚴格，不過經過三十年來的改革開放，這方面的民主化程度有了相當的提高，公民對於國家事務有了更多的發言權。但是在新疆、西藏等地，意識形態領域的開放程度要遠遠低於內地，而且近一二十年來的控制還有不斷加強之趨勢。在開會時，對新疆問題、民族問題等議題，往往除了照本宣科外，基本沒有什麼真正的交流、思考性的討論。另外近些年來，一些單位和部門不能恰當地處理必要、合法的宗教管理，往往將少數族裔正常的宗教需求甚至是一些日常生活習慣，都加以干預和禁止。這樣做的客觀結果就使得一些少數族裔人民，比當地的漢族民眾更有被另眼看待的感覺。

　　綜上所述，到了今天，某些邊疆地區的少數族裔在政治、經濟、文化等多方面的地位、形象，越來越趨近負面的甚至「被殖民」世界的形象。那麼少數族裔文學對於本族群文化本體性的強調，對於本民族文化的自豪感乃至

〔註18〕　參閱姚新勇《「雙語教育」的困惑與憂思——以新疆為例》，http://blog.sina.com.cn/s/blog_60f25ed70100ioa0.html

於對於本民族文化衰敗的痛感，也就不難理解了。他們是通過文學的方式，表達民族和自我的訴求，以獲取更高程度上的承認。

三

本節第二部分所述幾方面的情況說明了，爲什麼近二三十年來，邊疆少數族裔人民的生活水平、乃至民族文化教育事業都有了不少的發展，但少數族裔與漢族的情感卻比以往疏遠了，不少少數族裔的被排斥感、被歧視感反倒增強了。無論個體還是群體，如果他或他們在對方眼中的形象是負面性的，那麼自尊與被承認感無疑都會大打折扣，而這種狀況顯然與現代被普遍接受的平等理念是極爲不同的。儘管許多接受現代平等理念的人，往往並不會對此有清晰、系統的理解，但其中所包含的基本的情感邏輯，則是每一個人都會自覺或不自覺地意識到的：

> 忠實於我自己意味著忠實於我自己的獨特性，只有我自己才能表現和發現這種獨特性。在表現它的過程中，我也在塑造我自己。我實現了一種真正屬於我的潛能。理解現代本真性理想，理解這種理想通常所包含的自我完成和自我實現的目標，必須以此爲背景。」這種理念「既適用於與眾不同的個人，也適用於與眾不同的負載著某種文化的民族。正像個人一樣，一個民族也應當忠實於它自己，即忠實於它自己的文化。德國人不應當成爲非驢非馬的二等法國人……斯拉夫民族應當找到他們自己的道路。而且歐洲殖民主義應當予以反擊，讓我們現在所說的第三世界能夠有機會不受阻礙地尋求自己的生活方式〔註19〕。

所以正如前面所一再談到的多種情況所表明的那樣，與自我的認同、承認感息息相關的自主性、獨特性存在方式的訴求，「就其實質而言」「必須是內在地發生的，而不能是社會地派生的」。這也正是爲什麼轉型期以來，少數族裔的文學和文化建構，始終如一地強調返還本族群獨特文化認同的核心性的內在原因。「但是實際上，內在的發生決不可能以獨白的形式存在」，「人類生活的本質特徵」是對話性的，無論是個體自我還是族群、民族自我的認同建構，「總是在同某種東西的對話（有時候是同它的鬥爭）中建構」的，這種

〔註19〕 查爾斯・泰勒：《承認的政治》（上），董之林、陳燕谷譯，《天涯》，1997年第6期，第51頁。

東西是有意義的他者希望在我們身上看到的。即使我們已經脫離了一些這樣的他者」。我們不可能在孤立狀態中炮製性地去發現、建構認同。「相反，我的認同是通過與他者半是公開、半是內心的對話協商而形成的。提出一種內在發生的認同的理想必然會使承認具有新的重要意義，原因即在於此，我的認同本質性地依賴於我和他者的對話關係」〔註20〕。

不僅如此，這還意味著認同與承認的相互性或互爲主體性。某一主體的平等性訴求及身份確認，需要從對象性的他者那裡得到承認，而這也就預設了自我對另一個或平等性他者的指認、確認。因爲平等只能是在比較中得以確認，沒有平等的對象性主體也就不可能有平等的自我主體。具體到一個國家共同體中，少數族裔的獨特性體認往往會被「多數人的認同所忽視、掩蓋和同化」〔註21〕，這固然是必要的承認的缺失，但反之，少數族裔如果片面地理解所謂的自我的本質、認同的獨特性，那麼同樣也可能意味著另類的承認的缺失。這種缺失不僅可能意味著對國家、對他族群缺乏必要的承認，也可能意味著對於本族群內部個體成員的複雜多樣性的身份及權利承認的缺失。前面所提到過的不少現象中都存在此種問題。這裡不妨舉幾例予以說明。

第一則是關於唯色的。我們知道唯色自明確地轉入抵抗性的民族主義寫作後，經常以平等、民主、後殖民主義等觀念抨擊中國國家對西藏的治理，批判所謂的漢民族對藏族人民缺乏同情心。但是2010年青海玉樹發生地震後，唯色卻置全國人民對地震災區的關心、救援與不顧，一直不停地在其博客中否定政府的救災工作，傳遞許多未經證實且絕對有害於藏漢關係的消息，渲染著藏族同胞被壓迫的悲情。說什麼中共政府或有關部門忽視準確的玉樹地震預測。說什麼地震發生後藏族僧人們第一時間趕到災害現場，實施救助，而且後續還一直有大量的藏族僧侶源源不斷地奔赴玉樹救災，可是中共不僅故意隱瞞消息不報，還阻止僧人救援。還有解放軍無恥地在僧人救出人或挖出屍體後，把僧人驅趕到一邊，戴好軍帽，在他們自己的攝像機鏡頭前照相，製造人是他們救出的假相。甚至還有武警士兵，不去積極救災，反而去偷竊藏人的藏獒。中共官員、明星們的蠻橫、作秀、延誤、阻礙救援，用假冒僞劣產品救助藏族災民。漢人缺少同情心，地震之後，各種娛樂活動或電視上的娛樂節目照常如舊等等。當有人對唯色的

〔註20〕引文見查爾斯·泰勒：《承認的政治》（上），第52～53頁。
〔註21〕同上，第54頁。

這種表現提出批評後，還遭到了一些所謂民主自由人士的攻擊，被譏諷爲「義務五毛典範」〔註22〕。

第二例與維吾爾在線的表現相關。維吾爾在線始建於 2006 年，自詡要「成爲各族朋友瞭解維吾爾族，與維吾爾族朋友敞開心扉交流和溝通的平臺」，但實際上它卻具有強烈的維吾爾民族主義的傾向。該網站活躍期間，經常充斥著激烈、敏感、缺乏理性的所謂「維/漢」或「民/漢」間的爭吵，有時還會上升爲對罵。管理者們熱衷於推薦、轉帖這兩類文章，例如在線論壇中活躍著一個網名爲「香港漢人」者，他幾乎是逢中必反，逢共必罵。在他眼裏，幾乎所有的內地漢人，都是不懂自由、民主爲何物的中共奴才，任何批評狹隘民族主義的觀點、任何對政府有所肯定的言論，都會被他的自由大棒痛擊。此人深受在線好評，被視爲維吾爾族的眞正朋友，可是理性的網友，則不容易得到肯定。筆者曾有三篇批評政府或反思漢文化中心主義的文章長期被掛在在線首頁，而且一些批評政府不當的族群管理措施的帖子也會被置頂，可是我批判「天賦『族格』說的」文章則被冷遇。有一位網友轉帖了一篇長文，介紹前南斯拉夫國家分裂所帶來的人道主義災難，則幾乎被立即移撤。當有人追問網站管理員爲什麼要刪此帖，難道他們不擔心同樣的災難在新疆上演嗎？管理員卻回答說，因此帖敏感，怕不理性的網友跟帖，引起負面效果。可與此同時就有好幾則眞正敏感、偏激的帖子，堂而皇之地掛在那裡，甚至被熱抄。

這類現象實在太多了，用一般的話可說是典型的自由、民主電筒照人不照己。而從這裡所討論的視角來看，這就是一種負面自我形象的反向性投射。這種負面自我形象的生成，既可能是因爲他者對自我的負面性凝視（定位）的一種反應，但也可能與自我對這來自於他者凝視的過激反應相關。而這種激烈的反向投射一方面會將自我悲情化定位，將自我體認爲苦難和怨恨的化身；而另一方面，又以自己的仇恨性凝視，將對方定位爲敵對的他者，賦予專制、侵略、壓迫、傲慢、冷酷等負面標籤。因而，在這種「自我—他者」的形象生產的互動中，平等就不再是一種關係性的原則，而變成了單向性的攻擊的武器或怨恨情緒的合法性外衣。

這種偏激的怨恨情緒的存在，雖然與現實中不同主體（個人或族群）之間所存在的不平等或欠平等關係相關，但深層原因卻可能在於「認同政治」

〔註22〕 朱瑞：《義務五毛典範姚新勇》，C:\Documents and Settings\Administrator\Local Settings\Temp\Wiz\8869640.htm

本身的邏輯。不同於將身份認同的確認建立於與他人對話關係基礎上的承認的政治，認同政治的出發點則在於特定民族、族群的特殊的文化身份，儘管持認同政治思維的人，並不都反對甚至可能會強調與其它群體對話的必要性，但是，由於他們已經預先自覺或不自覺地對自我和他人的身份給予了本質化的定位，而且往往將族群身份視爲比國家認同、公民認同更基本、更重要的認同，因此就決定了他們是「站在某個群體的立場表達集體性權利的訴求」，而不「是自覺地站在更爲廣泛的社會立場」〔註23〕去觀察、思考問題，從而也就必然容易將問題的討論、對話，導向純粹、簡單化的族群本位性利益性追求，從而片面地強調民族自治或民族自決之於多族群國家內部族群問題解決的路徑性。

當然，這並不是說持有認同政治的理念，就意味著一定會認同少數族裔政治獨立的主張，在少數族裔文學領域，認同政治是被普遍接受的觀念，但是絕大多數少數族裔作家並不主張民族獨立、中國分裂。不過儘管如此，由於對認同的本質化的理解，因此即便作者本人的主觀用意是爲了國家的統一和族群的平等與團結，但其創作的作品本身和社會接受的效果，很可能與其主觀努力相反或存在難以克服的矛盾。張承志的《心靈史》可能就是一個非常突出的例子。

四

對張承志本人來說，他之所以創作《心靈史》，固然有爲一個被壓迫了二百年之久的教派、共同體伸張正義的用意，但這絕不是唯一的目的，甚至在張承志自己看來都不是主要的目的。在他的眼中，哲合忍耶與其說是一個社會實體性的宗教教派，不如說是富於反抗和犧牲的「底層人民」的典範和象徵。

「哲合忍耶是中國勞苦底層——這片茫茫無情世界裏的眞正激情」；「中國的一切都應該記著窮人，記著窮苦的人民」；「苦旱的黃土高原和黑暗的中國都太遼闊了，回民們對走出去過於悲觀絕望。他們只想製造一塊瞬間的神國，在那裡享受一瞬的信仰自由的滋味」。雖說張承志筆下哲合忍耶的反抗具有相當強的無政府色彩，雖然他說黑暗的中國太遼闊了，但將革命、階級造反邏輯與哲合忍耶宗教話語相嫁接的張承志，絕不是一個穆斯林民族主義者

〔註23〕汪暉：《承認的政治、萬民法與自由主義的困境》，file:///C:/Documents and Settings/Administrator.

或宗教主義者，而是一個中國的兒子，所以他說反抗的回民們「只想製造一塊瞬間的神國，在那裡享受一瞬的信仰自由的滋味」，〔註24〕所以他才會在完成《心靈史》的幾年之後，在重歸故土之際寫下這樣的衝動：「從兩腳剛剛踏上北京機場寒傖的地板時，我就猛地覺得，長城黃河都突然近了」，「我重新明白了我屬於這被我反擊過的中國人。無論血怎樣變，無論人怎樣走，無論條件和處境怎樣變，我們不會擺脫這命運——落日時分的中國人」〔註25〕。所以他才又旗幟鮮明地豎起「抵抗」的大旗，為中國而戰，為他曾經激烈抨擊過的中國而戰，並將此視為「知義」之舉。

但是儘管如此，《心靈史》出版之後一直到今天都存在著極大的爭議，其中所遭受到的最主要的批評就是該作所渲染的護教、反抗的暴力、流血，還有那激烈到甚至是為死而死的犧牲精神。的確，《心靈史》的出版，不僅讓人震撼、驚愕，甚至還讓一些人聯想到恐怖主義、奧姆真理教〔註26〕。這種反應固然與解讀者的片面有相當的關係〔註27〕，但也的確與《心靈史》中明顯的紅衛兵和哲合忍耶兩種激烈的理想主義犧牲精神的嫁接有直接的關係。而這兩者之所以能夠被嫁接在一起，恰恰在於兩種話語的邏輯起點都建立於對自我、群體、共同體以及他者等身份認定的絕對性上，在於與這種絕對認同緊密相聯的激烈、決斷性的語言表述方式：自我與其所從屬的群體是絕對的善的存在，而他者則是絕對的惡的化身，正是我和我們的絕對善，映襯出對象的他人絕對的惡；反之，也正因為他人絕對的惡，才不僅證明而且造成了我和我們的絕對的善。雖然張承志本人可能不會情願承認後一種的反向推論，但兩種絕對主義的話語邏輯，就已經事先預設了這一點。所以，紅衛兵造反的意義在於走資派的反動、壓制；哲合忍耶「血脖子教」的正義與合法性，在於官府偏袒性地插手教派之爭；而底層人民的反抗的正義性，更是因為強權、權貴、國家的壓制與奴役。《心靈史》思維及語言邏輯的絕對性，不僅引起了諸多的批評，而且影響到了一批崇拜者的寫作。在他們的作品中表

〔註24〕 本段幾處引文均出自張承志：《心靈史》，廣州：花城出版社，1991 年版，第 78、93～94 頁。

〔註25〕 張承志：《清潔的精神》，合肥：安徽文藝出版社，1994 年版，第 145、154 頁。

〔註26〕 將《心靈史》與奧姆真理教聯繫在一起，是曾經激賞張承志的王蒙。這種聯想，在當時引起了文學界廣泛的議論。相關資料在網上很容易搜索。

〔註27〕 關於張承志寫作的複雜的時代性悖論意義，請參見姚新勇：《呈現、批判與重建——「後殖民主義」時代中的張承志》，《鄭州大學學報》，1999 年第 1 期。不過當年，姚新勇有些過於肯定張承志的意義，而忽略了其寫作的偏激性。

現出了類似的絕對性，以及這種絕對性與作者更爲寬廣的中國、人性價值認同的矛盾〔註 28〕。不僅如此，這種絕對性，甚至使得極端宗教者對張承志產生了誤解性親近。

　　對自己的作品，尤其是《心靈史》中所存在的激烈的本質主義的問題，我們雖沒有見到張承志直接提到要進行自我反思，但顯然他是有所認識的，這或許正是促使他重寫《心靈史》的重要原因之一。張承志交待之所以要改寫《心靈史》，主要出自兩方面的原因：一是知識上的，即經過二十年的時光，對於相關知識瞭解得更清晰了；二是對於來自各方反應的回應，主要是對於「三重包圍」的回應：1. 當下的官僚時代的監視與膽怯，2. 失望了的極端宗教主義者，3. 附庸體制的知識分子〔註 29〕。不過仔細比較新舊兩版，其實最重要的修改原因，可能正是爲了弱化舊版的絕對性。新版《心靈史》的改動相當大，主要的修改可概括爲這樣幾方面：1. 一般的表達性修改，它們基本不帶有意義與情感的變化；2. 較多的學術性注釋的添加，這客觀上增強了新版敘事者的「學者身份」；3. 帶有意義或情感差異的概念、詞語、語句的修改；4. 大段甚至成節成章的修改。而後三方面修改的「指導性綱領」，可說是對舊版過於濃烈的宗教色彩的淡化。比如新版明顯弱化了對哲赫忍耶〔註 30〕的突出，將舊版中的許多與哲合忍耶相關的指稱，改爲穆斯林、農民、民眾、人

〔註28〕回族青年作者石彥偉的散文集《面朝活水》（北京：中國文聯出版社，2011年版）就很能說明這點。作爲一個年齡不過 26 歲的青年作家的作品，其中的許多文字顯示出了與其年齡不相稱的沉穩和功力，頗有宗師魯迅等中國現代散文前輩的風範。但這只是《面朝活水》語言風格的一小半，另一大半則表現出對於正在形成的由張承志借由「理想主義」中介而成就的「漢—回雜糅中文」之當代美文傳統的學習。後一方面的學習，使得以日常生活爲主要題材的《面朝活水》，也體現出《心靈史》般的對被壓抑的回民生存狀態的憤懣和強烈的宗教情感的張揚。而這樣的氣質，在極大地提升作品的思想內涵、精神高度的同時，也如同《心靈史》一樣在主觀上把回民世界作爲本質性的團質化存在來書寫：一種清潔、信仰、堅守、甚至反抗的團質性共同體。在此映照下，那個與它相對而在的漢文化空間，則顯得自私、冷漠、雜亂、無序、無原則、缺乏人情味、混濁、甚至骯髒。這樣的審美感覺，無疑是二元對立性的。它所排斥的不僅是漢族的世界，也包括對於清潔者、信仰者石彥偉的排斥。《面朝活水》中《天涯之遠》之篇記寫到，有一年作者與家人到海南去進行文化尋根式旅遊，好不容易在三亞一個叫做「羊圈」的地方欣喜地發現了自己的族人，但卻遭到幾個頭戴蓋頭的回民婦女的鄙視：「女人都是要戴蓋頭的，頭髮胳膊都露著，怎麼能算回民！」
〔註29〕張承志：《心靈史》，改定本收藏紀念版，2012 年版，第 15～19 頁。
〔註30〕新版用「哲赫忍耶」替代了「哲合忍耶」。

民等；另外舊版中與宗教「犧牲」的相關表達，有些直接刪去「犧牲」一詞，有些以其它情感相對更為弱化的表達來替代，至於同類性質的修改更是比比皆是〔註31〕；而大段的增刪，也多與淡化宗教色彩尤其是淡化哲赫忍耶教派的色彩相關。在所有弱化絕對性和宗教性的修改中，最明顯的或許是對於穆斯林世界（哲赫忍耶、回族）與孔孟（漢文化）中國關係定位的改變。在舊版中，突出的是兩者一褒一貶的涇渭分明；而在新版中，作者則有意識地溝通中國穆斯林或哲赫忍耶信仰與儒家「家庭倫理」之「孝道」的內在關係。

　　儘管新版《心靈史》有了諸多的改寫，但並未真正改變身份認同的絕對性，不過這仍然表現了張承志試圖在更為寬廣的基礎上來看待中國的努力。這與近些年來中國思想界所發生的「特殊文明中國論」之多元一體觀的建構，存在相同之處。〔註32〕

第二節　「特殊文明中國論」之多元一體觀的建構

　　如果我們將近三十多年以來的表現於少數民族文學方面的文化民族主義或準文化民族主義的動向，理解為更高的承認性訴求，那麼這種訴求在主流社會中是否得到足夠的重視？從總體來看，答案無疑是否定的。主流社會的反應不僅遲緩，也常常是傲慢的。不過隨著中國的發展，她對既定世界格局的衝擊日益增強，與美國為首的西方世界以及周邊國家的競爭與摩擦也日益加劇，一個日益強大的中國在世界上的合法性，也面臨更大的挑戰。而這種挑戰又與複雜的內部多民族關係有著密切的關係，這突出地表現在2008年以來的一系列涉藏、涉疆的問題上。也正是在這樣的情況下，主流社會面對外

〔註31〕例一：「在以苟存為本色的中國人中，我居然闖進了一個犧牲者集團」（舊版）
　　　　——「在蟻命苟存的中國風土中，我怎麼闖進了一個造反者的集團」（新版）。
　　　　例二：「讓自己的文章納入深沉的禁忌，讓自己的真誠昇華成信仰，讓自己的
　　　　行為採取多斯達尼的形式」（舊版）——「讓文章突破名利的桎梏，讓一粒的
　　　　自我、投入民間傳統的『共同體』。讓自己的生命戰勝異化」（新版）。例三：
　　　　「但是，關里爺、氈爺、曼蘇爾、及無名氏們對於歷史的過程本身的淡漠，
　　　　實在是不可思議的。對於他們這種作家來說，只要實現了犧牲殉教的念想，
　　　　一切就已經結束」（舊版）——「但是，關里爺、氈爺、曼蘇爾、及無名氏們
　　　　對於歷史的過程本身的淡漠，實在是不可思議的。對於他們來說，只要實現
　　　　了教門的接續，一切過程毋論流血，均可略去不計」（新版）。
〔註32〕有關《心靈史》修改的詳細分析，詳見姚新勇、林琳：《激情的校正與堅守
　　　　——新舊版《心靈史》的對比分析》，《文藝爭鳴》，2015年第6期。

部壓力所進行的一系列的有關中國合法性的話語建構，也就逐漸有了越來越多、越來越自覺的內部挑戰的回應性，而這一切又日益集中地表現於「特殊文明中國論」之多元一體觀的建構上。

一

首先需要指出的是，不要將這裡準備討論的「特殊文明中國論」等同於一般意義上的「中國文明特殊觀」，它不是一般性的價值判斷或觀念，而是作爲中華民族認同的綜合性的理論形態，是綜合化、理論化、形態化了的中華民族多元一體格局理論的新的表現形式。它已經通過多種不同的思維觀念、理論思考、社會言說的自覺或不自覺的共同作用大致成型，而且已經有學者試圖給予其以哲學〔註33〕和歷史文化人類學〔註34〕的系統的理論綜合。就所涉學科而言，「特殊文明中國論」是由歷史學、社會學、民族學、人類學、政治學、文化學等多個學科的學者們的各自陳述與相互補充逐漸成型，而就其理論形態而言，大致表現爲這樣三個層面的結構：1.「天下中國」之歷史觀，2. 全球化語境中的中國國家尊嚴觀，3. 文化多元、政治一體觀。

1.「天下中國」之歷史觀

「天下中國」也可以表述爲「天朝」、「天朝中國」、「朝貢制中國」。究其理論來源是混雜、多樣的。列文森的「文化中國說」〔註35〕、拉鐵摩爾的「長城中心中國說」〔註36〕，1960 年代以來形成並不斷豐富擴展的西方「中國研究」〔註37〕，日本學者爲代表的東亞研究〔註38〕可能都對它的形成發生了程度不同的影響。雖然這些海外中國研究的動機、理論視野、關注重心各有不同，但它們共同從「文化中國」和「中心（中原）—邊緣互動中國」這兩個

〔註33〕 如趙汀洋：《天下體系：世界制度哲學導論》，江蘇教育出版社，2005 年版。
〔註34〕 如王銘銘：《作爲世界圖式的「天下」》，載趙汀陽主編：《年度學術 2004》，中國人民大學出版社，2004 年版。這裡的「歷史文化人類學」一詞，多少帶有點我的杜撰性。
〔註35〕 參見列文森：《儒教中國及其現代命運》，鄭大華等譯，中國社會科學出版社，2000 年。
〔註36〕 拉鐵摩爾：《中國的亞洲內陸邊疆》，唐曉峰譯，江蘇人民出版社，2005 年。
〔註37〕 姚大力：《西方中國研究的「邊疆範式」：一篇書目式述評》，http://www.china.com.cn/international/txt/2007-05/25/content_8302248.htm
〔註38〕 如浜下武志和溝口雄三的相關研究。關於這方面的情況，近一二十年來《讀書》雜誌和孫歌、汪暉等多有介紹。

方面啓發了中國學者，使得他們參考這些研究並結合中國現實，爲轉型中國提出獨特的文明共同體的中國觀念，即天下中國觀。我們可以在王銘銘、楊聖宇、馬戎、汪暉、趙汀洋等人的相關文章或著述中，都可以看到對此觀點的形式不同、涵義相近的表述。

天下中國觀大致可以概括爲以下幾個層面的辯證關係：其一，傳統中國不是種族性的共同體，而是文明或文化性的共同體，文明（其主要形式表現爲儒家文明）與否的分野，構成了文明的華夏與野蠻的夷狄之分野；其二，以華夏文明爲核心的傳統中國的空間性表現爲中心（中原）與邊緣（中原四周的少數民族地區）共構的「天下中國」；其三，一方面在中華區域不同民族間政治、軍事、經濟的「物質性」互動的推進下，另一方面更在華夏文明核心觀之精神性綱領的統轄與整合下，就在空間上形成了幅員遼闊的以朝貢制爲基本體系的中華帝國，在時間上形成了綿延不絕數千年的「天朝」──文明中國；其四，進入近代以後，在西方帝國主義以及後崛起的日本帝國主義的壓力與威脅下，傳統天朝不得不發生轉型，由「天朝」向現代「民族國家」形態轉型。而現代中國的基本結構形態正是由這種複雜的歷史文化時空關係演變而來的。因此，中國並不是什麼怪異的傳統帝國殘留形式〔註39〕，而是特殊的、不同於世界其它各種國家形態的特殊的共同體〔註40〕。

瞭解相關國外理論的人可能不難看出，這種「天朝」觀與其所借鑒的理論存在兩個重大的差異，一不同於列文森的中國研究，列文森說的是傳統文化中國的衰敗與不得不向西方民族主義類型的國家轉型。也就是說，文化中

〔註39〕 在許多西方人的眼中，中國是一個難以理解的怪異的存在，就是相當理性、富於西方文化批判意識的哈貝瑪斯也認爲中國是「史前」傳統帝國的怪異性的現代遺存。見哈貝瑪斯：《後民族結構》，曹衛東譯，上海人民出版社，2002年版，第74頁。

〔註40〕 這部分的內容，是筆者多年來雜讀的結果，因此很難一一給出相關的參考文獻。筆者這裡做的工作主要在於將他人各相關方面的觀點，集聚到一個具體的論題中加以闡釋。很顯然，若想從這裡的闡釋中發現與各種具體的「天下觀」之不一致之處非常容易。比如說我們這裡強調的是「天下觀」「原本」格局中的中心（中原）與邊緣（邊疆）之間的二元格局，而只是到了晚清或清中葉之後的，才將更遠、更外圍的西方世界納入視野，但是王銘銘先生則認爲中國的天下觀幾乎是從其初具形式之時就是「中心漢族區域──少數民族區域──海外區域的三圈」形式。爲此他的《作爲世界圖式的「天下」》進行了頗爲壯觀、浩繁的考證。不過儘管如此，我們認爲這裡所作的歸納，其內核可能更能集中突出各種「天下」觀的實質。

國是一個過去式，而當下的「天朝」觀則強調文化中國的承傳性。二不同於拉鐵摩爾開啓「中國─邊疆」互動的各類型的中國研究，它更強調華夏文明的核心性。然而也正是這兩種差異表明了新型的「天朝」觀，直接指向著中國國家擁有和治理邊疆的合法性。也就是說「天下中國」的中國說，從地域範圍、文化認同、族群關係、國家結構等四方面奠定了現代中國的基礎。因此，就不能按照西方殖民主義與其被殖民地的關係來理解中原與西藏、新疆、內蒙等「原邊疆」地區的關係，前者是無歷史互動關係支撐的、飄洋過海跨地域的征服與被征服、殖民與被殖民的關係，而後者則是一個中華大區域間的不同地區人群之間的長期互動所形成的中華民族共同體的關係。

2. 全球化語境中的中國尊嚴觀

這一層面，既包含著傳統的愛國主義觀念，更有著新條件下產生的多種新的因素。大致可以分成三類：① 王小東、房寧、戴旭等爲代表的國家民族主義〔註41〕，②「AC四月青年社區」爲代表的「自由─民主愛國主義」〔註42〕，③汪暉所代表的第三世界反抗說的尊嚴政治觀。這幾派觀點的側重各有不同，但它們卻在近幾年來彙聚在一起，成爲國家意識形態認同的重要組成部分。如果說天下中國觀爲中國提供了「歷史─空間」的合法性的話，那麼中國尊嚴觀，則爲其提供了「現實─空間」的合法性，並且發揮著重新激起國人愛國主義的作用。

3.「文化多元、政治一體」說

如果說「特殊文明中國觀」的前兩個層面，主要爲中國的存在提供了意識形態性的合法性理念，那麼「文化多元、政治一體觀」則試圖爲新的認同理念提供具體的法律與政治的構架；而且具體地說，它就是直接針對國內日益複雜尖銳的民族問題所提出來的「制度性」的解決方案。

〔註41〕 關於戴旭其人可集中參見百度戴旭條（http://baike.baidu.com/view/1244474. html?fromTaglist）他的言論可以參見其博客（http://www.caogen.com/blog/index. aspx?ID=153）

〔註42〕 此社區的網址爲：http://bbs.anti-cnn.com/。它緣起於2008年的「反CNN」網。將其命名爲「自由─民主愛國主義」，是強調它愛國但並不排外、并也主張國家內部良性制度的建設之基本精神。不過後來此社區的愛國主義訴求越來越情緒化，以簡單的中/西二元化立場看問題的趨勢也愈益明顯，而且也越來越趨向於對政府的一味肯定。重慶薄熙來案後，此網站曾被關閉過相當長的一段時間。所以，這裡所談的情況，主要針對此網站的早期。

通過上面的分析我們可以看出，以「特殊文明中國論」為核心的中華民族多元一體理論的深化，已經為轉型中國初步建構起了一個包含歷史合法性、現實合法性、文化合法性、政治合法性等四個方面的中華民族認同綱領。這顯然比起上一世紀末期所理解的中華民族多元一體要充實、豐滿、完備得多，所以也可能更具現實的理論能動性。

但是儘管如此，這一理論形態仍然處於初步形成狀態，它還存在不少問題，而且是諸多內在的矛盾。真若想使其完備、成熟，成為有效的中華民族認同的意識形態的綱領，引領、激發絕大多數中國人民，為正展開的中國的現代轉型去團結一致、努力奮鬥，那麼就需要對特殊文明中國論的多元一體觀所存在的問題有一個清醒的認識，使之得以進一步完善。

二

（一）

1. 儒家文明「泛中國化」的努力與儒學「漢屬」之普遍指認的矛盾

稍微瞭解新型天下中國觀的人很容易看出，持論者不僅是在努力將儒學這個「老聖王」開出新知，而且也在努力地將儒學、儒家文明這一通常被認為屬於漢族屬性的傳統進行「泛中國化」。這表明了持論者對於中國多族群民族構成現狀的自覺，對於當下中國族群問題的重視，所以可以說是對外來理論的中國性的轉化、改造，而且這種轉化改造絕非憑空臆造，而是從多元一體的視角重新看歷史、激活歷史的努力。在漫長的中國歷史中，有許多史實可以證明，儒家文明並非只是漢族文明。儒學的形成、豐富、發展、普及，都有著非狹義之漢或非狹義華夏因素的貢獻。別的不說，就說對今天多民族國家形成發揮了重要作用的元清兩代，儒學被非漢政權接納為正統，並借助更加中央集權化的國家控制，更大程度上波及到了遼遠的邊疆，這都是典型的華夷之辨、道治辯證的史實〔註43〕。但是儘管如此，無庸置疑，在一般人的觀念中，儒家文明正如所謂「炎黃子孫」等文化符號一樣，既是中國的，更是漢族的，即便是夷夏之辨、道統大於治統之說本身，也是建立在華夏、漢族對非華夏族的教化、感召

〔註43〕 在這明顯的情況下，更包含著許多具體的個案。舉一個較為特殊的例子。在元代征服了雲南地區後，信仰伊斯蘭的回族也在那裡進一步成型。為了適應新的環境和元王朝推崇儒學的政策，一些後來回族先人的伊斯蘭學者，就努力探索儒學與伊斯蘭教教義的結合。參見 *Communist Multiculturalism-ethnic revival in southwest China*, University of Washington Press，頁 64～65。

之基礎上的，這顯然與現代的平等觀是相矛盾的。儒家文明、華夏文明屬於漢族的看法歷史久矣，若想改之決非易事，而且搞不好還會與大力張揚什麼龍的傳人、炎黃子孫一樣，遭致少數族裔的逆反心理。

2. 儒家文明恢復與全球民主化趨勢的矛盾

毋庸置疑，當下世界發展的主體潮流是民主化。全球民主化的進程，固然伴隨著西方勢力謀取、維持、鞏固世界霸權的歷史，但是也是後發型現代國家人民自我的選擇。自現代科學民主觀念進入到中國之後，就逐漸成為了中國人民為之奮鬥的目的，在近百年的中國現代歷史上，即便不同的政黨對民主有不同的理解，但是建立一個自由民主中國之理念，是哪一個政黨都不能也不敢公開反對的偉大目標。2007 年溫家寶總理就說過：「民主、法制、自由、人權、平等、博愛，這不是資本主義所特有的，這是整個世界在漫長的歷史過程中共同形成的文明成果，也是人類共同追求的價值觀。」〔註 44〕而在 2010 年「兩會」期間，溫家寶與網友互動時再次說道：「民主是一個政黨生命所繫、力量所在。一個不講民主的政黨，也是一個沒有希望的政黨。一個不講民主的政黨，更是一個沒有出路的政黨。」〔註 45〕雖然很多年前海外學者就已經開始在探討儒家文明現代性轉化的問題，雖然現在一個有著激進反傳統之傳統的政黨，積極主動地去擁抱傳統，重揚傳統文化，固然是放棄極端、走向理性的進步表現，但是無可否認，漫長的中國歷史從某種角度說，也是帝王專制、人民慘遭壓迫的歷史，儒學雖有其樸素的民本主義思想，但相當程度上不過是「內法外儒」之專制制度的粉飾、潤滑劑而已，歷史上統治者用儒學來粉飾自我、鞏固專制統治的實例更是屢見不鮮。我們又怎麼能夠保證學者為中國提供合法性的良好動機，不被那些維護自身既得利益的個人或集團所利用，讓新型特殊文明中國論，變為阻擾政治體制改革、阻擾中國民主化進程的絆腳石呢？

由於本專著的特定視角，我們在這裡較多地談到的是國家權力的合法性一面，但如果從民主角度看，中國社會矛盾日益激化、族群衝突日益激烈的基本原因，恰恰是權力與資本相互勾結橫行的結果，如果不從根本上改變權力過分集中的問題，那麼什麼樣的補救性文化制度構想，都是不能拯救中國的。

〔註 44〕http://www.ce.cn/xwzx/gnsz/szyw/200703/16/t20070316_10718768.shtml
〔註 45〕轉引自閆華：《溫總理國家高度談民主讓人警醒》，http://www.china.com.cn/news/comment/2010-03/01/content_19491890.htm

3. 真有所謂的文化多元與政治一體性之社會架構嗎？

馬戎先生的文化多元、政治一體說主要參考了美國的國情，但是他的借鑒可能存在一個重大的問題：他只看見了美國的文化多元主義和國家政治的「一體性」，但卻忽略了這兩者的重要的文化一體性基石——「美國價值」或「美國夢」。它由兩個基本方面構成，一方面是自由、平等、天賦人權的理念，另一方面是這一理念緊緊地與美國——美利堅共和國——聯繫在一起，每一個人都可以通過自己的雙手，在美國這個自由的國度裏取得成功。不錯，沒有人能夠否定美國夢、美國價值的意識形態的欺騙性，更沒有人能夠否定以這一價值為自豪的國度內所發生的種族隔離、種族衝突的歷史，乃至於當下和今後仍然還會遇到的種族問題。但是我們不得不承認，正是這一核心價值為不同族群、不同膚色、不同文化背景的美國人，提供了一個普遍的合法性基礎，讓他們去爭取自己的權利和幸福。也就是說，雖然在不同的歷史階段，自由、平等、天賦人權這一最高理念，並沒有不分種族、階級、階層公正地落實於每個個體或每個族群上，但是每個受到不平等歧視的個人和族群，卻都可以以此為武器，聲張自己作為人的、美國人的權利，並通過努力與抗爭推動這一崇高理念逐漸地在制度上更高程度、更普遍的落實。所以從族群關係的角度說，美國夢、美國價值，為不同階級、不同族群的美國人，提供了一個既屬於個體的又屬於群體和國家的、極具生命活力的共同的民族意識形態綱領，它詢喚著一代又一代的美國人，成為、內化為美利堅共和國的公民〔註46〕。

所以很顯然，忽略了「美國價值」這一重要前提去談什麼文化多元、政治一體，不說是本末倒置，也是見表不見裏了。所以我們不禁要追問馬戎先生，建構文化多元、政治一體中國的「中國價值」何在？〔註47〕

4.「文化」、「文明」取代「種族」、「民族」的理論困境

構成美國認同基石的「美國夢」世所皆知，為什麼會被馬戎先生遺忘呢？恐怕並不是他忽略了「美國夢」對美國認同的重要性，而是因為正處於轉型中的中國的不確定性，造成了視野廣泛的馬戎先生的遺漏。當然，馬戎並非完全沒有給出適合於中國的文化一體性，在他以「天下中國」為綱領的中華民族多元一體理論闡釋中國的合法性時，實際上在相當程度上已經接受了那

〔註46〕 參見姚新勇：《民族意識形態的生產：從美國看中國》，http://blog.sina.com.cn/s/blog_60f25ed70100e605.html
〔註47〕 這裡我們還沒有去管美國聯邦制度與中國中央集權制的區分。

種以儒學文明結構中國認同的觀點。只不過其人類學的學科背景或許還有他的回族身份，都使得他不可能不假思索地將儒家文明直截了當地視為新型民族國家認同的文化綱領。這一點暫且不論，筆者想由此進一步追問的是隱藏於這背後更深層的一個問題，即「文明（化）」中國取代「種族（民族）中國」的觀點所包含的一個重要的理論缺陷。

試圖以儒家文明為代表的傳統文明來說明現代中國國家形成的獨特性，這當然不是簡單地拾取歷史遺跡為現實服務，更不應定性為開歷史倒車，姑且不論其中所存在的一定的歷史實在性，而且從國家認同的內在雙重困境來看，這種嘗試恰恰可能內涵著時人克服「政治認同」與「文化認同」內在矛盾的努力，想在這兩者之間取得某種平衡。這正如七八十年之前某些中國學者的努力一樣〔註48〕。但是正如我們前面已經分析過的那樣，儒家文明帶有相當的「漢屬性」，當學者試圖將其超種族化建構為中國認同的文化根基時，很難阻止人們將這兩者聯繫起來，其結果就有可能是，表面上好像用文明、文化取代了種族、民族，但根本上不過是換了個名詞，由「漢文化民族主義」取代了「漢種族民族主義」而已。且不說它難以應對激烈的族裔民族主義的挑戰，恐怕就連第二章第四節所討論過的以少數族裔為天下中心的大中華抒情的挑戰，都不足以應對。

5. 愛國主義何以不墮入國家法西斯主義？

一種有效的國家認同意識形態，當然必須具有激發本國人民對自己國家熱愛、驕傲的能量，簡單地說，必須具有愛國主義的感召性。但問題是這種愛國主義的性質如何？它在激發人民的愛國熱情的同時，對內是否會成為以國家的名義侵犯公民權益的口實，對外成為鼓動侵略擴張的理念，也即它是否會成為當年納粹德國和日本軍國主義的國家法西斯主義？就當下國家民族主義思潮這一派愛國主義來看，並非沒有這種危險。它直面嚴酷的國際競爭的現實，告訴國人在這資源有限的地球中，中國的崛起必將遭到以美國為首的西方世界的打壓，這對於幫助國人破除對西方世界一廂情願的幻想、樹立危機意識無疑具有正面作用。但是，這派的觀點不僅援引了國家社會達爾文主義，而且沒有超越之，其思維觀念的邏輯——圍繞有限資源的競爭——國

〔註48〕這裡所說的「政治認同」與「文化認同」的內在矛盾請詳見許紀霖的《共和愛國主義與文化民族主義》，《華東師範大學學報》（哲學社會科學版），2006年第 4 期。雖然許在文章中並未提到史密斯的雙重合法性認同危機，但兩者內在實質是相通的。在這裡我們也可以體味出許友漁與「自由主義」主張「共和（憲政）愛國主義」之觀念的微妙差異。

家的危險—努力發展壯大國家實力—衝破列強的圍堵打壓—確立自己的強國地位——與昔日各種帝國主義的邏輯並沒有實質性的差別。加之中國歷史上的專制主義的傳統和民主體制本來的不健全，就使得這種由「反逆向民族主義」、「中國崛起論」所包裝的愛國主義，很容易在特定的條件下，演變爲國家法西斯主義。所以，一些「右派」人士，始終提醒人們警惕愛國主義所包含的專制主義性質和非理性的愛國迷狂，就不乏警示性意義；儘管這種警示含有某種程度的民族虛無主義。

6. 由天朝中國轉向民族國家之中國是純然無辜的嗎？

由天朝中國向現代中國轉型的歷史文明觀的中國闡釋，的確說明了現代中國形成的獨特性，這爲在一個中國的前提下處理、發展兩岸關係、維護西藏、新疆等少數族裔地區的穩定，發展多族群中華民族關係，都提供了有力的歷史合理性。但是這一理論中卻包含著一個重要的問題，那就是它在辯證性地將現代中國轉型納入到全球資本主義擴張的視野下加以把握的同時，卻把中國簡單地視爲了一個天然的整體，強調了它受帝國主義壓迫、侵略而不得不痛苦轉型的一面，卻忽略了與其相關的國家內部不同地區之間的現代性的整合問題，在這個整合過程中，同樣也包含著中心地區（一般是沿海、中心城市地區）對於邊緣地區的國家權力的暴力性和擴張性問題。雖然這當然不是什麼中國對邊疆地區的殖民擴張，不能簡單地用內部殖民主義來加以解釋，但是轉型後的現代中國的中心與邊緣的高度一體性關係，顯然已經完全不同於傳統朝貢制或羈縻制下的鬆散的中原與邊疆的關係。儘管中國的現代轉型相當程度上是外來力量逼迫的結果，儘管放眼世界，所有舊的共同體形式轉向現代國家共同體形式的歷史都伴隨著國家中央一體化的過程，這個過程如果完成得不好，國家往往就是分裂、動蕩、軟弱的（如阿富汗、非洲的一些國家），但是這一過程的完成，卻的的確確存在著國家暴力，以及地區、族群間的不平等。因此，傳統中國的現代轉型，並不是純然無辜的。所以，我們在用夷夏之辨、天朝觀來解釋中國合理性時，不應該只強調儒家文明的統合性和四周邊緣文明的向心性，而忽略中華文明圈中的非儒家文明的相當程度的自我管理性和自在性。按照邏輯推論，如果我們想以古代中國的天朝制來說明現代中國的合法性，想以儒家文化的歷史統合性幫助重構今天的中華民族認同，那麼也就必須相應地思考，如何借鑒傳統中國地方自治的歷史資源，減輕和改造我們現在過分的國家權力的集中性。

（二）

我們看到，以「特殊文明中國論」為特徵的中華民族多元一體觀的新形態存在著諸多問題，但這並不意味著它就沒有真正的價值，只能被我們拋棄。如果既清楚它的內在缺陷，同時又能夠真正整合它所包含的積極元素，那麼它就很可能會走向成熟，成為感召各族群成員自覺認同中華民族的國家認同綱領。要想達到這種目的，可能首先需要準確定位國家、族群、個體三者間的關係。

1. 準確定位國家、族群、個體之間的關係

中華民族的認同之所以存在危機，中國的族群關係之所以日趨緊張，與人們對「國家」、「族群」、「個體」三者關係的定位之誤有內在的關聯。首先，在國家定位上存在著「人民利益高於一切」和「國家利益高於一切」的差異。雖然在抽象的觀念層面，這兩者似乎都是「正確」的，但實際上在許多情況下，具體的、本應該落實於個體、群體的人民利益，往往可能被所謂的國家利益所取代，到頭來人民利益和國家利益都沒有得到保障。所以，究竟是具體、可見的人民利益第一位，還是較為抽象、宏觀的國家利益為第一位，需要明確定位。

如果不牽涉到國家統一分裂與否的問題，相信絕大多數人，都會選擇將具體的人民利益放在第一位，但是當涉及到國家主權尊嚴、統一還是分裂的問題時，這時候「國家的利益高於一切」恐怕在許多人眼中就有了更大的合法性。一個國家當然要有維護自身統一的決心，如果一個國家可以輕易地在這樣重大的問題上鬆動、讓步、妥協，那麼這個國家就很容易分崩離析。以美國為例，如果當年的美國國家或林肯總統，沒有維護國家統一的決心，恐怕現在的美國早已分成南北兩半了。當然有人會說這只是一種情況，在有的情況下，比如當年的捷克斯洛伐克，國家維護統一的決心並不強，但也沒有帶來什麼災難，反而是通過和平協商的方式，解決了所存在的國內民族問題。另外加拿大的魁北克省是否獨立的問題由來已久了，但它之所以沒有演變為成族群衝突，恰恰也不是因為國家維護統一的決心，反而可能與沒有剝奪魁北克人民通過投票來決定獨立與否的權利的做法直接相關。

的確存在這樣例子，但是這並不意味著在這樣的國家中，國家沒有借助國家力量維護統一的意願與決心，它們之所以運用公民投票的方式來決定如何解決國家的族群問題，是這些國家的人民和政府在可能達成良性妥協的基

礎上，選擇了「分家的方式」來解決問題。因此，這種方式的選擇，是需要特定的歷史、現實、觀念條件的。如果不具備相關的條件，簡單、無條件地輕易放棄維護國家統一的決心，同意由通過投票來決定其歸屬的話，其結果很可能是災難性的。其實就是加拿大也並不像一些人所想像的那樣，輕易同意魁北克人用投票來決定去留，加國既充分尊重魁北克人民的自治權，同時也想盡辦法通過各種合法的手段，阻止魁北克的分離，其中就包括通過修憲來提高公民投票決定的門檻。〔註49〕

但是儘管如此，就是在國家統一與否這一重大問題上，也應該明確地將人民的利益放在第一位。因為從根本的意義上說，不是國家的利益高於一切，而是人民的利益高於一切。國家之整合人民、整合民族的目的，並不在國家本身，而在於：從理想的層面看，要在盡可能大的程度上為每個或絕大多數個體、群體謀取最大的精神與物質的福祉；而從現實主義的層面看，則至少要為人民保障最低限度的安定與和平。只有同時滿足這兩個條件，或至少滿足最低要求，那麼國家用強力維護國家的統一與安定才是合法的。這樣說，並不是降低國家的地位，給那些打著人權、族權的旗號謀取分裂國家的人留下可乘之機，相反，有了這樣的定位，我們才有更充足的理由捍衛國家的利益。因為這個基礎上的國家利益，不是屬於抽象國家的，也不是屬於抽象人民的，而是屬於每個人、每個群體、每個族群的。當執掌國家權力的人或團體，借國家利益侵害大多數人民的利益時，我們可以以人民利益高於一切加以反對；而當某些特定族群中的某些人，以特殊「民族」利益的名目，謀取獨立、分裂國家時，我們也可以以國家安定、人民安全之基本目標質疑、反對他們的行為。

也就是說，當國家不再把自己視為天然合法的主體，而是將自己視為保障、協調不同個人、群體、階級、階層、族群利益的實體時，才有可能得到絕大多數人民真正的支持和認同。所以，欲想進一步充實並完善「特殊文明中國」核心觀的多元一體理論，也就必須首先確定好國家的定位。

就個體定位而言，無疑應該是「公民」。公民定位對於個體來說至關重要，而且對於國家、個體、族群之關係來說又具有基礎性與中樞性意義。公民的

〔註49〕既便是加拿大，國家也以極大的努力來維護國家的統一，其中通過修憲來提高通過公決謀取獨立的門檻即為一例。參見《加拿大如何處理「民族問題」》，http://blog.sina.com.cn/s/blog_61d634ba0100l4zi.html

定位首先意味著要建立起一套真正界定、規約國家、個體、族群的規律、法規系統，沒有這樣的法律、法規系統，個體的公民權利是無法得到保障的，它不僅會受到來自國家權力的干涉與剝奪，還可能受到來自族群的非法或超越法律的過分約束。這也就是大多數人主張盡快完成中國的政治體制改革，建立起良性的現代民主政治制度的原因所在。但是我們在強調公民本位意識的同時需要警惕不要走入一個誤區，即簡單地將公民權與國家對立起來的誤區。一些片面熱衷於民主體制者往往沒有認識到，一個良性、有效的民主制度的建立，是需要國家內部和外部條件的，他們往往本能地在一種「真空」狀態下思考中國的民主體制的建設，主張簡單地移植西方的民主模式，以為只要施行了自由憲政民主體制，中國的內部、外部問題都可以自然解決了。因此，國家在他們的意識中，就顯得無足輕重，甚至還有人去緬懷古代中國道家所倡導的小國寡民理想〔註50〕，因此，他們也看不到在殘酷激烈的國際競爭中，國家對於保障國民、公民利益的重要作用，從而導致他們對愛國主義過分的批判。這也就是說，公民本位意識一方面既意味著對國家行為和權力的制度約束，另一方面，也意味著對國家責任的承擔，兩者不能偏廢。至於說公民本位意識之與個體與族群、族群與族群間關係的調整，同樣也是非常重要的。

　　最後我們再來看族群的定位。近三十年來，中國多種族群的文化復興運動綿綿不絕，其直接推動力來自具體族裔民族文化身份重建、民族身份認同意識的強化。雖然這有其歷史的合理性，但是，作為國家層面下的族裔民族身份的認同究竟應該處於什麼位置？它與國家認同，公民權利之間的關係又該如何呢？

　　長時間以來或者由於疏忽，或者由於敏感，實際上無論是在族群內部還是外部，無論是一般民眾、政府還是學術界，都沒有真正思考過這類問題，族裔身份認同的訴求片面地被強調。這不僅帶來了對國家認同的衝擊，影響了國家的安定，而且在某些族群內部，族群文化的規約（主要表現為宗教條律），甚至不同程度地違反了公民的基本權利，將其文化規約凌駕於國家法律和公民權利之上。正是存在這樣的認識誤區，時不時會發生這樣的情況：一些人常常用不平等、不民主、不自由來抨擊國家對宗教、族群事務的管理，但是在另一方面，他們又間接或公然地違背國家法律，強行剝奪其所屬的公

〔註50〕劉軍寧：《為什麼大一統是亂世之源？》，《南方周末》，2008 年 1 月 23 日。

民自我選擇權，強制性地推行某些特殊的宗教、文化規範〔註 51〕；而且在過去的幾十年中，甚至發生過某些族群爲了維護自己的文化尊嚴，採取類暴力的方式，強制性地給政府施壓，不合情理地要求過當處理相關事件的案例〔註52〕。至於說這種族群文化合法性的過分強調，所造成的族群間關係的緊張，前文已經談論過了。

綜上所述，在國家、公民、族群三者的關係中，哪一方都不該片面強調自己而偏廢它方，不過三者中，公民身份、公民權利應該是最基本、神聖不可侵犯的。國家說到底正因爲能夠最大程度地保護其公民權利，包括他們的政治、經濟、文化、個體、群體的權利，才能夠得到公民的眞正認同。同樣，特定族群共同休的認同的目的在本質上說，是要爲其所屬公民個體，提供一套適合於他們更好的發展的文化心理環境，幫助培養他們的自我文化尊嚴感，以便更好地與國家的主流文化環境進行互動。而爲了眞正諧調這三者的關係，就需要建立起一套以保護公民合法權益爲基本宗旨的法律、制度，來保護、規範、諧調公民、族群、國家權利及其制度體系。問題是具體到本專著的主題，明確了這三者的關係，對於完善以特殊文明中國論爲核心的多元一體民族認同綱領又有什麼意義呢？

2. 辯證綜合多元一體形態的多層面的意義

以公民、國家、族群三者關係看，第一層面的「天下中國觀」的意義，主要就在於解釋現代中國所擁有的幅員以及國家對其多族群人群管理的合法性，說明中國多族群、多地域的共同性一面，而不簡單是什麼儒家文明傳統對於今天轉型中國體制建構的合法性，更不是什麼漢族作爲一個文化群體高於其它族群的合法性。也就是說，無論是傳統的儒家文化還是現今的漢族占人口 90%以上的事實，都不能作爲結構新型中華民族關係的核心。當然這並不意味著排斥傳統中華文明對於新型多族群國家體制建構的意義，不過這個意義不在於用中華歷史的儒家主導性和漢族的非種族性的文化性來說服少數

〔註51〕近些年來一些地區愈演愈烈的禁酒運動中就包含這樣的情況。有心者可以上中國互聯網去自己搜索相關信息。另外新疆地區不無極端的嚴格的伊斯蘭教教規也在暗中強力推行。比如穿著短袖裙子的婦女，可能會在街上遭到極端宗教徒的干擾，維吾爾傳統的載歌載舞的婚禮模式，也在維吾爾民間社會遭受到了更大的壓力。

〔註52〕這類案例的消息大都因爲高度敏感而被封殺，但實際上近二、三十年來，時有發生，其類型也是多樣的。

族裔同胞，簡單地接受現在的狀況，而可能恰恰在於被相關學者忽略或沒有明確強調的內涵，即以夷夏之辨爲核心的傳統天下中國觀中所包含的既一體又多元的制度性文明內涵。

傳統的道冶之辯、夷夏之辨、文野之分，是帶有文化性的，但就其作爲結構中華大陸之文明歷史的這一基本歷史功能看，它又不是文化的，而是當時中華大陸歷史空間中的「普世性」「文明標準」。雖然它在起源、基本內容、主要表現方式上，的確帶有很大的漢族屬性，但其基本價值卻不是單單屬於漢族的。雖然構成儒家文化的內容是豐富複雜的，但作爲結構古代中華大陸的文明標準的夷夏之辨說，卻應該是簡單明瞭的。有託吳太常者將其概括爲「王道也，禮樂也。夷夏之辨，猶小人君子之別也」。那些將夷夏之辨「解釋爲文化者，也是盲人摸象。夷夏之辨，不是一角鬥場，誰文化高誰就是華夏。文化本來多元，制度只是因民族而異的平衡策略，又豈是浪說高下的？夷夏之辨建立在王道中心的基礎上：我們本著忠恕之心，把一切文明，都納入九服體系；從而既保證各文明自身的延續，又協調文明間的分歧；保合太和，各正性命。所以，只有寬容而廣博，奉天而厚理，悠遠而無疆的文明，才可能擔當華夏的重任」〔註53〕。

雖然這位身份不明的吳先生的言辭仍然包含著強烈的漢文化中心論，但他對道冶之辯的解釋，卻可能更符合其最初含義，也可能更符合它所發揮的結構天下中國的實際歷史作用。這就相當於現代的「自由民主」價值是帶有西方文化的特性，但又更帶有現代普世文明的「制度性」價值。雖然世界發生了巨大的變化，歷史上曾經爲先進文明標準的夷夏之辨說也已經存在著許多嚴重的問題，但是就其「文明、包容、多元」的「普世性」制度文明價值的精髓言，它今天仍然對於我們中國乃至世界都可能是具有非常意義的。

具體到本專著所討論的範圍來說就是：我們應該怎樣創造性地轉換傳統的「天朝」理論與實際歷史，激活其所包含的中央—周邊的既一體又相應自在多元的關係，從而探索出一種既非高度集權，又非鬆散漶漫的中央—地方關係；也即既統一又自治、既集中又靈活、既密切又鬆散的關係。它的具體

〔註53〕吳太常：《關於夷夏之變的問答·原楚》，http://www.douban.com/group/topic/
3549406/。另外羅志田也區別了「夷夏之辨」與「文野之別」的區分，強調前者作爲調整中國古代多地域政體關係的功能。比如他的《天下與世界：清末士人關於人類社會認知的轉變》一文，原載《中國社會科學》，2007年第5期。

制度形式是什麼我們無法確定，但我們難道不可以想像它是同時汲取了傳統與現代多種國家—地方關係模式的「綠色生態」的「後現代」制度形式嗎？而第二章第四節所介紹的以少數族裔爲天下中心的大中華抒情，實際就是另類的「天下觀」言說，或可名之曰「胡天下觀」〔註54〕。這既是先於主流文化界的新型「天下觀」建構的實踐，也是對傳統和當下主流「天下觀」的挑戰。是對於主流中國觀的承認與質疑的同時體現。我們的新型「天下觀」建構的最大缺陷，則正是對有形和無形的「胡天下觀」的無知。

　　第一個層面的中華文明觀當做如是論，那麼具體到第二個層面也自然要求我們嚴格限定其中的國家達爾文主義的邊界，認識到它的意義僅在於提醒國民拋掉幻想，意識到在這資源有限的空間中中國生存的危險，從而通過危機意識激發我們的愛國主義，而絕不能任其擴張，引導著我們走向擴張主義、法西斯主義。因此，對於愛國主義的建構來說，可能最值得我們吸收並加以培育的應該是理性、民主、公民意識的愛國主義，其主導傾向與建立一個自由、民主、法制中國的理想是相互一致的。

　　另外，汪暉那一支系的思想，也包含著後殖民主義理論雙向激活的可能。即一方面繼續延續對外性的「東方主義批判」，另一方面，又以相關理論檢視中國內部現代化中所存在的類似行爲，從而爲中國探索出一條可持續性發展的獨特的第三條道路，爲中國社會的健康轉型，提供方向性的啓示，並對世界未來的走向，給予眞正的文化思想貢獻。

　　而對於文化多元、政治一體觀來說，其目標應該是不斷通過超族群的普適性精神價值的建構，爲文化多元、政治一體理念的落實，尋找到眞正具體而堅實的「公民價值基礎」，建構文化愛國主義與憲政愛國主義相互契合的制度性基礎。而這樣廣闊堅實基礎的建成，絕對不可能只通過片面的民族問題去政治化的途徑完成，當然也不可能建立在族群身份本位性那樣狹小的基礎之上，同樣也不可能建立在缺乏充分公民、族群權利承認的國家、天下觀的基礎上。只有當中華民族尋找到了能夠眞正有機地諧調公民、族群、國家三者關係的文化認同，並建構起了與之相適應的制度模式，中國的轉型，才能眞正成功完成，多元一體的有機和諧之中華民族關係，也才能眞正形成。

〔註54〕用「胡」並無貶義，而是在少數族裔主體性的「我是胡人」的意義上使用。

後　記

　　這本書稿竟然要出版了！完成後它在電腦中已經停留有三年了。

　　如今大學工作業績按年評價，一本三十萬字的書稿在電腦裏放三年，是否有些奇怪？是本人淡泊名利嗎？是找不到出版者或根本沒有去嘗試出版嗎？抑或是沒有出版基金資助而無法出版嗎？似乎是又不是。

　　本書稿完成國家社科基金的結項審查後，曾收到社科基金管理辦的來信，建議我申報《國家哲學社會科學成果文庫》。填寫好了申請書並請孫歌、關紀新、林崗三位先生推薦，可是到最後提交申請表的一刻，我卻可能過於主觀地感到，就是報上去了，也沒有可能獲批出版，畢竟它的內容可能有些敏感吧。這之後，雖然暨南大學文學院也有出版資助，但我仍然認爲它難以在大陸出版，儘管我的寫作是堅定地維護民族團結和國家統一。所以，最終也沒有向學院申請。後來託孫歌教授幫助聯繫過香港和臺灣的出版社，但都未果，這使我更清楚，本書稿還有不少可以修改、打磨的地方。我既感謝孫歌教授，也深感有愧於她的信任，但這也讓我更不急於出版了。於是這部書稿繼續停留在電腦中，並在後續一年多中，被不斷地小修小改。

　　今天，它終於有機會出版了！本項研究從 2009 年立項算起，已經七年了，時間的確不算短了，而自己從兩千年前後開始關注大陸民族問題，到現在也已經有十六七年了，時間就更不能算短了；然而，大陸的民族問題，卻並沒有因爲我的關注而好轉，相反卻日益嚴重。

　　——呵呵，這樣的表述頗有些自戀，是嗎？也許吧。但我自己以及那些瞭解我的朋友們知道，我爲什麼竟然會將一介書生的努力，與如此複雜、碩大、且充滿衝擊性的問題聯繫在一起……

感謝程兄映虹從大洋彼岸傳來的大序，你的大序不僅有助於讀者快速瞭解本書，而且也體味出了我寫作時的矛盾、困惑乃至掙扎。感謝賀兄仲明為本書牽線搭橋。感謝李怡教授不棄，將本書收入《人民共和國文化與文學》叢書。感謝臺灣花木蘭出版社。感謝本書的責任編輯許郁翎女士為編輯本書所付出的辛苦。感謝這麼多年來，關心、幫助過我的師長、朋友們。感謝弟子張增益，你的細緻與嚴謹，幫助老師校正了不少筆誤。感謝張健、孫靜、邱婧、王明鋒、林琳、毛毳、刁棟林等弟子，本書隱含著不少與你們一起討論、磋商的心得，以及你們所付出的辛勤與汗水。

感謝西藏，感謝家鄉新疆，面對你們，我深感慚愧和無力，卻也感到充實。

最後要感謝我的妻、女，我想對你們說聲對不起，這些年來，因為自己的關注和執著，讓你們負擔了過多的不該有的擔心。

二〇一六年六月十九日於廣州